U0723999

致领潮者——

人生从不辩解，传记仅是大家的记忆而已。

鲁伟鼎

万向集团独家授权

领潮

鲁冠球传

陈冠柏　著

中国大百科全书出版社

图书在版编目（CIP）数据

领潮：鲁冠球传 / 陈冠柏著．— 北京：中国大百科全书出版社，2024.1

ISBN 978-7-5202-1468-1

Ⅰ．①领… Ⅱ．①陈… Ⅲ．①传记文学－中国－当代 Ⅳ．①I25

中国国家版本馆 CIP 数据核字 (2023) 第 220776 号

领潮：鲁冠球传

陈冠柏 著

出 版 人 刘祚臣
策　　划 朱　海　莫晓平
责任编辑 李默耘　程　园
责任校对 齐　敏
责任印制 魏　婷
出版发行 中国大百科全书出版社
地　　址 北京市西城区阜成门北大街 17 号
邮　　编 100037
网　　址 http://www.ecph.com.cn
电　　话 010-88390635
印　　刷 浙江新华数码印务有限公司
开　　本 710 毫米 ×1000 毫米 1/16
字　　数 515 千字
印　　张 37.5
版　　次 2024 年 1 月第 1 版
印　　次 2024 年 1 月第 1 次印刷
定　　价 148.00 元

目录

下部 再改变

铜像与奖章

“起吊！”随着一声指令，鲁冠球的铜像被缓缓吊起，稳稳落到运载车上。鲁伟鼎上前轻拂去坐像上的纤尘，双手深情抚摸他的脸颊，低声说：“爸，我们回家啦！”

这是2018年10月的一天。河北饶阳沿街边的芙蓉花香沁人，京城某雕塑家在这里的工艺厂浇注完成的鲁冠球铜像将运回杭州。鲁伟鼎前来接迎，雕塑工厂前一长串鞭炮声为其归途送上了道不尽的祝福。

一路顺风无碍，千里道行，相伴皆是绿野苍山。

鲁伟鼎的脑子静不下来。当决定要给他爸做铜像，请了雕塑名家来先做样稿时，人问：“希望是什么姿态？”这可让一家人费了思量。

走姿？好！鲁冠球这一生就是从乡间田野走来，以一个农民的步姿走向了世界。他以铁匠铺为原点，走出了一条中国农村工业化的示范性路径，并在纵横世界市场后又走回到田野，反哺、赋能、再造他念兹在兹的乡村土地。他走了一条中国世代农民想走而未曾走过的路，从贫弱到富强，从为一己好到为天下人好，直到倒下也还没收住脚步。

立姿？也挺好啊！50多年风雨路程，多大难，多大弯，他都立得正，站得直，从没弯腰趴下，成为中国民营企业中罕有争议的“常青树”。如果中国大变革的时代像家乡钱塘江上的大潮，他就是立在涛头前的领潮人。他在创造、创业、创新这“三创”中立起来的，是一座财富的山、一座未来的城、一个精神的世界。

如果是坐姿呢？当然！透过办公室窗户看他长年不改的端端坐相，读书、批阅、写作，双眉微蹙，目光深远，那份思想者的专注，那股天地间的定神正气，都令人无法忘怀。不管啥时候想起来，仿佛他还在老地方坐着，为明天看着什么、写着什么。

“做几个样稿看吧！”

难题留给了雕塑家。他需要从鲁冠球诸多照片中找到不同姿态的表现灵感，不只是形，更是神与灵，让雕像吻合委托者的期待。

这是一个特别的时刻——

鲁冠球的长女鲁慰芳受弟弟鲁伟鼎托付，到雕塑家工作室定稿。她一进房间，目光逡巡，倏地停留在那件坐姿泥稿上。她将它轻轻捧起，仔细地转着看了几个来回，“呜”的一声哭出声来：“爸，我来了！”

声音惊动了满屋的人。

鲁慰芳指着雕像说：“这个很像，只是我爸南人北相，你这双颊还不够饱满，鼻子也不够圆，尤其脚上的鞋不对，我爸从来不穿系鞋带的皮鞋，他嫌费时。”

雕塑家意识到对细节的疏忽，回应道：“好，好，马上改！”

鲁慰芳说：“就这个坐像吧！爸这一生累了，让他坐着休息休息吧！”

…………

此刻，坐着的鲁冠球在他儿子的护送下正一路向南。

天色已晚，宿下了，在泰山脚下。

鲁地，古老又深厚。鲁伟鼎很自然地想起鲁国与他们鲁姓本家的渊源来。他记得鲁姓最早源自鲁国公室姬姓。黄帝有熊氏在如今河南鲁山山下以河鱼为食，“鲁”字是氏族图腾，这个部落称鲁氏。此时他的脚下正是当年鲁国之地。

有一副鲁姓的宗祠楹联很有意思：“工匠鼻祖，笑坞老人。”“工匠”是指春秋鲁国的鲁班，那是神祇级的发明大家；“老人”是指宋代诗人鲁瀚，他一生乐享田园，自家坞内种了好多含笑花，自号“笑坞老人”。

这不也把他爸鲁冠球的人生概括了？既是杰出工匠，又总是心在田野，在枝繁叶茂的鲁姓谱系里显示着独特的时代风采。

那晚，鲁伟鼎梦见了他爸。隐约间，老爸跟他约定了一条暗语，又好像是个密码，用来打开未来万向的路。

“能不能打开，看你的悟性了！”那是他最熟悉的父音。

鲁伟鼎恍惚醒来，一切混沌于夜。此刻，他好希望有一次“鲁公解梦”，让父亲告诉和指点些什么。何处寻找这个密码呢？有些玄，东方已晨色熹微。

2019年7月8日是个好日子，万向迎来了创业50周年的纪念日。每年这天，万向都会开庆贺大会。如今，鲁冠球不在了，开会的章程不改。

也是这一天，由鲁伟鼎提议创建的“鲁冠球精神展陈馆”开馆，鲁冠球的铜像就安放在展厅迎面的大堂。当人们走进展厅，看到他们的董事局鲁主席迎面含笑而坐，瞬间感伤不已，有人忍不住抽泣起来：“主席，我们又见到您了！”

此刻，鲁冠球坐在沙发上，两手轻搭扶手，额顶满硕，神采自信，个性张扬的眉宇下那有神有慧有温度的目光，面对着曾经的同事和亲友，似乎在说："我想你们！"

那一天的大会上，鲁伟鼎做了题为《万向50年》的报告，开篇是这样的：

> 今天是个特别的日子，万向创业整整50周年。
>
> 从我们踏入"鲁冠球精神展陈馆"的那一刻，时间仿佛重新开始。
>
> 此时此刻，带领我们走过50年的人，万向的创始人，我们永远的董事局主席，仿佛又回到了我们中间……

鲁冠球是2017年10月25日去世的。他走后的这些年，世界发生了很大变化，中国迈过了历史纪年中几个重大的时间节点。人们对他的追怀与思念却没有变，且更加深长。他的荣誉册被一页页地加厚，人们在说及那渐次远去的时代时无法将他遗忘。

2018年，我国实行改革开放40周年，中共中央、国务院授予鲁冠球"改革先锋"称号。

2019年，中华人民共和国成立70周年，鲁冠球获得"最美奋斗者"荣誉称号。

2021年，中国共产党成立100周年，鲁冠球被追授"全国优秀共产党员"称号。当年出版的《中国共产党简史》中，鲁冠球作为中国乡镇企业家的代表被写入其中。他的事迹进入中国共产党历史展览馆。

还很少有一个中国农民有这样的殊荣。

现在，那3枚奖章连同他1989年获颁的“全国劳动模范”等其他奖章就陈列在以鲁冠球铜像为先导的展陈大厅里，叙说着他的既往与荣光。鲁伟鼎说：“看完这个展陈也许只需60分钟，但我们穿越的是半个多世纪。”

本书是对这部跨越半个多世纪个体史的文字穿越。在饶有兴致地穿越前，想起了纪伯伦的诗：“我是烈火，也是干柴，一部分的我消耗了另一部分的我。”①

鲁冠球烈火般的开拓与创造“消耗了”他生命的另一部分，那燃烧的光热也融入了即将开始穿越的全部文字中。

① [黎巴嫩] 纪伯伦：《纪伯伦散文诗全集》，伊宏等译，北京：商务印书馆，2016年，第93页。

上部

改变

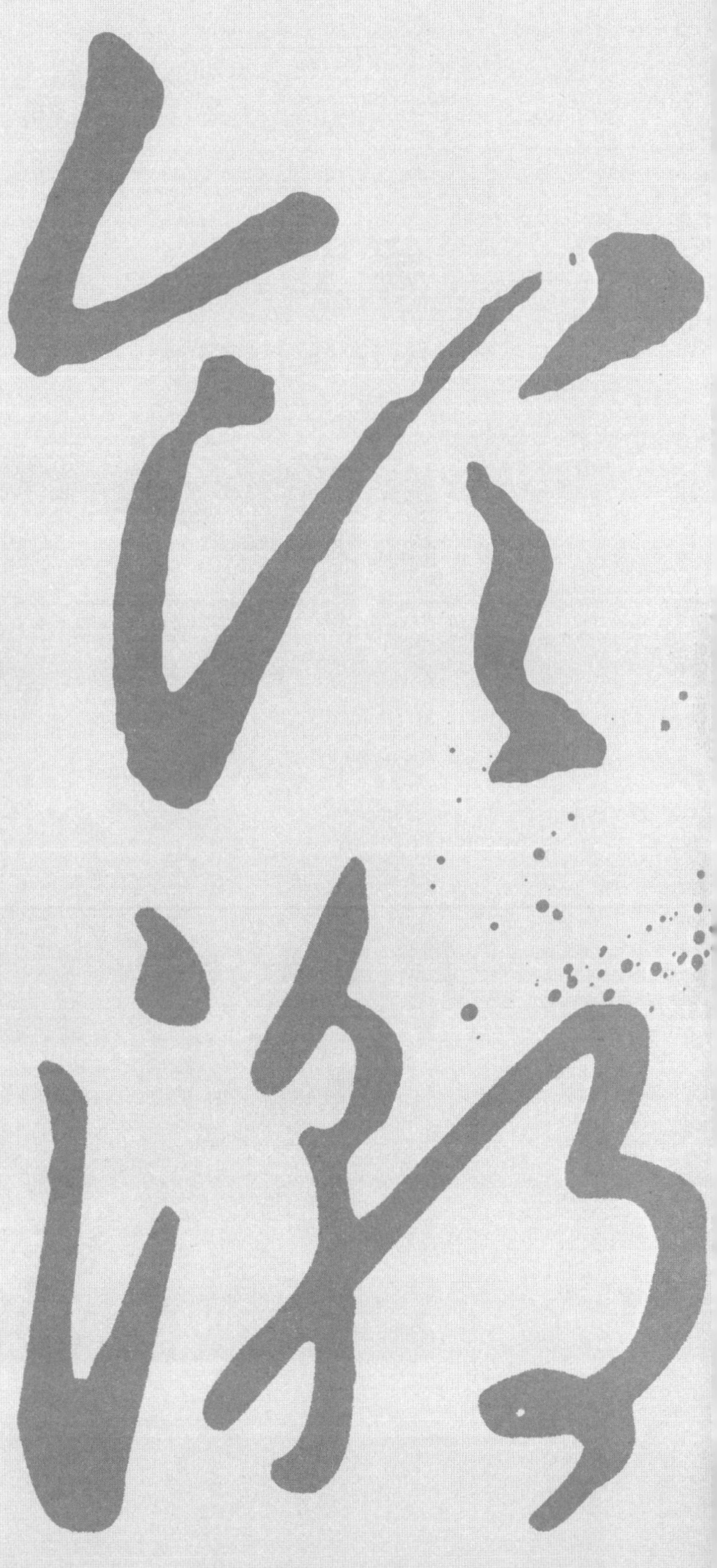

第一章

离土：

决意走出贫困

鲁冠球年轻时

// 骑车的鲁家少年

萧山县（现为萧山区）宁围乡，村落沿海塘的乡间道路上铺满粉尘，好像是留给自行车来碾印的。盐碱土干燥成沙砾，路旁的一丛丛野草被染成灰白。一辆自行车颠簸着“噔噔”驰过，骑车少年的头发被江风吹卷了起来。

“谁家孩子？”

“鲁家嘛！阿球呀！”

小学毕业时，鲁冠球意外地得到了一件礼物——自行车。那是他在上海的染坊做工的父亲奖给他的。说来有点儿阴差阳错，他就读的是萧山俞家潭城北区第二中心小学，成绩不错，学校让其“免试”直接升到本校初一班。鲁冠球听岔了，以为是“免费”，便兴冲冲地向父亲报了喜。

那是 1957 年，乡村普遍很穷，能把初中学费给免了，是件喜事啊！父亲想买样东西奖赏他。

“你想要什么啊？”

“自行车吧！”鲁冠球早有主意了。

那时的自行车，别说是乡下，就是在城里也是值钱的大件。儿女婚嫁、上班就业，有辆新自行车，便很神气了。车主人得空便拿棉丝把车擦得锃亮，甚是宝贝。善于装饰的会用当时很时新的彩色塑料丝将手把龙头缠得细细密密，再配上带流苏的座凳套，一骑穿街，煞是威风。

鲁冠球的表兄王建记得，那时在萧山城北区乡村，100 多个教师，有新车的就两人。一个是陈姓教师，有奖储蓄中奖了；一个是他自己，得了浙江省先进工作者奖，省长沙文汉颁发的奖状，还有奖金50元。他有了这笔钱，加积蓄和借来的20元，才凑够157.1元，骑上了永久牌新车。

鲁冠球对自行车喜欢得不行，把表兄还没来得及骑的新车借了一个月才还回去。

城北二小校友黄家泉记得，读小学时鲁冠球见车就上瘾，喜欢摆弄。有一回他们在教室楼梯间发现了一辆破自行车，轮胎、钢圈、链子残缺不全，只剩半个车把，上面布满灰土，显然是有年头了。鲁冠球一见像得了宝，问老师得知是以前工作队员扔下的，便扛起破车，拿去街上修了。待他回到学校，同学看到他摇摇晃晃都骑上车了，虽然磕磕碰碰还摔了一跤，但这辆被大家叫作“独角龙”的破车能在鲁冠球手里被骑起来并从眼前掠过，仅这一刹那，小伙伴们就对他充满了无可名状的佩服之情。

现在，他将拥有属于他自己的自行车了，带着这份盼头，他踏上了去往上海的火车。他给他爸带去了家乡的土产——萧山麻鸭。在萧山火车站上车时，看到站上贴有告示“禁带活禽上车”，鲁冠球一阵紧张，赶忙到车站旁的田边撅了片大荷叶盖上，以掩人耳目，怕鸭子“嘎嘎”叫会被发觉，一进车厢便捏住鸭嘴，不再放手……

这是鲁冠球第一次离开家乡，离开萧山。火车轮子载着他的眼睛，让他头一回从高远处好好看看自己的家乡。

车窗外连绵的棉田和络麻田慢慢掠过。田垄阡陌，草舍点点，绿野尽头是开阔的钱塘江。江流在这里打了个大弯，随后向东，江面渐渐变宽了，到杭州湾河口，成了巨大的喇叭口，天下奇观钱江潮就发生在这里。

鲁冠球听他爷爷讲，先前他们村的田地还是江面，数百年给江潮冲呀冲，堤岸冲塌了，填高了河床，把钱塘江主流逼着往北边迁，在南沙留下了大片灰黑色的滩涂。古代先民老早就在这里修堤筑坝，到明清，到近现代，投工更是巨大。他们村口那条叫作北海塘的长堤有 41 千米长，可以从萧山西兴固陵关直通绍兴斗门老三江闸，自西至东排列着江岸村落，分别叫西兴塘、来家塘、童家塘、龙王塘……萧绍平原就从这里开始延伸，原本的沙地河滩随沉积增多变为可耕农田，农业经济在这片土地上繁荣起来。这种地理上相依的一体性，使萧山与绍兴在经济、文化、民风民俗等方面水乳交融。历史上萧山多隶属于绍兴府。民间有俚语："萧山萝卜绍兴种"，就是这个意思。

鲁冠球的家就在这条海塘带南边的童家塘。

1944 年 12 月 16 日，天很冷，寒风呼啸，卷起江堤片片尘土。临河的一间砖瓦房里诞生了个叫鲁冠球的男孩。鲁顺法之前生的是两个女孩，现在添了男丁，那喜悦自不待言了。没有特别的寓意，鲁冠球是按着家族的谱序"冠字辈"取的名，不承想他以后果真"声冠全球"。

火车把家乡渐渐抛在后面，离上海的父亲越来越近。在一个 14 岁少年的记忆中，父亲是个很友善大度的人。他起初帮外公做点儿记账的事，中华人民共和国成立后在"土改"时分得小块土地，但支撑不了一家的开销，就在乡间开了爿杂货铺。因为识文断字又学得针灸，也兼做郎中，坐诊行医。鲁冠球小时候没少跟着父亲走村串户，在乡民眼中，这位出门穿长衫、戴礼帽、执着把黑伞的郎中是个知书达理、文质彬彬的先生，写得一手好字，待人和气，遇到贫病交迫的困难人家，常常看病免费，还倒贴药钱。在鲁冠球幼小的心中，他父亲很受人敬重。

鲁冠球在童家塘的塘北长大，那里是宁围乡的辖区，之所以取名宁围，意在祈求围堤安宁，但现实是坍江年年发生，潮水一来，田地被淹，百姓吃尽苦头。有民谣："一年三坍江，满眼白茫茫。人似沙头鸟，漂泊居无常。""沙头鸟"，或是"沙地人"，就成了当地人的别名。

鲁冠球对家乡有很深的印象。因为滩涂盐碱很重，种不了水稻，只能种些麦子和番薯等杂粮，还得以豆类与萝卜代粮，就这样也填不饱肚皮。四邻八乡，大多住的是草舍，山墙用草编成，上抹泥巴，有的连墙也砌不起，光剩个介字形的屋顶。村民喝水困难，取水需到几里外的水塘，因为河水被棉田打虫的药水和络麻沤秆所污染。

很多年后，鲁冠球这样说："那时候农村非常辛苦，我们这个地方又有旱灾，又有水灾，面朝黄土背朝天，不仅辛苦，还赚不到钱。我在想怎么能够摆脱贫困。我是农民，其实我没种过地。对自己今后想干什么，我很清楚——不种地。我觉得农民吃不饱，穿不暖。"

…………

这一路火车"哐当哐当"地到了上海站。正开开心心准备下车时，鲁冠球顿时傻了——带上车的鸭子因为鸭嘴给捏得太紧太久，竟然断了气。

他怔出了一张苦脸："妈呀，我怎么去见我的爸？"

鲁顺法遂了儿子的愿，新车买不起，就在寄售商店买了一辆二手自行车。这车也成了鲁冠球的最爱。这车轮子似乎与鲁冠球有缘，他这一辈子将和车轮纠缠在一起，无论是当下家乡土路上的自行车，还是以后的汽车。

在盈丰的城北五小（该小学有初二班）念完初二上半学期后，鲁冠球忽然辍学了。

"你成绩不错，可以考高中，怎么忽然不读了？"老师很惊讶。

"我爸来信说要辞工回家了，学费供不上，叫我和弟弟都不读了。"鲁冠球显得非常沮丧。

鲁顺法是因为身患高血压病不能坚持工作而从上海离职的，家中一下子断了财路，生计成了问题。弟弟鲁冠幼去做木工学徒，鲁冠球因为成绩好，被聘为小学代课教师。那年他还小，学生个子跟他一般高，讲课没人听他的，干不下去，只一个月就结束回家了。父亲想让他跟着学医，但这不是他想要的，他只希望能进城务工。

运气不错，当时国家还在"大跃进"的热头上，为应付乡镇大办工业的热潮，需要从农村招收部分劳动力来做补充。萧山城厢镇（现为城厢街道）上县铁器社正好在招收学徒，工种是锻工，生活[①]很苦，家里人有些犹豫，鲁冠球二话不说，拿定主意报名进去了。

从童家塘的家到城厢镇的5里路上出现了骑着那辆二手自行车上下班的鲁冠球的身影。先是学做锻工，后又改做钳工，鲁冠球在铁器社里学到了许多本事。干活虽苦，但好学的他总是干得踏踏实实，师傅王水满也很喜欢这个徒弟，觉得他肯干、实诚，又会动脑筋。鲁冠球呢，在这个铁锤叮当响的集体企业里获得了一个稳定的职业，一份固定薪资，一种城里人的生活，虽然城厢镇那时还只是一个小镇。

很多年后，鲁冠球在接待外国记者时很留恋地说到过这段生活，他甚至记忆清楚地报出了学徒3年的工资收入，笑称“正式确认一下，以正视听”：第一年每月14元，第二年16元，第三年18元，满师后升到35.5元，鲁冠球戏称“咪嗦嗦”。比起村里记工分的农民，这在当时已是很被人羡慕的固定收入了。如果不是后来的政策收紧，已经成为城镇集体企业职工的鲁冠球也许会这样按部就班地做下去，很难猜测会有怎样的命运变化。即使以后做大了企业，甚至做了老板，但有一点可以肯定，他一定不会是一个“农民企业家”了。

但造化弄人，他这一生，恰恰躲不开落在自己身上的“农民”二字。

1961年，就在鲁冠球满师后不到两个月，他被精简回乡了。由于当时国民经济严重失调，国家不得不采取“调整、巩固、充实、提高”的八字方针，在全国城镇精简2000万职工。精简的主要对象是1958年1月以来参加工作的来自农村的新职工（包括临时工、合同工、学徒工和正式工）。鲁冠球就是这2000万被精简职工中的一个，从哪儿来的回哪儿去，回乡参加农业生产劳动。

① 生活：萧山乡间用语，意为“活计”。

鲁冠球把行李装上自行车踏上回乡的路，他无法摆脱因为命运不济带来的怨愤。时势一粒灰，落到个人头上就是一座山，他一时被压得喘不过气来，觉得自己陷于一种宿命，似乎永远没有走出农村的那一天。

回到了村里，鲁冠球并没有听生产队队长的招呼下地去干活。鲁顺法问儿子："那你想做点儿啥？"

鲁冠球的脑子里在不停地"过电影"，从离乡到返乡，走不出乡土这个圈，但他想："农村这么苦，还赚不到钱，去重复一代代农民过过的日子，我能甘愿吗？"

"我想开个铺子，修修自行车。"鲁冠球心里已经有了主意，既然在城里3年学了手艺，为啥不去做点儿修理的营生呢？

"你想好了？"父亲认真地问。

面有难色的鲁冠球说："想是想好了，可本钱呢？"

父亲没说话，转身到里屋柜子里拿了本存折出来："钱不用愁，爸给。"

鲁冠球接过存折一看，上面盖了红戳的钢笔字记着的数额是110元。他心头一热。爸说："多年攒下来的，都在这儿了。"

"爸，你真愿意我去修车？不怕我'做倒灶'[①]了？"

"爸如果不愿意会把钱都给你？好好干吧，只要不做农民，有份手艺活儿干，总会有好生活。"

"嗯！"鲁冠球高兴地应着。

鲁冠球自谋生路的日子这就开始了，那年他还没满18岁。

也是从这时起，他拿定主意就在乡下干下去了，像他后来讲的："我发誓不再进城，我就在农村办工厂！"

① 做倒灶：萧山方言，意为"做砸"。

// 锁住的粮柜

先说一段关于粮食的故事。

北海塘边的鲁冠球家是两间旧屋，泥地，春夏梅雨，常常返潮湿滑。东头那间是他爸开的杂货铺，很小，卖点儿酱醋糖茶之类的食品和一些日用品，兼做针灸的诊室。西头那间是一家六口住的，很挤。

西房墙角有只立柜，红漆脱落，门轴松弛，但一把插芯铜锁把柜门锁得死死的。孩子们都知道，里面是粮食。那时穷，缺粮少穿，日子过得清汤寡水。在鲁冠球爷爷手里时，这屋子开过小米店，展卖柜台有 4 个笆篮（堆米的竹屯），到他父亲手里时，粮食由国家统购统销了，见米的地方就剩这只立柜了。

每天做饭前，父亲腰头钥匙串一响，开了柜门，把定量的米取出，又“啪”的一声把锁锁上。孩子们听到这钥匙串“嚓啦嚓啦”响起，便下意识地开心起来，知道要做饭了。所以他们小时候，最喜欢听父亲钥匙串的声音。

家里吃口多，米不够呢，母亲就去量一升蚕豆掺进米里。鲁冠球他们还常去河里摸螺蛳、抓小鱼，来给桌上添点儿菜。记得有一次他在屋前池塘里摸鱼，在水底的石头缝里捉住了鱼，手却给卡在石缝里，疼得喘不过气来，最后硬抽了出来，手上满是血。隔壁有家豆腐店，难得会拿米去换点儿豆腐吃，鲁冠球拿两片箬竹的叶子把豆腐兜上颤巍巍地小步回家，怕有闪失，而全家在等待豆腐带来的那股久违的新鲜味道。

鲁冠球发现，父亲也有非正常开锁的时候——有次悄悄取出粮食往奶奶家背了，惹得外婆家这边不快。但在鲁冠球看来，那是孝顺，应该，虽然自己家里老小还瘪着肚子。

说到粮食，还有件让鲁冠球想起来心里发怵的事。应该是 1948 年的冬天，鲁顺法夜诊回家路上给不明身份的人绑了，乡间叫“请财神”。土匪捎过话来，拿 10 石米去赎人。1 石 100 斤，去哪儿弄 1000 斤米？就是把米柜抬去还远不够呢！隔几天，有三五个黑衣男子进了鲁家，然后一阵躁动，威逼恐吓，翻箱倒柜，最后只翻到 1 石米和 1 套棉花胎拿走。人总算是放回来了，但拖着句话："还要来的！"这让鲁家人吓得半死。那时候的鲁顺法也因此下决心离乡去上海投奔做染坊的大姑了。

在中国的乡村，总会有许多关于粮食的故事。鲁冠球和粮食扯上了关系，是在修车铺弄不下去的时候。

话说回去，拿着父亲的 110 元做本钱，鲁冠球的修车铺就在童家塘的家门口开起来了，除了自行车，也兼修其他，包括小农具、农家杂具，还修过农民做爆米花的机具。不过，那年月乡下有车子的人很少，修车生意不足，补个轮胎才一角五分钱，一天挣不到 1 元，很难糊口。

还有麻烦事找来。一天，派出所民警上门了："你是鲁冠球？跟我们走一趟！"

又审问又笔录，因为他收买了一辆旧自行车，而那车子说是偷来的。民警有理由怀疑他和偷车的是同伙。

鲁冠球的申辩理直气壮："修车要零配件，新的买不起，就从报废的车子里去拆。收辆旧车拆配件，有啥不可？我哪知是偷的？车子上又没写着谁谁谁的名字！"

盘来问去，关了好几天，警察也找不到其他什么证据，这才放了出来。"你说冤不冤？"鲁冠球逢人就叨咕。

自行车修理的行当做不顺，郁闷中的鲁冠球在寻思找新的生活做。一个先前见惯的画面此刻让他忽然有了念头——

萧山乡间俗话说："存粮如存金，有粮不担心。"萧山宁围一片，土质差，种不了稻米，只能在棉田里套种小麦、大麦，小麦交了公粮，留存自己吃的只剩大麦。大麦轧成麦片，颗粒粗粝，很难下咽。这还不算，麻烦的是，村民需要车拉肩扛地把粮食送去镇上加工，又累又费工夫。

“如果就近办一个轧麦厂，又便民又赚钱，不是更好？”

几位亲友听鲁冠球这么一说，觉得是个好主意，但到了掏钱时，他们又怕了，毕竟谁也没做过，怕赔钱。鲁冠球好说歹说，连他自己一共撺掇了4户人家合伙来做，每家出500元，凑得本钱总共2000元。

鲁冠球马上去买了脱粒机、碾粉机等机器开始办厂。他脑子灵，手艺好，有样学样还做了几台轧麦机，里头的铁匠木匠活儿都是他自己上手，省了好些钱。

还得要场地呀，先是在自己村里找，队里不允许，说你这加工厂没上头批准哪能说办就办？个体搞更不行，在农村人民公社集体经济的管制下，农民家庭连养几头猪、几只鸡都被限制，哪容得下个体工厂的机器旁若无人地响起来？

没办法，鲁冠球悄悄转到临近的长山，他大姐鲁莺莺的家在那边，家里有房子可用作场地，村里也网开一面，没撵他。可是没电呀！懂得怎么走行政审批程序的人给鲁冠球出主意，说你给上面打报告吧！

申请报告是鲁冠球亲笔写的，时间为1962年6月12日。

兹有鲁冠球，原住萧山宁围公社金一生产大队，本人出身学生，现业修理自行车。现在由于生意轻（清）淡同时现在正是农忙季节，可是现农民伯伯大量的（地）吃麦，可是在吃麦以前必须加工，可是据现在来看加工问题大有困难，要去童家塘等地区前去加工同时不能当时可取。在这样的情况下白白（地）化弗（花费）掉宝贵时间想起来真可怜现在根据群众意见同时为了便利群众起见，所以在长山闸右边设立轧麦磨粉加工场，现向贵领导同志提出申请用电念（廿）仟瓦希该领导同志同意为荷 此据

敬礼

将这份申请报告全文录在这里的理由是它好读。原文字迹很工整，但文句标点有错失，行文也不通顺，反映了当年鲁冠球的文化水平，但它言辞切切，在强调用电必要性时一连用了 3 个“可是”，足见当时鲁冠球的烦难焦急。

为这“念”（萧山话将廿即二十读作“念”）千瓦的用电，报告先递给长山公社管委会，再报给西兴区水利指挥所，最后到了萧山电力公司。几番周折，经苦苦请求，最终由电力公司的赵爱权批下了“同意”二字。鲁冠球日思夜想的轧麦碾粉的机器终于转了起来。

这份钢笔写的报告早就没人记得了，有意思的是，批准这个报告的赵爱权是个有心人。1987 年 7 月 2 日，已经调到桐庐供电所的他在电视上看到农民企业家鲁冠球的报道，勾起往事，给鲁冠球写了封信，同时寄回了当年那份用电报告。现在这份报告的原件就陈列在鲁冠球精神展陈馆，发黄的纸页给 60 年后的我们留下了一份我国乡镇企业艰难起步的早期凭证。

好不容易转了起来的“磨坊”很受村民欢迎，他们纷纷送粮食来加工，让鲁冠球看到了在家乡办厂的希望。不久，碾米厂同行嫉妒心起，把他给告了。长山闸这边待不下去，他只好拆了家当偷偷搬到邻村盈丰。同样没有电，这下用电申请报告也没处再递了，只能自己发电。于是，他又借钱买进发电机，皮带转盘在工厂里绕来绕去，环境安全性显然不够。

果真有一回，鲁冠球不小心钩到了传动皮带，架在木架上的电机倒了下来，他猛地一闪，躲了过去，差点儿被砸着脑袋。

这事儿弄大了，队上怕出人命，让鲁冠球赶紧把加工厂停了。村民们看风头不对，都一边倒了，说这事“不吉利”，将来丧气的事还会来，让鲁冠球马上搬走。

鲁顺法也急了，逼着鲁冠球关厂：“快，快，赶紧关了，回家！你看你，5 年里前前后后搬了六七个地方，都弄不成，你这命里不能办工厂！”

几个股东更难受，钱没赚着先担了一身风险，哭丧着脸等散伙，心里又一直揪着，不晓得最后算下来是赢是亏。

表兄王建也是股东，帮着算账。鲁冠球拿账本念一笔，他算盘子扒拉一笔，一直算到天快亮。结果是，每人出资500元，亏掉374元，拿回去126元。

事实上，鲁冠球亏的不止这些，平日里迎来送往的费用，他自己垫了，没算上；机器设备折价卖了，留下的账面亏空由他自己来填了，也没算上。为这些亏空，鲁冠球向亲戚借的钱，到散伙也还没还上。

粮食加工厂的“故事”结束了，遭受又一次惨败的鲁冠球回到原点继续修他的自行车。收入微薄，欠下的债还压在他心头。

这时，弟弟鲁冠幼要结婚了。家里房子已经转不开身，急需在老屋旁盖一间，这又要钱。无奈之下，鲁顺法说：“把祖屋卖了吧！”

这祖屋在新塘涝湖村，一排3间，爷辈盖的，在当地也算是大屋了，归鲁顺法兄弟俩共有，但只有小叔一家住那里。

鲁顺法让鲁冠球去跟小叔、小婶商量，看看是不是让他们把房子都收了，只补一间的钱，给个300元，房全归小叔家了。

没曾想，小婶霸着不肯给钱，还说：“你要动一块瓦片都别想！”

鲁冠球一看这架势，自己也不是软骨头哇，就论理：“小婶婶啊，这不行，我爹的家产被你们占了，那我也不来事（不肯）的，你说一块瓦片都不给我，我倒偏要来拿一块！”

过了些日子，鲁冠球弄了条船，带人去涝湖村做出动真格拆房子的样子，内心是想顺势逼逼小婶拿出300元来。船摇到涝湖村埠头，还没靠泊上去，就听到他婶子在闹：“你要想拆房，没那么容易！看你敢上来？”一边索性在埠头撒泼，“你的船敢靠拢，我脱给你看！”说着真的解起衣裳扣子来。

看这阵势，鲁冠球不敢正视，只好把船掉头，开了回来。

虽说清官难断家务事，鲁冠球还是选择打官司，自己动笔写了状子投进了法院门口的投诉书受理箱。法庭支持了鲁冠球的投诉。

按照法院的判决，鲁冠球带人第二次去涝湖村准备拆房子，法院的法警也跟着。就这么个阵仗过去，那边小婶婶也拦着不让拆，一来二去，起冲突了。

“不好啦，打人了，他们在打架了！”消息报到童家塘这边，可急坏了鲁家的人。那时，鲁冠球的夫人章金妹已经嫁入鲁家，肚子里怀着大女儿，一听就急了，这可怎么办好呢？

章金妹回忆56年前的那件往事依然十分清晰：“我走又走不到，肚子那么大，我去叫发根他爹，说谢谢你，帮我去看一看，鲁冠球被他们打成什么样了。那个时候都是走路，还没自行车呀，他们看了回转来说，没事体[①]，没事体，就是给小婶婶打了一巴掌。我想，虽然没事体，鲁冠球他自己也不好，还带了一帮人去，去拆房子了。房子一拆，那些瓦片什么的，就落了下来，这小婶婶就越要吵煞了吵[②]。后来建强他爹的船把瓦片、木头什么东西装了船开回来。过歇歇又传消息过来，说这条船沉了。我一听，又急了，这个辰光[③]我就开始肚子疼了，不对了，我晓得不对了，要闯祸了，本来离预产期还有23天，要早产了！大女儿就这样生了。好在后来告诉我，船快要沉时，他们还算聪明，马上靠岸，把东西全部甩在岸上，船没有沉，东西另外再运了回来。”

拉回来的旧木料，一部分给鲁冠幼盖了房，余下的按每斤七角五分钱卖了，算是把轧麦厂欠的钱还上了。

① 没事体：萧山方言，意为“没事”。

② 吵煞了吵：萧山方言，意为“吵死了”。

③ 辰光：萧山方言，意为“时候”。

鲁冠球仍守着自行车修理铺，虽然生意依然清淡，但除了咬牙撑着也没有别的法子。这时，一个机会来了：红山农场在江堤那边修 9 号坝，来了大批民工，人多车多，除了自行车，还有人力钢丝车。鲁冠球立刻把修车铺搬到了 10 里外的大坝工地旁。他在那里搭了个草舍，日夜等生意。

条件的艰苦不难想象。四面江风，日晒雨淋，鲁冠球形容是风扫地、月点灯。直到他晚年病中，还在跟身边的年轻人说："你知道什么是风扫地、月点灯吗？那是我当年创业时的条件。"

坝上让他接了不少活儿。工地角角落落，那么多车和工具，修修补补，他都能做，因此也认识了不少人。其中有个叫李植的，是钱塘江工程管理局钱江工程队的人，他看鲁冠球做事麻利，手脚快，就常把车子的维修活儿拿过来做，慢慢地，两人成了朋友。

辽阔江岸，日复一日，住在草舍的鲁冠球看够了日出日落。对着西沉在江心的太阳，他常常想得很远，设想着自己的未来前途。很多年后，在回忆这段日子时他还写过一首诗。这诗，我们会在本书第二十八章里读到。

有一夜，正是月半，忙完活计已深夜，鲁冠球知道月半有大潮，但他太累了，就在工具台上架了张木榻睡下了，睡得死沉沉的。睡到下半夜，潮水一寸寸地涨，涨到了竹榻，湿了后背，哇啊，鲁冠球这才从梦里惊醒，一骨碌起身逃离，想蹚着潮水往外跑，可四处水茫茫一片，找不到逃生路，他只好又回来跨到草舍顶上，战战兢兢地等着人来搭救。幸亏那晚无风，不然潮借风势，更没得逃了。

第二天天亮，潮退了，消息传遍了工地和乡间，大家都说鲁冠球"命大，有后福"。

// 借钱办婚礼

我喜欢用绳子拉动的风箱，
也许用手把，也许用踏板，已经记不清。
但是那鼓风，还有闪亮的火光！
还有钳子夹住火焰中的铁块。

烧红、变软，要放在铁砧子上，
用锤子捶打，弯成马蹄铁，
投进水桶，冒出蒸汽，嘶嘶发响。
马匹捆好，要给它上马蹄铁，
它抖动鬃毛；河畔草地上堆放，
犁头、棍子、车套，都要修理。

在入口，我赤脚踩着泥地，
这儿有热气冲来，我身后是白云。
我观看又观看，我听到了召唤：
一切俱在，你要不惜称赞。[①]

这是美籍波兰诗人、1980 年诺贝尔文学奖获得者切斯瓦夫 · 米沃什写过的一首诗《铁匠作坊》。

在铁匠铺的工艺流程上，外国和中国看来并没有差异。

① ［波兰］切斯瓦夫 · 米沃什：《米沃什诗集 3 故土追忆》，杨德友译，上海：上海译文出版社，2018 年，第 133 页。

鲁冠球修自行车的这些年，常常回想起在萧山城厢镇铁器社的日子。干活儿是很苦很累，要不怎么会有这样的民谚："人间三样苦，打铁、撑船、磨豆腐。"但也有三样好：进了城，当工人，有工钱。这三个要素，成了薄收受穷的农民们朴素的人生愿望。

曾经是鲁冠球师傅的王水满这样"描绘"他的徒弟：他机灵，好像什么事情都看了就会。本该是他谢过师、独立做事的开头，却遇到时势不好，给精简回乡了，打碎了他留城务工的梦。

"真是难为你了！往后自己要想着靠手艺去吃饭！"师傅王水满一个魁梧的打铁汉，此时也柔肠百结。

"我会的，师傅。师傅领进门，修行靠自身，相信我能干出名堂来！"

鲁冠球是带着身上被铁片烫的伤疤，还有铁器行十八般手艺离开的，这也成了之后他能独自办厂、一路不息的职业源头。轧麦厂的失败没让他屈服，9 号坝上的经历又开阔了他的眼界。添了本钱也添了人脉后，他开始觉得有一个不小的天地在他面前，有他可以使劲的地方。父亲和乡亲说他没办厂的命，他偏不认命，要想不再受穷，就得去搏。他心里像有了盆火，如同当年铁器社的炉火，他发觉他自己该有个打铁铺了。当他把这番规划讲给一个叫章金妹的绍兴姑娘听时，未来打开了一扇快乐的门。

绍兴柯桥清水河边，临街的堂屋里，19 岁的章金妹正在专心地挑花边。

花边，也叫万缕丝，是从意大利语谐音过来的，是一种钩花工艺品，风行欧美。江南心灵手巧的女子为赚些手工钱纷纷接活来做，据说光萧山、绍兴一带就有几十万双手在日夜不停地钩哇、编哪。

此时，鲁冠球看到的就是其中的一双手。姑娘秀美朴实，眼睛水灵清澈，在她灵巧穿插的手下，是一幅编织中的美丽图案。

鲁冠球是被一个叫四妈的亲戚陪着来相亲的。从萧山到柯桥阮社，40 多里地他骑自行车骑了两个多小时。到了阮社镇上的万安桥，等候在那里的四妈看鲁冠球汗涔涔地赶到，赶紧说："快，快，金妹在家等着呢！"

金妹姓章，打鱼人家，枕水长大。她爷爷打鱼，父亲先也打鱼，后来成立了供销社开始卖鱼。金妹没上过学，不识字，但天资聪颖，拿得起绣针，也挑得起扁担，四邻都夸她的好。

看四妈领着一个后生进来，章金妹一愣，赶紧去找在袜厂做工的母亲回来。去袜厂十几分钟的路上，她还在思忖："他们来做啥？"

回家后，母亲跟来人谈着这家那家，这样那样，章金妹只管自己在一边挑她的花边。说着说着，四妈要起身走了，说："下面还有一门人家在等，要见见，那边饭也准备了。"

哪晓得鲁冠球坐着不动，连着说："不看了，不看了！"金妹妈也说："别走了，就在我家吃饭。"鲁冠球高兴地说："好，四妈，我们不走了，就在这里吃饭！"

"不行，不行，人家那边说好了，都等着呢！"四妈拔起腿就要出门。

鲁冠球看了章金妹几眼，这才不情愿地跟四妈出了门，跟着去见下一家的对象。

也就一顿饭工夫，没想到鲁冠球自己又回来了，边上也没有四妈在。他坐下就喝茶，跟金妹妈热热乎乎地聊着。章金妹开始还纳闷，这人有点儿滑稽的喔，说去了就去了，怎么又回来了？

鲁冠球坐了好些时辰才走，章金妹这才知道他是家里给自己找的对象。这之前有三个人给她介绍过，她都说自己还小，没答应。"这个人，你总满意了吧？"妈笑着问她。

金妹没说话，她不肯作声。眼前的鲁冠球给她印象不坏，相貌也好，中等个子，额头高高，大脑门，头发梳得光光的，很精神。正在正月里，合身的藏青蓝中山装看起来很新。

歇了一个星期，鲁冠球又来了章家。吃饭、喝茶、聊天，他与章金妹的恋爱就开始了。那是 1964 年的春天，从宁围到阮社的路两边，一丛丛杜鹃在拂动的柳枝下已经开得嫣红嫣红了。

章家后来托人去萧山宁围鲁家看过，回来说，家境很一般，没什么钱，鲁冠球开了个修车铺，生意时好时差，但人实在，肯做。章金妹父母也都是本分实在人，说："实在肯做就好。"允了这门亲事。

金妹妈依习俗去万安桥头那边找了占卜的先生给算算卦。那人将生辰八字一排，开心地回告："那人好的，一定是好的，有胆量，将来七把椅子里肯定有他一把份儿的！"[①] 把金妹妈说得开开心心。

金妹妈说："这个女婿将来如果真是像你八字排得那么好，我一定会来谢你的。"

鲁冠球成名以后，金妹她妈果真在每年的中秋节给算卦先生送月饼，直到他过世。

鲁冠球和章金妹的婚礼在一年后的1965年初举办。其实也没有什么仪式，两家人吃了餐饭，买了些喜糖给亲友分了分，手头缺钱的他们还向亲戚借了一些。

// "方青见姑"[②] 一出戏

鲁冠球的修理铺从此多了个帮手。能吃苦的章金妹放下娘家的钩针，拿起了夫家的钳子、起子。她一学就会，很快掌握了自行车修理的本事，连很难的"穿钢丝"（穿自行车辐条）都会了。不识字的她进了鲁家后，鲁冠球教她认字，她也能逐渐认得许多。她说："我爸妈是很善良的，告诉我，你

① 绍兴乡间说"台上七把椅子"，比喻有地位，有头有脸。

② "方卿见姑"是地方戏《珍珠塔》里的情节。萧山乡间"卿""青"读音不分，习惯叫作"方青"。以下叙述皆从此乡间叫法。

嫁出去以后要做个好媳妇，要孝敬公婆，要能吃苦。”

那时，轧麦厂做倒灶的阴影还一直罩着鲁家。好在鲁冠球在9号坝工地攒的人缘带来了长线生意，钱塘江工程管理局的李植把工地石料运输轨道车的道钉加工业务给了他。工地大，需求大，够干的，鲁冠球在县铁器社学到的打铁本事用上了，炉子一支，铁锤、铁砧那一套家伙到位，就“叮叮当当”地干起来了。曾经的自行车修理铺成了兴旺的铁匠铺，乡邻看到，他家总是炉火通红，鲁冠球在铁砧前打铁，章金妹在一边拉风箱，都满头大汗。

生意多了，手里没有原材料的矛盾就突出了。当时这些材料辅料都在国家计划里，由国营公司经营，哪能随便弄到手？尤其私人作坊，属于“地下工厂”，更没路子去找。鲁冠球说：买一根焊条，要求人；买一个钻头，要求人；锻工打铁，烧炉子要煤，做生活要钢材，也都要求人。得自己绞尽脑汁去想办法。

拦在鲁冠球家门口的钱塘江五六百米宽，去南星桥渡口，就得在萧山这边七甲埠头坐渡船。常常是一早头班船，鲁冠球两口子就上船了，去对面南星桥火车站拉煤。连船老大也识得了他们：“今天又去收‘二煤’？”

“二煤”，就是没烧尽的煤核，是铁匠铺打铁炉少不得的好燃料。炎夏赤日也罢，寒冬雪压也罢，鲁冠球两口子总会在那车站堆场边，把别人捡回的“二煤”收来，一堆堆往自己车上扒拉。

这边刚把“二煤”发落好，又赶紧去收购废钢铁。他们先是在萧山收，数量不够，又跑到城里，杭州半道红有个废品收购站，去那里买。开始不懂手续，说买废钢铁要县里批准，又“吭哧吭哧”跑回萧山县里打证明，这才能在“废铁堆里选宝贝”。

有一次，废材多，装满一整车，鲁冠球把自行车也搁在钢丝车上，分量更重，拉得很吃力，到江边埠头，快8点了，晚了，七甲渡最后一班渡船已经漾了开去。眼睁睁地看它开到了江心，章金妹大声嚷了起来：“这可咋办呀？”他们只能过钱塘江大桥走，可那得多绕几十里地。“走吧，还犹豫啥？”鲁冠球果断地说。

鲁冠球拉着这台重车走上建于1934年8月8日的钱塘江大桥，章金妹在后面推，此时江风顶着，车更加重。章金妹当时已经怀了二女儿3个月了，非常疲惫。他们几乎走了一夜，到家时天快亮了，鸡都叫了。

鲁冠球觉得很亏欠章金妹，怎么说她娘家条件也要比他家好。他给章金妹讲："不要看我现在这么苦，以后慢慢会好起来的。"可啥时才会好，他自己其实并没有底。

娘家人倒没嫌弃这女婿。金妹爸妈常过来看他们，她爸挑着担子，送过来鱼呀肉呀，还有萝卜、芋艿这些菜，来接济他们，说："会好的，会好的，只要肯做，总会好的。"每当这时，章金妹就会在一边悄悄抹泪。

日子在清苦中一天天过去。1965年冬天，大女儿出生。为取名，鲁冠球很费了一番心思。

"取什么好呢？"

"翻翻字典吧！"家人建议。

鲁冠球此时翻个不停的却是他心里那本"字典"。抱女儿了，自然高兴，但想想自己的处境，这些年还是单打独斗地找活儿干，东躲西藏像个黑户。哪样不用求人？到哪儿都是门难进，脸难看，事难办，受够挤对冷遇，冷板凳坐得屁股疼。想着想着，鲁冠球忽然有了灵感。

"不是有一出越剧《方青见姑》吗？"

"啥《方青见姑》？"

"戏本说的是，明代有个官宦之后名叫方青，家里遭变故，中途败落了。为赴京应试，他去向姑母陈氏借钱。陈氏不借，反而冷落凌辱他。那陈氏女儿翠娥与方青原先订有婚约，急难中就私下约了方青，给了他银两，还把传家宝珍珠塔送给了他。后来呀，方青金榜高中，与翠娥喜结良缘了。我们乡下喜欢看这出戏，也把受人冷遇怠慢、被人看不起叫'方青见姑'。"

鲁冠球可是个戏迷。他读过很多古典小说，听过好多传唱弥久的民间戏文，肚子里装有许多故事。以前村里开大会，会前他常被乡亲拥着上去说段故事。

“冠球，来一段！”

这一唤，他就倒摸一下高宽的额头，笑着到台上去。

村里能和他比试说书的只有徐张佩。鲁冠球很机敏活络，一上台，目光先往下一扫，问：“徐张佩同志在不在？”如果没人应，他便“啪”的一声惊堂木，放开嗓子滔滔说来，不担心会有人找他纰漏，戳他蹩脚了。哈！

现在，徐张佩同志断然是不在的，鲁冠球便放心哼了几句，说道起来：

“侬要晓得这姑母怎么瞧不起方青？听这几段：

我看侬么蚱蜢头皮尖又小，怎能头戴乌纱帽？

我看侬么左肩低来右肩高，怎能身穿大红袍？

我看侬么鹭鸶脚杆细又小，高靴怎向脚上套？

侬格命里早注定，穷气跟浪脚后跟。

姑妈一眼就看准，侬今生今世难翻身。

侬方青若有高官做，除非是月落东山日西升。”

“对，就用这方青二字吧！”说着说着，鲁冠球很开窍地拍了下大腿。

大家还沉浸在戏词里没出来呢，猛然听鲁冠球说的，一下领悟了，这戏里方青不就是鲁冠球他自己吗？农民想做工办厂，处处受挤对，总是被人看不起，不就活脱脱一个方青的遭遇！

大家都说：“好！好！这名字好。”

人们期盼鲁冠球能有方青一样的出头之日。

头生女因此得名叫鲁慰芳。方字上头加了草，女性味更重。以后，二女儿叫了鲁慰青。父亲把岁月的苦涩记忆留在了女儿身上。

待到鲁伟鼎出生时，他已经有三个姐姐了。三姐取名叫慰娣，江南人家通常以“娣”字来寓意“招弟”，可见鲁冠球盼子之心有多切。

当这个超月生、九斤重的胖儿子降生时，鲁家充满难以言说的欢乐。乡间村坊曾经有人说鲁冠球命中没儿子，这不，咒语破了！

鲁冠球给儿子取名伟鼎，意思是三足鼎立，稳当。他跟人说：“我年轻时创业，冲动、颠簸、不安稳。让他稳当一点儿，办事稳一点儿，做人稳一点儿，又有三个姐姐三足‘鼎’着，就更稳了。”

// 投奔集体“保护伞”

这本是一间再典型不过的家庭工场，市场需求将它催生，也助它发展。鲁冠球的铁匠铺生意一多，人手不够，就开始添人。先是傅吾根，他是鲁冠球小姨的儿子，后来又多了一个叫傅来振。当理论界拿着本本在争论雇佣几名工人就构成“剥削”时，一个乡村的手工业作坊带着天然合理的存在依据悄然生长起来。

但是当时的农村并不允许这样个体作坊的存在，流动于乡间的“五匠”（木匠、铁匠、泥水匠、石匠、篾匠）被勒令“归田”，更不要说因势做大、雇了帮工的作坊了。鲁冠球的铁匠铺因此多次被责令关闭，但“饭总要吃，事总要做”，今天关了明天开，这里停了挪个地方再偷偷干，铁匠铺的炉火一直没有熄。人们记得，鲁冠球铁匠铺门口的招牌总是挂了被砸，砸了再挂。

“总这么来去折腾也不是办法。”苦恼中的鲁冠球一个劲儿地抽烟。他喜欢把香烟壳纸卷成烟嘴，套在香烟上。当他“吧嗒吧嗒”抽着加长烟嘴时，通常是费脑筋琢磨事的时候。

有一点他琢磨明白了，想要改变这个现状，得向集体体制寻求庇护。把自己的铁匠铺“挂靠”到生产大队上，投奔到集体所有制的“保护伞”下，也许是最可行的求生之道。

鲁冠球去找了自家所在的宁围公社金一大队的党支部书记："我把铁匠铺的资产都交给队里，以后全队社员的农具用具维修，我都免费。我就一个要求，铁匠铺算是大队的，得有一块社队厂的牌子！"

大队书记想，乡里乡亲的，既然能给社员提供便利，也是好事，而且温州等地农村也开始有这种"挂靠"集体的形式出现，于是答应了。

半个月后，鲁冠球铁匠铺有了"宁围人民公社金一大队五金修理厂"的名头。队上收获了铁匠铺交来的1150元钱，连同账本、印章，表明其管理权力归属了大队。

有了这块"牌子"，鲁冠球不再是东躲西藏的"黑户"了，他可以名正言顺地拿着大队介绍信和合同章去接业务。已经做起来的9号坝铁轨道钉业务因此批量生产了，其他铁竹木各行都有生活过来。铁的有铁耙、锄头、镰刀、船钉、茅刀，竹的有箩筐、团扁、篮子，木的有粪桶、粪勺、木犁耙……五金厂成了乡间维修的好把式，名气在四乡八邻传了开来。农民高兴，鲁冠球也高兴，毕竟赚钱了嘛。家里陆续添了收音机、缝纫机、手表这些在当年被叫作"三大件"的值钱家当。

五金厂的兴旺开始吸引村民加入进来。

沈阿根那年17岁，之前读过4年半的村里小学，在家里务农。大队上说，金一五金厂缺人手，要招人，你去不去？他和鲁冠球住同村，心想，都是同村人，自己平时也没啥生活可做，就去吧！算上他，当时五金厂一共有7个人。

有人总结，在鲁冠球和万向身上，9是个吉祥数。

1969年，鲁家一位邻居的女婿，叫谢国贤，是宁围公社的副主任。他带过来一个消息："中央有文件了，要求每个公社有一到两家农机修理厂，实现大修不出县，中修不出社，小修不出队。公社正在找这样的厂呢！"

鲁冠球一听，高兴得坐不住。虽说已经靠上了大队，但一个队办厂，无论地位和规模，都不能和公社级别的比，做不大也走不远哪！有这样的机会怎么能不抓住？

他赶紧放下饭碗飞快地骑车去找谢国贤。谢国贤一口答应帮着争取："正好我们宁围全公社也没一家这样的厂，指头掰来掰去，也该是你们哪，再说你们的名声也传开去了！"

鲁冠球心里别提有多高兴了！眼前的谢国贤可真不是个"穿洋铁大布衫"[①]的人。

"你能发展就多发展，多劳多得，外面的事情我来对付。"谢国贤的话让鲁冠球定了心。

鲁冠球在记事本上抄录了关于实现农业机械化的中央文件。本子很小，文件很长，但他一字一句都没落下。

很像一个在黑夜野地里找不着路的人一下子看到了前头的灯光，他的人生由此变亮了。

宁围公社很快同意以鲁冠球的五金厂为底子来办农机厂。在鲁冠球交给公社的资产清单上，有风箱一台，铁砧、铁钳数把，现金若干，加上原料，总价值4000元。公社给了鲁冠球一枚公章、一册账本，下派了一位领导人金宝明，担任农机厂革命领导小组组长，而农机厂经营的主要责权在25岁的鲁冠球手里，他是农机厂革命领导小组副组长。鲁冠球获得了平生第一个企业领导职务。

当五金厂从金一村搬去公社所在地宁围时，沈阿根不想去，说："去宁围，路太远了，再说工资也就那么一点儿。"

鲁冠球特意到阿根家，劝他："去吧，阿根，我们一起做了五金厂，就再一起去做农机厂，以后会有发展的，你要看长远！如果我们农民连这10

① 穿洋铁大布衫：萧山乡村形容那种不挑担子、落水不湿衣的干部。

里地都走不出去，你说还怎么去更大的天地做更多的事？你小我 7 岁，还不到 20 岁，这点儿路不算啥呀！”

“冠球说得在理，他都上家来劝你了，你就去吧！”阿根娘劝儿子。

阿根娘的这句话，改变了沈阿根和他全家的命运。

在以鲁冠球为创始人的万向早期 7 位员工中，于是有了另外 6 个人的名字：章金妹、傅吾根、傅来振、沈阿根、陈仁金、陈阿千。

去宁围的头晚，鲁冠球心里很不平静。作为农民，他在乡村里出路迷茫、处处碰壁的日子终于到头了，前面是一片新的天地，虽然不知道未来的路有多长。晚饭时，鲁冠球喝了点儿杨梅烧酒。他喜欢自家杨梅泡的这个土烧酒，哪怕感冒了，吃 5 颗酒泡杨梅也就好了。章金妹从矮柜上取来装有盐水花生的坛子，盛出一碟给他下酒。此刻，一口花生一口酒，想着从修车、打铁到队办工厂的经历，想着将要到来的社办农机厂，从此有了集体这顶“保护伞”，他的人生脚步在一步步登高，他为自己能够展开的全部想象感到快乐了。

公社所在地宁围给了鲁冠球一排 4 间旧平房做厂房。1969 年 7 月 8 日，这里挂上了“萧山宁围人民公社农机修配厂”的牌子。

这一天，后来被认定为万向集团最初创立的日子。

第二章

心火：

在体制夹缝里

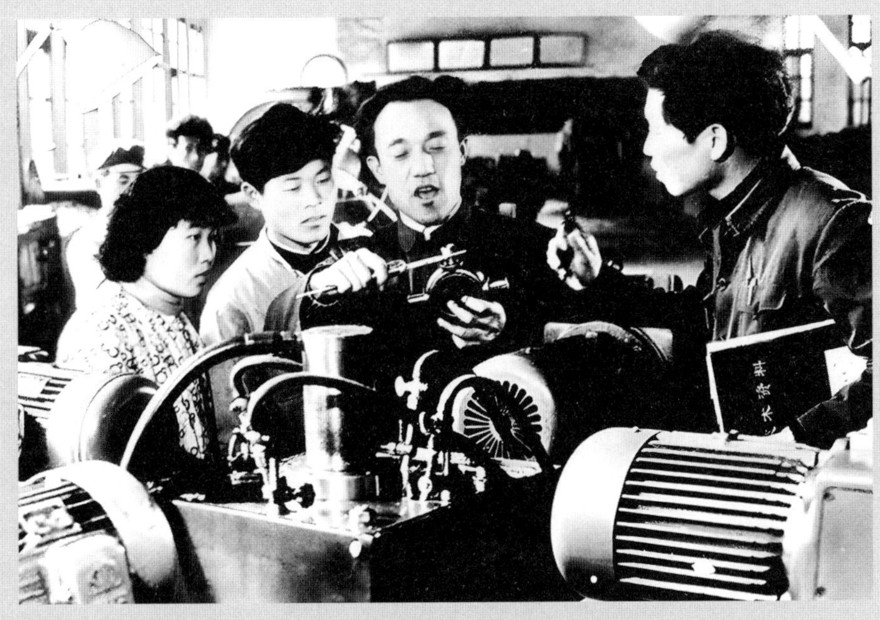

1980 年，鲁冠球（中）在车间检验产品质量

// 铁锤演进史

1972 年 1 月 6 日，15 岁的潘文标走进了宁围公社农机修配厂（以下简称“宁围农机厂”）。

在平房最西头一间，一个脸庞瘦削的精干男子，戴着藏蓝色军棉帽坐在潘文标面前。

“你的名字、年龄……”

问话的是鲁冠球，他对前来应聘的潘文标做面试。

这位小兄弟是宁东村的乡邻。村里开会，说宁围农机厂招工，如果家里是军属的话可以照顾一名。军属潘文标的母亲是队里的妇女组长，第一时间把消息带了回来。潘文标想去，母亲问：“打铁，你吃得消吗？”

此时，在他面前的鲁冠球同样问：“你吃得消吗？”

“我试试！”

潘文标由此入编宁围农机厂，工号为 46 号，鲁冠球是 1 号。

待到进入农具锻工车间，面对一排大小不等的铁锤，潘文标方才吃到打铁的苦头。6 磅、8 磅还行，12 磅勉强，24 磅，那是死活抡不起了。滚烫的铁屑四面乱飞，护具不管用，劳动布工作服上满是点点烫洞。车间里没有电扇，大家把炉子上的鼓风机拿下来当电扇，炉子用风箱代替鼓风机。鼓风机呼呼吹着，人除眼睛以外，一张脸全是黑的。

也有人拎得起最重的 24 磅榔头，他是比潘文标早两年进厂的阮胜利。那时他 16 岁，在地里干农活，收入差，还吃不饱，平时番薯、萝卜代粮，春天还常拿草籽（苜蓿）掺粥喝，人瘦小，不到 100 斤。听说宁围农机厂招工，还是打铁，知道苦，但他说："只要有钱赚，就去！"

鲁冠球收他做了徒弟。阮胜利记得，鲁冠球掌钳他使锤，日夜赶工。那时做的是冷压螺母，阮胜利负责往台钳上放工件。本该戴手套的，为了赶工，脱了手套上，结果，上面 24 磅锤子下来"咣当"一下，把右手食指砸了，血肉挤了出来，好在没砸着骨头。鲁冠球急得拿自行车把徒弟往宁围卫生院送。

鲁冠球自己被烫着伤着更是寻常事。有一次，正在淬火的模具突然炸了，碎片扎进了他的手臂，差点伤了骨头。他简单一包扎，又接着干起来。很多年后，他曾对来访者展示说："你摸摸我这手指头，里面就有铁片取不出来，发硬。这脖子上有烫伤，是氧化皮烫的痕迹。"

用"搏命"去形容获得创业机会的鲁冠球并不过分。艰难苦累都没能让他歇手。1974 年初，鲁冠球发现抡锤没了力气，人发软。他相信当地一个陈姓中医，以为几帖药下去就会好，哪知病情总没见好。去医院一查，黄疸指数高得吓人，是甲肝。医生惊讶："你是不是自己在指数后面加了个零？"叫他赶紧卧床休息。鲁冠球没听医生的，把病假条一塞口袋照样去上班，一天不休息。甲肝病有忌口，吃别的也没胃口，他就吃腌白菜。当时家里有两缸腌菜，都让他吃了。鲁冠球很乐观，说："白菜吃完，我病也好了。"

凭着公社农机厂的牌子，原先拿到的钱塘江围垦工地轨道道钉业务扩大了，以后又增加了铁枕木和搭攀抱箍等产品加工。厂里日夜开班，还忙不过来。

面对着小山似的加工件，鲁冠球说："拿手工铁锤这么干不行，得用机械来！"但上哪儿弄这对型的机械？钱呢？

鲁冠球和老少工友围成一堆钻研，想办法自己造。潘文标这样还原了当时的场景："我们用角钢折弯成架子，上面放两个轮毂，中间一根曲轴，利用曲轴的惯性，脚一踩，盘上的锤子就砸下来。分三个人一起操作，一个看炉，一个扣紧，一个在砸下后卯牢。鲁厂长就是双手把扣钳的，那是最重要的一环。在电机的帆布皮带传动下，‘咔噔咔噔’，锤子就一次次落下来。师母（指章金妹）那时已经怀着伟鼎，挺着肚子在一旁不停地拉风箱。这样的曲轴弹簧锤，我们自己做了好几台呢！”

一个偶然的机会，萧山县汽配厂供销科的闻关祥拿来一个汽车轮毂的六角螺帽要求加工。这有点儿难度，它的用料是铬锰碳钢，要有专用模具加工，先刨出螺帽6个面再中间钻孔，工序烦琐，且现在的弹簧锤不够大，要重新设计制作。

鲁冠球在一旁动脑筋，忽然有了个点子。他想，何必这么复杂呢，费材又费时！如果改成热钢件一次锻造成型，不就把问题解决了！他拍了胸脯答应：“这活儿我们能干，价格还比人家便宜。”

在鲁冠球的记事本上，那年5月5日至5月12日一周的工作计划里，把弹簧锤的试制列入了革新小组攻关目标。要把自动锤放大到300千克压力，自动落锤高度1米多，工艺也改为热钢件入模具一次锻造成型，然后抛光处理。结果，按此技术加工出来的螺帽比来的样品质量好，用料省，还快。

闻关祥来验货，看到他们自我武装的设备，做出了完全达标的螺帽，很佩服，说：“鲁厂长啊，你这样走下去，农机修配厂可以变成汽车配件厂了。”

从手工铁锤，到自制弹簧锤，再到以后购置空气锤，潘文标回忆道，鲁冠球领着大家爬了3个台阶。这以后，从农机、汽配公司接的活儿越来越多。

有一个很有意思的插曲。当农机厂忙于外面的批量业务时，对农民小农机具维修多少有些疏忽，村民有意见。鲁冠球很虚心，主动开了个座谈会来听取意见。

一位叫许金发的村民说：“厂里接业务有点儿看人，大的生活拿进来态度好，小的东西态度不好。队上凡是第一把手来，有时间接待，如是第二把手来，就没时间了。”

一位姓陈的村民说：“我去加工 7 块瓦司，厂里说没有时间，没有冲头[①]，要我去气割，服务态度太差。”

还有一位顾姓女社员说：“我来修一只叶轮，一定要我们图纸，如果没有图纸，就不能加工。这是洋框框，为啥一定要图纸？希望你们打破洋框框。”

听到这里，鲁冠球和车间主任顾福明“扑哧”一声笑了起来。乡亲们这些实在的批评意见，从一个侧面反映了当年宁围农机厂的业务已经路数很多，局面打开了。

// 面对这道门槛

这是 20 世纪 70 年代宁围农机厂时期的鲁冠球——整齐微卷的黑发向后拢，宽阔前额下是一双和希望一样发亮的眼睛。他不再总是身着劳动布工装和高帮翻毛鞋，外出时会很在意地换上中山装，上口袋别着两支笔，不是炫耀而是真需要。一支钢笔写东西，一支圆珠笔用于开垫有复写纸的发票。他在努力改萧山土话，发言时让助手给讲稿注上拼音，学讲普通话。

宁围农机厂也是别一番场面，它胜过原先金一大队五金厂的地方是有了公社一级的企业地位，有资格申请添置一些设备了，如车床、刨床、钻床、氧气瓶、电焊机等，虽然买来的都是旧货，但毕竟有了。

所有这些改变让鲁冠球对自己的企业充满了希望，但令他痛苦的是，他无法改变企业因为农村社队的属性而遭受的歧视与偏见。社队企业存在于社

① 冲头：一种加工工具。

会的草根形象与落后渊薮一直如影随形。在有些人看来，社队企业是五毒俱全的资本主义源头，劣质产品、假冒货色、行贿行骗，都是社队企业所为。

鲁冠球曾经向《中国企业家》杂志记者这样回忆当时情景："有的人瞧不起你，有的人是怕你，不敢和你接触。这样你怎么办事？你想进政府的门，进不去。你想到北京办事，买机票要开省级证明。坐火车想买卧铺票，根本不可能。还有一次，我带20多个人到兰州参加汽车零件交易会。路上因为座位和另一帮人争执起来。乘警来了，把我叫了去。上来就问我是不是党员。我说不是。他说，不是党员，就是坏人。我一直被扣到兰州。"①

较之形象上的被污名，最困难的还是社队企业在经济活动中的恶劣生态。在当时的计划经济体制下，整个经济活动被政府严密的计划所调节，包括企业生产什么、生产多少。入计划的，人财物有保障；计划外的，像公社农机厂，会有一点儿煤、废钢、木材的分配，但主要靠自行调节，找米下锅，去解决业务指标、原材料、资金这些卡企业脖子的难题。国家还明令社队企业不能与先进的大工业企业争原料和动力，不破坏国家资源。

这是一道门槛，决定了社队企业只能在这个体制的夹缝中挣扎求生。

如果回忆那个年代社队企业的经济活动，会牵出一个关键字——跑，跑业务，跑供销，跑材料，总是离不开跑。北京，政府机构集中，自然是跑的重点目标。鲁冠球早早就明白了向外跑特别是向北京跑的重要性。从萧山偏僻乡村出发，他们住着京城最便宜的旅馆通铺，三餐饭在胡同小店对付，然后东跑西颠地在业务机关进出，一进门就递烟送笑。

有一次，鲁冠球跑进汽车工业公司大楼，希望得到汽配零部件的订单和原材料指标。人家说："你走错地方啦！我们只针对计划内国有企业，你们得去社队企业局那儿！"去了社队企业局，人家说："汽车零配件归汽车工

① 鲁冠球口述、刘涛整理：《思路决定出路，作为决定地位》，《中国企业家》，2007年第17期。

业公司管呀！”这又折回去汽车工业公司，可依然走不进门。

在鲁冠球的笔记本上，有 1979 年 4 月 8 日至 18 日共 11 天在北京的行程记录：从一机部到北京市的交通局、运输物资局、第二汽车公司……一家家跑，马不停蹄，“争取业务，要材料”。白天时间不够，晚上再去，见了林科长，又访岳主任，跑去和平宾馆打长途，“11 时返回公司就宿”。

这可视作一份他关于“跑”的记录。

那个时候，一家社办企业想要从银行、信用社借钱是很难很难的。有一个大雪天，农机厂买材料缺点儿钱，就去县里一家信用社借贷。按照约定，鲁冠球趁人家一上班就赶去，只见里头生着火盆，职员在喝茶取暖。

“你等等，你的事等领导来了研究。”

这一等，几个钟头过去，快中午了，鲁冠球没敢走开，饿着肚子等。

下午上班，还是这几个人，还在烤火盆。鲁冠球焦急地问：“领导来了没有？”

还是“你等等，我们还要研究”。

直到快下班，觉得自己实实在在被晾了，鲁冠球这才气呼呼地出门回来：“你要不想借，早说啊！”

有一年，鲁冠球想跟县里的银行借钱，说是要去造汽车万向节用的。柜台上的女职员轻蔑地揶揄他：“你说造汽车万向节，我还造原子弹呢！”说完一阵哈哈大笑。

一次，农机厂接到了一份不易拿到的铸钢犁刀加工订单，鲁冠球高兴得不得了，但厂里没有产品用材锰钢，费了很大周折才在县里申请了钢材指标。材料员兴冲冲地跑去钢厂订货却被打发了回来，供方嫌数量太少排不进生产计划去。

鲁冠球一听急了：“量多了没有指标，量少了又排不上，这不是气人吗？”

情急之下，为了不让订单黄了，鲁冠球同意供销科去市场买些高价钢材回来做。谁知过了些日子，穿制服的工商部门来人了，调查高价钢材问题，说“这属于倒卖，性质是投机倒把”。

“我们生产的是国家下达的指标，卖也是卖给杭州生产资料公司，凭什么说是倒卖？”鲁冠球据理反问。

“这我们不管，只要你不是国家配给的钢材，而是市场上高价买的，就属违法，就要处罚。”

多年后，鲁冠球回顾当年在夹缝中被挤对受气的处境时这样说过：“那时候，我们就像‘少林寺的和尚——打赤膊拳头出身’，几乎没一天安生日子。我们出去办事低人一等，好像我们有传染病一样，没有立足之地。”

// 炮筒与犁刀

赶往镇江的火车最早一班是夜间从杭州发车。鲁冠球连夜就急急跨上了这趟车。

这是 1973 年的春天。头两天，他在萧山的春耕物资调剂会上得到消息，杭州一家国营厂的一批废钢材搁在镇江码头，准备拉回来回炉。说是废材，其实是报废的炮筒。经朋友说合，国营厂同意将这批近 300 吨的料头按每吨 200 元的废材转让。

鲁冠球一看是个好机会，喜出望外，好不容易向宁围信用社借了 10 万元钱，带着支票就往镇江赶。

码头上的炮筒料堆成小山，都是四五米长的圆锥形料材，大小头直径在 30～80 厘米，是锰钢，敲起来“当当”响，是求之不得的好货。

先是火车后又船运，鲁冠球终于将材料运到了宁围农机厂埠头，围在解放河边上的职工挤着看热闹，七嘴八舌商量着怎么把这柱头一般的炮筒料切开来用。

最好的办法是用乙炔和氧气来气割，但乙炔价钱贵，也搞不到。

“我来试试！”人群中一个女子的声音令众人让开了一条道。

众人一看，是师母章金妹。她手里提着电焊枪和防护罩，走近炮筒料拍了几下，说：“用焊枪割试试！”

章金妹不是在锻工拉风箱吗，啥辰光成了电焊工？

原来，是之前鲁冠球让她去学的。厂里缺不了电焊工，也找不到别人，鲁冠球说，金妹还是你去吧！那时已经有伟鼎了，还在吃奶，但章金妹二话不说，就去了萧山农机厂学。鲁冠球在铁匠铺学徒时的师傅王水满就在那间厂里，章金妹把儿子往师母家里一放，就跟着王水满学起了电焊。

虽然章金妹说自己是个“白木头”[①]，但她很聪明，接受也快，18 天工夫就把气焊、电焊、点割等技术都学会了，还包括氧气瓶的安全使用，这一回来，正好派上了用场。

厂区一角，焊枪弧光一闪一闪，章金妹在炮筒料上点熔出一条点线，料头像切长冬瓜那样被一片片切割了下来。众人交口称赞。

鲁冠球带着潘文标上前来：“慢点儿，先算算每一块分量，阿标，你再把分量转到大小厚薄，这样割起来就不伤材料了！”

在章金妹的焊枪下被切成一块块的钢疙瘩，经加热被自制的弹簧锤锻拍成一两厘米厚的钢料，经过热处理，韧性之上又加了硬度，委实是好料！

好钢要用在刀刃上。鲁冠球决定把这批钢料全部打成拖拉机滚轮架上用的犁刀，总数 1 万把。这个决定基于他在萧山春耕工作动员会上获知的信息：拖拉机犁刀破损多，进不到更换的配件，县里的“铁牛”趴窝严重。

带着这 1 万把的犁刀货源，信心满满的鲁冠球跨过钱塘江推开了杭州市农机公司供销科的门。

办公桌前正看报纸的人瞟了他一眼，没理茬，自顾自地读他的报。

① 白木头：萧山乡间对不识字的人的称呼。

得知他是推销犁刀的，对方连连挥手说："不要，不要，犁刀是按计划来的，今年指标早收完了！"

鲁冠球恳切地要求："那好勿好给伢[①]也放进计划里？"

对方一脸不耐烦："跟你说了计划没了，就算有计划也勿好给你们社办厂！"

"伢把东西放来嘚，你用用试试看，好的就来找伢。伢叫鲁冠球，宁围公社的。"看对方没在意，鲁冠球就把旧报纸包的一捆犁刀偷偷放在办公室的角落，退了出来。

这一捆犁刀在角落里躺了大约有半年。大家都忘记了。

第二年春头上，春耕开始了。如鲁冠球的预计，拖拉机的作业量增加了许多，偏这时候，原来按计划供货的杭州那家国营厂，因为原材料缺口和设备检修，犁刀拿不出货了。这还得了，"抓革命，促生产"，耽误春耕的政治责任谁也负不起，农机公司的人急得团团转。

忽然，看到屋角落那捆旧报纸裹的东西，一拆，居然是犁刀，钢是好钢，锰钢，活儿是好活儿，把把锋利，拿去一试，竟然好过以前其他厂的产品。那可不，事后鲁冠球不无自豪地说："伢是 65 号锰钢，你们才 45 号嘞！"

杭州市农机公司的人让萧山县物资局的领导陪着赶到宁围农机厂，找到鲁冠球，说你们的犁刀"有多少我要多少"！

是鲁冠球"摆翘桌"[②]的时候了："货保证全数给。但你得给伢拿原材料换，每年给 50 吨锰钢指标，列入计划！"

农机公司来人满口答应了。

类似找机会寻求生产原材料的故事在不断上演。

---

① 伢：萧山方言，意为"我们"。

② 摆翘桌：萧山方言，意为"拿架子"。

在杭州钢铁厂（以下简称“杭钢”）的一间会议室，鲁冠球带队去谈一项特种钢的用材指标。杭钢作为国营大厂，要计划外生产这一款钢材，不太容易，双方谈得很紧张。鲁冠球和助手不停地抽烟，空调房间里烟雾腾腾，杭钢厂长章思明给熏得老是出去透气。

等鲁冠球明白过来是自己抽烟闹的，赶紧向章思明致歉，说：“公共场合，以后得把烟戒了！”

章思明激将他：“老鲁，你要能把烟戒了，钢材我加你 30 吨！”

鲁冠球说：“一言为定，大家说话算数！”顺手将兜里半包凤凰牌香烟扔进了纸篓。

鲁冠球戒烟这话一说，真个儿几十年没悔，他再也没抽过烟。浙江省汽车工业公司的倪绥炯说，他俩到北京去出差，跑得又累又困，他顺手给了鲁冠球一根烟。鲁冠球拿起烟在鼻下来回闻了闻，推回了老倪递过来的打火机：“戒烟的话我是当众讲的，说了要兑现，不能不算数。”

倪绥炯说：“永远不抽了？做得到吗？”

“等我退休后再抽。”

“实际上，直到他去世，他真的一支也没抽过。”倪绥炯很感慨。

// 头顶泼来一盆水

这是 1979 年的初冬。倪绥炯告诉鲁冠球，山东胶南要开全国汽车配件订货会。浙江省汽车工业公司只给他们一张参会代表证，而且没有摊位。“那怎么行啊！”鲁冠球要带的是几十人的队伍，拉开场面去那里做展销呢！

鲁冠球很看重这次汽车配件订货会，因为他手里已经有了一项统配的专业性产品——万向节。这是汽车传动轴和驱动轴的连接器，作为配件，用量很大，为了实现专业生产，宁围公社农机修配厂也改名为“萧山万向节厂”。

两辆租来的汽车装满万向节往胶南赶，到了地方一看，县城涌进几万客商，连车马店也住满了人。怎么想办法挤进去呢？回到旅店，鲁冠球只吃了一碗面，就开始找人疏通。从北京的到省里的，把管事的专业协会领导都找了，才知道社队企业要进去展会确实难。但鲁冠球强烈要求：“正式展位没有，我们就在外头场地上摆摊！”

中国汽车零部件工业公司的一位领导后来破例同意了，给了鲁冠球一个临时场外摊位。进场证不够，万向的销售员帮人家去推车子，冒充搬运工混了进去。

3 天过去了，萧山万向节厂的摊位和其他展位一样，人来人去，但很少成交。鲁冠球纳闷：为何？他派员工在会场转了几圈，把自己产品的质量、品种、价格各个环节拿去比较，最后悟出来了，问题在于价格！因为主要的生产厂家都是国营的，价格很死板，企业没有定价权，每家都守在一个价位，谁也不动，何况卖多卖少一个样，那时还是“大锅饭”体制。

鲁冠球谋定而后动，决定立刻出手，抢个主动。经过测算，鲁冠球找到了盈亏平衡点，他一锤定音，决定降价 20%。

第二天，这个价格信息贴到了展会内外。

展会上顷刻间起了浪头。客商们开始往场外这个临时柜台挤过来。人们发现这个从没听闻其名的社办企业，它的万向节与其他大厂相比质量上没啥区别，还似乎更好。订货签约的桌子前于是忙碌起来了。

客商们还特别好奇柜台上的礼品——一只黑色人造革文件包，里面放有杭州产的被面。告示上写着：有奖销售，凡订货 500 套，送线绨被面 1 条；订 800 套，送丝绸被面 1 条；订 1000 套，送缎子被面 1 条。

全国性的订货会上还从来没有这样的有奖销售。客商们夸浙江人灵光，本来降价就有了优势，再加上送被面，更是添了彩。

看到这边降价，各路厂商纷纷商量对策，打电话请示，但国营企业上面

“婆婆”多，一是价格减不下，二是也来不及，没有社队企业船小掉头快，只能眼睁睁地让萧山乡下来的这匹黑马逞强了。

不服气的同行把奖品的事告到会上，要查处浙江厂商搞“行贿”。鲁冠球说：“我们是有奖销售，不是行贿，只有买了，才有奖，不买没奖励，你看我们有没有送别人被面？”

此行收获不小。鲁冠球带回去总值212万元的合同，够多半年做了，利润虽薄，但把局面打开了。更主要的是，他多了份自信，自己这个小小的社办企业也可以在全国性的汽配市场闯荡出一片天地了。

也许鲁冠球自己也不曾意识到，他在胶南的这一击已经完成了出色的角色转换，如以后经济研究学者所言，他由传统的产品生产厂长转型为企业家，开始在产品、市场、价格、营销、公关等诸多要素上体现出属于现代企业家的特质了。

“看你得意的！这乡巴佬。”突然，一盆水从上面窗口泼了下来。鲁冠球一闪，“扑通”摔了一跤。他往上看，正一脸坏笑着的那人就是山东那家国营厂的同行！

鲁冠球的徒弟们不忍，要冲上楼去论理。鲁冠球一把将他们拉住：“不要上去！我们争不过他们，如果争，把事情闹大了，我们生意就做不了了。人在矮檐下，不得不低头。”

“人在矮檐下，不得不低头。”熟悉鲁冠球的同事老听他这么说，大家不时地纠正他：“不是矮檐，是屋檐！”

可他还是照说“人在矮檐下，不得不低头”，连“高瞻远瞩”也曾被他念成“高檐远瞩”。大家调侃，可能是他以往的屋檐太低了的缘故。你想想，以前住草房，是矮檐；后来办厂，天天求人，社队企业抬不起头，也是“矮檐”呀！

何时能不在“矮檐”下？鲁冠球期待“高檐远瞩”的那一天。

// 工厂里的家

一年冬天，下着雪，章金妹倚在门柱旁等鲁冠球回家。他去公社申请400元补助，章金妹等着用这钱买年货。

鲁冠球的家是解放河边的一间约20平方米的旧屋，紧挨着厂房，厂和家近得几乎没有区分。人多不够住，鲁冠球在山墙外搭了个斜屋顶，下面就是厨房。厂里没有饭堂，周边没有餐馆，来了客户需要招待就到他家，章金妹放下风箱、焊枪就去烧饭。来客多，家里的大圆口5斤装的雪花膏空瓶，盛满了土糟烧酒，屋前的菜园子种满时鲜蔬菜。鲁冠球自嘲："家里可以种菜，可以得瓜。"章金妹记得，那些年招待客人，光是腌菜就吃掉了4缸。这一餐餐饭，都要鲁冠球自掏腰包，厂里没有钱，有钱也无法报销，他们只好变卖原先在金一村五金厂时添置的一些东西，红灯牌收音机、上海牌手表先后被卖了，最后蝴蝶牌缝纫机也被卖了，还抵不过支出。日子越发紧，他们只好东100元、西200元地赊借。有一回，章金妹向人借了10元钱，说好发了工资还，结果工资发晚了几天，还不出，对方就来家讨了，话说得很不中听。刚好鲁冠球听到了，说："哎呀，金妹，这日子这样过，我真是对不住你。我们两个人以后一定要努力，不要去跟人家借钱。"

40多年后，2014年1月8日召开的万向集团年度总结表彰会上，鲁冠球还回忆了当时那个情景："过去，哪怕只有一个客人来，我们先愁的就是吃，真的没钱。我记得有一次，几个专家来厂里指导，他们诚心诚意来帮我们，我们基本的待客之道总要有的。家里没钱，我夫人出去借钱然后买菜，结果被人误解，说没钱就不要吃嘛。没办法，我们只能忍着，我夫人为吃没少发愁，也没少受委屈。这是真实的过去。"

鲁伟鼎那时还很小，在他模糊的记忆中，爸妈有时在吵架争论，买菜没钱了，还债没钱了。他有一个感觉，就是家里一没钱，爸妈就会不开心，就会吵架。本来好好的一家人在吃饭，只要遇到缺钱、要债一类话题，就连吃饭也不开心了。

章金妹记得，那时刚流行“的确良”布料，镇上商店里进货了，邻居都去买，也招呼她，她说我没有钱哪。邻居说：“你们家两个都是工人，怎么会没有钱呢？”章金妹说：“你们不知道我们家呀，钱都被招待光了。”

为了应付公家开销，鲁冠球把厂里的一些边角废料卖到废品站，换几个钱，放在“小金库”，用于客来客往的接待。为这个，有人就“弄”鲁冠球，说他“贪污”。

因为穷，很多亲戚躲着，不来往，怕麻烦到他们。邻居也瞧不起。章金妹记得，隔壁邻居养的一头猪跑到她家门口，把垃圾桶给拱开了，垃圾散了一地，她公公拿把扫帚去赶，一赶，猪就叫了，那邻居赶出来就开始骂，骂得难听喔，骂得来[①]一塌糊涂。她想，不就是赶了一下猪吗？犯得着这么骂吗？不就是嫌我们穷吗？

…………

鲁冠球进得家门，章金妹掸掸他身上的雪花，头一句就问：“补助要了没有？”

鲁冠球摇摇头，说公社没批，一面安抚她：“再想想别的办法。”

章金妹一肚子不高兴：“公家的厂，公家的事，为啥叫我们一家担着？”

鲁冠球安慰她说：“不是我要办厂吗？自己要做的事只有自己担，找谁去？”

章金妹不言语了，眼里噙着泪。这当儿，公社领导来拜年了，还带了些年货。

章金妹一看，是两斤油豆腐、一只猪头。猪头还是“麻面”的，就是将最好吃的巴掌肉割了去的那种猪头。

① “来”字是浙江方言中的一个“拖音”，很有地方语言特色。

就在这种清苦的生活中，鲁冠球的4个孩子长大了。他们从记事起，就觉得家就是厂、厂就是家，自己是万向厂里的一员，天天在厂里转着玩。鲁慰芳说她记忆中的童年玩具大都是铁的，轴承哪，链条哇，还有自行车轮胎呀，都是车间里的东西。也没人看管她，爸妈忙各自的事。她一会儿在爸爸的办公室，一堆人成天烟雾缭绕地谈事情，她在一角的黑板上拿粉笔写字；一会儿在妈妈的电焊间，一边看电焊焊花像放鞭炮一样“叭叭”响着，一边捂紧双耳，不小心腿脚上还被烫下过疤。实在无聊了，就去门口传达室和陈阿千老爷爷踢毽子。陈爷走开时，会把小铁门拿锁给锁住，怕她走失了。她那时能看到铁栅外的风景就是人来人往。

鲁伟鼎至今都没搞懂他爸妈为啥只让他上了一天的幼儿园，后来就不去了。他被扔在厂里的师傅阿姨那里，东放放，西管管，从里到外，小小年纪的他就看熟了厂里每一个地方。

鲁冠球两口子在厂里忙，不能将孩子都留在身边，于是几个女儿就轮着放在童家塘老屋，让奶奶带。奶奶身体不好，她们要学着自己做饭。才六七岁的女孩子，够不着大灶头，就拿把椅子垫着爬到灶头上去做饭，老给烫着。

有一回，灶上的大铁锅破了，奶奶说：“找你们爸去把锅给补了！”两姐妹便一个骑车一个坐在后座背着锅拿去厂里修。路上遇到一辆大货车撞过来，她们赶紧转方向让行，哪晓得一让让到路边沟里去了。沟很深，铁锅的边沿砸破了，鲁慰青的脸上也被划破了。等到章金妹见着，抱住女儿“哇哇”地哭了起来。

孩子总是喜欢缠着父母，有一回鲁冠球要外出开会，鲁慰青非要跟着去，又吵又闹。鲁冠球说，这会重要，有许多领导在，不能带小孩去，可她还是不听劝。鲁冠球一狠心，拿来一条围巾把她绑在了板凳上，说：“你好好待着，我去叫你奶奶来！”

每天总要等到很晚，孩子们才能看到妈妈手里拎着两捆菜回到家，起火做饭。

家里常常没有米，没有菜，没有油，章金妹抱怨鲁冠球啥都不管，他就管牢一个厂。有时没啥吃的，她就先把鲁冠球一碗菜弄好，几个孩子与她自己就吃点儿剩菜。如果不够，弄点儿酱油拌拌饭。忙过晚饭，等孩子们一个个洗好澡睡下，她给孩子们掖好蚊帐，再一件件把他们的衣服洗掉。章金妹自己要到晚上 12 点才能睡，第二天一早 5 点又要起来了。

有点儿空儿，章金妹还得做鞋，全家人两大四小，就要 6 双。过年总得穿新鞋吧？又是 6 双。鞋帮鞋底都要自己做，鞋底要褙 24 层布，再一针针纳，她的手指上常被顶针抠出血，真是费辰光啊！

孩子们穿不起新衣，章金妹把厂里发的劳工手套攒起来，回家把它们拆出线，拿颜料染了，再织成衣。因为拆线的粉尘老在屋子里飞扬，鲁慰芳说，到现在一闻到那个棉纱的味道就会过敏。

家里接待厂里客户是他们孩提时最深的记忆。来客了，他们就帮妈妈准备饭菜，在灶间穿来穿去。花生米是必有的下酒菜，鲁慰芳和妹妹就各拿一把小竹凳，坐在那里剥花生，小手剥得通红通红，小指头还剥出了血。章金妹看着心疼，跟人说，像祥林嫂的儿子阿毛，剥呀剥豆子。还是弟弟鲁伟鼎聪明，找来一块搓衣板，把花生放在下面，搓衣板来回搓几下，壳就碎了。

钱塘江工程管理局钱江工程队的李植不是因为业务成了老朋友吗？鲁冠球常在家里请他吃饭。那李叔叔是北方人，喜欢吃饺子就大蒜，鲁慰青记得她常被分配剥大蒜。七八岁的女孩受不了蒜味刺激，剥着剥着就流眼泪。有一回，淘气的她来了个恶作剧，趁李叔叔酒酣站起身来说话，把他坐的凳子给抽了，害得他顺势摔倒了。鲁冠球生气地骂："侬这小鬼！"鲁慰青在一边偷着乐，谁让你老来喝酒，害得我剥剥剥！

在鲁慰芳的心目中，她爸给她的最重要的礼物是一辆三轮童车，骑上它在屋里屋外转悠是她最开心的事。有一回发觉车子没了，她就问妈，说是她爸送给谢伯伯家了。鲁慰芳一听就"哇哇"哭了起来，说："你们怎么没经我同意就把我最喜欢的童车给送人了？"

这谢伯伯就是给鲁冠球送来公社要办农机厂消息的谢国贤，他在任上帮了好多忙，以后成了鲁冠球的好友。鲁冠球重情，念人的好，却又拿不出东西去谢恩，情急之下把女儿的童车当礼物给送了。多少年过去了，鲁慰芳想起这事，说那时小，不懂，还真在心里“恨”她的谢伯伯，夺走了她的爱！

鲁慰芳被“夺”走的还只是一部车，鲁慰青就更“怨”了，嫌鲁冠球把她送给徐伯伯做“过房女儿”了。徐伯伯叫徐裕庭，是萧山农机公司的干部，鲁冠球得到他许多帮助。那年月，一个没有半点儿社会资源的农民要办厂接业务，少不了大家来帮。鲁冠球一直记着人家的好，想报答他，就跟5岁的女儿鲁慰青说：“你徐伯伯是爸的好朋友，他没女儿，又那么喜欢你，你就过继给他做女儿吧！”似懂非懂的她哪里能肯，一个劲儿地说：“我爸是鲁冠球，不是什么徐伯伯！”

后来，徐裕庭在一次拖拉机试驾时出了车祸，把腿弄断了，装了假肢。鲁冠球对鲁慰青说：“你看，徐伯伯出了工伤，他是为工作弄断了腿，他这个对工作负责的精神我要学，你要像他女儿一样去照顾他。”

鲁慰青这才照鲁冠球的意思上门去认了徐伯伯，时常去看他。他喜欢喝酒，鲁慰青就带去花生米，给他做饭，也常给他做伤腿的清洗。徐裕庭把她当亲女儿看待，逢人就说：“慰青就是我女儿。”这种照应和服侍延续了许多年，直到他去世。

鲁家的儿女们伴随着父亲的创业生活和工厂一起成长起来了，他们同时升起了鲁冠球心中的希望，留下了记忆中的美好。

早晨，从童家塘的家里出来，鲁冠球自行车上驮着夫人和女儿慰芳。冬天寒风刺骨，坐在前杠的女儿戴着绒线帽，窝在她爸的胸前。鲁冠球说：“冷吧，冷了你就唱歌，你一唱歌，爸就骑得动车了！”于是，鲁慰芳就唱起《针线包是传家宝》：“小小针线包，革命传家宝，当年红军爬雪山，用它补棉袄……”

等到有了二女儿，她妈抱她坐在自行车后座，鲁冠球载了一家4口。鲁慰青记得，她爸车技好，最多一辆车坐过7个人。与自行车有关的故事，这一家好像永远说不完，所以鲁慰芳说：“自行车是我们全家奔腾的希望。”

夏日黄昏的下班放工时分，章金妹在家忙着做饭，鲁慰芳和她爸一起吃了块吊在井里的“冰镇西瓜”，就到工厂前的解放河里洗澡。那时，河水清冽，鱼翔浅底，脚踩下去有很多河蚌、螺蛳。好多工友都在那里，开心地洗去一天的疲劳。

鲁慰芳常看到她爸边洗澡边唱歌，很大声，似在发泄。她呢，就坐在爸给她的轮胎上随波逐流。哪知道，有一次机动船开过，漾起一阵水浪，把她的轮胎晃了开去。身旁有芦苇挡着，天也黑了，看不到她爸，她就大喊“救命救命”，可只听见她爸在远处还“嚎嚎”地唱歌呢！

鲁慰芳说起一次难忘的出游。平时那么忙的爸妈那次把工作一扔，带她逛了西湖，在花港观鱼给红鲤鱼喂食，还拍了好多照片。午饭在楼外楼吃，她在酒楼门口的鱼池子里玩时不小心掉到了水池里，把她爸急得里外呼唤：“慰芳，慰芳……”

该上小学了，开学前的头一夜，鲁慰芳收到爸妈的一份礼物——书包，是当时很流行的那种军绿色挎包，很美，妈妈还在上面用彩色丝线绣了好多小花。那挎包底色，像一片墨绿的草地，那小花，也是孩子心里永远盛开着的鲜艳花朵。

第三章

觉醒：

文明的集结

20 世纪 80 年代，鲁冠球（中）和新进厂的大学生在一起交谈

// 自找“考卷”进考场

事情是由安徽芜湖发动机厂的一封来信引起的，信中说有一批万向节出现裂纹，要求退货。

这是 1980 年 9 月，对于刚刚挤进汽配市场、准备好好干一场的鲁冠球，是何等重要的年份。这封信，犹如一声晴天霹雳。他一巴掌朝这信拍了下去：“快，赶紧去，看看究竟，把产品追回来！”

最终的结果证实了用户的投诉，万向节十字轴有些许端面发生裂痕，是钢件在热处理淬火时回火时间不够造成的。

鲁冠球二话不说，派一辆装有合格产品的汽车连夜出发，去换回次品。

“光换查到的次品吗？”去的人问。

“全部，全部都换！”鲁冠球毫不留情。这一换，可是 1.8 万套。

既然安徽芜湖有，那么江苏、山东、湖北，其他地方呢？鲁冠球不放心，又派出 30 多人分几路去走访，进用户仓库盘查，到车间现场点数，最终又背回 1.2 万套。

整整 3 万套产品被换了回来，堆在仓库，像一座小山包。销售科的人想找质检的人来挑挑，次的报废，合用的留下。

谁知鲁冠球气冲冲地赶到，一声喝令：“不行！全部报废，一个不留！”

众人愣了，一阵小议，如果全部报废，那得值 43 万元哪！

鲁冠球的目光扫过在场的员工，他神色严峻：“大家心疼，我也心疼。43 万元是个什么数？差不多是我们半年的利润，可给全厂员工发两年工资。但大家要晓得，假如我今天挑挑拣拣用了，就是向次品妥协了，向管理让步了。这样能把品牌做响、把企业做大吗？是啊，有人说我们是农民，没文化，做不好，将就将就，好理解。现在出了次品，用户投诉，谁能理解你，谁会将就你？”

众人不语，面面相觑。一些女工偷偷擦泪。

“从今天起，定个规矩：在一批产品中发现一个次品，哪怕能将就用的，都不用，全部报废！”他转向财务科长，“你回去写上：因为废品，鲁冠球上半年奖金全扣。谁出次品谁负责，首先查我的责任！”

仓库外停着两辆汽车，鲁冠球扛起废品麻袋，第一个往车上去。回过神来的员工也跟着去扛。满载的汽车到了废品站，鲁冠球将这批产品全部 6 分钱 1 斤当废品卖了。

在万向节厂的管理规范上，原来产品分为一等品、合格品、次品三个等级。这以后，三个变一个，只有一等品。鲁冠球向“将就产品”告别的决意成了铁的条规。

曾经的农民在进入现代大工业时的第一课——纪律素质和品质意识，就在鲁冠球的“废品宣言”中开始了。在劳动者看来，手中一件不起眼的产品其实和自己的命运息息相关。这一教义，中外课本是一样的。如同德国思想家马克斯 · 韦伯说的：

> 现在的资本主义经济对于个人来说，就是一个浩瀚无际的宇宙。它具备一种个人无法改变且只能生存在其中的秩序。个人只有遵守资本主义经济活动规则，才能进入市场。举个例子来说，假如一个制造商在很长一段时间内，都做着违背经济活动规则的事，那么经济的舞台一定会将他淘汰掉。这种情况也适合打工者，打工者假如拒绝或无力遵守经济

活动的规则，他便会失去工作，不得不在街上流浪。[①]

如果你不想做“不得不在街上流浪”的“打工者”，就得遵守经济活动的规则，接受现代企业管理的约束。当鲁冠球在万向节厂经历“次品当废铁卖”的痛楚时，刚刚从管理废墟中走出的中国制造界，也都在受着同样的阵痛。只是鲁冠球先知先觉，作为社队企业的管理者，他已经先于他人表达了对于产品质量管理和整个企业现代管理的果断追求。他振聋发聩的一举，可以视为吹响了中国农民走向工业化大生产的集结号。

鲁冠球为此写了一段很透彻见心的话：

我们不能忘掉我们是农民，只是我们要跳出农民观念，保持农民本质，但要提高农民素质。

乡镇企业的队伍，像是农民组织的游击队，开始的时候，作风涣散，操作马虎，学习粗浅。要去掉这些，把游击队训练成正规军，就得严。个人干事业，一个“严”字能得益一辈子；企业求发展，一个“严”字就是大本钱。

这次事故像警钟一直伴随万向的发展而长鸣，延续了几十年。不论何时，一旦发生质量事故，追查和处置的力度都让人记忆深刻。

1982 年 7 月，在对当年第二季度轴套抽验时，发现有少量碎裂纹。鲁冠球严肃地开了一次事故分析会，以切刀一般的排除法寻找碎裂的主因，最终落定在淬火时效上。会开了 4 个小时，最后的决定是全部清查二季度产品，已发出的产品全部调查、召回，责任人员扣除上半年奖金，鲁冠球本人

① [德] 马克斯·韦伯：《新教伦理与资本主义精神》，刘作宾译，北京：作家出版社，2017 年，第 38 页。

也主动要求扣掉上半年先进奖。

在一张编号为 012516 的现金收据上写着："热处理事故，收回鲁冠球 82 年上半年先进奖 35 元。"收据被鲁冠球折叠，插在当年工作手册的封套夹上，一直保存着。这个钱数今天看来并不多，但它见证了鲁冠球自责的深度。在同一本工作手册的封套夹上，还折叠留着一份剪报，文章题目是《百分之一等于百分之百》，是就日本企业家松下幸之助的话做的阐述："一个生产单位出了百分之一的次品，对于某一用户来说就是百分之百的次品。"鲁冠球在上面特别写道："对一部汽车来说，一个部件次品，将是整个一辆车的危险！"

直到 20 多年后的 2007 年，万向已经超速发展做大了，品牌意识覆盖了生产到销售的全流程，"钱潮牌"已是名扬四海的优质产品，在庆祝万向集团创立的 7 月 8 日，鲁冠球还在大会上讲质量的故事：

> 品牌的根基离不开产品，产品的生命离不开质量，质量是成为名牌的先决条件。20 世纪 80 年代初的时候，我们曾因质量问题报废了 3 万套万向节，全厂半年没有发奖金，但质量意识深深地烙在了我们的心中。

他还在新的起点上特别告诫大家：

> 质量达不到完美无缺，工作不做到最佳最优，你永远也成不了世界名牌。世界名牌不仅是产品优良的标志，更代表了员工的一种眼光，一种不断进取的精神追求和精益求精的境界。因为名牌的形成过程不仅仅是物质的加工过程，更是人的思想、品质的凝聚和提升过程。

有许多万向员工因为本书的写作接受访谈，他们几乎都讲到过这 3 万套万向节的事。万向钱潮股份公司（以下简称"万向钱潮"）总经理李平一说："鲁主席在这里表现出的魄力、坚决、追求，影响我几十年。我们当年年轻，还是农民的孩子，如一张白纸，主席的话像给我们在白纸上写了'质量就是生命'！"

鲁冠球壮士断腕般地抓产品质量这个"生命"，客观上也是时势紧逼的要求。

当时经过拨乱反正，各个行业开始用"四个现代化"的要求整肃纲纪，复原和提升整顿标准。作为国民经济的动力系统，国家第一机械工业部颁布了《整顿机械工业企业十二项验收标准》。正在选择全国万向节生产定点企业的中国汽车工业总公司以此为标准，决定不分企业性质，在全国万向节生产厂家中取 3 家，得分领先者中。

鲁冠球当然不肯错过这个机会，虽然自己是全国同行中唯一一家社队企业。

可首先碰到的难题是验收标准的文件没看到过。万向是社队企业，不归第一机械工业部，文件到不了手。想去赶考，可不知道"考卷"是啥模样！

鲁冠球动脑筋派人出去找，一家不行找两家。人家说没给你发文件，也没规定要考核你，何必自找呀？鲁冠球说，社队企业要生存就得自找，找了才有目标，才有出路。最终找到了一家有文件的国营企业，人家同意借出了文本。

用多少笔墨来描述他们按章整顿的不易都不为过。12 项标准，400 条细则，对于一个白手起家的社队企业来说距离何止千里？但鲁冠球没有退缩和畏惧，他将它看作万向脱胎换骨的再造。

万向钱潮副总经理顾福祥当年参与了这场"考试"。他这样叙述："难的是不仅标准严格，而且要根据我们的实际情况编制理论依据和执行规程，装备、产品、工艺、质量、检验、营销、培训等一系列的标准和制度都要建立。全厂集中力量做整改，生产半停顿。鲁厂长说，磨刀不误砍柴工。大量设备更新，现有设备经过大修都恢复到出厂标准。全厂成立质量管理小组，厂长自己担任组长。深入到每个工段班组的质量管理员负责监管和情况上报，厂里设立了好几个检验万向节质量的实验室和专项试验台。大家每天忙到半夜12点。星期天全员培训，讲图纸技能、操作规程，设备要‘三好四会’，讲课的是外面请的专家顾问。厂房、宿舍、食堂等不建了，省出钱先建产品检测中心。钱不够，向外面信用社借，向生产队借。全厂员工半年没发工资，谁也不叫唤，上下一条心，咬咬牙也要拿下来！”

1980年12月，在上级考评团到达的头一天，临考前的鲁冠球心情还是有些紧张。他在工作笔记本上特意写了容易疏忽的几条，提醒大家留意到位：“热情诚恳主动接待，车间里自行车、板凳、纸屑注意清洁，产品、工位器具用好并要注意放在安全线外，工作时要谨慎，千万别开急刹车，机床漏油滴水问题要重视。”

考评团在万向做了整整一周的验收。验收结束时，验收组周处长讲话，肯定了整改的成果，也提出了一些问题，比如：轴套内平面有刀痕，应该重视；装配上面用铁皮不对，应该用塑料板或橡皮；废品率高，问题在什么地方，要协力攻关；锻件的毛坯不光，同时要考虑表面是否打上字。

他特别提醒说：“要从长远打算，千万不要只看到眼前，要争取世界第一。”

这些话让人既受鼓舞又有不安，鲁冠球心里怦怦跳，到底选中了没有？直到最后考分出来，他自己都不信了——

总分99.4分。在全部参与的56家厂中，万向名列第一，成为中汽公司万向节生产的定点企业。另外两家定点企业分别是青岛和广州的国营大厂。

心里高兴的鲁冠球在笔记本上写下一句话：“验收后全厂休息一天！”还在这行字下面画了红杠。

锻工车间的管大源没休息。根据验收组提出的锻件打上字的建议，他和工友反复合计：该打上什么字呢？这位刚由应届高中生招考进厂的新工人想到了“QC”两个字母，它既是刚刚建立的全面质量管理体系的代号

（TQC），也正好是万向产品“钱潮牌”钱潮二字的拼音缩写。

“好！就用 QC！”鲁冠球拍了板。从此以后，万向的每一个锻件都有了责任代号“QC”，它最终也成了万向被广泛认定的信用标志。

// “口袋”与“脑袋”

在宁围农机厂创办时厂房的旧照片上，一排平房的东头墙上，用毛笔写着标语：“严禁小便。”万向集团在一次展览布展时，工作人员嫌其不雅，抹去了这 4 个字，但那是当年的真实，记忆没法抹去。

2007 年 2 月，鲁冠球在接受中国企业家调查系统秘书长李兰的访谈中回顾说：“在万向发展初期，员工基本上都来自农村，他们以前只在田地里干活，刚到公司来的时候还会随处小便，更别说花草的养护了。举个真实的例子，在农村，大家都习惯吃甘蔗。比如，中午的时候，员工吃过饭从家出来去上班，他会在路上一边吃，一边扔甘蔗渣，一直扔到公司门口。”

这种非工业化的散漫随意同样在厂区的作业现场可以见到：车间里脏乱无序，工卡量具随意丢放，零件堆码交叉错位，锻铸和热处理车间任意在工件上热饭烧水。早期厂里订有基础性的条例规章，但并不起作用。

有一个意识，鲁冠球是很清晰的：要做好一个厂，先得造就人。也许你曾经是个农民，但没有半点儿理由因为一个“农”字可以减少或放弃自己对文化乃至文明的追求。

他把提高职工队伍素质、改变知识结构看作企业的一项社会责任，而不仅仅是企业的提升手段。就像他在与李兰谈话中说的：“企业要为社会提供物质商品，同时又是培养人的地方。企业就像是一个进出口公司，‘进’——让各种资源、原料等物质有形的东西进来，‘出’——出去的是优质的产品和无形的价值。”

在宁围农机厂时的20世纪70年代，鲁冠球也许还未曾有如此精练的表达，但他这种二元的思考却已经形成，“产品”与“人品”被他等量齐观，且后者意义更重。

鲁冠球对厂党支部书记祝炳善说：“老祝，我心里最急的还是员工素质怎么提高的问题，这比做一个产品来得更重要。”

祝炳善听完，把烟头往烟缸里一揿：“我也一直在想这件事，老鲁，你有什么考虑？”

祝炳善1971年5月来宁围农机厂任党支部书记，成了鲁冠球的拍档。他曾是20世纪60年代由浙江支援宁夏的干部，很敦厚，方脸粗犷，皮色也糙，是长年在北方生活留的底子。他到厂时，鲁冠球的日子不好过，厂里“造反派”不停地在迫害鲁冠球，把他为提高产量质量做的管理规定，为激励员工低调实行的有限度的奖惩制度，套上“奖金挂帅”“低头拉车，走资本主义道路”“腐蚀职工”等帽子轮番批判。有段时间还把鲁冠球的厂长职务给停了，让他靠边站。鲁冠球白天要下厂干活，晚上要去公社交代问题，半夜回来放心不下还回到厂里转转，管这管那。他说：“整个厂里，每个车间，地上哪里有块石头我都清清楚楚。”

祝炳善人很实诚，他懂得办工厂要靠鲁冠球这样的能人、匠人，自己作为基层党支部书记，不是去争行政上的什么权力，显自己威势，而是要给干事的人开道保驾。

这种默契，员工看了高兴，都说他俩是“两个脑袋，一个目标”，有人概括：“有了鲁冠球的精明，祝炳善的开明，事情就好做了。”

鲁冠球跟祝炳善这样分析：“我们面临的工作任务有两个：一是要把经济效益搞上去，集体盈利，员工富裕，让大家口袋鼓起来；二是要把队伍素质抓上去，品德好，文化高，业务强，把脑袋充实起来。一个口袋，一个脑袋，两个袋子缺一不可。”

“‘口袋’与‘脑袋’，老鲁，你这‘两袋’概括得好！”

鲁冠球进而说："钞票往员工口袋里投，知识往员工脑袋里投！"

"两袋投入"就这样成了万向节厂的工作主题，好理解又好记。

"口袋"要鼓起来。以行业 12 项验收标准为基准，万向采取更为严格的内控管理标准和考核标准，各项指标直达班组个人。相应地，奖罚标准也远高过先前，优质高产低消耗综合奖惩制度形成了，联利计酬浮动工资制实施了，收入和绩效挂钩，员工的责任心和创造性被空前调动了起来，人均创利成倍增加，人均工资收入也相应大幅提高。一旦有了"口袋"打底，人的劳动价值被尊重，企业也获得了进取的原动力。

但光"口袋"还不够，"脑袋"也要实起来，要让员工爱国家、爱集体，用科学文化知识和先进技能充实自己，万向在智力投资上花大本钱，在人才引进上花大力气。

鲁冠球的"两袋投入"富有创见性，作为万向重要的治厂理念被推行开来。社队企业不消说，即使在当时整个经济界，如此切合物质与精神两个文明内涵且形象具体的提法也鲜有所见。

萧山在 20 世纪 80 年代的第一次大规模人才招聘行动就是万向开的头。鲁冠球不再容许低文化程度的人员进入企业职工队伍，规定新进员工必须具有高中以上文化水平，并通过公开招考来招聘。他要迅速改变当时全厂仅有少数几名高中生、职工平均文化程度仅为初小的落后局面。那年，万向决定从本公社范围内招收高中毕业生，有 350 多人报名，按考分取前 50 名，最后实际进厂 47 人。

还有 3 人呢？祝炳善把名单拿来给鲁冠球看，面有难色："这 3 人有考试作弊行为，照规定应该取消。可他们都有人事背景，刷掉了恐怕招怨。"

鲁冠球态度很坚决："一把尺子定规矩，一个口子也不能开。"

祝炳善二话不讲，拿笔把这 3 个名字勾掉了。

不久，万向又把招考范围扩大到全县，对象还是高考落榜的高中毕业生，消息在县广播站一播，整个县城都轰动了。

鲁冠球所在的金一村，好些考生没考取，宁围公社其他村也有落榜的。村里人想不通，公社里也有意见，说“社队办企业要安排自己的劳动力，凭什么挤了自己人让外面人进”，骂鲁冠球“不仁不义”。鲁冠球一点儿也不退让松口，他说：“企业招的是人才，不是照顾乡里乡亲。只要是人才，别说是本县，外县、外省的我都要，外国人肯来我也要。”

鲁冠球有个 19 岁的外甥女也来参加招考，结果只差 2 分没能录取。表兄来说情：“舅舅那里不好交代呀！”

“你回去说，我鲁冠球是厂长，我不能违反规矩。差 2 分录取了，差 1 分录取不录取？要都开口子，说话不算数，我做厂长还有什么威信？”

看表兄不语，鲁冠球又说：“这种事以后你不要再跟我来说。舅舅，我已经照顾他了，安排到另一个厂的传达室看门，说得过去了。”

鲁冠球还让表兄代他召集在厂里做工的亲属开了个会，转告他的话：“不要以有亲戚靠山自居，一切要靠自己的努力，给负责人亲戚争点儿面子，不要拆台！”

// 花钱“买”大学生

1984 年 3 月，国务院和国家经委的领导同志到萧山万向节厂考察工作。一个初露头角的乡镇企业第一次接待国家领导人到访，这让鲁冠球既高兴又紧张。

细心的读者会发现，本书行文到这里，“乡镇企业”的名称出现了。是的，1983 年 10 月，中共中央、国务院发出《关于实行政社分开建立乡政府的通知》，人民公社既是行政组织又是经济组织的政社合一体制宣告结束。社队企业已经改名为“乡镇企业”。

到访的这位经济战线上的老领导，看到在偏僻的萧山乡村出现这么一家崛起的企业很兴奋。他关切地问鲁冠球："你们还有什么困难？"他估计鲁冠球会像其他企业一样，提出类似原材料紧张、产品进不了国家计划、在银行贷不到款等困难，哪知鲁冠球只提了一个要求："能不能分配几个大学生给我们？"

他的脸上掠过一丝惊异，转而对陪同考察的浙江省委领导同志说："还是头一次听到这个要求。"

"这可能有些难。现在国家各方面都缺人才，大学生数量不多，要分到乡镇企业还是有难度。"

鲁冠球想了想，说："那我'买'行不行？"

"买？"这个词好新鲜。"怎么个'买'法？"他捋开黑呢子大衣，趋近追问。

"就是我们给国家付培养费，国家培养一个大学生花了钱，我们不会白要，5000 元一个，1 万元一个都可以的。"

听了这话，他笑了起来："这倒也是个好办法。"他侧身对省里的同志说，"你们关心着点儿，回去商量商量。"

5 个多月后，鲁冠球意外接到省里的电话："老鲁啊，今年有 8 个大学生名额分配给乡镇企业，我给你们留了 4 个。"

鲁冠球喜出望外，但还不满足："都给我吧，8 个我包了！"

"不行啊，要的地方多，已经给你们一半了，我记着，下次再给。"

这个消息让鲁冠球像家里办喜事一样高兴。他把行政科长叫来，吩咐他马上安排：腾出房来，两人一间，互相不会太干扰。一人一张书桌、两把凳子——好接待人。每张桌上配台灯。买 4 辆自行车，一人一辆，要永久牌的。一定要"永久"？鲁冠球说这是个寓意，好让他们久久留在这里。

鲁冠球让财务科长马上向教育部门支付 24 000 元"培养费"，每人 6000 元。

这一年，浙江人民广播电台等单位评选"万人赞"厂长，以自发投票方式推选改革型厂长。鲁冠球榜上有名，并得到了奖品——一台彩色电视机。那时，彩色电视机还是稀罕物，鲁冠球自家看的还是黑白电视机，可他让人直接把彩色电视机送到大学生宿舍，说“他们更需要”。

鲁冠球对大学生的需求，这以后一年多过一年，他希望每年有 100 名大学生进厂来，人事干部压力很大。鲁冠球说：“如果你适应不了，招不进人，我就换人来做。”直到 1993 年国家把万向作为分配大学生的定向企业，情况才得以缓解。

同时，鲁冠球“不惜血本”从国有企业中招募和挖掘专业人才。万向聘请许多专家、教授、高级工程师组成顾问团，给他们提供咨询费，他们成了万向的“智囊团”。人们至今还记得，万向租用的“上海牌”轿车总会在节假日进进出出，接送外面来的专家和工程师。

之后，鲁冠球发布“1 号指令”，规定“各（下属）公司、企业、部门新提升副经理级的干部，必须是大专毕业或相当于大专毕业学历以上者，若指令生效后仍使用不符合规定人员的，要严厉追究此项工作负责人的责任”。

曾任万向集团人力资源部总经理助理的程捷是 1994 年进厂的，毕业于杭州大学中文系。那时，教育体制改革，毕业生已经不包分配，采取自主择业。他和许多毕业生一样自愿选择到万向。当时的万向已经不再使用“浙江机电集团公司”“浙江万向集团公司”两个称谓，直接叫“万向集团公司”了。

前来参加面试的程捷十分惊讶，在乡村包围的地方有这样一个清洁美丽、富有现代气息的大企业。他记得：“那年一下子招了 180 多个本科和大专毕业生，是历史上人数最多的，把餐厅挤得满满的。管人事的王永进说，知道你们来，鲁主席很高兴，他说就要多招像你们这样高学历的人。午饭在小食堂吃，进去一看，吃的是围桌，很惊讶，你知道，学生很穷，真的穷，没吃过像样的席，这里居然是围餐，菜好，连鳗鱼都上了桌，以前哪吃到过这个呀！走的时候厂里还派车送我直接回杭大，是凌志轿车呀，我都记得车牌号是浙 AG2266。那车密封太好啦，加上中午吃得太油腻了，我下车还吐了。”

程捷被分配到办公室做文字工作。这一届算上程捷共有 4 位文科毕业生到了万向，其中两位女生，一位彝族，一位壮族，来自中央民族大学。一家机械工厂，光是文科生就招了这么多，那气魄，让他们折服。

鲁冠球对他们说：“你们都是人才，万向需要你们。之前有个大学生来公司担任法务，很专业，好多法律上的事情都被她解决了。过去跟人家有争执，得看谁嗓门大，她出去一讲话，让对方无理可辩，有理不在声高，这就是人才的力量啊！”

这话把大学生们说得心里暖暖的。

// 拿“鞭子”的人

要大学生，在鲁冠球看来是输血。自己就地培养，是造血。鲁冠球说，他当时的心情是“恨不得手里拿根鞭子把所有人都赶进课堂”！

鲁冠球和坐在办公桌对面的祝炳善商量要“赶”的第一拨人：从招收进厂的高中生中挑选 37 名，加上从现有职工中选拔的 7 名，共 44 人，去 5 所大学培训，包括浙江大学、浙江农业大学、浙江工学院、吉林工业大学等。

“老鲁啊，这些培训生，学 2 至 4 年，他们的学费、书费、仪器费、住宿费、路费、医药费和助学金全部由厂里负担，每年要付 8 万多元，是个大数哇！”

“是一笔大开支。我算了下，到这批学生毕业，总共要付代培费 33.5 万元。”

“有很多人想不通，牢骚话传来传去，觉得贵了，说厂里现在不富裕。”

祝炳善有些压力。

“我想清楚了，办企业不是种田，只管一季。给企业未来打基础，储备人才，花多少钱都值。”鲁冠球很坚决。

“这也是‘脑袋投入’的一部分，我们上下做工作，让企业员工懂得算大账。”祝炳善同样坚决。

“好，我们搞一个欢送仪式，让他们自豪地到学校去！”

两个人一来一去的对话，都送到北窗口边莫晓平的耳朵里。他也是从高中毕业生中招考录取的那 47 人中的一个，因为字写得好，又会做文章，被因才录用做了厂部秘书，同厂长、书记一个办公室。他至今都记得清楚，说完这个话题，两位领导因为谈话的激动都涨红了脸。

学员走的时候，厂门口排起了长长的队列。向来不易动情的鲁冠球挨个儿拍着他们的肩膀，帮着紧紧背包带，问是否都带齐了东西，嘱咐大家：“好好学吧，学成早点回来，工厂的明天靠你们了！”

学员们握着鲁冠球的手说：“我们会珍惜的。”

万向钱潮股份公司总经理李平一是 1984 年招考进入万向的高中毕业生，进厂就被选送到吉林工业大学学习。同去的 10 个人，每 2 人一个专业，李平一学的是拖拉机专业，学制 4 年，与本科生上完全一样的课。

一个 18 岁的农村孩子，没高考就进了大学，厂里还给发工资，这样的条件，除了发奋读书，回报工厂，还能有其他选择？经过 4 年寒暑，他与其他 9 位培训生带着跟同班本科生同样合格的成绩回到了厂里。

鲁冠球并没有马上把他放到管理科室，而是安排他到金一车间做车工。这是很艰苦的工种，行话说“车工肚脐眼有两个”，就是形容车工很易被铁屑烫伤留疤。

他在车间实打实地干了 2 年。有一天，鲁冠球找到他说：“你给我抄篇文章。”他就用两张方格纸随手找篇文章抄了，没想到，第二天就被调到了技术科。鲁冠球说：“我从你的抄写中看出你很认真。大学读了 4 年，车间干了 2 年，可以上来发挥作用了。”

没几年，李平一就到集团发展部任副总经理，参与并主管新能源开发。2013 年，他调任万向钱潮总经理，成为集团的高管。

比他早些年进厂的高中生管大源，在岗工作几年后到浙江大学进修，2000 年在首都经贸大学企业管理专业读硕士研究生。回厂后，他先后担任集团执行副总裁、万向钱潮董事长等职，在管理岗位上很有贡献。他说：“万向是个‘学习型’企业，不管你处于什么岗位，只要给自己定好位，肯勤奋学习，不断充实自己，一定可以与时俱进，有所作为。”

鲁冠球要拿鞭子“赶”的第二拨人是工厂的全体员工。

万向钱潮副总经理顾福祥在回忆那时的学习气氛时说：“大家一下了工就往教室跑，星期一到星期五是晚上，星期六、星期天是全天。老师是外面请的，管理非常严格。1990 年厂里制定的《职工教育管理制度》，凡 28 周岁以下的青年职工，不参加厂校学习者，每学期罚款 30 元，学员到课一节，可领到课金 0.5 元，旷课一节罚款 5 元，无故迟到早退以及请事假者，罚款 0.25 元，按学期结算。成绩合格发奖金 5 元，评为优秀学员奖 10 元，全勤者奖 5 元。任课老师则根据学生到课统计和成绩好坏分别给予奖罚。萧山电大当时还特意在厂里办了个班，传授机械制图、高等数学等课程，职工抢着去读。”

学习培训营造了万向重知识、比贡献、争当“企业文化人”的浓厚气氛。1996 年，国家社会科学重点课题组在对万向集团的调查中发现，职工在培训后不仅优化了劳动技能，提高了劳动生产率，还产生了许多促进高产优质低耗的发明创造，有些甚至获得了国家专利。

如果历数万向高管的履历，能够看到他们大多是由普通员工提拔上来的，都有企业培训这必经一步。万向的管理团队不是以空降的精英为主体，而是由文化程度并不高的本地农村青年经过培训逐步形成的人才群体。

人们都说，鲁冠球拿鞭子“赶”得最多的，其实是他自己。

每到星期一，鲁冠球都会拎起皮包，钻进汽车，赶一小时的路，去浙江大学听经济管理专修课。

这课程是鲁冠球自己选的，每周半天，由王爱民教授讲课。有时，鲁冠球会带着公司管理层的同事一起去听课。浙江大学的阶梯教室里，万向的人占了一片。

开始时，来这里听课的有许多企业家，包括步鑫生等，后来慢慢地，来的人少了起来，最后不见影子了。但鲁冠球从不缺课，第一排中间一侧的那个座位上总是可以看到他聚精会神的样子，听课，记笔记，提问题。

人高马大的王爱民说话嗓门也高："我不承认步鑫生是我的学生，鲁冠球才是我的学生。"

课堂上学得不够，鲁冠球又把王爱民请来公司当管理顾问，浙江大学也把万向当成学校实习基地。教与学，理论与实践，在万向与浙江大学的互动中，朝着现代企业管理的目标，找到了最好的结合。鲁冠球在管理实践中形成的真知灼见渐成体系，成了经济管理学院的教案。多年后，鲁冠球还被特聘为浙江大学工商管理专业硕士研究生（MBA）导师。

对于只读完初二的鲁冠球来说，要坚持这样的学习不容易，他说："我就像踩着满是打滑的石头，上山去。"他把别人看电视、洗足浴、坐包厢的时间都拿出来读书、看资料，包括学英语。

在他的笔记上，有英文字母的读音拼注，注的是萧山方言读音。

A	B	C	D	E	F	G	H	I	J	K	L	M	N
爱	皮	西	地	衣	爱夫	其	爱去	啊害	茄	开	爱尔	爱姆	爱五

O	P	Q	R	S	T	U	V	W	X	Y	Z
哑	批	扣	奥而	爱司	梯	由	味	达别留	爱克司	坏害	齐

每天清晨或者晚饭后，人们看到鲁冠球在家里庭院小道上散步时，常念

念叨叨这些英文字母。他的秘书每天要提供几万字的信息资料，内容包括时政、经济、科技文化等。20 多种报纸看下来，他手上沾了油墨，要洗好几次手。

专注于学习，不息地为自己的“脑袋”扩容，成了鲁冠球一生的努力。他看重自己在理论学养上的进步和积累，也看重关乎知识成就的荣誉。2001年，香港理工大学授予鲁冠球荣誉工商管理博士学位。他看重这个头衔，有段时间，他的名片上除了“万向集团董事局主席”，就是这个“荣誉博士”。

第四章

万向节：

被握紧的“传动关节”

1984年，鲁冠球（右）与到访万向的美国客商多伊尔在车间看产品

// 也是众里寻他千百度

1984 年的春天，有两个美国人坐车离开杭州市区，去萧山寻访万向节厂。作为美国最大的万向节厂舍勒公司的代理商，多伊尔公司总裁贝尔和美国席菲柯锻造公司总裁奥东尼尔，之前已经到过广州和青岛的两家万向节厂，没谈成业务，现在，中国之行的最后一站，让他们充满期待。

舍勒公司对万向其实已不陌生，3 年前的广交会上，他们就注意到萧山万向节厂的展品加工很精良。严谨的美国人此后连着 3 年都从广交会上要了样品去，也连着 3 年在汽车上进行试验，结果发现产品质量很稳定，且一年好过一年，因此他们看好在中国发现的这个潜在供货商。

到访的消息是由中国汽车工业进出口公司从北京打来电话告知的，要万向两天内办好接待手续。

鲁冠球放下电话又高兴又发愁，有美国客户上门，是求之不得的好事，可手续两天怎么办得了？当时萧山还是非开放地区，一块用 4 种文字写的“外国人未经允许不得超越”的牌子立在钱塘江大桥桥堍的南边。

碰巧，那天杭州市主要领导在万向做企业改革调研。听说这事，市委书记厉德馨想了想后，对犯难的鲁冠球说：“老鲁，你马上给北京回个电话，说欢迎他们来。手续，市里帮着解决。”

敢拍板、讲效率的厉德馨把市长钟伯熙和其他几位市委领导叫到一起：“今天市委几位常委都在，我们商量一下，可不可以来个‘特事特办’？鲁冠球发展到今天不容易，这样的机会连国有企业也不一定有，不能因为这块牌子的‘禁令’而失去。”

两天后，所有手续办妥，障碍被疏通，外国人第一次越过了钱塘江。

地处萧山偏僻乡间的一家乡镇企业因为自己的万向节产品引起美国客户的关注，对鲁冠球来说，这意外似乎来得早了些。他接触到万向节这个汽车零部件还不到 10 年。作为汽车传动轴与驱动轴的连接器，它在旋转中能任意变换角度，故又叫作“万向接头”，是传动装置的“关节”。

鲁冠球最早握住的这个“关节”，还不是汽车的，而是拖拉机万向节。农机要求相对较低，配件数量零星，做不大。有一次在萧山农机产品展示会上，有朋友提供了汽车万向节样品，问鲁冠球能不能做。

鲁冠球对“跃进”牌 3.5 吨汽车上的这款样品很有兴趣，回来就组织技术人员动手试制。祝炳善通过熟人从杭州商业机械厂拿来相关技术图纸，还请那里的技术人员过来指导。

也是遇到好机会，杭州汽车制造厂把“钱塘江”牌 3.5 吨汽车的万向节加工业务分配给了杭州汽车配件厂，可汽配厂主要生产传动轴，没积极性搞，拖了快两年还没东西生产出来。厂长丁钧华是鲁冠球的朋友，说：“万向节你去搞吧！”鲁冠球一听说，马上向杭州市机械局领导请战，并保证：“3 个月出样品，做不出来你罚我！”

3 个月后，经鉴定合格的样品证明了万向已具备生产汽车零部件的条件，“钱塘江”用上了它。还有没有其他的车型、更多的用户、更大的市场呢？鲁冠球并不满足于初来的成功，他费尽心思，由此开始了汽车零部件生产专业化道路的摸索。

今天，当现代制造业将令人眼花缭乱的高、精、尖产品呈现在人们面前时，很难想象 40 多年前一个外形像十字架的小小的汽车万向节会怎样折磨一位乡镇企业的厂长。他能否握住万向节这个“关节”，能不能由此运动起企业的整个肢体，健壮地跑向未来，前途并不明朗。

从宁围农机厂出发，到这时鲁冠球已经走了10年的创业路。为了企业生存，他揽下了自己所有能干的活。在他“多角经营”的产品清单上，除了农机具配件，还有失蜡铸钢、轴承滚针，以及拖拉机和汽车万向节等。多做一个产品，就被要求多加一块厂牌，厂门口最终挂了4块招牌。这种小而粗的多样化生产带来了早期的实惠，1980年全厂年产值已超过300万元，利润达到69万元，在萧山的乡镇企业里有了名气，员工收入也不错。但在鲁冠球心里，企业仍然是漂泊打转的小船，他还没有找到一个牢靠的专业化产品来充实他对企业的未来构想。

这也是浙江成千上万个乡镇企业此时共有的困惑。大家都在找产品做，都在跑市场，五花八门、琳琅满目，但如果没有拳头产品在手，你就不能在市场的海洋里远走。谁打开了专业化方向，谁就有了生机，不论是义乌的小商品，温州的鞋帽、打火机，嵊州的领带，还是永康的五金……

汽车万向节最终被鲁冠球“握住”并成为专业计划的方向，得益于他对经济时局的关注与判断。

喜欢读报的鲁冠球在《人民日报》上看到了一篇题为《国民经济要发展，交通运输是关键》的文章，里面说到，国家在大力发展公路运输的指导思想下将会把当年的汽车货运指标定在5.4亿吨。这个数字让鲁冠球为之一振，他从一个农民最实在的角度去想，这得增加多少汽车？又需要有多少汽车零配件？万向节是个易损配件，握住它，还愁没市场？

他开始跑市场，问行情，求证他的判断。

开始的市场调查结果令他有些失望。国内汽车万向节市场已经相对饱和，业内以国企为绝对主体的数十家生产企业竞争激烈，一个乡镇企业要挤进去抢份额难度很大。但中国汽车工业公司的一位老同志给了个信息，给失望中的鲁冠球打开了另一扇窗：“你们如果真想做，倒可以考虑做进口汽车万向节，中国每年有大量汽车进口，国内没有万向节厂配套，你们能做，填补了国家空白，还节省了进口的外汇。”

鲁冠球眼睛一亮，我们可以做啊！但那位老同志没忘记提醒：“进口汽车万向节型号多，批量小，技术标准又非常高，不是很容易做的，你要有思想准备。”

带着这个信息回来，火车上的鲁冠球几乎一夜没睡。他翻来覆去地想着老同志的这些话，还有他提供的数据：全世界轿车保有量，美国1.6亿辆，日本0.9亿辆，联邦德国0.2亿辆，全球总量不下4亿辆，每年光是维修一项，就需要2.2亿套万向节，这市场也太大了！

他睡不着，索性起来，借着卧铺床头幽暗的灯光，在笔记本上写起了准备在厂部会议上讲话的提纲：“一、说一下我厂为什么要生产万向节。二、说一下我厂生产万向节的有利条件，特别是设备、厂房、人员、技术力量已适应。三、说一下我厂生产万向节总的不利条件……”

事实上，鲁冠球面临的“不利条件”之一是有些员工想不通，他们认为，好好的一年几十万元利润，做做这些厂里就很好过了，突然间，你把其他产品都紧缩了，想专做万向节，而且是进口汽车的万向节，技术难度高，利润还薄，怕是大碗没端住，小碗先砸了。你不是说乡镇企业船小掉头快吗？如果只是生产万向节一条船，船是大了，到时怎么掉头？

要说服他们并不容易，但在长期困苦艰难中磨炼出的倔强性格和意志每在这样的关头，总是让鲁冠球找到坚持的力量。他启发员工不要将目光停留在几十万元年利润的“坛坛罐罐”上，而且还特别告诉大家：“守摊是守不住的，就像河里撑船，不进则退。如果一条船老掉头，原地转来转去，还怎么前进呢？要想得远，看准了，就不放弃！”

“收回五指，握紧拳头，走专业化的路！”这是鲁冠球以超前意识产生的产业决策，它将一个看似寻常的万向节赋以独特的灵动与耐力，推动企业从钱塘江边走了出去，并且最终成就了万向在国际主流汽车厂商中难以撼动的地位。“思路决定出路，作为决定地位，一切都是人为，时间检验行为。”鲁冠球的这句座右铭首先在万向自己的产品选择上得到了应验。

20多年后，当万向成为全球最大的万向节制造商后，鲁冠球庆幸当时的选择，他写了个手稿："发家靠万向节，吃饭靠万向节，创牌靠万向节。"

在厂部党政领导统一思想，做出专业制造万向节的决策后，全厂开了誓师大会，口号是鲁冠球拟的："树雄心壮志，鼓革命干劲，团结促生产，一心为万向，完成原产值，创出万向节！"

挂在厂门口的4块招牌只保留了1块——"萧山宁围万向节厂"。不久，又扩大地域属性，先后改为"萧山万向节厂"和"杭州万向节厂"。

1995年5月15日，江泽民同志到万向集团视察，问鲁冠球："你当时为什么看中了万向节这个产品呢？"鲁冠球以一句大实话作答："其实，选中万向节在当时并不是科学的决策，只想市场上什么好卖就生产什么。""噢，生存需要，是拍脑袋决策。但是，你拍过脑袋之后呢？"

"拍脑袋只是一时的，之后我们就开始认真分析市场供求关系，加大企业内部改革的力度，科学筹划企业的发展路子。在保证汽车万向节这一主导产品生产的同时，我们已经开发了为各类工程机械配套的等速万向节、保持架、轴承、传动轴、滚动体、差速器等产品，并真止实现了从田野走向世界的梦想。"鲁冠球言谈中流露着无比的自豪。当江泽民得知万向集团公司的产品已经远销32个国家和地区时，风趣地说："你鲁冠球这下名冠全球喽。"[①]

// 走进美国

穿过连片棉田包围的土路，美国客商来到了简朴的杭州万向节厂，看得出这里刚刚做过清扫，洒过水的厂区道路干净整洁，绿树成荫。

---

① 骆国骏、李丹：《向着建立现代企业制度迈进——江泽民总书记视察浙江企业纪事》，《浙江日报》，1995年5月24日第1版。

作为一位乡镇企业家，鲁冠球在自己的厂里第一次接待了外商。

此时万向节厂的产品展示台上，陈列着数十种进口汽车的万向节，琳琅满目，吸引着到访的外商。如果考究它们的来历，很有些离奇。

回说当年，当工厂集中全线主力研制进口万向节时，一个常识性的难题首先拦在面前：来自各国的进口汽车型号繁多，它们的万向节产品图纸和技术资料无法获得，试制也就无从下手。鲁冠球和大家商议后想出了一个笨办法：派人到当时国内进口汽车集中进关的天津港去蹲守，在那里了解谁家进了台什么车，什么牌号，提车去了哪里，然后顺路追踪，去把车主找到。每找到一辆，就恳求驾驶员把万向节拆了给绘图。对方往往说："那怎么行？车子要用的。"万向的技术员说："白天你用你的，我们夜里卸下来，早上装回去，不耽误你出车。"

几个月间，万向技术员就这样日夜不息地从东南西北找回了 60 多个进口车型号的万向节技术资料。他们每试制出一种型号的万向节，就把样品装回原车去试车，请对方驾驶员记录下使用数据，加以定型，最终所有样品都通过了行业鉴定。

现在，这些万向节正在美国客商的手中被一一检视。奥东尼尔用直角尺和水平仪熟练地校验了一下，产品的垂直度和平直度几乎达到图纸规定的中差，很不错，美国一些专业工厂也不过如此。而奥东尼尔眼前看到的生产设备却是最普通不过的，万向并没有美国那样借助机械手和电脑操纵的全自动数控机床、多工位机床，这种反差令他惊讶。

鲁冠球未能解读对方的情绪，便在旁解释说："我们是乡镇企业，在我们国家，乡镇企业通常生产比较初级的产品。"

"不，不！"奥东尼尔捋了捋棕发，说，"我们就愿意同乡镇企业打交道。"他随手从皮包里拿出一套万向节十字轴样品，和鲁冠球商谈委托加工的意向。

经过几轮很有戏剧性的讨价还价，鲁冠球打破僵局，报出每件 6.3 美元的“折中价”后被认可，由杭州万向节厂向美国舍勒公司出口 3 万套万向节总成的合同书当场签署。这是这个乡镇企业的产品首次出口，也是中国汽车零部件首次进入国际市场。

据当时在场的浙江省汽车工业公司倪绥炯回忆，场面应该有这样的补充：“我和我们公司经理王外当时提醒鲁冠球，让他再咬咬价看，如果这个价格定了，肯定要亏本，将来做出口压力就大了。鲁冠球说：‘我们把压力变成动力，就按美国的价格来推动我们降成本。’老鲁，他一个农民，办企业的人，如果没有战略眼光，不可能立刻做出决定的。换成别人会说：‘国内产品做做算了，何必明明亏损也要做出口？走出去没那么容易！’”

杭州万向节厂产品出口美国的消息经新华社报道后引起很大反响。中汽公司在北京惠中饭店开工作会议，特意邀请鲁冠球去汇报产品出口的经验体会。先前瞧不起乡镇企业的国营汽车厂看美国舍勒公司都订了万向的货，也就放下架子，跟鲁冠球谈生意了，墙内开花墙外红的现象开始改变。以前，万向的销售员到第二汽车厂，他们采购部的人见都不见，明确地说：“用你们乡镇企业的产品，我们想都没想过。”万向有名了以后，二汽采购科长专程来万向道歉，说当时不应该这么讲。

万向按合同将首批 1 万套万向节发运到美国。发货前有个小插曲：当时厂里没有足够的仓库，装箱后产品码在路边等运走。木箱有缝，鲁冠球来回仔细看了几次，弯下身在木箱缺口上摸了摸，对管库的马传根说：“你仔细点儿，别让苍蝇飞进去！”

这犟头的马传根想也没想，就把话顶了回去：“苍蝇要进去，我有啥办法？”把鲁冠球气得话也说不出，他说：“传根哪，如果美国人一打开，看到里面有苍蝇，这啥感觉？”说了还不解气，他回到办公室，特意写了工作指令给马传根，告诉他：“我好心提醒你，你不假思索就回绝，我很生气！”

万向发去美国的产品经当地海关严格检查完全合格，这让购货方美国舍勒公司放心地与万向继续合作。作为美国汽车零部件行业排名前三的巨头，舍勒公司拥有遍布全球44个国家和地区的销售网络，万向的出现有效助长了它联手扩容的商业雄心，也在客观上将鲁冠球带进了前所未有的广阔世界。

1985年2月，美国舍勒公司邀请鲁冠球访问美国。

正是江南早春。走那天，萧山下着雪。鲁冠球穿着深灰色西装，黑大衣外套，手上提着棕色航空箱。这件黑呢子大衣还是他临时向朋友借来的。从童家塘出来去厂里，他依旧骑自行车。前些天因为路滑，下坡时摔了一跤，把后座的夫人颠在了地上，他自己也伤了腿，到现在走起来还有点儿瘸，但这无妨他出门，他在念算，摔摔（"岁岁"谐音）平安，兴是吉兆？

由上海经旧金山到纽约，再飞到克利夫兰，漫长的飞行并没有让鲁冠球疲倦。十几年前还在铁匠铺的他，如今竟能飞大半个地球，到"汽车王国"的美国去做生意，他甚至怀疑，是不是有点儿不真实了？不，不在梦里，在他从克利夫兰前往迪法恩斯300多千米的路上，他真切地被告知，舍勒公司的总裁、副总裁已经在门口等他了。

扫雪机把前方道路清出了湿润的弧线，可以看到3条清澈的河流交汇处古老的城堞。有200年历史的迪法恩斯市宁静又美丽。这里早先是印第安人的居住地，淳朴民风绵延至今。车子停在一栋深褐色大楼前，穿过鹅卵石甬道，在鹅黄色地毯上停住，他就和前来欢迎他的舍勒兄弟见上面了。

这是一对孪生兄弟，两人外貌酷肖。他们的父亲18岁开始经营这家汽配公司，到哥儿俩接手时他们也正好18岁。之后10年工夫，他们把公司做到鼎盛。

总裁办公室门口挂了中美两国国旗。在车间楼上的会议室，布置了舍勒公司代表访问杭州万向节厂的图片。这样的布置，在舍勒公司从来没有过。

整个考察需要用惊讶和叹服这些词来形容。从锻造、热处理到机加工，戴上安全帽、防护镜的鲁冠球看到的是当今世界零部件制造最先进的设备、技术工艺和管理。7800磅锻锤在多件锻造十字轴，每班生产3000件。轴承碗用冷挤压工艺，6 只冲头依次工作，冲压后直接高频淬火。多工位车床将十字轴外圆平面车得光洁锃亮，终端全电脑控制。这其中许多专项设备都由他们公司自制，有些是鲁冠球想要没要到的，有些是他想也没想到过的。

他频频对同来的技术顾问韩君已说："都记下了吗？记下，记下！"

最令鲁冠球惊讶的，是舍勒公司 45% 以上员工有大专文化程度，图书馆有 6000 册藏书。舍勒公司拥有全球最多的万向节生产专利。

在舍勒公司展示的电子大屏幕上，显示着它的企业状况和全球销售网络——年产 400 万套万向节，300 多个品种，产值 3000 万美元。生产工人 150 人，技师、工程师 60 人，销售及管理人员 60 人。舍勒公司依靠强有力的输送网络，能够在 24 小时内将配件送达用户。

鲁冠球心里比对着，自己厂 1200 人，才生产 50 万套。这差距让他心里发急。

"舍勒先生，能不能告知一点儿世界汽车零部件市场的信息？"

"好的。"舍勒介绍说，"全球现有 4 亿辆汽车，需要 10 亿套万向节备件，有 100 多家万向节厂，希望舍勒和杭州万向合作成为最好的制造厂。"

这一夜，鲁冠球没睡好，也许美国的席梦思太软了，空调也过于燥热。在舍勒公司考察找到的差距、全球万向节市场的巨大，都让他不能平静。他更加庆幸自己没被"多角经营"的小圈子绊住，专业主义的道理使他一咬牙，握住了万向节，并且在美国这个世界汽配市场的集中地，看到了长远的机会。

在当天的日记里，他在梳理访美感受时这样写道：

一、先进的制造技术和现代化的科学管理是美国企业高效率的核心。二、对用户需求高度重视，做到了顾客至上。三、中美两国人民的友好气氛到处可见。四、美国的物质条件好，商品丰富。因为科学发达，技术先进，工作效率高，所以收入也高，家庭大都有小汽车。五、重视科学文化。六、环境好，无烟囱，到处绿化草地。七、劳动力成本高。如能引进技术，加强管理，我们比人工昂贵的美国更有优势。

“唉，韩总，你也没睡着，干脆把和舍勒的合作意向拟了？”

“好！”这位来自杭州汽轮机厂的高级工程师起身拉亮了台灯……

在铺有墨绿丝毯的长桌上，摊开放着两份待签的合约文本。桌上插有中美两国国旗。鲁冠球签完字把钢笔插进笔套的刹那，眼睛被前面的五星红旗所吸引，一种神圣感在心里头升了起来。此时，他代表的不只是万向这个乡镇企业，也代表着中国的农民，代表着中国。

在去机场的路上，贝利 · 舍勒问鲁冠球：

“听说你先前是农民？”

“是的，我生长在农村，现在还是农民。”

“我喜爱农民，我爷爷就是农民，我有农民的血缘。”

“农民在现在的中国有许多新的选择。很多农民离开土地经营乡镇工业，用中国的话说叫离土不离乡。”鲁冠球介绍说。

贝利 · 舍勒把手搭在鲁冠球的手背上，说：“您要走了，我送您一句话：落后的技术可以用先进的管理来弥补，而落后的管理是任何先进技术也弥补不了的。”

“谢谢您的忠告！”鲁冠球为这句话的分量而感动。

// “独家包销”风波

1985 年 5 月，鲁冠球收到了舍勒公司从美国寄来的图纸，里面包括了 10 个万向节产品的图纸资料，对方要求 7 月底送去样品，他们将在年内向全球发出订单，文件签署者是贝利 · 舍勒。

这是当年 2 月鲁冠球访问舍勒公司后对方给出的第一份订单。

但万向的管理层干部并没有和鲁冠球一道高兴起来。进入 1985 年后，企业陷入了困境，外部银根抽紧、原材料涨价，平常隐伏的内部经营管理上的矛盾集中暴露出来，导致一季度利润急速下降。从美国回来后的鲁冠球正在苦恼地分析、应对。他甚至沉到车间和管理科室，亲自去仓库盘点，找每一个问题与短板，以期在整个管理团队中树立起一个信念：不论外部条件变得怎样恶劣，真正决定成败的还是企业内部对经济环境的适应力与获得主动的软实力。以高水平管理迎接高质量发展的整改因此在万向推进开来，市场有了转机，局面开始好转。

在全厂开足马力应对国内市场需要、把产量和利润拉上来的时候，要腾出手来做舍勒公司的 10 个样品，就势必打乱生产计划，影响盈利目标。按照往常进度，每个月只能安排 1 个新产品试制，现在 10 个一起上，而时间只有 3 个月，许多同事表示为难。

导致负面情绪的原因还在于，总是有人觉得做出口产品不合算，一套万向节出口比内销要少卖六七元钱，外汇也都让国家收了，企业一分钱得不到。以 1985 年的出口量算，要少赚 20 多万元。业绩和大家收益挂钩，大家都心疼因此少得好几百元，相当于 1 个月工资。

鲁冠球在中层干部会议上这样语重心长地开导大家："人不能只看眼前，算小账。世界汽车零部件市场大得你想不到，我在美国实实在在感觉到了。我们'钱潮牌'万向节能打进美国，就好比美国丝绸打到'丝绸之府'杭州，是一件多不容易的事！我是看明白了，世界汽车零配件市场其实就是美国市场。七八十年代，我们的产品有少量进入东南亚，但很零星，没多大油水，人家还揩我们的'油'。去美国，是揩他们的'油'，学他们的技术，学他们的管理，占他们的市场。我们万向的产品被贴牌成了美国产品，到国际上价值就高了。"

鲁冠球总能用浅显的比喻来表述他的经营理念："做出口，就是做高附加值。要有新观念。鸡只看到眼前，所以只能吃到米。鹰飞得高，可以吃更多东西，甚至是吃鸡。我们定下的目标不改，1986 年说啥也要出口 20 万套，比今年增 5 倍。"他伸出了五指，久久没有收拢。

鲁冠球拒绝了管理层希望推迟交工期限的要求。原有的生产运营计划被重新调整。加班苦干作为中国职工的特长尤其发挥了作用。上下一盘棋，非要按期拿下样品。美方考虑到图纸交接误时有自己的原因，通知万向可以适当延迟交货，鲁冠球果断答复："说好的日子我们不会变！"

7 月底，2 个月时间，10 件样品空运到美国。

正在读报的贝利 · 舍勒摘下眼镜，很意外："不是说好可以 3 个月交货吗？这个鲁……"

经过检验室测试和在美国、澳大利亚、南美进行 1 万千米以上路试，这 10 件样品全部合格。贝利 · 舍勒高兴地给鲁冠球写信："所有的结果表明，目前情况良好。未发现有一个尺寸上的出入。未发现任何磨损或过早磨损。焊接情况很好。我们对杭州万向节厂的技术能力表示敬意。希望这一点将来能一直保持。"

继 1986 年供货 20 万套万向节之后，万向通过舍勒公司和其他渠道出口的万向节数量逐年增加。万向已经强劲地显示出做大出口量的潜力。舍勒公司从自身占据竞争优势地位的利益考虑，想把万向这个优质产能资源控制在自己手里。

1987 年 9 月，舍勒公司国际部经理莱比和多伊尔公司总裁多伊尔到万向，提出由舍勒公司独家包销杭州万向全部产品的出口，舍勒公司的回馈是提供技术、资金、先进设备、市场信息、人员培训等优厚条件。从 1987 年到 1992 年，每年增加购货量 50 万套，到 1991 年包销总数达到 2000 万套，合约一签 5 年。

鲁冠球不能说没有动心，他千辛万苦寻来的万向节由全球最大的万向节供应商包销了，搭上接通国际市场的“顺风车”，当然是个机会。但直觉又告诉他，“天上不会掉馅饼”，舍勒包了他要的，不包我能生产的，全部决策在他手里，万向没有企业自主权，失去了自主品牌的扩展渠道，万向不能这么短视，而且，一旦舍勒有风吹草动，万向不也跟着遇险？

深思后的鲁冠球拒绝了包销要求，这让莱比很生气，他甩出了狠话：“如果这样，我们将考虑不再要你们的产品，会考虑转去印度、韩国。”说完，拎起皮包想走。

愠怒的鲁冠球依然面色平静：“如果你能在世界其他地方找到价格比我们便宜、质量比我们好的产品，我们悉听尊便。即便生意不做了，舍勒公司曾经给予的合作，我们还一样表示感谢。”

已是中午，鲁冠球请他们“吃了午饭再走”，莱比和多伊尔并不领情，走了。

就这个是否同意包销的议题鲁冠球开了次职代会。他很看重职工参与企业的民主管理，许多关于企业发展、职工权益等的议题都交于职代会来审议与批准。在这次民主议事的职代会上，职工代表中有赞同包销的，他们引用了实打实的数据，认为借船出海，直接获得国际市场的包销方案值得采纳；更多是反对的意见，他们认为以丧失自主出口经营权为代价，获得的利益是暂时的、有限的，何况纸上数据是动态的，会变化的，唯有紧握住自营外销权，才有利于最终实现创造自主世界名牌的目标。

“自己的路自己走，自己的梦自己圆。”鲁冠球说过的话成了共同的声音。

压力接踵而来。先是舍勒公司一份信函，指责万向的产品质量存在问题，需要检验，检验费由万向承担。随后，削减 1987 年原合同的订购数，由 46.5 万套减为 21 万套。如要免除上述诸项，除非答应由他们独家经营包销。

对于已经决心走自己道路的万向，这样的施压已经作用不大了。虽然出口产品被大量积压，新的客户一时没有掌握，资金流转一下变得困难，但“办法总比困难多”，一切都将化难为易。万向派出的市场调查员在法国、意大利、日本、德国等 20 个国家和地区进行出口产品的流量调查和客户梳理，列明了 60 多个新产品清单，建立了新的销售网络。这一年，全厂没发奖金，以保障生产资金的投入。为自己的市场而工作的热情一直鼓舞着人们，到年终，全年出口创汇额不仅没有跌落，反而创纪录地达到 140 万美元。

这一年，舍勒公司也忙。在甩掉了万向后，听说他们去了印度、韩国，反正全球万向节生产厂家能跑的都去跑了，最后没听说什么结果。

快过圣诞节了，7 月来过的莱比和多伊尔令人意外地到了万向，莱比手里还捧了只礼品箱：“鲁先生，这是送您的礼物，我们向您表示敬意。”歉意中的莱比再也没提包销的事，只是很爽快地要求签订 1988 年的供货合同。

// 舍勒易主

万向与舍勒在以后的日子里继续着良好的合作，但 10 余年后两者的关系发生了逆转。为叙述的完整性，这里且将以后的故事提前“剧透”了。

1995 年刚开头，舍勒公司派人到万向美国公司，试探有没有可能由万向整体收购它们。

这令万向美国公司总经理倪频有些意外和不解，一家 1923 年成立的全美最大的万向节生产厂商突然要把公司卖了，找的买家还是靠它做了第一单出口生意的中国乡镇企业，“徒弟收购师傅”，这也太奇葩了吧?

鲁冠球让倪频跟进，谈谈看。

倪频冒雪开了 500 多千米的车，从芝加哥赶到俄亥俄州舍勒公司总部。

来前做的功课让他大体了解了舍勒公司的现况，市场决策失误导致舍勒公司从 1994 年开始经营业绩下滑，出现资金短缺，经营困难。经过了几天谈判，倪频临走时拿到舍勒给的一个信封，里面是一份报价：转让价为 1936 万美元。

倪频显然觉得报价高了。

时间又过了 3 年，舍勒的下行态势依然没有好转，经营亏损进一步加大，公司撑不下去了。倪频再次被请到了舍勒总部。

“我们决定卖了，虽然这是上一辈留下的资产，但我们没有能力经营下去了。”公司总裁麦克 · 舍勒感伤地说。

从上一次邀约万向接盘到此时的 3 年间，舍勒一直没有停止对万向这一熟悉而又陌生的同行的关注。他们目睹中国钱塘江畔这个乡镇企业在 10 年时间里一步步壮大，稳稳地走进国际市场，且开始与舍勒这个全球万向节“老大”分享市场份额以至平起平坐，感到有一种竞争的压力在时时逼近。要应对这个挑战越来越力不从心，特别是舍勒兄弟自己对从事制造业也已经意兴阑珊，接班无人。美国人很讲实际，在选择将公司转让给谁的权衡中，他们更看重的是对方的实力与可信度，而不大在乎“师傅输给徒弟”之类的“面子”。正是在这一点上，鲁冠球给了他们难以磨灭的印象。他们看好鲁冠球的才能和耐力，看重与万向长期合作产生的信任，觉得把公司交给万向这样一个企业会更有前途。

在复杂竞争与博弈后，舍勒公司最终由万向和美国 LSB 公司联合收购。LSB 公司接收舍勒公司的员工、厂房和设备，万向拿到舍勒的品牌、技术专利，以及以折扣价购入的 LSB 公司不需要的专业设备。

消息传回万向总部，所有人都感到振奋。在鲁冠球看来，这次收购以小额资金收获了舍勒的品牌、技术和生产基地，直接进入美国本土市场，增加了至少每年 500 万美元的销售额，为万向的“走出去”提供了一个战略高地。如投资分析家指出的，收购了舍勒，沿用其成熟的品牌，一夜间融入美国市场，这种“反向 OEM（原始设备制造商或定牌生产合作）”的成功操作，使万向省去了自己去创牌子、打市场的复杂过程，而这种过程，日本当年用了 20 年的时间。万向将舍勒的产品全部移到国内生产，成本降低，国外售价不变，又获得了巨大的利润空间。

2000 年 4 月，舍勒公司副总裁杰克和 LSB 公司总裁克劳迪来到杭州，与万向签订最终的并购协议。杰克还带来了历次访问万向的照片。16 年时间，万向从第一件产品通过舍勒出口美国，到今天并购了舍勒，世事变迁，角色易位，让宾主都充满感慨。

鲁冠球回忆起 1984 年舍勒公司代表首次来万向时的一段故事。当时与传达消息的中国汽车工业进出口公司通电话的那部座机，是萧山企业中唯一一部有长途直线的电话。鲁冠球很风趣地说：“要没这部电话，接不到你们舍勒公司代表过来，也就没有今天的故事啦！”

杰克为中国的变化而感慨，他显然读懂了鲁冠球的话意，他对鲁冠球说：“您是一位成功者，杭州万向会成为世界性的大公司。”

“我们还只是大海里的一滴水，世界市场那么大，我们一起努力！”鲁冠球和杰克热情握手。

人们见证了一次不寻常的国际性产业交易：它不是鉴于商业竞争的打压令对手屈就，而更多是出于商业伦理和友情，在信任中易主。

此时，窗外传来了雷声，那是春天的讯息。LSB 公司的总裁兴奋地说：“你们的握手惊天动地。”

鲁冠球听说舍勒兄弟把公司卖掉后将回到大学去读书，出于情分，他很想送件礼物过去。有自行车情结的鲁冠球考虑后决定，送两辆中国生产的高档运动自行车让杰克带回去给舍勒兄弟。

舍勒兄弟收到赠礼后感动不已。

第五章

鹰雕：

启示未来

1987年，美国舍勒公司送来礼物鹰雕，向鲁冠球（右）表示敬意

// 另一种解读

紧接第四章。

打开舍勒送来的礼品箱，里面是一只铜雕鹰。

“鲁先生，您知道，鹰是美国的标志，象征坚强和力量。”

鲁冠球谢过，将铜鹰端详很久：鹰是美国精神的象征，它不也是别具意义的一个启示，激励我们时刻警视国际市场的风云变幻，立志不惧风雨，展翅翱翔？

鲁冠球决定，鹰雕以1∶15比例放大，立在万向公司大门前的万向桥上。

未来的天空从这里开始。

《庄子·逍遥游》曰：“有鸟焉，其名为鹏，背若泰山，翼若垂天之云。抟扶摇羊角而上者九万里，绝云气，负青天。然后图南，且适南冥也。”

第六章

十年：

产权之变

20 世纪 80 年代，鲁冠球（右）在大会上介绍企业改革的经验

// 我就像块“臭豆腐干”

回过头去，话说 1969 年成立了宁围公社农机修配厂后，鲁冠球不再东藏西躲怕被“割尾巴”了，工厂业务开始上了道。有了社办集体企业的牌子，企业名正言顺地在用地、用工以及与上级职能部门对接协调等方面，得到了公社给的支持与便利，公社则从企业按比例分走了收益，集体经济由此添了实力。应该说两相得益，初始状态不错。

但闹心的事接踵而至，鲁冠球开始陷入烦恼中。

先是工资。工厂成立时，公社副主任谢国贤说好给鲁冠球每月 60 元，章金妹每月 30 元，两人一共 90 元。干了 6 个月时，变了。公社党委毛书记对鲁冠球说：“老鲁，我每月只有 53 元，你凭什么拿 60 元？”

“那是谢主任给定的。”

“你是听他的，还是听党（委）的？”

“我……”

“那得听党（委）的！”

“怎么听？”

“减掉 7 元，跟我一样，53 元！”

“那就听党（委）的，53 元就 53 元吧！”

“53 元已经很照顾你了。”

鲁冠球没得说了。

再说用人。鲁冠球想多招些年轻的、有文化的工人进来，但说了不算，招工由宁围公社工业办公室管，指标下到社队，重点照顾生活困难户、计划生育户等，再由村民抽签决定，这样落实下来的人跟企业想要的对不上板，怎不头痛？

还有用钱。只要涉及投资及扩大再生产规模，厂里都没权开支。添置设备，哪怕是安装 1 台吊扇，也要拿去请公社批准。1982 年，厂里要美化厂区环境，建造一个花池，5 月 11 日打的报告，申请开支 3507.6 元，但 20 天后宁围公社工业办公室才批复，只同意开支 2000 元。鲁冠球拿着批单苦笑，但再不合理，也得照做，之前修厂区围墙和传达室，没报批准，不是被公社严厉批评了吗？

包括奖惩。1980 年厂务会议决定对销售人员实行包干奖励来调动积极性，提取销售额的 2% 作为奖金，公社工业办公室不同意，就没办得了。厂里连学徒工满师后的工资级别评定及职工丧葬费开支，都必须报公社批准。这点儿自主权都没有，鲁冠球摇头："这厂长怎么当？"

更有分账。原本和公社说定，受益分账各 50%，企业留成的用于自主发展，但公社习惯"抽肥补瘦"，手里没钱了，就问企业要，还不能不给，企业成了提款机。

当然更不要说企业投资决策这样的大事了。在选择产品方向时，鲁冠球就和公社领导产生了很大分歧。公社认为，应该生产满足人民群众提高生活要求的日用工业消费品，像自行车、缝纫机、摩托车等，但鲁冠球早做过市场调查，这类技术门槛低的产品都在一窝蜂上，做不得，自然也没让领导满意。

在这样一种企业产权属于政府、企业管理也从属政府的体制下，鲁冠球感到手脚被捆。实际上，公社也没把他看成自家人，还是印象中的个体户，做事、赚钱、出钱这些事需要你，但任职、入党这些好事轮不到你。

鲁冠球曾这样形容当时的处境："他们最好在组织上没有你，但工作上需要你干。因为我跟他们的想法和思路不一样，他们不满意，但我做出来的事情还是被认可的。我不贪污，不投机，一心一意把工作干好。打个比方，我们绍兴有种小吃叫臭豆腐干，它闻起来很臭，但是吃起来很好吃。当时我就是这种人。”

鲁冠球纠结在心里头的烦恼不知找谁说，一种摆脱体制束缚、寻求自主权力的愿望变得越发强烈。那天，他遇上了时任萧山县委书记费根楠。

费根楠是一位很务实的基层党委领导人，1966 年担任萧山县县长，他在任时最动人的业绩是参与领导了 20 多次大规模的海涂围垦，动员了数万萧山儿女投入“向海涂要耕地、向海塘要安宁”的重大行动。

年已 90 岁的费根楠在接受我的访谈时这样叙说当时的情形：“萧山土地少，就靠棉麻地种点麦，供应量不足，六谷饭、麦片饭，加霉干菜、萝卜干，还吃不饱。就这样，还动员起来围垦出 35 万亩滩涂，创造了钱塘江畔的‘红旗渠精神’。十一届三中全会后，整个萧山思想解放了，要搞家庭副业，要求联产责任承包，要发展乡镇企业，那时还叫社队企业，南阳乡做雨伞，城北搞手工业，闻堰做五金工具老虎钳，宁围鲁冠球做农机轴承，再到万向节，那时真的是春潮起来了，到处呈现活力。”

费根楠说：“当时有一条意见我们县委是统一的、坚定的：农村可以搞联产承包，社队企业也应该可以，让企业有自主权，发挥创造力，这是势在必行的事。”

他告诉鲁冠球：“束缚生产力发展的体制一定会改变，县委正在研究方案，是你放手干起来的时候了。”

// 承包为了争自主权

1982 年 12 月，萧山召开全县工业经济大会。县委书记费根楠在会上说：“农村联产承包责任制已大获成功了，放到哪儿哪儿灵，农民积极性起来了，粮食增产，农副业兴旺。县里在考虑，社队企业能不能也来个承包，都在农村嘛！我看可以试一试。据我所知，下面在座的厂长们也早已有这愿望。”说着，他把目光投向坐在台下头一排的鲁冠球身上。

“我来试一试！”鲁冠球倏地站了起来，把手举得高高的。全场的目光也集中到他身上。

费根楠高兴地说：“好，鲁厂长，我支持你！”

1983 年 3 月 20 日，鲁冠球和宁围公社工业公司签订了联利计酬厂长承包合同。

为了这个签字，鲁冠球等待了很多年。他尚不能预想这个字签下之后，将创造什么，将会走多远，但他有一种被解放的感觉，让他放手干事业的日子开始了。他想，4 年前安徽小岗村 18 家农户，是在夜里悄悄按下的承包手印，他今天，是在白天，在他辛苦了 14 年的工厂堂堂正正签下的字，真是遇上了一个好时候。

正午阳光照在用老式打字机打印的合同上，油光纸上的油墨并不均匀。合同全文共 4 条 22 款，载明承包期自 1982 年 12 月 26 日至 1985 年 12 月 25 日，共 3 年。厂长因此在用人、招工、奖罚和经营业务上相应扩大了权力，但需要承担的责任是，承包人对企业利润负责，在原定每年利润递增 10% 的基础上再向上浮动 10%。

还有一些其他约束：承包人要保证每年设备完好率在 85% 以上，每年扩建厂房（车间）一幢。承包期间，职工工资全员浮动，浮动工资率为毛利润的 27.6%。在毛利润扣除所得税后，60% 留给企业用作生产发展基金，40% 上缴宁围公社工业公司。

最严厉的一条是，承包人须以个人财产为抵押，如超额完成利润承包额，可获超额数 5% 的奖励；如未完成，则由承包者交付未完成数的 2%。

很多好心人劝鲁冠球再想想：“这承包条件很苛刻呀，公家的事，犯得着你个人赔了身家上吗？”

家里，章金妹也担心。办厂的苦日子都过来了，如今有工做，有饭吃，还用得着这么去搏？家里三女一儿，都要过日子，赔了怎么办？

对于一心想把企业做大、实现创业意愿的鲁冠球来说，此时没有比尊重自己内心的召唤去获得自由、自主更重要的事情了。他已经做好了应付所有可能结局的心理准备，大不了再次回到创业原点，从头来过。

萧山公证处来人了。公证员钟福林问："鲁厂长，你拿什么个人财产做抵押？"

"只有地里这些苗木。"

公证员随鲁冠球到了屋前田园，满畦的龙柏长得正挺拔。大苗小苗，参差起落，一片绿油油。

公证员开始在苗地上丈量。

章金妹在一旁很是不舍。那正是苗木值钱的日子，就像当年东北的君子兰、云南的蝴蝶兰，龙柏在萧山价格一路上涨，很多人家举债投入，不干农活，专门侍弄苗木，围起篱笆，日夜值守，怕偷，还养狗来守护。

"我们算了一下，50 厘米高的 15 元 1 棵，一年两年生的 2 元到 5 元 1 棵，取个平均吧，全部苗值 2 万元。"公证员给出了估值。

鲁冠球在抵押文本上签字画押的那一刻，章金妹躲开了，她心里并不愿意。

如果说工厂像一只钟表，那承包后的万向节厂就上足了发条，按着鲁冠球想要的节奏开始走了。

很难描状一个农民厂长，不，应该称作农民企业家，在获得了有限的经营自主权后，是怎样的意气飞扬，足智多谋。万向节厂的新气象扑面而来：一批批大学生和乡村知识型人才被直接吸纳，外地专业技术人员通过"绿色通道"进入了技术岗位，工厂的管理机构精的精、减的减，职工奖励分配制度的"大锅饭""死条例"被砸的砸、改的改，万向呈现出一片向上的活力，生产出现了大跨步增长。

鲁冠球脸上有了从未见过的笑容。能够证明他不再被过重的行政主管部门束缚的，是一组有趣的数字：在承包前的 1982 年，工厂上报各级政府的请示报告 46 份，其中上报公社的 26 份，占 56.5%，到了承包期最后一年即 1985 年，上报公社的仅 3 份，在全年给上级的报告总数中占 8.1%。[①]

如本书第四章所述，对于万向节厂至关重要的第一次出口美国产品的价格谈判，也是鲁冠球在承包期内具有自主定价权的情况下完成的，足见被松绑后的企业有条件做些大事了。

1983 年的夏天，承包后不到半年，很像老农看田里谷穗长势便可算到稻子收成，会打算盘的人已经早于鲁冠球拨算出他当年的利润了。

在一家农户小院体面的里屋，灯下的麻将桌搓得“哗啦”响，花生壳剥了一地。“方城”四员边搓边聊，很不服气：“看这势头，今年万向利润有 300 多万嘞！”

“那按承包数，鲁冠球能拿 8 万多元奖金？”

“想想勿服气，做嘛我们一道做，赚嘛他一个人赚。”

“格是[②]叫作发财的发财，发呆的发呆。我们只好发呆啦！”

闲话传到鲁冠球耳朵里，他并不太生气，他跟朋友说：“伢在做死做活做的时候，伊拉[③]花生剥剥，麻将搓搓，毋有办法，随伊拉话好哉！[④]”

但如果闲话变成一种“民意”，你不理都不行了。

① 《全国百家大中型企业调查 · 万向集团》，程炳卿主编，北京：当代中国出版社，1998 年，第 44 页。

② 格是：萧山方言，意为“这是”。

③ 伊拉：萧山方言，意为“他们”。

④ 随伊拉话好哉：萧山方言，意为“随他说去好了”。

有人向上级写信，反映的就是浙江农村贫富不均的问题。材料特别引用“发财”与“发呆”的说辞，指出杭州万向节厂鲁冠球的承包存在亟须纠正的问题，即个人“发财”，职工群众“发呆”。

鉴于“承包不合理，会导致两极分化”，材料递送者认为该合同应予取消，奖金不能兑现。

时任杭州市委书记厉德馨这样回忆：

> 1983 年年初，他（指鲁冠球）搞风险承包，取得了骄人业绩。年终结算，他个人应得奖励 8.7 万元。现在的人也许不理解 8.7 万元意味着什么，在那时候，“万元户”是人们祈盼而又很难达到的高收入目标。他一个人工资外的奖金就是 8.7 万元，怎么不让别人眼红？结算还未出来，已经有人写信告状，说承包不合理，要求撕毁承包合同，不予兑现。中央把这封信批回浙江处理，并建议征收个人所得税。当时省市领导都认为合同应当兑现，撕毁合同是不能允许的。省政府要财政厅研究办法，送到我手上。我完全赞成兑现合同，对征收个人所得税也不持异议，但认为要先立法再收税，不能只收鲁冠球一个人的所得税。①

当政府官员在杭州费脑筋解决“先立法再收税”的技术难题时，在北京的鲁冠球则陷于责权利三者内在逻辑的思考难题。

那是 1984 年 1 月，鲁冠球接到厂里会计打来的电话，知道了年终奖金结算的结果。8.7 万元，连他自己也怔了。一辈子都还没见过这个数，居然可以是属于自己的。也许是数目太大了，他觉得很重，捧不起来。回想几十年曲曲折折的创业路程，缺钱吗？缺过。缺自我责任吗？不缺。最缺的还是

① 厉德馨：《我与鲁冠球的交往》，载《厉德馨文集》，北京：红旗出版社，2012 年，第 339 页。

经营自主权。没这个权，空有责，也难赚大钱。一旦有了自主权，哪怕是联利承包这样有限的权，全盘就都活了。他太看重这个权，有它才能按自己的意愿把事业做大做好。

很多年后，他这样对《人物》杂志说："我搞承包并不是为了赚钱，只是为了争得一个创业的主动权。"

2015 年，他在接受央视记者访谈时说得更明白："别人承包是为了钱，为了自己，我承包实际上是为了权力，没有权力什么事情都做不了。"

既然不为钱，何必受钱束缚？ 1984 年 1 月 5 日，正在京西宾馆参加全国乡镇企业工作会议的鲁冠球给宁围公社党委写了封信，坦诚地讲了不拿奖金的 3 条理由："我承包是为了促进企业发展，而不单是为了个人所得。经济效益好，是上下共同努力的结果。企业要进一步发展，要把更多资金放到智力开发和生产需要上。"结论是："我有责任把企业办得更好，为全公社农民致富做出更多贡献，为此我愿意将承包超额利润分成部分全部献给企业。"

信写完，鲁冠球觉得轻松了许多。不知谁说过，"黄金的枷锁是最重的"，一旦挣脱，能不松快？

杭州这边接到信，看到鲁冠球决定放弃奖金，征缴个人所得税一事也无须再议了。

宁围公社党委表彰了鲁冠球"高尚的思想和行为"，并给予其 8533 元奖金以资鼓励。在给鲁冠球的奖状上写着："厂长承包，效果显著。领导有方，风格高尚。奉献奖金，八万七千。为国为民，贡献重大。"

1984 年，承包第二年，万向节厂全年利润超过承包指标 224 万元，鲁冠球按合同可得奖金 11.2 万元。他对这次奖金的处理同样干脆，自己一分钱没留，10 万元捐给家乡建了宁围中心学校，其余 1.2 万元买了国库券，以填补下达给厂里指标的认购余缺。

宁围乡政府给鲁冠球送的锦旗上写着："勇立潮头，为民造福。"

到了承包第三年，万向节厂的利润更是耀眼，超过承包指标 500 万元，鲁冠球可得25万元。他决定，这笔钱全部留给企业用于扩大再生产。

承包期3年，鲁冠球可得的奖金总数为44.9万元，最终一分未拿。这一甘于奉献的道德行为及其后续效应，会在本书第八章说到。属于鲁冠球内心的一个最实在的感觉，则是获得了一份自尊。他说过："改革开放以来，我最深的体会是什么？是从人家不承认到人家承认你，是做人最重要的自尊心。"

他最需要的其实并不多：属于农民企业家的自尊心。

承包期结束，苗木的抵押自然解除。这3年间，鲁家田园的龙柏每一畦都长得苍翠水灵，家人一点儿也没疏于打理。有趣的结果是，对市场极敏感的鲁冠球从市场反映的信息中察觉到"萧山的龙柏有价无市，人为炒高，迟早有一天会崩盘"，加上家里盖房缺钱，于是不再"惜售"，把龙柏留下少数，其余都卖了。果然不到一年，龙柏价格一夜间像坐上了过山车，怎么跌价也抛不出手。坊间描述：看园狗没用，宰了；龙柏当柴火，烧了。于是有了"龙柏烧狗肉"的段子，留在人们的记忆里。

// 我踩着不变的步伐

一列火车喷吐着浓烟从密歇根湖畔驰过。前方是一片丘陵，覆盖着树木和庄稼。机车排出的烟火喷向田地，引起周围的树木与庄稼着火。事故屡发，相互追责，争执不息。这类外在性的损毁事故该由谁来负担责任呢？诸说不一。

这时，一位银发大耳、腿有残疾的老者站出来说，判断责任的唯一依据在于明确产权。

如果这块土地是属于有树木、庄稼的农场主的，农场主就有权禁止火车排放烟火，火车如要排放，火车的所有者就必须向土地的主人赔偿一定的费用；反之，如果赋予火车主人具有自由释放烟火又不负责任的权力，那么农场主若想避免由于火车释放烟火所导致的火灾损害，进而要求火车不放烟火，就必须向火车主人支付一笔费用，以使火车主人愿意并能够不排烟火，甚至停止运行。

老者由此告诉公众，要有效地消除外在性，用市场交易的方式实现赔偿，前提就在于明确产权。

这位老者是谁呢？他是美国芝加哥大学教授、1991 年诺贝尔经济学奖得主科斯。他寿命很长，103 岁。他创立的科斯定理活得更长，一直影响至今。

在科斯定理中，没有产权的社会是一个效率绝对低下、资源配置绝对无效的社会。要想获得保证经济高效率运行的产权，必须有它的明晰性、专有性、可转让性、可操作性。

当科斯在理论实验室推算他的理论数据时，几乎同时，中国萧山的一位农民企业家也在为此费尽脑筋。鲁冠球把 3 年承包或哪怕 5 年承包，只看成对于管理权力的一种“让渡”，花钱买了不管[①]，但企业还是归属政府，政企不分，政府最终具有对企业生杀予夺的权力，并无改变。如同芝加哥的火车排烟致损，最后谁说了算？

“‘官办’的乡镇集体所有制，必须在管理体制上进一步改革。原因很简单，即它还无法从根本上克服乡镇企业吃乡镇集体‘大锅饭’的弊病。”鲁冠球在他的《集体股份制是乡镇企业管理体制改革的好办法》一文中明确写道，他的目标是希望乡镇企业真正成为政企分离的、有独立自主权的生产经营实体，使企业具有超常的活力。

一个对于企业产权改变的有意识行为在鲁冠球这里悄悄开始了。当时，

---

① “花钱买了不管”是鲁冠球的一句名言，意在通过给乡政府让利来获取部分经营自主权。

即使在乡镇企业如春草般蓬勃生长的浙江，也几乎没有撬动集体经济体制向股份制现代企业过渡的声音。

1984 年，万向以先行者姿态开始了内部职工的集资入股，募集金额 100 万元。鲁冠球设计的这项入股案，将股利分配和企业经营业绩挂钩，最低的 1 年期，可获利为税后利润率的 75%，这就直接将企业经营与职工利益相关联并捆绑在一起，既像集资，更像入股。

鲁冠球带头拿出 5000 元入股，跟着有 130 多个职工参与，多少不等，有的就入了几百元，许多手头缺钱的职工还向亲友去借钱来入股，共集资近 40 万元。

头一年，投资回报率 20% 以上，更多职工见好跟进，额度逐年增加，到 1994 年，职工内部入股总额已达 6000 万元。

在万向的带动下，宁围镇的一些乡办企业和村办企业也以多种方式入股进入，使万向在实施企业股份制的道路上又前进一步。

但这并不能让鲁冠球满足。在他的构想里，现有的一切还是在乡镇与民间层面。没有国有资本的加入，肯定不是健全的股份体制，也无法实现向现代企业管理制度质的一跃。

现在他要去北京，找这支重要的股份了。

中国汽车工业投资开发公司一直关注和支持万向，尤其在 1983 年至 1985 年的鲁冠球 3 年承包期，万向年利润平均增长竟达到 76%，万向节还出口到了美国，这让中汽公司看好他们的前景，对他们更有信心。刚好有笔资金需要用于扶持汽车零部件出口基地建设，中汽投资万向便有了可能。

鲁冠球心里明白，这不单是钱的问题，如果中汽公司能投资，说明国家支持了，万向的形象就高了，实力就强了。就像中国社科院等单位对全国百家大中型企业调查后在《万向集团》卷中写到的："中汽公司投资的意义不仅仅在于为企业发展注入资金，它使该厂的所有者主体第一次超越了社区的边界，使得产权构成更趋多元化。如果说原来的社区政府可以以行政等级关系来挤占其他产权主体的利益，并且后者也能够容忍的话，那么，现在作为国家专业公司的中汽公司，是不能容忍对其利益的不正当侵蚀的。”[①]

但国字头企业向乡镇企业投资还没有先例，议案被搁置。

1986 年 4 月，鲁冠球再次去北京，找中汽公司总经理张宁，希望得到支持。也是时运到了，就在头一天，《人民日报》在头版加编者按发表了新华社记者写的长篇通讯《乡土奇葩——记农民企业家鲁冠球》，介绍了鲁冠球的先进事迹。

张宁总经理那天特别热情，还请鲁冠球吃饭。“鲁厂长，你现在太有名了！”张宁拿出报纸，一脸喜悦，“我们一定要破个例，像你鲁厂长这样优秀的乡镇企业，我们信得过，一定支持！”

中汽公司决定投资 500 万元，并于第二年正式签约入股，其中 400 万元按固定期限与固定年利率分红，另外 100 万元作为长期投资，按企业当年经营业绩与资金利润率参与分红。

鲁冠球一心想做的企业股份制蛋糕中，除了乡镇集体、企业集体、员工个人之外，又加上了厚厚的国有股份一块，谁还能轻易来动它的奶酪？

高兴之中，不大唱歌的鲁冠球在日记本上抄下了通俗歌曲《请跟我来》的歌词，并且稍稍做了改动：

> 我踩着不变的步伐，
> 是为了万向的未来……

在鲁冠球寻求产权变革的路上，最棘手、最费心思的还是对企业与乡政府之间产权关系的调整与改革。杭州万向节厂作为乡集体经济组织，理论

① 《全国百家大中型企业调查 · 万向集团》，程炳卿主编，北京：当代中国出版社，1998 年，第 52 页。

上它的所有权主体是乡镇的全体成员，但现实中乡镇政府组织实际上成了集体所有权的实现主体，政企不分的行政干预和企业自主权的缺乏由此而来，1998年出版的《全国百家大中型企业调查 · 万向集团》卷中已有详述。要结束这种状态，给企业的生产经营以更大的自主权，势必要以界定产权为基础，明确资产所有关系，建立产权保护体系来真正实行政企分开，实现所有权与经营权的分离。这是鲁冠球最终想走也必须要走的关键一步，不论它有多复杂艰难。

1984年，在鲁冠球实行联利责任承包的第二年，他就悄然开始了这项决定万向未来发展的探索性努力。困难异常，这里会涉及类似“姓社姓资”的敏感话题，要兼顾历史沿革和客观现状，要突破一些政策的壁垒，又要同时平衡各方面的利益，他必须十分审慎，但更需要有定力，破难前行。

1985年4月20日，在经过认真细致的斟酌和研讨后，杭州万向节厂正式形成了对产权关系重新界定的改革方案，并上报宁围乡政府审批。这个方案是对两个月前第一个上报方案的修正，它突出了“企业还权于民、还利于民”的宗旨，其中对于与乡政府之间的利益和股权切分做了这样的设计：以1985年2月财务报表为测算基准，将全厂固定资产净值及自有流动资金折成股份，50%为企业所有，50%由乡政府所代表的全乡成员共同享受，股权可以继承，但不得退股、提取。

由于宏观条件尚不成熟，一些具体矛盾没能协调解决，这一方案未能通过实施。但它已表明，鲁冠球在产权关系的改革之路上，迈出了令人瞩目的领先一步。

转机出现在4年后。1989年2月，杭州万向节厂进入了国务院确定的全国10家国家级股份制规范化试点企业名单，产权变革因此提速。而客观上，这些年随着职工入股、国企入资等，所有者主体多元化，企业的产权关系更为复杂，产权界定不仅十分必要且已时机成熟。新的改革方案因此形成。

方案对杭州万向节厂的股权构成做了这样的配置：企业积累、国家扶持基金的 50% 与乡投资基金共计 669.45 万元，形成乡公股，即乡镇集体股，占总股本的 36.42%；企业积累、国家扶持基金的 50% 与企业发展基金、技术开发基金、企业投资基金共计 741.53 万元，形成企业集体股，占总股本的 40.35%；企业职工个人入股与历年工资积余共计 295.59 万元，形成职工股，占总股本的 16.10%；中汽投资公司 100 万元长期投资及结余计 131.03 万元，形成社会法人股，占总股本的 7.13%。以上 4 类均为普通股，中汽投资公司的另 400 万元投资按优先股处理。

这个方案以明确清晰的产权关系较好地处理了几个方面的利益关系，尤其是综合考虑了乡历年投入和社区公共事业、支农费用的支出，乡公股在协商中确定的份额要大于乡投入的那部分，并将上交社区公共开支包含在内，充分顾及了乡及社区的股利收益。同时，乡政府作为普通股东不再是拥有绝对行政管理权的企业产权完全代表者，企业的生产经营自主权有了制度保证，达到责、权、利的统一，实现了完全意义上的“花钱买不管”。

在我国乡镇企业产权改革历程中，杭州万向节厂此举开创了一个先河。同时它也为万向自己以后的股份制改革、推动企业上市，提供了一个可资借鉴的示范。

让鲁冠球感到意外的是，同年 4 月 19 日，在北京中南海怀仁堂开了股份制试点研讨会，中共中央办公厅、国家经济体制改革委员会等部门 14 人参加，重点讨论万向的方案。曾经到过万向的国家领导人和经济界高层人士，现在又为万向的股份制试点召开专题会，这在中国乡镇企业里还是第一个。

会后，中央有关部门一个调研小组到万向，帮助修改完善股份制改造方案。这方案，最终获萧山市经济体制改革办公室批准而实施推行。

回顾万向股份制改造的全过程，印证了鲁冠球的“三字经”：“有目标，沉住气，悄悄干。”

以持久的耐力和缜密的心思，万向完成了全局意义上的乡镇企业产权改革，鲁冠球把这个过程形容为破茧成蝶，蝶飞处，面前是更宽阔的青青世界了。

// 敲响上市铜锣

1992年春天，读到邓小平南方谈话的鲁冠球有一种春风入怀的快感。邓小平说："证券、股市，这些东西究竟好不好，有没有危险，是不是资本主义独有的东西，社会主义能不能用？允许看，但要坚决地试。"[①]

鲁冠球早就想试一试了，他的企业已经成长壮大了。那一年，近30亿元人民币产值，3亿元利税，3500万美元的创汇，对一家乡镇企业来说无疑是很亮眼的数字。尤其是经过产权改革，企业股份清晰，权责明确，政企分开，管理科学，具备了实施现代企业制度的基本条件。如果能上市发行股票，那就又上了一个台阶，前景更加乐观。

1990年10月，浙江省政府批准成立以杭州万向节总厂为核心的浙江万向机电集团公司，这是全省第一家省级计划单列企业。两年后，公司名去掉"机电"二字，改为浙江万向集团公司。1994年，更名为无行政区域限制的万向集团公司。

这是从"宁围公社农机修配厂"开始，企业的第10次更名，同时也是集团框架下股份制企业的实质性开局。

从传统的商品经营向现代资本经营方式转变，是这个开局的第一要义，草根出身的鲁冠球先于他人捕捉到了这个转变契机。他在经济学的教程中特别看重两个字——资本，他在学习笔记中写道：

① 邓小平：《邓小平文选》第三卷，北京：人民出版社，1993年，第373页。

企业管理的核心是管资本运作，让资本最大限度地增值，资本增值越多越快，企业效益就越好。把企业搞大的目的是把企业变为融资中心与投资主体，通过高效益吸引资金，然后再进行投资，获得更高的利润，一个企业如果不能成为融资中心与投资主体，是很难壮大的。

在邓小平南方谈话的当年，国家证券管理机构成立，中国资本市场的统一监管格局形成。鲁冠球想赶上这趟头班车，争取上市，但这次上市的都是国有企业，乡镇企业不在里面。鲁冠球不死心，他这么多年不都是在走不通的地方踩出了路？

浙江省非常支持万向，把它列入 9 个首批上市企业的名录，可惜两次上报材料，都被退回。

农业部也很支持，把万向和另一家广东的乡镇企业一起上报，同样没有获批。

当时，上市归人民银行管。鲁冠球跑去要求，但回复是："目前我们批准公开发行股票的政策原则上向效益较好的国有大中型企业倾斜。在目前乡镇企业产权关系不是很明确的情况下，能否批准乡镇企业公开发行股票尚需进一步研究。"

看到这个复函，鲁冠球不服气。论效益，我们年年双位数增长；论产权，我们从 1983 年实行联利承包开始，已经做了 10 年，政府部门从上到下都给予了认定。正是我们要做大做强、需要政策的"倾斜"时，这怎么没倾斜过来呢？

说到底，在有些人看来，乡镇企业还是一块"臭豆腐干"，吃着香，闻着臭。

一种不被理解的怨情纠结在他心头。他多年后在接受记者采访时讲："万向在发展中，最大的困惑是不被人家理解，受人歧视。"

记者问："在整个民营企业发展过程中，是不是不被理解是最大的问题？”

鲁冠球说：“对，不被理解，是对生产力的最大阻碍！改革开放最大的成果，就是解放思想。现在对我们最大的支持，就是多理解。”

想了一夜，鲁冠球决定给国务院领导写封信。时间是 1992 年 6 月 23 日。

鲁冠球在信中说，自己的企业“从离土不离乡、解决温饱到走向世界、实现小康目标的发展过程，体会到首先应该归功于党的改革开放政策，归功于解放思想的彻底性”。同时，“实践证明，束缚少一些，活力就多一些，每一步的思想解放，都会带来生产力的发展”。

他汇报说，“从大投入、大提高、大发展和提高企业的向心力、凝聚力的思路出发”，万向正“着手进行企业股份制试点，争取发行股票”。但主管部门给予的答复却是“股票上市，乡镇企业不在此列”。

他直言：“我认为，答复是不合理的。在党中央、国务院所颁发的各种文件、政策上，并没有将‘乡镇企业’放在改革的行列之外。”“现在，‘水蓄潮发’，我们已经看到了乡镇企业发展的优势，在国民经济中已具有不可替代的雄厚实力，相关部门为什么不‘引流归海’，而要人为地‘筑堤拦坝’呢？”

他进而说：“事实上，改革是全民族的大事，解放思想，真抓实干，既包括国营大中型企业，也包括乡镇企业，以及其他经济成分在内。我想，既然党中央的大方向已经确定，我们有些主管部门领导就不要再沉湎于‘白猫黑猫’的颜色问题上，重要的是看猫的爪子是否锋利，看猫能否逮住老鼠，说白了，也就是企业能不能发展生产力。”

他最后说：“十几年来，乡镇企业成功发展的历史证明，我们能发展生产力。我们就是这样走过来的，今后还将这样走下去。”

这封言辞犀利又实话实说的信经农业部转呈，得到了国务院领导的重视，多位领导做了批示，决定在对此重新研究后提出实施意见。不久，国家改变了企业申请上市需经主管部门审批的规定，颁布了由地方推荐、证券交易机构批准办理的新规定，阻碍万向上市的政策高墙自然被推倒了。

1993 年 1 月 17 日，万向钱潮股份公司经国家证监委批复同意，公开发行股票面额 3000 万元人民币。1994 年 1 月 10 日，由万向集团控股的万向钱潮股票“000559”在深圳 A 股上市。

这是中国乡镇企业获准上市的第一股。在新闻发布会上，鲁冠球说：“如果以 1989 年规范化股份制改造为起点，我们等了 5 年；如果从 1984 年股份合作制尝试算起，我们足足走了 10 年。公司由乡镇企业变为公众股份公司，这是历史对我们的选择。十年磨一剑，现在不是终点，一切才刚刚开始。我们一定使广大股东获得丰厚的投资回报，使企业具有持久的投资潜力。”

有学者认为，对于这个第一股，一定不要只看作一个排序、一个荣誉、一个赐予。作为乡镇企业的万向，能够冲破体制与观念的藩篱成功上市，说明鲁冠球总是率先在实践中把改革的课题自下而上地送进国家顶层设计层面，并最终促成政策和法规指导全局。他一直是经济体制改革的推手。

第七章

守正：

企业家构建

1986 年，鲁冠球（左）和厂党支部书记祝炳善在一起商量工作

// 从陆地到海洋

1989 年，浙江省乡镇企业考察团访问日本，由鲁冠球带队。这也是浙江乡镇企业家在改革开放后首次大型组团出访，走以前，鲁冠球做了很周详的准备，包括在行李箱里带些什么。

到日本后，第一天早餐，日方安排去吃自助餐。当时国内还没有自助餐这种就餐形式，大家觉得很新鲜。看到餐食丰富多样，包括海鲜刺身、甜点饮品，任取任用，大家十足开了“洋荤”。吃完结账，每人 1300 日元，折合人民币 39 元。

鲁冠球心里“咯噔”了一下，此次要在日本停留 20 多天，如果天天这样吃早餐，人均要花费近 1000 元，不是个小数。

他就跟团员们商量，“洋荤”早餐就这一次，之后都由他来安排，如何？众人赞同。

第二天早餐时，只见鲁冠球拎了个大皮箱来，当众打开：“来，一人一包！”

大家一看，是国内带来的方便面，很意外。

鲁冠球特别关照：“别吭声，回各自房间关起门来吃，不要让日本人知道。”

同去的绍兴企业家盛荣虎也把自己带的霉干菜一人一包地分了下去。

临回国前，团员们开会总结，发言的都说：“老鲁、老盛是大老板，对自己要求还那么严格，为了节省，吃自带方便面，给我们做出了艰苦创业的榜样，让我们受了一次传统教育。”

一群来自浙江的乡镇企业家，刚刚洗去腿脚上的泥巴，来到让他们感觉完全陌生、差异巨大的世界，冲撞与惊讶在随时发生着。需要调整的不只是消费习惯和观念，更有已经固化的价值观与是非标准。

这次考察 20 多天，鲁冠球他们走访了 23 家企业和工厂，这些在日本不算一流的企业，其先进程度还是让人折服。在养鳗场和烤鳗工场，一条条流水线作业链贯穿了全部工序。从鳗苗的孵化到水质、温度、光线、饲料，从幼鳗到成鳗，每一个环节都有严格的控制数据。当时万向自己也有个养鳗场，在国内算是中等规模了，而眼前日本这个，同样的养殖面积，产量竟是万向的 6 倍。鲁冠球怕听不准确，让翻译再问问，回答还是这样。

鲁冠球半晌说不出话来，他在心里对自己说，啥叫科学技术是第一生产力？这不就摆在眼前吗？

在一家比较上规模的家具厂参观，他们先看原料仓库，这里荟萃了全世界各种优质木材，按鲁冠球的说法，像进了珍贵木材博览会。接待他们的那位负责人听说鲁冠球来自浙江，就告诉他浙江、绍兴，以及其他地方，分别有什么珍贵林木。说到他们的家具销往全球哪些市场，与世界各种名品有什么异同，他都如数家珍。鲁冠球说：“这对我的启迪和教育太深了，他们对自己企业的了解和定位，达到这么高的程度，自己对照差得太远了！”

他有一种直觉：“像日本这样的发达国家，有许多可学的东西。他们的科技水平、管理水平都比较先进，比较现代化，他们对工人的管理已经由硬管理到软管理，也提倡以人为本。”

鲁冠球故意问一位老板：“你是资本家，你是怎样管理工人和对待工人的？”

对方直截了当地回答：“我千方百计把工厂、车间的生产生活环境搞得舒适一些，让他们能静下心来好好为我干活。”

他又去问工人："为什么这样为老板卖命？"工人回答："老板不会亏待我们，老板早上到门口接工人上班，傍晚送工人下班，工人有难处，及时帮着解决，给工人送生日蛋糕，谁几月几日生日，老板清清楚楚。"

问到人才提拔和使用，亲属子女是不是有照顾，会不会是天生的老板接任人，那位家具厂老板指着自己的独生儿子，说："他都快 40 岁了，还是课长。当厂长？差得还远呢！"

类似的情景像一扇窗口，透过它，鲁冠球的眼光触及了世界现代企业管理的核心内容。他越发感到，他和一道访日的那些乡镇企业家一样，已经站在改变命运的一片陆地上。以往，他们是农民，只是土地耕作者，和现代的世界相距千万里；现如今，站在眼前的陆地上，就如有了起航点，可以直接去到世界市场更大的海洋。

他说的脚下这片陆地，就是他们的乡镇企业。

像他最早的铁匠铺一样，在中国，尤其在浙江，七山一水二分田，从逼仄的土地上挤出来的农村劳动力，春草般地蹿出地面，把乡镇企业从无到有、从小到大地搞了起来，终于在改革开放时期异军突起，并在国民经济的占比中逐渐举足轻重。在浙江，乡镇企业已经"三分天下有其二"，在萧山，更是"四分天下有其三"。

鲁冠球是这个队伍的引领者。1987 年，他被评为全国十位最佳农民企业家之一。1990 年 1 月，鲁冠球到北京参加全国乡镇企业工作会议及中国乡镇企业协会成立大会，并当选为中国乡镇企业协会副会长。

当他站在这个高地再来回望自己走过的路，心头有一股洪波涌起。就像他在《乡镇企业是建设社会主义新农村的奠基石》这篇长文里说的：

> 如何看待乡镇企业这一农村改革大潮中涌现出来的新生儿，已不再是一个局部的观念问题，我们不仅要看到乡镇企业自身发展在经济上所

创造的“奇迹”，更应该重视乡镇企业在中国农村十年巨变中所创造的“政绩”。

通过这份政绩单，鲁冠球看到在乡镇企业蓬勃兴起的这块“陆地”上，多少年期盼的农村面貌改变有了可能，农民的共同富裕有了可能。

如果把鲁冠球笔记本上记的那些顺口溜连起来读，可以从一个侧面看到乡镇企业带给农村的变化——以前，“一年四季蹲田头，只求年关有猪头”，住的是草舍，盼的是温饱。“户口在村里，工分在户里，收入在田里，日日蹲屋里”，单一的农业收入如此微薄，农民看不到富裕希望。待到乡镇企业办起来了，“包儿一拎有奔头（指跑供销、找市场），机器一响有赚头”，农民在自己的乡土上有了发展的机会。现如今，“不怕农民不出头，只怕政策再回头”。

鲁冠球想得最多的是怎么将乡镇企业发展好、治理好，让脚下这块“陆地”有更大活力。当年他曾说，“我哪儿也不去，就在乡村办厂”；今天，他要坚定地把这条路走下去，要朝着构建现代企业管理制度的目标不断完善自己，“自己不要被自己打倒”。

这种思考，比之与其同时期成长起来的许多只红一阵儿的办厂“能人”，有着显著不同的境界。

时任萧山县委书记费根楠看到了鲁冠球的这一精神特质。1985 年，他在全县干部大会上，把鲁冠球树为一面旗帜，号召向他学习时说：“鲁冠球同志办乡镇企业，不是小聪明，他是有思想性的，有理想的。”

1986 年 4 月 30 日，浙江省委省政府举行报告会，请鲁冠球在会上做了“我对理想与事业的追求”的报告，决定在全省学习和推广鲁冠球的先进思想和先进经验，希望各地培养造就鲁冠球那样的先进人物。

// 冲破这张“网”

接续本书第三章的话题，为成为全国万向节生产定点企业，万向以国家第一机械工业部颁布的《整顿机械工业企业十二项验收标准》为蓝本，对企业进行了全面的整顿与提升。99.4 分居首位的验收成绩，全国 3 家定点厂之中有万向，表明了在这场考试中，乡镇企业经过努力也能够脱颖而出，做优等生。

在鲁冠球看来，这只是一场小考，未来的竞争与发展路上，会有一场场更严厉的大考，考不好，就会败下来。

他为此讲过一段话：

> 我们乡镇企业是在“乱世英雄起四方，有枪便是草头王”的形势下“乱”中取胜的。在那个时候能赚钱的，抓住就上，也无所谓企业素质、产品质量，因市场货源短缺，生产出来的东西反正都有人要。但从长远看，应该提高素质办好企业。这样，钱赚得比较稳妥，比较长远。否则，企业素质低，管理一团糟，纵然目前是赚了一把，但从长远看，是持久不了的。企业发展要有后劲。企业的后劲，也就是经济效益是否持久。它包括新产品的开发、设备更新、技术改造、职工积极性的持久度、人才的培养等。如果只是眼前的经济效益好，甚至吃“子孙饭”，那就没有后劲，就没有持久的经济效益。

几年前，万向就提出“高起点投入”的发展理念。现在鲁冠球把它完整化了，系统化了，由“一高”变为“四高”：坚持高起点投入，配置高精尖设备，招揽高层次人才，生产高档次产品。落脚就在高档次产品上，他始终坚持不渝。

这里的提高，是对落后的切割，相对应，势必要淘汰一些东西。经过概括，鲁冠球列出三个方面的淘汰对象，即落后的设备、落后的工艺、落后的员工。

“三淘汰”“四提高”成了万向事业转折中的重大决策。

那是一个破旧图新的变革过程。在万向的厂区里，每天都有新面孔、新事物、新气象出现。各级各类人才从四面八方聚拢过来，他们曾经是大学里的教师，国营大企业里的高工，或是研究机构里的专才，你能听到操着不同口音的人工作在各个岗位，而之前，清一色的，只是萧山话。鲁冠球为此还定了一个规矩，在正式的会议、工作场合，不许讲萧山方言。

设备的更新速度与力度超越了人们的有限想象。万向集中资金，全面引进世界最先进的制造设备。其中一条年产 25 万套、年产值 2 亿元的球笼式万向节生产线，投资了 1800 万美元，分别从美国、英国、德国等 6 个发达国家引进。万向选送 16 名操作工到美国、意大利、西班牙等国培训。1994 年 6 月投产前，来自美国、德国的工程师在现场调试设备，当他们得知这里曾经是一家乡村铁匠铺时，非常惊讶，因为他们无法将眼前世界最先进的等速万向节生产线同铁匠铺联系在一起。

“四提高”的推行并无争议，“三淘汰”的实施却遇到了障碍，尤其是淘汰落后的员工。

1992 年，万向做出决定，每年要新招进 500 名职工，同时淘汰 100 位落后职工。被淘汰的职工大多是工厂初创时期进来的，许多是属于社队按照家庭困难、独生子女以及残疾人等照顾指标分配进来的村民，文化程度普遍不高，接受新事物、掌握新技能的本领也比较低。这一动，就牵涉各方利益，鲁冠球面临很大的压力。企业当然要尽责照顾历史原因形成的弱势群体，但也不能以牺牲管理和效益为代价，把企业的未来葬送掉。

万向做了许多很细致的工作，对拟淘汰人员，特别是干部，先进行培训“换脑筋”，看是否能经过培训转变观念和状态，继续留在岗位。确实不行，就要选择转岗，有的从干部降为一般员工，有的被淘汰出企业。

这无疑触动了相关群体的利益，他们愤愤不平，有些还带着家属来闹，说道自己怎么不易，做了多少好事，没有功劳也有苦劳，乡里乡亲怎么能如此无情，等等。

鲁冠球面对的是一张张网，“人情网”“乡情网”等，冲破它，就要撕破脸，得罪一批人。冲破这“网”，从世俗伦理与传统观念中摆脱出来，是鲁冠球由农民向现代企业家嬗变的痛苦过程。

他这样劝导被淘汰的员工：“我们这样做，是为了企业好，也是为包括你们在内的全体员工好。事业在快速发展，落后了，不适应了，只有下狠心淘汰。该安排的，我们妥善做，该照顾的，我们也不含糊，但不能拖累大局。不是我无情，是商品经济的规律无情。”

“不是我无情，是商品经济的规律无情。”这句话让人们冷静了下来。

鲁冠球在日记里写道：

> 做事要择善固执。无论什么事情，只要坚定了目标之后，绝不受外界干扰及左右。办企业也要这样，有一种企业家的精神，是对企业充满信心，时刻给自己施加压力，使自己保持着不可动摇的意志。

鲁冠球常常在看报纸时会停顿下来，陷于凝重思考。这个消息是，邻乡的乡镇企业倒闭了，破产了，原来红红火火的，因为负责人经营出轨，触犯了法律，坐了班房。那个报道是，有家企业原来很能经营，效益非常好，结果负责人赚了钱不是好好理财，扩大再生产，而是跑去澳门赌博，输得倾家荡产，或者养了情人“小三”，人财两空。

有一种说法，乡镇企业是“能人经济”，起来快，衰败也快。鲁冠球常问自己，为何“能人易折”？

他开始关注每一个失败的案例，思考“能人”之所以“易折”的原因，以警醒自己。他在《乡镇企业家需要不断完善自我》的文章里列举了各种

“病根子”，包括奢侈享乐、任人唯亲、自私自利、居功自傲等，在他看来这也是一张张“网”，是对乡镇企业经营者、企业家自身素质和道德的拷问。

鲁冠球让秘书把世界企业发展史上重要的失败案例做成文案给他。他拿到文案，看一篇，就想一想，然后将这些曾经创造了经营奇迹而最终衰亡的企业与万向的现状联系对比，写下启发式评点与感言：

> 这些企业由荣到衰是前车之鉴，说明事业越有成就，就越要开拓，越不能松劲，不进则退，保守意味着落后，落后就会被淘汰。

鲁冠球得出的体会很经典：

> 任何一个成功过的结论都不是百试百灵的妙药，因为背景、情况不同；但任何一个曾经失败过的结论都值得引以为戒，因为可防患于未然。

这是鲁冠球冲破的另一张“网”——狭隘的小农经济思维方式和非理性逐利的短视对现代企业家的心理束缚。

1992 年 12 月，从天津市静海县大邱庄（现隶属天津市静海区）传来的一条信息让鲁冠球感到意外和震惊。该村党支部书记禹作敏对抗前来查案取证和执行公务的检察部门人员，窝藏犯罪嫌疑人，出事了！

鲁冠球和禹作敏是老相识了，1987 年 7 月，他俩双双被评为全国最佳农民企业家。之后，成立中国乡镇企业协会，两人同时担任副会长，业界有“北禹南鲁”之称。

鲁冠球闻讯后很不安，他说：“作为一个企业家，我很关心大邱庄改革的进展，作为一个朋友，我很关心禹作敏的情况，作为一个公民，我很关心大邱庄事件的处理结果。我希望法律保护企业家，但我们也要努力去做到企业家不违法，做到企业不违法。从大邱庄事件看，企业家都是法人，但法人不能代表法律，个性不能代替党性。”

禹作敏随后被捕，1993 年 8 月 27 日，因窝藏、妨碍公务、行贿、非法拘禁和非法管制 5 项罪名，被判处有期徒刑 20 年。鲁冠球曾说，禹作敏“这个老头儿太任性”，现在“老头儿”为自己的任性枉法付出了沉重代价。

禹作敏在法庭的最后陈述中，有这样一段话：“大邱庄发展起来了，我的脑袋膨胀了，忘掉了法律，忘掉了精神文明。一直到被逮捕时，我还是糊里糊涂的，我没有认识到自己的所作所为是严重的犯罪。”

鲁冠球听到这段话，心头很痛。他说：“他把自己估高了，你要谦虚、谨慎，老老实实，我们农民不是斗出来的，是干出来的。就算地位高了也得守法！”

但鲁冠球的分析并非止步于此，他想得更深的是农民意识中的消极与落后会拖累乡镇企业家进取的脚步。禹作敏事件后，鲁冠球有过一段很长的反思期。在一篇题为《乡镇企业家急需提高自身素质》的文章中，他写道：“我们面临经营者的自身素质障碍。这是一道更困难的障碍。这种障碍的病因是部分农民能人没有充分意识到自己所负载的历史使命，仅仅陶醉在眼前的成功光环中，这样的马失前蹄是非常让人痛惜的。而这一障碍的真正根源，其实是传统的小农意识与现代精神的冲突，显然，我们今天需要一次彻底的决裂。”

分野就这样出现了，鲁冠球不断突破传统观念，冷静地“解剖”自己，向着现代企业管理者的目标一步步接近，迅速超越了同时期成长起来的众多“乡村能人”。

有一个画面很有对比性：萧山县委一位领导不打招呼来万向时正是中午时分，看到鲁冠球一人在办公室，一边吃盒饭，一边在看中央文件。这让他很有感触。事后他说，他走了很多企业，饭点时候，好多老板都在酒馆包厢里喝酒。鲁冠球有这样的学习态度，怪不得企业不一样。

// 自律与 11 条“军规”

1994 年 5 月，北京春风杨柳绿。正在参加“全国十大杰出职工”表彰大会的鲁冠球有了半天休息。同去的浙江代表们想放松一下，就撺掇正在“呆思”中的鲁冠球一起去逛逛商场。鲁冠球推辞说：“没这个习惯，在杭州忙，哪有空上街，也怕人家认出来。”

大家说：“商场是改革开放的窗口哇，西单商场刚装修好，走，看看去，北京也没人认得你！”

鲁冠球憨厚地笑着说：“既然是改革开放窗口，那就去。”

在西单商场成衣柜台前，他们停了下来。货架上的男士衬衣花色很多，同去的代表说：“鲁厂长，你总是一件白衬衫，该换换了，你看这件细格子的怎么样？”

鲁冠球把衬衣拿在手上看了看，就退了回去。

“你也该解放解放思想啦，既然花格子好，就买了，不行算我们送你的！”同去的代表坚持把衬衫留住。

鲁冠球停了一下，很认真地说：“伢是农民，是做事情的，白衬衫穿惯了，伢没有色彩。”

这话让场面变严肃了。

正在此时，有顾客认出了他：“这不是鲁冠球吗？”

“是的，是鲁冠球，农民企业家，电视上刚刚放过。”有人呼应。

“你好，鲁冠球厂长！”随着问候，掌声响了起来。四周的目光被掌声吸引过来。

鲁冠球被这突然来的掌声弄惊讶了，他的额头上瞬时明亮起来，脸上充满了由腼腆而来的红光，他笑着向大家招手，连说："谢谢大家，谢谢大家！"

这是他享受尊敬的时刻。

早晨，鲁冠球在童家塘的家里，与夫人早早起身，开始侍弄满畦的田园蔬菜。

这房子，是1984年总共花9万元盖的，房子普普通通，和周边的农家住宅相比并无特别之处，装修和摆设也很简单。他家里吃的包心菜、四季豆、蚕豆等，都是他们自己种的。

有时，邻家乡亲过来，隔着围篱，给他送来刚摘下的茄子、黄瓜、活芦[①]等蔬果。听着他们"阿球，阿球"叫着，一种来自乡土的自然快慰注满全身，他觉得这就是他熟悉又喜欢的生活。

周围同他一起盖房的，已经有许多人家翻新重建了，也有许多进了城，而他的房子还是原来的模样。他觉得房子总会落伍，不能老翻修，能住就行。直到后来要给儿子鲁伟鼎准备婚房，这才在房子上加盖了一层，依然是朴素的农家院。

他习惯于骑自行车去上班。开始只有一辆车，他驮着夫人一起上班，后来条件好了，章金妹也有了一辆28寸的"永久"，就两辆车一道走。20世纪80年代初期，他时常戴一副耳机，边听广播边骑行，很像如今的时尚青年从街头穿过。

他很准时，一定在早上7点到厂，然后在厂门口迎接8点上班的员工。人们劝他不必天天这样，他说："我在这里看到员工心里踏实，他们也好趁机找我说点想说的事。"

---

① 活芦：杭州地区的一种蔬菜。

他的办公室在一幢20世纪80年代建的楼房的三楼东头，不大，还隔出一个小房间，无窗，放得下一张单人床，他中午习惯小睡一会儿。床边的小桌吃饭用，有些熟悉的朋友偶尔会被留饭，在这里边吃边聊。

万向集团一位副总裁当年来万向就职时见鲁冠球，就在这间20多平方米的办公室。他回忆道："好小的办公室，没法与万向集团这样的跨国企业董事长的身份联系在一起。办公桌很小，也旧了，两只木板凳，也小，坐着还有轻微晃动的'吱吱'声。他后面的两个书柜，有点儿粗糙，是他弟弟鲁冠幼的家具工场做的。"

通常他总会在晚上7点钟最后一个离开办公室，然后直接回家，很少应酬。他说陪客吃饭费时间，要陪的话天天有客人需要陪，干脆少陪，省钱又省时间，可以多看看书，想一些问题。

厂里办公楼要装空调，想先给他装，他不让装，他觉得一线职工尤其是锻造、热处理工人车间环境差，自己装了空调与工人有距离。办公室没装空调，连家里也没装，夏天很热，就开开电扇。蚊子很多，他一边看书看报，一边不停拍打，脚上穿的白袜子上血迹斑斑点点，成了"彩色袜子"。他说，不是装不起空调，而是从小苦惯了，习惯成自然，享受的事不会急着去做。

《中国企业家》杂志记者马吉英回忆说，有一次他们来采访，想请鲁冠球去车间拍一组他和工人在一起的照片。鲁冠球不同意，说："我平时不在车间，去那里摆个样子不真实，我的工作在办公室，要拍就在这里拍。"

他没有周六、周日的休息日，公司高管也总会接到通知在休息日开会，或者见面谈事情。央视《商痕》摄制组编导车爱琳在镜头前问鲁冠球："您从1962年到现在，就是一直不停地干，您就没有一点点个人的爱好或者个人的享受吗？"

"爱好就是喝点儿酒。每天两顿，生病也好，开会也好，到北京参加人代会也会带着，一天两次，一个星期两瓶。我不喝人家的，都是自己带的，人家愿意跟我一起喝，我也乐意分享。”

“除了这个，您还有其他的爱好吗？”

“没有，一点儿都没有。原来还会抽烟，从 1987 年开始就不抽了。也没有去过什么地方旅游，我只是出差路过，包括长城，我都没有去过，只有故宫去过了。我的助手跟我这么久，也没出去游玩过，包括到北京开会，到美国出差，我们就是到某个地方去工作，其他地方都不去。”

董事局工作室的秘书证实了这个说法，但补充说：“主席很人性化，知道我们没去西湖玩过，去杭州开会时会提早一点儿出发，让司机在西湖边开车兜一圈，让我们看看风景。有一次在北京，他忙他的接待，特意派我们去书店看看有啥好书买，其实也放我们假了。”

老员工潘文标说，从没有听说鲁冠球去过歌厅、舞厅、洗脚房，直到他去世还不知道足浴是什么感觉。

他的穿着总是这样：白衬衣，蓝灰色长裤。衬衣领子破了，就拿去换个领子。圆领汗衫常常有破洞。有一次统一做工作服，裁缝师傅拿他的旧裤子量尺寸，一看却难以相信是“大老板”穿的：“这么旧了，连普通职工家里都要扔掉了。”

鲁冠球这样要求自己：“在今天的条件下，看一个人是不是有说服力，就是你能不能按规范化工作和生产，看你在拜金主义、享乐主义、个人名利、酒色财气这几股歪风邪气面前有没有鉴别力、抵抗力。我要求自己，不法行为不干，不义之财不收，歪门邪道不沾，歌厅不进，麻将不搓。饮酒适度，请吃、吃请谢绝，主要省下时间读点儿书，弥补过去家贫过早辍学、知识太少跟不上时代要求的遗憾。在日常生活上，尽量做到清苦点、俭朴点。公事公办，不用自己的权力为自己的亲属去谋取不义之财。我的工资奖金，都是按照统一规定的标准领取，领取的奖金都放在企业用于再生产。”

时任杭州市委书记厉德馨在退休后的回忆录中这样描述鲁冠球：

他真可以算是一个“大忙人”。他为什么还能坚持学习呢？他的办法就是“少应酬”“挤时间”。他告诉我，非要他出面接待不可的他出面，能由别人出面接待的由别人接待。他一般不陪餐，更不到杭州、萧山那些大饭店陪客吃饭，非陪不可的就在职工食堂小餐厅用餐。他告诉我，他最近在杭州参加一个活动，在一家企业餐厅吃到东坡肉，觉得味道很好，可他从未吃到过。我听了一怔：鲁冠球未吃过东坡肉！听的人都觉得这是一个“新闻”。但这是真实的，他还说他从未在杭州（指杭州主城区——笔者注）宿过夜，在100千米以内开会办事，他都回家睡觉。他真的是把一切可以挤出来的时间都用到学习上去了。[①]

有一点，鲁冠球一直坚持着，就是不去领导人家里走动。他说：“我从办厂以来，从没去过任何一级领导的家，有事去办公室，或者电话。这样清清楚楚，免得疑神疑鬼，也不让领导为难。我有许多做领导的朋友，但交往很清爽。他们也会力所能及地解决我提出的要求和问题。”

他家的饭也平平常常。章金妹说，他喜欢吃腰花、肝花、大肠，还有腌制的东西，现在说是高尿酸的食物，那时穷，有的吃就蛮好了，也就养成了习惯。

在章金妹的记忆中，鲁冠球几乎没和她一起上过街逛过商店，到外面饭店吃饭。“连生日也没过的，还是到女儿慰芳她们长大起来了，有小孩子了，才知道爹的生日、妈的生日。其实以前是不过生日的，生日都忘掉了。”

作为万向七位元老之一，章金妹一直在车间劳动，做过锻工、电焊工、铣床工、钳工，始终是干累活儿、脏活儿。章金妹说，哪个车间缺人手，她就像“救火兵”一样给派过去。到该退休的51岁时，生了场病，还是车

① 厉德馨：《我与鲁冠球的交往》，载《厉德馨文集》，北京：红旗出版社，2012年，第353页。

间主任去跟鲁冠球说，既然要养病，还是把退休办了吧，这才办了手续回了家。

我在采访章金妹时问她，听说 1993 年镇里领导出于关心，由镇政府发文，照顾企业负责人的家属，可以工资在厂里拿，工作就在家，你有没有享受过这待遇？

章金妹不无“怨气”地说：“我不知道，那些文件，鲁冠球读都不肯读给我听，我不大认识字，他就是要我工作。”

鲁冠球的 3 个女儿先后出嫁，按他的章程，一律简单朴素，不搞收礼，不大操大办。人家迎亲小车都是几辆、十几辆，酒席办上几十桌，100 桌的都有，而他的 3 个女儿出嫁，都是按厂里规定，与其他职工一样，一辆车子接送，客也不叫，酒也不办，只请几位至亲，送来的礼都退回去。

但有一样是特别的，他在报上登了给女儿婚礼的祝词。

人们惊讶于鲁冠球对自己要求的严苛，许多人不理解，觉得他有些“苦行僧”式的“自虐”，也有人认为他在“过分享受一种自律”，省里一位老领导说：“从人格层面上说，鲁冠球是个完人。”

在为本书写作而做的众多访谈中，我曾主动“质疑”这位“完人”，询问被访者：“他果真白玉无瑕，没有错失与缺点？”回答是：“投资决策、工作方法这不好说，免不了会有缺失，但从人格上讲确实是很完美的人。”

一个农民企业家、一个凡人，在被大海一样包围着的传统小生产者意识的文化环境中，有这样的道德自觉与自控力，不是易事。他在怎样规范、监管着自己的日常行为，有什么样的严格戒律在？

我曾长久在心里盘问自己。

一次突然的阅读发现，竟让我找到了答案——

在鲁冠球 1995 年 5 月的一则日记中，他用醒目的排列方式写了以下自我规定：

享受永不满足，必定走上堕落；事业永不满足，可能走向成功。

1. 不收礼

2. 不拜访上级领导家

3. 不抽烟

4. 不吃请，不请吃

5. 不进歌舞厅

6. 不玩麻将

7. 在杭 100 公里内开会不过夜

8. 80% 时间在公司

9. 没有星期天，无事（指公司——笔者注）才不上班

10. 三个女儿结婚不收礼，不办酒

11. 家没有人找

这 11 条规定，严肃如“军规”，如果去对照鲁冠球的执行情形，有一点是被反复证实的，他说到做到，且不是一时，而是做了一辈子。

仅仅是出于“苦行僧”的心理意识？不，鲁冠球的 11 条，每一条也都是对自己廉洁与勤谨的守护。守护不是狭隘的自我完善，而是为了始终保持做大事的精神状态和道德力量。在鲁冠球的“自律”词条下，包含着同时作为心理医生的美国作家 M. 斯科特 · 派克说的自律的四个方面：“推迟满足感、承担责任、尊重事实、保持平衡。”

鲁冠球在“享受永不满足”上立了“防火墙”，而在“事业永不满足”上安了“加速器”。这就保持了不受侵袭的心理“平衡”，将创造力与责任力紧紧相合，一生不曾松开。

鲁冠球这样说：“办企业，当企业家，就是吃苦，就是奉献，要是有一天我不想吃苦了，想享受了，我就不是企业家了。职工看到厂长经理花天酒地，吃喝嫖赌，人心也就涣散了。企业家丢掉艰苦奋斗精神之日，也就是企

业垮台之时。许多农民企业家创业时什么苦都能吃，一旦事业有成就开始搞腐败，就前功尽弃。”

鲁冠球后来在思考如何成为企业员工“领袖”时更完善了给自己的定义：

> 一个拥有人格魅力的人，必须善于控制自己的不健康欲望，远离一切低级趣味的东西，保持远大的理想、高尚的情操，谦虚谨慎、善良正直、诚实守信，在顺境中保持冷静，在逆境中保持信心。这样，自然就成了员工依赖的“领袖”，还是那句老话：一个人征服了自己，就征服了世界。

为征服世界而先征服自己，那便是自律的动因。

鲁冠球与前来拍摄纪录片的央视编导车爱琳有一次很坦诚的谈话，他说：“我们农民，我们贫苦的人始终是受人歧视的。他们总认为，我比你地位高，思想比你好，本事比你大，经济条件也比你好，你怎么能够超过我、比我好呢？你一定是投机的，他们就是这样在想。”

“那么在当时这样被人瞧不起的环境下，您有没有这样一种动力：我一定要出人头地，我一定要做出成绩来？”编导问。

“有啊，现在越来越强烈。”鲁冠球调整了一下语气的强度，“过去是生存下来、摆脱贫困就好了，随着我年龄、知识、实践的增长，我越来越感到，一定要为人类做出贡献，只有做出贡献，只有做出对社会有益的事，人们才会承认你，做人最大的幸福就是被人承认、受人尊敬。所以我们公司的目标是要成为受人尊敬的公司。要做到这一点，一点儿歪路都不能走，一条错路都不能走，千万不能骄傲，不能总想着今天自己有多少成绩。你什么时候上来，就有人什么时候想把你打下去。我做得越大，担心我的人越多，而且权力越大的人越要担心我。原来是基层，现在逐级提高，最后是国际市场了。这就是利益再分配、权力再分配的问题，关键是看你的利益、权力是为谁服务的。”

“这样，其实您的困难反而更大了。”

“困难更大了，所以你没有什么可以骄傲的，我跟我们乡镇企业的同志在讲，你们要谦虚谦虚再谦虚。人家可以五天工作制，你们要是也五天工作制你们就完了，你们要出风头你们就完了，你们什么时候骄傲了，什么时候享受了，就是你失败的开始。人本身就是要干的，要做有意义的事。人也总是要死的，我就是一天一天在往死里逼近，但是我心里在想的、在做的是，我要一天比一天更好。”

鲁冠球讲到这里，年轻的女编导似被一种近乎悲壮的英雄气息所感染，觉得摄像机前的鲁冠球已经很难用“农民企业家”去称呼了。

在因为本书写作与我的电话谈话中，车爱琳回忆那个场景的感觉时说：“我从那时开始，觉得鲁冠球的‘内心地图’已经清晰形成了，这决定了他以后的版图与边界。他的那种勤奋、敬业、追求、创业的精气神，那种民族脊梁的骨气，是那么强烈地出现在我面前，以至影响到我以后的工作，也影响到我的学生。”

// 县委常委特别会议

如果今天有机会走进鲁冠球精神展陈馆，有一个展柜很能留住人的视线。这里陈列着鲁冠球自 1972 年起写的 7 份入党申请书中的 4 份，信笺已泛黄，似在静静诉说很久以前的故事。

第一份是 1972 年 11 月 16 日写的，还在“文化大革命”中，鲁冠球已担任宁围人民公社农机修配厂革命领导小组副组长，组长是党支部书记祝炳善。祝炳善到厂任职以后，认为鲁冠球作为工厂经营业务的实际负责人做得很出色，各方面表现已经符合入党的条件，就鼓励他入党。鲁冠球因此写了入党申请书，真诚表达“志愿加入中国共产党，跟随党这个由无产阶级先进分子组成的先进组织，去实现共产主义的革命理想”的愿望。

但申请没有被批准，厂里有些党员不同意，公社党委内部意见也不统一。鲁冠球没有气馁，祝炳善鼓励他要经受考验，继续申请。半年后的1973年5月4日，他递交了第二份入党申请书，结果还是没被批准。

展柜里的第三份入党申请书是1981年3月11日写的。那时，“四人帮”已被粉碎，国家开始走上建设现代化的道路，鲁冠球的入党渴望更加强烈。已担任萧山万向节厂厂长的鲁冠球在入党申请书上写道：“中国的上空驱逐了‘乌云’，又见到了阳光。全国人民正沿着党的十一届三中全会的政治路线奋勇前进。我是政治上很幼稚的人，对党的知识很贫乏，在主观世界的改造上需要有党的正确指教和自己的刻苦努力，这样才能使自己在政治上不致迷失方向，做一个真正为人民做一点有益的工作的人，这是我想了好久才作的答案。”

如此恳切的言辞，依然没有获得正面的回音。

到1984年3月5日再次递上入党申请书时，已经是12年间鲁冠球的第七份申请书了。他在入党申请书中的用词有些急迫：“我已多次申请要求入党，已经组织长期考验。”“我衷心希望在党的直接领导下，在党的组织里，吸收党的营养，为党、为人民、为四化多做一点工作。”

他特别用了“已经组织长期考验”这几个字，意思不难理解。

我在留意展陈馆展柜里这些入党申请书的原件时，发现一个很有意思的细节：1972年用的是“宁围人民公社农机修配厂革命领导小组信笺”；1973年，信笺改为“萧山宁围农机厂”；1981年，信笺是“浙江省萧山万向节厂”；到1984年的第七份申请书，信笺上变成了抬头响亮的“杭州万向节厂”了。它无声地给出了一条企业变化发展的线路，也是一份可喜的成绩单：当年鲁冠球拿4000元本钱投入的宁围农机厂，在这12年间，在以他为领导人的职工们共同努力下，已经成长壮大，成了一家生产汽车零部件的专业大厂。

一个很严肃的问题因此很自然地被提了出来：这12年间，一边是一位立志跟定党走的农民企业家为了申请入党不断地写、写、写，一边是迟迟未获批准的创业者仍是忍辱负重、忘我地干、干、干，从没动摇对党的信仰，从没消磨意志，而且创造了不平常的业绩。可惜人们当时还未能估量，这些业绩以后竟将影响世界对于中国和中国农民的认知。

为了解事情的原委，我在采访中特意找过很多人询问，可以被佐证的说法有这样几点：

“文化大革命”时期，厂里个别党员抵制鲁冠球的所谓“低头拉车搞生产不看路线”的“唯生产力论”，要夺他的权，拉伙儿阻碍他入党，说“让鲁冠球入了党，他更加如虎添翼”。他们把鲁冠球修自行车、合伙办轧麦厂这些经历也都归于“走资本主义道路”的“原则问题”。

公社党委里也有人看不惯鲁冠球，把他在企业经营中留有一笔业务费用于接待的做法当作“经济问题”抓住不放。

鲁伟鼎依稀记得，那时他10岁吧，有一次一位公社领导到家里来，妈妈章金妹忍不住问：“鲁冠球到现在都不是党员，为什么呀？今天，我就告你状了，听说是你压着，为啥呢？”

那位公社领导拼命摆手说不是他。那是谁呢？

所有这些明面的、隐伏的说法，构成驱不散的云团围绕在鲁冠球入党被拒的议题上。

鲁冠球一直让自己保持淡定，但心里总是纠结不开。在部队营房股[①]做木工的兄弟鲁冠幼入党了，过来报喜。鲁冠幼回忆说：“哥给了我祝贺与鼓励，但看得出他很受刺激。”

---

① 营房股：部队从事营房建设管理的一个部门。

鲁冠球在日记上这样勉慰自己："回想一直以来从未受人重用过，而是被利用多年，但我也不想任何人重用，只想为人类贡献自己的一生，黄山松树精神，蜡烛烧尽为人民谋幸福。"

很多年后，鲁冠球在与记者的谈话中这样说："我不是党员的时候一直写报告要求入党，等到我成为党员以后到现在，我就是始终相信党，我认为国家一定有希望，没有怀疑过，有怀疑的话我早就不干了，就去国外了。所以别人移民国外，我就是不走，绝对不会走，就是牢牢跟党走，听党的话，为社会做贡献，不怀疑，从来没有怀疑过。'文革'时他们批判我的时候我也不怀疑，我认为不是党在批判我，是某一个人在批判我。我不会放弃，只有自己晚上流眼泪。放弃怎么办，放弃谁来帮你，放弃不就是让那些不想干的人达到目的了吗？十一届三中全会后，改革开放了，党的路线更明确了，我就更不会放弃了。"

1984 年 3 月的一天，时任萧山县委书记费根楠在办公室读到了鲁冠球的第七份入党申请书。这位县委书记此时眼前满是鲁冠球和他的万向。当时，鲁冠球承受巨大压力实行联利承包已有一年，业绩非常突出，鲁冠球不拿承包奖金所表现的奉献精神也受人瞩目。萧山土地上出现了这样一位优秀厂长、改革先锋，可他的入党问题却还被搁置着，何故呢？

"12 年啦，7 次申请，人生有几个 12 年？"费根楠反复问自己。

"在改革的大潮中，在我们面前涌现出来的改革者、创业者，已经大刀阔斧地走在了前头，而我们作为基层党的组织如果不解放思想，振作起来，及时把符合条件的同志吸收到党内来，能说我们执行了党的路线、方针和决策？能说我们对改革开放、振兴萧山抱有足够的责任与热情？"费根楠说这番话的时候显然有些激动，让与会者感到了分量。

这是在萧山县委常委会的一次会议上。会是根据费根楠的提议而召开的，专题讨论鲁冠球的入党问题。对于一个县级党委常委会，为一个基层厂长的入党问题做专题研究，很少，故而是特别会议。

会议的过程符合党内组织原则和民主议事原则。宁围乡党委汇报了情况，陈述了原因，参会人员围绕这些情况展开了讨论，包括争论。

“已经12年了，鲁冠球经受了考验，做出了贡献，他对党的事业的忠诚，对党的宗旨的践行，都在长期的努力坚持中得到了体现，难道还能再说他不够入党条件吗？同志们，我们萧山的建设发展正处在一个全新的时期，党太需要像鲁冠球这样的创业者、奋斗者进入到组织里，在我们的事业中冲锋陷阵，发挥作用。不能再等了。”

县委常委们先后发言赞成费根楠的话，一致通过了鲁冠球的入党申请。

“谁来做他的入党介绍人呢？”

“我，算我一个，我愿意做！”费根楠自告奋勇。

这一夜，鲁冠球很不平静。明天，1984年4月19日，就要在万向节厂举行入党宣誓仪式。在当天的日记本上，他为第二天仪式上的发言写了很长的底稿，上面圈圈画画，有许多修改，也有一些前后连不上的空白，似乎在考虑需要填入的词句。连着几页写下去，仍没有结尾，大概很想把12年来的心得都表达了……

鲁冠球说：“4月19日这一天，我比自己的生日都记得牢。”

在以后的漫长岁月里，每当人们问起他何以能年复一年地申请入党且从不气馁，鲁冠球多次说过：“人要有信仰，有信仰才会有信心。我的信仰就是相信共产党一定能够把中国的事情搞好。”

1987年10月，时任湖州市市长的费根楠与鲁冠球同时作为代表参加了党的十三大，回来乘同一架飞机到杭州。他们一起谈到鲁冠球12年的申请入党过程，充满感慨。

鲁冠球此后又当选为党的十四大代表，1998年开始先后被选为第九届、第十届、第十一届全国人大代表和第十届全国人大主席团成员。

1989 年 9 月，在中华人民共和国成立 40 周年前夕，鲁冠球到北京参加了全国劳动模范和先进工作者表彰大会。他是作为乡镇企业的劳模代表与会，由此体现了乡镇企业在国家政治生活中的地位。

国务院一位副总理到北京火车站迎接。他握着鲁冠球的手，说："我们又见面了，你为人民做出了贡献，我们欢迎你！"

鲁冠球的日记记录了这次难忘的经历："9 月 30 日晚上，在人民大会堂参加国宴，参加文艺晚会；10 月 1 日，参加国庆游园活动，登上天安门城楼观礼。"9 月 30 日上午，在人民大会堂举行的报告会上，鲁冠球作为七名发言者之一，在会上做了 25 分钟的发言，题目是《破小农意识狭隘眼光，靠优质产品走向世界》。

当鲁冠球走上讲台时，收获了一片掌声。他用口音浓重的"萧普话"讲述了如何从铁匠铺起家，建成一个现代汽车零部件企业的创业历程。听众被他的讲述所吸引，他讲话后，国务院一位领导同志亲切地握着他的手说："乡镇企业都像你一样重视产品质量，把产品打到国际市场去，对国家贡献就大了。"

这次表彰会之后，1994 年 4 月 28 日，鲁冠球作为"全国十大杰出职工"之一在北京接受表彰。人们这样评价他："鲁冠球是实实在在干出来的，是经过时间考验的，是真正的社会主义企业家。"

"真正的社会主义企业家"——从乡村起步的鲁冠球"千磨万击还坚劲"，已经到达了一个堪当大任的新境界。

“奇葩”：

在媒体眼中

1990 年 3 月，鲁冠球（中）在万向桥上向前来采访的美国《时代》周刊记者博珊迪（左一）介绍企业的发展情况

// 他的名字成了铅字

1983 年 8 月，我第一次见到鲁冠球，是因为对万向节厂的采访。那时工厂所在的宁围，交通还很不便，从杭州龙翔桥坐 15 路公交车到萧山五七路口下来，离厂还有 5 千米。厂里派车过来接，一辆吉姆西卡车把我和同为《浙江日报》记者的周荣新接到厂区。一段沙石路，尘土飞扬，很颠簸。解放河上不时过往着船只。司机一路代厂长说抱歉，厂里的吉普车因为没有用油指标趴在那里，只好用卡车接人了。

工厂门楼饰有青绿色水刷石，据说造价 2 万多元，在当时已很体面，为此还招来不少非议。

我握住鲁冠球手的那一刹那，感觉就像跟一位农村干部相见。他身着深色涤卡中山装，高额头，略卷发，眉下双目有神。他微笑时扬起的嘴角显露着机敏。我们站立的背后，有一小片假山园林，围拥着翘檐的凉亭，四柱赭红，看得出规划者的用意。这里是原宁围农机厂厂房旧址，工程地基开挖时还挖出很多燃煤和煤渣，叙说这里曾有过的炉火铁锤。

这次采访，严格说是一次隐性调查。临来前，时任《浙江日报》总编辑吴尧民特地叫我到他办公室，说萧山农村有个叫鲁冠球的，工厂办得好，搞整顿搞改革，很有魄力，还搞了责任承包，效果非常明显。当然也有争议，你们去看看，做个调查，如果好的话，可以报道。这位锐意求进的新闻界老领导还特别关照我："我们已经有了一个城镇集体企业改革的典型步鑫生，再有一个乡镇企业改革的典型，那意义就大了！"

我们不露声色地走访了厂区，所见所闻，给人一种现代工业企业才有的严整与有序。文明气息多面展现。车间很简朴但规范洁净，地面区域标线清清楚楚，货架工具摆放到位，设备机具保养完好。从细节处看到了团结向上的企业文化的轮廓。我们还单独与厂党支部书记祝炳善谈了话，听了他对厂长的看法。我们去了车间，直接听取职工的意见，也去了财务室，查阅了企业的经营报表和财务收支。

全部的信息反馈都说明，萧山万向节厂是一家很不错的乡镇企业，鲁冠球是一位勇于改革、有创业精神的企业家。对他的谤议与指责，大多出于嫉妒，也有历史的旧账，但没有站得住脚的证据。

吴尧民听完汇报，高兴地扬起了浓眉："鲁冠球值得宣传，有助于推进乡镇企业的改革。"出于稳妥，他巧妙地把报道拉出了节奏，先报道企业高标准整顿出效益，同时对鲁冠球本人再做进一步的调查了解，确认后作为典型推出。

1983 年 8 月 17 日，《浙江日报》在头版位置刊登了我和周荣新撰写的关于萧山万向节厂的报道，介绍这家乡镇企业狠抓薄弱环节、提高经济效益的突出成果。

这是万向节厂第一次上报纸，客观上肯定了鲁冠球的改革作为，排除了对他的种种非议。万向节厂平地起声，名气传开了。此后，经过 9 个多月进一步的调查采访，作为报道计划的第二步呈现，1984 年 5 月 21 日，《浙江日报》在头版头条发表记者李丹等写的长篇通讯《鲁冠球成功之路》，详尽介绍了万向节厂的改革实验和突出业绩，称赞鲁冠球是"敢于打破旧秩序的弄潮儿"。

通讯同时配发《浙江日报》评论员文章《乡镇企业的榜样》，指出：

鲁冠球的成功当然在于他那种办事的魄力、经营的灵活和管理的严格。但是最重要的，在于他懂得了在现代复杂的经济全局中办企业，必须使自己的思想适合经济规律和管理科学的要求，由盲目无知、靠拉关系吃饭，急速地转变为足智多谋、靠科学技术和信息吃饭。他在万向节厂实行的改革，一个最显著的特征，就是用大工业的严密的组织纪律去约束农民，用严格的生产经营秩序去规范农民，用科学技术去开拓农民的视野。这样，杭州万向节厂不仅出产了全国第一流的产品，而且造就了一批新型的农民。

这以后，鲁冠球的名字开始在更多的媒体平台传播开来。

1985年1月，浙江人民广播电台等单位发起“万人赞”厂长（经理）评选活动，鲁冠球以高票当选。

1985年，鲁冠球被新华社《半月谈》杂志评选为年度“全国新闻人物”之一。

1987年7月，鲁冠球被中央人民广播电台、中央电视台、《中国乡镇企业报》评为全国十位最佳农民企业家之一。授奖时，鲁冠球被邀请到中南海紫光阁与国家领导人座谈。

即使在民间，鲁冠球的影响力也扩大开来，尤其是在乡镇企业界，鲁冠球的名字成了一种标杆与力量。他常被邀请去各地做报告介绍经验。更多的媒体人士来到万向采访，他都会以其富有魅力的标准式笑容给来访者以满足。他的谈话总是带着农民式的率直，实话实说。他和媒体在不断的互动中形成了一个“思维共同体”，媒体关注他，他关注媒体，他被称作“世界上最懂得看新闻的人”。每天他到办公室第一件事就是打开电视机，锁定在新闻频道，边听边工作。回家吃过晚饭后，看完《新闻联播》节目就看报纸杂志，除政经资讯外，文化信息、随笔散文、诗词歌赋，他也常常看看、记记，写下心得。

我在鲁冠球1981年2月的笔记上看到这样几行有点儿哲理味的文字：

林逋《梅花》诗，其中：

"惭愧黄鹂与蝴蝶，只知春色在桃溪"

不揣其本，而齐其末

观察问题，一定要从主流上去观察，方能掌握本质。从一枝红杏，看到满园春色；从一湾细流，瞻望大海浩瀚；从急速的退潮，洞察到涨潮的冲击力正在积蕴；从大踏步的战略后退中，看到大踏步前进的明天。①

乍看，眼一热，好熟悉，一时又想不起它来自哪里。从万向回来的路上，我依然为此耿耿于怀，觉得很像我的文字。到住地翻看旧作，果然，它摘自我的一篇杂文《识春》，刊于 1981 年 2 月 14 日《浙江日报》。

这是 20 世纪 80 年代的第二个春天，百业待兴。但十年沉疴，病去如抽丝，很多人还被浮云遮望眼，对前途缺少信心，文章是应对这个写的。没想到放在副刊版上的一篇平常小文受到了鲁冠球的注意，被他工整摘录下来。正是玄妙的际遇，冥冥中有一种感应，在我见到鲁冠球的两年半前，我们已然在文字上相识了。

// 报告轰动大会堂

本书第六章说到鲁冠球承包时，曾有过这样的介绍：承包期 3 年，鲁冠球可得的奖金总数为 44.9 万元，最终一分未拿。当浙江省委在汇报中介绍了鲁冠球这一甘于奉献的道德行为及其后续效应后，受到了中央领导同志的积极赞赏与充分肯定。为此，新华社当即派记者赶到萧山采访。那是 1986 年 2 月，农历正月，人们正忙过年。

① 对于鲁冠球笔记、日记等的摘引，本书大体保留其手写稿的原始样貌，特此说明。之后文中不再标注。

由记者李峰、林楠撰写的长篇通讯《乡土奇葩——记农民企业家鲁冠球》1986年4月10日经新华社播发，刊载于《人民日报》头版，同时配发《人民日报》编者按和新华社评论员文章，充分肯定鲁冠球的创业道路是中国农民走向共同富裕的康庄大道，鲁冠球的奉献精神是理想主义的具体升华。

时任杭州市委书记厉德馨这样评价这篇报道：

> 20世纪80年代中期，乡镇企业是好是坏，该不该促进其发展，还是一个有很大争议的问题。有的人认为好得很，说它是农民致富的必由之路，是壮大社会主义经济的生力军，是农村深化改革的必然结果和必然趋势。有的人则认为它没有列入国家计划，同大工业争原料、争市场，是假冒伪劣商品的大本营，必欲取缔而后快。……在这一时期，用国家通讯社的名义，在中央的报纸上发表如此长篇，热情歌颂乡镇企业、歌颂一位乡镇企业的领导人，可以说是十分难能可贵的。这个报道为乡镇企业“正名”，为乡镇企业的领导人“记功”，它不仅是对万向节厂的鼓励和支持，而且是对整个乡镇企业的鼓励和支持。[①]

在杭州，鲁冠球的事迹于之前已不胫而走。由杭州市委组织的大型报告会在杭州人民大会堂连场举行，主讲人就是鲁冠球。他报告的题目是《通向共产主义的路就在脚下》。

> 我是杭州万向节厂厂长鲁冠球，家住萧山宁围。1961年，我在萧山县城做锻工已经3年，突然被精简回乡。那时，我想得很清楚，不种地。别人说我是农民，其实我没种过地。我觉得农民吃不饱，穿不暖，

① 厉德馨：《我与鲁冠球的交往》，载《厉德馨文集》，北京：红旗出版社，2012年，第342页。

所以一心就想做工人。最早创业，只有7个人，是一家铁器社……

随着鲁冠球将一步步创业的艰难娓娓道来，会场变得鸦雀无声。听众们顺着他的讲话，听到了铁匠铺的“叮当”声，3万套万向节卖去废品站的疾呼，在美国签了合同的欢笑，大家都很感慨，那是一个农民企业家从田野走向世界的勇敢之路。当讲到实现承包、将44.9万元全数奉献的时候，全场用长时间的掌声表达了对他无私精神的敬意。

通讯《乡土奇葩——记农民企业家鲁冠球》正是从这场报告写起：“西子湖畔的春天，竹笋在没人注意的地方破土而出。鲁冠球从他那偏僻的家乡走上了杭州人民大会堂的讲台，给全市机关党员干部讲授党课。这个农民‘万元户’、企业家党员，用他的创业史和思想的果实，把‘通向共产主义的路就在脚下’这个大主题讲得有声有色。”

通讯客观引述了鲁冠球不拿奖金的真实动机，即他在全县经济工作会议的讲话：“第一，我承包万向节厂的目的，是增强企业自主权，把生产搞上去。这是我的事业、理想和追求。如果只是为了钱，我可以去搞别的，不一定要冒这个风险。第二，承包取得的成就，不是我一个人的功劳，主要是靠党的政策，全厂职工的苦干，社会各界的支持。第三，生产条件发生了变化。这3年，用集体的积累更新设备，花了306万元，还增加了300多个劳动力。订合同时没有考虑这些，不够完善。那样办，生产越发展，我与职工的分配差距就越大。第四，我们是全乡人民集体所有的社会主义企业，分配上应体现按劳分配和共同富裕的原则。分配上一定要承认差别，但差距又不能太大。”

在寻阅鲁冠球这个著名讲话的底稿时，我一直想找到“通向共产主义的路就在脚下”这个响亮题目的出处。最后发现，报告的题目虽由报告会主办方、杭州市委的两位同志拟就，但鲁冠球讲话中思路很鲜明：要踏踏实实，共产主义是等不来的，是干出来的，共产主义的路就在脚下。

这也反映了鲁冠球的一贯想法。他说过：

我还是一句老话，天上不会掉下馅饼来，地上也不会长出金子来，要靠自己走正道，一步一个脚印，一桩桩，一件件，实实在在，按能力去做。一点一滴积累起来，为人类，为社会，为国家，为党，为员工，为自己多办一桩实事。

// 上了《新闻周刊》封面

在《人民日报》登载了《乡土奇葩——记农民企业家鲁冠球》后的一周，1986 年 4 月 18 日，由外交部组织的美国、苏联、日本、联邦德国、澳大利亚等 12 个国家 37 家通讯社的 43 名记者到万向采访。这是万向接待的规模最大的外国记者团。鲁冠球陪同记者在车间里参观时的飞扬神采和坦然自信，给了世界传媒一个中国农民的新形象。

记者们有理由对鲁冠球承包和放弃奖金感兴趣。法新社记者事后播发的新闻以《一位对共产党的哲学做出新解释的中国厂长》为题，记述了鲁冠球的谈话："如果我的收入与工人的收入悬殊，就会出现紧张关系。而我希望工人努力工作，如果他们看到我比他们拿的多得多，他们就会失去自己是工厂主人翁的感情，这对于事业是不利的。"

在鲁冠球首次访美后，美联社在一则报道中称赞了他："一家农民办的工厂成为中国第一家在美国汽车零件市场中获得成功的企业。"中国香港《经济导报》的评述更有远瞻："万向节的重要性有限。我们真切关心的是中国汽车工业，能否像鲁冠球与杭州万向节厂那样，在不长的时间里出现突破性的发展。"

据万向负责宣传的人士回忆，新华社和《人民日报》报道后，香港《远东经济评论》也到万向做了采访。那时也正是鲁冠球做抵押承包的时候，来的记者还专程到鲁冠球家，拍了龙柏苗圃和鲁冠球在田间劳作的镜头，光是在万向一次采访，就用了 182 张反转片。鲁冠球很惊讶，怎么要拍那么多，之前的记者也就拍个几张，最多十几张，他很佩服他们的专业和敬业。

1985 年，美国《商业周刊》记者道罗塞 · E. 琼纳斯访问了万向。他回去后发的报道《中国的新英雄：80 年代的企业家》，详尽介绍了鲁冠球的成功。他写道："新一轮英雄崇拜热正风袭中国大地。中国人现在推崇的不是革命者或劳模，而是企业家。领导人发现，企业家追求利润的精神刺激了整个国家经济的增长。企业家开始大兴实业，农村里成千上万的农民离开土地，到工矿企业和交通公司寻找工作。在城市，许多没有工作的年轻人办起零售商店、小工厂等作坊式的小企业；70 000 家国有亏损企业出租给私人企业；北京甚至允许企业家将自己的资金融入企业，雇用更多的劳动力办起更大的企业。"

正是在这样的时代氛围下，美国《商业周刊》认为，鲁冠球成了中国"最成功、最有雄心的企业家"，并以"敢于说'不'（不服输）而成为大家心中的英雄"。

美国《商业周刊》很敏感地从鲁冠球这一代企业家的成功中观察到："一旦他们从僵化体制的束缚中解脱出来，就会迸发出极大的劳动潜力和创业热情。中国领导人现正推崇这种创业精神，以推进中国的现代化建设。"

将鲁冠球的图片形象呈现给美国和西方世界，是美国《新闻周刊》的杰作。1991 年 5 月，作为美国三大周刊之一的《新闻周刊》，刊登了该刊驻京记者布吉尼的通讯《把他的职工引向致富大道》，鲁冠球的照片登在该周刊的封面。他带着几分拘谨的微笑，手里拿着万向节十字轴。细心的读者发现，他的中山装上衣口袋插着两支笔。一个中国农民，如今的企业家以这样的方式向陌生的西方读者打照面，传达了中国 20 世纪 80 年代发生历史性变化的信息。

鲁冠球的自豪有他的底气。《新闻周刊》报道说，鲁冠球告诉他们，“中国每一辆汽车上都有我们制造的零件”，且“从不担心来自国营同行的竞争”，“我只关心产品的产量和质量，以及怎么样让工人们富起来”。

早于《新闻周刊》，另一家美国时事杂志《时代》周刊已经关注到鲁冠球了。1990 年 2 月 3 日，该周刊北京分社记者博珊迪首次到访了万向节厂。过了 3 个月，她再度来访，还带来了摄影师，之前提交的采访提问写满了 3 页纸。两次采访的成果反映在 4 月 2 日出版的《时代》周刊上——山德拉·布尔顿的署名文章，题目是《乡村的希望》。

山德拉在报道中写道，鲁冠球的手指甲经过了修剪，他的毛式套装是定做的，他是一个农民企业家。

山德拉很新鲜地把农民企业家当成了一种职业，报道里把它称为“一种 20 世纪 70 年代末期在邓小平发起的经济体制改革下迅速成长起来的职业”。

鲁冠球向《时代》周刊表示：“中国农民有一个大愿望，就是要富起来。只是在田里劳作，这对他们来说，是绝对不够的。”

人们知道，《时代》周刊作为西方世界的一个政经风向标，在报道对象的遴选上很有讲究。邓小平曾先后 8 次成为《时代》周刊封面人物，其中两次被评为“年度风云人物”，显示中国的变化对世界的影响。但作为一个中国农民企业家被关注，鲁冠球是第一个。

花径不曾缘客扫，“刊门”今始为君开。[①] 因为《时代》周刊发现，“中国经济的未来是与像鲁冠球一样的人密切关联着的”。

① 杜甫的诗作《客至》中原句为“花径不曾缘客扫，蓬门今始为君开”。

// 曼谷街头意外“遇见”

1991 年 5 月 8 日，我在泰国曼谷街上闲逛。路过书报摊时，意外地从展挂的新到杂志上见到了鲁冠球。我心里一怔，赶紧过去要了杂志读起来。

这便是当年 5 月出版的美国《新闻周刊》。

在异国街头，在全球发行的杂志上看到熟悉的朋友照片，那种感奋与愉快可以想见。回到住地，我忍不住给鲁冠球写了信，往事也一起回忆了起来。

如本章开头说到的，我第一次见到鲁冠球，是在 1983 年 8 月间那次采访。2018 年，有家媒体的记者费了些周折找到我，说改革开放 40 年，浙江这些有影响的企业界人物你都写过，能不能谈谈“你见到的这些企业家，第一印象是什么”？

她首先问：“步鑫生呢？”

我说：“一个海派匠人的精灵与奇倔，又奇怪又倔强。”

“冯根生呢？”

我说：“商号传人的严谨与机敏。”

“那鲁冠球呢？”

我脱口而出：“一个原乡农民的憨厚与精干。”

我在万向节厂的采访就是从和这位憨厚精干的农民的对话开始的。相关的报道刊出后，鲁冠球很感激，平生头一回上了报纸，他对我说：“你把我的名字第一次变成了铅字。”

这是一个农民最朴实的说法。

这以后就有了我与鲁冠球的交往。我常到万向去，写新闻报道也写报告文学，他那里总有新闻与文学发掘不完也写不完的东西。我写他的报告文学，短篇、中篇、长篇都有，如《他从田野走来》《世界并不遥远》《雪飘三度》。

苏州大学中文系教授朱子南是我国当代报告文学研究专家。他在撰写关于我的作品评论时问我："你如何看待作家与报告对象的关系？"

我说："一部报告文学作品的成功，一半来自他报告的主人公的成功。成功的作品是作家和传主共同的报告。"

这是很掏心底的实话。

那天，采访工作结束后，我和鲁冠球在厂区的园林亭子前照了个相。一不小心，我手上的资料夹掉到了地上。鲁冠球弯下身去，抢先捡了起来，他一边拍了拍夹子，怕沾灰，一边对我说："我跟你有缘，我叫鲁冠球，你叫陈冠柏，我们两个都有一个'冠'字。"

我笑说："我怎么能跟你比？我只是'冠'了一棵树，你是'冠'了地球呀！"

当时随口说的还只是名字字义，没几年，鲁冠球的万向越做越好，开始走向国际市场，他真的"冠"了地球！

我在曼谷住处给鲁冠球写信时，就怀着这样一种感慨。

我在信里写道："我刚刚在曼谷书摊门口看到了你的'画像'：新出版的美国《新闻周刊》以你的大特写做封面，书摊还在门口专门把它张挂出来，我真是激动不已。可惜未带相机，今天准备循原路去找，拍下来给你寄去。能在全球性的杂志上封面，那实实在在是世界级了，而不是我们以往说的一般意义上的'走向世界'。"

我在信里大体介绍了我出国后的情况，特意跟他说："自 1988 年之后我'下海'的三年，与您联系不多了，但情分断不了，尤其看到您的发达以及发达后依然没有忘记我们这一类朋友，更是心暖。"

这里提到的"下海"是指 1988 年 3 月，我决定离开供职的媒体，到海南自主创业。跟我一起去海南的还有朱海，如今的策划人、词作家。当时他在《江南》文学杂志社做编辑，我大他许多，视他为小兄弟。那些年，我往万向跑，他也没少去，鲁冠球喜欢听他口若悬河地侃，不只妙语连珠，还有许多观念闪光的东西。朱海情绪来时，也会自告奋勇为万向代笔，写上一篇颇有创意的管理类文章。

鲁冠球像海绵一样渴望吸收各方面的信息，常常与我们喝着小酒，饶有兴致地和我们谈“山海经”，每有感悟之处，他都会停下来问个明白，万向的小食堂谈笑声不断。

要离开杭州了，也远离万向了，我和朱海一起去向鲁冠球辞行。说好一起吃晚餐的，迟迟不见鲁冠球来。莫晓平说，老鲁在隔壁，有客人，让我们先吃。我们说还是等，可一直不见他过来，我心里感觉不算太好。再去叫，这才过来了。

鲁冠球不停解释那边有客人，但脸上显然不太高兴，敬他酒，他也没马上提起杯。少顷，他脸色浓重地说：“你们为什么要走？如果觉得待得不好，到我万向来。”

还没等我把理由说完，他就打断我的话说：“如果海南的政策嘎[①]好的话，那政策的红太阳迟早会照到伢这里。对不对？”

面对他的好意，我真的不知说什么好，只是希望他理解我们作为文化人在大时代的一个自主选择，就像他当年要离土办厂、自我创业那样。

停停，他理解了，他给我们举了杯，说道：“祝你们一路顺风，以后有啥问题再到我这里来。”我说：“好！”

我寄出给鲁冠球的信后没多久，就收到了他的亲笔回信。他在信里说：“你信中所谈的一切，我们是同感。只有走出去才知天地之大，我从内心里支持你，需要我时能办的尽力而为！我目前所取得的一点儿成就离不开你们 1983 年的报道，但现在我的工作应该说还在打基础增实力，为以后多为国为民和自己真正走上幸福创造条件。在此希望你多在国外交朋友，摸

① 嘎：萧山方言，意为“那么”。

信息，办实业，为与我合作提供条件。我坚信成功的事业在等待着我们去接受。”

他记情，好多年了，还没忘“你们 1983 年的报道”。

宝典：

力在文化

20 世纪 90 年代，鲁冠球在电脑前工作

// 关于包子

鲁冠球爱吃包子。早上，他会让司机去镇上买回肉包子，热腾腾地连着几个下肚，那是最美的早餐。

他曾跟企业家朋友说过，小时候穷，吃不饱，如能吃到包子，那个肉香哪，一辈子都记着。“有朝一日条件好了，我就天天吃包子。”

他太晓得饥饿的味道了，也太知道美食对人意味着什么。

南方人善食米，早饭常是泡饭稀粥，最多加馒头，很单调，营养、口味都差。鲁冠球把行政科长叫来，关照要做包子。他不是简单地一说了事，而是一一吩咐到位：面粉要用精白粉，肉呢，要去市场买刚宰杀的猪肉。连馅儿怎么调，多大的量，都交代了。

他还不放心，在自己家里先试做，面粉发酵用时多少，馅儿的精肉、肥肉怎么搭配，一一拿纸记下来，第二天送到食堂：“喏，这就是标准，按这个来！”

万向的食堂于是有了包子，且越做越好。为检查质量，他让办公室的职员拿了饭卡去买，回来尝着分析好坏。他一直是这样细心体察，连吃的米饭，他也关照要买优质米，还特别吩咐：“我的米饭一定要从食堂大锅里打。”

买包子的人多了，有的人还买回家去或送人，万向包子的名气就传了开来。这带来的问题是不够卖。他让食堂做统计，以五口之家为标准设定数量，做足准备。知道鲁冠球很在意包子，食堂员工不敢怠慢，哪天看他司机来了，就嚷嚷开了："老板又来检查包子质量了！"

万向财务公司职工翁佳莉回忆说："当年我们爸妈在万向工作的同学，可以'炫耀'万向食堂吃不厌的大肉包、夏天专属的'万向棒冰票'、冬天热腾腾的万向澡堂、每年中秋必备的万向月饼和富有过年气息的'露露'饮料。不知不觉，在已过的年月里，不知道受了万向多少恩惠。"

鲁冠球生病后，还惦记着包子："给我去买几个包子来看看，不能我不吃了，质量就下降了。肉是不是好，用的酵母是不是正规？分量要够，不能马虎。"工作人员去食堂转告时心里很难过，那是鲁冠球自己已经吃不下东西的时候。

一个包子，延续了几十年，并且成了新一代万向人儿时的记忆。这是包子吗？是，也不全是。

1987 年 3 月，鲁冠球参加中国厂长（经理）代表团，去挪威学习考察近一个月。带队的是我国企业管理科学泰斗级人物袁宝华。有一次会议结束走出会场时，一位欧洲同行跟鲁冠球说："当一切烟消云散之后，企业仅仅是由人组成的。"

这话引起他很长时间的思考。袁宝华也讲过同样的话："人的研究是一切管理的核心问题。"

从会场外望去，是奥斯陆著名的维格兰雕塑公园。这座世界最大的花岗岩雕塑群以人的生命为主题，陈列了由雕塑大师古斯塔夫 · 维格兰创作的 650 座人物雕像，表现了人从童年、少年、青壮年、老年直至死亡的全过程。

鲁冠球徜徉在这些精美绝伦的作品前，将人生的不同生命阶段细细品味，对于"企业仅仅是由人组成的"这句话，有了更深的哲理思考。

他在之后的《只有施之以"仁"方能报之以"义"》一文中写道：

员工他到企业来工作的目的，是每个经营者都必须掌握并努力创造条件为其实现的。我认为，员工来企业工作的目的，不外乎赚钱生存、养家糊口、改善生活、实现自身价值等需要，因此，企业经营者必须正视员工的这些需要。正视了，员工自然干劲倍增；忽视了，必然人心离散。

万向这40多年一路走来，要说做大做强的核心因素，还是靠了全体员工。而调动员工积极性的，就是正视他们的合理需求，并不断创造条件适应其需求……在员工眼里，企业既是他们实现自身价值的平台，也是家庭美好生活的源泉，因而爱企业就是爱自己，在行动上充分表现出来。

以己度人，利他共生，和悦氛围，仁义相彰，中国传统文化中的优秀元素，成了鲁冠球管理思想的核心，因而有了一种人本文化光芒的照射，这使万向以自己的文化架构支撑起日益成长的经济大厦。

鲁冠球概括了3句话："小企业靠人格魅力，中型企业靠管理规范，大型企业靠企业文化。"

有一本叫《万向文化》的小册子，发到了每个员工手上。这是由鲁冠球主持编写的企业文化概要，他在《序》中写道："这是全体万向人30多年实践的积累，是我们共同意志的结晶，更是万向未来发展的依托，是我们人生价值的体现。"

其中的"操守篇"界定了员工个人在企业中的地位与责任："想主人事，干主人活，尽主人责，享主人乐。"

同样，企业也应该以"爱员工"为内核，让人本文化像阳光、空气一样存在于管理之中。

2008年，万向有这样一段经历：

这本是万向实现高目标增长的关键一年，营业收入计划达到520亿元，利润在2007年每天创利税1000万元的基础上有更大突破。年初开局不错，但到了9月，有158年历史的美国雷曼兄弟公司在收购谈判失败后申请破产保护，导致全球金融海啸爆发，市场信心崩溃，股市狂泻，带来了整个世界的经济动荡。

万向作为汽车零部件出口企业，外向依赖性高，因此受损失很大，订单大幅度下降，产品积压，资金滞流。车间工人从原来一周 6 天工作时间减少到只有 3 天，员工情绪非常低落。用鲁冠球的话说："做企业 40 年从未遇到过这么困难的局面。"

困难面前，鲁冠球首先考虑的不是别的，是企业 2 万多名国内外员工。他认为公司再难，也不能难到员工头上，他们要养家糊口，欠薪扣薪，是企业家最不应该做的事，越是在这样的时候，越要扛得住。只有保证员工的就业与生活，才能让员工安心，让企业安定，才有明天的发展。

万向因此明确告示员工：不论情势如何，保证不裁员，不降薪，不减福利！

集团动用自身的积累，控制其他开支，把员工的薪水、年终奖金及福利不打折扣地发放了。车间没工做的时候，搞培训，做团建，安排调休，让员工士气不泄，等待下一波经济的复苏。

果然，熬过了 2008 年冬天，到 2009 年秋天经济开始复苏，万向的订单源源不断地来了。生活来不及做，这时员工二话不说，主动加班加点，电动汽车车间连春节也没放假，连轴加班。

鲁冠球问大家："不回家行吗？"

众人回答："怎么不行？没订单时，公司没少我们一分钱，有了订单，还能不拼命干？"

事后，鲁冠球这样说："在企业发展的过程中，只有员工与企业的命运紧紧地联系在一起，大家都能做到真诚相待，才能共同克服困难。一个企业最怕的是人心涣散。"

有两个电话让人一直难忘。

2007 年，发展部沈志军在北京阜外医院接受心脏瓣膜置换与修补手术。这位 1988 年进厂的高中毕业生，从金工车间的车床工做起，逐渐被培养成集团高管。为了医治他的心脏疾病，集团特意将他安排在北京著名专科医院，鲁冠球一直过问治疗过程。

就在进入手术室前的一分钟，陪伴在旁的同事电话响了："叫志军，伢是鲁冠球。"

时间怎么会那么准呢？就差一分钟！沈志军听到鲁冠球对他说："志军，坚持住，胆子大一些，治疗的事都给你安排好了，你会好好的！"沈志军泪水落到了枕边，这是他最需要鼓励的时候。

还有个电话是 2014 年，在美国芝加哥机场。万向几位高管刚下飞机，前来接机的万向美国公司总经理倪频手中的电话就响了："是鲁主席打来的，他好几次来电话问你们到了没有。"

刚踏上异国土地的第一时间收到问候，让他们感觉集团就是家，鲁冠球就是慈祥的亲人。

手术前一分钟，到机场后一分钟，两个一分钟，两个电话，显示了鲁冠球关爱员工的细微之处。

鲁冠球有许多这种"细微处"。

在与招商银行行长马蔚华的一次谈话中，鲁冠球和这位银行家说到了对于现金现象的有趣"观察"："我们是农民，目光比较短浅，都看眼前利益。1980 年的时候，当地银行要求我们给员工发工资时使用存单，给职工每人发一张打入当月收入的存单，但我观察，拿到工资后员工的心情不是很高兴，发钱虽然不用数了，但生产力明显下降了。后来我们又改为发现金，生产积极性又上升了，从中看出，调动职工的积极性是要相当细致，也相当难的。"

连员工没钱数了的情绪变化都能察觉，说鲁冠球心细如发也不为过。

小车班有位司机去接一位客人来公司，因为时间紧，途中改走了另一条路。客人怀疑走错了道，司机笑着说："放心，条条道路通万向。"

一位普通员工能把问题回答得这么"有文化"，这让来客很惊异。鲁冠球知道后认为，这件事情虽小，但它体现了万向热情待客的文化素质，给那位司机奖励了1000元。

发生在万向的这些事，如同开头说的包子一样，它们看起来都很小，但形成了一种氛围或者叫气场，一种属于文化的东西。

// 头上那"一方天"

1999年7月，来自万向的沈仁泉走进了武汉国营9603厂。这家建于20世纪60年代的军工老厂经营不善，到了破产边缘。中法合资神龙汽车公司是它的产品用户，因此受到严重拖累，情急之下建议请万向进来接盘，以挽救局面。

鲁冠球的决策非常迅速，在派员考察后，认为9603厂引进的是德国博世公司盘式制动器制造技术，比较成熟、先进，试验应用也已10年，有一定的积累，毛病出在管理混乱，缺乏资金投入，才使经营陷于困境。万向恰恰有能力通过两个企业合作重组，让企业由衰转盛。合资成立的武汉万向汽车制动器有限公司，只用17天时间就把营业执照申请下来了，让合作方见证了万向速度。

新公司远在武汉，还是烂摊子，这项硬任务，派谁去呢？

鲁冠球想到了沈仁泉。他文化程度不高，17岁进厂，做过锻工、钳工，但在每个岗位上都显示出"技术控"的天性——爱钻研，会琢磨，能解决问题。1977年工厂在决定专业生产万向节后，曾遇到加工过程控制上的一些难点，始终得不到解决，包括十字轴的垂直度、平行度和端面跳动，以及

“劈面打中心孔”等工艺难题。有没有人能来破这个题呢？鲁冠球张榜招贤将标的红榜贴了出去，但没人应。十天半月过去，就在人们以为“歇菜了”的时候，一个敦实又精干的男子到厂区告示牌前，一把揭走了榜纸，往鲁冠球桌上一放：“厂长，我来！”这人就是沈仁泉。他蔫不出声地琢磨了半个月，弄明白其中道道后上来揭榜了。

沈仁泉明白的“道道”，按专业语言，就是工艺路线，为此要做设计组合，做专用设备。在专业机床研究所，这是一个研究室工程师团队要完成的工作量，而他才一人，还只有初一文化程度。

类似废寝忘食这样的词用在沈仁泉这儿都不为过。他总是失败了再来，多次反复。鲁冠球特意在车间外走过，看他猫着身子在钳台上忙碌干活的样子，没去惊动。

年关了，员工先后回家，车间里空无一人，就沈仁泉办公室的灯还亮着。等他解决了“劈面打中心孔专用机”的最后一道难题——电气配置，窗外的鞭炮声已响了。他看了看日历，1978年2月7日，农历正月初一。

“哎呀哦，不好，年初三是我结婚的日子！”

成功的消息连同他的名字都给鲁冠球很深印象。沈仁泉很快担任了车间主任，以后又当了副厂长。

鲁冠球凭真本事选人才的做法，在万向造成了一种风气，每个人都有上升的通道与空间，只要你肯努力，也有能力。这种认知，随着事业的进展，被鲁冠球概括为“人人头上一方天，个个都是一把手”的企业管理准则，因才施策，放手任用。

这一条也赫然写在《万向文化》小册子上。

沈仁泉就在鲁冠球又一个用人的关键点被委以全权赴任。且看他在武汉这“一方天”如何当他的“一把手”。

沈仁泉一进厂门，看到的竟是只“空壳子”——一听说万向派的总经理到了，原设备租赁商生怕公司合资后更拿不到原厂的欠租，不打招呼一夜间把所有设备拉走了。沈仁泉赶到时，车间空荡荡，一无所有。本来就信心不足的职工看到这情景更是想，完了！

谁知沈仁泉一脸淡定："行啊，你拉走没关系，我们正好买新的。"

接着，他开始全方位部署，动用各种资源和人脉，马上安排设备进来。他住得很简陋，是车间里铁皮隔出的一小间，但工作效率非常高。员工半信半疑，都想看他能怎样变出名堂。哪知不出一个星期，设备供应商把全部新设备摆到了车间，这可让人开眼了："这沈总，这万向，有这么样的三头六臂，看来行！"

沈仁泉按照万向的治理蓝本做了"武汉版"的方案，重聚人心，重建管理体系，很快将企业整顿得井然有序，生机初现。

一个月后，公司复产后的第一批制动件配套产品提供给了神龙汽车公司。中法合资的神龙汽车公司的法方代表专程来公司检查，一看到厂区焕然一新，产品全数合格，由衷赞叹："变化可真大呀！"

万向的企业版图就在类似的扩张中一天天扩大。进入 21 世纪后，万向已经形成了多种产业，鲁冠球将整个集团的经营业务划分出 10 个板块，放手交给 10 位管理者，他称之为"十大领域，十个领军人物"。这"十个领军人物"几乎都是在万向的发展中成长起来的农村孩子。按照"无论门第，择优而用；敢用强人，不怕超己；以怪为美，放手使用"的原则，鲁冠球给予的成长空间大如"一方天"。放权与尽责，无为与有为，在万向文化的开放内涵中融合在一起，成为人人施展才情的舞台。笃信员工的潜力可以被挖掘，成了鲁冠球一直坚持的信念。

鲁冠球这样叙述万向的发展过程：

万向节厂是从"田"字里跳出来的，从"穷"字里逼出来的，从"卡"字里冲出来的，从"干"字里站起来的。

“站起来”的万向人应该怎么来“干”？鲁冠球给的引导是：

一天做一件实事，一月做一件新事，一年做一件大事，一生做一件有意义的事。

写在《万向文化》小册子员工“岗位目标”上的这段话，在经年累月的诵读、传播中成了万向人的“人生目标”，人人会背，人人在践行。后来，它成为检阅工作的一把标尺，万向的管理干部和基层员工都需要在一个时段做书面总结，以汇报自己做了哪些实事、新事、大事、有意义的事。

如果说一个虔诚的教徒捧住《圣经》，每日反省自身：“今天祈祷了吗？今天布施爱心了吗？”你信不？会信。

如果一个万向的员工拿着《万向文化》小册子，每日反躬自问：“今天你做实事了吗？这个月你做新事了吗？”你信不？可能不信。

此刻，万向的销售员金观木在重庆的住地，就在问自己：“今天我做实事了吗？”

在长安汽车公司销售部，看到产品展示柜上各式等速驱动轴承、滚针轴承，金观木觉得这可以是万向新产品拓展的一个方向，从万向节延伸到轴承，将汽车零部件系列化、模块化。他想：“鲁主席说一天做一件实事，我今天就来做这件实事！”

金观木是鲁冠球的邻村人，老实得有点儿木讷，话不多，动作步幅都缓半拍，是个不会叮当响的人。1973 年他被招进工厂后在锻造车间，一干就是 7 年。鲁冠球觉得该给他更多的工作锻炼，就问他：“观木，你愿意跑销售去吗？”

旁边的工友以为是厂长逗他，就拼命拦：“厂长，你让谁去跑销售都比他好，你说他‘三棍子打不出一个屁’，拿什么做销售？”

金观木的韧劲儿上来了，主意很坚定："厂长，你让我试试，我不信做不来！"

1982 年冬天，金观木跟着鲁冠球踏上了西去兰州的火车，在全国汽车配件订货会上做产品销售。生活很苦，鲁冠球和大家一样，早餐小米汤、黑馒头，中午黑馒头加窝窝头。见不到大米，大家怕鲁冠球不习惯会饿着，金观木拿着锅子去南方来的其他厂那里借米给厂长吃。

头一回出门的金观木不懂何为销售，只晓得用笨办法去推销，靠的是脚头。拿着产品目录，他敲开一个个客户房间的门，然后开始介绍。有时一坐好久，给人点烟倒茶，陪着说几句好话。开始人家冷眼看他，嫌他"背"，渐渐倒也觉得他老实敦厚，不难为他了。凭这股黏劲，金观木居然做成了几笔万向节生意，金额 5 万多元。这在当年不算小数，让大家刮目相看了，原先以为他做不来销售的人也变了看法，说："笨也有笨办法，萧山话讲，脸皮厚厚，肚皮饱饱。"

金观木盯住客户不松手的劲头被员工叫作"蚂蟥精神"。

渐渐地，许多地方的人都和他熟了，成了朋友，他的业务圈也大了起来。"等速驱动轴承项目好上"就是长安汽车公司的朋友给他的信息。

这产品一入市，销路就非常好。之后，万向又将轴承品种扩大，使轴承成了万向节之外又一个主打产品。

从 1982 年 25 岁开始跑销售到 60 多岁退休，金观木的销售业绩一直名列集团前茅。在自己头上的"一方天"里，"销售状元"金观木干得有声有色。

鲁冠球专门发了个文件，破例规定：金观木出差可以坐飞机、火车软卧，他出差回来，公司派小车去接。

鲁冠球这样形容自己的用人原则：

有想法的人就是英雄。我的工作就是去发掘出一些很有想法的员工，扩张他们，并且迅速将他们扩展到企业每个角落。我坚信自己的工作就是拿着小罐，带着化肥，让所有的地方变得枝繁叶茂。

他还说：

要重视员工。我们把每一名员工当成一个独立的市场去开发，当成一个特别的客户去爱护，当成一份稀缺资源去经营。我们坚信，员工成长了，企业才能成功。

职工是企业的主人，主要是通过现代化的管理培养职工的老板意识，让每位职工都体会到，企业真正是自己发挥用武之地的场所，从而产生出“我是企业一分子，我有责任把企业搞得更好”的老板意识，引发出认真工作、创造奉献的老板行为，最后企业效益好了，大家收入也多了，人人是“老板”。

// 马尾港与金融飓风

1988 年 6 月，在福建马尾港，用户代表在抽查一批万向节厂即将出运美国的万向节产品时，检出有少量不符合规格的滚针，造成“混针”。

消息是通过传真发来的，鲁冠球当晚就派 10 多名员工赶去港口查验。要把包装成箱的成品翻出来一个个检查，工作量之大如同海里捞针。6 万多套产品，有 600 万根滚针，要全部过上一遍，想想也恐惧。

鲁冠球指示，一箱都不许漏过，不合格的一件也不许放过。

10 多个人，整整查了 10 天，在全部产品中检验出 120 根不符合规格的滚针，也就是 5 万根里面有 1 根。误差很小，但鲁冠球说，对万向来说，再小的批量误差也是 100% 的不合格。

在替换了120根“混针”后，产品起运。虽然因此推迟了交货期，承担了相应责任，但万向的精细作风和责任心在用户那里获得了美誉。

向客户提供合约规定的合格产品是企业最起码的责任，客户的期望价值也是企业的核心价值。鲁冠球这样阐述万向的“责任力文化”：

为自己、为家人、为企业、为社会，我们要在世一日，尽责一天。负责任不仅是客观需要，更要成为我们的主观追求。

当马尾港的“混针”事故处理结果传回万向，鲁冠球和鲁伟鼎为此深一层地议论到企业的“文化管理”问题。这件事情提醒他们思考，在“全球经济时代，企业提供给客户的文化是什么？世界上一些优秀的公司之所以能够实现持续经营，很大原因就在于实现了社会对它的期望”。鲁伟鼎为此在一次讲话中说：

全球经济时代的文化不是企业固有思维方式形成的文化，也不是由一些固有的管理原则、方式所组成的文化，而是一个共同的市场目标，所有人在各自岗位上按照这个目标去努力实施而形成的文化。

向社会提供优质创新的产品因此被提升到万向“文化管理”的高度，由企业文化意识去影响和规范员工的行为文化，企业做出了自己的“价值宣示”。

在这个“价值宣示”的内涵中，还特别包括了鲁冠球无可动摇的对于社会、股东、消费者、员工的责任。

2008年发生在金融飓风冲击下的一个故事对此做了诠释。

浙江省远洋渔业集团是1999年组建的一家国企，2002年，随着改制，万向集团成了这家集团的大股东。

改制后留任的公司总经理，在经营业务中选择了一项金融衍生产品，与多家银行签订日元远期汇率合约，即按设定的外贸结算总金额比对日元对美元的汇率，决定盈亏。他很自信，凭借自己几十年做渔货外贸的经验，认为日元汇率不太可能会有大的波动。

2008 年的金融风暴把他卷进了旋涡。4 个月间，由于日元对美元汇率的大幅波动，由此导致远洋渔业集团账面浮亏 24 亿元人民币。

面对如此重大的经营责任事故，这位总经理认为，出路只有一条，即申请破产。他直言宽慰鲁冠球："虽然万向是大股东，但已做了'防火墙'，不会连累到万向集团与你。"

一宗高达 24 亿元的亏损发生在混合所有制企业，作为民营大股东的万向仅仅是资产的损失而"不被连累"？鲁冠球想得显然不那么单一——

不错，企业破产清算了，法律上也许干净了，但我鲁冠球一生也就背上骂名了，我是大股东啊！虽然损失由企业与银行各自承担，但其中还涉及国有股部分，国有资产损失怎么办？公司有几十条渔船、几千名船员在远洋，他们一旦知道公司破产了，自己失业了，会怎样失望与无助？从更深的层面说，"人民要吃鱼，渔民要吃饭"，当时万向决定投资远洋捕捞就是抱着这个宗旨来的，它关联着国家倡导的海洋战略，如果公司破产了，万向从这个行业撤离了，就毁掉了自己远走大洋的理想，当如何面对自己的初衷？

这一系列的问号都像重锤敲打着鲁冠球的心。

也许此时渔轮上的渔工看到的只是中西太平洋的辽阔海面，鲁冠球的目光则放到了比海更远的地方。他心里主意拿定了，不论前面风浪多大，有多艰难，渔船不能"沉没"，员工不能失业，万向走向远洋捕捞的产业方向不能动摇。

诚如诗言："世界上最宽阔的东西是海洋，比海洋更宽阔的是天空，比天空更宽阔的是人的胸怀。”

鲁冠球在严肃追究了事情的责任后，讲了 3 句话：

“天塌下来，我来顶。”

“世界没有救世主，要靠自己去解决。”

“这件事由万向来承担，我们是民营企业，对银行，对国企股东要承担责任。如果把亏损留给银行和其他股东，我们做大股东的心里有亏欠。”

那是一个令人焦灼的危机应对期。在鲁冠球的统筹决策下，鲁伟鼎沉着应对，鼎力促成 7 家涉事银行与浙江省远洋渔业集团达成解困方案，保住了集团内所有国有资本不受损失，并在之后由万向对国企股份实行了回购。

在这场金融飓风前，鲁冠球顶着风浪毫不退缩地将企业之船驶离险域。鲁冠球对危机的处理，让涉事各个方面的人们看到了万向在践行企业文化、遵循企业宗旨上的动人作为。

这个宗旨就写在《万向文化》小册子的首页：“为顾客创造价值，为股东创造利益，为员工创造前途，为社会创造繁荣。”

2015 年 11 月，当万向旗下“大洋世家”的渔船新编队在中西太平洋上乘风远航、收获满满的时候，鲁冠球回顾了这场动人心魄的危机处理：

> 6 年前金融危机爆发，万向三农的远洋渔业公司在金融市场上遭受重创，损失 24 亿元。当时总经理做出了破产的决定，我思虑再三，破的是银行的产，是股东的产，这么多渔民还有船怎么办？最终我拍板，决定不破产，继续更好地经营主业。6 年前的 24 亿元，那对我来说也是一个天文数字，但硬是扛了过来。如果当初破产了，就没有要上市的大洋世家。万向这个活生生的例子，是要告诉大家，诚信二字得来不易，要做到诚信，第一要有实力，第二要有目标，第三要做出牺牲。

// 在美国杜兰大学的演讲

1997年10月，鲁冠球应邀在美国杜兰大学发表演讲。这所建立于1834年的著名研究型学府第一次请到了一位中国农民企业家。

大学所在的新奥尔良市，位于密西西比河下游入海处。2005年8月，五级飓风卡特里娜袭击这座古老的城市，带来巨大创伤，人口锐减，经济萎缩。

也许是巧合，也许有一种灵感应合，在飓风到来的8年前，鲁冠球的演讲也谈到了自然界的风灾：

> 中国的东部沿海每年夏天都会有台风经过，强台风及其带来的暴雨经常会给当地人民带来很大的损失。我们企业每年都要经历几次考验。长期以来，我们的员工形成了这样一种默契，只要听到强台风预报，不管是休息日还是深夜，他们都会很自觉地从四面八方赶到所在的公司，共同保护公司的财产。1997年夏天，12级台风于8月11日22时经过我们地区。当天晚上，员工自觉地来到公司，参加抗险。有的员工因为家离公司远，干脆下班后连家都不回。台风过去了，我们企业基本没有损失，而我们周围其他的企业仅恢复生产就花了一周的时间。

在场的美国学生好奇地问："难道完全不需要公司的指令吗？"

鲁冠球回答："不需要，是一种自觉，也是一种企业的文化。"

鲁冠球写过一篇题为《无形的文化创造无限的价值》的文章，其中讲道：

> 企业文化很重要，它看不见摸不着，是无形的东西，却能给我们带

来有形的效益，创造无限的价值。

他还说：“企业的竞争，最终将是文化的竞争。文化是明天的经济。”

鲁冠球常和集团高层探讨企业文化的课题。在他的办公室文档中，有一份万向美国公司总经理倪频的来信，专题讨论万向的企业文化精神。倪频认为，如果将这种文化精神再简化，核心就是“诚信、竞争、效率”——

诚信。它既不是可口可乐，也不是香茶美酒，而是平平淡淡缺少刺激的白开水。但正是这种谦谦君子的风格，造就了万向万年大业的磐石与根基。有了这种诚信之风，才能有客户之放心、股东之称心、员工之舒心、社会之宽心。万向以坦坦荡荡之不变，应大千世界之万变，以最小的战略风险与最少的交易成本，一步一步地实现万向之梦。

竞争。万向对竞争的崇尚与追求，是一种与生俱来、念兹在兹的本能与直觉。正是在这种上上下下、里里外外渗透着竞争意识的企业气氛中，资历、职称、头衔以及所有的条条框框才会显得渺小，而实力、业绩、数字等才会成为核心。它所赋予万向的，是高度的适应性、灵活性、创造性，以及激活企业的再生能力。

效率。万向的今天，是效率所创造的，而效率的核心是简单、快速与高度的控制。在万向的文化中，简单唯美，速度至上，治大国如烹小鲜，切忌来回折腾、朝令夕改、繁文缛节、官僚丛生、一切慢慢来。正是万向的简单与速度，使万向永葆青春与活力。

这是倪频的归纳，其他许多同事对万向企业文化的提炼虽然用词各异，但感悟相同——与其说企业文化无形，此间也可说它有形。而最大的形，在当家人身上，企业文化说到底就是企业家文化。

鲁伟鼎用理性文字做了概括：

企业家人生哲学是万向共同价值观的核心，核心价值观决定了行为制度的企业文化。

鲁冠球对来访的香港凤凰卫视主持人说：

做企业就是做人，人做好了，得道了，没有做不好的事。

这些文字内容已经被引申到很广的范畴，不仅在《万向文化》小册子的有限篇幅中了。

第十章

久功：做行业龙头工匠

20 世纪 90 年代，鲁冠球（左二）在生产车间和员工一起商讨

// 大邱庄的静夜思

1990 年 1 月 28 日，农历正月初二。乡里邻家正在新春的热闹劲儿上，鲁冠球带着厂里 20 多位中层以上干部，坐上火车北去。

此行的目的地是天津市静海县大邱庄，他们要去拜访这个村的党支部书记禹作敏。

对于鲁冠球的到访，禹作敏给足了面子，4 天里见了鲁冠球两次。禹作敏个性十足的张扬狂狷让万向来的农民兄弟吃了一惊；同时，大邱庄的繁荣景象也让他们眼界大开。村道宽阔，路灯成行，办公大楼耸立，村里有 100 多家村办公司、工厂，门口停满了高级进口汽车，村民小楼鳞次栉比。据说，大邱庄开村委会，每人一辆奔驰，到北京昆仑饭店开。说它是“天下第一庄”，不是没有根据。

大邱庄是个偏僻乡村，地势低洼，土地盐碱，灾害频发。“有女不嫁大邱庄”，逃荒要饭是寻常事。1974 年，禹作敏担任村党支部书记后，发誓要使大邱庄 3 年变个模样。他听了曾做过冶炼厂的村民刘万明的建议，想法子搞起了冷轧带钢厂，结果两年就有盈利，这以后看准机会逐年扩大，搞了钢铁企业“托拉斯”，电器厂、制管厂、印刷厂等也办得红红火火。到 1992 年，大邱庄的工业产值达到了 40 亿元，村民人均年收入在之前两年就达到 3400 美元，是全国人均年收入水平的 10 倍。钱多了，福利也好了，村民说，他们享受的 14 项福利待遇覆盖“从摇篮到坟墓”的人生全过程。

鲁冠球看着不能不急。万向当时的产值才 1 个亿。两者差不多同时起步，万向是乡办企业，人家都是村办企业，却比自己走得早，上得快，他感觉刺激很大。大邱庄靠的是什么呢？就是上项目，上钢厂，上各种企业，像一条财富长藤结满了瓜。

在鲁冠球的万向扩张计划里也有过建钢厂和电厂。他在日记里写到“当前考虑进入的领域”时，有关电的行业还排在首位，接着是房地产、酒店、旅游业，第三是汽车业、轴承、汽车零部件，第四是鳗鱼养殖加工，最后是证券、金融、投资、融资、租赁以及贸易业。

列得很庞杂，是个“大块头”，但今天的我们会以足够的理解去看待这份计划。经济发展热火朝天，市场机会来了，难免会冲动。事实上，同样是农民的禹作敏在北方，不也做得红红火火？

这一夜，鲁冠球想得很多，但并没妨碍他睡觉，他睡踏实了。就像他以后在日记上写的：“不管碰到任何问题，我绝对不会马上做决定。我会先睡一个晚上，有什么琐事就留给明天说吧！谁都无法预知未来，也不知未来会如何，但我明白，我能一一克服。”

临走前，禹作敏一挥手，要送鲁冠球一辆进口轿车。鲁冠球不好意思收。禹作敏说：“天下农民是一家，客气啥？”拗不过他的好意，鲁冠球最后要了一辆日本尼桑车，开了回来。

回来后，关于要不要上钢厂电厂的问题让一直为此困扰的鲁冠球到了最终的决策关头。上，带来的市场、利润也许会很大。那时，万业复苏，都需要钢铁，电力更是到处紧缺，万向自己也一直因为申请用电而跑断腿，为了求得不停电，还在资金紧缺的情况下拿出200万元去预购用电权。鲁冠球自认不缺乏迎难而上的勇气，以当时万向的地位和条件，要些土地、贷些资金也没大问题。他在日记里写道：“对任何挑战，我一向充满兴趣与战斗力。甚至可以说，别人做不到的事，我愈想奋力一搏。”

但冷静与慎思结束了鲁冠球对于“钢花飞溅、输电线成网”的向往。他会习惯地进行“原点思考”，他的原点是铁匠铺。从修理自行车到农机、汽车零部件，是一个量力而行、循序渐进的发展过程，产品、技术、人才、资金、管理等这些要素也是在自然叠加中形成的，可以用庄稼在季节的交替中自然成长收获去做类比。如果离开了这些，一下子跳跃到钢厂、电厂这些大工业项目上，所有的挑战都是全新的：原材料哪儿来？大跨度的交通运能哪儿来？不可预估的巨量资金哪儿来？还有最现实的，专业人才和管理技能哪儿来？更不要说厂子上马后给周边乡村带来的环境影响了。

鲁冠球告诫自己：

> 注意事项：一个大企业的发展，重要的在于选择合适的产业或经营领域，绝不能什么赚钱就干什么，盲目发展。
>
> 世界上没有一种制度能确保所有的企业都能过上好日子。

清醒与理智回到了他身上。欲望的约束有时就是为了奔跑的启动。

就像两年后鲁冠球在日记里写的："企业家最重要的是知道什么该坚持什么该放弃。企业家最重要最难的工作是为企业找到一个可靠的前途。"

他在这段话下特意画了红线。

这条红线可以被视为鲁冠球的一个分水岭：不再醉心于不切实际地"做大"，不去好高骛远地争强、博名声、要面子，懂得理性限制自己的欲望，尊重实际的条件，继续深耕从原点出发的汽车零部件加工业这个主业，笃定把它做大做强是最适合的方向。很多年后，当盛极一时的小钢厂、小电厂纷纷被淘汰，全行业一地鸡毛时，回头去看这条红线，鲁冠球感到庆幸。

比较 20 世纪 70 年代在宁围农机厂放弃"多角经营"、选择万向节为主导产品，这一次摆脱种种做大的"诱惑"，认定汽车零部件为产业方向是万向的第二次专业化过程，且更深刻。

北面的大邱庄，它的"神话级"增长模式在南面钱塘江边的宁围，停了。

// 走上全球大平台

在考察大邱庄后返程的火车上，鲁冠球把大家叫到一起，已经开始商量怎么把“老本行”汽车零部件做大了。他的意思很明了：小部件、大市场。这些中层干部几乎都是工厂早期的员工，是做着万向节成长起来的，当现在需要把这个蛋糕做大，点子随着兴趣即刻冒了出来。

“我认为光做万向节十字轴是不够的，可以把轴承连起来一起做。”说话的是潘文标，本书第二章说到试制自动锤时就认识了他。他 1972 年进厂，经过 18 年历练，在专业领域已经很有见解。他说：“单是汽车轴承就有 10 个大类，市场上大部分都是国营厂在做，产品保守，我们有条件去竞争，打开新的产品销路！”

潘文标的想法代表了大家的意见。鲁冠球也认为，从万向节往前走一步，到轴承，再到传动轴、等速驱动轴等系列产品，是万向能够延长自己产业链的最现实的路子。当即，在晃动的车厢里，大家围着小桌由鲁冠球做了分工：潘文标负责零类轴承也就是球面轴承，沈华川负责七类圆锥轴承，朱厚水负责滚针轴承，下了火车就去干。

不久，潘文标拿出了方案，他组织了 7 个人，又在集团支持下并购了宁牧村的一个村办企业，因此增加了 36 万元资产，添了 40 多个人手，从试制万向节十字轴轴套开始，进入了专业轴承的生产领域。

他给鲁冠球立的“军令状”是 100 天拿出活儿。从搞设计到定标准，重新扩建车间添设备，忙得没日没夜，他说自己身上像“装了部发动机”。不到 100 天，潘文标毫不含糊地拿出了样品，用于东风汽车车桥的非标轴承，质量优异，价格低于市场行情，产品编号 300210。

鲁冠球把样品拿在手里看了个仔细，一脸满意的表情，他大声说：“好啊！就这样搞，开发一代，生产一代，储备一代，淘汰一代。”

这 4 句话，潘文标牢牢记在心里了。从这里出发，他对轴承家族的“探访”完全停不下来。在车桥非标轴承业务量达到 100 万元货值后，他就接手开发方向机轴承，完成后的样品展示会请到了业内几乎全部用户，最后万向拿下了全国 70% 的订单。

万向美国公司总经理倪频拿了个轿车轮毂轴承样品来，说在美国很好卖，能不能做？潘文标拆开一看，是方向机轴承的第二代，带法兰盘，说可以做。一调查，发现国内需求也大，重庆长安铃木汽车就用它，潘文标的团队于是将产品开发出来推向市场。而后他们又继续开发第三代轮毂轴承，并获得成功。这时万向产品的用户中有了国内主流厂商的名字：奇瑞的东方之子车型、上海通用公司的凯越车型。凯越车型把从第一辆汽车到产品生命周期结束近 500 万套轮毂轴承的订单都给了万向。随着万向产品进入到大众汽车用户全覆盖的 MQB（横置发动机模块化平台），全球大众的各款车型，包括迈腾、高尔夫、斯柯达、途观，甚至奥迪等都将采用万向产品，年需求产值达到百亿元人民币以上，产品用户储备可达未来 10 年。

借助这个面向全球的大平台，万向的轮毂轴承产量，1996 年从零起步，到 2017 年达到年产 3000 万套，稳居全国第一。2016 年，该项产品年产值已经达到 22.5 亿元，每年为万向实现盈利 1 亿多元。

鲁冠球喜不自禁，分别给潘文标个人和他的团队予以重奖。

一个轮毂轴承，写出了一篇发展的传奇。它对鲁冠球的“小产品、大市场”做了精彩的诠释。同样的传奇在万向钱潮股份公司的许多其他零部件产品开发上也发生着，如农机传动轴等，它们共同实践了鲁冠球对世界市场的新认知：

> 我们用未来思考今天，而我们今天的一切无不在创造着未来。因此，我们不仅要知道国际主流市场在做什么，学习他们怎么做，还要了解国际主流市场没做什么，以及我们需要怎么做。

我在对潘文标等一些创业工匠进行访谈时，有一个梦幻般的感受：这一个个小小的汽车零部件在他们手中像精灵一样，让奇迹在不起眼的地方悄悄发生。开发一个产品，变革一条路线，就动辄增加十几亿元、几十亿元的产值，产生裂变式的财富增长。它证明，依靠创新，小部件走向大市场不仅可能，而且前程宏大。

世界原来如此开阔!

// 黄酒换成 XO

1989 年，鲁冠球带厂外贸办吕向荣和中国汽车工业进出口公司人员一起去美国做推销。临走前，他跟吕向荣说："把你的衣服放我的行李箱，你这箱子空出来放酒！"

吕向荣知道厂长出国喜欢喝点儿小酒，且必定是黄酒，就买了 4 瓶"古越龙山"，提着到了美国。他们在芝加哥附近的克罗多住下了。

那时，万向还没有自营进出口权，产品出口需要专业外贸公司代理，但鲁冠球对国际市场的推广业务特别看重，他会主动出去看行情，和外销员一起坐地铁、火车，也坐灰狗长途车去访问客户。在乡镇企业家中，他应该是最注重国际市场的第一代人，保持着对于市场信息的超常兴趣与敏感度。

在鲁冠球 1989 年的一页日记上，记有一段很轻松幽默的文字，是关于各国消费习惯与特点的：

各国生产：

美国：利润大的商品不是最好的商品，顾客喜爱的商品才是最好的商品。变货物出门概不负责为货物出门负责到底。

英国：不要说这件商品我们店没有，而要说，您需要的商品我们将尽力替您想办法。

德国：以好的服务质量去争取顾客，以高效率降低成本。

法国：即使是水果蔬菜也要像幅静物写生画那样艺术排列，因为商品的美感能引发顾客的购买欲望。

日本：只要解决大量生产、大量销售，哪怕是极便宜的东西，都有可观的利润可得。

泰国：必须让顾客高高兴兴地来，高高兴兴地再来，而且还要带更多的人来。

懂得世界，入乡随俗，鲁冠球从“田野”走出后很有意识地在认识世界各国的商业文化差异。

一个星期天，鲁冠球在克罗多住地一边认真阅看《万向股份制改造方案》，一边和吕向荣讨论，说着就到中午饭点了。

“厂长，你看吃点儿啥？”

“你不是带酒了吗？再来点儿花生米，就当中饭了。”

打开“古越龙山”，黄酒的醇香弥漫开来。鲁冠球抿一口酒，来几粒花生米，甚为自得。这是在异国土地上过着他习惯的家乡生活。

几天后，邀请方美国德纳公司亚太区副总裁莫荷请客，酒上的是法国白兰地。鲁冠球举起高脚酒杯，看到这酒呈金琥珀色，晶莹剔透，轻轻晃动，酒痕挂杯，入口有一种混合香味，好像水果味、香草味、烟熏味都在一起，非常醇厚。

“这是什么酒？好喝。”鲁冠球问吕向荣。

“法国白兰地。”

“这个酒好，你把牌子记下来，我们带两瓶回去！”

从此以后，鲁冠球只喝白兰地一类洋酒，最后认定XO。

女儿鲁慰芳问何以认定了洋酒，鲁冠球说，喝黄酒、白酒后，嘴上酒味儿太重，与人交往不礼貌。

就在洋酒助兴的许多场合，鲁冠球关于万向节出口业务的商谈在不断进行着。

20 世纪 90 年代末，美国汽车零部件供应商德纳公司代表到访万向，要求万向在保留原客户的出口产品外，将其余产品给他们予以包销。代表中的一位叫司班森，是公司股东，来自汽车万向节发明人的家族。双方谈判谈得很辛苦，有一次几乎谈到凌晨，最后，德纳公司带来的合同没能签成，但这并没妨碍双方有一个愉快的晚餐。

鲁冠球将 XO 酒斟满酒杯，对司班森说：“寻求合作有个过程，慢慢来，总有机会，就像我慢慢喜欢上这酒一样。你们是万向节的祖宗，我们能和你们来洽谈生意，本身已经很有价值了。”

与日本 GMB 公司董事长柯莫喝酒是鲁冠球又一次愉快的记忆。

作为日本最大的维修万向节市场的经销商，GMB 原先在美国也有很高的市场占有率。万向进入美国市场并逐渐做大，冲击了 GMB 的份额，这令他们沮丧，但迫于现实，也只能选择向万向购买产品，两家成了供需双方。

柯莫常住日本大阪，很想与鲁冠球见面谈谈。在一次聚餐时，两人见上了，一起喝了很多酒。鲁冠球向柯莫敬酒，并谦虚地问：“我想做汽车传动轴，你看可以吗？”

柯莫说：“对你来说，做传动轴非常好，像地上捡钱一样。”他看好鲁冠球的能力。

“果真？”鲁冠球问。

“当然！”柯莫说完，两人举起杯，都笑了起来。

日益自信的鲁冠球和世界上的同行业伙伴有了越来越多的共同话语，不仅喝同样的酒，也执行同样的产品标准，企业也持有了进入国际市场的通行证，道路越走越广阔。

在走向国际大市场的道路上，万向作为一家乡镇制造业企业，做了一系列敢为人先的创造。1984 年，第一批万向节经由舍勒公司出口到美国后，万向不断扩大出口外贸渠道和总量；1986 年，万向被国务院机电产品出口办公室批准为中国万向节出口基地，并以此为开端，提出了“立足国内创业，面向世界创汇”的口号；1992 年，万向被国家有关部委授予出口本企业自产产品和进口本企业所需设备、原辅材料的自主权力，简称自营进出口权；1997 年，万向在集团进出口事业部基础上成立了自己的进出口公司。在中国民营企业中，万向第一个实现了外汇自行结算，第一个拥有保税仓库，也是第一家获得 3 亿美元项目的自主审批权和引进海外人才自主权的企业。

所有这些“第一”，都体现出鲁冠球追求的目标：“我们要实现跨国经营，接轨国际主流市场，接轨国际先进技术，接轨国际大公司。”

实现这一系列的国际接轨，前提只有一个——行业的国际标准。符合这个标准，才有共同语言，才有准入钥匙。

万向进出口公司总经理吕向荣由一份翼型万向节传动轴的订单说到了万向追求这一标准所付出的努力。

一次，美国洛克福特公司发过来一份订单，引起了鲁冠球的特别重视。

洛克福特公司是翼型万向节传动轴的发明者和全球最大的一级供应商，能够接到它的订单很不容易，但客户提供的产品样品要求非常苛刻，公差带很小，几乎就在中公差上，内圆 R 标准也相当严，投入试制后一直达不到要求，常常是第一只做成了，以后的又不合格。他们反复寻找原因，最后发现是加工使用的普通外圆磨床不够精密，砂轮质地差，磨损后影响产品精度。

这就带来了一系列的“倒逼”：必须提升装备和制造工艺，引进高精度的数控机床与高标准磨具，整体提高检测手段，用国际先进标准保证产品进入高端行列。用材也需要改进，传动轴使用的异型钢管有橄榄形、三角形等，之前国内不生产，现在要去重新开发，这又带动了上游产业的发展更新。

一个传动轴被零部件供应商洛克福特公司所认可尚且如此不易，要真的“接轨国际大公司”就更为艰难。难就难在“国际标准”——这张高难度通行证在等待和考验万向。

// 进入通用、福特生产线

1992 年底，时任国家计委副主任甘子玉率团去美国采购汽车。当时国内的汽车和零部件制造水平还很低，迫切需要进口。

采购团一行到访了通用汽车公司（以下简称“通用”），在汽车生产流水线前目睹了汽车装配过程。在旁介绍的通用代表傲慢地说：“你们中国生产的汽车零配件永远也不可能上通用汽车的生产线。”

事后，通用为此专门道了歉，但当时那种刺激不会消失，它总像刀刻一般留在中国制造商的心上。

“我们的产品能不能进入通用呢？”鲁冠球心里翻滚着这家行业霸主近百年的风云往事。从 1908 年威廉 · 杜兰特创建公司以来，美国通用长期占据世界汽车业的头把交椅，不断更新的设计、高品质的制造技术，在著名的“不同的钱包、不同的目标、不同的车型”战略引领下，通用汽车以显赫业绩风行于世。对世界上任何一家汽车零部件企业来说，能让产品进入通用的生产流水线，都是一个很高的目标与追求。

1995 年，当万向尝试向通用生产线进军时，有人对万向美国公司总经理倪频说：“此举徒劳无益，不会成功的。如果成功了，那你倪频肯定已经退休了。”

正在而立之年的倪频不会将成功放在 30 年后的退休时，万向也不会有这样等待的耐心。

当年 5 月，倪频第一次走进通用，但没有谈成实质性的东西。他不气馁，接下来几个月，他来来回回地多次与通用采购部沟通，不断介绍万向，但还是没有反响。没想到，8 月的一天，通用来电话请他去商谈项目，告诉他这个项目对万向意义不小。

放在通用商务洽谈室桌上的是一份制作精细的商务委托征询文件：通用拟在 1998 年推出一款厢型新式车，此车用的新型万向节总成考虑采用中国“钱潮牌”万向节产品。在多项要求条款中，核心的一条是，生产厂家必须具有完备的 QS9000 质量保证体系。

倪频看完文件又喜又忧。他好不容易来到了通用的门前，但他对 QS9000 质量保证体系并无所知，怎么来推开这扇门呢?

在杭州，鲁冠球的办公室正灯火通明。这里与芝加哥有 14 小时的时差，鲁冠球接到倪频的报告已是夜里，被召集起来的鲁伟鼎和其他几位高管正为拦在面前的 QS9000 商讨对策。

“什么是 QS9000 呢？”

“这是美国三大汽车公司通用、福特、克莱斯勒在 ISO9000 的基础上提出的。”技术负责人介绍说，“它协调了通用北美创优目标及货车制造商基本要求、克莱斯勒供方质量保证手册、福特 Q－101 质量体系标准，是汽车行业全球性采购要求的最高标准。国内还没有一家能够成功运用 QS9000 来规范日常生产行为和质量行为的企业。”

“那我们就做这第一家，拿下通用的单子。”鲁冠球态度很坚决。

“国内现在连 QS9000 的文本都没有。”

“让倪频马上把英文文本找来，我们自己翻译！”鲁伟鼎即刻做了安排。

一个以 QS9000 为目标的质保体系建设在万向争分夺秒地展开了，全员培训，全线改进，对照世界汽车行业的最高标准，将企业质量管理水平来一次大提升。很快，万向成为国内第一家通过 QS9000 质量保证体系认证的企业，很多企业当时还不知道 QS9000 为何物。

鲁冠球心目中的“三个接轨”战略借美国通用有了最好的实践机会。

“接轨”并不容易，比如，通用的设计要求就很难达到，第一批样品出来后，测试结果与设计标准差距很大，他们回过头，重新设计。这样往复多次，一直持续到1996年底。

这一年多，万向在咬牙练内功的艰苦中尝到进入国际主流市场的困难味道。最先进的科技意味着具有最严苛的标准。参加通用项目的一位技术高管曾问自己：“我们为什么要这么辛苦地去达到这个标准？”

鲁冠球用“视野”的观念做了回答：

> 企业家的视野决定企业的发展范围和发展方向，现在我们就好比站在月球上看地球。我们搞企业是生产商品的，你看得多远，你的产品就能提供到多远，你看到世界的需求了，你生产的产品就能够适应世界的需求。因此，我们要具有全球视野。也正因为如此，万向才能走出去，办成跨国公司。

这就是鲁冠球的“生存法则”，在企业生存和发展的大前提下，走出去，以国际标准参与国际竞争，咬定青山，决不遇难而退。

1997年8月18日，距第一次商务接触整整两年后，通用的门终于开了一条缝。通用总部正式向万向美国公司传发了1410型万向节订单；接着，考察团4名成员到杭州做现场验收。主要工序一一看过，对采购控制、产品图纸和设计、检测手段和过程控制进行专项评审，提的问题一个接一个，一环扣一环，任何一个细节、任何一点疑问都没被放过，这让万向的接待人员紧张得喘不过气来。

“你们拥有世界一流的工厂和非常敬业的员工！”通用考察团在万向通过验收后给了这句评价。随着产品订单的正式生效，通用的门完全打开了。

人们可能并不知道，在万向之前，中国企业能够进入通用装配线的产品，只有随车用的帆布手套。

在美国三大汽车巨头公司之间，进入主机配套门槛之路其实是互通的，把门的钥匙就是这个 QS9000 质量保证体系，只是入门的程序与方式各有不同。在与福特汽车公司的战略同盟合约执行过程中，万向就经历了另一种严格考验。

以创始人亨利 · 福特命名的福特汽车公司（以下简称“福特”）从 1903 年创办以来，一直是世界汽车行业的霸主。1908 年，福特生产出世界上第一辆属于普通百姓的汽车 T 型车，标志着世界汽车工业革命的开始。1913 年，福特开发出汽车行业第一条流水线后，T 型车产量达到 1500 万辆，这个世界纪录至今还没被打破。福特先生被称为“为世界装上轮子的人”，因而备受尊崇。

现在，万向的传动轴产品就是瞄准了福特这条生产流水线，准备一起加入给世界“装轮子”的巨大产业中。

鉴于万向已经是国内最大的传动轴生产厂家，且已为通用公司供货，福特在寻求全球战略同盟初选时，万向入围了。1998 年 8 月，福特先派在亚洲区的代理商过来考察，经比较分析，获得推荐。福特接着将产品图纸发给万向，尽管技术、质量要求极为严格，但万向认为经过努力可以达到。一个月后，万向向福特汽车零部件加工竞标中心提供了 5 种 4780 系列传动轴产品的资料和报价，由此进入了合约规定的工作程序。

万向传动轴公司的工作日志这样记载，从 1998 年 10 月 28 日福特制造工程部管理人员、产品设计工程师考察组到达杭州起，一年多的时间里，福特前后 6 次分专项派人员来万向进行实地考察，这还不包括代理商的来访。不计人力成本、旅差成本，严格把控项目节奏，确保整个质保体系的严密完整，一个大型跨国企业在确认供应商时所显示的严格、专业与敬业的态度，启示和“倒逼”了万向。

福特有一款极其严苛的条文，如果因为配套供应商的产品原因导致生产线停止 5 分钟，就要被罚 2 万美元。这对万向是个很大考验。

福特提供的传动轴样品对尼龙涂覆要求非常高，工程师方国平拿到图纸一看很惊异，以万向现有的条件无法达到。这位 1990 年从浙江省电子工业学校计算机专业毕业的工程师，一直在车间做设备管理。他清楚，尼龙涂覆工艺合格与否的关键在于专项设备是否匹配，可是万向不具备。不仅万向，国内相关设备生产厂家也不能提供。除了制作成本居高不下，关键还是工艺路线不对，行业内普遍采用整体加热，能耗大，质量不稳定。

为了拿下福特的订单，没有谁给压力，这位平时少言寡语的中专毕业生担起了新工艺和设备的研制任务，并在工艺改变上找到了突破点——变高温气氛加热为感应加热。

这是汽车零部件制造中首创的工艺，如果成功了，涂覆质量将大幅提高，失败了，几十万元试制费就报销了，上与不上，方国平非常忐忑。

公司毫不犹疑地给了他支持。在万向，创新的行为从来都被鼓励。20 世纪 70 年代，鲁冠球就把“求实、创新”4 个大字写在工厂的大门口。鲁冠球的治厂语录中，创新占了很大的篇幅——

> 我们想不想创新，敢不敢创新，能不能创新，关系到我们企业的生死存亡，兴衰成败。
>
> 创新是要冒风险的。我们就是要变压力为动力，激发更大的创造力。

受到这样的鼓舞，方国平义无反顾地一头扎进新工艺设备的研制，苦干了几个月，终于见了成果。福特派人来检验时，看到万向自制的设备将尼龙涂覆工艺成功用于产品，很是赞赏。

这项“制动轴尼龙涂覆工艺”被命名为“方国平工艺”。这是万向首次以发明者的名字命名技术。由此开头，后续有许多员工的技术发明在独创性、效益性的标准下获得冠名，它成了一种常态。

样品送出后不久，万向美国公司传来了消息：第一次试制送样经测试，完全符合标准。第二次 PSW 试验件共 600 套，测试再获通过。万向传动轴公司被福特定为“绿色供应商”，也就是合格供应商。

比起之前跟通用的合作，这次与福特的互动似乎轻松许多。其实，前半段难走的路已经在通用那里走过了。在打开了通用的 QS9000 的锁头后，福特的门也就好开了。福特一位工程师说：“我们得知万向产品进了通用生产线，就知道了万向的实力，无形中增加了信任。”

通用的订单成了进入国际一流汽车主机厂的通行证，它为万向做了“信誉背书”——万向标准就是国际标准，凭此一路绿灯。

接连进入通用、福特主机配套市场，世界汽车业三巨头中万向进了两个，鲁冠球多年的愿望成了真，他的心情非常愉快。他乐观地展望：“我们从来就没有把市场局限在国内，有人类生存的地方，就会有万向的市场。对于企业来说，国际市场既是一个错综复杂、竞争激烈、风云变幻的市场，同时又是一个极具吸引力的具有广阔发展前途的领域。这也是国际市场的魅力所在。”

// 楠木成材的启示

2007 年 9 月，万向“钱潮 QC”牌万向节获得国家质量监督检验检疫总局授予的中国“世界名牌”称号，编号 07－03－10。这是汽车零部件行业唯一的世界名牌、浙江省第一个中国“世界名牌”。

鲁冠球高兴于这一结果。他说：“这不仅是对我们产品品质的认可，更是对我们员工精益求精境界的肯定。品牌作为企业的无形资产，经营运作得好，不仅可以实现有效的积累，更可以转化为有形资产，创造无限的财富。”

人们问，国内有成千上万家企业，有无数产品，每年也就是两三家能获评中国“世界名牌”，万向为什么能拿到这一荣誉？全球汽车零部件行业强手如云，万向并没有核心技术和传统强势品牌，为什么能获得持续竞争力？

答案存在于万向数十年如一日的对于品牌的不懈追求中。

鲁冠球应该是企业家中受到品牌启蒙而觉醒的第一代人。从 20 世纪 80 年代把“QC”两个字母打上万向产品起，他一直把品牌视为企业生命攸关的大事、要事。他有一个前瞻性的认识：

> 未来的竞争不是产品的竞争，是品牌的竞争，是信誉的竞争，产品总是有生命周期的，而品牌的生命力是无限的。从产品经营，到资本经营，到品牌经营，这既是经济发展规律的客观要求，更是企业经营境界不断提升的必然结果。

在鲁冠球看来，质量是成就名牌的先决条件，万向的进步是随着质量逐年提高的一级级台阶走过来的。1982 年 10 月，万向的产品第一次被评为“省优”。此后，在质量管理上先后获得 TQC（全面质量管理）验收、标准化验收、采用国际标准验收等合格证书，三级计量、二级计量、全国质量管理奖及“省优”“部优”“国优”等几乎所有质量管理的奖项，万向都获得了，并一直站到了最高的“世界名牌”领奖台。

有一个企业名和产品商标名“撞车”的故事。

万向集团生产万向节，商标为“钱潮 QC”，而广州轴承厂在汽车零部件类注册并使用“万向”商标，这在市场上常引起混淆。万向想过很多办法，但协调不了。为了使产品、商标和企业名称合而为一，2000 年，鲁冠球下决心索性把广州轴承厂整体收购了。这样一来，“万向”商标归于万向企业，以后又获得该商标在《商标注册用商品和服务国际分类》的 1～42 类中全方位的注册和使用权。

鲁冠球用许多非常规性词汇来叙述品牌，他说：“我们万向品牌要有更丰富的内涵，有更深刻的思想，有更广泛的社会美誉度，为我们自己，也为社会创造更多的财富。”

他很看重产品多样性、集群性对于品牌形成的作用，有一段话说得很“接地气”：

办企业，做产品，影响力和品种是分不开的。你不能老是这几样，那适应不了客户的需要，也就不会有什么名气。就像开中药铺，品种要多。人家拿着方子进来，这也没有那也没有，就旺不起来，要跑好多家才能够把药抓齐，怎么行？我们的万向节规格要多型号要多，人家来了，啥都有，就好比到了胡庆余堂，曲尺柜台后药柜一排排，数也数不过来，到了你这家，都搞定了，名气不就出去了？结果越来越有名，成了百年老店。

万向实践了当年的规划，将产品品种和规格从最初几十种做到几百种，现在有 500 多种，是国内产品线最丰富、品种类别最全、产量最高的万向节专业生产厂家。几乎全球所有型号的汽车都能在这里找到自己适用的万向节。

以万向节为基础，万向还延伸系列化产品，从零件到部件到模块化供货，从原来的二级配套到现在的直接配套，成为国内最大的独立汽车零部件系统供应商。

有这样一个关于品牌感受的对比：

1996 年下半年，有位中东的客户找上门来，要求生产一种轴承，前提是必须打他们的商标牌子，订单量很可观。鲁冠球考虑，万向要在市场上立足，首先得让客户真正信任“钱潮 QC”品牌，就谢绝了。鲁冠球认为：“一个总是靠贴牌做生活的企业永远不会站到国际市场上，你没有勇气坚守自己的品牌价值，也就没有机会做大做强。”

4 年后的 2000 年，还是这位中东客户忽然来到万向，要求订货。这次的要求跟上次反了个个儿：“我的要求很简单，就是一定要打‘QC’牌子！”

“你肯定？”

“肯定！我的客户只要‘QC’！”说完，马上签了当年500万元的订货合同。

如今，万向的主要出口产品市场上，很多客户都要求标注“QC”商标。

鲁冠球的日记中有一段话，是他在一份关于汽车零部件产品开发建议的批示中写的：

我日思夜想：1. 当龙头企业；2. 搞大产业；3. 少受人控制。看来思路确实决定出路。

鲁冠球 2001年3月16日

放弃好高骛远的“做大”梦想，握住“老本行”汽车零部件这个主业，久久为功，终成行业龙头老大，鲁冠球这一长段“思路历程”可以留作经济学教科书的案例；而他的永不疲倦、永不放弃的精神又演化为一个文学形象——古希腊神话中推巨石上山的西西弗斯。

在1990年2月的日记中，鲁冠球这样自比：“就像推着钢球上坡一样，爬上去是个天，跌下来是个洞。发展是硬道理，管理是硬功夫。”

在“钱潮QC”获得中国“世界名牌”称号后，有万向的管理者用楠木来比拟万向数十年间对于品牌的坚持、创新和追求：企业的成长同自然界植物的成长有许多相通的地方。比较那些生长速度不同的树，生长快的要么树干是空心的，要么材质很松散；而生长慢的树，看上去似乎总是没有什么变化，生长速度好像也不尽如人意，但内在材质很结实。楠木要100年才能成材，但是长成后却连刀也砍不进去。企业也是这样。万向就是始终坚持务实创新，追求卓越，就像楠木生长，一天天、一月月、一年年，可能看不出也感觉不到变化，但是10年之后回过头来看，小树苗已长成大树了。

方向：

大时代洪波曲

2002 年 7 月，鲁冠球（右）在杭州市工业兴市大会新闻发布会上

// 一个漂流瓶的假设

钱塘江边，一位男子打开瓶子，将手写的纸条搓卷后放进去拧紧盖子，放入了江中。瓶子随浪悬浮了几个起伏，向大海漂去。

这是一个假设的场景，源自一位记者对鲁冠球的提问："如果有个漂流瓶，可以填写一个十年心愿，然后漂流大海，你的心愿会是什么？"

"我会在纸条上这样写：通过努力，在万向的万字上加一点，让它具有方向性，有了'方向'，企业才能长久。当然，这一点加上去，要经得起时间考验，经得起人家的评价。"鲁冠球说。

1983 年春天，和惊蛰雷声相伴响起的是钱塘江北岸的一个名字，叫步鑫生。这个裁缝出身的海盐衬衫总厂厂长由于大胆改革，名震四方，给还处于僵化经济体制下的城乡企业掀起了巨大波澜。有被激奋被鼓舞的，也有不认可唱反调的，舆情像不息的旋涡，首先席卷了杭州湾。

江对面的信息让鲁冠球特别关注。虽然步鑫生办的是城镇集体企业，自己办的是乡镇企业，但改革遇到的困难，是共同的。他要去看个究竟，也讨讨经。挤进车水马龙的参观人群，鲁冠球带队到了海盐。

应了这句老话，人怕出名猪怕壮。出了名的步鑫生需要成天面对络绎不绝的参访者，事也做不成，饭也吃不成，天天耗在场面上。不是他自己要当"演员"，是潮流推着让他上台，他很无奈，那尖下巴的小脸被玳瑁棕色眼镜压得沉沉的，常摇头苦笑："这戏一本连一本，还有个完？"

县里领导为此临时定了个办法，不是很重要的领导来，原则上是参观厂区，听录音，步鑫生不出面见。

当时的鲁冠球也在听录音之列。很巧，《浙江日报》两位认识鲁冠球的记者正好在场，赶紧把他引过来与步鑫生见面，大家在接待厅的藤椅上围坐了下来。那时鲁冠球名气不大，步鑫生对他了解也少，但一见上面，口无遮拦的步鑫生就开始“放大炮”，对不同所有制企业的不同待遇和企业改革遇到的障碍讲了自己的见解。鲁冠球很有兴味地听步鑫生说下去，听他讲了怎么打破“大锅饭”，“奖金上不封顶，下不保底”，讲了怎样租用上海牌轿车去接客户上门，为赶时间接业务坐飞机飞乌鲁木齐，等等。这些当年严格的财务管理制度不允许的做法，步鑫生都大胆做了。特别是他说的“工钱，工钱，做工才有钱，不做谁给钱”这句话，让鲁冠球很有共鸣。对照步鑫生，鲁冠球觉得自己已经开始的改革步子还不大，乡镇企业应该更放开才对。“他做衬衣，我做汽配，经营管理的道理都是一个，都得面对市场，有激励和惩罚机制，不能让条条框框绑住发展的手脚。”

接待厅有一面墙是一扇玻璃橱窗，展陈着海盐衬衫总厂生产的各款衬衣。鲁冠球特别留意它们的牌子，男衬衣叫“唐人”，女衬衣叫“双燕”，儿童衬衣最有趣，叫“三毛”，又好记，又形象。听说“三毛”商标还侵了权，没经过原创漫画《三毛》作者的同意。步鑫生知道闯了祸，自己没版权意识，就拿着“三毛”衬衣去上海找“三毛之父”道歉，听候发落。哪晓得好运落在步鑫生头上，“三毛之父”也是海盐人，大名鼎鼎的漫画家张乐平，老乡见老乡，本也亲三分，又得知步鑫生改革创业不容易，成果不小，精神可嘉，最后答应“三毛”给他用，不取分文。这里看得出步鑫生有很强的品牌意识，他的志向是要把他的衬衫做成名牌，飞入寻常百姓家。

在创牌子这个目标上，步鑫生的做法很让鲁冠球开窍。步鑫生说：“谁砸我的牌子，我就砸谁的饭碗！”一切管理措施跟着创牌子走，这很对。记得当年头一批万向节生产出来时，为注册商标鲁冠球也煞费苦心，最后定名

“钱潮”，钱江大潮嘛，钱潮滚滚。在品牌意识这一点上，他在步鑫生这里找到了启发与共鸣。

从海盐回去的路上，鲁冠球的心中被步鑫生那股不畏体制束缚、勇于闯创、辟出一条生路的精神而深深激励。他有个很强烈的感觉，他步鑫生在江北，隔条江自己在江南，他办集体企业，自己办乡镇企业，但一股改革的热潮已经起来了，江南江北都在动，那是春天的味道，他可以做许多过去不敢做、不能做的事了。

在鲁冠球到访海盐衬衫总厂后不到一年，他和步鑫生又见上了。1984年3月7日，在杭州花港饭店召开的浙江省乡镇企业工作会议上，鲁冠球与步鑫生分别代表乡镇企业和城镇集体企业的改革者介绍经验。曾经的铁匠和裁缝在这里同台亮相，引起与会者很大兴趣。看衣着，两人差异不小：鲁冠球依然是传统灰色中山装，步鑫生则是米色西装配浅棕色领带，非常新潮，但两人都佩戴了各自的厂徽，那是改革崛起年代的一种流行，体现他们对于企业的归属责任。

1992年4月，一个明媚的春日，杭州中药二厂厂长冯根生到万向来开会，和鲁冠球有了一次意味深长的对话。

冯根生当时担任浙江省企业管理研究会会长，鲁冠球是副会长。冯根生大鲁冠球10岁，又是知名国企掌门人，1987年就获第一届全国优秀企业家称号。在鲁冠球心中，他自然是“江湖老大”。没想到“老大”在厂里接待室一坐下，就先夸起“小弟”来：“老鲁，说实话，我真羡慕你的企业机制，你们不仅内部活，而且外部束缚少。”

鲁冠球接过话茬说：“的确。你们国营企业可以说是‘圈养’的，有人喂食，但被人管着，吃不饱也饿不死；而我们乡镇企业是‘放养’的，自己找食，吃得饱，也可能饿死。”

冯根生很感慨地说：“国营企业虽然吃惯了‘精饲料’，却没有你们缺吃少管的乡镇企业来得健康。”

“不过，乡镇企业的‘放养’也是逐步争取而来的。在我们搞联利承包前，政企不分，企业放不开手脚，很多事都得由乡政府做主，直到搞了股份制，乡政府从我们厂资产中切取一块参股，成了股东之一，这才使我们真正成了独立自主的商品生产经营者。生产力发展了，乡政府收益也积累了，国家的税收也多了，大家得益，何乐而不为？”鲁冠球说得津津有味。

冯根生却在一边犯怵。他这位名闻四海的“国药传人”当时正在为企业转制而烦心。作为“江南药王”胡庆余堂的“关门学徒”，他在杏林药界浸润几十年，1972 年领命当厂长，负责将制胶车间扩建成中药二厂，由此在杭州西郊桃源岭下开始了国药走向现代化的历程。经过 20 年的努力，杭州中药二厂已经成为我国中药业的明星企业，它在深耕国药传统资源、开拓国药远大前景中的示范性成就，广为世人称道。

像其他国企一样，冯根生也无法摆脱或终结绑在他身上的种种禁锢与限制，企业缺乏自主权，他想改变现状，但“枪打出头鸟”，容易招致非议与诘难。

此时，他接过鲁冠球的话题，又叹起苦经来：“公司要买 5 个 BB 机，向公安机关申报了，但主管部门来查。现在信息社会了，一条信息往往会带来几十万元、几百万元的财富，可现在还没通过。”

他转身问鲁冠球：“老鲁，你们厂买 BB 机有没有人来查？”

鲁冠球放大嗓门说：“不要说买 BB 机，就是买对讲机、‘大哥大’，我想也可以。”

这话把“老大”说“矮”了一截。都知道冯根生说话不饶人，要不何来“狂商”名号？他马上开玩笑反击：“既然你老鲁说了都能算，好，你就给来开会的人发 10 万元钱，行不行？”说完，狡黠地笑了起来。

哪知道鲁冠球跟下面的人耳语了几句，不一会儿，报纸包着的一沓钱“噔”地放到了桌上。鲁冠球说：“10 万元，你拿吧！”

这可反将了冯根生一军，他连连摆手："要不起，要不起！"

一屋子人都笑了起来。

午饭时分，他们说到了前些日子报上刚登过的关于冯根生罢考的事。

事情是这样的：对国企厂长的考试名目繁多，影响厂长集中精力抓生产经营，冯根生带头罢考，要求给企业领导人松绑。鲁冠球很佩服冯根生的勇气，认为很多形式主义的东西要不得，一切都要靠实干干出来。他说："我办厂，70 年代起家靠玩命，80 年代巩固靠机制，90 年代发展靠信誉，到 2000 年时，信誉 + 实力 = 效益。"

冯根生很赞同，他对大家说："老鲁这样的企业家是从工厂到市场闯出来的，不是考试考出来的。如果能考出既懂生产、又懂市场的企业家，我马上去考！"

"少进考场，多跑市场！"冯根生这句传播很广的话，就出自和鲁冠球的谈话中。

那天，冯根生和鲁冠球说到了他们共同的朋友步鑫生。当年那么红火的衬衫厂搞到破产关门，他自己离乡出走，有很多原因，其中主要的，还是轻率决策、盲目投资，脱离了市场的实际需求。因为搞改革一下子出了名，上级部门加码干预，自己头脑发热，以 50 万元固定资产的实力要上投资不菲的西装生产线，规模又一再突破，从年产 8 万套扩大到 30 万套，光是 6000 平方米新厂房一项，就债台高筑了，小马拉大车，怎么撑得住呢？

冯根生说了一个"钟"的故事。

1984 年 11 月，海盐衬衫总厂厂庆，冯根生作为步鑫生的好友获邀出席，他选了一只石英钟做礼品。冯根生的理由是："时间是难得的资源，如果管理不好时间，那别的什么事情也管理不好。时间管理，不是管理钟表的问题，而是一个按钟表来管理我们自己的问题。"

有同事提醒，在南方，送钟不妥，钟与"终"谐音。冯根生不以为然，他希望他的好意能够给步鑫生以时间管理的提示。

冯根生描绘说，海盐县城那天成了接待营，人山人海，发出的衬衫优惠券满天飞，但没地方领东西，谁也见不到步鑫生。冯根生好不容易在灯光照射的舞台上随着长龙般的送礼队伍与步鑫生打了个照面握了握手，才把礼物交到他瘦骨嶙峋的手上，没能说上一句话。

下来后的冯根生有一个直觉是，送钟多余了，步鑫生已很难按钟点走了。当经济规律、市场法则不再成为企业的"时针"，企业一定会跑偏。这有太多的教训，不只是步鑫生一人。

2002 年 7 月 18 日，在杭州市召开的工业兴市大会上，鲁冠球、冯根生以及娃哈哈集团董事长宗庆后因对杭州工业发展的特殊贡献，各获得了市政府给予的 300 万元的奖励。

时任杭州市委书记王国平千叮万嘱："别把这些钱捐掉，也为自己留点儿！"

在新闻发布会上，鲁冠球在被问及获奖后最想圆的梦是什么时，首次公开了他的造车计划："要为杭州人民造一辆纯电动汽车，大气，大方，没有污染，大家都买得起，都喜欢。"

而冯根生则回答："我已经做了国有企业 30 年的'保姆'，恳请东家，该让这个老'保姆'休息了。如果还要我这个'保姆'做下去，我也愿意当一个国有企业的终身'保姆'。"

其实，冯根生还是没休息。在青春宝集团、正大青春宝药业有限公司卸职后，他一直担任胡庆余堂集团公司董事长，直到去世的 2017 年 7 月 4 日。

有媒体曾经以"你最钦佩哪位企业家"的问题分别请冯根生和鲁冠球作答。冯根生说："成功的企业家，我都钦佩，如万向的鲁冠球，我们两个是很好的朋友。"而鲁冠球回答说："冯根生和我互相钦佩。人与人之间都是相互信任理解、相互钦佩的。"鲁冠球还说："我和冯根生、宗庆后，惺惺相惜，都是一根藤上的瓜！”

冯根生的办公室，挂着他自己的大幅照片：在海边礁石上，他面海而立，大衣角被海风吹起，脚下海浪拍岸，卷起千堆雪，那轩昂临风的样子，令人联想到一种领袖气质。

鲁冠球见到这照片时心里一怔：“这合适吗？”

“有什么不合适？这就是我。”冯根生向来桀骜无忌。

鲁冠球较之冯根生显得低调内敛，屈身处事，但对于改革、创业的坚持，他们合力同心。冯根生在企业转制等许多大事情上都会和鲁冠球来商量。

2008 年是冯根生从事中药业 60 周年。鲁冠球字斟句酌，用软笔写了一纸祝贺的条幅——

贺冯根生从事中药业六十年

六十年风雨岁月不改中药情

六十年发展辉煌安康为百姓

1990 年 7 月的一天，鲁冠球若有所思地问助理：“步鑫生现在到哪儿了？”

“听说到了北京，将一家童装厂改建成了皇家衬衫厂，注册了‘金宝路’商标，做品牌衬衫。”

“派人去找找吧，看看有什么要帮的。”

这是步鑫生被免职两年后。因为投资西装生产线失败，资不抵债，海盐衬衫总厂濒临破产，主管部门免去了他的厂长职务。不久，步鑫生黯然离乡做了“北漂”。尽管处境不好，但他很乐观，一直想再办厂做事，东山再起。

万向的人辗转在北京找到步鑫生时，发现因为市场境况变化，他的抱负很难实现。虽然“金宝路”衬衫进入了京城商场，但他与厂方的持续合作存在问题，最要命的是他自己身体有病，精神状态已大不如前，毕竟那时他年纪也大了。

鲁冠球得悉情况后很不安，他让人给步鑫生带去一张条子：“事已至此，病有医治，事有人为，老天会怜惜，不必多虑。望你有时间南行一趟。”

同时，根据鲁冠球的吩咐，万向给步鑫生送去了5000元生活费，以后也一直给予医药费报销等资助。

1991年，步鑫生的身体有好转，先在辽宁盘锦创立了“阿波罗”衬衣品牌，后又在河北秦皇岛建了步鑫生制衣有限公司。

鲁冠球听到这个消息，很是安慰：“虽是英雄迟暮，但毕竟也是英雄作为啊！”

2009年，《浙江日报》在创刊60周年时搞了一个主题活动——“60年60人”。鲁冠球与步鑫生分别作为60位中在浙江发展史上有突出地位的企业家应邀出席，两人见面热情相拥，说了很多互相问候的话，爽朗的笑声感动了在场许多人。

步鑫生曾给鲁冠球写信说：“尽管我已年过六旬，我还不死心，我别无他求，但愿有机会再出山办厂。能否实现，我自己也难预测。”

我最后一次见到步鑫生是在杭州花港的味庄。时任浙江日报报业集团社长高海浩趁步鑫生来杭的机会，约几位当年采访过他的媒体朋友与他相聚。他当时已经退休多年，2001年罹患肾癌，动手术后次年复发，癌细胞多处转移，身体很虚弱，已经不再有当年那股精气神了，但谈及往事起落、人情冷暖，仍会突然升高声调，表现出不服输的倔强。

唯有在谈到鲁冠球时，他的语调变得平和低沉：“我对鲁冠球抱有终生的感激。我困难的时候，他来的信、他给的资助都像是雪中送炭。他打来过好几次电话，问我病情。我忘不了。”

//“浙商教父”来时路

1990年，浙江省乡镇企业局想请鲁冠球去给乡镇企业的厂长们讲讲创业的经验。时任浙江省乡镇企业局局长章耀德主动来帮鲁冠球起草讲稿。当时，鲁冠球对自己的创业体会有了个总结，就是“四个万”——读万卷书，行万里路，交万人友，创万年业。他跟章耀德说，就讲讲这“四个万”吧！

长期从事乡镇企业管理的章耀德一听这“四个万”，眼睛一亮，感觉有一种很高的视野、很大的胸怀在鲁冠球身上显现出来，而这恰恰是众多乡镇企业厂长们所欠缺的。

“好，就讲这‘四个万’。”但章耀德还有点儿不解，指着“交万人友”这一点问，“老鲁，其他的好理解，你把它放这么高，是怎么考虑的？”

“是这样，章局长……”

在座无虚席的会场，人们听着鲁冠球讲述自己的过往：“我从小就与农家子弟一道玩，长大了知道交朋友也是一种求知求学的好办法。有几个好友、诤友，能够给我指点迷津，给我直言规劝，可以提高我做人做事的品位，帮助我认识、认清客观世界。在农村，有农民朋友，他们可以帮我了解农情；在经济领域的朋友，他们有专业的观点，可以为我把舵；在高层，有高级领导，既是领导，也是朋友，他们站得高，看得远，可以从高层次给我指点方向；在科技教育界，有高级专家、教授和我交朋友，他们对某个专题有独到的见解；更有大量的同行的朋友，他们的成败都是我的一面镜子；我把本企业的广大员工看作最亲近的朋友。总之，交万人友，就是请各行各业各方面先知者为我当老师、当顾问、当高参，他们也是给我敲警钟的‘保护神’。我做企业经营，随时随地都会遇到不测风云，有了这些高朋，再大的困难，都会找到出路，迎刃而解。”

顺着鲁冠球的话音，人们像走进了万向的创业陈列史，听主讲人叙说：

“比如，我们生产的万向节，我自己不熟悉，最早就是靠国企里的老师傅朋友来指导。星期天，不论刮风下雨，他们都来手把手教我们。当时他们连吃饭都没一个固定的房间，摆哪儿算哪儿，清茶淡饭，但朋友们从不计较。

“再说 20 世纪 80 年代初，我们实行股份制改造，历时三四个年头，也是由经济界几位朋友来帮我们做论证，重点解决怎么做才能使投资主体明晰、权益划分明确的问题。反复论证，不求快，但求实、求稳。我们最后形成的适合集团企业的管理方针，叫‘大集团战略，小核算体系，资本式经营，国际化运作’，就是专家朋友与我们一起议定的，经过十多年实践，证明它很有生命力。

“有一段时间，我想上汽车整车制造，及时请教行业内几位专家朋友，他们从全局高度做了深入的调查论证，针对万向的具体实际，劝我集中精力把汽车零部件做大、做好、做强，同样可以成为大企业。我听了这意见，放弃上整车，专攻汽车零部件。当时的农业部部长何康来万向，他既是我的领导，也是我的朋友，听了后也完全支持我的决定，说产品虽小，可以搞精品，创名牌，可以专业化，占领大市场。他还给我题了词：‘小、精、专、联，小产品，大批量，创一流企业，为农民争光。’”

…………

将鲁冠球的讲话听得入神的厂长们有一个突出的感受：这老鲁实在，人家做报告，讲经验，都是说自己怎么怎么行，至于别人帮助只是在结尾时说两句，帽子戴戴①的，哪有这样一件件摆开来说的？

主持会议的章耀德也认为，鲁冠球的思考与情怀非同一般，是做大事的格局，前途可期。

---

① 帽子戴戴：浙北一带的习惯用语，指穿靴戴帽，做个样子。

鲁冠球身边做文字工作的年轻人曾经就“交万人友”的题目问过他：“是否只是因为广交朋友能多得到帮助这一点，让您这么看重？”

鲁冠球说：“这只是一方面，另一方面，通过交友，既能自知，也能知人。个人的力量是弱小的，个人的认知也是有限的，在交友过程中，人的自我得到最好的发挥，人际协调达到最大的层面，就能做成光是自己个人做不到的事情，也能相应地去做有助于别人的事情。”

他在日记中记下了《孟子》的一段话：“爱人者，人恒爱之；敬人者，人恒敬之。”

鲁冠球的“爱人”“敬人”之心使他在浙江的商界具有很高的信誉与影响力。

2013 年 4 月 10 日起，北京某家媒体连篇累牍地报道“农夫山泉”面临用户“质量投诉”以及水源地“垃圾围城”问题。对一家企业的某一产品长时间地以不正常的方式予以负面舆论攻势，不难看出这起所谓“质量门”事件其背后的人为策划性质，事实也很快证实是某家同行企业在恶意操纵。“农夫山泉”的品牌声誉严重受损，产品在多地遭遇下架。

“大自然的搬运工”遭遇了来自非大自然的危机，面临很大压力。

正当其公司董事长钟睒睒周旋于这项公关危机的应对时，一封来自万向的信让他感到了支持的力量：“睒睒同志：要挺住，不要怨，查自己，做得对，从头越！鲁冠球。”

“这信的文字不多，但在我困难和怨愤的情绪中，给了一种出于经验的关怀和启示。”钟睒睒在接受我的访谈时这样认为。也正如鲁冠球“不要怨，查自己”的提示，钟睒睒面对同行的恶意行为，一面诉诸法律，通过对涉事方的诉讼来保护自己的权益；一面也对“农夫山泉”产品质量标准的执行行政程序等细节予以自检，使产品品质一直高于国家现有的任何饮用水标准的“农夫山泉”在标准执行上更趋完善。

我曾问鲁冠球身边的人，他是在什么情况下决定给钟睒睒写这几句话的。得到的回答是："主席知道一个品牌创立起来很不容易，在危机关头，要有人撑一把，越是这个时候，信心越是比什么都重要。"

我与钟睒睒其实不算陌生，当年我们曾在同一家报社做过工。1988 年，我们同一年到海南，他做了很多行当，之后选择了养殖业，并由此诞生了驰名一时的保健品龟鳖丸，他的海南养生堂药业品牌随之传开，这也许是以后"农夫山泉"饮用天然水的创业前奏吧。之后，从杭州千岛湖饮用水基地出发，"有点甜"的"农夫山泉"在包装饮用水市场狭路争强，越战越胜，终于开出成功之路，一瓶风行，势头无两。

成是一滴水，败往往也在"一滴水"——比如，一个细节的失察，一次公关危机处置的失当，都可能会造成全局性后果。我和钟睒睒谈到鲁冠球给他信里的 15 个字，他认为，这包含了改革开放后浙江第一代企业家宝贵的营商经验。虽然鲁冠球不喜欢说自己是"浙商"，但他那种富有显著地域特色的禀赋，对于后来的创业者、企业家有很强的标杆作用，他显示了一种模范效应，让后来者少走弯路。虽然这之前鲁冠球与钟睒睒并无交集，但那种大义厚德的精神在那封信中充分体现。

在困难时刻收到鲁冠球类似"军用电报式"信件的，还有金义集团的陈金义。

这位杭州市桐庐县毕浦乡（现为毕浦村）出来的青年企业家经历很传奇，高中毕业后当过乡村民办教师、油漆匠，后来以 500 元本钱起家做蜂蜜生意，还把蜂蜜卖给过做青春宝的冯根生和做口服液的宗庆后，开始了在早期商场的惬意闯荡。命运似乎很眷顾这位"商业奇才"，20 世纪 90 年代遍地都有生意做，他光是通过股票认购证买卖就赚了大钱，后又出资一举收购了上海黄浦区 6 家国有商店，上演了民企收购国企的"蛇吞象"故事。他组建的金义集团，业务涵盖食品、旅游、房地产等多个领域，连中文搜索引擎都做过，时间比谷歌还早。他集团旗下的金义食品与马来西亚富商合作，在新加坡成功借壳上市。2000 年，他以 8000 万美元的身家位列福布斯中国内地富豪榜第 35 位。

鲁冠球与陈金义有过一次未实现的合作。当时陈金义在黑龙江五大连池的水资源公司希望万向投资，双方对公司的资产评估有争议，出入较大。鲁冠球出于对陈金义的支持与扶植态度，指示万向方面“核实时严，谈判时松”，很显大家风度。

身家不菲的陈金义本可以继续稳步走强，可惜他剑走偏锋，被一个明显错误的决策断送了前途——投入了“水变油”的重油乳化项目，期望“推翻能量守恒定律”，实现“凡有水之处皆有油”的梦想。

这个掺杂赌性的投入没有给陈金义带来任何成功的希望，相反因为“水变油”项目烧钱很快出现资金链断裂，使他债务缠身。

2006 年 7 月 26 日，杭州市江干区人民法院公示的“老赖”名单中首次出现了陈金义的名字。据介绍，此时其所欠债务已达 3000 多万元。

鲁冠球看到这份文告后很不安，他在文告的留白处写了一行字：“陈金义同志：我心痛！事至此，先了结。要多少（钱）？来人拿！鲁冠球。2006 年 7 月 28 日。”

鲁冠球让人把这页纸传真给陈金义，告诉他“不用着急”，自己这边派人送钱过去。

陈金义非常意外，他说：“从来没想到的是我陈金义会变成‘老赖’，也从来没想到在这样的时候，鲁主席会伸手扶我一把。这几个字的分量我懂，这几个字只有对自己的儿子时才会这么写的！”

陈金义表示，钱的事由金义集团自己来解决，但鲁冠球的恩不会忘记。他特别记着鲁冠球之后见面时跟他说的话：“你主要犯了两点错误，一是错误地选择了企业战略和产品调整的时机，二是不讲科学。任何高科技方面的创新，必须建立在科学的基础上。”

在之后的一次财经论坛上，鲁冠球曾被问及这件事，别人欠债，你为何“心痛”？

鲁冠球说：“我心痛，因为我自己也是这么过来的。一个企业一旦资金链断裂，还不出钱，法院的冻结、查封就接踵而至。”

之后，陈金义从人们的视线里消失了。法院工作人员也找不到他的踪影。有传言说，他在四川出家为僧，但未能证实。

2008 年 7 月 28 日，焦急中的鲁冠球再次给他留言：“金义：多次交谈中讲到，一切从实际出发，尊重科学，遵循规律，要对我讲真话，我可以帮你做正确决策，时至今日，需要我做什么？”

2017 年，一直没有“浮出水面”的陈金义在得悉鲁冠球去世的消息后，再也无法隐身。他希望治丧委员会能准许他给鲁冠球送行。他在追思中说：“鲁主席是我一生中最敬佩、最尊重、最欠情的人。他在我危难时是我的救命恩人，在我的事业上是我的教父，在情感上是我的再生父亲。”

被称作“浙商教父”的鲁冠球便这样向我们走来，成为创业者信念的“燃灯者”。

// 不变的日程

2013 年 7 月 1 日，万向 1000 多名党员和要求入党的积极分子走进会场，听鲁冠球讲党课。

这已经是一个不变的日程，从万向成立党委起，每年 7 月 1 日在纪念中国共产党成立大会上，都会由集团党委书记鲁冠球主讲一次特殊的党课。每次党课都会有一个结合时势和任务的明确主题，鲁冠球告诉和他共同在创业路上奋进的共产党员们该有怎样的思想准备与精神状态。

坚持年年上党课，是万向党建的一个必备内容。作为万向的掌舵人，经营事务再繁重，鲁冠球也一直在集团党委书记的岗位上尽责。他看重这个岗位，因为它事关对企业方向的把握。他始终把完善和有为的党建工作视作企业成长的重要一翼。

曾经有记者把万向的成长和成功归因为具有“高度的经营智慧和政治敏感”，鲁冠球的回复是：“我说，没有敏感，只有朴实的道理，没有共产党就没有万向的今天。听党的话，跟党走，踏踏实实地干政府鼓励、政策支持的事，确保了万向始终走在一条正确的道路上。”

一个“朴实”，道明了鲁冠球认识和信仰党的形成路径，如他说的：“正是在中国共产党的领导下，我们农民认识到了自身利益并为之而奋斗，改写了命运，创造了历史。我只不过办好了一家企业，共产党却给一个国家带来这么大的变化！”

在 2012 年 7 月 1 日万向的党课上，鲁冠球讲的题目是《时刻保持共产党员的崇高追求》，同样是以一番“朴实”的开篇重申了这个认知：“毫不夸张地说，没有党的英明领导，我们就不可能有今天的视野和胸怀，更不可能有今天的财富积累和幸福生活。无论是借助过去来理解现在，还是借助现在去展望未来，都是这个结论。”

2013 年的“七一”党课主题是由习近平总书记评价鲁冠球的一段话而引发的。

这一年的 4 月 28 日，习近平总书记来到中华全国总工会机关，和全国劳动模范代表座谈，鲁冠球也应邀参加了这次座谈。

鲁冠球这样叙述当时的情形：

“老朋友，你现在怎么样，都好吧？”这是习近平总书记跟我说的第一句话。那一刻，我十分感动。总书记曾经在浙江工作过，对万向集团非常关心。现在离开浙江几年了，但总书记的心依然与我们贴得这么近。

在座谈会上，总书记讲到全国各族人民都要向劳模学习时，还提到了我。说我是第一批乡镇企业改革家，还肯定我谦虚谨慎，一直保持务实低调，再有就是与时俱进，始终琢磨鼓捣万向节，始终处于一个领导潮流的地位。总书记鼓励我，我感到有压力，不过有压力才有动力。①

“始终处于一个领导潮流的地位”这句评语，对于万向，对于鲁冠球，都不轻，鲁冠球因此有了深层次的思考，怎样才能让万向始终如一地领导潮流呢？

这便是这堂党课的主题。

鲁冠球从理解时代主题、把握发展规律、自觉敢为人先等角度来讲述如何“领导潮流”，突出把落点定在创新性的发扬与提升上。他有一段很慷慨激昂的话：

正如我们在突破中诞生、在突破中成长一样，未来，需要我们突破常规，突破前人，突破自己，在突破中创新，在创新中超越。我们广大党员要强化创新观念，既要做创新的带头人，又要做创新的组织者，让“始终处于一个领导潮流的地位”成为我们永远的坚持。

也许在这个时候，曾经于艰难创业中有意识无意识地引领着潮流的鲁冠球，开始将“领潮”放在更清晰又自觉的追求中，以至人们之后在阅读他既往与未来的作为时，无法绕开这二字。

听完党课的共产党员们从潮涌连天的钱塘江边走向各自的岗位。鲁冠球说过的话留在了他们心中：“万向发展得好，就是因为在‘万’字上面加了一点，找准了‘方向’。”

这与本章开头鲁冠球打算放入漂流瓶的那句话是同一个意思。

---

① 王娇萍：《“总书记心里始终有我们”——与习近平总书记座谈的劳模心声实录》，《工人日报》，2013 年 5 月 7 日第 1 版。

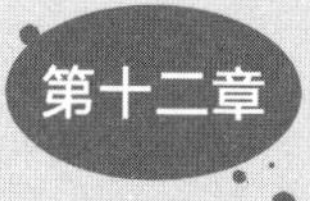

第十二章

农心：

总是窗外田野

20 世纪 80 年代，鲁冠球（左）与养鸭专业户陈福泉交谈

// 农业“乌托邦”

1985年，鲁冠球首次到美国考察是奔着汽车万向节去的，但行迹所至，美利坚辽阔疆土上的农田景象却把他的心思撞个不宁。这里随处可见规模化的优质农田连片延伸，呈现出一幅幅农业的工业化图景。有一天早晨，他路过加州的葡萄园，自动喷灌网扬起的水雾漫布整片田野，在初阳下出现一道七色彩虹。正好撒药飞机飞过蓝天，美丽极了。这幅画面给了他很强的触动。他一时已将万向节甩在了脑后，似乎此行是一次对农业的专项考察。

出访回来后，鲁冠球跟《农民日报》记者说：“在高速公路两旁，我经常看到从眼前闪过的大片耕作精细的土地，以及令人羡慕的庄稼丰收的场景。我在想，美国农民行，中国农民就一定行！”

看似即景生情，却是心灵撞击，牵出了长久盘旋在鲁冠球身上的“三农”情结。

回望过去的15年，鲁冠球虽然铆足劲头做企业，但一直将农业、农村、农民的问题放在心里头。这不仅是因为他出生在乡村，和土地有着血肉关联，也在于迈向工业化的脚步把曾经依赖的田地无情甩在后面所带来的心理失衡。

农村在衰落，土地被城市化大片侵蚀，大量青壮年劳动力离开乡村，留守的多是“613899部队”[①]。联产承包、土地到户，调动了农民积极性，也使

① 613899部队：61指儿童，38指妇女，99指老人。

规模化、集约化的现代农业一时难于实施。记得附近铸钢厂的水塔圆顶上曾经鲜明地写着的大标语“农业的根本出路在于机械化”，如今也渐渐剥落了，农业机械化在新体制下的发展格局还不清晰。乡镇企业的出现客观上拉大了务工与务农的收益差距，很多负面舆论认为办企业“荒废”了农业，是“不务正业”。

如何让农业发展、农村振兴、农民富裕？这个念头始终伴随在鲁冠球办厂创业的过程中。尤其是企业发展、壮大到了一定阶段，这份责任就更强烈，也更有了变为行动的可能。

鲁冠球的出发点很朴素，就是要为农民做好事。他需要有个自证，他办企业，为改变命运而离开土地，并不意味着“离农”，更不是“弃农”。农民都是分散的，一家一户，力量单薄，技能也相对落后。现在，自己做企业了，是大工业，有条件做农民做不了的事。既然自己的工业企业有了那么大的带动作用，何不用办大工业的路子，做一个农业企业出来，给四乡农民起一个带动与示范作用？

久存于心的这个意愿因为出行美国的见闻和思考变得尤为强烈。

回国后，鲁冠球把自己的想法告诉了宁围乡领导：“我在美国，发现很多工厂老板也做农场，像我认识的舍勒兄弟，用工厂的资金、管理和科技手段，把农场当工厂来办，效益非常好，我想试试。”

乡领导说好，非常支持他办一个规模农场，做个现代农业的样板出来。

也是机缘好，钱塘江边的东江围垦区有近 860 亩的荒地和水塘，是宁围乡的种植和养殖基地，由农户承包着，但一直没好好用，不怎么景气。

“冠球，你要不去那儿看看？”

鲁冠球带厂里中层以上干部去实地察看。同去的人这样描述考察场景——

“噢，那蛮大的喔！”鲁主席看到眼前 500 多亩土地、300 多亩鱼塘，兴奋得很，远处是钱塘江辽阔的背景，近处是绿色田地和波光粼粼的水塘，塘里有漆得乌黑的小船。“来，我来划一下！”他袖子一挽，径自下了船。

我们还是第一次看他划船，担心他不会。“会啊！”他划得很专业，桨在他两手中倒换，前进，后退，还能让小船原地转，然后“咔”一下停住，并“嗯嗯嗯嗯”地笑起来。这天他很开心，在鱼塘吃了饭，还喝了土烧酒，心里已经有个规划了。

万向通过用资金折换围垦劳务的方式，将这块围垦形成的塘地从宁围乡转让到了万向。班子搭了起来，列入工厂序列，叫农业车间，职工叫农业工人。按照让专业人做专业事的原则，聘请原地块的承包人担任农业车间主任。那时电视里正在播放中国香港电视连续剧《射雕英雄传》，有位武林高手隐居桃花岛，风光一绝。鲁冠球喜欢“桃花”这一田园意境，说，这个项目就叫“桃花源”吧！

在场的员工回忆当时的情景时，说：“鲁主席指点着前面的地块说，我要在这里种葡萄，搭上葡萄架，葡萄架下，一边泛舟，一边摘葡萄。我用种植的饲料，像陆地上种的草啊果蔬啊，来喂猪喂鸡喂鸭，然后用猪粪、鸡粪、鸭粪喂鱼，这是可以的啊，然后呢，我把鱼塘疏浚后的烂泥收起来，是非常好的有机肥，这叫立体种养，生态循环。你想，要在这个鱼塘上一边泛舟，一边唱歌，畅谈革命理想，这有多好啊！”

这段回忆的真实性在我以后的阅档中得到了证实。2007 年 7 月 27 日，鲁冠球有一幅手书：

> 农业工厂：猪羊成群，鱼虾满塘，鸡鸭欢腾，桃红柳绿，泛舟水上，顺手就可摘粒葡萄放到嘴里，搞的立体农业。

工厂化的农业车间引来许多新奇和赞佩的眼光。人们期待从中找到农民在现代化经营方式下实现富裕的路子。世界银行也支持，给了 100 万元人民币的贴息贷款。

按着办工厂的规矩和精神，万向的农业车间在充足财力的支持下，做得很规范。就说那个猪场，饲养完全像户养“土猪”那么精细：种是良种，由荷兰、西班牙引进；料是好料，用玉米、米糠等精饲料，不加任何添加剂，更没有“瘦肉精”一类；存栏时间不折不扣。这样养出来的猪，肉质精致鲜美，吃过的人都说好，无须特别烹制，煮熟蘸点酱油或盐就是美味。

但是问题来了，首先是规模超了，没搞懂存栏数与出栏数的比例关系，后续的销路也没衔接好，在专业理解上闹了笑话。这还不打紧，要命的是走的市场价和农户一样，没考虑优质优价，成本因素计算不到位，结果呢，账完全算不过来，亏了。

现代化的规模饲养一开头就输给了农家的传统养殖。

那年乡里开劳模会，鲁冠球得知“养猪状元”沃金林也在，赶紧慕名去讨教。怕沃金林不肯讲实话，中午一起聚餐时，鲁冠球把他灌了个半醉，沃金林这才道了真言：“鲁厂长，办厂你是行家，养猪你可是外行了啊！你想想看，我们的猪一般也就养到第四五个月就出栏，时间你多出了许多。我们用的是混合饲料，成本低，你呢？精饲料到底。到出栏时，我们把猪塞足喂饱，肚子圆鼓鼓，不往里注水已经算好的啦，你倒好，屠宰前还饿两天，净身出户，这不把钱都刮掉了？”

“那不是把水和饲料当肉卖了？”鲁冠球不解。

他不认为讨回来的这些“经”都对都适用，他更希望通过改善管理来扭转局面，决定先班子换人。

经过一个民主推选的程序，一位叫祝万祥的员工从竞聘中胜出，担任农业车间主任。他的优势是履历，浙江农业大学毕业，经营思路注重实际。鲁冠球要求他一定严守底线，不能想多赚钱就做违规的事。

祝万祥很尽责地扑在农业车间工作，忙得家也不回，但工厂化的规模饲养综合成本还是下不来。员工说：“这样根本比不过两户一体，没戏！”所谓“两户一体”就是养殖专业户、种粮大户及个体工商户。事实也确实是这样，工厂化养猪在价格上无法与专业农户竞争，连续亏损，经营的困难像影子一样跟随着农业车间。

猪养得不顺利，但有一个消息让鲁冠球产生了很大兴趣，是关于鳗鱼养殖的。

20 世纪八九十年代，国家倡导“创汇农业”，凡是能出口创汇的农业项目都得到了支持。在产业选择上，鲁冠球是时刻跟随国家需求导向的。早先在湖州德清他和一位养蛇专业户就有合作，因为蛇胆、蛇毒都能出口，鲁冠球因此投了资，成立了“中国飞球蛇类精制厂”。但那位合作者不靠谱儿，经营管理混乱，万向这边就撤了回来，打算自己做。

当得知被称作“水底人参”“软黄金”的鳗鱼因为营养和经济价值极高在国际市场走俏，尤其在日本销量很大时，鲁冠球敏感地捕捉到了一个难得的机会。特别是鳗鱼苗生长在咸淡水交汇的长江口和钱塘江口，就在自家门口，远在天边，近在眼前，这岂不是天大的好事？他果断决策，将养蛇养鳗连起来做，并把养鳗鱼作为重点产业来发展。

一个很具规模的养殖场在钱塘江江堤内侧建了起来。万向投入了很大的财力物力，但养鳗并不容易，困难接踵而来。养鳗要用咸淡水，当然是钱塘江水最好。鱼塘和钱塘江就隔了条江堤，如果能直接从江里取用自然最理想。报告送到乡里，领导说：“冠球啊，你也太异想天开了，钱塘江堤开口子，这天大的事别说县里、市里，就是省里可能都答应不了你。”

鲁冠球不死心，去跑一级级的政府部门，最后还是在时任副省长许行贯的过问下，得到解决。江堤自然不能开，但可以用个巧办法，以虹吸原理将江水通过管道吸入鳗鱼塘。这已是很破例的了。

有一年冬天，鳗鱼场突遇停电，制氧机不能工作了。这可要了命，都知道鳗鱼特别是鳗鱼苗金贵，鲁冠球得知后急得团团转。电一时半会儿来不了，再不来氧气鱼要“翘翘”了。情急间，他生出一计，竟把危情解除了。

鳗鱼场焦急万分的职工们突然看到一部红色汽车喇叭声“嘟嘟”地开将过来，走近看，是消防车。不像以往任何一次接警，赴汤蹈火的消防队员们此次只赴汤不蹈火，拔出皮带龙头直接往鱼塘里注水，激起柱柱水泡。满塘缺氧而呆呆的鳗鱼苗顷刻间嬉弄活跳起来。

闻讯的人们围拢过来，好生惊奇，有人说：“难怪都说鲁冠球是名人呢，不是名人，哪能叫得来人民消防呢？”也有说：“还是他脑子灵，一般人想也想不到会去叫救火车（乡间管消防车叫救火车）！”

在鲁冠球的工作日志上，有许多关于鳗鱼场的记录。1990 年 3 月 2 日，他写着：“猪场虽亏损，养鳗要坚持。”之后又写道：“农场搞坏，鳗场搞好。”他还特别给自己和员工鼓劲：“有困难，有办法，有希望。盲目乐观不可取，消极思想更不对！”

可惜鲁冠球的坚持没有得到理想回报。因为团队不够专业，许多情况意想不到，也没有对策。

那是一个冬天，一场寒流，气温骤降。为了保温，有工人出主意往塘里放些稻草，听起来主意不错，稻草就放下去了。哪知鳗鱼的皮薄而娇嫩，在稻草间游来穿去，竟擦破皮了，导致鱼苗皮肤发炎，细菌大量繁殖。死鳗鱼产生毒性，又祸及整个鱼塘，成吨的死鱼只能被捞起做深埋无毒处理。

鳗鱼场的挫折并没有动摇鲁冠球的意志。在连年亏损的情况下，他坚持寻求生产的良性发展，包括到广东省中山市坦洲镇开发养殖基地，利用气候条件实现鱼苗全天候养殖，但所有这些努力都没有扭转亏损。而后东南亚金融风暴导致汇率变动，给鳗鱼出口造成了全局性的困境。主体消费国日本解决了鳗苗人工饲养的许多技术性难题，其国内鳗鱼产量大增，导致国际市场鳗鱼苗价格大幅下跌，使包括万向在内的中国鳗鱼生产商陷入绝境，曾经被鲁冠球寄予厚望的鳗鱼场不得不就此落幕。

回过头来看农业车间，还是改变不了连年亏损的局面。猪养不好，尝试养河蚌、珍珠、河蟹，也都不成。鲁冠球屡战屡败，屡败屡战，不泯初心，咬牙继续着。

周边同事没了信心，家人也出来劝阻，鲁冠球面临沉重的压力。

祝万祥想给将要关闭的农业车间做最后一次贡献——生产猪饲料。他从农大同学那里拿到了一种饲料配方，说用这配方做，猪爱吃，长膘，还可以上规模生产，把养猪亏的钱给赚回来。

鲁冠球不无痛惜地说："小祝啊，你又错了，你做饲料厂搞经营，不是我的愿望。我们是要做现代化示范农业，给农民找到一条致富的道路。如果自己开厂做饲料，还不如多做一些万向节哩！"

可以用失败如影随形来描述鲁冠球近乎悲壮的现代农业实验。十余年来，万向集团在农业领域的投资亏损超过 10 亿元。虽然鲁冠球写过这样的话来给自己鼓劲提气——"屡败屡战、任劳任怨、忍辱负重、坚忍不拔、勇往直前、不负众望"，但愿望终究代替不了现实，他梦碎"桃花源"，他的农业蓝图也终成"乌托邦"。

本意是"示范"，结果成了"试错"。错在何处？

鲁冠球陷入长久的思索：以工养农，反哺农业，用办工业企业的路子去解决"三农"问题，是不是符合乡村经济的发展规律？已经持有资本的工业企业是不是一定要自营农业，做千万家农户都能做的初级产品，而仅仅多了规模？一个能在广袤田野春风化雨的工业企业家该有怎样的思考维度？

这一系列的反思搅动着鲁冠球内心的平静。"返回"田野似乎比他这些年走出田野来得更痛苦与艰难。他难免会有一时的迷茫，因为他先行了，没有现成的路在前面，那还是多少农民想离土而离不开的年月，有几个乡镇企业家会"逆行"，向着田野乡村反身回眸？

// 长城脚下有野杏

如果要形容田野给人的般般牵绕，我会想起墨西哥诗人、1990 年诺贝尔文学奖得主奥克塔维奥 · 帕斯的一首诗《访》：

> 穿过砖石垒垒和枯燥城市的夜幕，
> 田野走进我的房间。
> 展开它那绿色的双臂，
> 鸟儿在手腕上啼啭，树叶也随之翩翩。
> 它手中握着一条河流，
> 田野的上空也随之进到房间，
> 挽着一篮刚刚摘下的珠宝——星辰。
> ……
> 告诉我，田野远道来访果然属实？
> 抑或是田野你在做梦，
> 梦见来到我的身边？①

田野的“来访”，似乎从未在鲁冠球身边中断。

1995 年春天，对着窗外满畈金黄的油菜花，鲁冠球长时间没挪动脚步，他坐下来在日记上写了他心中对“三农”现状的忧虑：

> 农民问题，农村问题：1. 地区之间差距在拉大。2. 贫富悬殊，人与人之间关系在恶化。3. 文明道德在下降。4. 农业在下降，整体现代化农业难

① 《爱情诗 哲理诗 探索诗精选》，未民编，海口：南海出版公司，1990 年，第 226~227 页。

以实现。5. 粮食问题，棉花问题。6. 抛荒问题比较严重。7. 大量劳动力失业，流向城镇。8. 农村治安问题比较严重。9. 农村干部为民办事的思想在下降，为自己考虑得多。10. 大量土地在流失。11. 环境污染在恶化。

比起 10 年前他做“示范农业”，想为农民致富出一份力，此时的鲁冠球对“三农”的观察与思考更深更广了，相应地，改变这种现状的心情也来得更迫切。曾经的失败给了他探索的积累，以自身优势为实现农业现代化服务的路径开始变得清晰，他显得信心满满，他说：“农业产业化道路虽然漫长，但这个事业我一辈子都不会放弃！”

2000 年，鲁冠球出资创立了三农集团有限公司，这家注册资金 6 亿元的公司作为万向集团农业产业的投资主平台，专项从事农、林、牧、渔业等产品的开发，用产业化、专业化、资本化的手段来经营现代农业。

这是一个大手笔。一个以汽车零部件制造为主业的企业集团将农业产业赫然同列为主业，还无先例。万向在此领域的开疆拓土由此开始。

2000 年，驻在深圳的万向投资公司向集团总部提交报告，计划投资河北承德露露股份有限公司（以下简称“承德露露”）。报告显示，这是一家 1997 年在深圳证券交易所上市、以饮料生产为主业的国有企业，主打产品为杏仁露，一款优质的植物蛋白饮料，在国内杏仁露市场上占有 90% 以上的份额，为消费者喜爱。投资着眼点是：作为消费品的饮料生产企业，像美国的可口可乐公司，拥有稳定的消费市场，没有大的产品波动，也几乎没有消费周期。

同时送到鲁冠球面前的商业计划书，从消费品的行业情况、产品特性、市场前景、股权分置的盈利点等方面做了专业的分析和报告。应该说，这已经是一份很完整的项目投资可行性报告了。

关于承德露露何以会进入万向投资公司的视野，以及鲁冠球在资本市场的投资原则，将会在本书下部第二十章详述，这里先要叙述的是这项投资案中直接关乎农民利益的一个决策如何形成。

鲁冠球仔细审阅了报告，对其所述内容未予置评，他凝神思考许久，只在上面批了一句话："原料从哪里来？"

深圳团队拿回复件，先一愣，接着马上明白了："主席和我们想的不在一个点上。我们是从项目投资的常规条件来考虑，着眼点是经济，是效益，是安全性、成长性，而主席想的是原料来源，关乎农民！"

在鲁冠球最终批准这项投资，万向购入 26% 的股权成为承德露露的第二大股东之前，我们先把眼光从长城脚下的燕山移到杭州临安的天目山，看看一棵棵山核桃树是如何与鲁冠球的万向结缘的。

清凉峰，在临安昌化境内的西部。地以山命名，当地的小镇就叫清凉峰镇。当白露节气一到，一首世代传唱的童谣便唱了起来："白露到，竹竿摇，满地金，扁担挑。"这说的是在山核桃收获时节，村民们拿起打山核桃的竹竿，在山间树林收获果实的场面。这种丰节的欢悦，顺着连绵的天目山，可从清凉峰的昌化传递到大峡谷、岛石、龙岗、新桥、湍口、马啸等乡镇。这些山区也都有大面积的山核桃树种植，在葱郁的山坡上，形成独特的经济林，是当地农户一项很重要的经济来源。

几百年来，临安山核桃，杭州当地俗称"小胡桃"，一直是广受喜爱的传统名果。但核桃好吃树难栽，果难采。山核桃树都长在山高坡陡的大山深处，要从十多米高的树上采打下来，很是不易，弄不好跌下来会死伤人。

为本书写作，我专程到清凉峰镇白果村实地踏看。万向集团旗下杭州品向位食品有限公司的胡永海拍着伤腿说："我就是从山核桃树上摔下来弄折了大腿骨。你想啊，白露节气，秋雨绵绵不断，树枝很湿滑，长有青苔。我们上树前还都换上了新的胶底解放鞋，鞋底胶纹很深，够防滑，但上了树，双手腾出来要抓 5 米长的竹竿，就靠两条腿在树枝上摆着马步背靠着另一根树枝使劲，一滑，就栽了下来……"

"带血的果子"于是成了村民口中对山核桃的一个别名。

鲁冠球的目光在"带血的果子"这几个字前停了许久，眉头皱起。

"能不能改变？怎么改变？"正在读着万向三农集团递交的临安山核桃投资报告的鲁冠球大声发问。鲁冠球是个一碰到"农"字就激动的人。既然临安有 2.5 万亩山林在找租赁、找投资，其中有 1 万亩可以种植山核桃，那何不把它作为基地，为临安的山核桃产业化踏出一条路来呢？

顺着报告的文字，鲁冠球进一步了解了临安山核桃产区存在的问题——

300 多年前，山核桃在临安山区开始种植，但一直很难做大形成产业，瓶颈就在这两点：农户翻山越岭地零散种植管理，很难有规模，很难形成产业优势，更不可能形成品牌；树呢，又太高，亟须研究和推广树种矮化，便于农民安全有效率地采摘，来提高产量和种植积极性。而这两个瓶颈都不是农户自身和当地乡镇所能解决的，要是能，也不会到今天依然是传统的老样子。

三农集团的报告触发了鲁冠球的思考：这不正是万向的优势和发力点？这或许就是我们苦苦寻找的反哺农业的方式，万向在这些地方有所作为，用资本和科技的力量，做一家一户、一村一乡想做而做不到的事情。

2000 年，万向开始投资清凉峰镇一家叫"人长久"的食品公司，拥有了规划中的 1 万亩租赁承包的山核桃基地，并在 2009 年全资控股该公司。通过与农户签订订单的方式，万向鼓励农户放心地扩大种植承包，销售收益的 30% 归农户，8% 归村集体，2% 用于科研开发。产品的品牌建立起来了，有专业公司从事产销与推广。

万向出面组合的科研团队，包括浙江农林大学和林业科技机构，在培育和改良旨在提高山核桃产量与质量的优良品种方面，开展了长期的攻关合作，课题包括山核桃树的矮化，老林改造，针对林地返沙、土壤退化进行的生态修复，等等。万向拿出 800 亩地专项从事这些科研项目的实施，成熟一项，推广一项，既面向自己大面积的基地，也面向全范围的周边农户。临安的乡镇政府和山核桃协会也过来学习和了解，一传十、十传百地在天目山区把科技知识传播了开来。

我去了位于清凉峰镇白果村的杭州品向位食品有限公司，管生产业务的章永祥经理扳着指头给我算："你看喔，2000 年以前，临安山核桃种植面积大概 35 万亩，2020 年 53 万亩，扩大了 18 万亩。当然不能说这都是万向的功劳，但万向的带动和辐射作用非常显著。农民说，你看，万向这么大的公司都种山核桃树，我们干啥不跟着种？由于采用万向推广的技术与种苗，山核桃树通常都会有 20% 的增收。还有，我们自己基地每年的采摘都要雇用当地劳动力，这几百万元的工钱也就成了当地农民的收益，而'农户＋订单'的收购模式，又使 12 000 多个农民有了就业机会。"

如今一到白露节气，临安的山核桃采销较之以往任何时候都红火。远观山上，可以看到新研发的矮化品种在渐次推广，拉枝式的绳网把原先蹿高的枝干向两侧张开，树冠宽大又美丽，以后采摘山核桃就像在平地里摘苹果、梨子一样，安全方便多了。临安区政府已经将山核桃列为支柱产业。山核桃林周边的美丽乡村成了网红游享地。

临安山核桃的变局，给万向带来了涉农产业久违的成功。鲁冠球满脸喜悦地说："这才是万向搞农业的样子！"

鲁冠球关注山，也关注水。有记者说，在涉及"三农"的问题上，他的"燃点"是很低的。

2003 年 5 月，正在北京开会的鲁冠球看到《人民日报》上有条消息《湖南洞庭湖区"小龙虾"成生态公害》。他有些纳闷，"小龙虾"怎么成了公害呢？他把报纸剪下来，传真给公司，让他们马上安排人去调研。

原产于美国、墨西哥的小龙虾，学名"克氏原螯虾"，20 世纪 30 年代传入中国，之后在南方水网地区扩大生长。作为一种外来生物，它在临时性水体中生存下来，大量繁殖，对长江流域的水坝造成隐患，也形成对水稻等农作物以及鱼苗的生态侵害。去往江西鄱阳湖调研的同事回来汇报说，当地人不喜欢吃小龙虾，鄱阳湖堤岸上龙虾一度满地走，成了一害，老百姓愁得不行。

“那有什么办法呢？”鲁冠球问。

“小龙虾可以食用，尤其是鄱阳湖的小龙虾纯天然，无污染，味道鲜美，在国际市场上，比其他产地的小龙虾每吨贵500美元呢！可以考虑将小龙虾肉就地加工，做成冷冻食品，供应市场，同时出口。”前去调研的同事汇报说。

鲁冠球认为这是个好主意：“我们就在那里建一个小龙虾加工厂，既能帮当地消除公害，又能让农民有收入，不是两全其美的事？”

万向马上派员到了江西鄱阳，和当地政府、农民协商尽快建厂。万向带了资金来，也带了“万向速度”来。从2003年7月签订合同到2004年5月试生产，不到一年时间，一座现代化的花园式工厂在鄱阳湖边出现了。万向以“公司＋农户＋加工”的一条龙方式，全数收购农民抓捕来的小龙虾，产出品质优异的冷冻水产品。最让农民信服的是，公司从来不打白条，有时还给预付款，这在当地赢得了好口碑。

作为万向集团企业文化重要窗口的企业报《万向报》，2005年7月25日这样报道记者的见闻：

鄱阳县濒临鄱阳湖。湖泊港汊，迤逦相望；荇藻蕨泽，密布其间；鱼虾蟹贝，滋育茂繁。全县拥有水面141万亩，在全国县级排名第二。自古以来就有“银鄱阳”之美称。

下午两三点钟，开始有零星前来送虾的老表。他们脸上的喜悦，是一种真正的“多收了三五斗”[①]的笑容。

我们来算一笔账。小龙虾从去年的收购价0.5～0.8元／斤一路攀升到现在的3.7元／斤。以小龙虾平均收购价2.1元／斤计，万向江西工

① 《多收了三五斗》：叶圣陶的短篇小说名。

厂一个生产季节就要用掉1500吨。这样同去年比，等于光收购价要多出390万～480万元。这些实实在在的真金白银，全部进了当地老百姓的口袋。你说他们能不喜悦吗？

当问起具体有多少人因此而受益时，就连来送虾的“大户”也直摇头。这个还真不好算，你看啊，光我牵头的就有72条渔船，每条渔船下面至少还有6～7条小船，每条船上多的7～8人，少的也有2～3人。像我这样的“大户”还有很多，你说怎么去统计啊？

少估估，至少有1万农户吧！

就面上的统计看，万向的小龙虾收购加工带动了当地22万亩低洼地的开发，给4万多农户、10万多农民增加了收入。万向的这一投资行为得到了当地政府和人民的欢迎，时任江西省委书记还为此专门写来了感谢信，感谢万向此举带动了乡镇经济发展，帮助农民增收。

现在，我们该从鄱阳湖起身，回到长城脚下的燕山，看看承德露露的收购团队如何回答鲁冠球的提问：“原料从哪里来？”

投资公司团队来到承德，来到北纬39°线以北的长城内外，实地调研野生杏仁的来源。调查得知，在东起山海关西至新疆的漫长国土线上，都有野山杏的自然生长。三北防护林建成后，也开始人工栽培。每当春末夏初，麦子熟了杏儿黄，农民开始翻山越岭采摘野山杏。野杏仁纯野生，不施肥，是非常好的有机果仁，可榨取食用油，用杏核油烙的饼，奇香酥脆，是华北一带农家珍贵的美食；还可以腌制后用于凉拌佐餐，也是农户的家常小菜。

有记载，1974年，农垦部领导到河北承德罐头食品厂考察，说到了野生杏。他说，他在何香凝女士家里喝到过杏仁茶，香味浓郁，非常好喝，令他记忆深刻。他提议罐头厂可以依托承德地区丰富的杏仁资源，开发杏仁饮料。据此，工厂研发出了杏仁露饮料，这也是世界上首例植物蛋白的杏仁露饮料。

这款饮料除了独特的口感，在保健、养生、美容等方面的功效也很明显。产品引导了市场，市场又催生了需求，由于生产量连年扩大，野山杏原料采购也随之增加，采摘野山杏成了当地农民重要的经济来源。以“露露”常年采购的原料统计，需要有近 280 万农民在农闲时节参与采摘。

“确定有 280 万吗？”鲁冠球在调查人员汇报到这里时显得很激动，“你们要把这个数字搞准，这可是涉及几百万农民利益的大事！”

鲁冠球明白，野山杏大都长在高寒地区，农民普遍贫困，生计不易，如果能够把这 280 万的数字再扩大，让更多的农民因此受惠，会是一件多好的事！他曾经很严肃地对来访者说：“万向不是去选择一个赚钱的行业来投资，也不像有些报纸说的，我鲁冠球要做饮料了，我们关心的只是它与几百万农民的收益关联！”

听完调查汇报的第二天一早，鲁冠球在电话里对万向投资公司总经理说：“你一定要明白我的心意，这件事，我是冲着有 280 万农民这一点去的，要扩大规模，争取产量，今后搞到 300 万、400 万农民，这样受惠面就大了。还要发动农民在山上栽种，绿化荒山，沙尘暴起来了，还可以挡一挡。我的愿望是让农民增收，让荒山变绿，让生态变好，我们做不到彻底改变，多一分力量，多一分绿色，总能改变一点儿，哪怕就一点儿！请继续帮助搞清，国内到底有多少地方产山杏，以杏仁为原料的产品有多少种，同时产量为多少。”

电话那头，总经理听着听着，眼眶湿了，他还很少接到鲁冠球这么动情的电话，他在心里说，主席啊，你真是为天下农民操心呢！他有一种自责，自己考虑的是商业可行性，鲁冠球却是别一种境界，心里想的，除了农民，还是农民！

2006 年，万向以 42.55% 的占比成为承德露露的大股东后，公司对于野山杏的种植投入逐年增加，千方百计地引导农民扩大栽种与采收，还与西北农林科技大学合作进行品种优化，将新品种交给农民。在承德境内的长城沿线，野山杏种植面积不断增加，露露的收购范围也扩大到甘肃、新疆一带。

我问承德露露的副总经理丁兴贤，怎么来计算野山杏扩大收购带给农民的直接收益呢？

他给出的数字很直白：以前公司用于直接收购野山杏仁的资金大约1亿元，2021年达到5.2亿元，相当于派到农民手里的现金年增加4.2亿元，直接惠及长城沿线数百万农民。

丁兴贤继续给我算账，2021年，露露杏仁露产量达到10亿罐，越来越接近全国每人每年喝1罐的量。30亿元的销售收益中，用于野山杏仁收购的5.2亿元直接给了农民，制罐成本4亿多元，这又带动了原材料及加工产业，增加了农民工的就业，他们的劳动收入也回到了农村家庭。承德露露还在进一步研发野山杏仁露的新品，如杏仁露＋麦片、杏仁露＋咖啡、杏仁奶等，随着市场扩大，野山杏收购量预计会增加1倍以上。

2002年，河北省委书记来万向考察，对万向收购承德露露赞赏有加，说万向这一投资看得准，带动了承德一个城市的产业发展。陪同前来的浙江省委书记有些意外，说："万向控股'露露'？我不知道啊！"

鲁冠球说："我没有宣传，怕宣传出去，人家说我不务正业，去搞饮料。其实，我是想实实在在为农民办点儿事，让农民富起来。"

有一次，鲁冠球看到一幅航拍的新疆野杏林的照片后，写信问："新疆有大片野杏林，航拍的伊犁杏花沟美极了。新疆的野山杏与承德的野山杏有什么不同？"

看他心里的那个野山杏！

// 致敬大地的种子

寒露那天来到甘肃张掖万向德农股份有限公司（以下简称"万向德农"）的种业基地，可以欣赏到非常壮观的大地艺术。在500亩辽阔的晒场上，收获的制种玉米被铺展开来，橙黄的、暗金的、赭红的……各种色调在河西走廊秋日的光照下组成一片片大型色块，与远处祁连山的茫茫雪峰构成丰足的壮丽。面对地毯似的大地，人们最想做的，便是躺下去，打几个滚儿，尝尝丰收的滋味。

王伟是万向德农下辖的种业股份公司副总经理，负责张掖分公司业务。这个精干又质朴的山东小伙子，从 2009 年入职德农种业就来到张掖，把自己交给了西北。他记得 2016 年，也是寒露时节，梁启朝总经理接到了鲁冠球打来的电话："现在到收购的时候了吧？"

王伟很惊讶：主席远在杭州，怎么把时间掐得那么准？现在正是河西地区收获种子玉米的时候啊！

文明的发端，是在人类第一次刨开土地、播下种子的时刻。[①]

只要你是一个农民，一触碰到种子二字，总有一股血缘般的亲切在心里。鲁冠球介入种业投资，起源也是这样。

黑龙江华冠科技公司是一家种业联合企业，万向选择向它投资，就是因为它是服务"三农"的。

鲁冠球太知道好种子对于农民生计的重要性了。"春种一粒粟，秋收万颗子。四海无闲田，农夫犹饿死。"唐代李绅的这首《悯农》五言绝句，鲁冠球在小学课本上就读到过。他从小就听到了这句话："种田下地万万年。"中国是农耕社会，民以食为天，一颗粮食、一粒种子，在农民心里，就像是命根子。如果放大看，其关乎国计民生，更是重中之重。

而社会的现实是，还有人在坑农、害农。鲁冠球桌上的那份报纸这样

① [黎巴嫩] 纪伯伦：《纪伯伦散文诗全集》，伊宏等译，北京：商务印书馆，2016年，第 241 页。

登载：甘肃张掖地区，有个不法经营者繁育了400亩地的玉米种子，8万多千克。这些制种玉米在收获后脱粒晾晒时遭遇低温，胚芽冻坏。他把这批坏种子卖到东北通辽，播种在3.5万亩的大田上，结果出苗率不到40%，而且成活率很低。农民共花了100万元种子钱，用了一季的劳动，结果大面积歉收，有些甚至颗粒无收，农民恨得直跺脚。

鲁冠球把报纸往桌上一拍，气愤地说："都是祸害啊！"如果这"一粒粟"是假种子、坏种子，农民哪还能有什么"万颗子"？老百姓的饭碗，国家的粮食安全都没了保障。

他当时就说了这句话："13亿人口的大国，饭碗不能端在别人手里，种子更要攥在自己手里。"

这就是万向决定投资华冠科技公司的动因。鲁冠球的计划是，通过和专业公司联手，做中国最好的种子公司。水稻育种，有袁隆平在做，我们就做玉米、油葵花种子，实打实从基础做起。

2000年，万向入资华冠科技公司。2002年9月，华冠科技（600371）在上海证券交易所上市。2004年，万向三农集团控股后，公司更名为"万向德农"，成为专业从事玉米种子育种、繁衍、推广一体化的企业。

有人问鲁冠球，"万向德农"这名字有什么讲究？

答曰："万向以德兴农，万事德在先，涉农项目更应该以德为先。"

鲁冠球的"种子蓝图"是这样的：

集中全国高端人才研发优质种子，建立大面积的育种基地，这个基地，既是制种玉米的试验田，也是大规模产出的生产田，用公司+农户的方式，让农民在承包种植管理中增收致富。

同时，对使用种子的地区实行"靶向"服务，由专业技术人员做农田的测土配方，什么地方是什么性的土地，是碱性还是酸性，比例怎么样，都会有应对地提供适宜生长的种子。

还要有一支队伍，把土地改良方案拿出来，使优质种子获得最佳生长环境，不能让黑土地板结了，变灰了，给农民造成长远的伤害。

“主席，你最后这一条有点儿越界了！”

“怎么越界？”正说得兴致勃勃的鲁冠球问。

“你看啊，主席，你这想法很伟大，改造土壤，改善土地结构，但这是农业部、国土资源部的事，这些事客观上需要的资金量大，收效时间长，不是我们企业做得了的事。”

鲁冠球斜睨言者，一时语噎。他在心里说，伙计啊，你们怎么不明白我的意思呢？天下再难的事得有人去做，哪怕就是喊一喊，让更多人关注，也是一个进步啊！

鲁冠球写信给万向美国公司总经理倪频，告诉他：“种子是各业的先导，万向德农是上市公司，但还未发挥其优势，关键是技术人才。美国是第一种子业市场，要进一步落实人员，引进种子研发人才或品种。”

一个关于中国玉米种业的宏大规划在万向的决策下开局了。

让我们来到幅员广袤的黄河河套地区，这是我国重要的玉米产区。天气异常导致的严重锈病，是影响玉米产量的一个主要病害。万向德农种业组成团队应对性地对高抗锈病的主要骨干系品种进行深入研究与试验，终于诞生了“德单5号”这个新品种。

从2005年通过初步鉴定后，“德单5号”连续8年在黄淮海地区多个省份进行多次预备试验、比较试验，无论气候条件怎样恶劣多变，锈病怎样大面积爆发，“德单5号”都表现出高产、稳产、抗病、抗倒伏的能力。区内的河南、山东、安徽等省将它列为主推抗锈品种之一，在夏玉米产区快速推广种植。

鲁冠球问：“就这一个品种整体推广了多少？”

“1700万亩。”万向德农汇报说，“每亩地可以增产30千克，如果以每千克2元计算，可增加农民收入10亿元。”

“10亿元，那太好了！农民普遍受益了，我们的付出也值了！”鲁冠球笑得合不拢嘴。

这是 2013 年 5 月，一个春天的早晨。5 点钟，鲁冠球就起身了，他把夫人章金妹也叫了起来，两人在屋前的园子里蹲了下来。邻居看到了问：“做啥呢？”

“数玉米咧！”

数玉米？邻居不解。

鲁冠球的确是在数玉米。在他的田园里，划出了一小片地，种上了万向德农送来的新品种玉米。他要试试，看是否能达到他们说的发芽率。

此时，玉米已长到半人高了，青葱硕壮。他和章金妹一行行一排排地数过去，来回走了两遍。当时撒种时每一眼都撒 2 粒，现在大都长出来 2 株，少量 1 株，一共是 158 株，拿计算器一算，发芽率为 85.9%。他心里有了数。

当天正好央视记者来做节目，鲁冠球在说到“做企业都是干出来的”这个话题时，就顺便说了“数玉米”。他说：“我们有家企业叫万向德农，是做玉米种子的，市场占有率是全国第一，我家里种的玉米就是他们的种子。他们跟我讲过有多少发芽率，我要自己去试试，看看到底是多少，我要数数。”

我在当年的访谈记录上看到这段话，饶有兴致。但鲁冠球没说这 85.9% 发芽率到底行不行。

我特意打电话去问远在张掖的德农种业，答复是：“种子发芽率检测是在幼苗培养室设定最适宜的温度和湿度的条件下检测的每批次种子的最大发芽潜力。德农的成品发芽率都在 93% 以上，其中发芽率 95% 以上的占到 80%。主席自己种的，应该算是田间出苗率，要考虑到地力、水肥和区域适宜性等因素，还有田间湿度等影响，85.9% 有点儿低，但已经超过 85% 的种子最低标准了。”

看来，鲁冠球当时数出的“数”，可以让人对德农的出品抱有信任了。

有件事能看得出万向德农的种子在管理上值得信任的原因。

2014 年，万向德农的玉米种子库存在连年增多的情况下又有了更大幅度的增加，下属的一些分公司为此到处建仓，包括临时性的钢板仓，甚至到乡间山洞里储藏。这种反常现象引起了鲁冠球的高度警觉，他即刻派员下去调查。情况比已知的更严重，原因有好几方面：第一，由于大田玉米价格持续走低，农民种植意愿不强，全国玉米种植面积锐减，种子市场需求萎缩；第二，播种技术更新了，由原来的多粒播种改为单粒播种，新技术的推广致使用种量下降；第三，最主要的还是分公司有关责任人无视市场行情变化，盲目扩种，管理粗放，使种植面积失控，销售不畅，造成积压。它的后果不只是增加了储存成本，拖累了资金周转，更给种子的品质安全埋下了隐患。如果将库存时间过长的种子卖出去，因其发芽率和活力下降，播种后存在产量降低的风险，会影响农户收益。调查还发现，有关公司“会计失真”，对实情瞒报。

情况变得很急迫。万向三农集团的管理层开了几天几夜的会来商量对策。有一种意见认为，库存种子不见得都有问题，可以排个年序，逐渐在来年搭配卖出去，因为在业内，这种做法也很常见。

鲁伟鼎断然否定了这个习惯性做法，他说：“人家这么做是人家的事，万向不能这样，宁愿自己亏损也要避免对农户可能造成的损失。”面对各种意见的争论，他“一锤定音”：全部转商，即由万向三农集团按成品种子的价格把滞销的和不合格的种子买过来，全部作为商品粮出售！

会上人们一片惊愕。这可不是小数，种子价格是商品粮价格的十倍八倍，由此产生的差价缺口会达数亿元。

鲁伟鼎毫不犹豫：“不要说转商损失数亿元，就是把滞销的不合格的种子都倒进黄河里，也不能售到市场伤害农民利益！”

鲁伟鼎的决心和底气来自鲁冠球的决断。鲁冠球在为此做的批示中，于“可惜也！”3 个字后写道：“种子质量千万要重视。要做好自己培育，在营销过程中防止假货，它涉及农民利益，事关万向形象。”

财务报表显示，万向三农集团将滞销种子转商处理而付出的资金有 3 亿多元。集团还以此为戒，追责了相关责任人，并在管理制度上要求德农种业更严格地落实“以销定产”策略，根据各品种的市场表现，精确计算下年度销量，合理确定品种布局，以期实现“零库存”，确保每一年销售的都是高品质的新种子。

万向用这样的大手笔来处理种子库存的可能风险，留给了社会和广大农户一张信用状。鲁伟鼎在向我说到上述内容时用了 6 个字：能力、实力、情怀。我的理解是，有能力去做还需实力加持，更重要的是情怀，在保护农户利益这一大节上一点儿不能含糊。

经过 8 年持续努力，万向德农在玉米种子的培育、繁育、推广上取得了巨大成功。多年来，科研人员几乎天天泡在田间，那种吃苦精神让村里的农民都佩服。我为了获取万向德农在种业方面的实例，联络了质管部的李清，加了微信，看到他的网名是“黑哥哥”，有意思。待到见了面，才发现他可真是不让李逵三分的黑哥哥。我问：“公司就你这么黑吗？”他腼腆地答：“都差不多吧，公司搞科技的都这样。”

能不这样黑吗？德农种业去往甘浚基地的科研人员顶着烈日出发了，他们到那里去做测土配方施肥的现场作业。

科技人员分批包干了 5000 亩土地的作业，在 15 个样点进行土壤测检，逐户逐地块地全程跟踪，和农户一对一地去做技术指导，来保证精量施肥的落实。河西走廊紫外线强，风大，沙暴多，户外条件异常艰苦，但万向德农的人却比农户花更多时间泡在大田。

定向的施肥方法改良了，增加的肥效一下子显了出来，农户既节约了用肥，又实现了增产。承包了80亩地的皮利伟夫妇，以前每年春天光买化肥都要两三万元，现在大大省了，产出的制种玉米远远超出了全村平均产量。两口子高兴得脸上笑开了花，要请万向德农的技术人员到家吃饭喝酒。

万向德农作为万向旗下的上市公司，将种业作为核心主业，不断优化产品结构，现已成为中国民族种业的排头兵之一。公司在全国拥有20多万亩的制种基地和现代化种子加工流水线，在种业的科研投入累计达到3亿多元。玉米种子销量多年位居全国第一，推广种植面积达到3.3亿亩，被选用的种子覆盖了全国12.8%的种植区。

且请回到本节开头，我请王伟陪着去看看当地的一个种业基地沤波村。

张掖市甘州区明永镇上的这个村子，正被翻晒的制种玉米点染成“北国晒秋”的又一美景。在基地1万多亩由高大白杨树整齐分割的土地上，灌网四布，黑土肥沃，全村与万向德农合作玉米育种已近20年。北纬38.9°的理想纬度，海拔1500米的适种高度，将河西走廊的丰沛阳光慷慨地送给这个曾经贫穷的村落。在连绵的玉米大田一隅，成排的独栋小楼房住进了全村八成多的农户，421家农户中有320辆小车，每户年均收入都在10万元以上。

描绘这幅小康美景的画手，就是全村每年提供的450万千克的优质种子。村民们搭着万向的扶农顺风车，走向了富裕，快乐地端起了家乡凉州的“葡萄美酒夜光杯”。

鲁冠球的笔记本上写有这样一句话：

成熟的果实，总是低头向下，那是向大地致以深深的敬意。

在中国国家博物馆，陈列着油画组画《民族脊梁——共和国英模》，这是由全国总工会等机构委托中国美术学院画家集体创作的。画中有28位劳模，其中一组，以绿色主导画面，象征科学与新时代的春天。画面中，鲁冠球和袁隆平在相邻位置。袁隆平脚穿套鞋蹲在田间，双目凝注手上的水稻稻种。身旁的鲁冠球一身西服，目光宽宏地向外远眺，象征他带着他的工业产品走向世界。一个世界工匠，一个中国神农，凑巧地同框相邻，本已够让人联想了，有意思的是，袁隆平套鞋边的一把稻种穗子落在了鲁冠球的皮鞋边沿，让二者因为种子有了别样联系。

很少有人知道鲁冠球的“种子作为”，他的脚步低调地走向了田间，走向了农民的关切，和穿套鞋的袁隆平一起扛起了国家粮食安全的担子。今天，当“牢牢守住十八亿亩耕地红线，确保中国人的饭碗牢牢端在自己手中”成为整个国家的战略，越来越成为全民的共识，我们再回望鲁冠球早就踏出的“种子路”，怎能不对他走向田间的背影道一声：“真好！”

// 比如远洋，比如绿岛

2002 年 3 月的一天，时任浙江省副省长章猛进问鲁冠球，有没有意向参与投资远洋渔业。国企浙江省远洋渔业集团正待改制，事情很急。

鲁冠球想了想，答应了。农渔一家，他一直对渔业很有感情。他说：“我是农民出身，农业是我梦寐以求的事业，我总是千方百计想为农民、农业做点事情。过去在农业项目上投资花了很大的代价，却屡受挫折，但这都不会影响我对农业的追求。”他为渔业的这个现实而深深忧虑：近几十年来，因为环境污染，加上过度捕捞，东海的渔业资源逐渐萎缩，有的几近枯竭。渔民捕不到鱼，只有向远海走。市场上呢，曾经寻常的海鱼成了稀罕物，能买到的，也是价格飙升，一般老百姓吃不起。

渔民要吃饭，人民要吃鱼。这两句话搁在鲁冠球心里，让他总是不安。

第二天，鲁冠球派出的万向创投公司代表就在浙江省远洋渔业集团对面的咖啡店出现了。整个商务谈判进行得非常顺利，可行性报告马上做出，评估程序也省略了，不到两个月，方案实施完成，浙江省远洋渔业集团的国有大股东将其持股转让给了万向。

对远洋捕捞完全陌生的鲁冠球开始了走向海洋的全新探索。

“一定要抓住机遇，走向远洋！”这是鲁冠球在充分调研后做出的决策。“我是想通过远洋渔业集团，造新船，造大船，做成中国最大的远洋渔业集团之一，为渔民造福，为人民奉献渔产品。”而一个最清晰的政策和市场背景是，国家正以超常的力度鼓励企业发展远洋捕捞，尤其是捕捞经济价值高的鱼类，如金枪鱼，争取在国际竞争中赢得主动。

一个视频中，金枪鱼群在大海穿行的壮观画面出现在鲁冠球眼前。金枪鱼，也叫鲔鱼、吞拿鱼，肉质鲜美，价值不菲，在世界总渔获量中仅占3%，但在世界水产品贸易值中却占10%。50多个品种的金枪鱼分布于太平洋、印度洋、大西洋等海域，个体差异大，其价格也是越大越贵。保鲜，是它的第一要求。普通冷藏渔船一般在 −25 ℃，金枪鱼捕获后，经过排血、除鳃、去内脏等一系列处理后，要求在 −60 ℃~−55 ℃的超低温室速冻，以达到保鲜度。这样的捕捞船全球大约有1500艘，中国占比不到10%。

只有借船方能出海，怎样拥有远洋超低温捕捞船，去开辟新的渔场？

人人都知道这不是一项小投资，且具有风险。即使对于已经拥有资本实力的万向，也非寻常之举。

“能买二手船吗？”鲁冠球问。

“二手船作业和冷冻设备老化，航行和生产范围小，效益达不到。而且，有船的国家往往进行技术封锁，像日本，宁愿把船沉没了也不允许旧船出口，以此来规避海洋竞争。”

“那就别无他路了，我们自己造新船，干！”鲁冠球劈了下手。

打一条新船要2500万元，除去国家给的政策补贴，企业自身承担2000万元。组成一个船队，没有几个亿是不行的。改制前的浙江省远洋渔业集团国有股东因为没有这个实力而望洋兴叹。现在，万向来了，鲁冠球鲁老板来了，他会有怎样的手笔？人们心里打着鼓点。

“要干就干大的。我看先造它 16 条！”鲁冠球果断地说。他那份坚定让公司员工感到了之前没有过的决心和力量。

远洋捕捞公司像开足马力的舰船，日夜为新船的打造奋力。鲁冠球有句战术名言：“要有比‘敌人’早到 5 分钟的先发优势。”用在这里，正好可以描绘那种出海征战前紧张而又繁重的备战状态。万向以 3 亿多元的投资打造金枪鱼捕捞船队的消息受到国际同行密切关注，日本记者专程来采访，拍摄造船过程。

2004 年 11 月 18 日，在印度洋洋面上，两艘 500 吨级的远洋超低温金枪鱼钓船驶入渔场，渔船舷号为“新世纪 85”与“新世纪 86”。“新世纪”号是鲁冠球取的名字，它们与先期 4 条新建的延绳钓船一起，成为万向控股后的浙江省远洋渔业集团公司首次在世界渔场出现的船队。

鲁冠球在地球仪前寻找自己船队的位置，接读来自前方的生产报告，非常欣慰。他的构想是，经过未来 3～5 年的运作，远洋渔业要成为浙江省内农业龙头企业的第一块牌子，要进入全国农业龙头企业前 10 位，真正实现以赚外国人的钱为荣，使更多渔民致富为乐。

2009 年，原国有股份退出，万向全资控股浙江省远洋渔业集团有限公司。万向三农集团还出资新成立“大洋世家”公司，发展大洋性公海渔业，重点开发利用高价值鱼类。风里浪里，大洋世家发展壮大，进入了我国水产渔业的第一集团，2021 年营业收入达到 35 亿元，公司全产业链建设和投资效益都在全国行业之首。

之前人们在说及鲁冠球“从田野走向世界”时，还是指他的汽车零部件制造产业，产品销售到了国际市场，而现在他的农业产业也走向了世界。

如今，如果你来到在舟山渔港的国家海洋渔业基地，可以看到大洋世家投资建设的全球最大、门类最全的金枪鱼加工与交易中心正在形成。通过国内大中城市连锁配送、电子商务、自营商超、海鲜超市、品牌体验店等线上线下融合的综合服务业态，越来越多的优质水产品被送上了人们的餐桌。

关于万向涉农的经历，有一个有趣的说法："鲁冠球把农、林、牧、渔都做了。"

这种视野广度显示了鲁冠球在"三农"议题上思考的格局，而蕴含其间的则是始终存乎于心的向农情怀。万向在杭州淳安千岛湖的旅游综合体的项目开发是一个很有代表性的实例。

鲁冠球第一次到千岛湖是20世纪70年代，他那时作为萧山宁围公社农机修配厂厂长来淳安参加杭州市农机配件会议。他事后这样描述："千岛湖清新的空气、纯净的湖水、碧绿的山林，还有淳朴的人民，给我留下了深刻印象。千岛湖真是块风水宝地。"

以后他又来过这里，表达与当地政府、企业合作开发旅游资源的意向。他很敏锐地看到了一种趋势，随着国家经济的发展、人民生活水平的提高，旅游业将成为新的经济增长点，前景广阔，虽然当时的旅游产业整体还处于不明朗的启动期。

1994年3月发生的游轮劫难事件给正在启动的千岛湖旅游业投下了巨大阴影。很长一段时期，景区低迷，游客不多，投资稀少，枉有手中的这片好山水，当地政府和人民很焦急。鲁冠球就是在这样的清冷时刻再次走进千岛湖，带来了万向的暖火。

经过实地考察与协商，鲁冠球决定投资5亿元，在千岛湖东南湖区的羡山半岛和与之相对的姥山岛开发建设高品位、高档次的国际旅游度假社区，并于2000年8月20日由他出面与淳安县县长签署了合作投资开发协议。据鲁伟鼎回忆，自他从1992年任职万向集团以来，由董事局主席鲁冠球亲自签署的对外投资合同，这是第一份也是唯一的一份，可见这个项目在他心目中的分量。

这也是千岛湖形成以来淳安最大的一个投资项目。它的示范与带动效应非常明显，由于万向领先，跟进者纷纷，千岛湖后来成为投资热土，旅游业发展红火，这不能不说到鲁冠球的率先作为。

万向约请国际著名的景观设计公司对区域进行规划设计。鲁冠球为此写了这样几句批示："走遍全球，设计出千古流芳、名胜奇岛。"

面对这片以石灰岩景观、果园与森林为特色的处女地，鲁冠球从一开始就告诉作业者，我们首先要做的是服务"三农"，通过旅游综合体的建设，振兴乡村，富裕农民，而不是自己赚钱。这在立业之初就和一般的房地产开发商划清了界限。如同鲁伟鼎阐明的："我们的定位是该地区的建设开发商，不是简单地把房子盖了一卖完事，更不会圈地转卖，那样农民得不到长效的实惠。我们是通过物业及物业所配置的服务功能来实现对于社区的价值。"

2004 年 6 月，区内从坪山至羡山的湖畔公路开始建设，全长 10 千米，沿线涉及村庄与果园、林地。鲁冠球特意关照，一定要把村落保护好，不要让农民利益受损。在万向征用的林地中，其中青童村的 300 亩已经租给了别人，年限为 50 年，征用协调有难度。鲁冠球小心翼翼，特别批示："注意：此事一定要妥善处理好，关系农民的承包政策，可以多花点钱，在不损害农民利益的前提下解决为好。"

在鲁冠球心中，这条沿湖路是一条绿道，它将串联起五星级度假酒店、天然泳场、游艇码头、植物园等旅游设施与景区，但它也是农民的脱贫致富之路。像青童村，原来村民进出就靠水路，生活不便，也发展不起来。只有通了路，富裕才会进门。人们很难想象鲁冠球会在这条路的建设上花那么多心思。看到设计方案，他不满意，说："路太窄，以 10 米较好，两边绿地各 1.5 米。外围的基础设施要充分看得远一点，从发展的角度来设计好。"他常常会讲他在发达国家农村的见闻，说那里大路小路两边做得树绿花美。他担心湖畔堆积的软土不结实，影响地基稳定，就告诉工程师，地基自然沉积期别人用半年，我们就用两年，确保路基不下沉。

这条路叫啥名呢？鲁冠球亲自定名——万向路。鲁伟鼎说：“路不长，用万向命名是不是大了？”他说了3次，鲁冠球都没让改。

当一条路盘活了一方山水，兴旺了一片社区，鲁伟鼎理解了父亲的苦心。他说：“我理解了，这是在选择一种业务模式，并通过这种业务模式为当地的经济、民众做出贡献，特别是强调对自然环境的尊重。在这种尊重中，我们是在预见，是在拼搏，一定程度上是在创造一种趋势，犹如现在的人们很难想象10年前我们的生活，我们追求的就是10年后这里的农民及我们自己的生活。”

很客观地看，当鲁冠球在签下千岛湖旅游开发项目的那一瞬间，他心里久怀着的“三农”情结在乐山乐水间被鼓涌了起来。他已经有了乡村振兴的粗线条蓝图。而新农村建设的遍地开花，则是在10年后了。万向是报春花，开在了繁花之前。

今天，如果有机会来到这条10千米的绿道——万向路上，最好的方式是弃车步行，停下来看看这条高标准柏油路在绿树鲜花衬映下的秀丽与宁静。沿线的青童村86户村民得益于它，出行及农产品运输变得便捷；村民在修缮后的房屋里办起了农家乐，收入增加，一条路带动了一方乡村的共富。作为通向羡山旅游景区的主通道，它迎接了慕名而来的国内外游客。

像鲁冠球在签署千岛湖投资合同时说的：

> 万向在任何一个地方将种子播下去都要使它开花结果，都要经得起时间的检验，这是一种社会责任。

我因本书写作到此间踏勘时，漫步绿道，拥揽湖山，盘旋在心间的是这个命题：选择与存在的意义。当鲁冠球把农业、农村、农民立为终生不移的服务目标，他的选择与自我存在的意义就不言而喻地依附在了这个目标上。可以用好多好多的事例去验证它，比如本节叙述的远洋捕捞和绿岛开发。

// 甘为天下农民代言

2006年3月7日，在北京西直门宾馆一楼大厅，第十届全国人大四次会议浙江代表团全体会议上，国务院几位领导同志也来到会场，和代表们一起讨论《政府工作报告》。有位领导特意点了鲁冠球的名，说："今天，鲁老板来了没有？很希望听你说一说。"

这种场面不是第一次出现。在国家一些高层会议上，只要是涉及"三农"、经济和社会生活大局的议题，国家领导人常常会邀请鲁冠球到会并指名他发言。他们喜欢听鲁冠球直来直去地讲话，带着来自乡村基层的泥土味道，以及作为农民企业家代表对于国计民生议题的真知灼见，尽管他的萧山口音很重，时常会被要求再说一遍，以便听者明白，而鲁冠球也总能不负众望，乐于在这样的场合发言，他说："现在为农民讲话的人太少了。"

被点名要求发言的鲁冠球清了清嗓子，说了一段很实在的话，他说："我生在农村，长在农村，企业扎根在农村，致力农业，情系农民。40多年来，始终不忘自己的'三农'责任。万向主业是汽车零部件，但万向创立的三农集团，从20世纪70年代开始就从事农业产业发展，80年代搞'立体农场'，90年代搞'创汇'农业，新世纪开始搞现代农业，现在万向三农有资产50亿元。虽然农业产业利薄，只是万向利润的一小部分，但我看重的是，许多农民由此获得就业和增产。"

鲁冠球说："我作为人大代表，一直关心'三农'。这次参会，我带了5份建议来，有3份是关于'三农'的。我在考虑，如何把在农村的企业搞上去，把农民转移出来。无论是乡镇企业还是民营企业，对农业、农村、农民，都应该有这份感情，我在这方面探索几十年了。"

这是实话。记得20世纪90年代乡镇企业开始蓬勃起来的时候，全国人大派的调研组到萧山，想听听基层对于为乡镇企业立法的意见和要求。

鲁冠球对带队的领导坦率地说："关心乡镇企业是好，但不要给乡镇企业立法了。眼下最需要的是给农民立法，保护农民利益。比如，有没有可能通过成立农会来实施？这个问题，才是最应该做的。”

在今天这个难得的场合，鲁冠球没忘记向中央领导同志提建议：“国家为支持机床制造业发展，对国内企业购买国产机床有税前列支的政策。那么，工业反哺农业，工业企业投入到农业项目中的资金是不是也可以税前列支？如果9亿农民都在农村，肯定富不起来。要把一部分农民转移出来，让他们拓宽渠道找到致富门路。现在城镇工人失业或者国有企业下岗再就业有补贴政策，那么我建议，乡镇企业、民营企业招收从土地当中分离出来的农民工，是否也可以享受同样的补贴政策？这样企业吸纳农民工就业的积极性就会更高。”

“我为什么乐意去搞农业，而且效益越来越好？”鲁冠球接着说，“原因就是政策到位了，这是依靠科技和加大投入的结果。现在，农业产业的效益已显而易见，而由于汽车在降价，汽车零部件原材料在涨价，我们夹在中间，竞争越来越激烈，利润空间越来越小。”

在被问及“老鲁，你现在还做万向节吧？”时，鲁冠球回答：“我们已经是世界万向节老大了。”

“但现在还是农业效益高，为什么？”鲁冠球自信地说，“因为上规模了。比如，我们的远洋渔业公司，船队到了太平洋、印度洋、大西洋入渔捕捞，利用国际资源，参与国际竞争，赚全世界的钱。”

“鲁老板，你有远洋捕捞许可证吗？”一位领导同志问。鲁冠球很有底气地回答：“有，当然有，而且是国际许可证！我们就是要解决渔民吃饭问题和人民吃鱼问题。”

话音一落，整个大厅响起了笑声和掌声。

这是一个曾经的萧山农民与国家领导人的互动对话，他把农民心里想要说的意见在国家政治殿堂上大胆讲了出来。鲁冠球说，不论在地方还是中央，他去了哪里都要讲真话，决不见风使舵。

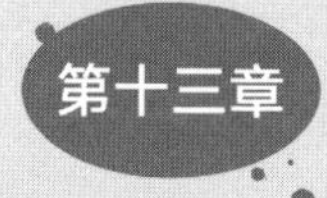

出关：
《西进宣言》

鲁冠球在办公室接待来访者

// 阳关

这是关于农民的又一个话题。

1993年初，刚刚过完春节的鲁冠球被报上“民工潮”涌动的消息所震惊。数千万农民从中西部的乡村向东部流动，寻工就业，这在一个时间段内，成为令社会上下都焦灼关注的突发现象。火车不堪运载，车厢里从行李架到厕所都挤满了人。一列从成都开出的列车到郑州时，车厢大梁上的弹簧全被压扁，最后不得不从每节车厢拉下70多人。东部一些沿海城市的车站街道，满是成群结队的民工，他们扎个被褥包，扛着编织袋，茫然疲惫的眼睛在寻找某个角落可能出现的招工广告。

数量如此庞大的民工流动，无论是对流入地还是流出地而言，带给政府的都是棘手又无奈的头痛事。也许在当时，劝堵是唯一的可施之策。在人潮涌动的码头站口，可以看到喊破嗓子张开双臂来拦截劝返民工的地方干部疲惫焦虑的身影。

但西部千万农民走出贫穷的愿望和对城市文明的向往能被阻拦吗？何况，邓小平1992年的南方谈话正给东南沿海的广大区域带来满眼生机，诱惑力无穷。

共和国辽阔而复杂的人口版图，在那个年代，那个季节，注定要发生周期性的倾斜，社会与经济的结构性变化势必会引起顶层设计者的关注，需要以新的思维和对策来均衡这种倾斜。

如果站在今天看，经过数十年的发展与改革，东部城市有了吸附、分流农民工的渠道和政策机制，外来务工人员对于城市劳动力市场的补充与优化，对现代城市的建设和对流出地经济发展的反向作用越加彰显，人们大可以慨然回答这个问题了，而在当年，它让人纠结。

“有没有一个支点，来平衡这种倾斜？”

鲁冠球虽只是个乡镇企业负责人，而且他当时的着眼点在“向东”，尝试越过太平洋向汽车主流市场美国进发，但他并没有在这个社会性大题目前缺席。秉持一份责任，他要腾出身来“向西”，他要给西部做点儿事，实实在在的事。

由于他自己的经历，有一点鲁冠球是最明白的：要缩短东西区域的贫富间距，留住农民外出务工的脚步，一定不能是也不可能是一般意义上的扶贫。“授人以鱼，不如授人以渔；授人以渔，不如授人以欲。”应该向西部投资，设定开发项目，将东西部的技术、资金、资源、劳动力等生产要素有机结合起来。这可以包括以兼并、合资、收购等市场手段联合一批西部乡镇企业，开发新产业，再造新发展。

鲁冠球的脑海里形成了这样一个愿景，如果因此能在西部地区再造一个乃至几个“万向集团”，就可以给成百上千的农民提供就业机会，助力地方乡村经济发展，就像他当年的谋生渴望，只是铁器社一份打铁的力气活。

鲁冠球决定拿出 1 亿元在几年内投向西部。万向 1993 年的总资产是 5.7 亿元，固定资产投入为 5500 万元，要以接近这项投入额的 2 倍放到西部那个陌生遥远又风险难料的地区，尽管那里蕴藏着巨大的资源与机会，集团里很多人还是不理解、不放心。而鲁冠球主意已定，“虽千万人吾往矣”！

作为先声，1994 年 8 月，万向集团先后在《人民日报》《光明日报》《经济日报》等全国性报纸刊出了《西进宣言》，公布了以 10 万元重奖，诚求市场化西进谋略的征文告示。那么大动静由一家民营企业来发动，引起了学术界、经济界人士的广泛关注，也诱发了共同研究西部、关心西部的社会舆论氛围。据统计，这次收到征稿 300 多篇，文字总数超过 120 万字。

就像《西进宣言》上那句慷慨激昂的诗："不信西风不催春，只缘东隅栽花人。"钱塘江畔的农民企业家开始书写一部新《西行漫记》。这里省略笔墨，不再展开实例，在本书下部第二十二章我们还可以读到一些关于万向西行的有趣故事。值得记载的大事是，在鲁冠球西进计划 5 年后，整个国家的西进计划启动了。

1999 年 9 月，党的十五届四中全会提出"国家要实施西部大开发战略"。同年 11 月，党中央、国务院召开经济工作会议，部署 2000 年工作时把实施西部大开发战略作为一个重要的方面加以推进。

鲁冠球"西望明月"，兴奋于西出阳关从此不再孤寂。

// 山海关

万向集团的《西进宣言》刊出后不久，刚调任黑龙江省委书记两个月的岳岐峰看到鲁冠球"气魄宏大"的"西进计划"非常赞赏，他在黑龙江政府全体会议上要求各地抓住机遇，吸引南方经济发达地区的企业来参与黑龙江的开发和建设。他寄语鲁冠球："你西进，也欢迎你北上！"

事关东北振兴，鲁冠球回报以一腔热情。不久，鲁冠球带队去了东北考察，之后万向团队又多批次地前往调研、会商，最终确定了多项投资计划。

出现了这样一幕：在冰雪四围的小屋，60 多岁的岳岐峰和 20 岁出头的鲁伟鼎一对老少盘腿坐在炕上，热议着万向投资当地的话题……

谁言"投资不过山海关"？

第十四章

大同：光照公益路

20 世纪 80 年代，鲁冠球在办公室

// 三生万物，万物花开

在范仲淹故乡苏州吴县（现已撤销）范氏义庄的古屋长廊中，一个苍老温婉的声音近千年来一直在回响。这声音沿着运河也传到萧山涝湖村的陈氏义庄，那村子便是鲁冠球的老家。

范氏有个善举：捐田地 1000 亩建义庄，其所收地租用于赡养同宗族贫困成员。这是中国历史上的首创。范氏义庄历经了许多代，到清末还有 5300 亩，运作得很好，持续了 800 多年。

萧山涝湖村的陈氏义庄在村子东门外的崇德堂，是晚清时建的，由陈铣捐田地 300 亩而成。其运作方式与苏州范氏一般，也很有功绩，光绪年间朝廷还授了“乐善好施”的匾额。小小涝湖村，清清的河道两岸，还有陈氏永思堂义庄、张氏义庄。

在萧山县城十字弄，塘湾村富商施凤翔遵依父命，捐了庄屋一所，田地 1000 亩，设立了施氏义庄，获“承先裕后”匾额。《施氏义田记》中这样记述：“施先生复仿范希文遗制，置义田千亩，以赡族人，使入学有费，婚嫁丧葬有资，鳏寡孤独有养。”

范仲淹，字希文，北宋杰出政治家、文学家。他写《岳阳楼记》是庆历六年，即 1046 年，已 57 岁了。文中的名句承载着他忧民爱民的情怀。绝世名篇从范氏义堂传出，声音已显苍老，但其间温慈的情怀，一直深刻地鼓励后人，去护爱普天下黎民，去做更多的善行义举。

先天下之忧而忧，后天下之乐而乐。

1984 年，也就是鲁冠球实行联利承包的第二年，万向有了些积累。鲁冠球第一想做的事便是修路。厂子前面的万向路，那时是一条 1 米多宽的泥路，晴天扬尘，雨天积水，员工、村民都叫苦不迭。他和乡里书记商量：“修条路吧！”于是，万向出资 16.5 万元，修了一条便民路。

厂子前头的老桥失修多年了，又小。鲁冠球说：“南北往来，这桥该修的，索性建个大的吧！”掏了 17 万元，修了座能过汽车的桥。

自家村里，也慢待不得。金一村书记把他找来，修了条村道，顺便也把河道疏浚了，花了 17 万元。

如果鲁冠球做的善事仅止于修桥铺路这类公益，即便用的款额再多，也还是继续历朝历代乡绅贤达都会做的事，算不了啥。鲁冠球着眼的是，当自己办了企业，走上了乡村工业化的路，改变了贫困生活，应该把这个机会也同样提供给村里的乡亲，让共同富裕成为可能。再说，自己办厂起家一路走来得到村里不少支持，自己不是知恩不图报的人。

鲁冠球在他简朴办公室的墙前立定，面前是萧山行政区划地图。图上北片的宁围镇，向四面放射开去 11 个自然村，那时叫大队，他给其中的 9 个村圈上了点。他的计划是，给这 9 个村分别建一个厂，作为万向节厂的分厂，接受总厂给的产品粗加工业务，收益都归于分厂。

这是一次很大胆的产业扩散，也是一次很大的企业让利。一时间，因为有了万向的带动，宁围平地建起了 9 个村办企业，速成了他们走进工业企业的路径。

我在阅看鲁冠球办厂早期的日记本时，发现一页记载，上面给这 9 个分厂依次排出它们的状态，比如，哪个厂抓一抓能上去，哪个厂完全没办法推进……他都列得清清楚楚，看得出他在这上头用了很多心思。

几年下来，写在本子上的村与村之间的这些差异明显扩大了，一些村办企业缺乏人才，经营能力差，效益普遍不好。想栽花而花不开，这逼使鲁冠球在认真分析后有了新的计策。他建议，不如各村把村企折算成资产，投资入股到万向节总厂来，由总厂进行直接营运管理，然后各村按资本金分享万向的收益和福利待遇。这样一来，9 条小船都上了大船，每个村都乐意，村集体经济因此有了现成收益，壮大起来，许多村民也同时成了万向员工。2010 年，宁围乡有的村一年所得红利超过 300 万元，成为村集体和村民的一笔重要收入。这种向心式要素集聚，也让万向总厂取得了现成的土地等生产资料及本土劳动力，扩大了经营规模。九好加一好，就是十好，实在的好。

看到宁围村办分厂成功归拢，一些办不下去的乡办企业，如客车厂、棉花加工厂、家用塑料厂等也坐不住了，那种"贷款办厂子，职工拿票子，企业空壳子，乡里背债子"的现状不能再继续，乡里希望鲁冠球也接过去。鲁冠球又乐呵呵地挑了起来，通过兼并、承担债务、购买等形式，将它们先后纳入万向，实现了乡集体经济的整体优化。

一个企业，改变了一方土地。一个先富，带动起区域性的共富。鲁冠球默默无声地将万向做成了乡村脱贫致富的动力原点，帮扶行动像一石击破水中天，波纹一圈圈在属地扩大开来。

万向的慈善事业，同样经历了由属地的一个点向周边的面渐次散射的发展路径。

一天，鲁冠球给万向人力资源部安排工作："你们下去调查一下，看看宁围乡里、萧山县里有哪些人需要长线的救助？把底摸清楚。"

走访的结果是，最需要帮的是这四类：孤儿、特困生、残疾儿童和孤寡老人。

鲁冠球说："如果做慈善公益要讲精准的话，我看就从这四类帮扶对象开始，在萧山和省内，由近到远地各帮扶 100 名，让他们成为固定救助对象。”

这就是万向公益事业“四个一百”工程的开局，即资助100名孤儿成长，100名特困生完成学业，100名残疾儿童学习与生活得到保障，100名孤老安享晚年。

参与该项工程的相关人员这样回忆事业的开端：“我们选定在萧山和丽水市的莲都区这两个点寻找救助对象，通过联络当地民政部门和慈善机构，看看哪里、哪些人最困难，然后一家家实地走访，随机抽查，厘定标准，还要剔除作假的，最后开会宣布落实。程序很烦琐，工作量很大，最终把救助对象确定，报给了主席。主席批下这个报告时显出从未有过的高兴，说我们做公益、造福社会的事业这就有了开头。对万向来说，只是一笔钱，但对救助者，那是有了一个明天哪！”

不难想见，当一个个困难者、失助者忽然拿到每年数千元不等的补助，会是什么心情，且这补助不是一次性的“飞鸽牌”，而是“永久牌”，孩子被帮助到18岁成年，学生被帮助到大学本科乃至硕士毕业，老人被帮助到生命终了。

这是一个美好的预示：400个生命个体，因为万向而不再贫困无助了。

到2006年，扶助人数超过400个了，鲁冠球盘算着该把受益面扩大，扩大到浙江全省，从“四个一百”做到“四个一千”。

很快，“四个一千”的公益范围就覆盖了浙江全省。万向慈善公益工作人员到了除市政府所属地以外的每一个县区，连最偏远的舟山嵊泗列岛也跑到了，救助对象不断增多。按照鲁冠球接下来的计划，是继续向省外扩大，为以后进入“四个一万”打好底子。

就在这时，2008年5月，汶川特大地震发生了。

5月13日，震后第二天，万向做了几件重要的事：由集团向地震灾区捐款1000万元；集团员工个人自发捐款捐物累计525万元，其中包括万向海外企业的员工捐款；组织团员青年自愿献血；妥善解决受灾地区万向企业员工家庭的生活困难；还有，最重要的一条是，提前启动“四个一万”工程，把支援灾区与常规性公益救助结合在一起。

“四个一万”，那可是4万人的庞大数字啊！从哪儿开始？

在办公室，鲁冠球蹙眉凝视摊在桌上的中国地图，停顿良久，他手里的红铅笔最终画在四川、重庆、甘肃、陕西这4个受灾省（直辖市）上，然后果断地将铅笔一扔，说：“就从这里开始！”

万向，它只是一个企业，它有点儿钱，但毕竟有限。人们会在政府应急部门看到的这类场面，如今发生在一个窗外机声轰响的东南民营企业的总部。所有与会者都感到了使命的神圣与责任的不可违。

鲁冠球批准的救助计划是，向灾区最困难的地方捐款2500万元，用于救助帮扶对象，捐款分10年，每年250万元，直接发放到受助者手上。

带着这份计划，工作人员匆匆赶到四川。当时来自全国各地和海外的救助者云集，当地相关机构受理流程较多，为了尽快把救助金送下去，鲁冠球指示：“你们直接去县里，给真正需要的人！”

沿着大地震受灾带的崎岖道路，万向工作人员像一台扫描仪在地域广阔的灾区发现和寻找需要救助者。工作人员回忆道：“在西安，我们跑了7个县，寻访和落实受助对象。一位副省级的领导跟我们一起走访，把救助金送到受助人手里，有些老人跪下来感谢，场面非常感人。就在2008年当年，灾区4省（直辖市）有5600个救助对象进入万向的‘四个一万’工程。”

“四个一万”是个流水盘，救助对象有进有出，有的孩子成人了，学业结束了，有的贫困的人摘帽了，但摘帽不摘政策，脱贫不脱帮扶，万向继续将公益向新的有需要的层面延伸。到2022年，纳入万向帮扶点的有全国222个县区，至今已救助5万多人。据统计，从1969年至2017年，万向累计公益支出达到87.06亿元。

从本乡的“四个一百”，到不出省的“四个一千”，到覆盖全国的“四个一万”，鲁冠球的“公益波纹”一圈圈地扩大，贫困面有多大，他的爱心圈就有多大。

不知道该怎样形容这美丽漾开着的“四个一”爱心圈，好希望找到一个词来定义这幅道德美学图。

在《道德经》中，老子曰：“道生一，一生二，二生三，三生万物。万物负阴而抱阳，冲气以为和。”

在和与均的天地里，鲁冠球从爱心发轫，由一而二而三，接通万物，让万物开放出各自美丽的花。

// 心里总是装着穷人

鲁冠球 16 岁那年，还在上初二，放寒假时，家乡正遇上一股寒流，一场大雪，冷得人发抖。回家路上，经过西江塘堤“八个坟”时，忽然从一个空生廓[①]洞里传出惊惶的尖叫声，鲁冠球给吓得半死。

“谁？谁在里边？”鲁冠球一声大吼，怀疑遇到了坏人。

小孩的哭声传了出来，一个妇人哀求道：“同志哎，我们不是坏人，是贫农，家乡苏北闹灾荒，出来要饭的，我们有大队证明，赶上这么大雪，又快过年了，回不去家了，求求你行个好，给孩子一口饭吃吧，我们快冻死了……”

眼前这一幕，也让鲁冠球顷刻“冻”住了。愣了一会儿，他转身抓住自行车手把，飞也似的骑回家去。

“大妈，给你送饭来了！”不一会儿，鲁冠球气喘吁吁地钻进洞口，拿手电照着，从口袋里取出两个饭团，送到母子俩手里。

他还从车架上解下一捆稻草，给他们垫上，又把草包拦在洞口挡风。

① 空生廓：砖砌的坟廓，准备埋放棺材。

这一夜，少年鲁冠球翻来覆去没睡着，老想着风雪严寒中那对母子，甚至恍惚觉得那孩子已经冻死了。

他一骨碌翻身下床，在娘房间柜子里翻了个遍，想找到值钱的东西。

他果然发现了一对小锡烛台和一只银手镯。他拿在手里，掂量一会儿，没再迟疑，将它包好，一扭头出去了。

"大妈，这点儿东西你去变几个钱，早点回家，孩子爹爹、爷爷还等你们过年哪！"

妇人一听几乎傻愣住了："不，不，使不得，你家里人知道了会打死你的！"

几天后，当母亲得知柜子已经空了，真个撩起手来想打他。鲁冠球跪了下来，扯住娘的腿："打吧，打吧！妈，你好消消气。我是心疼人家母子，快冻死了，能不救吗？"

鲁妈妈也哭了，她的手打不下去。只听鲁冠球说："妈，儿子对不起你，等我长大了，我打副金手镯孝敬妈！"[①]

很多年后，鲁冠球眼前，那个苏北要饭大妈得到手镯后的感激眼神还一直在晃动。一对将要倒毙于风雪中的母子因为获救而显现出的激动，让他感到这世界该有多少值得去做的好事！

以前穷，偷了娘的镯子。现在富了，自当把更多的"镯子"拿出来，接济天下。

2008 年 4 月 28 日，鲁冠球在《钱江晚报》上看到一篇报道，讲到泰顺县柳峰乡卓宅村一位卓姓村民给村里建希望小学校舍时，不慎从房梁上摔了

---

① 本节素材来源于《鲁冠球少年时》，许胤丰、来载璋编写，杭州：浙江少年儿童出版社，1988 年。

下来，造成瘫痪。他妻子是从贵州山区嫁过来的，看这家境无望，带着乡社捐助的 3500 元出走了。家里上有老人要赡养，下有一对儿女要抚养，几乎陷于绝境。

第二天早上，鲁冠球把集团党委办的工作人员叫到办公室，说：“这户人家很不幸，你带人马上去看看，情况属实的话可以考虑纳入救助。”他还特意关照，报上说，卓家儿子讲，家里已经好久没吃过肉了，去的时候带上几斤肉，别忘。

那时从杭州到温州泰顺的 450 多千米的路并不好走，尤其是泰顺段山路蜿蜒，道路时常坍塌，但为了落实这件事，工作人员半个月里先后去了三次。

第一次到村里，工作人员顺山坡走近卓家，看到那是一排老木梁结构的两层长屋中的一间，100 多年历史了，几近坍塌。那位卓姓村民瘫痪在床，生活不能自理。老人已年过八旬，女儿和儿子因此辍学，情况确实困难。

鲁冠球即刻同意将这一家纳入万向“四个一万”工程，每年资助总数 7500 元，包括资助姐弟俩上学，此外，更要帮他们盖一间新房，预算 20 万元。

考虑到这一家困境见报后可能会得到其他救助，鲁冠球特别指示：“注意，不要和别人争，要做的事情太多了，我们尽量做别人不做的小事。”

万向工作人员第三次进村时拿了刚绘制的新房建筑图纸来，还把施工的各项要点细细和村里交代了，落实了。

3 个多月后，一栋白瓷砖饰面的 3 层小楼在卓家危房旁建立起来了，里外蹦跶的姐弟俩没法相信，家里做梦一样忽然有了彩电、风扇、席梦思、卫生洁具、煤气灶，就像在城里看到的人家。

卓宅村也好像从来没那么欢腾过，为新屋落成，办了全村的喜席。

还得提一笔，在规划建房时，村里书记说自来水接不上，原来的一个水渠太小太老了，容量不够。万向说干脆也给村里建一个大的，让全村都用上，这又多花了 2 万元。和每家每户一样，卓家水龙头拧开后哗哗流出的，就是新水渠供来的清澈山水。

有了助学帮扶，姐弟俩重新回到了学校。姐姐期中语文考了 89 分，数学考了 87 分，她说不是太好，争取期末都要考到 90 分。她给万向写信说："我最大的愿望就是继续好好学习，考上大学，报答帮助过我们的人。"

鲁冠球读到了来自偏远山区女孩的信，高兴地说："我只想让孩子接受应该有的教育，健康快乐地成长，不希望他们有感恩的负担。"

我在记述上面这个故事时隐去了受助者姓名，这也是遵循鲁冠球做公益的一个规矩，要尊重受助人，保护他们的隐私。在接下来的叙述中，凡涉助人均用了化名。

从泰顺西行，穿过浙南武夷山脉，便是丽水市莲都区的一个乡村，女孩严美慧就生活在这里。她在 6 岁那年失去了双亲，由爷爷奶奶带她生活。2000 年，万向实施"四个一百"工程时，工作人员在区民政局干部陪同下到她家探访，只见瓦房泥墙有的已经坍塌，真的是家徒四壁，靠 80 多岁的爷爷奶奶栽点儿蘑菇勉强过日子，一斤蘑菇才卖 6 分钱，够派啥用场?

严美慧很快就被列入万向"四个一百"工程资助对象，万向向她提供每年 5000 元的资助金。万向对她长达 8 年的多方面帮扶与支持也由此开始了。

万向的工作人员像家人一样关心严美慧，书信来往，嘘寒问暖。遇到不顺心的事，她也会跟万向的叔叔阿姨诉说。上高二那年，一次考试她没考好，情绪有点儿低落，又加上发了一脸青春痘，觉得难见人，更加心思不宁，言语间露出厌世的情绪。

万向这边一看急了，马上写信去劝慰，鼓励她振作起来，正确面对青春期的各种问题。接着，又派人到她学校，当面与她谈心，给她鼓劲，还几次到她几任的班主任那里反映她的实际困难，要学校一起来体察她的情绪变化，因势利导做好工作。万向又主动联系当地民政部门，设法多给她一些资助，解决她的实际困难。

一个家长给自己女儿做的事，万向都一一做了。

2005 年，严美慧高中毕业，顺利考入了杭州万向职业技术学院。万向工作人员给她寄去买火车票的钱，还对她实施了“一个鸡蛋工程”，保证她每天能吃到一个鸡蛋，有足够营养，并一直管到 3 年后毕业。

在学院读书 3 年，洋溢着青春力量的严美慧积极上进，她勤读书，苦钻研，团结同学，热心公益，一直很出色，还获得了学院一等奖学金、国家励志奖学金，被评为学院“自立自强十佳青年”、浙江省优秀大学毕业生。

2008 年夏天，在万向职业技术学院的毕业典礼上，严美慧身披学士袍、头戴方帽和同学聚集在一起。人家的家长都来了，唯有她，没了父母，孤儿一人，有点儿失落。她下意识地注目入场口，等待着，看是否有奇迹发生……

真的看到了，她看到笑容满面的万向代表作为她的“特殊家长”来了，带着鲁冠球送来的祝福。

毕业典礼有一项议程是“向优秀毕业生家长致敬”。此时，严美慧百感交集，她一边说“感谢万向 8 年来对我的资助”，一边把自己制作的一束鲜花送到“家长”手里。

鲁冠球每天都会收到很多信，求助求援。他会很仔细地看完它们，然后交给公司慈善基金会秘书处，有些还加了批语，但这封来自山西的信，他一直留在桌上，拿起放下，放下拿起。

左权县，麻田镇。

一个画面在他脑际展开——

1942 年 5 月 24 日，因带领八路军总部从日军的突袭中突围，一位 37 岁的年轻将军在指挥队伍“卧倒”的呼喊中，被日军飞机俯冲投掷的炸弹击中，英勇殉国。

他就是左权，八路军副总参谋长，也是抗日战争中八路军牺牲的最高职务的将领。

他倒下的地方就是麻田，属辽县，后为纪念这位抗日名将，县名易为左权县。

信是麻田镇委书记和镇长联名写的，陈述了他们镇的困难，希望获得万向的资助。令人注意的是，这样的信，几乎是原文原样，一次次地写过来，万向没有答复时他们接着写；万向给了答复，表明去那里投资扶贫有实际困难后还是不停地写，不止写给万向一家，杭州其他企业也收到同样的求助信。3 年间，万向先后收到的麻田来信有 15 次，字数上万。

这种“疲劳战”式的求助通常给企业带来很多压力，也增加了决策的难度。企业做公益终究是在力所能及的范围内，办公室考虑明确回复难以施助。

“再想想！”鲁冠球在婉拒信发出前叫停了。他决定，派万向发展部经理与慈善基金会的负责人专程前去左权县麻田镇实地考察、调查。麻田的扶贫计划也由此摆上了鲁冠球的案头。在审阅多项扶贫方案后，鲁冠球选择了直接让贫困户受惠的计划，确定有特殊困难的 6 户为帮扶对象，由万向资助每户平均 3.5 万元，共 21 万元，协助他们建房。

5 个月后，鲁冠球回应麻田镇的再三要求，同意资助扩建镇卫生院，所需 30 万元全部由万向出资。鲁冠球特别提醒项目实施管理人员：“必须实实在在用在医院建设上。到时去验收结清，了结。”

万向的慈善公益有一个属于自身企业的特有做法：投资业务做到哪里，就要把扶贫公益的工作做到哪里；你是一个业务经理，也许同时又是个扶贫项目经理，不能“灯下黑”。这是鲁冠球的一项创造。

万向德农种业公司的业务经理现在正走在助学扶贫的路上。

本书第十二章说到的甘肃张掖，那里的甘州区沙井镇先锋村九社是万向德农优势制种基地。有一户李姓人家，夫妇两个原在家里 25 亩田地上种植制种玉米，用传统方法自然生产。由于市场行情起落，价格不稳，收入很难保障，需要靠养殖和闲散时外出打工来补贴家用。家里的土坯房前院住人，后院养牲畜，条件很差，在村里被列入一般贫困户。

万向德农在这里建立制种基地后，李家加入了公司的订单农业机制，按公司下达的种植计划和交售合同，每亩地确保能拿到 3000 元，比原来增加了将近一倍的收入。加上空闲时的其他劳务收入，李家一年总收入有 10 万元，这就改变了贫困状态，生活明显好起来了。

但这家依然很困难，因为家里有一对会读书的姐弟。姐姐在师范学校读书，弟弟李家乐还是个学霸，2018 年考入了清华大学。家里一下子出了两个大学生，高兴之外又有苦恼，很难同时支付两个孩子的读书费用。

正在村里做制种基地业务的德农种业公司工作人员听说这事，就和村里一起实地调查了解，确认这一家符合资助条件，决定给李家乐每年 5000 元的助学金，一直到他读完本科，如果连读硕士，一样资助。

听到这个消息，李家乐放下担忧，“乐”了起来，开开心心地去了北京上学。

沙井镇的老百姓看到万向一方面通过建立育种基地帮助农户脱贫，一方面又主动为农民子弟的读书求学提供资助，说真像将两颗种子一起播下，一个收获在当下，一个收获在明天。

万向慈善基金会的负责人解释，这种将产业扶贫和助教扶贫结合起来的做法体现了鲁冠球的一个重要关注点：要注重精准扶贫，特别是要重视教育扶贫，阻断贫穷的代际传递。

在张掖的甘州、临泽、高台等县区，万向在推广制种基地、实施产业扶贫的过程中，都在实行这样的教育扶贫，有许多农家子弟像李家乐一样考入大学，北京大学、中国人民大学都有。

鲁冠球很早就将支持农业和农村的技术、智力开发作为一条扶贫的重要途径。

1995 年，万向出资参与发起浙江省农业技术推广基金会。2004 年 6 月，基金会负责人上门找鲁冠球，问万向能否再出资 1000 万元。鲁冠球二话不说就同意参与，说："好，1000 万元！做农业技术培训，建立一支好的农技师队伍，对发展现代农业太重要了，我该这么做。"

从 2004 年至 2009 年，万向先后 3 次给农技推广基金会投资，总计达到 3000 万元。这么一大笔资金放在基金会账上，怎么来运作与管理呢？这让组织者有些犯难。

还是鲁冠球给了办法：就把这笔资金放在万向，按约定利润率分利，确保基金增值。同时，万向还设立了给农机手、农技师奖励与培训的"万向奖"。

万向内部有人想不通，说："万向的 3000 万元成了基金会的 3000 万元这不算，还年年给红利，等于给它打工，值得吗？"

鲁冠球批评这个说法："就当我们是给农民打工，不应该吗？我们尽责帮着管理，让基金积累更多，不也是我们多做了一份公益？"

鲁冠球这一助他行为，也为万向资产信托管理开辟了新门类，为公益基金的超速增值开了先河。

公益扶贫在资本的介入下有了全新的格局。

// 万向文化"公益版"

万向集团管理着面向全国的公益慈善事务的秘书处办公室不大，3 张桌子，但连接的是 4 万多位救助对象和遍布全国的救助点，忙碌可以想见。有那么多的资讯要跟踪，有那么多求助的、感谢的信要回复，通常的办法，就是用制式信函填上收信人名字一一发出去。

鲁冠球看到，给扣住了。他说："要尊重每一个来信者，他们提出的问题、表达的意思都不同，不能用一种统一的格式文字把人打发了，要一把钥匙开一把锁，要一对一地单独写。"

于是，万向发出的回信没有一封是一样的。

鲁冠球特别强调要追踪关切，不要信回了或者钱给了就完事了，要看看执行的情况。如果依然困难，就要再追加，确实好了，脱贫了，就可以把帮扶额度调整到有需要的新对象上去，用他的话说就是："既要栽好树，又要等开花结果。"

2014 年，在宁夏银川资助点，秘书处调查访问了一个贫困乡镇回来，计划每年给 20 万元扶贫资金，报上去的材料详细陈述了理由。没想到，鲁冠球看了报告批示："可以追加到 40 万元一年。"

秘书处工作人员回忆说："鲁主席看报告很细，有时，他会拿计算器把数字加加减减，如发现这一家确实困难，就会主动追加。"

按照鲁冠球的要求，秘书处每年必须做两份扶贫公益计划，上下半年各一份，列明资金数额与用途去向。这计划与万向集团当年的发展规划和预算同步讨论确定。

这已经是万向的一个既定原则：像规划企业经营那样规划公益投入，把企业的社会责任放在与经济效益同等重要的位置。企业越发展，水涨船高，投向公益的精力也就越多。

鲁冠球给慈善公益秘书处办公室写有一句话："低调是慈善的基本法则。"

他反复提醒，不是为了宣扬我做了慈善才去做。不要去抢人家也想做的事，要去做没人做的事。有些对象，通过媒体传播，很多人都知道了，不是我们一家会去关心，如果人家想做，就不要和人家去抢，天下的好事做不完，既然有人做了，说明问题有望解决了，我们可以去做别的事。

所以，万向在这个领域总是“少说话，多做事”。有时，做了也不说。

福布斯也好，胡润也好，做慈善排行榜，每次发来表格，万向一概不填不报。鲁冠球说：“他愿写是他的事，他怎么写也是他的事，我们不去较真儿。”有时候，对方自行公布的数字有差错，把万向的数写少了，办公室问是不是要去纠正一下，鲁冠球说：“不用去找，本来就不是我们提供的，他们爱咋写就咋写，我们也不为这个。”

全国性的一些慈善奖项，万向也不去申报，甘于默默无名。

低调做慈善，还包括要甘于承受委屈。

有一年，秘书处工作人员去湖北看望受助学生，随身带去送给他们的台灯、笔记本等文具用品，满满好几个行李箱。办理登机时，怕行李超重，他们想请同在办登机、没啥行李的两位旅客代托两件，结果被拒绝，还被反问：“谁知道你们是不是恐怖分子！”

当事人很委屈，连忙解释说：“我们是做慈善，给孩子带的礼物，也是想省点运费，我自己就在飞机上，怎么会是恐怖分子呢？”

这件事由办公室邵林林写进了一篇文章，登在《万向报》第三版的一角。谁知鲁冠球很快就看到了，把他叫去问个究竟。邵林林纳闷了，听说鲁主席看《万向报》只看一、二版的重要新闻，这不是在第三版吗？

邵林林这样叙述面见鲁冠球的经过：“我进去，看主席的桌上放着那张报纸，他刚把眼镜摘下来，眼睛红红的。他问我事情的经过，我一五一十讲了，他听完，轻轻摆了下手，说知道了，你走吧！我正要转身，看主席拿眼镜的手在抖，泪流满面，我吓坏了，因为从没看见过主席流泪，我没见过，大家都没见过，他是个很坚强内敛的人，怎么会……我战战兢兢地出来，想为啥呢？是心疼我们受委屈，想省点儿运费结果被人误解，还是为做慈善还不被社会理解而伤心？不清楚，我只知道他很难过，他哭了。”

我在翻阅鲁冠球的笔记和手稿时，随处可以看到他对慈善公益事业的文字表达：

人活在世上少一点儿占有欲，多一些成就感。占有是有限的，成就是永恒的。

1997 年 8 月 9 日

我的财富不是为了满足一个人、一个家庭对物质的欲望，而是用于更广大、更有益于社会的事业。

2007 年 5 月 7 日

有生之年，第一，修桥铺路；第二，发展生产力；第三，帮穷人解困。

2010 年 5 月 14 日

金钱的真正力量在于施与。

2016 年 1 月 5 日

他的财富观以及他为实施扶贫济困所做的事、所用的方式、所坚持的理念，形成了属于万向的“慈善文化”，成为因篇幅未能录入的《万向文化》小册子的“公益版”。

// 一场关于“力所能及”的报告

2003 年 3 月，在飞往北京的航班上，鲁冠球从公文包里拿出一份他写的人大代表建议稿，仔细斟酌起来。将在第十届全国人大一次会议期间提交的这份建议，题目是《关于正视当前经济社会中“仇富”“嫌贫”现象的建议》。

这是鲁冠球继担任第九届全国人大代表后又一次当选。为了这份建议，他做了很多准备。社会上出现的贫富差距让他警觉：一方面，有些企业老板为富不仁，用不良手段赚钱，有些在企业转制过程中转移和侵吞集体资产，群众愤怒不平，有些人有钱了挥金如土，赌博，养“小三”，欺压和瞧不起穷人，引发群众不满；另一方面，一些收入少、没门路的人，仇富心理膨胀，甚至用违法手段发泄怨恨与不满，侵毁人家资产，伤害人家性命。每每看到这些，鲁冠球总是心痛不已。

“我把贫富矛盾激化的问题拿出来说说，行不行？”他问过自己也问过别人，最后还是决定说。他觉得要敢于发声，引起全社会的关注，来解决日益严重的贫富差距问题。

鲁冠球在陈述了贫富差距现象后写道：“‘仇富’与‘嫌贫’这对孪生‘癌细胞’是在经济快速发展中容易出现的两种极端的民心、民情，不加以有效化解和诱导，往往会构成一些破坏性的社会心态，产生叛逆、敌对、暴力等一系列引发社会不稳定的行为，给国家和社会特别是百姓安居乐业带来重大危害。”

他建议，要建立和完善相应的法律，使公有制财富创造者和持有者以外的公民，不论财富多少，都纳入法律保护的范围；要加大对私有财产保护的普法宣传力度，形成一种社会共识。

要通过公共舆论与媒体引导缓解上述两种情绪的对立，调和社会冲突，避免矛盾激化，使“仇富”者、“嫌贫”者找不到共鸣点与生长点。

“说一千道一万，化解‘仇富’‘嫌贫’这个社会矛盾对立的唯一正路，就是在观念和制度上倡导以富帮贫、扶贫的社会风气，推动实现共同富裕。”

2009 年，鲁冠球对《三联生活周刊》说：“一定要周围都好，你的企业才会好，农民都富裕起来了，你的富裕才会持久。”

在一个相当长的时间段里，鲁冠球聚焦于共同富裕的题目，讲了很多话，做了很多事。他在多次“特殊党课”上来宣讲作为共产党员在追求共同富裕的事业中的特殊作用。

2010 年 7 月 1 日，在中国共产党成立 89 周年纪念大会上，鲁冠球在题为《打造责任竞争力》的报告中说：“企业承担社会责任从一种美德变成一种必需，一个包含了社会责任因素在内的全面的责任竞争时代已经到来。企业只有实现经济、环境和社会效益的平衡发展，对整体利益、长远利益、公众利益全面负起责任，才能够在责任竞争的时代赢得优势。”

2011 年 7 月 1 日，庆祝中国共产党成立 90 周年的大会，鲁冠球在题为《为共同富裕做力所能及的事》的报告中，又一次讲了企业的社会责任。他说得很实在：“‘共同富裕’这个课题太大了，我们能做的太少了，我们只能量力而行，但同时，我们必须尽力而为。”

那我们的力在哪里？力有多大？是不是都拿出来“尽”了？他的讲话围绕万向发展史做了生动又深刻的阐述，结论是：

> 同志们，富裕是一个动态的概念，今天我们实现的可能是低层次的富裕，明天我们要努力的是更高层次的富裕。人类的历史从一定意义上说，就是一部追求富裕的历史，只要人类还在，对富裕的向往和追求就不会停止。
>
> 所以，我们为共同富裕所做的努力，也是一个动态的过程。我们的富裕层次愈高，我们的社会责任也愈大，我们能够贡献的力量也愈多。这将导致我们未来还会做更多更有意义的事，服务于社会。

在 2015 年 11 月中共中央、国务院做出关于打赢脱贫攻坚战的决定的许多年前，作为一个民营企业的领导人，鲁冠球已经有了这份责任意识，走到了这场战役的前沿。

鲁冠球有一幅手书，充满了博爱的情怀与交互的哲理：

天之有德于人，不可忘也。我们每时每刻都在得到爱，也都在付出爱，爱是互动的，是发展的，是永恒的。

一点一滴的善心，乘以六十亿，地球会变成爱的海洋；再多再大的灾难，除以六十亿，困难会显得微不足道。互爱互助，是责任更是收获，帮助了别人，提升的是我们自己。

// 回访，且看树长高了

回访，对于万向“四个一万”工程的执行者，是工作的必需流程，也往往是收获的快乐旅程。

三生万物，笑看花开。

鲁冠球最高兴的是看到这花开，每次做慈善扶贫的同事回来，他就要听汇报，而且要详细，每每听到某某地方某某人因为受到救助，脱贫了，出息了，他都会高兴地笑起来，连声说：“好，好！”

他甚至会问，以前你们去时，那条山路拓宽了没有？砂石路铺了柏油没有？帮种的树长高了没有？

截至 2022 年 12 月，由万向设立的覆盖全国 222 个县区的帮扶点，及累计 5 万多个救助帮扶对象，都有机会接受集团慈善基金会不同方式的回访，在回访过程中，万向会追踪老问题，发现和解决新问题。

本章前面写到的泰顺县柳峰乡卓家就是万向多次回访的对象。

在住进万向帮助盖的新房后，这一家生活发生了很大变化。万向一直关心着他们，还给他家装了电话，以便随时可以联络。

日子一天天过去，卓家姐弟都长大了。家里也发生许多变故，受伤的父亲和年迈的爷爷先后去世，母亲依然杳无音信，姐弟俩在万向的资助下读完了中学，人们很想听到他们考入大学的消息，这也是鲁冠球希望的。

万向慈善基金会秘书处工作人员再次回访泰顺县柳峰乡卓宅村，得知姐弟俩已经先后离家，分别在上海和江苏做美容美发，没读到大学。

鲁冠球听了“唉”了一声，很平静地说：“我们只是希望看到他们成才，不是读了大学才叫成才，他们能自谋出路，自食其力，就是对社会有益，就好了。”

2021 年秋天，我来到泰顺县柳峰乡卓宅村。这也算是代万向的一次回访吧！

村支书、村主任卓尚泽领我走进了卓家。老奶奶在房前院里晒太阳。绛红色外衣衬托着健康的肤色，一脸慈祥。2008 年万向出资盖的楼房还很新，楼前的甜槠树也长老高了。和它挨着的那栋旧房子更加风残欲倾。很难想象，如果当年没有万向的资助，这一家将如何度过时光，熬到现在。

村支书告诉老奶奶我的来意，老人只是不停地说“谢谢”，待到说起谁帮她盖的房，她记不得鲁冠球的名字，只是说：“一个好人。”

老人喃喃自语，一遍遍说：“想不到，想不到，我和他隔了几百里，非亲非故，他凭啥要为我盖新屋？凭啥？我和他非亲非故……这个好人！”

村支书领我去山上看万向当年出资修的水渠。沿路上坡，这些年村里气象已有很多变化，路是柏油路，房是新楼房，稻田一片金黄，远处蜂蛹山苍翠如黛，让人觉得畅快。

离卓宅村也就 10 多千米外，从山涧下来的北溪河，扬着清波从泗溪镇缓缓流过。河上有一座廊桥叫北涧桥，宫殿式重檐，结构精巧而古朴。它与桥头千年古樟树一起，书写着泰顺这一已有 350 多年的文化留存曾经的功德。

马尔克斯在《百年孤独》中说：“哪儿有贫穷，哪儿就有爱情。”

泰顺本以廊桥驰名，县域内有 34 座各式廊桥，北涧桥是其中的代表作。鲁冠球在这偏远山乡里做的善事，如同添上了口碑长传的“又一座”爱的廊桥。

助学：

为了明天

2014 年，鲁冠球（中）和参加“十万强”计划的美国学生在一起

// 北塘边的读书声

查百度，万向节即万向接头，英文名称 universal joint。我一看，乐了。大学的英文是 university，两者字根如此相近，可有什么关联？

去问我北京师范大学校友、杭州师范大学英文教授顾雪梁，他答复我：“应该是没有关系的，我查了英文字根字典，也没有关系的；但你这么一说，从字面上看，universal 和 university 似乎相当‘貌合’，颇有‘血缘关系’。因此，这万向集团热心于办学也在情理之中了。”

顾教授的回答让我意外找到了万向热心办学的一个幽默联想。

学得一级级上，书得一本本念，先把大学的事放一放，从小学开始吧！

鲁冠球在家乡城北二小上小学时，级任老师叫来玉华。她微胖，戴副眼镜，温和亲切。报到时，班上已经开课了。当来玉华领着鲁冠球进了教室把他介绍给同学们时，全班小伙伴眼神有些异样。那时，鲁冠球很黑，一脸倔气。

来老师示意鲁冠球坐到最后一排，那位女生旁有个空位。可鲁冠球就是不坐，愣愣地在长板凳的座位旁靠墙站着，还顶撞来老师：“我来读书，为啥要和大姑娘坐一桌？”

来老师没去搭理他的倔劲儿，而是和颜悦色地说：“同学们，我们班又来了个新同学，叫鲁冠球。他来迟了，以后，大家要帮他把功课给补起来，谁愿意？”

“我愿意！”举手的不是别人，正是鲁冠球不愿靠近的同桌，那位女生，她是班长。说着，她将长凳朝着鲁冠球身边移了移，笑着示意他坐下。

来老师在讲台上看到鲁冠球腼腆地坐了下来，朗声读起了课文：“请大家翻到第四课，跟我读：‘老师教我们，我们听老师的话。’”

这是学校、老师留给鲁冠球的最初印象。他第一次被一种来自师生群体、他从未体验过的温暖所感动。

上学不久，聪明好动的少年鲁冠球有了两次逃学的经历。

一次，他莫名其妙地和小伙伴跑到校园外的乱坟岗去“打游击”。来老师发现鲁冠球不见了，就到校门外找，一找找到了乱坟岗，进树丛里细看时，她的脸给树杈划破了。看到老师额头上的伤口还出着血，鲁冠球知道错了，他向老师道歉：“来老师，你打我吧！”

来玉华让鲁冠球坐下，掸掉他头上的草屑，和蔼地说：“老师怎么会打你呢？你能知错回来上课，就对了，以后别再逃学了。”

还有一次，由于河水受到浸在水里的络麻皮[①]污染，鱼虾“发晕”了，变得呆呆的。鲁冠球看到往常很难捕到的河虾大鱼可以轻易抓到，就围上去，想捞两桶去集市卖了，换回钱补贴家用，就跳进河去，把上学的事忘得一干二净了。

待到来玉华老师赶到，怒气冲冲的鲁爸爸正在给淘气的儿子“做规矩”，气得想把他装进麻袋扔进河里去：“你那么喜欢下水，就下去喝个饱吧！”

来老师一个劲儿地劝阻，检讨自己没把孩子管好，让家长担心了。她考虑了一下，接着就跟鲁爸爸说：“你就放心回去上海上班，干脆，把小鲁交给我来带。我在学校给他打个铺，他住在学校，我也好看住他，有空给他补补课。”

---

① 萧山盛产络麻，络麻需在河里沤烂后清洗。

正在父亲威怒下难以招架的鲁冠球忽然有了转机，来老师的提议让他绝处逢生，一股暖流涌在心间……[①]

鲁冠球带着许多美好的回忆从城北二小毕了业。在他长大成人后，心里有个愿望，如果有条件了，他最想报答的是来老师和城北二小——那给过他启蒙与教诲的学堂。

萧山宁围虽是从江边滩涂开发的田地，耕读传家的风气倒是悠远绵长。1941 年，还在抗战年月，就有开米行的基督徒乡绅会和教友出资，建了一所乡村全日制小学，最初的校名是“阿拉法”小学，1947 年改名为“晓光”小学，校址在宁围永泰丰。

由于历史久远，学校吸纳了很多有文化底子和教学经验的教师，像来玉华这样的老师，从北方和其他地方到这里任教。此后，学校拆拆并并，分分合合，到 1984 年，定名为“宁围中心学校”。

1984 年，是鲁冠球联利承包的第二个年头。这一年，企业效益增长显著，鲁冠球超利润指标的奖励有 11.2 万元。这笔大数额资金，用到什么地方去呢?

鲁冠球想了很久，认为培养孩子最重要，决定捐给家乡宁围中心学校，建一栋教学楼。

这也正是把钱用到了刀刃上。当时，宁围中心学校校舍陈旧，规模也小，村民子女上不了学，其中有许多本就是万向员工的孩子。

鲁冠球从 11.2 万元中拿出了 10 万元给学校，还不够建楼，县里乡里也跟着配投了 10 万元，一座 1440 平方米的 3 层教学楼在解放河边盖起来了，琅琅读书声从里面传出。人们都夸赞说：“鲁冠球积德，为了孩子好！”

① 本章关于来玉华老师的素材来源于《鲁冠球少年时》，许胤丰、来载璋编写，杭州：浙江少年儿童出版社，1988 年。

这次捐资建校，万向不经意间得了个第一：改革开放以来，浙江省乡镇企业出资建造的第一所学校。

时任分管教育的副省长李德葆特意给鲁冠球写来了信，鼓励他的这个开创之举。1986 年 1 月，学校竣工落成时，时任浙江省省长薛驹还专程来到学校，剪了彩，题写了校名，赞赏鲁冠球的举动推动了乡村教育。

学校归属教育局管，但鲁冠球把它当作是万向自己的子弟学校一样去关心。万向在公益事业上的“四个一百”工程就从这里发轫。教师获得了奖教金，学生依条件有了助学金，学校需要的教学设备、文具、图书等，都得到了万向的配送。到目前，万向对这所学校的资助已经达到了 200 多万元。

来玉华从城北二小退休后，鲁冠球心里一直记挂着她。在她 70 岁生日时，鲁冠球邀上儿时的伙伴去萧山城厢镇给老师祝寿。看到如今鲁冠球出息了，成了有名的农民企业家，来老师提起了一件往事。

当年她路过红山集镇，在一间自行车修理铺门前停住了脚。“这不是鲁冠球吗？”

正在干活的鲁冠球抬起头来正好与她的目光相遇。他叫着“老师您好”，心里头却不是滋味，觉得自己没脸见老师，守着这么个修理铺，愧对老师的期望。

来玉华安慰他：“冠球，别灰心，生活的路长着呢！”

鲁冠球得知老师回家还要走 10 多里地，就推出自行车，让老师坐上车架，一口气踩着车把老师送了回去。路上，他再也没说话，只觉得心里头有股力量一直在撞击他……

如今，在老师 70 寿辰时，看到冠球还有小炳、嘉佳这些孩子都成才了，来玉华心里不知有多高兴。她对鲁冠球说：“还记得吗？那次你骑车送我，我很了解你的心情，可我比你还难过啊！当时我想，你不会止步不前的，你的才干一定会发挥出来的！”

鲁冠球举起酒杯给老师祝寿，衷情地说："来老师，没有您的教导，没有党的培养，没有改革开放，您的学生说不定还在摆摊修车呢！"

// 桃溪的学子们

这是一封写给时任浙江省军区司令员张文碧的信，落款是苍南县五凤乡村干部，信中希望能给山区孩子解决学校校舍方面的困难。

五凤乡，现归属桥墩镇，1936 年，在浙南从事游击战的中国工农红军挺进师就在这个区域的五岱山一带活动，张文碧是粟裕、刘英率领的这支部队的领导人之一。

信里说，五凤乡唯一的一所中学，两层楼的教室紧挨着破庙，校舍又旧又小，学生没法住校，家在四乡的学生上学要走了山路来，异常艰苦，很希望曾经在这里战斗过的红军老首长向有关部门说说，解决实际困难，帮着新建一座能适应九年制义务教育的学校，以改善当地的教育落后面貌。信里还附了学校校舍破败陈旧现况的照片。

张文碧看了信很难过，马上把信转给了浙江省政府，殷切希望省里能给革命老区多一些照顾，解决他们建校的困难。

时任浙江省教委副主任郑祖煌拿着这封省领导批了字的信找到鲁冠球，跟他商量，能不能将它列入教育扶贫的项目里。

鲁冠球看完这封信，又对着照片凝视了一会儿，心情很沉重，革命老区的学校不能这么破旧，孩子的教育我们有责任去帮。他问要出多少钱，怎么来做？

郑祖煌告诉他，整体建校需要 200 万元，政府和其他机构、企业、团体出 120 万元，希望万向出资 80 万元。

鲁冠球很爽快地说："好，没问题，这 80 万元我们出。"

郑祖煌很满意地离开了万向，他事后跟苍南五凤中学校长苏敬清说，他在鲁冠球那里也就待了 15 分钟，出资 80 万元的事就搞定了。五凤的老百姓记住了这“15 分钟”的故事，直到今天还在传播着，夸赞鲁冠球的爽气。

万向出资帮助建校成了五凤乡的一件喜事。处于浙闽两省交界处的五凤被群山包围，交通极其不便。苏敬清回忆说，当时县教委一位副主任从县里下来，没有车，自己步行过来的。到镇上的公路宽不及 3 米，砂石路面，公交车很稀少，他送那位领导回县城，上午 11 点在站上等，到下午 2 点才等来一部手扶拖拉机。就这么落后的交通，学生上学能不辛苦？听说要建校了，可以住校了，学生那个高兴劲儿不用说了。

1996 年的夏天，五凤中学的新校舍开始建造。两年后，一座 3000 多平方米的 4 层教学楼矗立起来，可供 13 个班级、700 多名学生在这里就读和生活。

这所名为五凤万向中学的山区学校是四邻八乡中最漂亮的一所，师生都很自豪。2022 年春，我去了五凤，站在宽大的教学楼阳台走廊上，前面是标准的操场、美丽的庭院，南望开去，苍山连绵。正是 5 月，漫山遍野的栀子花盛开，整个校园都能闻到沁人心脾的甜香。

万向把对这所山区学校贫困生的助学金以及对教师的奖教金的发放纳入了“四个一万”工程，从 1998 年至 2021 年，万向累计捐资已达 300 多万元。有了好的校舍，好的教育条件，这里也留住了师资人才。现任校长李步松告诉我，他自己就是从五凤万向中学毕业，经过进修考入教师编制，又回来任教，并在 2019 年起担任校长的。

无论是获得助学金的学生还是获得奖教金的老师，都向我表达了同样一个心情：“鲁冠球挺伟大的，他跟我们非亲非故，20 多年来却一直关心着我们山里老区的学校。”

有一位受助的 7 年级学生还不知道鲁冠球已经去世，他好奇地问我：“鲁主席还很年轻吧？”

从苍南五凤往西北走 250 多千米的丽水市遂昌县北界镇，也有一所万向捐资建造的中学，叫遂昌万向中学。

这所学校的捐建起因很有戏剧性。

2002 年 3 月，在参加第九届全国人大五次会议的浙江代表团住地北京五洲大酒店的餐厅，一位身穿畲族服装的年轻女代表端着自助餐餐盘，坐到了鲁冠球旁边。她叫雷招珠，说话爽朗，待人亲和。她告诉鲁冠球，她从少数民族师范学校毕业后当了 16 年教师，现在北界镇担任副镇长，很想和她尊敬的鲁冠球代表聊聊乡镇教育的问题。

雷招珠说，遂昌是山区，也是少数民族聚居地区，她所在的北界和应村、高坪等 4 个乡镇山高路远，经济文化和教育都欠发达，学生就读很困难，没有可住校的条件。

鲁冠球非常体察山区教育的现况，雷招珠很机灵地“投石问路”：“鲁主席，你们万向每年拿出那么多钱资助教育，今年可不可以拿出一点儿来遂昌，帮助我们山区啊？”

几乎没多停顿，鲁冠球就回答：“你把资料给我。”

雷招珠喜出望外，马上打电话回来，让镇里尽快把材料用传真发过来。第二天晚上，材料就到了鲁冠球手里。鲁冠球面对这位办事利索、充满热情的畲族女代表，满意地笑了起来：“你真是太有效率了！”

第三天一早，雷招珠就得到消息，万向同意了，捐资 100 万元新建校舍。鲁冠球见到雷招珠时，对她说：“相信你能把事情办好！”

万向要在遂昌北区建校的消息传开后，所属几个乡镇都想把学校建在他们那里。遂昌县委县政府领导亲自过问，经过反复评估，并与当地干部群众商量，最后将校址定在了北界，这里靠近高速路出入口，交通便捷，可辐射北部 4 个乡镇，有更多学生和家庭可以受益。

一年后，4 层教学楼在白马山下明亮地矗立起来。学生餐厅里的餐桌，教学需要的电视机、多媒体，教师办公的家具文具，学校道德银行的启动资金……总之，学校缺什么，万向就提供什么，更不用说同样纳入“四个一万”工程的贫困生助学金和教师的奖教金。从2003年学校建成以来，万向对遂昌万向中学的各类资助已经累计465万元了。

因为本书的写作，我到访遂昌万向中学，见到了欣喜满面地接待我的雷招珠。在整洁、有序、充满青春活力的校园里，可以看到无处不在的万向文化元素。学校让每个班级自创写出有“万向”二字的激励主题词，挂在教室正面黑板上方，有的是“万流敬仰，心向往之”，有的是“万籁俱寂，回心向善”等，而立在教学楼前的红色大字则是：“万壑争流，奋发向上。”可以想见，在讨论这些句子时师生们踊跃表达的热烈场景。

“是万向让你们这样做的吗？”我问。

“不是，完全是我们的自愿，是我们真实的内心。”校长翁昌盛说。

如果这些主题词还只是一种形式，那么在这里，鲁冠球与万向的企业精神则被看作一种先进文化，渗透到学校的教育中。

在去往教室的楼梯墙壁上，按阶梯向上张贴着宣传板，介绍万向一步步“从田野走向世界”的历程，告诉人们“万向携我们成长”的历史。

“是出于对万向的一种感恩吗？据我所知，万向做慈善公益很低调，不喜欢受助人这样做。”

校长翁昌盛与雷招珠都抢着回答我：“不只是简单的感恩，我们是从万向的捐助中看到了一种很宝贵的精神，要奉献社会，要帮助有需要的人，这也是在提升学生的素质与道德水平。”

雷招珠这样回忆：“万向在资助学校的同时，总给我们带来万向自己的创业精神和做公益的爱心。万向慈善基金会秘书处的负责人每年来给全校师生做讲座，讲万向的精神，一次一个系列。他们给贫困学生发助学金不是将钱一给了事，而是去学生家中，边走访边跟踪，问问还有什么困难要解决，每年都跟踪。万向给学生发放了笔记本，别看是个小小的本子，对学生激励可大了，上面印着万向的企业介绍，这给山区的孩子打开了一扇窗，让他们知道了外面世界的许多东西，有的学生说，长大了，毕业了，我要去万向。”

万向总是像迎回亲人一样接待学生们的到访。雷招珠回忆说：“开始我们每年都去一次万向，以后隔两年去，只要鲁冠球在，他都会亲自接待，和大家照相。鲁冠球说：‘遂昌万向中学是我们的儿子。’大家呢，说：‘万向就是我们的娘家。’山区孩子们在万向看到了一个现代化企业的景象，很受激励，明白了企业发展要有知识，知识就是力量，要好好读书掌握知识，就有美好的未来。”

在遂昌万向中学的实地见闻，让我意外找到了一个有说服力的样本：一个受助的乡村学校，在获得资金捐助外，又有了施助企业的精神文化滋润，使自己变得浑然有力，比起沿袭传统的办学路子，更加强健而有阳光。

如今，万向在全国捐资新建或扩建的中小学校已经有 17 所，它们都以不同的程度与方式体现着万向文化助教的特色。

中午 12 点是午餐时间，学生们分批次分时段来到餐厅就餐，生活教官在门口安排大家一队队进入。没有其他学校食堂常见的那种嘈杂与脏乱，一切显得洁净有序，文雅舒适。师生同一餐室，同一饭菜标准，荤素 4 菜，外加 1 个苹果。

我问：“能吃饱、吃好吗？”学生礼貌地点头：“能！”

中午阳光正好。从二楼走廊上，望得见一条宽朗清澈的大溪环绕校园，它叫桃溪，很美，浇灌着满坡桃李。

// 西溪“校训”

鲁冠球一直有个心愿，想办一所职业学院，用来培养企业需要的职业性技术人才，为万向服务，也为社会服务。这个想法，在他办厂初期将招进来的高中毕业生送去大学培训时就有了：“如果有这样一所学校，就有源源不断的人才可以输送进来。”

2000 年，杭州建立职业技术学院（筹）钱潮分院，原杭州农校撤销建制后并入，万向作为主要投资方，成为学院董事会的大股东。2002 年，在浙江省政府支持下，学校进行体制改革并扩大办学规模，这就为建立鲁冠球希望的职业技术学院提供了好机会。2003 年，一所由企业冠名的新型学院正式问世——杭州万向职业技术学院。

“杭州万向职业技术学院，好！”看到批复文件上的学校名称，鲁冠球一脸高兴，他对身边的秘书说，“你把各个大学的校训找来，给我看看。”

“清华——‘自强不息，厚德载物’；浙大——‘求是创新’……我们该是什么呢？”他快乐地想着。

鲁冠球心中是明白的，他想做一种“有意义的教育”。怎样是“有意义”呢？

鲁冠球所谓“意义”不是字面的教义，而是他实感中的需求。几十年摸爬滚打，乡镇企业在田野像野草一般生长起来，竞争、淘汰、提升……兴衰成败的关键一点是看你有没有科技人才，尤其是具有实操能力、会动手、能创造的高级职业性人才。如果我们的学校能够用现代的、国际性的教学方法，结合自己的实践，培养这样的应用型人才，在鲁冠球看来，才是“有意义”的所在。

有一次，他跟身边的工作人员说：“我们现在的大学短板也就在这里，多是培养综合型、研究型人才，集中的又往往是热门专业，金融啊，管理啊，即使是工科类，也是培养工程师，而企业缺少的懂技术又懂操作的能工巧匠，很少由学校培养。国外，尤其是欧美，他们制造业那么厉害，就是工人的职业素养非常高，同样的材料，同样的工艺，他们制造的质量就高，寿命就长。操作规定很严格，螺丝拧几圈都有要求，德国有些规定要拧几圈半，连半圈都有，操作工非常专业，这就是差距。”

他有这样的期待：在培养蓝领与白领之间，有一个“灰领”，即比普通职高再高一个层级的大专。他希望万向职业技术学院（以下简称“万向学院”）就朝着这个目标去。

2005年，鲁冠球去了次中国香港，与香港理工大学谈了教学合作的议题。

他是抱着这样的慎重想法去谈的：“如果做一个商业投资，失败了最多是钱没了；如果办学失败了，那就可能毁了一代人。十年树木，百年树人，教育是百年大计，所以要请办学专家来做合作伙伴，用专业的人做专业的事。”

鲁伟鼎带领的执行团队经过与对方深入商谈，达成了一项校际合作项目，委托香港理工大学为万向学院做长远发展的整体规划，协助学院全面提升。香港理工大学派出专家顾问组，参与万向学院的管理与教学，推动学院的学术素质保障系统建设，提升办学水平。

国际化的教育理念和方法在本土落地并不容易。万向学院的管理体系经过迭代多有变化，师资来源也是体制内外多渠道合成，要理顺这些关系，消解相应的矛盾，比起决定投资难度更大。有时候，为解决一些行政、机制上的问题，需要比企业集团的经营还要耗费心思。鲁冠球没有丝毫畏难，他的努力将学院引到了能顺畅前行的前沿。

一种人本主义的教育思想即“全人教育”在万向学院被确立起来，在此思想下，教育不只是让学生学知识技能，还要促进学生的认知素质、情感素质的全面均衡发展。

沿着学院专业设置的原则和方向，万向学院的架构体现出显著的时代特色，并兼具地方特色。在办好基础性专业的同时，万向学院与社会需求紧密对接，开办了机电一体化技术、新能源汽车技术、城市轨道交通运营管理、大数据技术、绿色食品生产技术、康复工程技术、智慧健康养老服务与管理、跨境电子商务等专业，这些专业都具有很好的市场需求，学生毕业后就业率非常高。

在万向学院的授课表上，有一项很有特色的课程《万向企业文化》。鲁冠球专门为这门课程写了导语："高职学生的职业特点和职业定位，决定了他们与企业、与实践的紧密联系，将万向企业文化引入校园、融入教育，可以更直观地感受企业文化深刻的精神内涵，有助于他们早日明确自身定位、融入社会，为将来的成功做好铺垫。这就是'文化育人'。"

万向学院因此有了许多独特的教学课题。很多万向的成功案例，比如，2007年由哈佛商学院资深教授威廉·科比撰写的万向国际化成功经验的案例，本身就已进入了哈佛商学院讲堂，在万向学院的课堂上自然也引起了学生很大的兴趣。万向的创造、创业、创新的丰富实践，也促成学校专门成立"三创研究中心"，让学生们来研读、吸收与弘扬。

很多人关切地问鲁冠球："你投资办学考虑盈利吗？"

鲁冠球的回答很坚定："完全是公益非营利原则，这是铁杠子！"

万向集团在对万向学院老校区进行投资建设的基础上，又以2.4亿元的投资，新建了学院的西溪校区，使投资总额达到3.4亿元。这所民营学院在规模和设施硬件上达到了国际标准。董事会不给学院设定盈利指标，所有积累用于学院的发展与提升。万向集团还出资1亿元设立"万向学院教育基金"，2021年，改称为"鲁冠球教育奖"，每年从基金增值收益中提取费用，用于资助优秀教职员工的专业培训，资助和奖励优秀学生到境内外知名高校进修访学，以及资助学生自主创业项目。

2010年10月，万向学院校庆。鲁冠球应邀题了词："教育是伟大的事业，功在千秋。"他在庆典讲话中满腔激情地跟年轻学子讲："要牢记校训，学习领悟做人之德，做事之能，树立正确的世界观、人生观、价值观，在一个高等职业教育重要性日益显现的时代，使自己大有作为。"很多学生在台下看到鲁冠球讲话时激昂地挥动双臂，额头沁出的汗珠闪着光亮。

2012年9月，建筑面积达18万平方米的万向学院新校区建成，它毗邻风光秀丽的杭州西溪湿地。与校舍同样美好的是学院的成绩单。2015 年，浙江省教育评估院公布了省内 45 所高职院校 2014 届毕业生的质量状况，万向学院的就业率、就业质量、职位优胜度及创业前景、对母校满意度、用人单位满意度 5 个指标均名列前茅，其中，用人单位满意度排第一名，对母校的满意度列第二位。

在万向职业技术学院校园里，绿树掩映下竖立的一排红色大字是鲁冠球审定的校训：

明德、慎思、崇实、创新

同样，学院创始人鲁冠球的一句名言在师生心中也成了校训："一天做一件实事，一月做一件新事，一年做一件大事，一生做一件有意义的事。"

// 大洋彼岸"十万强"

2011 年 1 月 19 日，鲁冠球从美国华盛顿启程，急急踏上飞往芝加哥的航班。

他刚在白宫参加了时任国家主席胡锦涛与美国总统奥巴马共同出席的中美两国企业家圆桌会议，做了关于万向在美国的投资以及清洁能源的发言，来不及出席奥巴马举行的欢迎晚宴，就赶往芝加哥，他需要为两天后开幕的由万向美国公司承办的美国中西部中资企业展做准备。

在这次展会上，芝加哥市市长理查德 · 戴利提出启动"十万美国学生在中国"计划，得到了中国方面的积极回应。中方领导人认为，鲁冠球是著名的企业家，在中美两国间都很有影响力，希望万向在这个计划上带个头。

鲁冠球当即表示："这个计划非常好，正是中美双方促进融合、加强沟通、增进了解、加深友谊的最好机会，万向将全力支持，一定尽全力办好。"

"十万美国学生在中国"计划（简称"十万强"计划）是美国总统奥巴马首次访华时提出来的。

2009 年 11 月 16 日，奥巴马在上海科技馆发表演讲时高兴地宣布：美国到中国学习的留学生人数要增加到 10 万人。他说，大国间的合作会比互相碰撞取得更多的好处，这是人类在历史上不断吸取的教训。我们的合作应该是超越政府间的合作，应该以人民为基础，我们所研究的内容，我们所从事的生意，我们所获得的知识，我们所进行的体育比赛，所有这些桥梁必须由年轻人共同合作建立起来。对美国来说，最好的大使、最好的使者就是年轻人。他们很有才能，充满活力，对未来的发展很乐观，这是我们合作的下一步，必将惠及两国和全世界。

鲁冠球想，国家把这样一个任务交到我们民营企业家手里，是对自己的一份信任，也表明在推动中美两个大国的交往发展中，民间，尤其是青年学生的作用甚为重要。他要求万向美国公司尽快与芝加哥市商量，确定实施计划，在杭州率先启动"十万强"计划。

回来杭州，鲁冠球让万向职业技术学院做了周详安排。在他看来，这是在做一个国际化的大课堂，一所将会影响到两国青年未来的学校。

经万向美国公司总经理倪频与芝加哥市市长理查德 · 戴利共同商定，在"十万强"计划启动后，芝加哥市公立学校将在每年暑期选派一批中学生来中国进行短期学习交流，万向将以杭州万向职业技术学院为平台，建立相应基地，除了为这些学生提供资金支持外，还将选派优秀的教师成立专门的项目协调小组，安排来访学生食宿等，组织他们参加一系列参观、交流和研讨等活动，以促进两国间的文化交流。

2011 年 3 月 25 日，"十万美国学生在中国"计划——芝加哥万向合作项目签约仪式在杭州举行。鲁冠球在代表万向签字后致辞，他说：

文化是明天的经济，孩子是我们共同的未来，几年以后，这十万个年轻人，在美国讲中国故事，在中国讲美国故事，对中美两国友谊的加深、文化的融合，尤其是经济的发展，将是直接的推动力量。

这里表述了鲁冠球的一个基本理念：我们生活在一个相互依存的世界，没有哪个国家的政府可以独自解决发展的问题，不同国家、不同民族、不同文化之间沟通交流，在和而不同中取长补短，在求同存异中相得益彰，是推动人类文明进步的持久动力。

他对媒体说，“十万强”把美国的学生送到中国，通过交流沟通，在民间形成了解信任的氛围，为两国政府制定政策提供了良好基础。现在，全球已经形成一体化格局，走在前面的是广大年轻人，年轻人之间相互能了解，信任程度就会增加。他说，他看好未来中美关系的发展趋势。

带着预期的愿望，2012 年 7 月，来自芝加哥的第一批美国学生来了。杭州万向职业技术学院成了一所“国际学院”，两国年轻人的青春脸庞和愉快笑声洋溢在校园。芝加哥派出的 3 个研习团组陆续开课。

美国学生们饶有兴致地参观了万向企业，做了现场学习交流，还去了名胜地旅游，访问了中国家庭，参加了社区服务和体育活动，满满的收获装进了他们的行囊。这是他们从未上过的学校，也是从未有过的美好经历。

“十万强”研习课程中，除了对中国的研究、与中国人民的互动交流，还有一项很有特色，即对中国清洁能源技术的发展及应用的研究，这也是万向所致力的课题。学生们考察了万向集团为清洁能源所做的研发，与科技人员进行了以“应对气候变化等全球挑战领域的各自的行动”为话题的讨论，谈得有声有色，别开生面。

从 2012 年开启第一个研习班到 2021 年，已经有来自美国西海岸到东海岸 8 个州 58 个研习团 1400 多名美国大中学生参加了万向“十万强”计划，杭州万向职业技术学院先后有 600 名学生作为“学生大使”，与美国学生一起交流。

2014 年，正在美国访问的鲁冠球特意到美国芝加哥大学和研习团的学生欢聚，并为学生们颁发结业证书。照片记录下他与青年学生在一起时的动人笑容，被认为是他无数照片中最灿烂的笑脸。

2021 年是“十万强”计划启动 10 周年。虽然因为疫情和各方面原因，中美关系遇到了一些困难，但两国青年学生之间的交流热情和相通的感情依然饱满，通过一场“十万强”“永相连”10 周年云聚会活动，视频中的两国学生被曾经共同度过的日子深深感动。

很多学生把研习看作“改变我们自己命运的宝贵机会”，如同美国芝加哥大学泰德所说：“我对我们两国以及未来两国协同工作有了更积极正面的看法。”

这也正是鲁冠球所希望的未来，文化在交流中像春水融冰一样突破着由阻隔造成的不解、偏见与歧义，一种细微而深刻的改变在两国青年间发生着，走向更理解、更协同的明天。

第十六章

思想库：
企业的“动车组”

鲁冠球在家中庭院的石板小路上

// 在原乡的思考航船上

在江南的河道上，一条带有竹篷的木船在缓缓航行中。坐在船舱竹凳上的男子正给一起坐船的乡客说着“脱口秀”：

出门在外，做什么都要看环境，就连打瞌睡也是。人嘛，什么时候都可以打瞌睡，但坐船时不可以。平地上坐车，你打瞌睡，车翻了，你还知道在地上；如果在船上打瞌睡，船翻了，一头栽下去，你都不知在哪里，找也找不到了。

他一本正经地说着，乘客聚精会神地听着，不时点头，接着大笑，说：“对，对，说得有道理！”

这是笔者虚拟的一个故事场景，而那番话，关于“打瞌睡也要看环境”，却是鲁冠球说给儿子鲁伟鼎听的，很真实。

鲁冠球在萧山农村长大，跟熟悉的乡土保留着天然的联系，加上他的聪慧与强记，那些充满农民生活体验与质朴智慧的语言装满他的兜兜，在他想表达的时候不经意地甩出来，让人脑洞大开，印象深刻。

我们就借助这一虚拟的航船，当一回在水中航渡的乘客，听听鲁冠球的连珠妙语。

他说到抓电线的诀窍。

有根裸露的电线，你不知道它有没有电，又没有电笔，怎么试呢？如果你用手去捏，一旦有电，就触电了。如果你背着手，拿指甲轻轻去碰，一触到，真要有电，就腾地弹回来了。所以，做事要讲究方法，不能莽撞，否则，就会受伤害。

他拍苍蝇，很神，别人拍不到，而他却一拍一个准。人们很奇怪，诀窍在哪里呢?

他说，这是一个掌握风向的问题。拍子拍下去，如果你是顺着苍蝇飞的方向，一拍，一阵风，它就飞掉了咯。反过来，你顶着它头拍，它一飞，就落到你的拍子下，跑不掉了。所以，做事情，要学会看风向，顺风、逆风有个讲究，不然就达不到目的。

就像张网拦鱼。

他站在窗口，看前面解放河水流潺潺，有人张网在拦鱼，这网眼大小很重要，还有时机。他对身边的同事说，你看呀，如果发大水，鱼来了，你在河里放了“箏网”[①]，鱼就都进了网里。如果你临时去放“箏网”，就是“破钵头搭[②]鱼，搭牢一半，逃出一半”。

这种细密的观察认知来自他从小就有的多思习惯。比如，他琢磨到河塘捉蟹的窍门。

家乡的河塘里有许多螃蟹，但不好抓，尤其是大个儿的，在水下的蟹洞里藏得很深。少年鲁冠球和小伙伴学着一位名叫老皮的钓蟹行家的样儿，也用根竹竿吊上细藤，藤上挂一块蚌肉，来引蟹出洞，然后待机抓住它。可看似容易做也难，老抓不住，不是早了，蟹不上钩，就是晚了，蟹脱钩跑掉。找老皮请教，人家不肯说。

鲁冠球不气馁，悄悄地在一旁看。多看出名堂，他发现老皮在竹竿上画了个标记，待到标记接近水面，示意钩子已经触底，估量蟹已上钩，这才快

① 箏网：萧山乡间的一种渔具。

② 搭（ké）：萧山方言中卡、抓的意思。

速一提竹竿，顺手捉住螃蟹，又快又准。

老皮看到给破了法，就心甘情愿地将操作细节一一还原，还夸奖鲁冠球会动脑筋想问题。

鲁冠球在回忆儿时这一段经历时，告诉员工，要做成一件事，一定要多观察，多思考，找到症结。在这里，竹竿画标记，就是确定一项计量，而计量来源于实践的经验。

他好像一个仿生学研究的专家，有一次特意讲了蜘蛛网。

一只蜘蛛在后院的两檐间结了一张很大的网。难道蜘蛛会飞？要不，从这个檐头到那个檐头，中间有一丈多宽，第一根丝是怎么拉过去的呢？最后他发现，蜘蛛从第一个檐头起，打结，顺墙爬下来，一步步向前爬。很小心，尾部翘起，不能让丝沾到地面，爬到对面檐头，差不多高了，再把丝收紧挂住。这样一根根的重复劳动，小小心心，才把八卦形的网结在半空，精巧又规矩。

这就是一种象征，像那些默默无闻、真抓实干的人，在久久的无声努力中，创出了奇迹。

鲁冠球特别在意思考的重要性。他在一则日记中写道：

> 悟透，科艺相通
>
> 多思与战胜自我，善思与完善自我，神思与超越自我。
>
> 硬接触，软思考

这话很耐人琢磨。

法国哲学家笛卡儿说：“我思故我在。”

德国哲学家海德格尔认为："思就是在的思，思是在的，因为思由在发生，属于在。同时，思是在的，因为思属于在，听从在。"

而中国思想家孔子则更早阐述了思的要义："学而不思则罔，思而不学则殆。"

如果多去接触一些鲁冠球的讲话，可以时常听到他用乡土语言表达着他的个性思考，让这些先哲对思考价值的注重有了个性的体现——

你去做一件明显做不来的事，他说，这是"砻糠搓草绳"，显然是无用之功。

2008 年金融风暴爆发后，泡沫经济的危象开始出现，他在提醒各部门要做好充分准备时说，"麻雀也有三天储备粮"，何况我们呢？

有些人只看到别人得利，不去看人家付出的努力。他在批评时说："不要光看和尚吃馒头，不看他受戒。"

他在关照部下要做好工作、兼顾周全时，会说："既要远处烧香，也要近处拜佛。"

有人问万向持续发展的经验在哪里？他说："拜好自己的佛，念好自己的经。"

在谈到企业间业务利益的共存性时，他时常用萧山乡间的一句俚语表达："花花轿子人人抬。"

说到该你的东西总归是你的，要沉得住气时，他常用这句俚语："千年野果，都是我的食。"

在批评一些人不干实事、只喜欢评头论足的不良作风时，他这样给他们画像："茶碗一端，说话无边。香烟一支，专挑人短。最喜欢说这个不对，那个不对，就是不说哪样才对。"

有一次在讨论选谁去做销售员的会上，鲁冠球说："做销售，一年到头跑外面，很艰苦，要有舍小家为大家的心理准备。有些人三天见不到家里的烟囱是要哭的，那怎么担当？”

“三天见不到家里的烟囱是要哭的。”以此形容很恋家的人，好妙，恐怕连文学家也想不到这样的句子。

万向慈善基金会的工作人员汇报了一件事，有个受万向资助的农村孩子到外面打工，出去买酱油，看店里没人就偷了人家东西，等被发现时还把人打伤了。他受处罚后，已经不符合万向的救助条件了，是否还继续救助？

鲁冠球说，还是继续，要给他出路，给他成为好人的机会，不要轻易推给社会。他说：“一个人好比一滴水，滴到酒缸里是酒，滴到粪缸里是粪。”

不同环境对人的不同影响，被鲁冠球以这一滴水、两只缸作了比喻，还有再形象的？

谈到企业要让年轻人在一线放手干，他自己起点儿把关、纠错的作用时，他说：“我就是摸摸窗户有没有擦干净。”

…………

让我们回味这些句子之妙，继续在行走的航船上听鲁冠球的思想流淌。他不但善于借用生动的乡土俚语作精确的表达，也很擅长以排比、对仗、联句等修辞方法，把他想的意思说出来，好记好用。

1991年9月，他在日记上写的治厂理念，路数清晰，没有套话：

> 决策一定要正确，是非一定要分清，赏罚一定要分明。
>
> 把好人用起来，让好人香起来，让好人富起来。

使用、激励、实惠，三者都说到了，用人政策没有偏颇。

1993年，他在《顺其自然理性发展》一文中说：“天上不下金子雨，地上不长元宝树，要多赚钱改善自己的物质生活与精神生活，就得努力工作，创造高效益。只有企业效益高，我们才能多分配。”

实实在在，理在其间，说到人的心里。

他这样概括市场：“市场就是人，把人琢磨透，还怕找不到赚钱的机会？”

所以，企业上下要做的是：“关起门来下功夫，睁开眼睛找市场。”

“出路出路，出去才有路；困难困难，困在家里会更难。”

因此，要做“无情的竞争，有情的服务”。

他提出的工作格言是：“多看则清，多听则明，多思则聪，多干则成。”

他以训诫的语言告诉全体员工：“形式不能搞，时髦不能赶，假话不能说，自己路自己走，自己梦自己圆。”

他在展望企业的未来时，写了一句诗一样的话：“没有不明之夜。”

// 走进“万向哲学园”

“哲学活动的本质就是精神还乡，凡是怀着乡愁的冲动到处寻找精神家园的活动，皆可称之为哲学。”这是 18 世纪德国浪漫派诗人诺瓦利斯说的。

鲁冠球有着与故土家园天然的精神联系，他总是怀着“乡愁的冲动”，在寻找改变命运的道路。他吸收着来自乡土传统文化的滋养。他说，他看过很多书，一些文学名著《水浒传》《三国演义》《封神榜》等，他都读过，有的看过不止一遍。他喜欢《艾柯卡自传》《拿破仑传》《我的企业分家》等这一类世界著名人物的传记，从中借鉴许多人生的经验。他当然更将政治经济学、哲学、商学的图书以及体现这些学问的文件、文章、报道放置于自己的书桌，使其进入自己的阅读范围，常年不倦。

他也尝试阅读中国古典文论，他说："开始读不大懂文言文，静下心来，一字一句推敲，查查字典，慢慢知道了，历代先贤十分重视读书和做人做事的统一，就是知行合一。随着年龄的增长，实践的积累，一个人由'自在'阶段转向了'自由'阶段，懂得了社会发展的规律，也学会了如何把握自己。"

他在日记上抄下这句诗表达了对于掌握发展规律的敬畏之心："时来天地皆同力，运去英雄不自由。"

有一个简洁的说法："哲学即秩序美。"

鲁冠球用一个最浅近的例子来解释这个"秩序"："宽度与深度，先宽后深，要想挖得深，必须挖得宽。"

这就很容易联想农民在田埂挖沟渠的情形。

1988 年，他就提出了"财散则人聚，财聚则人散"这两句话，这在他当时的日记上已有记载。后来，他又加上"取之而有道，用之而同乐"这两句，形成了企业完整的经营哲学。人们可以对此有多种解读，但它的巧妙内涵则在"财"与"人"两个要素的聚散运动中，通过对此的有效调度与布排，旨在创造企业最佳的效益并惠及员工。

1988 年提出头两句话，到后来加了两句，相距多年，在漫长的时间里，为了一个经营理念在不停地思考、总结、完善，鲁冠球身上这种治学的严谨与周密可以想见。

他用下棋的例子阐述企业在竞争中的经营哲学，体现多样化视角的制胜策略：

企业竞争如同对弈，规则相同，公正、公平、公开，但走法不一，有胜有负，这就是艺术。围棋对局，判断一个棋子的安全，有个很简单的标准，即是否有两个"真眼"。企业要活下去，不仅要比别人多"一口气"，还必须要有"两只眼"。一只眼是国内市场，一只眼是国际市场；一只眼是实业，一只眼是金融；一只眼看自己，一只眼看对手；一只眼看现在，一只眼看未来。

鲁冠球对万向的发展有一个总体性思考，2006 年 4 月，他用一幅手稿予以表达，充满了唯物辩证的哲理：

工业农业并进，整机零件结合，国内国外一体，金融实业联动，高科传统互补，资源基地融合，服务投资同行，眼前长远统筹。

如同进入到“鲁氏哲学园”，我在翻阅万向发展史料时，可以很顺手地从叙事材料中采到一丛丛思想花卉，带着鲁冠球在特定条件下的思考特色。

关于“老虎”与“猴子”

鲁冠球是这样形容改革开放前我国经济体制格局中乡镇企业地位的：“山中无老虎，猴子称大王。”

无疑，国营企业作为主导，是“老虎”，理应称“王”，确实也在相当长时间里称“王”；但受计划经济体制束缚，改制前的国企条条框框多，管理死板，没有活力，员工吃“大锅饭”，干好干坏一个样，留下许多市场短板与空间。相比较，从乡村田野起步的乡镇企业，受管制相对较松，机制灵活，经营手段多样，劳动力成本低，凭着这些优势，正好寻得机会，补缺拾遗，于是乡镇企业像灵动的“猴子”活跃于市场，在一些领域甚至称“王”一时。类似万向节厂这样的乡镇企业就是这样春风催生，发展起来的。

改革开放以来，国家出台了一系列搞活国有大中型企业的政策，这些企业一改颓势，扶摇直上，活力大增。凭着本身具有的资源、技术、人才与市场优势，在竞争中回归强大，“王”者归来，使乡镇企业的市场空间变小。

社会上有一种忧虑："老虎下山了，猴子怎么办？"有人担心"猴子"会被"出山老虎"吃掉。

鲁冠球给出的回答是：老虎出山，好！猴子呢？照样跳！

他用生物学家描绘自然物种多样性那样的语调来叙述经济领域的"生态平衡"："在中国这块土地上，国有经济自然是'王'，但它与民营经济互补，又是共存的必然。中国市场、世界市场那么大，'老虎''猴子'尽可各显神通，自占一方。俗话说，老虎会攀岩，猴子能钻洞；老虎跑遍山，猴子还能上树哩！关键是自己要有一身好功夫，能够与'王'一道分享市场。"

他拿自己的万向企业说事，不论是国有企业疲软还是之后振作的时期，万向坚持练内功，抓管理，把一个乡镇小厂推上专业化、精细化的制造业平台，结果是，万向有能力在国有大企业搞活后，作为它们的主要零部件供应企业，与它们共同发展，共享成果，并历史性地融入了中国汽车工业体系中。

他提醒同行："'老虎出山'，冲击的是乡镇企业的落后面，这正是逼自己上台阶的好时机。如果没有长远战略眼光，不思创新，甘于现状，这样的企业，我看不是被'老虎'吃掉的，而是不会找食自己饿死的，慌不择路在石头上撞死的。"

他说："经济界中的'猴子'与'老虎'虽然有竞争，但一样能互相依存。依我看，凡是适应规律而产生、遵循规律而发展的事物，都能生存、壮大。这就是结论。"

在我国乡镇企业重要转型期的1991年，鲁冠球关于"老虎"与"猴子"的谈话影响很大，许多乡镇企业的厂长经理将它当作热门话题广泛讨论，以调整自己的市场策略。这篇题为《老虎出山好 猴子照样跳》的文章也成了改革开放以来我国经济文论中的一篇经典。

关于“树大要分权，业大要分家”

经过建厂 20 多年来的努力，到 1990 年，万向发展到了一个新的拐点。公司有了 2000 多名员工，下面有 10 多家直属企业，资产近亿元。这样一个中型企业，在管理上还是传统的总厂式管理，各分厂没有经营自主权，事事要由总厂决定，它的弊端越来越明显：下属企业缺乏积极性和市场竞争主动性，影响最高管理层决策；决策层在日常管理事务上精力耗费过多，在宏观分析与市场掌控上又往往效率很低，错失时机。

这一年 10 月，浙江省政府批准成立浙江万向集团公司。在全国乡镇企业中，这是第一家集团公司。招牌换大了，相应地，重建与改变上述的管理结构模式也变得更加迫切。

本书第十章说到鲁冠球去天津大邱庄考察，有一项收获是大邱庄的组织架构和责权利统一的管理机制值得借鉴，它的架构如金字塔，董事长只管理顶层总公司及二级公司主要负责人，再由他们去分管下属单位和人员。三级管理机构都是独立法人，上下以资产监管为纽带，逐级承包，层层放权，利益到位。万向的管理也止于三个层级，没有玄孙级公司，形成了合理可控的管理半径。

鲁冠球在细细分析这个金字塔架构时，心里跳出的直觉是一个最朴素的家常道理：“树大要分权，业大要分家。”

这也是最基础的哲学道理，顺势而变成了必然。

他在日记上写道：“一个天才是把复杂问题简单化，一个庸才是把简单问题复杂化。”他责怪自己开悟迟了，没能把复杂问题简单化。

万向一系列被称作“扁平化管理”的改制由此启动。业大了，就“分家”，下放了权力，同时也凝聚起责任，调动起各方面的积极性，万向全方位发展的生动局面开始了。

静下来回顾，之后形成的万向管理文化，那些如同格言的提法，如“大集团战略，小核算体系，资本式经营，国际化运作”“人人头上一方天，个个都是一把手”，等等，其实都发轫于这个基础性管理体制的改变，可以说，是“分权”分出来的。

鲁冠球用火车的进化来类比这个改制带来的结构性改变：

> 过去，我们总是强调“火车跑得快，全靠车头带”。这是因为传统的火车只有车头有动力，跑得快慢完全取决于车头动力的大小。现在有“动车组”了，什么叫动车组？就是采用了动力分散的技术，每节车厢自身都有动力装置，行驶的时候车头在拉动，车厢自身也在驱动，所以速度就快了。这给我们的管理带来了很大启示。

关于“理财”与“生财”

2003 年，万向进入了创建的第 34 个年头。企业在艰苦奋斗的历程中，实力强了，发展快了，荣誉多了，员工的口袋鼓了，同时鲁冠球也敏锐地看到，一些人的排场也开始大起来了。

这年 7 月 8 日，在集团创立的庆祝大会上，鲁冠球说“特意选择在今天这样一个特殊的日子，跟大家谈一个特殊、也是平常的话题，那就是‘勤俭’”。

他没有老生常谈，光讲勤俭的含义是省吃俭用，而是把内涵提升到“一种积极的人生态度，一种高尚的价值取向，一种谦虚谨慎的觉悟和境界”。

报告做得很生动，像平时“侃大山”，说经济大国日本很在乎勤俭，洗过手的水都要回流处理再利用；美国“石油大王”洛克菲勒，记账本从不离身，就连 3 分钱的邮票也从不漏记；中国台湾龙头企业台塑集团，经营理念就是“小气有理”；加拿大渥太华有份报纸叫《吝啬家月报》，创办者尼克森说，省下 1 元钱，从感觉上说，往往大于赚进 1 元钱……

一件件实例告诉员工，生活越好，越要勤俭节约；成就越大，越要开拓进取。

他用“你不理财，财不理你”这句流行语来讲勤俭与理财致富的内在逻辑。他说：“比如，1 元钱，我们要把它看成是一粒种子，可以长成参天大树，结出累累硕果；如果我们把它浪费了，不只是扔掉了一粒种子，还扔掉了一次成长的机会。赚钱容易花钱难，就难在花钱要能够更好地赚钱。今天我们节约钱的目的，也是为了更好地支配钱，更有意义地使用钱。我们做产品，为顾客节约一分钱的成本，就增加了我们自己一分的竞争力，缩短了我们与顾客的一段距离。”

鲁冠球这么个讲法让听会的人觉得太有新意了，原以为他就是讲讲传统大道理，却越听越觉得里头道理很深。

他还没有到此为止。鲁冠球从人生的价值不在于无节制地消耗与占有说起，提醒大家：“富有更是一种考验，耐得住艰苦，抗得住诱惑，管得住小节，才能够成就大业。”

他举了一个例子，有一次出差在路边小店吃饭，点了几个菜，再要的时候，服务员说菜够了，再点就浪费了。结账时应付 68 元，鲁冠球给了 100 元，说不用找了，余下的给他做小费，还对他说：“谢谢你，制止了浪费。给你的钱，你一定不会浪费。”

鲁冠球从这件小事引申到了对物质、对创造物质的劳动的尊重，从人需要被尊重、被善待这个人类伦理的角度，说回到以勤励志、以俭养德的“老话题”：“我们今天的富裕离不开昨天的勤俭；我们明天的更加富裕需要今天的更加勤俭。”

从会场出来的人们相互交换着体会，觉得这报告太有学问了，感触很深。

难怪老员工潘文标在接受我的采访时说：“每年集团纪念会，我们早早就在想了，今年主席会讲些啥。听他的报告，那真是长学问啊！”

关于“磨刀不误砍柴工”

2005 年 10 月 9 日早上，习惯于一早接听万向美国公司电话的鲁冠球得知，美国时间 10 月 8 日，德尔福公司在纽约联邦破产法庭申请破产保护。

“这太让人震惊了！”鲁冠球的脸色一下变沉重了。

作为全球最大的汽车零部件供应商，德尔福公司从 1888 年创始以来，一直是业界翘楚，它在汽车零部件和系统集成技术方面的世界领先优势非常突出。鲁冠球在美国时到过德尔福公司，也与它有业务接触，怎么风没见雨没见，说破产就要破产了呢?

鲁冠球开始去深入了解原委。其中有历史原因，1999 年它从福特 WC 公司拆分出来后没有完成公司的转型计划，但最主要的还是北美汽车市场的疲软使本来已经存在的高劳动力成本与市场份额逐年缩小的矛盾变得更加突出。它在美国的 38 家子公司，出现经营巨额亏损，为扭转危局，公司不得不申请破产保护，以实现资产重组。

消息一出，德尔福股票股价大跌，信用等级下调，这也成为全美历史上最大的一宗破产案。

读着这些信息，鲁冠球感受到了巨大冲击，市场竞争的残酷性比以往的想象要来得更严重。他说，企业就像一条木质的大船，看起来很雄伟、很坚固，实际上许多船板已经松了、坏了，狂风一起来，就会散架子，就会沉。企业管理上的潜在问题与缺陷，也像一块块坏掉的船板，如果不加警觉，不着手整治，危机随时都可能发生。

鲁冠球在冷静地思考和检点自己的企业：企业基础管理在看似完善的状态下到底还有多少这样坏了或将要坏的“船板”？

有一个直觉让鲁冠球警醒：“这些年，万向的发展太顺利了，碰到的问题少了，从管理层到普通员工，自豪感越来越强，危机感越来越弱，内控机制不全，责任意识淡化。这样下去，是非常危险的。”

他认为，需要在一片顺境的热度中冷静下来，放慢不实的节奏，面向企业内部，从产业结构、基础管理、增长质量这三个方面加以调整、完善与提高。

在高速行进的路上，让节奏缓下来去练内功、长体格，不就会影响目标的完成？人们有许多质疑，他们不认为万向这部车需要慢下来做检修。

2006 年 1 月 21 日，在集团的年度总结表彰会上，人们听到了鲁冠球这样一篇讲话——《磨刀不误砍柴工》。讲话不摆成绩，不说套话，一上来就讲了这一年的不平凡与艰苦：行业压力巨大，他说了德尔福公司申请破产；万向考验严峻，他说了企业存在的短板和问题。他用凝重的语调一口气说了“四个需要”：

事情让我们更加懂得了我们的工作，还有很多的地方需要反思，需要调整，需要完善，需要提高。一句话就是，我们更加清楚地看到了自身的不足。

鲁冠球语重心长地告诉全体员工：

人无论从哪方面学习，都不如从自身的教训中学习学得更快，更直接，更有效果。因为，你多一分成功，会多一分自信；而多一分挫折，就会多出两分、三分的警惕；有了高度的警惕，你就可能会多出四分、五分的成功。从这个意义上说，成功可能是最大的危机，而化解危机，就是最好的学习和成长。

他把“磨刀”与“砍柴”的道理讲了个明白：

2006 年是我们的调整年，调整是为了提高。我们“奋斗十年添个零”的目标不会改变，但我们现在必须忍辱负重，远离虚荣，休养生息，提高素质，积聚力量。俗话说，磨刀不误砍柴工，我们要通过这一年的苦练内功，在以后几年的时间里，以事半功倍的效率把我们的速度赶上去。

关于“整枝疏果”

如果我们站在一棵结满大小果子的大树前，是沾沾自喜，满足于它的丰茂，还是清醒地趋近评估，期待该做点儿什么？

2014年的万向就像这样一棵大树。经过45年的艰辛奋斗，万向已经成为以汽车零部件为主业、多元化产业齐头并进的跨国企业集团，涉及领域越来越广泛。有幸，决策层非常富有远见，万向此时已经瞄准了清洁能源的研发与投资，开始形成传统制造与清洁能源两个产业的战略平衡和全局性持续发展动力。

在这样的态势下，集团总裁鲁伟鼎适时地提出要“整枝疏果”，并且得到鲁冠球的肯定。人们问，有必要吗？这些项目、这些产业不都在赚钱，为什么要砍了？

鲁冠球告诉大家：就像农民常用的农作方法，适时除去枯枝、弱枝和不必要的枝条，摘掉小果、畸形果、病虫果，可以保证果树健康生长，使品质好的果子长得更加丰实。企业也一样，不能满足于看起来的枝繁叶茂果满，该整的要整，该疏的要疏。“要围绕清洁能源这条主干，对那些游离的、不规则的、不健康的枝条，毫不迟疑地实施剪除，舍掉该舍的，才能长好该长的。”

他很明确地说：“万向现有产业调整，简单一句话，在国内或者国际上达不到业内前三的，不投资，不扩大。有亏损的，没有效益的，和产业政策不符合的，我们就砍掉，这叫整枝疏果。”

…………

当我沿着万向50多年的发展路径，在一些重要的路口节点上停下来，回顾与体会在企业这些决策背后鲁冠球的思想活动时，感到那种来自田园的哲学味道，好是滋润。想起一位作家的话："经营的本色是哲学，哲学停止的地方，经营哲学便大行其道了。"

// 求"实"篇

假如要在鲁冠球的谈话与行文里选出用得最多的一个字，大概就是"实"字。

1985年，公司修了大门，立在门柱两侧的四个大字就是"求实，图新"。两边墙上的标语是："立足国内创业，面向世界创汇；扎根企业内部，脚踏实地工作。"

1994年1月4日，鲁冠球在日记中写道：

求精是万向人的职责
攀高是万向人的使命
思远是万向人的追求
踏实是万向人的生命

同年，他写道："难在实，成在实，千难万难，说实话，办实事，求实效，最难。民不服我能，而服我实。"

1997年10月，鲁冠球在工作会议上说："我还是一句老话，天上不会掉下馅饼，地上不会长出金子来，要靠自己走正道。一步一个脚印，一桩桩，一件件，实实在在，按能力去做。"

2003年1月，他在《好风凭借力》一文里说："说一万句大话，不如干一件实事，企业需要的是实实在在解决问题和创造效益的人。”

2013 年 1 月，鲁冠球在《向着国际化目标坚实迈进》一文中说：“想，要凌云壮志；干，要脚踏实地。一天做一件实事，一月做一件新事，一年做一件大事，一生做一件有意义的事。不干，哪里有创新；不创新，哪里有效益；没效益，哪里来分配；不付出，天上怎么会掉馅饼。”

在这一段万向人人会背的训词中，实事是前提和基础，所有的新事、大事、有意义的事，都建之于实事这个根基，万丈高楼“实事”起。

他一生的行为特点可以用他自己说的 6 个字概括：“讲真话，干实事。”“真”也是“实”。故“实”是他的认知出发点，也是他人格的基准点。

他曾经给大家讲过一个段子。

天天唱高调，野猪也难骗。湖北神农架野猪为患，有人想出办法，在电杆上装上高音喇叭，天天播发狮叫虎吼的录音，吓唬野猪。开始果然有效，后来叫多了，总不见狮虎的踪影，被野猪识破是假的，便把电线杆给拱倒了。

当地人说，讲空话，唱高调，没实货，连野猪也骗不了，何况人呢？

他说这是“辛辣的讽刺，提醒我们做事一定要实”。

万向从来不搞色彩缤纷、高朋满座的场面上活动，开耗费时间、没有实效的大会。公司老员工印象中，除了 1983 年联利承包、1984 年跟浙江大学合作、1985 年中汽公司入股，请过外面的来宾开会，以后就没有那些活动了。集团创建 30 年纪念日，只是请名家题了一些词；40 年纪念日，内部开了几个会；50 年，按惯例开报告会，也没搞啥活动。

1993 年 10 月，万向股份公司成立，企业上市计划启动，这是件大事，无论从信息传播还是答谢各方来考虑，开个会很需要。但是鲁冠球想，开会请客人来，不来不好，来了也就是个形式，反而浪费了人家的宝贵时间，所以还是不请的好。要发布信息，通过媒体就行了。再说开个会，要宴请，太差还不行，礼品发不发，也是难题。他在日记上自语："我在想，赚点儿钱难，日日无意义地去花钱，有亏企业，有亏员工，有亏股东、股民，还是实实在在的好！"结果，开会、送纪念品等都没搞。

一旦崇"实"了，知道从实际出发，量力而行，做企业规划也会脚踏实地，免得头脑发热、好高骛远。万向从最初的公社农机修配厂的多角经营发展到专做汽车万向节的专业化经营，进而到发展汽车零部件模块和其他产业，是一个有收有放的发展图形。有来访记者问鲁冠球，何以又从专业到多元呢？

鲁冠球说："万向后来尝试多元化，都是根据自己的实力。如果自己本身没有实力，做块毛巾都没做好，怎么去做另外的东西？如果我万向节没做好，就去做另外的事情，肯定也会失败。万向节做好了，做到世界老大了，再做新的产业，就做成多元化了。多元化是建立在专业化基础上的，一定要遵循市场规律。"

鲁冠球实诚，有一个"送鱼"的故事。

有一年到富阳开会，会上给大家发了富春江水库的鱼，同在会上的几位领导还有事要办，说，冠球呀，你把这条鱼给我带回家吧！鲁冠球就提着一共四条鱼，准备回来一家一条地帮着送。哪知道头一家的领导家属不知实情，以为都是自家的，把四条鱼都留下了。这下一家咋办？鲁冠球只好到集市买了鱼送去，做了"亏本买卖"。

作为农民企业家，鲁冠球喜欢实话实说，即使在国家领导人前也这样。

有一年，在中央召开的一个座谈会上，一位领导同志问他："鲁冠球，你们对'四菜一汤'是怎么看，怎么执行的？"

鲁冠球直截了当地说："讲'四菜一汤'，要发扬艰苦奋斗的作风，提倡勤俭节约，肯定是正确的，但是不能讲多少个菜、多少个汤就代表艰苦奋斗，碗和盘子还有大小，菜的价格还有高低，再说一张台子十个人吃饭，每人四菜一汤，一桌四十个菜，十个汤，怎么摆得下去呢？如果十个人四菜一汤，盘子再大，恐怕也不够吃。讲几菜几汤，由于档次高低价格相差太大，不好把握，还不如讲个价格标准，好比全国人代会，每天每人多少钱为标准，这好掌握，又符合价值规律。我们企业内部有个价格标准，主要是清淡素净，吃饱吃好，以不浪费为原则，以不超标为准绳。”

这位领导同志听后马上说：“这是对我们讲的，你们按价值规律，以不浪费为原则好。”

说一千道一万，鲁冠球把实干看作企业生根立足的法宝。他说：“我们万向，是个乡镇企业，讲，讲不过别人，写，写不过别人，只有实实在在把自己的企业搞好。”

// “鲁冠球步道”

鲁冠球在童家塘的老屋前有一片田园。围墙里的园子有果树花木，也有蔬果瓜菜，是舒畅的农家天地。园内通道是石板路，青灰色条石带着水乡的肌理，就像章金妹老家柯桥阮社，那里全都是这青石铺装，在河塘驳磡、临湖的小道。

每天下班回来，晚饭几两小酒后，鲁冠球就会准时在园子里散步。踏着青石板，从这一块到那一块，一步步数，走一圈正好八十步。以后他就不用数了，一圈准是这个步数，圈圈不差。

此时，他会仰望星空，想得很远很多，他很享受这样的行思，边走边想。

这场景，很容易让人联想到一个在哲学殿堂内外穿行的人必定读过的话：

有两件事物越思考就越觉得震撼与敬畏，那便是我头上的星空和我心中的道德准则。

这是康德在《实践理性批判》中说的。这位德国古典哲学家生活非常规律，每天下午三点半会准时在一条菩提树小道散步，邻居们都以此来校对时间。他在柯尼斯堡散步的这条小路，被称为“哲学家之路”。

鲁冠球走在这庭院步道，目睹着这里每日每时发生的变化。就说园里栽种的植物吧，1983 年实行联利承包前，园里满是龙柏。后来看到苗木行情虚浮，决定出手变现，分三次卖了大部分苗木，卖到第四次也是最后一批时，他看着三盆五针松已经被装上了车要走，突然觉得心疼，就给拦下了。今天看来，这也留得对，不然园子里就没有这么金贵耐看的好树了。

散步回来，鲁冠球会在书桌前坐上几个小时，看报纸读文件，也读书，记日记，他对于政治与经济信息总是倾注着特别的兴趣。20 世纪 90 年代末，万向还看不到上一级的文件。有一次省里领导来问他需要什么支持，他说我的要求是能把中央和省里关于经济工作的文件给我们分享一份。不久，领导特许批准了鲁冠球的这一要求。

鲁冠球在日记中常年关注的一项内容，是关于企业家的，包括企业家的定义、特质、素养、责任以及情怀等。

早期，多是格言式的自励，因为没有注明是自己写的还是摘引来的，故以“抄写”统之：

企业家精神可贵之处是对企业充满信心，时刻给自己施加压力使自己保持一种超负荷状态。

企业家必强烈具备的特征：

1. 谋略 2. 决策 3. 献身 4. 用人 5. 远见

谋略：是有冷静的经营战略头脑与超前意识，敢于独树一帜，勇于创新探索。

决策：以科学民主的态度进行果断的决策，能博采众长，正视异见，合理抛弃。

献身：具有百折不挠的胆魄。

用人：善于用人之长，容人之短。

远见：绝不只顾眼前利益，使企业的今天与明天相一致，使企业效益与社会效益相一致。

企业家应该具有的意识：

竞争意识：企业家是市场经济的产物，市场是企业家赖以生存和发展的土壤，市场竞争是检验企业家的试金石。

开拓意识：企业家精神的重要内容之一，它要求企业家不仅做做过的事情，而且大胆开拓新的工作领域和开辟新的市场。

效益意识：商品经济条件下衡量企业的根本标准是为社会、为企业、为职工带来多少财富和利益，企业家应以追求价值的最大化、最佳化作为重要的经营目标、事业追求，以不变应万变，关键是增加自身实力。

政从“正”出，财自“才”来。

世上没有先知先觉，却只有依据客观规律而生出的超前思维和非凡预见。

世界上许多事情都有着那么奇妙的因果关系，就像固执容易产生武断，武断容易导致失败，轻信常常会受骗，受骗就要吞苦果。

我选择的研究总是以大的利益为前提，但到了最后，总是有利于我自己。

在积极而审慎的思考中，随着企业经营实践的历练，鲁冠球的成熟与自信表现得越来越显著。在 1995 年 2 月的一则日记中，他写道：

> 经济发展需要一批企业家，企业家是一种职业，是在激烈的市场竞争中形成的技能，而能成为企业家这个“家”的，是不多的。
>
> 企业家是在实践中成长的，在失败中吸取的，在积累中发展的，在教训中锻炼的，在困苦中磨炼的，在被迫中站起来的。贵以授爵，能以授职，而企业家，只能靠自己争取。

鲁冠球知道自己的企业家身份，更知道自己属于乡镇企业。他一直在谨慎低调地摆放他应该有的位置，就像他后来对《中国企业家》记者说的：

> 我想，对民营企业，对商人的歧视，几百年前就有，现在依然有，一万年以后还是如此，只是多与少的问题。我自己看过，经历过。所以，什么时候你都不要妄想，要有自知之明，知道自己是什么身份。路不要多跨一步，话不要多讲一句，老老实实做自己的事。我们争不过别人，斗不过别人，但是干，谁也干不过我们。

鲁冠球出名了以后，省里想培养他，就像当年让工农劳模当负责干部一样，给他在杭州的新侨饭店准备了办公室，让他参与行政工作。他去了一个月就跑了回来，说：“再坐下去要闯祸了，我鲁冠球就是个干实事的人，生活在基层，坐在城里办公室就不是我鲁冠球自己啦！”

有位记者赞许鲁冠球：“中国有两类伟大的精英，一类在企业家中，一类在政府官员当中，你是中国伟大的企业家精英。”

鲁冠球并不苟同，他说：“真正的精英都在官员当中，这样国家才能治理好。人往高处走，历代都这样，不能颠倒。”

他在另一个场合对记者说：“我是土八路，农民出身的，我就是凡人，一个普通人。”

有记者问：“如果让您用一个词或一句话概括管理者最理想的心态，是什么？”

“不满足。”他这样回答。

2011 年 10 月 11 日，鲁冠球在接受法国记者玛丽恩 · 基普菲的访问时说：

> 我是农民，我知道他们的苦，所以有机会比如去北京开会，我就想办法请政府多出台一些有利于“三农”的政策。这就是人们所说的立场，做什么，就要为什么行业说话。搞政治的，为搞政治的讲话；我搞企业，就为搞企业的讲话；你做新闻报道，你肯定站在新闻报道的立场上去讲话。简单地讲，搞政治的，就不能去搞经济，不能想着赚大钱；搞企业的，就要想着赚大钱。大家不能错位。

随着万向事业的发展，鲁冠球学习与思考的范围一步步扩大，他那一双观察世界的眼睛变得敏锐，在日记上的记载也开始更多地关注宏观经济与世界市场走向的大议题。他在几乎所有大的经济时局课题上都可以讲出属于他的见解，而这些见解又具广泛的代表性且与国家的主流意见相吻合。他的作为，既是在完全的市场行为范畴，又因符合国家主导方向而被积极认可。

浙江省记协主席李丹说：“在我国经济体制改革和社会发展过程中，一有大事，重要的节点，我们都会自然想到鲁冠球，关注他怎么想，万向怎么做，请他在媒体上讲讲。他机智锐敏，气度不凡，讲的都有他独特的思考，他接地气的语言，表现出与众不同的定力和认知。大家因为他的真知灼见而产生共鸣。”

一位中央级专业报纸驻浙江的记者回忆说：“以前我们是拿着采访的提纲来找鲁冠球，他针对我们的提问发表意见。以后，他看得、想得越来越成熟，我们干脆就没题目了，遇到一个时局节点，需要他发表意见时，就让他放开讲，而他讲的发回去北京的报社，大家都认为很好，及时到位。”

法国记者玛丽恩·基普菲问他：“现在很多企业家都到国外去了，是现在的经济环境很不好吗？”

鲁冠球答：“这种现象是正常的。如果都是好的，那不是经济规律；如果都是坏的，那这个世界就不存在了。经济现在是调整阶段，经济每过一段时间，都要调整的，就像人一样，也会疲倦，也需要休整。没有把握好的，就要生病了，吃了药，他就好了，经济就是这样，天有阴天晴天，阴天过去了，就是晴天了。”

在这样的公共场合，鲁冠球的谈吐风采已经不像是一个普通的乡镇企业家了，而是像新华社记者赵新兵在一次联合采访时对他说的：“您在表达上有一种大师级的风范了，虽然我第一次见您，但不管是言谈还是外表上，您都给我一种开朗、乐观、信心满怀的印象。”

留意鲁冠球的心语与言论，会有一种强烈的印象：诚信与道德在他对于企业家的定义中占有本质意义的突出地位，也是他为人处世最基本的品行格局。

从他当年报废 3 万套问题万向节产品起，诚信二字在万向的生产经营和企业管理全过程中从未被忽视。

在企业内部管理上，他讲诚信，涉及对员工的承诺说一不二，不打折扣。

比如，发薪，万向从来按时，不拖欠一天。每月 16 日发放，雷打不动。2013 年的 2 月 16 日，大年初七，还在春节假期，工资不能按时发出。为此，万向给员工发了一封信，告知大家该月工资会推迟一天至 17 日即上班后当天才能发出，请予谅解。

在产品开发选择上，他避开与国家重点企业争资源争市场的“热点”，也不与“千家万户”恶性竞争。

在对外经营与交往中，他讲诚信，他认为经营中的德行与利益的关系应该是：“经商之道首在信，即以信誉赢得顾客。次讲义，不以权术欺人，该取一份取一份，昧良心钱决不挣。第三才是利，不能把利摆首位。德是商之本，无德不成商。为商若无德，商运必不长。”

他说得很坦诚：“该我赚的我赚，不该我赚的，我不会赚。我 40 年的经营搞下来，深刻体会到‘内心自有天地’的意涵，我不那么在意别人说什么。”

2008 年 9 月，我国奶制品市场发生了一起重大事故。因为食用了河北省石家庄市三鹿集团含有化工原料三聚氰胺的奶粉，大量婴儿罹患肾结石病。这起公共卫生事件举国皆惊，消费者对国内企业奶制品的信心指数跌至冰点，负面影响波及国际。

鲁冠球拿着刊有相关报道的报纸，手上颤动，气愤之情难平。9 月 23 日，他向集团所属各单位的负责人发了封署名公开信——

各位负责人：

奶制品事件再次教育了我们，任何私利都不能凌驾于公众利益之上，企业经营要以德为本，损人利己即自取灭亡。

另外，发展不能贪大求快，不能超越自己能力。安全永远比速度重要。从古至今，谁都不能脱离社会责任谈发展。社会责任是企业存在的前提，是企业价值的体现，是市场信誉的积累，更是我们创建世界名牌企业的基石。

鲁冠球

有一个很有意思的现象，鲁冠球很不愿意人们称他是“浙商”。他多次讲：“你们两个说法不要提，一个是浙商，第二不要讲改革。改革是政府和国家要做的事，企业就是创新创新再创新，一万年以后还要创新。”

“商人以盈利为目的，企业家以服务社会为目的。这要分清楚。”

央视纪录片《商痕》的摄制组来了，他一看有个“商”字就急了，跟负责接待的集团工作人员说：“你跟他们讲了没有？不要说我是商人。你们总是说商人商人，我不要做商人，商人是唯利是图的。”摄制组说：“您是实业家，哪是商人啊！”他这才放心。

人们提醒他这样讲是否有偏颇，商人也服务社会，他还是执拗地不认，也许自古以来“商人重利轻义”给他烙印太深了。在他看来，商人追求利润，但企业家更在于社会责任。

鲁冠球专门写了篇《我不是“浙商”》的文章来阐述他的想法：“在过去生产力不发达、市场发育不健全的经济社会里，一些地方经营者靠区域资源优势和文化形成了有自身特点的商业模式，它的产业或产业链是属地的或带有明显的地域痕迹，它的资本带有明显的地域或血缘关系，有很大的自发性与民间性，不是现今意义上的法治经济的产物。万向不需要‘结帮’，不愿意充当诸侯经济的附庸。”

他坦言：“万向虽注册于浙江，但我不是‘浙商’。即使存在人为意义上的‘浙商’，那么随着国际化的深入，我断言这些商帮文化也将逐渐瓦解。”

2007 年 2 月，中国企业家调查系统问鲁冠球：“您有没有感觉作为一个企业家真的是挺快乐的一件事，因为您可以把自己很多的设想变成现实？”

鲁冠球拿种花来比喻，认为乐趣就像养花，这盆花在自己的浇灌、哺育下生长得很好，自己就很开心，办企业也一样，决策对了，企业发展得好，就很开心。

他进而这样阐述："我觉得这是一种神圣的追求，是一种誓言、一种理想，最后一定上升到奉献。奉献是逐步深化的，随着事业的发展，随着环境的变化，你的思想肯定会逐步深化，深化到一定程度之后，肯定是作为一种乐趣了。"

1987年，鲁冠球在挪威考察时去看一个农场。农场主跟他说，他今天砍的树是爷爷种下的，然后他再把树苗补种上去，让他的孙子来砍伐。

长续的资源即利益传输，生生不已，这给他的印象很深。他老在想，中国人讲前人栽树后人乘凉，但说到这里断了，更要强调的是乘了凉的后人不要忘记"栽树"。

鲁冠球关于企业家的完整思想就像一片"思想森林"，其间的每一棵树都有着他个性的思考，高大而苍翠，有些甚至已经达致"云端"了。

2001年7月30日，国务院发展研究中心副主任鲁志强到访万向，鲁冠球和他的"二鲁"对话，其中有许多谈论竟然不是关于具体政策的讨论，而是对企业家定义的解读，很有意思。

鲁冠球（以下简称"球"）：总感到中国科技人才、科技项目并不多，到国际上就没有竞争力，你怎么看？

鲁志强（以下简称"强"）：现在全世界搞硅谷成功的就两家，一家是美国，还有一家是中国台湾地区的新竹，好多东西不是想做就能做的。

球：大多数科学家应该去钻研某一个方面，而企业家应把社会上的资源利用起来，这句话对不对？

强：对的，对于企业家而言，技术也是你的资源，而不是你的目标，如何将生产技术、资金、劳动力等手中资源整合好，用的效率最高，这是企业家的事，而科学家的目标就是攻破某一点，至于有没有用，那得由企业家说了算。

球：这么说，企业家比科学家更伟大了？

强：这是两回事，从创造财富的角度来讲，企业家起主导作用，两者的责任不一样。从历史上看，大科学家去当企业家是很少的，如果法拉第要赚钱的话，那就不得了了，所有电厂都要买他的专利，但他不干这个事。比较例外的是诺贝尔，但是他发明了火药之后，就没有什么发明了。

球：科学家研究一件事与企业家利用人这两者哪一个对社会贡献大？

强：小发明我们不去说他，如果是大发明，如半导体的发明，把整个信息社会都带来了，那肯定是科学家的贡献大。但是如果没有企业家，他的发明就永远只能停留在实验室里、论文上。我们国家的差距就在这里，我们国家的科学家并不笨。

球：那么，是先有这个事再用这个人，还是先用这个人再做这个事呢？应该是后者吧？

强：科学家与技术人员应该是两类人，科学家就像艺术家一样，如凡·高，画了许多画，但受了一辈子的穷，他并不想我这画去卖钱，他只是喜欢这个事情。科学家本身是没有功利思想的，国外的专利就是要让你发财，而他本身应该是淡泊名利，很执着，很投入，甚至是忘我的。而工程技术人员是干什么事情的呢？比方说，我有一个设想、一个方案，他来帮你实现，也就是技术创新。所以，在国外，科学与技术是分得很清楚的。而我们国家把两者合在一起，为的是有更多联系，结果反而分不清了。到国外的大公司去看，收入最高的是企业家、老总、会计师等。科学家也可以有高收入，但是有一个条件，那就是你的产品能一下子带来很高的效益。

球：那么在你看来，比尔·盖茨是科学家，还是企业家?

强：比尔·盖茨开始的时候是科学家，但后来就变成企业家了，他转了，他把知识也作为资本投入到企业，他所做的每一项发明，算盘都打精了，什么时候开始做广告，什么时候改进，事先都规划好，而且许多东西他不用自己做，当技术变成商品的时候，他可以从别的地方买过来。

球：我想把汽车零部件做强，做深。汽车归根到底要人来消费，中国人多，市场潜力大，虽然现在产品都全球采购了，但它总有一个范围。我始终看好这个产业。现在国内汽车零部件产业与国外之间的差距，一是批量没有上去，还有一个是制造水平没有达到。买得起的嫌差，买不起的又嫌贵。

强：车子还有个面子问题，无论是国内还是国外，汽车都有显示身份、财富的作用，到老百姓那里可能更为明显，所以不能便宜。

球：你把它点破了。我想把汽车零部件搞大，像美国的德尔福、德国的博世一样，搞大的基础上将它集聚起来，并将其他大公司引进来一起搞，等到我的资本积聚到1000亿元的时候，那我就可以上汽车了。我可能做不到了，要我的下一代来做了。

强：这也不一定，现在汽车大局未定，说它是战国时代一点儿也不过分。

球：我的实力还不够，所以我不敢搞，但现在有些企业比我的实力差也在搞，我都有点儿看不懂。

强：现在许多企业在上整车，但相反地，我们的整车厂都缺技术，实际上搞到一定的程度，倒过来买一个整车厂就办成了。

球：好的，我先将它搞大，到一定时候，10年或者更长的时间，机遇来了就去收购一个汽车厂，这完全有可能。

// 东方智慧之“常青树”

桌上放着《活法》，这是日本经营大师稻盛和夫的著作。鲁冠球抽空会仔细阅读。他读得更多的是另一位“经营之神”松下幸之助的书，并做了很多笔记。松下幸之助关于管理向员工透明开放的“玻璃式”经营哲学，在产品质量上不是100分就是0分的“零分哲学”等理念都引起鲁冠球的深刻思考。

1993年10月，鲁冠球在读了《日本人的经营术》一文后写了一段批语：

> 我搞企业30年来深深感到，干事业要从一点一滴做起，老老实实一桩一桩办事，少说空话，少指责，更不要做评论员。多学习别人，多办些实事，多解决些实际问题。一靠省，二靠实干，三靠以诚待人。

鲁冠球也很注意研究韩国一些财阀、经营家的创业历史，总结他们兴衰存亡的内在原因，以启示自己。他家里的书房放着这些财团首脑的照片，鲁伟鼎说，拿掉他们吧，这些人有的已破产、跳楼或者坐牢。鲁冠球说，不拿，我就放着，它会提醒我警惕。后来，其他的拿掉了，大宇集团创始人金宇中的照片一直还在。

如果说西方的成功企业家往往发轫于灵光一现的科技发明，东方的企业家也许更多因由勤谨的苦斗，他们通常起点不高，但筚路蓝缕，坚韧克难，最终成就一番大业。像日韩企业家许多还有儒家文化的若干浸润，让自己的经营哲学渗入鲜明的人本特色。这种文化上的同宗同源，使鲁冠球更容易在他们身上获得共鸣。

我在读稻盛和夫的自传时发现一个很凑巧的时间契合：比鲁冠球大12岁、在父亲的印刷机旁长大的稻盛和夫，历尽甘苦，终于在1958年选择了精密陶瓷产品后，开始走上了成功的创业之路，并于1969年在美国旧金山的硅谷成立 KII 公司，出任社长。

也是这一年，宁围农机厂，就是今天万向集团的前身在萧山成立，这对于鲁冠球是标准意义上的事业开始。

经过早年类似艰苦生活和创业经历的中日两位企业家，在这个时间节点上交集，以至之后产生心灵相通的经营对话，是很自然和奇妙的事。就像两辆前后跑着的经营之车各自留下的印辙，可以看到复合在一起的路径与导向，以及洋溢其间的东方智慧。

但鲁冠球又显然异于日韩企业家，他拥有远比他们深厚又接地气的中华优秀文化承接力，当艰难的人生经历与整个国家的发展曲线高度吻合，他在这个漫长途程中自觉地吸收与淬炼，形成了属于自己的哲学边界，并且显示出与溥博渊泉的中国传统文化的连接脉络。

离鲁冠球居住地不远的余姚，是明朝思想家王阳明的故乡。他晚年提出了“无善无恶心之体，有善有恶意之动，知善知恶是良知，为善去恶是格物”，即“四句教”，也可以用来解释鲁冠球对扬善抑恶的哲学理解。守正，在善恶是非议题上的鲜明刚强，使鲁冠球的思与行总是方向对头。

在鲁冠球的一则日记中，有一段长篇排比句表述了对人生诸多拷问的回答。虽未明了是他自己写的还是摘抄而来，但都可看到鲁冠球一种深而又广的辨识与认知。

1995.5.3

日记

每个人都有成就感，都想实现自己的诺言，故在处理问题时尽量减少强加于人去干的事。

人生最大的敌人是自己

人生最大的失败是自大

人生最大的罪过是杀生

人生最大的愚蠢是欺骗

人生最可恶的是淫乱

人生最可怜的是嫉妒

人生最痛苦的是痴迷

人生最羞辱的是献媚

人生最危险的是贪婪

人生最烦恼的是争名利

人生最善良的是奉献

人生最大的幸福是放得下

人生最大的债务是受恩

人生最大的欣慰是布施

人生最大的财富是健康

人生最大的破产是绝望

人生最可佩服的是精进

人生最缺少的是智慧

在另一个思想层面，王阳明说的“心即理，知行合一，致良知”“知者行之始，行者知之成”，同样可以解释鲁冠球秉持的求真务实精神。他一路走来反反复复讲的求实图新、“讲真话，干实事”，便是对于“起而行之”的一种遵循。他说得很直白：“说一万句大话，不如干一件实事，企业需要实实在在解决问题和创造效益的人。”“事虽难，做则必成；路虽远，行则必至。”

在鲁冠球的经营思想和实践中，我能获得一种深刻的印象，就是履中蹈和，他总能圆润而巧妙地将各个矛盾要素加以协和，找到正确的处理方法。

他给万向确立的企业宗旨是：“为顾客创造价值，为股东创造利益，为员工创造前途，为社会创造繁荣。”

四个创造，兼顾了四方面利益，不致失之偏颇，四者相辅相成。

他给万向确定的管理目标是：“人尽其才，物尽其用，钱尽其值，各尽所能。”妥帖地叙述了企业里人、财、物三要素的协调关系。

1990 年 4 月，还是在改革开放初期，各种利益和矛盾复杂交错的时候，鲁冠球在回答如何处理好国家、集体、个人和用户的关系问题时，很简洁地用了四句话：“上对国家有利，下使职工受益，内保企业后劲，外要用户满意。”

2011 年 1 月，鲁冠球在集团年度总结表彰会上说：“我们始终把企业的发展与社会目标的推进紧密联系在一起，把利润的追求与道德的提升紧密联系在一起。更高的利润率只有与更强的道德意识紧密结合，才能赢得更持久更美好的未来。”

人们普遍有一种感觉，万向做事谋发展总是处在“黄金分割点”上，成功率高，口碑好。

这是“和合哲学”带给鲁冠球的思想之果。它让人对中国先哲的“中庸”思想在现代经营中的运用找到成功的范本。

“中庸之为德也，其至矣乎！民鲜久矣。”孔子说。

子思在《中庸》中说：“中也者，天下之大本也；和也者，天下之达道也。致中和，天地位焉，万物育焉。”

我在检视鲁冠球的思想与行为时老是会跳出一个字——忍。

鲁冠球说：“万向的核心竞争力是‘退’。”退即是忍。

在小册子《万向文化》信条篇之五中，他这样解释：

做事：进一步海阔天空，退半步前功尽弃

做人：忍一时风平浪静，退半步海阔天空

每个人在工作、生活的道路上都会碰到困难与挫折，如何面对？要忍。忍，不能理解成只是佛教中的简单含义。我们讲的忍，是指一种对思考问题的专注，一种对解决问题的知识的积累及一种等待胜利的耐心，而不是冒进、急躁和冲动，忍过一时，排除困难，自然风平浪静。所谓退半步，是指我们面对成功，不是停滞不前往后退，而是实干在前，享受在后，控制物欲。少考虑享受，因为我们还没有到享受的时候。保持这样的心态，我们的未来必将是海阔天空。

他在家里电视机后的窗沿口墙上，贴了张手书的字条："遇事不怒。"

他与英国记者谈话时说过："愤怒以愚蠢开始，以后悔告终。"

直到 2015 年 9 月 12 日，他去世前两年，还写了幅手稿："二十年治一怒字，尚未消磨得尽。"

解释他看重"忍"的理由，显然离不开他的农民出身。鲁冠球心里太明白自己的草根身阶，处于弱势，没什么背景与资本好靠，争不赢抢不来，一切靠自己实打实地干出来。鲁冠球因此特别提醒自己也告诫员工要"忍"。

但"忍"不是屈辱认输，在无数的艰辛磨难中，他不断地"修炼"自己，修炼出了"韧"劲，坚忍不拔，朝着自己心中的目标走去。

2012 年，鲁冠球在《文化融合是国际化发展必由之路》一文中说：

我们的出生是被动的，性别、相貌、家庭都不能选择，但是，日子怎么过是自己做主的。就是说，每个人生命的路有多长自己定不了，而路有多宽完全取决于自己。人不能用相同的自己创造不同的未来。

2010 年 7 月 11 日，在《一不留神，铸成大错》的手稿里，鲁冠球写道：

精神上修炼到最高层次可以成圣，物质上驾驭到最高程度可以称王。内圣外王，则是古今中外罕有几人能够达到的至高境界。

由“忍”到“韧”到“认”——他的认知开阔到够他在这个世界尊重自己内心的力量，去创造未来。

在本章的开头，我用虚拟的原乡思考航船开始记录鲁冠球的言论，本以为因为没有故事的讲述，光写思想会很难，也写不多，没想到行笔至此，竟已成全书最长的章节，把他的这些言论像叶片一样撒在航船行走的河面，会很满，很满。

一种于斑斓杂色间形成的幻觉升腾起来了，我似在迷离中来到了一场东方的思想盛宴，席间有我在前面写到的日韩等国的企业家以及其他国度的思想家、诗人。

捋着美髯的印度诗人泰戈尔先朗诵了他的诗：“当太阳横过西方的海面时，对着东方留下他的最后的敬礼。”

被誉为“十七世纪的亚里士多德”的德国思想家莱布尼茨手捧他写的《中国近事》高声朗读：“中国在伦理道德和政治学说等方面，远胜于欧洲。”

…………

这时，一个被智慧光芒披身的农民企业家从远处江畔的田埂走来，虽然他的脚上从未沾过泥巴，但这并不妨碍他身上流淌着觉醒农民的血液。

从不同的视角去看他，发现有多棱的哲学光照投于他身上——

是善与恶的辨识观，分明如黑夜与白昼；

是知与行的践行观，像负笈的行者追求远山目标；

是和与合的价值观，看江河大地融汇于美的苍茫。

在隐忍的考验长路上，他的坚韧，在渐悟中幻化成一棵苍劲的大树。

同样在东方，日韩也许崇尚“神道”，习惯将成功的企业家赋予“神”的称谓，喻指不可企及，如松下幸之助被称作“经营之神”，索尼创始人盛田昭夫被称为“经营之圣”。

中国则更愿意给成功者赋予根植于大地的活的生命。

人们把鲁冠球称作一棵树——“常青树”。其常青的活力充盈着东方思想智慧的给养。

东亚，不，放眼世界历史，是当代中国第一次从土地上分离出那么多的农民，他们成为程度不同的成功企业家。鲁冠球代表了这一批人、这一个族群。

“理论是灰色的，生命之树常青。”

一棵树又一棵树，一大片这样的树，汇成了现代中国的“森林”，让河山锦绣，生机勃勃。

1982 年，鲁冠球在厂部办公室。当时的厂名为萧山万向节厂

鲁冠球年轻时。摄于 1982 年

这排平房共 84 平方米，是 1969 年萧山宁围人民公社农机修配厂的厂址。鲁冠球就是在这里开始了万向的创业

鲁冠球夫人章金妹一直在车间做普通的工人，直到退休

鲁冠球（右一）与 5 位创业时期的员工在一起。左一为其夫人章金妹

1982 年，鲁冠球（右）与萧山万向节厂党支部书记祝炳善在厂部办公楼的走廊上商谈。他们的合作被员工称为“两个脑袋，一个目标”

20 世纪 80 年代，萧山县领导来调研万向节厂的工作经验。左三为鲁冠球

20 世纪 70 年代，萧山万向节厂厂区一角

1984 年，鲁冠球（左）在车间检查万向节十字轴的产品质量

万向从 20 世纪 70 年代开始就聘请专家来厂，为乡镇企业的早期发展提供技术引路和发展支撑。图为 1986 年鲁冠球（中）在车间和吉林工业大学教授许金钊等专家一起切磋商讨

20 世纪 80 年代的杭州万向节总厂，厂门两侧的“求实”“图新”4 个大字是鲁冠球在 1984 年拟定的厂训，近 40 年过去了，今天依然赫然在目

1985年，鲁冠球（左二）应邀访问美国，在美国舍勒公司听取全球汽车市场的信息介绍

1994年7月，鲁冠球（中）向新入职的大学毕业生热情介绍万向的发展

20世纪90年代初，鲁冠球（左）和负责进出口业务的同事商讨产品出口事宜。他在地球仪上的指向是欧洲

1980 年，鲁冠球在浙江嘉兴考察学习期间参观嘉兴南湖中共一大会址，留影于红船前

如果说 1983 年鲁冠球参观海盐衬衫总厂是听取步鑫生的改革经验介绍，那图中记录的 1984 年鲁冠球（左）与步鑫生的第二次见面则呈现了两位改革家倾心交流的场景。2018 年，改革开放 40 周年，他们同时被授予“改革先锋”称号

1987 年，鲁冠球（中）兴致勃勃地陪同杭州市农业系统领导考察万向农业车间

2015年9月23日，在西雅图举行的中美企业家座谈会上，鲁冠球与参会的巴菲特合影

2011年1月20日晚，鲁冠球（中）应邀出席美国前财长亨利·保尔森为他到访举行的私人晚宴，保尔森称赞万向美国公司是在美中资企业的榜样。左为万向美国公司总经理倪频

1991 年 5 月，鲁冠球登上美国《新闻周刊》封面

2008 年 4 月号《福布斯》杂志封面。这家杂志因其提供的企业家列表和排名而为人熟知。鲁冠球作为该杂志封面人物，被列为“全球最富有的人”

2008 年 12 月 30 日，在万向集团举行的新闻单位迎春聚谈会前，鲁冠球（右）和鲁伟鼎在一起交流

2001 年，香港理工大学授予鲁冠球荣誉工商管理博士学位

1998 年 3 月，鲁冠球出席第九届全国人大一次会议，在会上投下庄严一票

2023 年 3 月，鲁伟鼎出席第十四届全国人大一次会议，在父亲当年投票的位置留了影

2004 年，鲁冠球（左三）与鲁伟鼎（左一）一起陪同意大利客商观看万向的系列产品

2014 年 7 月，鲁冠球（中）在万向美国公司总经理倪频（右一）陪同下视察万向美国 A123 公司

2015 年，油画组画《民族脊梁——共和国英模》亮相中国国家博物馆。画中人物左四为鲁冠球

数十年来，鲁冠球一直坚持利用工余时间学习，从不间断。这是鲁冠球在家里夜读的情景，大约摄于2000年

2012年2月13日，在洽谈“十万美国学生在中国”计划的执行方案后，鲁冠球于美国国务院大厅留影

鲁冠球（右）与鲁伟鼎在爬山后小憩

2017年7月8日，万向集团举行创建48周年庆祝大会。在美国治病的鲁冠球通过视频连线方式发表了《做创造历史的勇敢者》的讲话

鲁冠球夫妇和两个女儿与孩子们的外婆在家中合影

打理庭院、修剪苗木是鲁冠球业余时间最喜欢做的事。2000 年，他和夫人章金妹在屋前为花木整枝、浇水

1986 年，一家人快乐地在家门口的台阶上，鲁冠球翻阅杂志，后面的章金妹挑着手中毛线，鲁慰芳、鲁慰娣和鲁伟鼎围在父亲身边，留下了生动的生活画面

全家福。合影于 2005 年的西子湖畔、雷峰塔下

鲁冠球的天伦之乐。他抱在怀中的是小孙子鲁泽星，右一为大孙子鲁泽普

鲁冠球和外孙女倪雪睿在一起

2022 年 7 月 21 日，鲁伟鼎（中）在美国底特律代表万向集团董事局主席鲁冠球接受汽车名人堂奖杯

2022 年 2 月，鲁伟鼎（左二）就《领潮：鲁冠球传》的写作与主创人员座谈，并与作者陈冠柏（右二），策划朱海（左一）、莫晓平（右一）合影于湘湖逍遥庄园普园

2023 年 11 月，建设中的万向创新聚能城，图为电芯一期工程现场，园区建筑已雄姿初露

下部 再改变

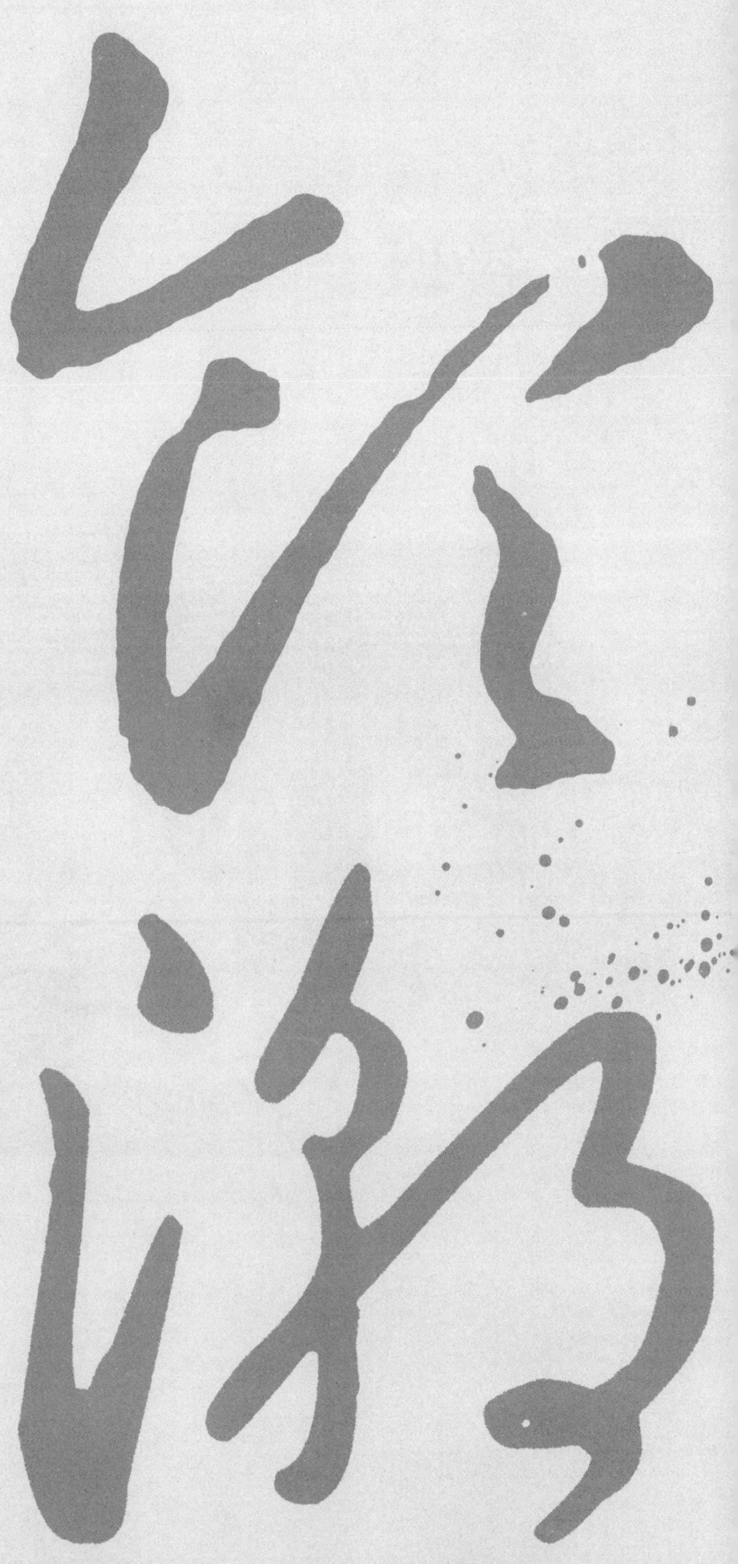

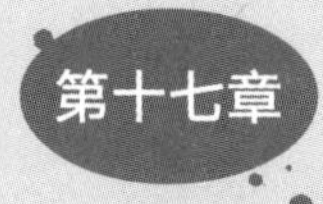

接班：

成长的烦恼

1994 年 5 月，鲁冠球（左二）、鲁伟鼎（左一）在万向钱潮股份公司第二次股东大会上

// 跟新任副总拍了桌子

1992 年 12 月 18 日，由杭州万向节厂更名而来的浙江万向机电集团公司决定改革行政机构，调整领导成员。这是一个大变动，叫惯了多年的鲁冠球厂长改叫董事长了。公司有一个成员代表性很广的管委会，26 名委员中的最后一名，是人们熟悉又陌生的名字——鲁伟鼎。

“这不是厂长，喔，董事长的儿子吗？”人们好奇地问。

是的，鲁家老四，也是鲁冠球唯一的儿子。

令人惊讶的是，集团公司管理层名单中，除了鲁冠球兼任总经理外，唯一的一名副总经理也是鲁伟鼎。在宣布任命的大会上，不知是由于紧张还是激动，鲁冠球在念到鲁伟鼎时，把副总经理念成了“副总理”——“副总理鲁伟鼎”，引来台下一片笑声。

1971 年出生的鲁伟鼎，在 21 岁的年纪坐在了万向集团高管的位置上。

这里有个有趣的背景，鲁伟鼎的这个副总经理是他自己向他爸“要”来的。这年 6 月，在北京的鲁伟鼎接到家里电话，他妈妈在电话里说：“伟鼎啊，你在哪里啊？你天天漂在外头怎么弄？都放假了，你该回来了。”鲁伟鼎说：“我回来干吗？有什么事情？”他妈妈说：“你好好跟你爸说说，回来在厂里做点事，别犟了嘛！”

鲁伟鼎很听妈妈的话，第二天就乖乖地回到了萧山家里。

当时的鲁伟鼎已经有些履历了。他在长山中学读完初中，进了浙江交通学校。毕业后，因为学的是汽车维修，自己又喜欢汽车，就在万向车队帮着做管理，之后还管过养蛇场、养鳗场，其间还时不时地去读大学的专修专训班。更多的日子里，他常常是神龙见首不见尾，四方行走，长漂北京，读书交友，很是潇洒。

鲁冠球对这个儿子又懂又不懂：懂的是，小子聪明有主见，思想敏锐，敢作敢为，能成事；不懂的是，他总是自有一套，云里雾里，不晓得下一出戏是啥，用萧山话讲“搭不牢他”。鲁冠球想让儿子把心收了，别老在外头漂着，正正经经回来做事。

进了家门，鲁冠球问：“你回来想干点儿啥？”儿子说：“我没什么好干，我这种人，又没地方去，别的地方我也不想去，想去的地方也没让我去。”

鲁冠球说：“那好，你就回到万向来。”

鲁伟鼎闷着头低声说：“我不来，来了我说了也不算，过来干吗？”他心想，他爸不会让他说了算，要真说了算，你们还不都累死？

没想到鲁冠球却像鲁伟鼎后来说的：“我爸就这么牛，行，他说，我答应你，我让你说了算，就这样。我怀疑说，不可能吧？我爸说，我的话，你总要听吧，我说答应你了，就说定了。”

儿子这就放心地回北京去了，那边还有些事要料理。犯难的事留给了老子，鲁冠球答应让儿子回来说了算。怎么才叫说了算，放哪个位置才合适？

在鲁冠球心里，让鲁伟鼎来公司历练早就是计划中的事。作为唯一的儿子，鲁伟鼎如果在实践中干得出色，证明有能力挑得起领导担子，这对鲁冠球来讲，是最期望的结果。从基业传承的角度上看，具有家族血缘关系的继承无疑是最安全、道德风险最低的选择。为了使儿子能尽早接上班，鲁冠球费了很多心思，他也有一个对儿子长期观察与考验的心理准备，但现在，儿子主动要“官”做，安排要提前了，他需要重做筹划。

一项企业改制方案的出炉让鲁冠球对儿子的能力有了底。

其时，万向实行集团化的改制正在方案酝酿期。从外地考察回来的工作团队拿出了一个初稿。鲁冠球看了觉得不行，不是说人家怎么做我们也怎么做，也不是把原来总厂的塔形结构简单变为扁平化结构就行了，它里面对企业的架构、运作体系、责权利的互相牵制、最终在市场的综合效能等，必须有一个详尽、明确、可视可行的规范与图形，这是一个系统工程。当时，不说万向团队自己，就连浙江省社科院这样的专业研究机构还在研讨，国有大企业也没有体制突破的实例，现实层面提供不了可资借鉴的范本。

“那下一步怎么弄？”工作团队问。

“你们去找找伟鼎吧！”鲁冠球想了想说。

当他们在北京北辰公寓找到鲁伟鼎时，他的第一感觉是，很亢奋啊，我爸总算发现我是个宝啊！他在心里笑了起来，我爸还是觉得我有能耐，是吧？

去的人就在鲁伟鼎的公寓里挤着住下，给他买菜做饭，把鲁公子“伺候”着。他呢，睡了两天，想了两天，就开始在电脑前做方案。现场的人们回忆，他差不多有六天都没怎么睡觉，到第七天，完全归纳出来了，拿出了一个完整的方案，由他们带回了杭州。

鲁冠球一看，心里一震，这小子还真不是玩的，这份方案是个让人眼前一亮的新东西，规划很有现代气息，统筹了集团的架构，目标直通国际现代企业管理制度，而且很有创意地解决了集团运营的具体问题，包括对下属分厂改组为具有法人地位的有限责任公司或股份有限公司，上下形成以资产为纽带的经济关系。之前在省里批准成立万向机电集团公司时有过一个方案，但没能解决实际操作问题，一直搁着不能实施。而眼前这个方案，把营运铺排得妥妥帖帖，管委会架构下设几个部门，部门里几个经理，谁能胜任这个职位，竖的怎么贯通，横的怎么交叉，都有筹划，不是一个相当精熟现代企业营运管理的经理人，很少能做得出来。鲁冠球自语：“这小子，他啥时候把公司的里里外外、角角落落弄得嘎清爽嘞？”

这份方案鲁冠球也给许多人看了，包括国家经贸委、国家计委、省市有关部门的领导和浙江大学及研究机构的学者、教授。人们在肯定的同时也很好奇："这份东西从哪里出来的？"

晚饭时分，在家里的餐桌上，鲁冠球喝着酒，很高兴地对儿子说："你这方案很好，我看了，也听了大家意见；但是伟鼎啊，你写得出来不算厉害，关键还要做得了。"

鲁伟鼎一听，鬼主意来了，你不是答应让我回来说了算吗？那好，他对鲁冠球说："爸，我做得了！而且这个东西只有我做得了。"

鲁冠球讶异地瞟了儿子一眼，没吭声。

"你不是让我说了算吗？事情我来做，给我个总经理职务，你是董事长。"鲁伟鼎直言不讳。

"那怎么行？怎么好直接做老总呢？"鲁冠球没答应。

鲁伟鼎灵机一动："好，老总我不做，总经理由你董事长自己兼，我就做个副总经理，行了吧？但方案得改，原先是四个副总经理，我没法说了算呀！就设一个副总，是我。"

换汤不换药，这不还是他做了总经理？鲁冠球心里嘀咕。

为了获得父亲的同意，鲁伟鼎把已经退休的厂党支部书记、时任公司顾问的祝炳善请到家里吃饭，一起做工作。他说："祝伯伯，你是顾问，酒不能让你白喝，你得帮我。你们不就怕我不听话吗？担心是对的，但依我的脾气，说了不算我不来，既然来了，是干事情，就要让我说了算！"

鲁伟鼎看出祝炳善的担心，表态说："我肯定是听你们的，事情我来做，话我说了算，你们不能代替我做决定，但你们可以反对我的决定，你们不同意的，我坚决不做。这可以写到制度里边。"

这句话起作用了。作为一个承诺，鲁伟鼎在以后的日子里确实照此办理，它给未来万向的领导决策提供了一个规矩，也是一块稳定的基石。我们将会在后续的叙述中多次提到。

这之前有个插曲：鲁冠球带着鲁伟鼎这位“拟任副总经理”去萧山市委大院见领导。萧山市委书记杨仲彦说：“伟鼎啊，我们研究过了，让你做这个副总，你要长气、争气啊。”伟鼎没听清他说的萧山土话，问：“哪两气？”杨仲彦说：“长气，就是不能出事；争气，是要干得更好。”

鲁伟鼎又被带去见杭州市原市委书记厉德馨和浙江省领导。他后来回忆说：“我爸喜欢做成这样，所有的朋友、领导他都要问过，没有一个反对，他才宣布的。”

可事实上，是有人反对的。

集团公司保障部经理就不服。他从部队复员来公司多年，先在仓库管钢材，后来做人事保卫工作。改制后成立保障部，他担任经理，自感政治条件好，很有优越感，员工嫌他说话办事狠三狠四。

鲁伟鼎那时在宁围中心小学读书，每天背着个书包颠巴颠巴地上学去。在他眼里，一个小屁孩儿嘛！鲁伟鼎上初中时，有一次在萧山宾馆与一拨人闹纠纷，就是他去处理的，在他眼里，鲁伟鼎并不安分。

现在好，鲁伟鼎一下子做了副总经理，还是唯一的，他至少在情绪上不大能接受。他自己多年还只是一个中层干部，心里怎么服气？鲁伟鼎做了副总经理后，抓人事制度改革，也和他有抵触，磕磕碰碰，他的不满情绪更多。

有一次在副总经理办公室，两人发生了争执。鲁伟鼎发火，他也情绪上来对吵，出手重重地拍了几下办公桌。这一拍，鲁伟鼎忍不住了，说：“这里轮不到你拍桌子，你出去，你再这样拍，我跟你不客气！”

“我为什么不能拍？这桌子又不是你的，是厂里的！”他反诘。

鲁伟鼎正色道：“你搞搞清楚喔，这是我的桌子，就不允许你拍。”

怎么会是他的桌子？连这位保障部经理也不清楚，原来鲁伟鼎当副总经理后，就没要厂里按标准配给的三屉桌，而是自掏腰包买了双排屉写字台！

保障部经理碰了钉子，有些悔。

// 儿子眼里的父亲

鲁伟鼎从记事起，就觉得自己是万向厂里的一员，因为家在厂里，他是在厂里转着玩儿着长大的。

那还是“文革”时期，他印象中，爸爸常常不愉快，虽然已经是厂长了，但说了不算。厂区分前后两部分：生产车间在后半部分，在那里，他爸可以，车间里几百号人，登高一呼，绝对说了算；一到前半部分，行政区，气氛就不对了，外面常来人要批判他，他就耷拉着脑袋，一肚子委屈。

鲁伟鼎最难忘的是他爸对于“钥匙”的说法。造反派批斗他爸，说他“搞资本主义”，要叫他交权。他跟鲁伟鼎说，批斗就让他们批，这不重要，厂里钥匙最重要，万万不能交。不论有再大的委屈，钥匙不能摔，因为办厂是我要干，不是谁要我干。他每次去公社挨批，走之前把钥匙放在鲁伟鼎这里，晚上回来了再交还给他。这使鲁伟鼎很早就懂得，钥匙象征权力，丢不得。白天鲁冠球挨了批斗，批判他的大字报贴在公社大门口旁边的集市里，他心里难过，鲁伟鼎就想给他爸出气。“不就是几张大字报吗？我过去三五分钟把它撕了不就得了？”他真带几个小伙伴趁夜里没人看见，“嗖嗖”地把大字报撕了个干净。

鲁伟鼎上小学后，“四人帮”被打倒了，党的十一届三中全会召开了，他觉得他爸处境好了。虽然跟公社领导有时也会吵架，在企业经营管理上有争执，但矛盾归矛盾，办厂归办厂，日子是一天天好起来了。他看到了他爸那种雄心勃勃做事业的精气神，连生大病也不吭声，忍着，去医院怕给人看出来。

后来，鲁冠球事业做大了，成了优秀乡镇企业家，出了名，报纸上登，电视里放，厂里很早有了当时很稀罕的吉普车、轿车，还有很多大领导来万向视察。这让鲁伟鼎很快活，觉得爸爸厉害了，他自己在学校也脸上有光。有件事让他印象深刻，他爸跟着浙江省企业管理协会会长李铁峰去温州做报告，他陪着去，在路上小店吃面条，人家不收钱，说你鲁冠球是农民企业家，我们知道你的事迹，难得来，不收钱。鲁伟鼎想，这么一个小地方一个小店都认识我爸，那我爸真是不简单了。

当然，做儿子的，最敏感的还是自己在父亲心目中的地位。鲁伟鼎小时候就觉得他爸很在意他，觉得他聪明，把他看得很重，要培养他。

早期的文化启蒙是从讲故事开始的。那时他爸再忙，也架不住他和三个姐姐的纠缠，会一本本地讲中国传统文化的故事给他们听，《山海经》《封神演义》《三国演义》《水浒传》《红楼梦》，还有《聊斋志异》，这些都告诉他做人要扬善抑恶的道理。他觉得他爸讲故事像说书一样，绘声绘色，让他着迷。在从小的印象中，他爸就会两样东西，说书，然后就是打铁了。

家中幺儿，有三个姐姐护着，鲁伟鼎享受偏爱乃至宠爱也非过分，但他并没感到有什么溺爱。他爸对他总是事事在意，常常敲打，借题把做人的道理讲给他听。在奶奶家，他看到邻居来借东西，心想，你上回借的还没还回来，怎么又来？就唠叨要说人家。奶奶心软，叫他不要说，告诉他多帮助一个人就是行善。爸一边夸奶奶，一边跟他说："你看奶奶，愿意尽力多帮助人，你就要学她。"爸有许多好朋友过来，过年过节给他红包，爸总是教他要谢谢，要有礼貌，要谦虚，因为爸发现他的毛病，脾气大，说话随意，不懂怎么待人接物。

鲁伟鼎记得他爸总是对他说："做人三个字——爱、善、忍。伟鼎啊，宰相肚里好撑船，要包容，有容人之心。"天天就是这句话。

鲁伟鼎十来岁时，鲁冠球就开始给他讲公司的事，给他看文件，让他接触一些公文报告，看看他会怎么处理，一般会让他先写个草稿，然后给予指点。鲁冠球在办公室开会商量事情，鲁伟鼎进去，他也不避，要听你就听。鲁伟鼎有个直觉，我爸想让我接他的衣钵哩！

鲁伟鼎很小时，鲁冠球就带他往外走，去了杭州钢铁厂、汽车发动机厂等一些大厂，让他见世面。去外面做报告，到湖州、德清、绍兴等好多地方，都带着他。至今他还有印象，觉得温州那时最开放，在别的地方还是一片“蓝海洋”时，那里街上的裙子已经花花绿绿了。

少年郎长大总有飞起来的野心，鲁伟鼎要买辆摩托车。鲁冠球哪能同意？儿子愣头愣脑的样子去开摩托，还不惹事让他担心？鲁冠球记得可清楚，鲁伟鼎 13 岁时就在厂区偷偷开上了汽车，说他时，他还有理：“谁叫万向节厂里有马路呢。”

后来，鲁冠球想，你不是想学驾驶？那就正正规规地学，到交通学校去，可那是中专，去了不就上不成大学？不上便不上，只要儿子喜欢，只要平平安安。

从浙江交通学校毕业的鲁伟鼎“专业对口”地在万向的车队待了下来，帮忙搞检修，也忙调度，还常随车队去外地送货，东南西北的，再远也跑。住过马路饭店，吃过路边小摊儿，练出了很接地气的生活本领。

一次交通意外让鲁伟鼎更加懂得了自己在父亲心里的分量，并涌起一生对父亲的敬仰与敬佩。

1993 年初，鲁伟鼎随车从北京回萧山，到安徽境内已是凌晨，一辆拖拉机突然蹿出来，司机猝不及防，把方向一打，撞在一棵树上。鲁伟鼎正在副驾驶座上打盹儿，砰的这一撞，脑袋往车门一碰，受了点儿伤，脑膜下有淤血。当时感觉问题还不大，处理一下就回来了。

三个月后，鲁伟鼎感觉头涨头痛得厉害了，去空军医院检查，发现是脑膜出血压迫神经，正是当时车祸受伤的部位。这可急坏了鲁冠球，他找名医讨论多种方案，结果冒险选择开颅。

手术前，鲁伟鼎感到他爸紧张得不行，毕竟自己是爸唯一的儿子，刚刚当了集团副总经理，一切才开头，就出了这样大的事故，但他爸还是这样鼓励他：“伟鼎，你要坚强，没事的，你这次一定要挺过去，胆子放大。我做企业有什么意义？赚钱有什么意义？我跟医院说，只要把你伤病弄好，不管多少钱都花，我这几千万元、一个亿都给了他们。”

// 父亲眼里的儿子

这是一张照片的定格：鲁伟鼎穿着背心短裤爬在厂区一棵梧桐树上。那时他还不满 10 岁，但好动逞强的性格显露无余。

鲁伟鼎从小在全家呵护中长大，鲜有吃苦。在鲁冠球看来，儿子惯于张扬的犟脾气是因为长在蜜罐里。他总对儿子说："没吃过苦就要吃亏，如果我不在了，你要吃亏的，你到外面去，哪有这么简单？"

有一种复杂的感觉一直在鲁冠球心里，按鲁冠球的愿望，很希望儿子能顺顺利利地成长起来，以后一步步接上班；但儿子个性很强，说话做事不按常规，优点缺点搅和在一起，又总让鲁冠球不放心。

鲁伟鼎去大学进修，喜欢开辆皇冠轿车去，在学校很招摇。国内如北京、深圳等地的大学等，他读了不少，又去到国外，在新加坡国立大学、哈佛商学院读，学历应该很丰富。但鲁冠球常听儿子说起，不是学的东西太浅，他早就懂了，就是某某老师讲得不对，没学到多少东西。这让做父亲的很诧异，也很难理解儿子读了那么多的大学专修课程，几乎没有完整结业、拿到文凭。

让鲁冠球感到意外的，倒是儿子经济意识的"早熟"。

1983 年，鲁冠球开始实行联利责任承包，家里的龙柏苗木被作为抵押物。公证员来登记财物时，鲁伟鼎就在旁边看着，那年他 12 岁，当着大家面他哼了一句："喔啊，这是产权抵押归属嘛！"鲁冠球吃惊地斜视了他一眼，心想，你小小年纪怎么懂得这个？

似乎有父亲擅长经营的遗传，鲁伟鼎对于经济学的许多道道很容易得其要领。这在他十七八岁"北漂"时更加显露。

也是在寻常青少年的成长叛逆期，鲁伟鼎出走北京，说是去"游学"。鲁冠球心里不愿意，但也无奈，他是带着一个很大的谜团接受了儿子出走的现实。

鲁伟鼎在京结识了很多朋友，有同龄的，也有大他一茬的，鲁冠球的名气也够他拿着当名片了。这一堆人中，有许多优秀的中青年理论家，有的还参加过 1984 年“莫干山会议”，那是一次对中国经济改革有重大思想影响的启蒙会议。看起来，鲁伟鼎跟他们只是一起吃喝闲聊，但因为话题五花八门，交换的思想意识新锐，他们都拓展了自己的思路与视野。那是中国改革开放的早春，北京经济理论界思想活跃奔放，讨论并无禁区，许多年轻的经济学家正在探索中国经济体制改革的理论架构和实施路径。当鲁冠球在萧山家里还和人苦苦探讨万向的集体经济体制怎样向股份制企业过渡的时候，鲁伟鼎和京城的朋友已经掌握正在酝酿起草中的《公司法》内容了。

有人用“既上香山，也进黄埔”来形容鲁伟鼎在北京的“游学”。“黄埔”，指鲁伟鼎就读了在清华大学、对外经贸大学等名校开办的一些培训班专修班。“香山”，是指我国著名经济学家马洪、袁宝华、杜润生、蒋一苇等在北京西郊香山的办公地点，许多经济政策和理论研讨会在那里召开，鲁伟鼎时常进出。学者们也很愿意从他嘴里听听鲁冠球有什么想法和意见。他成了经济学界高层与基层农民企业家之间无拘束互动的纽带。

鲁伟鼎用一句俏皮话概括了那段经历：跟蛇在一起就是蛇了，跟龙在一起就是龙了。

鲁伟鼎那时有机会读了很多书，其中有一本书叫《高手过招》，到现在他还能把它讲得绘声绘色，里面记述了香港四大家族在资本市场的风云争斗，鲁伟鼎读得起劲。他说，我是一字不落地看，看得津津有味。股市的奥秘奇术，当年亚洲“四小龙”的崛起，都在里头有精彩记录。这书后来被北京一位朋友借走没还，隔了好多年，鲁伟鼎还要追着要回，觉得丢了可惜。

鲁伟鼎在北京的各种消息时不时地传到鲁冠球耳边，是是非非，让鲁冠球不放心，去北京出差时他特意去看儿子到底在干啥。见面后听了鲁伟鼎的一番说辞，经济学名词和道理一大堆，觉得他虽然天马行空，却能触及实际，倒也生出几分满意来，觉得儿子在京城并不虚度，他在这里延伸了自己的眼界。

鲁冠球很高兴地为儿子的“放养”买单，放任他在现代时尚中消费。他对儿子似乎有一种天然的信任，相信他不会有不良嗜好。鲁伟鼎的确也没让他爸失望。虽然家里这边流言四起，说鲁伟鼎在萧山待不下去了，给抓了，又是贩毒、走私、倒卖军火，又是澳门赌博，“罪名”一大堆，但儿子活得端端正正，没去走邪路。

鲁伟鼎“哼”地冷笑一声：“还说我澳门赌博？为了不给人留下口舌，我到现在为止，走了世界那么多地方，你去翻翻我的出行记录看，就是没有澳门的。我去美国N次了，就是没去过拉斯维加斯。”

从北京回来后，有几件事让鲁冠球看重了儿子的经营管理能力。

当时鲁伟鼎在车队做管理实习，发现车队缺少运输车，市场上没有指标买不到，似乎谁也没辙。

得从根上找办法，鲁伟鼎想，东风卡车不是第二汽车制造厂出的吗？那找他们总经理嘛！鲁伟鼎脑子里马上跳出二汽老总的名字，当年鲁冠球在北京做报告，介绍万向提高产品质量，把万向节出口到美国时，就在现场和他认识了。既然认识，争取几辆车应该不成问题吧。

鲁伟鼎跑到二汽，拿着鲁冠球的信找到老总，一番陈情，居然解决了，20辆东风车买了回来。这让鲁冠球发现儿子很大的优点，有主动性，会抓机会，且解决问题不拖泥带水。

还有一件事是要债。20世纪80年代，万向和浙江德清的一个养蛇专业户合作成立蛇类精制厂，后因对方经营不善，合作协议提前终止，他应向万向偿还200万元投资本金加100万元红利，但他自己另外的业务摊子铺得太大，债务缠身，还款只是空头承诺。

刚刚去蛇厂工作的鲁伟鼎“初生牛犊不怕虎”，一人深入到对方的经营圈子里，打听到他在其他地方的投资项目与资产，通过跟踪、蹲点、取证，花了整整4个月时间，迫使对方再无理由推托赖债，最终把300万元如数要回。在万向的对外投资合作中，能这样全额要回本金与红利，还是头一遭。

鲁伟鼎还机灵地捡回了一个难得的“壳资源”：那家已终结的合作公司蛇类精制厂注册名有“中国”二字，此后国家限制申报和批准冠以“中国”字样的公司，厂名成了“稀缺资源”。鲁伟鼎脑筋一转，没将公司注销，而是予以更名，将新成立的一家控股公司装了进去，“中国万向控股有限公司”因此得名。

干事有狠劲儿也灵活，这让鲁冠球对鲁伟鼎又看好了一分。

一天，鲁冠球跟鲁伟鼎谈了鳗鱼场的事。由于还在经营初期，缺乏经验，养殖技术不成熟，鳗苗成活率低，亏损很严重。鳗鱼场场长又在此时去世，一时找不到合适的人来顶，鲁冠球很急。

“我去，爸，做不好，你别骂我。”没想到鲁伟鼎会迎难而上，这使鲁冠球很意外，他明确表态：“不会，你只管尽力去做。”

鲁伟鼎到了鳗鱼场，把情况一摸，很快找到了症结所在。头一个原因是鳗鱼的销售渠道不对，只卖给中间商，没有定价权，利润空间太小。为什么不直接进到市场呢？据说是市场有暗流，地盘被疑似“黑老大”把持，一般人进不去。

“我就不信这个邪，能把我吃了？”鲁伟鼎气盛胆壮。

那天午夜，过了1点，鲁伟鼎就吩咐员工开始从池里捞鳗鱼，挑大个儿的，装进大桶，把氧气灌满，抬上车，凌晨两三点钟出发直接开到杭州市中心的龙翔桥菜市场，占好摊位，打开丰田皮卡车车厢，就开始叫卖。长期占据市场地盘的那些人有点儿看不懂，从哪儿冒出个不懂规矩的新主，还开着丰田来卖鱼？

“老大，要不要收拾他？”

“慢着，得看看。”老大说。

市场管治安的警员过来，厉声训斥道：“别乱来，人家办过登记的！”

“到底是谁呀？”

“你不看看？鲁冠球儿子啊！”

被叫作“老大”的怔怔地摸了摸自己头皮，赶紧上去堆笑给鲁伟鼎敬烟。

鲁伟鼎也大气，“入乡随俗”，回递过去好烟，一来二去，就成了熟人，鱼摊也就顺顺当当地摆开了。

这里看似波澜不惊，其实有个铺垫。鲁伟鼎事先跟自己辖区的派出所做了报备，求得了保护性支持。这一信息又通过警务渠道很快传递到市场方面，因而有了以上一幕。

鲁伟鼎还首次把鳗鱼充氧包装应用于产品出口，一袋袋充氧保鲜下的鳗鱼运到笕桥机场，送上飞往日本的航班。之后，充氧包装的鳗鱼应用到了内销市场。

“这小子做事心思缜密，步骤得体！”鲁冠球心生满意，虽然也常常因此“消费”了自己的知名度。

龙翔桥一战只是鲁伟鼎小试谋略，而鳗鱼养殖的一项最大制约还在于气候条件，萧山的适养期短，导致成本高，产出少，为此鲁伟鼎决定在广东中山坦洲建立养殖基地。有一年广东大暴雨，鳗场受灾，鲁伟鼎毫不犹豫，只身往中山赶，在鳗场铁皮房住下，生活设施简陋，卫生条件差，南方暑热，蚊子咬了一身，但他没叫苦，没退缩，一待就是半年，直到度过危机。连他自己都不信“我一个‘公子哥儿’有这份耐力”！

看到儿子满脸黧黑、满身瘢痕地回到家，鲁冠球有一点是信了——鲁伟鼎不是一个吃不起苦的纨绔子弟，有担子压给他，他能成事。

鲁冠球开始更多一些懂了自己的儿子，他从鲁伟鼎的性格与行为的矛盾反差中看到了值得放心的本质的一面。他留了手书给鲁伟鼎："你必须是你自己，但又得融合于这世界之中。"

// 可敬天下父母心

鲁伟鼎出任万向集团副总经理之后，鲁冠球的记事本上，关于鲁伟鼎的内容大幅增加了。它大概有这样几个分类：一类是工作上的提示，一类是批评与提醒，还有一类是一些启示与探讨。原文实录并加以简洁说明，可以给一幅现代企业家的"教子图"提供文献依据。

先看第一类，从日常很具体的工作或现象着眼，鲁冠球提醒鲁伟鼎予以重视和改进。

1993.7.11 伟鼎

1. 办公室的整洁问题、标准检查；2. 食堂；3. 宿舍；4. 厕所；5. 传达室。

宿舍里放的报纸还是几个月前的，没人管，该做的事没做好。

1993.7.12

我在专业厂发现工作服的差异反差太大，应该好好抓一下。

1993.12.30 伟鼎

宿舍管理是多年积病，应该抓紧抓好：

1. 大专生要安排；2. 外地来的要安排；3. 当地尽量不安排，可以回家去尽量回家。

7.12 告伟鼎

骨干人员的收入如何提高？

运输每月结算的，超出部分以30%结算。

伟鼎，分配要抓住重点，向骨干力量倾斜。

告伟鼎：

发夏令品，是洗衣粉，是否合理？

以后物资尽量少发，以发货币为好。

鲁冠球关注的不仅是细节，还有业务全局：

1993.12.30 伟鼎

1）维修市场，销售点；

2）维修价格和配套价格的差距还应该接近。

1994.3.17 伟鼎

财务投资公司，或者是资产管理中心。必须把此件工作抓好。

1994.3.19 伟鼎

投资管理机构、融资管理机构、证券管理机构、房地产管理机构先做起来，逐步完善提高；杭州的公司早日办好。

一权独揽，原则决定，大家去办。

当鲁冠球由管理一线回到宏观运筹，他有更充裕的时间和精力来关注市场的变化。每天，他在几万字的政治经济和社会信息阅读中，会有一些商业投资的灵感跳出来。每当此时，他都会及时地像校园里的敲钟人，用当当钟声提醒儿子，该“上课”了。

1994.7.12 伟鼎

股票按目前的情况已经进入低谷，也可以进入，特别是盈利在15%以上，可以大胆投入。

1995.5.18

股票在两个月前我早讲过，可以进货了，而不进，今天涨20%，200多点，太可惜了。

1995.5.19 伟鼎

我们对证券研究的人员要加强，看来要大胆加入进去。

我们有实业，有实力，有能力，了解分析市场，在乱中求胜。

鲁冠球没忘记提醒鲁伟鼎，需要在意一些关乎人性关怀的“小事”：

1993.12.4 伟鼎

我原来一起工作的同志的小孩可以适当根据他们的实际能力安排好工作。

千万注意，不是你一人的功，能干，而是集体组织的力量。离开组织好像大海漂流。

我今天去车间，看到×××还在锻工车间干活，他在那里很多年了，要考虑给他调整一下岗位，轻便一些的。

鲁冠球提醒鲁伟鼎鉴别善恶，对不良现象保持足够的警惕：

1994.4.4 伟鼎

如何提高负责人思想政策和防腐水平，特别是防三种人：

1. 离开公司后来挖公司；2. 在公司不爱公司自己去搞；3. 在公司的亲戚朋友关系来损公司的利益，达到自己的私欲。

有些人做生意，先吃烟后吃酒，送物资送现金，步步为营。要提高自己的防腐能力，有了这能力，人家不来，也不敢来了。你有实力有本事，大家要和你合作了。

鲁冠球喜欢和鲁伟鼎讨论用人之道：

1993.3.25 选人

1. 以内部提升在公司工作多年、又有良好工作表现。

2. 首先弄清楚他的品行、人格是颇为重要的。

3. 用是非来考察他，看他意向是否坚定。

4. 用言辞来难他，看他应变能力强不强。

5. 拿策略向他咨询，看他判断对不对。

6. 把灾祸困难告诉他，看他的勇气壮不壮。

7. 用酒色来陶醉他，看他会不会在这些场合下大失常态。

8. 让他处理财务，看他是否廉洁。

9. 交任务给他完成，看他信用好不好。

有奖无罚必乱，有罚无奖必怨，无奖无罚，既怨且乱。

必须奖罚分明，公平合理方能治也。

奖为多奖，罚为少罚，乃奖罚之道也。

1994.7 伟鼎

舍己为公，大公无私，公而忘私，是先进的。

先公后私，公私兼顾，是合理的。[①]

先私后公，私字当头，是要教育批评的。

假公济私，损公肥私，是要制止与打击的。

表面为公，暗中为私，是伪君子，是要防止的，千万不可重用也。

1995.5.15 伟鼎

提高全体员工的素质，是企业根本的根本，只有把人培养好了，一切困难方迎刃而解，什么质量、安全、效益、市场等都需要通过人去做的，首先把几支队伍建设好。

1996.2.24 伟鼎

不识字可行千里，不识人寸步难行。千万不要被分数迷惑，历来状元都没有什么成就。

读鲁冠球的日记，会发现他对鲁伟鼎一言一行“盯”得很牢。“回眸时看小於菟”，“小老虎”的一举一动，如果被他视为失当或缺点，会被“记录在册”，尤其是一些“老毛病”，更被反复提及。

1993.3.10 伟鼎

目前要注意的地方：

1. 这刚开始工作，要谦虚向大家学习，了解熟悉情况。

① 1997年，鲁冠球将这一段“以公私观判断人”的语录以手谕写给鲁伟鼎时，“合理的”被改为“允许的”。

2. 多开会听意见，谈想法，看法，出点子，提要求，多检查，抓落实。

3. 调整结构，调整思路，调整方向，办一二桩实事，解决一两个实际问题，逐步形成共识。

4. 工作要带头。

5. 讲话，穿衣，坐车，外面的影响等。

1994.4.5

伟鼎的毛病：以我为尊，别人先提出不听，甚至不分青红皂白都是错的，自己要做什么，别人不好反对，开会专制，都由一人说了算，总之不对。

1995.2.19 晚上

客人来，伟鼎的风度不行，不叫人，人家先叫；

不问好，顾自己吃饭；

吃饭时没有声音；

吃好不讲一句；

离开又不讲；

神志不佳；

打电话命令式。

1997.2.25

伟鼎目前环境造成：

都是听他的，好像他都对，大家不敢提意见，百依百顺。

总认为自己了不起的态度一定要改过来，谦虚使人进步，骄傲则使人落后，不要自以为是，只有你尊重人，人家才会尊重你。

1997.4.8 伟鼎

多深入基层单位和负责人接触。

和员工职工接触，千万注意，别只是固定几个人意见，多听则明，多看则清，多思则准，多干则成。

鲁冠球对儿子的缺点“抓住不放”，反复敲打，同时又循循善诱，启迪于心：

1994.1.13 伟鼎

看问题不要太简单，太过火，要适合国情，适合乡情，要有人情味。

1994.5.25 伟鼎

在漫长岁月里特别在变革时期头脑要清醒：

1. 听党话，按党精神处事。

2. 多听多看社会变革，多思多请教，广交朋友。

3. 多关心职工，依靠工人，为大多数人民办事，使更多人走上富裕路，得利得实惠。

4. 严格控制自己，谦虚谨慎，多学习，尊敬尊重他人，练就一身本领，为国为民，解忧排难，鞠躬尽瘁，死而后已。

1996.4.28 伟鼎

要懂得：

我们的事业是我们自己要搞上去，而争取地位，不是他们封我们上去，他们可以让你上去，也可以不让你上去，有机会要你上去，有何不好呢？关键的关键把事业搞上去使人尊敬，对社会有益，是最大乐趣，造福人类。

1997.2.26

领导能力和权力独裁要严格区别开来，但作为一个胜任领导人应该把自己的工作视为上天赋予使命，生为此使命而生，死为此使命而死，领导人必须具有牺牲精神。

从这种意义上说，成为一个集体的领导人就意味着走入荆棘丛生之地，他必须要能做到牺牲私生活，牺牲自己的爱好甚至家庭。我为万向集团的发展牺牲了私生活。

伟鼎

清醒认识自己，团结同志，尊重他人，集思广益，雄心壮志，如愿以偿。

鲁冠球日记中写的或可能摘抄的文字，是留给鲁伟鼎的“人生教科书”，寓意深长：

长辈的话中包含着他们饱经风霜的人生经验。

能起人生向导作用的话语大都极其平凡普通，但它是具有一代人共识的真理性质的经验。

青年时代有许多值得珍重的东西，而最为宝贵的是“理想和抱负”。一个怀有远大志向的人，无论他如何穷困，也绝不是一个贫困者。

一个有错误的理想和抱负的人，事业干得再大，战斗的次数越多，付出的代价就越大。

有今天才能有未来，要看到由低到高，有美好，步步入云，树从脚跟起。

人生的道路是漫长，但关键时却只有几步。

有些人贪婪，想得到更多的东西，结果连得到的也失去了。

当我读着鲁冠球写给儿子的话，会进入一个境界，也会很自然地从中国传统家训家教中去找对应的文字。如论家书，有《曾国藩家书》那种严厉与深邃，可谓精粹冷峻；而《傅雷家书》，其严谨与纯真，又给人质朴暖情。一部家书其实半部是时代烟云。当鲁冠球的家书以其特定内涵给我们带来绵长思考，一个当代农民企业家为基业后继有人所付出的心血便殷然可见了。

// 正式出任总裁

在鲁伟鼎担任万向集团副总经理 1 年后，1994 年 1 月 10 日，万向集团控股的万向钱潮股份公司“万向潮 A”股票在深圳证券交易所上市。公司管理机构中，鲁冠球任董事局主席，鲁伟鼎任总裁。

关于这项任命，鲁冠球之后是这样对记者说的：“上市的时候，我的儿子鲁伟鼎被任命为总裁。当时我就在考虑事业继承的问题。我考虑的首先不是家族不家族，只要能让农民富裕的、能把万向干好的就能做接班人，但是在能够胜任的同等条件下，我肯定要选儿子，选我最信得过的人，把道德风险降到最低。但如果他接不了担子，我选他，我就会倒霉。让继任者把企业搞好，首先是对自己负责，对企业负责，其次是对社会负责。只对社会负责，不对自己负责，那是空话、假话。但你只对自己负责，不对别人负责，你迟早会下来。”

2013 年 5 月，在回答英国记者关于鲁伟鼎任职的提问时他再次说：“一定不要认为家族企业是家族的，家族企业是在为社会做贡献的，在为员工负责，这样的话不管是家族企业还是其他企业，就都能办好。一定不要为了家族而奋斗。家族企业一定有的，是客观存在的，但是如果你对自己的员工不负责任，那么这个企业绝对不可能生存。如果你不对社会、人类负责，那么你的企业绝对不可能发展。你如果只是为家族而奋斗，那么你这个企业肯定完蛋。”

按照鲁冠球“能够胜任”的标准，鲁伟鼎是否达标了呢？

在鲁伟鼎担任集团总裁 3 年后，1997 年 2 月 7 日，农历正月初一，耳闻窗外迎春的爆竹声，心情愉快的鲁冠球在日记上给出了评语：

优点：

一、有干劲，勤勤恳恳，兢兢业业，不辞辛劳，责任心和事业心较强。

二、有头脑，工作思路敏锐，举一反三，善于发现问题，分析问题，解决问题。

三、有自尊心，不贪财，不乱花钱，不贪图物质享受。

四、有进取心，好学求上进，在实践中学习和掌握不少知识，进步快。

但需注意事项：

一、处理事情要干脆利落。

二、讲话要简洁明了，批评人要注意态度。

三、多听意见，为己所用。

四、注意言谈举止等细节，多尊重别人，不可太傲。

五、遵循风俗习惯，合理安排作息。

这里有个插曲。北京有一位投资咨询专家刘纪鹏，名气大，也有水平，很得鲁冠球赞赏，鲁冠球让他多教教鲁伟鼎，其实他也没什么机会能教。他给鲁冠球写信说："伟鼎怎么样？听说现在像个大人了，管理万向集团十分有力。记得有一次在萧山吃饭，你说让他拜我为师，他就到我办公室来过两次，一天也没正经跟我学过，可今天也一样有出息。真要跟我学了，也许就没今天的出息了。"

熟悉鲁冠球工作日程的助理们发现，在鲁伟鼎担任总裁后的那年 6 月开始，鲁冠球变得相当轻快了。他在日记里写道："内部基本理顺，伟鼎的工作也可适应了，我打算用 1/2 的时间到外面跑跑，多了解外边的工厂，看展览，参加研讨会。"

万向，在平顺和流畅中翻开了两代交替的新一页。

走出去：

国际纵横

2011 年，鲁冠球出席中美企业家座谈会

// 第一块“跳板”

1993年7月，正在美国肯塔基大学读经济学博士的倪频接到杭州来的越洋电话，电话那头是岳父鲁冠球的话音：“倪频啊，董事会商量决定了，万向要在美国成立公司，你来做总经理，尽快去注册，告诉慰娣，帮你一起做。”

倪频怔了：“爸，那怎么行？我还在读博呢！再有半年博士答辩，现在忙着写论文呢！”

“这爸知道，但这事不能等，关系到整个集团的战略。”

“就不能另外找人来做？我拿不到博士学位可惜了啊！”

鲁冠球没有半点儿可商量的意思：“你不做，哪个来做？考学位是重要，考出博士为啥？不就要做事。现在，事情摆在面前，边做边学，一样能够达到目的嘛！”

“那让我想想。”倪频犹豫不定地挂了电话。

这是一个英气四射的年轻人，中等个子，干练清朗，有成熟的学者风度，给人一种智慧与可信的印象。

两年前，倪频从杭州来到美国肯塔基读博士前，已在浙江大学材料系读了本科，经济管理系读了硕士，成绩很优秀。当时浙江大学有两个读博的名额，一个就给了他。他跟他爸倪绥炯说：“‘土博士’我不想要，要读就读‘洋博士’。”于是就来了美国，进了肯塔基大学，这里的经济学系令他向往。由于是自费生，一时筹钱成了难题，而且那时有钱也弄不到外汇。后来，向他在中国台湾的阿舅和另一位朋友各借了1000美元，加上自己想办法凑的，才勉强够数。

读博的生活贫寒又丰富。他租了一间很小的公寓住，每天走去学校，后来房东借了他一辆自行车，便利来回。他在学校的课堂和图书馆度过了广泛求知的美好时光，他说就像海绵吸水的那种感觉。他的经济学基础理论在浙江大学读研时就打了底，毕业后被分配到浙江省社科院，从事企业管理专题研究，其间下基层还到了万向节厂，有了实践上的体验。进入肯塔基大学，他希望获得一种广度，能够近距离地观察和研究国际经济管理的前沿理论与实体。现在，“泰山”一个电话，使整体的计划改变了。

杭州这头，鲁冠球放下电话，听出了女婿那种不舍与为难，但大势所在，倪频必须做出这样的牺牲。董事会刚刚开过的会议决定了万向的未来发展战略，要“走出去”，在美国建立万向的公司就是一个重要布局。

这时，鲁伟鼎就任集团副总经理刚半年。新人新职，开篇的那些日子，鲁伟鼎过得很平缓。他很留恋这样的时刻：只要在公司不出差，他和父亲上下班都一部车同来同去，一路上会谈许多内容。那一年被经济学家称为“市场经济元年”，鲁伟鼎更愿意将它叫作“企业家元年”。随着邓小平南方谈话的传播，整个国家的改革开放大步迈进，给了他们巨大的想象空间。

鲁冠球对万向未来的发展讲了许多话，鲁伟鼎很在意地归纳、记取，得出了三句话：“从投物到投人（强调投资智力与人才开发），从有形到无形（关注经营理念和方式转变，如互联网），从有限到无限（市场空间版图的几何级延伸）。”这个“三从三到”的发展理念成了鲁伟鼎要念的“经”。

鲁伟鼎就在这看似平缓的“念经”日子里经历了不寻常的思考：“我理解我爸的追求，他表现得很谦虚，但他的内心是有狂想的，他要把他的企业做大，20世纪80年代他就衡量要走出浙江，走向全中国。靠着他的成功声望和社会资源，他获得了超越常规的市场份额，但那毕竟还不是规律性、目标性的结果，很难想象，一个乡镇企业靠一家家去敲门推销能有跨越式发展。何况环视国内市场，汽车产业和市场需求都刚刚起步，当时就算把全中国的订单都给了你，又能有多大？后来随着产品出口，他那个时候就确定了以赚外国人的钱为荣了。但是，一个乡镇企业被人尤其是外国人相信和认可不是件容易的事，特别是机械类轴承等产品更难。你原料从哪儿来？锰钢、特种钢有吗？高精度数控设备有吗？底气不足，你硬不起来，要想批量进入国际市场，尤其是汽车王国美国的主流市场困难重重。这种被轻视被羞辱的感觉，对我爸是个非常痛苦的事。”

一个很重要的节点激发了鲁伟鼎，就是1993年受伤动开颅手术，他看到父亲那么揪心，那么在乎，自己对父亲更多了一种理解与责任：“父亲有那么大的追求，他又那么痛苦，想要实现这个目标，而他一个人又实现不了，他要实现就只有把自己变成帅，放手让我来做。我的性格就是明知山有虎，偏向虎山行，不能有人‘欺负’我父亲！既然美国市场难进，我就冲着它去，不进狼窝怎么抓狼崽？”

鲁伟鼎向员工放言：“你们看好了，美国汽车工业之冠上的明珠一定是万向，因为有个鲁冠球，有个‘冠’字，你们别左冠右冠，先把这个给‘冠’了！”

话听来有点儿狂，但鲁伟鼎脑子很清醒：中国市场这么难，又不强，最强的在哪儿，在美国。先难后易，只有进了美国市场，“乖乖的”，反过来开拓中国市场就容易。这是个规律性的东西。

鲁冠球已经有了“走出去”的“三步走”计划。1984年，通过美国舍勒公司将3万套万向节出口美国，是产品走出去的第一步；接着第二步，人员也走出去了，去推销、考察、学习、引进；在美国开设万向自己的公司，实现企业走出去是第三步，这就可以直接进入美国市场前沿，获取信息、捕捉机会、拿到订单，继而在国内国外两方面资源整合利用上有所作为，那局面就大不一样了。

现在“第三步”摆上桌面了，鲁伟鼎的意气和鲁冠球的决策很自然地碰撞在一起，他心目中市场的无形与无限不也正好在“走出去”的过程中实现了吗？

把第一块“跳板”铺在美国，决定就这样形成了。

问题是怎么走，派谁去？20世纪90年代初期，不要说一个乡镇企业，就是央企、国企等大企业，在美国也很少有自己注册的公司，许多只是个业务办事处，放在唐人街，不在主流社会圈子。遥远的国度，完全陌生的市场环境，要打开局面，谁去都难。

鲁伟鼎说得很实在：“美国这个山头要攻下来，天天由国内集团来管不现实，千万里放单，找个要靠你‘教育’的人不合适，找个你左防右防的人过去也不合适，不能这么用人。”

一个“自家人”为鲁伟鼎解决困境了：小姐夫倪频，他就在美国，学的是经济，工作踏实负责，对人有亲和力，还有比他更适合的人吗？

鲁冠球闻之欣然，但有担忧：那不断了他的学业？鲁伟鼎说话向来不拐弯子，说：“读书为啥，不就是出来做事？”他讲了一番就是鲁冠球电话里跟倪频说的那些意思。

听完鲁伟鼎的说道，鲁冠球蹙眉想了一会儿，突然拍了下大腿，高兴地说：“来搭嘞！”[①]转身出去给倪频打电话了。

// 走向芝加哥的一股合力

倪频从肯塔基来到芝加哥筹建万向美国公司时，等待他的是一间狭小的出租屋。这里是家，也是公司所在的办公地。

---

① 来搭嘞：萧山方言，意为“好了”“在了”。

公司是在肯塔基注册的，时间为 1993 年 9 月 13 日。但从业务拓展考虑，当然是芝加哥更合适。密歇根湖南岸这个全美第三大都市既是制造业和零售业中心，又是国际金融中心。要想阅尽美国中西部经济的繁华，在这个“摩天大楼的故乡”一定不会失望。

倪频在走向它时并没有这番情趣。他感到一片茫然，他不知道这个陌生的都市将会怎样让他落脚、生根。

离开肯塔基市时，他租了一辆大卡车，装满了行囊家什。妻子鲁慰娣那时已有身孕，跟着坐上卡车的副驾驶座，一路颠簸，乘着这个流动着的“家”向未知的家进发。

鲁慰娣想到两年前她来美国时的情形。当时倪频在肯塔基大学读博，头一年，通常新生只修一到两门功课，倪频一下子修了三门，成绩全部是 A，全经济学系第一名。第二天，学校就给了奖学金，每月 1000 美元，这可解决了大问题。自行车不骑了，倪频将其还给了房东，去买了部丰田二手汽车，标价 800 美元，学生可以优惠到 400 美元。这部车就载着他们求学、谋生，她自己还去华人家庭做中文家教，一切都靠自己，直到怀了女儿。没有谁会比她更知道，这么看重读书、在乎博士学位的倪频为了万向，需要做怎样的放弃。

倪频一直在琢磨鲁冠球来的电话。他心里清楚，岳父在布一盘大棋。“在外国的土地上，用外国人的资源，当外国人的老板，赚外国人的钱。”鲁冠球这段话总让他感到用意很深，很有远见。之前万向产品要进到美国，除了政策壁垒、汇率动荡、价格竞争等因素，光是美国厂商要求的“准时化生产”（即准时交货）都是大问题。路途遥远，不可预计的因素太多。有位美国客户曾经跟倪频说：“你别给我谈价格。你不要跟其他厂家一样，你就告诉我你的船没沉、火车没翻、工厂没着火、没打雷、没去赛龙舟……所有这些借口，我都听过了，你以后能不能找个像样的借口？”

这还仅仅是克服距离限制带来的不利，从更广的范围看，要突破出口的种种障碍，看到更广阔的市场，只有公司在美国立足了才有可能。说到底，汽车国际市场首先是美国市场。

现在集团“走出去”战略的第三步首先落在了美国，落在自己肩上，倪频有压力，也有一种兴奋，虽然不能完成学业让他感到缺憾。

30年后的2022年，倪频在接受我的视频访谈时，还没忘记提到这件事，说他准备找时间去大学把博士读完。

鲁冠球跟倪频交代了几个工作方向：一个是把自己的产品卖到底特律本地的车厂，底特律用了，其他城市的车厂也会接受；还有一个是去收购可以使用和销售自己产品的公司，通过联合开发，来补充万向的开发能力。

那时万向还没多少钱可给倪频开办公司用，他手里只有2万美元。芝加哥的居所又小又乱，办公与家居都在一起。特别是女儿出生后，爱哭，吵得厉害，他就到洗手间去打电话，联系客户。雇不起太多人手，倪频自己兼推销员，鲁慰娣帮着做勤杂工。为了省钱，他出差住的是专为货车司机提供的Dollar Inn小旅馆，每晚19美元，条件很差，床单上满是油渍，房间里弥漫着一种混合烟味和汽油味的难闻味道。

那种创业初期的艰苦与压力，并不亚于初到美国、兜里只有几张美钞的留学生的艰苦经历，虽然他的身后是一个已在国内声名很大的企业集团。

杭州这边的集团总部也很难，遇到许多新问题。

国家外汇管制，有钱汇不出去，美国公司2万元的开办费还是鲁冠球找两个朋友借的。为了筹集资金，鲁伟鼎和集团驻京办事处主任莫斐费了很多周折，包括跑去外经贸部审批。乡镇企业在海外开设公司还少有先例，总算兜兜转转跑下来了，批出了98万美元，汇给了美国公司。

美国公司订单来了，售价低过国内市场许多，有的几乎没有利润，集团经营部门很犹豫，接不接？鲁伟鼎来了脾气：“美国公司的单子谁不接，第二天就给我走人！不论什么价格，就是亏损也要做。必须第一时间把美国市场攻下，把‘明珠’拿到，让它闪闪发光，不为别的，就为它上面的‘冠’就是万向，就是鲁冠球！”

这很有点儿壮怀激烈。

鲁冠球曾问鲁伟鼎：“你怎么考虑应对‘走出去’的风险？”

“我想过了，大不了亏掉三五千万，也要把这步棋走好！”

三五千万是什么概念？1993 年，万向集团的资产是 1 亿多元，交到鲁伟鼎手里，他算是个“亿元总裁”了，但要拿出总资产的 1/3 做亏损准备，心理素质不可谓不强大。

鲁伟鼎这样解释：“虽然投资美国风险大，我就是要倾集团之力来支持美国公司发展，让他变成没有风险！最多不就是钱少赚了点儿？与其钱让人家花不如自己花。”

信任在家族成员间建立了起来。鲁伟鼎提出，要给美国公司也就是给姐夫倪频管理授权，政策核心是“不管”，即无为而治，让他自由发挥、自主决策管理，除了集团董事局可以“踩刹车”，连他这个集团总裁也只做支持的后台。做得好，是你们的功劳；做不好，全部是我的过错。他想，自己和倪频，等于用两个总裁的智慧与实力去做一家公司，够给力了吧？

这也符合鲁冠球的意思，他说：“选对了领头人，就充分信任他，放手让他干。”

倪频说起 1994 年第一次回国来向董事局述职时的一个细节，他说他有点儿紧张，手里准备了很多材料，还拿着回国飞机上写的商业计划书一条条讲。鲁冠球没听两句就对他摆摆手，瞪了一眼，说：“你弄这些干什么？把活儿干好就行了，就按你的想法做。”

从办公室出来，倪频轻松了许多，信任和定力都有了，随手把飞机上写的那份计划书揉成一团，扔进了纸篓。

这幅场景已经展开了：鲁冠球的洞察力、鲁伟鼎的决策力、倪频的执行力，父子婿三力合一，让刚开局的万向美国公司具备了难得的稳定性和拓展张力。此时的芝加哥还是傲慢而平静的早晨，节奏依然，它并不在意一个来自中国乡间的企业会影响它什么。

很多年后，万向“走出去”的第三步因其成功被人反复问及：“万向这个模式可不可以重复？”

鲁伟鼎回答是：“不可。”

一个太个性化的家族内部信任机制本就很难被复制，而成员间的各自优势在美妙协同中产生的特殊凝聚和良性延续更为稀见。这份幸运，随着时代的开放机遇，落到了鲁冠球家族头上。

// 并非巧克力的 M&M

M&M 是美国的一个巧克力品牌，很有名。两个 M 分别是公司两个创始人的名字 Mars 和 Murrie。倪频常拿这两个 M 来说事，讲当初从中国进到美国，带来的也是两个 M ：第一个是 Material，低成本产品，用低成本劳动力优势生产的；第二个是 Money，美国经济危机时万向带来了中国资本。

凭着这两个 M，万向美国公司开始了在全美广阔地域的经营拓展活动。倪频致力于构建一个涵盖欧美的市场网络，千方百计寻找客户，以迅速提高万向零部件产品在国际市场上的份额。

人地两生，一头雾水，该从哪里入手找客户呢？倪频用了笨办法，他把所有潜在客户的名单打印出来，一个个打电话过去。他给自己的电话推销定了个标准，就是在 30 秒内用 3 句话打动客户。如果 30 秒钟 3 句话还不能搞定，多讲无用，也浪费时间和电话费，不如先放下，再找下一个。

勤快和坚持给了回馈，美国公司有了很亮眼的业绩：1995 年，也就是经国家外经贸部批准成立万向美国公司的第二年，公司的销售额就达到了 360

万美元，1996 年提升到 1100 万美元，1997 年突破 2000 万美元，以后的业绩斜率一直大幅度向上。

比数字更有标志性意义的是，经过 1995 ~ 1997 年连续几年的跟踪努力，依托集团的全力配合，美国公司将万向零部件产品打进了曾经遥不可及的通用汽车公司生产线，之后又顺势进入福特、克莱斯勒等主流市场。2000 年万向收购了美国最大的万向节生产商——舍勒公司，16 年前万向第一单出口美国的产品就是由它经销的。这不仅作为“徒弟收购师傅”的故事被业界津津乐道，它更是万向美国公司以并购方式开疆拓土、纵横市场的先奏。上述案例本书第四章、第十章分别有过详尽记述。

鲁冠球在给万向美国公司的工作指令中提出：“股权换市场，参股换市场，设备换市场，市场换市场，让利换市场。”

他打算拿这么多代价去换市场，去获取市场背后的资源，这给倪频一个可以任意扩大的开放性思维。显然，传统的营销手段和资本扩张已不具有超越竞争对手的优势，唯有打开视野，以合资合营、收购兼并等多种方式，才能形成复合式能力，才有整体的竞争优势。

不错，万向美国公司有了一定的市场控制能力和投资实力，已经开始向现有的制造领域及与万向优势互补的领域投资，参与垂直兼并，现在更迫切需要筹划企业在海外上市或收购海外上市公司，以打开国际资本市场的“水龙头”，补充来自银行的间接融资的单一性，实现真正意义上的公司本土化。

假如有一家公司，既有实业制造资源，又有金融背景优势，两相兼具，进退自如，那将是最好不过的。

UAI 公司就这样进入了倪频“猎获”的视线。

1996 年，作为在纳斯达克证券交易所上市的企业，UAI 公司一口气收购、兼并了好几家企业，扩张势头正猛，这使这家专业制造汽车制动器零部件企业的业内地位近乎“霸主”。它自有品牌 UBP 商标的产品持有率超过 50%，其余供客户自有品牌包装销售。

倪频曾尝试接近它，但吃不动。

从 2000 年下半年起，美国经济开始“打喷嚏”，衰退致使市场萎缩并影响到股市，UAI 的股价也应声下跌，市值只有最高时的 10%。考虑到它的价格还没有沉底，牵动小股东利益处理难度过大，倪频也没有出手。

到了 2001 年上半年，UAI 股价继续下跌，且幅度加大，它的净资产离纳斯达克规定的下限已经十分接近，随时都有被“摘牌”的危险。倪频认为这应该是一个信号，时机到了。

如果将 UAI 收入囊中，应该是这样的态势：

UAI 在中国的采购能力会直接扩大万向制动器的出口量，为万向集团国内生产至少提供 2000 万美元的年订单，新增了每年 7000 万美元的国际市场份额。加上它在美国的市场网络大，很多连锁店都是它的客户，万向其他产品如传动零件、轴承等，都可以叠加在这个销售网上。

同时，还将形成一个对接平台。“万向制造”可以选择在中国制造或美国制造，可以选择在中国销售或美国销售。技术水平与生产能力，都可以进行对接、扩张，使两地资源重组，双方互补，带动国内的制动器项目上档次，与国内现有企业拉开距离，实现“万向制造”跨国界市场融通、技术共享与优势互补。

倪频突然产生了一个“仿生经济学”的联想，我们老说互补，其实不在一个水平上很难互补，只有站在相同水平上，才能产生最大互补效应。比如，老虎和青蛙就很难互补，青蛙能做的，老虎不需要；老虎需要的，青蛙根本做不了。

想到这里，倪频不禁笑出了声：UAI 公司的全称是 Universal Automotive Industries，LNC.，意译成中文与万向同名，这不是上天的眷顾，让它归于万向吗？

“天助我也！万向要控股，成为第一大股东。”2001 年 7 月 28 日，当

UAI 的收购方案报到集团总部时，鲁冠球有些激动，他视它为“重大转折”——从 1984 年第一只产品走出去，经过 17 年的跋涉，万向走到了这一步：一家中国乡镇企业将第一次在美国的土地上收购美国的上市公司。

8 月，对 UAI 的收购进入了实质性时段，谈判桌上的角力让“利益之球”在双方的来去滚动中变化着模型。100 多页的合同文本在各自严格的推敲下逐渐形成共识，无论对于哪一方，这都是艰辛的过程。

就倪频来说，走向国际主流市场的这种艰辛与复杂的味道他没少尝到。记得 1997 年 1 月，美国通用公司项目进入到实质性会商阶段，双方就产品的测试结果进行评审，文件资料几乎涉及所有生产工序。谈判很不“对等”，通用方面参加评审的 8 人中有负责技术、质量、采购等方面的专业人士，万向就倪频一人。他不仅需要“单挑全武行”，还是从芝加哥驱车 500 千米的远路而来，他需要事先熟悉每一个门类的专业知识，谈判用的资料有好几百页厚，他都得吃透，以便在对方提问时能妥善应对。

现在，在美国本土对美国一家上市公司进行并购，它所涉及的经济、法律、规范、习惯以及译文等都超越教科书的范畴，这对倪频和万向美国公司来说，无疑是国际商业资产并购的一次“大考”。万向美国公司曾经有过一次并购失败的教训，那仅仅是因为在收购合约上调整了过长的员工假期时间而遭到工会代表反对，可见适应美国法理环境的重要性。

在杭州，鲁伟鼎将合约的每一项条款仔细审阅，反复推敲，不时需要与倪频电话热线联系，由于时差，忙碌总在深夜。总机话务员、门岗的警卫能看到他办公室的灯常常会亮到天明。

鲁伟鼎办公室书架上有一把槌子，是倪频送给他的，与世界贸易组织部长级会议上使用的槌子一样，美国议会的一位议长送给了倪频，倪频又转送给了他。鲁伟鼎审完合约，走到书橱前拿起槌子，好想往桌上重重一敲，大声说：“万向，让我们站起来，从现在开始行动起来！”

在芝加哥的一间律师事务所，万向与 UAI 的谈判进行到最后阶段，倪频在关键时刻给对方“致命一击”——鉴于UAI的股价在持续波动，为规避风险，万向要求将最初意向书定的收购价（以UAI公司过去一年股票平均交易价作收购价）降低31.86%。UAI方面显然无法接受这么大的价格跳水，同事们也担心是不是出价太过“煞足”[①]，会把人逼跑了？

“不会的！”倪频稳坐钓鱼台，“不怕，美国人最终会选我们的，即使人家出价高过我们。UAI要的不光是资本实力，还有配置资源的能力。在中国，我们有自己的集团做后盾，UAI找了万向合作，就是找到了进入中国市场的最好途径。世界经济在深刻变化中，全球化让资源流动变得从没有过的广阔，汽车业正遭遇着大洗牌，未来10年或者更远，世界不会有第二个国家能像中国一样形成如此巨大的市场，创造如此众多的增长机遇，UAI的决策者能不看到这一点吗？”

就这个出价，一个美分都不让！

美国人喝下了低价的苦酒，但捧起了未来市场的甜果。

北京时间8月29日清晨，鲁冠球像往常一样提前半小时走进办公室，桌上显眼处放着一份来自美国的传真。

“报告主席一个好消息：根据集团战略规划，我们以万向美国公司的全资子公司——风险资本管理公司的名义于2001年8月28日成功地完成了对UAI公司的收购。双方刚刚签订了正式收购合同。我们以低于UAI公司过去一年股票平均交易价格31.86%的价格收购了该公司21%的股权。按照主席要求，万向成为其第一大股东，并出任共同董事长。在签订股权投资合同的同时，万向美国公司还与UAI公司签订了采购合同。此合同规定，对UAI公司在中国的所有采购业务（目前为2000万美元／年），万向有第一否决权。另外，我们还拿到了首份价值为530万美元的年度采购合同。特此报告。倪频”

① 煞足：杭州方言，意为“厉害”“冒险”。

鲁冠球欣然给倪频写去贺信，信里说：“UAI 公司的收购成功不仅为集团汽车零部件企业，尤其是制动器公司在国际竞争中形成优势，而且提供了强有力的支撑，为集团实现产业国际化，开辟了又一条通道。”

他特别高兴地写道：“我们可以自豪地说，在国外也有自己的上市公司了！”

从此以后，万向在美国汽车零部件制造业的并购接连不断，在产业纵深长驱直入，攻城拔寨，成为中国企业在美国最引人注目的并购方。鲁冠球的记事本上记录着这一个个名录：

2005 年，万向先后收购了汽车连接部分制造商 PS 公司和轴承生产企业 GBC 公司，由此使万向成为在北美制造并直接供货于美国三大汽车厂的一级供应商。

2007 年，万向收购了美国传动系统制造商 Neapco 公司，投资了模块装配及物流管理的 AI 公司，直接进入了美国汽车产业链的核心层。

2009 年，万向收购了全球著名汽车转向系统制造商 GSS 公司和汽车加热器与水箱制造商 Visto-Pro 公司。

2010 年，万向收购了汽车安全带和气囊上感应器制造商 D&R 公司。同年还将 T-D 公司 100% 的股权收入囊中，并购后这家传动轴制造商，当年就给万向新增了 200 万支传动轴、450 万支等速驱动轴的产能。

所有这些收购导致了一个鲜明的市场切分，曾经分属于这些美国本土企业的产品用户进入了万向的供应体系，万向在美国生产的零部件直接为美国主流汽车生产厂所用。

到 2015 年，万向在美国已有 28 家工厂，在美国道路上行驶的每 3 辆汽车中，就有 1 辆使用万向美国公司生产的零部件。

如果读者觉得上述罗列读来有点儿枯燥，不妨听一个“1 元卖价”的小故事。

2008 年，美国传动轴制造商福特蒙罗（Monroe）公司 100% 股权被万向收购，卖价为 1 美元。美国福特公司旗下的这家公司何以给出这个低价，还有负责搬运、给流动资金、下游用户保证独家采购该公司产品等附加优惠条件？因为这家企业效益不好，拖累了福特公司，福特公司需要“瘦身”。出售前提只有一条，把工会的员工接收过来。瞅准机会下手的万向之所以能成为买家，比起其他竞买者条件优越，是因为万向有足够资本保障它的运行，这就保住了工人的饭碗。

结果，万向资本注入后，对生产和管理稍加改进，凭借万向在国内的开发与产能优势，很快把成本降了下来，产品线逐年扩大，使得这家蒙罗公司很快获得生机。到 2021 年，产品已经占据了美国传动轴市场 60% 的份额，公司的市场估值达到 40 多亿人民币。这便是 1 美元撬动的资本传奇。

故事到这里还没有结束。

进入快车道的蒙罗公司借助并拓宽福特公司原有的营销网络，先后在波兰、德国收购公司，在墨西哥、土耳其新建工厂，成为福特公司在当地重要的零部件供应商，也为奔驰、宝马、大众等车系提供一级配套。为适应产能扩大，公司在美国南科罗拉多州设立了贮运中心。全球员工达到 3200 多人。

在美国本土收购的这家企业，滚雪球似的扩展成一个新的跨国企业。万向走进美国，又走出美国，在“走出去”又“走出去”的过程中，万向的创新之手低调地画出了又一幅全球销售的新版图。

2011 年 3 月，北京钓鱼台国宾馆，中美工商领袖和前高管首轮对话在这里举行。万向美国公司总经理倪频作为参与嘉宾在会上发言，他又说到了 M&M。

倪频说，2010 年以后，美国的经济形势变了，中国人力成本的优势逐步退化，华尔街也不缺钱了，资本的流动性大大加强，原来的两个 M&M 不灵了，但万向依然可以做成新的 M&M，只不过第一个 M 变成了 Market，突出中国市场优势，将大量的美国产品引入爆发式增长的中国市场，第二个M变成了Management，也就是管理能力、资源整合能力，用万向几十年发展中形成的企业管理文化去融合与补缺。

倪频风趣地说："M&M还是巧克力，同样很甜，但内涵已经发生变化。关注你的优势，通过资源分享和大家组合在一起，你一定能吃到属于你的M&M。"

这番讲话引起了与会者满意的笑声。

// "万向引擎"的原动力

驾车沿着底特律河沿线行驶，心中会有一种兴衰演变激荡的感伤。曾经烈烈轰轰的繁荣随着汽车之都的产业衰亡和城市遭遇的破产变得凋敝与凄凉。许多厂房空置，城镇冷落，人口外迁，种族冲突与经济不振叠加，社会问题严重。一些继续存在的企业也渐趋老化，伴随美国制造业空心化的大趋势，在欧系、亚系车企的竞争面前疲态尽显。汽车业出现了"锈带"，就是生锈了，资本缺乏，经营管理陈旧，盈利能力很差，虽然它的技术、质量、设计、后道服务都仍然保留着优势。

美国洛克福特公司就是这条"锈带"上的一家"百年老店"。创立于1890年的这家公司是翼形万向节传动轴的发明者和全球最大的一级供应商，占全美主机配套市场近70%的供应量，在美国本土处于行业顶尖地位。在它最"牛"的时候，一般人去这家公司连门都进不去，只能在接待室待着，公司的任何一样东西——厂房、车间、设备、产品图纸，甚至连门朝哪里开，都是保密的，因为它有美国政府的军工背景。据说，伊拉克战争时，"沙漠风暴"战争坦克车上所有的重型炮筒都是它提供的。

但"百年老店"也像一条老船，内部管理千疮百孔，马上就有翻沉危机。它要么是修修补补，要么是更换“引擎”，引入新的投资者。2003 年新任总裁托马斯决定选择后者。万向以 33.5% 的股权成为这家“百年老店”的第一大股东后，着手改进管理、整合资源，实际上还没有把产品拿来中国做，只是过了一条街找到 800 多米外的另一家工厂去做，成本就降低了 30%。万向又利用自身的制造能力，把大量产品移到中国生产，进一步降低成本，一下子就改变了局面，万向所投资金很快就回来了。

一条老船因为更换成中国万向这台新“引擎”就越过了险滩，重现生机，让人看到了来自万向的内在聚合动力。万向其实并没有化腐朽为神奇的域外之功，它做的就是理性与机敏的资源整合，其间蕴含着属于农民企业家鲁冠球的复合型远见。

已经有许多学者、研究者对鲁冠球与万向的成功有过著述，阅读它们以补充我作为文学写作人的专业缺乏，占据了本书写作的大量时间。有一条鲜明的主线留在我的印象中，鲁冠球善于通过结合、复合、整合的手段将普通资源产生出不普通的绩效，“提供具有复合功能特征的产品或服务，用复合竞争的手段获取、创造出独特的竞争优势或发展路径”[①]。

借力天地，审时度势，鲁冠球早早就摆脱了囿于狭隘小农观念的区域性经营的束缚，他身上流着浙江人向往外部世界的“血液”，但又站在了超越先人、超越同侪的高地上。

2001 年 7 月 8 日，在万向集团创立 32 周年庆祝大会上，鲁冠球做了《素质就是命运》的讲话：

人无远虑，必有近忧。这个“远虑”就是战略眼光、战略思想和战略能力。在当前一体化的经济浪潮扑面而来的时候，要有“登泰山而小天下”的气魄和眼界，要善于从战略的高度，以世界的眼光，洞悉未来

① 魏江：《鲁冠球：聚能向宇宙》，北京：机械工业出版社，2019 年，第 53 页。

的发展，为员工描绘出壮丽的远景，让他们产生冲动，再把冲动引导为行动，这样企业才会实现跳跃式发展。

让人“冲动”，鲁冠球首先自己“冲动”着，“走出去”战略的“三步走”，每一步都怀着改变现状的“冲动”，并且机智地将国内国外两个市场、两种资源归于实施的“行动”中。

这就有了“万向引擎”。

这“引擎”新的原动力，改变了类似美国洛克福特公司这样的“百年老店”，也同时提升和改变了万向自己，体现了如同鲁伟鼎所设想并实践的“走出去”模式：“中国投资，美国运行，全球市场，创新技术，提升中国。”

像鲁伟鼎2003年7月8日在万向集团成立34周年庆祝会上的报告题目说的一样——《走出去，海阔天空》。

善于思考和总结的鲁冠球于2001年对万向“走出去”战略的“三步走”所带来的企业跨越式改变做了归纳。在他笔下，“走出去”主体转变的“三步走”带出了其他方面的“三步走”，包括市场层次提升、营销策略进化、经营领域扩大、技术能力和人员素质提高、经济效益增加，最终归结为社会地位的提升。顺着他的文字一条条读下来并没觉得公文式的单调，反而感到它超越了如我这般文学叙述的边界，在字里行间显示着万向走向跨国公司路程中的点点足迹，呈现出具有想象张力的画面感。

一个扎实的数据会令读者信服：万向美国公司在美汽车零部件年销售额1994年为30万美元，到2013年已近40亿美元。此外，万向对美国房地产投资约37亿美元，规模居中国企业之首。

这20多年间，美国自己的日子过得并不太平。一份关于美国历史上最大的20起公司破产案的资料显示，其中除了得克萨斯石油公司、FCDA公司和新英格兰公司破产分别发生于1987年、1988年和1991年外，其余17家公司的破产都发生在2001年之后，也就是万向在美国成立公司后那一长段时间，其中包括已成立158年的雷曼兄弟公司、有119年历史的华盛顿互惠银行、成立于1905年的美国最大的天然气和电力公司之一的太平洋煤气电力公司。

并不是墨菲定律特别倾斜于这些美国大佬，广泛意义上的经济下滑周期、市场萎缩等原因会特意让万向独善其身，但目睹如此多老牌公司轰然倒塌、汽车业衰落的“锈带”纠缠同行，何以中国万向花发一枝，含笑嫣然？

这是存于我心间的一个待解的题。

第十九章

苹果树：

异国的"本土"

2012 年 1 月 20 日，鲁冠球（中）在美国洛克福特市发表讲话

// “就是一间美国公司”

接续上一章“走出去”的话题，本章把不太长的篇幅留给“土壤”——这里将会讲述万向文化与美国本土文化的融合，形成独特的“土壤”来栽种“苹果树”的故事。

“苹果树”的概念源自鲁冠球。他在构思最初的“走出去”战略时，打了这样的比方：现在万向的出口就像把国内生产的苹果装箱运到美国市场上去卖，要过那么多关口，能不能到美国去“种苹果树”呢?

1994 年 7 月，万向经国家外经贸部批准在美国正式创立公司那一天，也是“苹果树”刨开美利坚本土投下种子的那一刻。树长不长得起来，能不能结出果实，要看水土服不服，精于栽培苗木的鲁冠球对这一点非常明白。

“越是国际化越要本土化。”鲁冠球这样说，“既然跑去美国开公司，你就是一间美国公司，不能把国内的那一套管理都挪过去。要扎根美国本土，不要被人指责成那种只从当地赚钱而不做贡献的公司。要通过自身的实力和文化表现来吸引人、留住人。”

万向美国公司从创办开始，就主要靠招收美国员工来开拓业务，中国国内派去的管理人员只有 6 人，其余 3000 多名员工都来自美国当地。鲁冠球认为：“在当地招人虽然直接成本较高，但他们懂得美国国情，熟悉当地文化，又了解市场，容易与客户沟通，潜在机会空间很大。”

按照万向传统，公司给了当地员工充分的信任与职权，使其各司其职，保持宽松、阳光的状态。倪频说，他像集团董事局对他予以“无为而治”那样，在公司管理上也是“少管多理”——充分放权，尽量少管，多做梳理工作。他算过，以公司在美国的多个投资项目计，如果按常规做法，一个公司派一个负责人、一个财务进驻，总公司就要近100人，但现在只有区区几个人。有的分公司，他一次也没有去过，分公司管理者一年也见不到他一次。他只看“一张表”——工作进展与企业增值能力，他关心的是现金流量。他们大胆做了，又做得不错，干吗还去指手画脚？倒是那些效益不理想的公司，他会倾全力去帮助。有一家收购进来的亏损企业，在同样设备、同样人员的情况下，只通过管理的改进，头一年企业效益就达到了原来的4倍。

万向集团聘请了美国前总统老布什的兄长普雷斯科特·布什担任万向美国公司的高级顾问，借助其人脉在人才引进与业务合作上得到帮助。

一位名叫盖瑞的美国人就是这样被吸引进入万向美国公司的。他原在芝加哥一间管理咨询公司任总裁，1995年的一天，他的银行家朋友告诉他，有一个年轻的中国人经营着一家很有冲劲的公司，正在美国开拓业务，问他是否有兴趣去见见。

那位年轻人就是倪频。他们在一家中餐馆见面，周围的人都在讲中文，盖瑞不会中文，所以感觉环境很不适应。倪频大学学的是日语，到美国3年，英文也没有后来那么标准流利，所以双方第一感觉是理解度不够，盖瑞甚至觉得倪频是一个爱说大话的人。

但一幅手绘图改变了盖瑞的印象。倪频拿出一张纸铺在餐桌上，用笔画了起来：横轴是年份，纵轴是万向美国公司的规模。在纵横轴的连接线上可以看到那条陡峭向上的线——短短几年，万向美国公司向着既定的商业目标走出从小倍数到大倍数的发展之路，这让盖瑞觉得不可思议。

回去后，盖瑞给他那位银行家朋友打电话：“你是在和我开玩笑吧？他的计划太冒进了，对于大多数中国公司来说，他们的产品不可能有这么低的价格，而质量又能过关。”

“我开始也这样想。后来，我去了中国，发现这不是一家普通的企业，我们对于它的质量体系很满意。你想加入吗？”朋友这样回答了他。

盖瑞开始以顾问的身份与倪频合作，他发现倪频总是能很守信、有效率地处理他提出的一些工作意见，双方相互配合也很愉快。

两年后，他们又相约一起用餐。这次选了一家西餐馆，盖瑞发现这时倪频的英语已经说得相当流利了。如同头一次见面画的那张图，万向美国公司两年间业务翻了番，这使盖瑞很信服。倪频还是那样的随和，自己开车来，也没雇司机。听说他有一回开车出去办事，到了午饭点儿，就随手从包里掏出他太太烙的饼，边开车边吃。当倪频邀请盖瑞正式加入公司，负责公司营运和制度、流程管理时，他愉快地答应了。

盖瑞的经历是其他一些美国员工选择进入万向美国公司的一个缩影。[①]

鲁冠球特意关照美国公司：“要入乡随俗，美国市场比较开放，相对也比较公平。我们入乡随俗，要让人家信任你，对你开放，你一定要对他们真诚，要遵守他们的法律法规，财务要聘当地的注册会计，法务要请好的律师，当你为他们安排了工作岗位，为他们纳税，为他们创造财富和繁荣时，他们何乐而不为呢！”

照此吩咐，万向美国公司充分利用当地的公共服务资源，采用美国的会计体系、财务制度和通行的做法，聘用当地注册会计师、公关公司及律师等专业人士，做到公司运营合规合法、公开透明。

美国监察监管部门对一家来自中国的公司会特别“关照”，联邦调查局、税务局、移民局、海关等机构轮番上门进行调查。万向位于芝加哥的公司曾每 3 个月就接受一次审计，结果美国相关部门发现这家中国公司很“透明”，行事规范，百分百纳税，没藏着掖着什么“秘密”。

1998 年 1 月，万向美国公司提出了一个别样的收购案：买下密歇根州一个 18 洞国际标准的高尔夫球场，名叫“草原河”。报告很快获批，鲁冠球

① 本段素材来源于马吉英：《“阿甘”正传》，《中国企业家》，2012 年第 17 期。

给出的理由是，有助于树立长期投资者的形象，万向不是一个赚了钱就走的公司。

万向美国公司还将许多服务深入到社区。它有一个为1000所学校安装分布式太阳能系统的计划，现已进行了51家，这个计划旨在推广、普及万向美国公司正全力投资开发的清洁能源。

美国公众渐渐对万向美国公司有了这样的印象：这是一家融入当地社区的本土公司，很有作为，也亲和、友善。

2014年12月，第25届中美商贸联委会首次在美国芝加哥举行。在这次会议上，席次安排很有意思：鲁冠球在中方代表席，而倪频作为美方邀请的企业代表出席，虽然他们同属万向集团。

// 文化因信任而融合

当倪频最初敲开客户家门的时候，人们并不知道万向，来自中国的产品也并不被信任。他曾经尝试着去向同行请教，如何打开销售渠道，结果反遭对方奚落，说："你是不是走错了地方，还是回去肯塔基养马吧，那比较有前途，因为那里的赛马很出名。"肯塔基是倪频读书出来的地方。

经过好多周折，倪频终于拿到第一份万向节订单，鲁慰娣高兴地从地毯上跳了起来。结果最后订单黄掉了，因为客户要的是湿油，供的货却是干油，不对板。倪频为此很自责，挤时间恶补产品专业知识，业务渐渐熟悉了起来。

但还是会出岔子。比如，好不容易做成了一单业务，收到了3万美元的货款，哪知道支票还没存到银行，客户的电话先过来了：收到的货品油脂太稀，不符合标准，要求退货。

这真像一瓢水泼到了头顶。货总要退，等第二天天明了吧，时间已在夜里，客户又在离芝加哥1000千米之外。但倪频想，不行，那一夜，客户会很纠结，睡不好觉，担心开出的支票能不能要回来。既然公司刚立足，信誉比什么都重要，应该立刻动身去退支票，一分钟也不能耽误。漫长的车程，交织着得而复失的沮丧心情，这一路，倪频并不愉快，但开了7个小时的夜车赶到客户公司，将那张带有体温的3万美元支票交到客户手里时，倪频开朗了，他从客户的脸上看到了满意与认同，那也是万向一贯的经营理念：在货没有处理好之前，不能拿客户一分钱。

一个中国小伙千里夜奔退支票，令客户意外，对方很感激，也对万向有了信任。此后，这家公司成了万向美国公司的忠实“粉丝”，与万向一直保持着业务往来。

时隔5年后，这家公司将自己51%的股份无偿转给了万向，快乐地成了万向美国公司的一分子，因为他们现持的这些股份足够分享由万向做大的市场“蛋糕”了。

鲁冠球为建立企业的诚信文化讲了许多话。他说：“人无信不立，这是中国的古训。同样，一个不讲信誉、没有信用的企业，就没有什么竞争力可言，在市场上也不会有立足之地。市场经济是竞争经济，而竞争离不开信誉。”

信誉也因此成为万向美国公司拿在手里的“通行证”。

有一个“到手的钱不要”的例子。

德克是美国PTC公司总裁、汽车零部件经销商。有一次，他向万向美国公司采购了一大批万向节。公司拿到订单，发现订的量过大，有点儿盲目，客户一时肯定消化不了，就不让采购员下单，马上给德克打电话，建议他应该有节奏地预订，以免造成库存积压。

没想到，德克这位年近70岁的商场“老资格”并没领情，他在电话里大声指责：“你是供应商，卖你的东西就是了，用不着来教训我，这是对我能力的怀疑，是对我的侮辱。”

看打电话没沟通好，公司改用书面形式将自己的意见传真给了客户，再次诚恳地希望能考虑万向的意见，少订一些货。

“哪有到手的钱不要的道理？”公司许多同事不理解。倪频说：“我必须对客户负责，把道理讲清，做到问心无愧。”

事情过去了一年半，这位德克先生突然给倪频打来电话，说你必须马上过来。倪频赶紧开车过去，一到 PTC 公司，就看到墙上挂了一条横幅，上面写着：“PIN，WE ARE SORRY（频，我们向你道歉）！”

德克对倪频直言，他错了，当初没听倪频的劝，还执意坚持。现在麻烦了，大量的库存积压，公司非常困难，他想看看倪频能不能帮帮他。

倪频什么也没说，直接收回了他库存的货，并按要求换成新货给了他。

此后过了一年多，德克又给倪频打来电话，说中国来了一个供应商，与万向同样的货，价格却便宜 30%，显然是万向的竞争同行来截业务。他不想见，就趁对方来他公司前特意躲了出去。他约倪频到另一个城市谈生意，并把那边他的一个老客户让给了万向。

德克对倪频说：“小兄弟，我这样做，只是为了告诉你，你在我心中是多么重要，我有多么感激你！”

万向在美国的并购业务中同样坚持了这样的原则：真诚，既考虑自己也想到他人，这就是鲁冠球说的“利他共生，共创共享”。

有个很真实有趣的调查数据：在万向美国公司收购了上市公司 UAI 后做的问卷调查中，客户中有 10% 表示祝贺，有 80% 则有抱怨。（其他 10% 未表达意见。）抱怨什么呢？原来是他们担心万向在美国的市场控制力太强大了，会有排他性，把他们从传统的渠道中挤走。也有一种担心，认为万向接手会改革管理结构以致职位流失。

万向用以回答这“80%”的是真诚地开放自己的营运平台。公司告诉他们，在万向这里，永远是谁付出、谁受益，万向的实力和资源足够让参与者获益。如果他们的付出被证明是合理的，将一定会收获回报。万向也不会选择不必要的裁员作为纾困的手段。

这让这“80%”放下了疑虑。

万向对GSS的收购也很有故事。这家汽车转向系统制造商在2006年出售竞购时，万向没有得手，其被纽约一家私募基金购得。2008年的金融危机导致该基金倒闭，接受清盘时，债权人和基金管理人找上门来想请万向接盘。

从情理上说，或者从它的资产亏损面看，“好马不吃回头草”，万向没理由接，但倪频的着眼点是，如果不接，它就会倒闭，工人失业，下游用户克莱斯勒公司生产线缺货，影响一片。此外，对于万向来说，这家公司的技术能力、供应渠道特别是员工资源非常有价值。

2009年，万向完成了对GSS的收购，按照财务顾问的建议，万向与克莱斯勒公司进行深度合作，以万向成熟的管理方式实现了企业的良性运作，收购后的头一个生产季就有了盈利。

GSS公司所在的康涅狄格州州长瑞尔为此向万向美国公司致信，感谢万向在困难时刻对于GSS公司的拯救，并为它保留和创造了135个工作岗位。

万向在美国的这些并购，因为惠及当地，连向来强势的工会也转变了态度。

有一次，美国的媒体采访被万向收购的一家美国公司，记者问员工：“（对这起收购）你高不高兴？”

“我怎么可能高兴？我原来时薪50美元，现在只有15美元，怎么会高兴？”

“哦，那你是不高兴了？”

“我很高兴。如果他们不来的话，这个公司已经关了。”

在万向美国公司收购福特蒙罗公司时，有一个有趣的细节：

对方老板不想让员工知道公司将要被并购的内情，就与前去考察的万向美国公司说好，来的时候不要穿西装、打领带，不要打接待厅的电话而是直接打自己的手机，也不要签到放名片，就说是保险公司来核查，然后从边门进去。进去后，按美国工厂的规定，工会一定要有人跟着一起走。走到一半，工会的人把万向的员工拉到边上问："你们什么时候完成收购？别瞒我们了，公司那些'蠢货'还说你们是保险公司的，我们不傻，我们知道你们是谁，来干啥，事实上我们盼星星盼月亮地在等着这一天，你们赶紧来，再不来，这个工厂关了，我们大家都得回家。"他恳切地说："你们有什么要求尽管提，我们只想问，啥时候把收购做成？"

沿着美国中部 90 号高速公路，3 辆卡车轻快地向伊利诺伊州埃尔金市驶去。这是万向美国公司的搬家车队，目的地是机场路 88 号他们的新家——万向海外营运中心。

圣诞节刚过，芝加哥被一场大雪装扮成银白世界。算上第一次坐肯塔基大卡车搬家去芝加哥，万向美国公司这已是第三次搬家了，从居家式作业到租用办公房、仓库，由小到大，公司员工们见证了公司的成长！

临搬家前，公司员工高兴得就像在搬自己的小家。公司营运长和财务长、60 多岁的盖瑞，就是前面说到过的那位加盟万向的咨询公司前总裁是搬家总管，他里里外外忙了好几天。他有个绰号叫"抹布营运长"，因为公司没有专门的清洁工，卫生都是个人打扫。每个周末，盖瑞会把大家用过的抹布带回家，洗干净后，下周一上班时候再带来。由于热心公司事务，又乐于助人，他在员工中颇有人缘。

这次公司搬家因为选址还发了告示，公司管理层将几个拟选房产信息放在公示牌上让大家讨论，征询意见。美国员工觉得很新鲜，这都是老板定的事，说去哪儿就去哪儿呗！很快大家理解了，公司希望新的地方能让大多数员工喜欢。在当地，公司搬家通常会失去 1/3 的员工，这次万向美国公司选的地方，也会比原来增加至少 1 倍的路程。公司希望员工尽量能住得近些，遇上恶劣天气，如刮风下雪，也少些安全方面的担心，为此给愿意把家搬到公司附近城市的员工每人补贴 1000 美元。

有这样富有人情味的企业氛围，员工都舍不得离开，就算搬家后路远了，他们也都继续留在万向美国公司，一个都没少。有位销售经理从家到公司一天来回驾车在路上将近 4 个小时，也没离职。他说："我喜欢我的家，更喜欢我的公司，这里有我在其他地方得不到的东西。"

公司首席营运官加里 · 韦策尔在回答万向为什么吸引人时说，公司带头人"大脑容量很大，能采纳各种明智的建议，能容纳各种贤能人才，在这里工作，有一种家的感觉"。

在忙忙碌碌的搬家人群中，好像少了一个人，那就是总经理倪频的夫人鲁慰娣。刚来芝加哥建公司时，她帮着做财务，后来公司要规范化，是国际化的公司了，倪频让慰娣放弃目前工作，免得被人认为是夫妻店，于是她就不再来公司，纯做家务。此后 20 多年，鲁慰娣没踏进公司一步。每天晚上，她会开车从 15 千米外的家给倪频送晚餐，但只把饭放在门口就回去，不进公司的门。

每周六，是公休，但有许多员工自动来公司上班，这午餐就由鲁慰娣来做。她一早 6 点就起身到厨房忙活，做好装好，让倪频带去。公司的美国员工都把周六当成节日，因为能吃到最正宗的中餐。天长日久练成好手艺的鲁慰娣，早已是"一级厨师"了。

要问她这样给员工做饭做了多久？ 15 年。

埃尔金市的万向海外营运中心是一座占地 10 公顷、建筑面积 16.5 万平方米的办公与厂房联合体，雄壮气派。让盖瑞与他的美国同事们感到新鲜的，是建筑物广场上的中国国旗在蔚蓝澄碧的天空下飘扬。这在美国的其他企业所在地几乎没有看到过。

两年后的 2003 年 9 月 30 日，当盖瑞在北京人民大会堂再见到这面国旗时，他获得了中国政府颁发给对华友好人士的最高荣誉——“友谊奖”。

万向的文化中总有一种给人亲和，也让人回馈亲和的东西，无声，潜入人心。

2012 年 3 月，万向收购了美国最大的锂电池制造商 A123 公司。关于此项收购对于万向电动汽车自主开发的影响与价值，将会在本书第二十一章讲到。这里说的是，在美国外国投资委员会批准这项收购后，万向美国公司总经理倪频给员工写了一封公开信。通常在美国，公司被收购是商业行为，以后的做法按新的公司的章程来即可。但来自中国的万向公司体恤员工的复杂情绪，在这个人心浮动的时候懂得给人安抚和勉励。信里说：

> 非常高兴地正式欢迎各位加入万向大家庭！
>
> 这项收购的确走过了一个漫长过程，且布满荆棘，远远超过了任何人的想象。我真诚地感谢你们在这个不确定期的耐心。A123 已经建成了一支强大的团队，并获得很多成就，你们应该为到目前为止获得的成就感到自豪。
>
> 之前，我把万向的愿景描述为“航空母舰”舰队，即各个子公司既服从集团“旗舰”的指挥，又具有独立作战的能力。以后，我们将计划实现一系列的变革，这些变革将实现更大的自主权和更强的责任感，这样大家就可以“人人头上一方天”，对自己的业务负责。简言之，你们的未来将掌握在自己的手中。我期待与你们一起开发出 A123 的全部潜能。
>
> 旅程才刚刚开始。

万向文化就这样在字里行间传达到曾经完全陌生、将来与之共存的企业土壤中。

在美国，有通用、福特、克莱斯勒这些汽车业大佬在，万向要找到或留住优秀的复合型人才很难，因为给的薪水待遇没法跟人家比。但万向能够提供的并不是多少钱，而是一个机会和舞台。如果万向是一个金矿，金矿要你自己挖，问题是挖出来金矿怎么办?

有一天，在美国的鲁伟鼎和倪频到社区篮球场打球，倪频说到他在做一个方案，想通过“经营者基金”的方式来调动美国员工的积极性和创造性。鲁伟鼎听了很赞成，说支持倪频推行。

万向集团一直有自己的员工激励机制，各项绩效分配和奖励条例保障着员工积极性的提升，但鉴于一些客观实际，还没有进入到由员工持股的分配结构。鲁伟鼎把美国方案告诉鲁冠球时说："美国公司要有一个大的分配机制了!"鲁冠球不明就里。鲁伟鼎卖了个关子："你不是常说‘天下熙熙，皆为利来，天下攘攘，皆为利往’吗?现在就要把利益给员工做足，像你说的财散人聚，财聚人散。具体怎么弄，倪频告诉你。"

详细审阅美国公司方案后，鲁冠球给予了热情肯定，破例同意通过实行利润承包、超额共享、自筹资本等方式，将万向美国公司每年利润增长26.58%以外的超额部分转化为经营者基金，在约定的年限内，基金可以购买万向美国公司不超过40%的公司股权，使基金持有人成为仅次于万向集团的公司第二大股东。

这个计划有一个很好的名称：激活智慧，分配未来。

这让员工看到了属于自己的金矿，且金矿前没有“玻璃天花板”挡着。公司团队像一块复杂的拼图，每个人成了整个拼图里不可或缺的一块，美丽诱人。

2001年11月，在中国加入WTO的背景下，万向集团专门召开会议，学习万向美国公司的敬业、创业精神。鲁伟鼎在报告中谈到万向美国公司对万向企业文化的输出与根植时说："万向美国公司的成功，关键在于‘诚信’‘宽容’和‘正直’。‘诚信’是万向几十年创业的准则，也是万向美国公司从零开始、不断发展壮大的真谛；‘宽容’，是激发、指引公司职员的每一位如何开展工作，‘人人头上一方天’；‘正直’，是在与所有客户、竞争者、合作者的交往中都做到坦率与友善。”

美国前财政部长亨利·保尔森2011年1月19日在芝加哥的会所专门设私人晚宴，招待鲁冠球。这位曾经担任过美国高盛集团董事会主席兼首席执行官的财经领袖说：“很多人会成功，但很少能够同时得到政府的认可并被合作伙伴交口称赞。没有一个你的竞争对手、你的客户说你不好。得到大家的一致尊敬，这在美国是很少见的，但万向美国公司做到了。”

“做人一辈子能得到这样评价的话，也值了。”晚宴结束出来后，鲁冠球说。

鲁伟鼎和芝加哥市市长有一次愉快的会见。他们谈及万向在芝加哥的成功发展，包括万向美国房地产公司在芝加哥收购和开发的物业。沿着穿城而过的美丽芝加哥河，从紧邻千禧公园的保诚广场到密歇根大道上的米丽商务大厦，从全城最高的住宅综合体“芝加哥一号”到耸立河畔的“150河岸北大厦”，万向为芝加哥悄然增添着一个个新地标。与20多年前倪频坐着卡车来寻一间斗室开公司的情形，简直差若天壤。

市长将芝加哥的城门钥匙作为礼物送给了鲁伟鼎，以表彰万向对这座城市的贡献。

鲁冠球想要在美国种的“苹果树”长成了，可以看到满枝的果实。值得欣慰的是，树盛在于土沃，这是掺和着万向文化的美国泥土，也是属于美国的万向“本土”。

托马斯·弗里德曼在《世界是平的》一书中以形象的比喻来阐述外来文化与本土文化之间的冲突、争斗与融合：凌志汽车与橄榄树。

“凌志汽车”代表今天我们赖以获得高生活水准形成的全球市场、金融机构、计算机技术，而“橄榄树”则是由约旦河旁这古老的、扭曲的、粗糙的植物所代表的传统本土生活状态。

万向的“苹果树”则是一种反向的移植，在美国这片异域土地上，万向将“凌志汽车”与“橄榄树”平衡在一起，形成了全球化时代的一片新风景。

// 美国的“万向日”

2002年8月12日，芝加哥阳光明媚，新落成的万向美国公司办公大楼举行了一项仪式，美国伊利诺伊州政府命名的“万向日”正在进行荣誉颁授。州长佐治莱恩表示，为了表彰万向美国公司在美国业务发展取得的卓越成就以及对中美经济往来所起的促进作用，决定将每年8月12日命名为“万向日”。

以企业名称命名政府日，是对企业发展成就的至高肯定与评价，而以一家中国企业名称命名美国的“政府日”，更是首次，意义非凡。在伊利诺伊州，能获享这类殊荣的企业寥寥无几，之前一年，仅有波音公司将其总部搬迁至芝加哥而获命名“波音日”。

州长特别助理肯德尔女士还告诉倪频，之所以选择8月12日，是因为10年前，即1992年8月12日那天，倪频以留学生身份踏上了美利坚的国土。

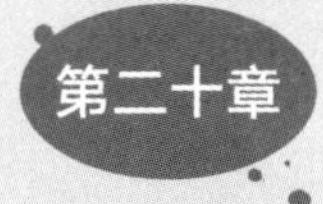

价值：

万向法则

鲁冠球在北京人民大会堂出席“2002 中国名牌论坛”并发表演讲

// 何以是这座“金矿”

一罐“露露”，带着长城脚下野山杏的甜香已经端上了我们的餐桌。关于此间种种，本书第十二章已有记述。如果从资本市场的表现着笔，转向事情的另一个维度，可以看到万向关于资本运作的别样精彩。

1995年，按照鲁伟鼎的万向“二次创业”路线图，向东“走出去”，是到美国开公司，但向南呢？万向要到还在草创中的深圳特区，设立万向投资公司做投资业务。当时，深圳正经历一个回落，形势低迷，很多人从特区跑回内陆省份，但万向则逆向南行，意气满满。

鲁伟鼎有一个预判，投资银行业在我国刚起步，未来投资银行无疑是一片蓝海，早进入早得益。选择深圳的“萧条期”进去，更有机会，公司的成本也最低。深圳毗邻中国香港，香港回归后机会很多。万向又在深圳证券交易所上了市，在这个淘金之地，万向会有超出预想的机会。

鲁伟鼎给投资公司的定位要求很高、很清晰：“千万不要开成贸易公司，为蝇头小利去做买卖。坚持做资本市场，按证券行业的特性去做，打交道的不能是江湖上做买卖的三教九流，而是要接触证交所、证券公司、投资公司。”

深圳文锦渡有万向集团置买的两套商住房，前去做准备的同事想省点儿钱，把公司放在里面，楼上住人，楼下办公。鲁伟鼎说，不能将办公、生活搞在一起，要到写字楼去，做投行的要有一个相称的仪表形象。公司后来在深圳商务区的江苏大厦挂了牌。

一个很常态的现象引起了投资公司的注意：证券市场当时实行的是双轨制，流通股和法人股（即限售股，不能流通），两者存在很大价差，这种状况既对股价估值不公，压制了大股东经营积极性，也因为与国际全流通的资本市场无法接轨，限制了国际投资者的进入。他们有个预感，一个不能形成利益共同体的机制是不可能原封不动的，中国的新一轮改革开放正冲击着陈旧的体制，包括金融、证券领域，变革的机会将会出现在未来几年内。

反映这个信息的报告发到了集团总部，鲁冠球和鲁伟鼎很重视，他们也一直在关注这个现象，认为不合理的法规如果被证明有弊端，改变是必然的，需要的只是时间。

鲁伟鼎还有一个前瞻性观察：持有法人股的大股东许多是国有企业，它们正经历改制前的阵痛，缺少资本，管理机制落后，在寻求改革中会选择出让股权。如果“投资当下”，从中梳理出一些有潜质的对象收购进来，跟目标企业一起成长；同时也“投资未来”，等待在中国加入世界贸易组织后，双轨制的“分置”改革到来，法人股和流通股实现同价，那就会有爆发性增值，“这可能是一个最大的金矿”！

露露股份就是这样在找“矿”路上被发现的。这家1997年在深圳证券交易所上市的饮料生产企业因国有大股东资金困难愿意出让20%的股权。露露股份因此被放入选购企业名单，由深圳公司报到了集团。

鲁冠球一眼看中了它，是因为生产杏仁露的原料来源野山杏与农民收益直接相关。鲁伟鼎则从这个基点出发，延伸考虑到了农产品的商品性、品牌价值在鲁冠球心心念念想建立的农业龙头企业中的作用所在。

一个无法回避的事实是，万向曾经有过的工厂化农业实验失败了，亏损严重，随着时间积累包袱更重，难以为继。到1997年、1998年，鲁伟鼎要把农业项目停了。鲁冠球说：“农业不干，你就不要干（总裁）了！”他郑重地对鲁伟鼎说：“农业一定要做，办法你们想。”

这才有了万向三农集团的成立，它需要在业务配置上有新的突破，进入的项目要有导向性、流通性，特别是涉及农户多、区域广、带动效应大的项目，以利龙头企业的形成与运作。

露露股份显然具有这样的特性：它能将农业产品变为商品，让农民在生产、流通等全过程中得到更多的利益；它又是老百姓喜欢的消费品，具有广阔市场。

鲁伟鼎甚至有个“野心”，不光是露露，最好能趁国企改革、需引进资本时，把国内已经有品牌的植物性农产品[①]，像海南椰汁、广东枇杷膏、云南玫瑰花等收购进来，形成一个系列，他戏称为“十全大补酒”。

这就导致了2001年12月万向对露露股份的入资，在收购其26%股权后，万向成了公司第二大股东。

“为什么不是第一大，而是第二？”我曾有兴致地问，因为万向在其他投资中也常这样做。

鲁伟鼎透露了狡黠“蛰伏”于老二的“秘密”：一个好品牌，人家不会轻易让出来，先做老二，帮着来做，到有一天，老大管不了了，遇到困难了，会让出一部分，那找别人总不如找“二弟”呀！

但万向也不是故意用心计、施手段，鲁伟鼎说：“坦诚地讲，这是对自己当时实力的清醒估计，也是对未来趋势的一种眼力。机会往往在别人的错处出现。”

这是万向投资中颇有个性的“老二”原则，这使其进退自如。

4年后，露露股份发生了股东债务欠偿的严重事件，由于作为大股东的露露集团占据上市公司资金不能按时偿还，公司面临财务危机。情况很紧迫，要找到接盘也非一时。

这给了“老二”机会。万向投资公司团队经过对现行法律法规的周密研

① 他不讳言对“动物性”的排斥，也许养猪养鳗养蛇等“活口”把他养怕了，哈。——笔者注

究，提出了一项独具创意的解决方案——让大股东以股顶债，通过回购它的股份，缩减净资产，最终注销大股东。

在我国当时证券市场上还从没有过这个做法，很大胆，也很实际，解决了复杂的债务纷争，保证了上市公司的正常营运。由于大股东被注销，万向从第二大股东自然上升为第一大股东，不费一兵一卒，没花一分钱，老二成了老大。

这次漂亮出手，成了在证券业广为流传的一个经典案例。

风送好运，福有双至。不久后，万向几年前预判的证券业股权分置改革完成，双轨制被全流通的同股同权政策所取代。

2001 年，万向以每股 4 元购入露露股份，到 2004 年，股价升至每股 7.33 元，其间最高到过每股 13.95 元。当初 2.69 亿多元购置成本，经过以后扩股，万向在露露股份中的股权市值在 2022 年 11 月 30 日收盘达 36.04 亿元。从 1997 年露露股份上市以来，万向累计分红 15.58 亿元。

要说这的确是一座“金矿”，实在不假。

2007 年 11 月，万向投资公司总经理管大源被集团从深圳叫到长春，去紧急处理由长春君子兰集团债务引发的上市公司经营危机。

这家国有独资公司生产汽车保险杠，为奥迪等一汽大众车系提供配套，公司以“兰宝信息”在深圳证券交易所上市。

万向钱潮 2004 年启动收购君子兰公司和“兰宝信息”，着眼点是它的产品与万向节同属汽车零配件，有助于扩大产业链；它又与一汽大众有长期的供货合作，市场渠道稳定，预估能给公司带来十多亿元的年销售额。

问题出在“君子兰”背后的隐情上。万向一进入，发现踩了坑，它“里烂外不烂”，表面价值掩盖下的财务和其余遗留问题非常严重。万向钱潮的投资团队起初的尽职调查显然失职了，投资团队被虚假的数字和外象蒙蔽了。

这会导致一个非常恶性的局面出现：企业自身的运转能力丧失了，因为销路变化可期的效益不存在了，万向投下去的 1.86 亿元资金原本是用于员工转制及企业生产经营复苏的，但会很快被围上来的债权人主张权利，难以收拾。一旦无法有效组织起生产，下游企业得不到供货会关停部分生产线，影响到全局，员工也会大量流失，引起连锁反应。

反映在股市上，“兰宝信息”从万向开始进入时的每股 7～8 元下跌到 0.70 元，股民利益折损严重。到 2006 年 5 月 15 日，“兰宝信息”因亏损而停牌。

万向卷入了一个似乎很难走出的旋涡。如果退出，不单是钱的损失，还失了信誉，毕竟合约签了，对长春市、对公众要有交代。鲁伟鼎比谁都明白，鲁冠球是一个把社会责任感和企业声誉看得很重的人，他之前在长春的信誉那么好，怎么可以因此把口碑砸了呢？

“怨天尤人没出路，我们还是要迎难而上，要有担当，按法律按契约精神来！”鲁伟鼎下了决断。鲁冠球赞同鲁伟鼎以这样的“定势”去破解乱局，他说：“万向不能没有社会责任感，也有实力和信心把事情处理好，化被动为主动。”

按照当时资产处置的常规，“君子兰”似乎躲不过破产这个结局，但一破并不能“了之”，那将会把一大堆问题留给万向自己，也推给社会。

通过对“君子兰”复杂局面的梳理，万向团队提出了一个创见性建议：以往的处置方式只是“破产”，如果加上两个字——“重组”，就是破产重组，即保留“兰宝信息”这个上市公司架构，然后将万向集团旗下优质资产放进去，改变原公司的资产结构与财务现状，顺势让万向企业借壳上市，不就两全其美了？

“破产重组”这四个字，今天看来已是公司处置的常规手段，但在当时，其头一次被提出来，确实石破天惊，之前上市公司中还无先例。

在完成“兰宝信息”的股权拍卖、股权分置、重大资产重组等一系列复杂困难的工作程序后，万向认购“兰宝信息”的股份，接着把万向集团所属企业“顺发恒业”资产装到里面，实现了圆满的资产重组。

2009 年 6 月 5 日，面目一新的“兰宝信息”恢复上市，之后更名为“顺发恒业”。

这是中国股市第一次在不摘牌的情况下实行了公司破产重组。

这次处置得到了四方满意的结果：政府卸了包袱，尤其在国有老企业普遍面临困局的长春；企业顺利解困，国有资产保值、增值；员工得到妥善安置，留下来的在公司恢复生产后继续发挥作用；股民高兴，原以为投资打了水漂，恢复上市后当天，股价升到每股 10.30 元，一片欢呼。当然，万向自己也高兴，不仅在于避免了 1.86 亿元的投资亏损以及后续继续注资的经营风险，而且在企业恢复保险杠产品生产后带来了令人瞩目的直接效益，最高时年利润达 4700 多万元。“顺发恒业”10.67 亿元的净资产在借壳上市后，股票总市值最高时在 2009 年 7 月 23 日达 176 亿元。

“君子兰”引发的并购圆满收官。万向团队因特殊贡献，获得了集团给予的重奖。

从露露股份到“君子兰”，万向当年在投资领域的一次次出手新意迭出，绩效很亮眼，从技术操作层面看都可以作为成功案例写入“投资经典”。但我却一直被案例后潜在的“行为动机”所吸引：投资天地很大，“金矿”也不止这一两座，但被万向选中、“盯牢”并做成功的，首先是出于一种社会责任和价值认知，而不仅仅是为了赚钱。

简言之，价值体现着一种“主义”。

鲁伟鼎说过：“做金融资本的要有对于价值的思考，它应该成为从业者的基本法则。”

// 金融水浇实业田

1992年，万向还在“杭州万向机电集团公司”名号下，鲁冠球就开始了建立企业财务公司的申请。在1994年企业更名为“万向集团公司”后这项工作的步伐更快更扎实了。在乡镇企业还普遍是会计性财务、作业性财务的当时，万向以破冰的决断谋求建立企业财务公司意欲何为，潜伏着怎样的战略布局？

即使在今天，在我写作本书关于资本运作的这个章节时，它依然是个问号。

阅读当年已经发黄的卷宗，我看到了其间鲁伟鼎的影子。鲁伟鼎说，他眼前总有一个抹不去的形象，那便是父亲创业初期缺钱的憋屈与无奈。中国的农民有自己的情理判断，觉得找人借钱是一件很难堪的事情，即使做到了企业家的程度，可以去接近银行想办法，但骨子里还是纠结，难开口。何况像他们曾经的经历，乡镇企业借钱谈何容易？可是业务规模大了，要做万向节，要做创汇农业，要搞技改添设备，都要钱，借钱又那么苦，憋死人。

怎么能不借钱呢？鲁伟鼎给鲁冠球甩了句话：“自己开银行呗！”

莫以为这话是戏言，鲁伟鼎已经敏感地在企业的资本运作与管理这个大方向上破题了。

20世纪80年代的后期，鲁伟鼎在“北漂”的日子里因为和经济学者的相处，很早感受到了金融在现代企业管理中的作用，他做的万向集团化改制方案里就有建立财务公司这一项内容。那时，全国国有企业财务公司还刚起步，乡镇企业由于固定资产净值和自有资金绝对额等指标达不到标准，政策法规还不准许办。

在担任万向集团总裁后，鲁伟鼎能够在全局的层面来协助鲁冠球推进财务公司的创建了。

鲁冠球说：“实业是田，金融就是水，水要浇灌田。”他已经明确意识到，企业经营方式从产品生产到商品经营再到资本经营，是企业的两次飞跃。他在《企业发展的必由之路：资本经营》一文中写道："如果商品经营不能和资本经营相结合，那么企业可能永远都上不了层次，效益不高，得不到迅速发展，最终被市场所淘汰。"

鲁伟鼎看到并把握了这个趋势。他认为万向必须同时面对两个市场——产业市场和资本市场，寻求产业资本与金融资本的融合。如果在两个市场都获得成功，就可能带来几何级的增长。而财务公司的建立就是其中关键的一着棋，它为集团和集团的用户提供的专业化金融服务，是银行等外部金融机构均无法替代的。

一旦财务公司建立起来，企业就不再只有银行贷款这一条渠道，可以拓宽筹资、融资路子，构建合理的资金结构，通过结算、拆借、再贷款、票据贴现等多种手段，加快资金周转速度，提高资金使用效率。同时引入金融手段，降低和规避营运风险。金融与产业结合，将会给企业转型、大规模高频率的技术改造和新产品的开发、国际化市场的开拓等以很强的支持动力，使实业得到更大发展，正像有了充裕的水来灌浇，大田定能丰产一样。

申办的过程比想象的要难太多，它涉及国家整体财税金融改革的节奏。万向以敢为人先的主动精神闯入了这个领域。鲁冠球以自己的名义多次给国务院领导写信，表达诉求，他也几次跑到中国人民银行总行提出申请。鲁冠球的"名气"在客观上帮了忙，高层领导在倾听他的反复陈述后都给予了理解，但它毕竟牵动全局，需要与经济改革的整体步骤协同，一时并未获准。

一年一年过去，鲁冠球一年一年跟踪不舍，同时以结算中心的方式运营、练兵，建立起一支能够适应财务公司运作的专业队伍，来解决企业内部的管理与效益问题。

2001 年，在杭州桐庐开会的央行行长带来了好消息："老鲁，成了！"

国家同意国务院确定的 120 家试点企业集团建立财务公司，万向正好在这 120 家企业名单中。第一批允许设立财务公司的企业接受了严格的审批流程，鲁伟鼎需要面对审批委员会专家的一系列提问，结果他回答得很专业。评审结果，11 家申报企业批准了 5 家，除了万向是民营企业，其余都是央企和大型国企。

2002 年 9 月，万向财务公司正式挂牌营业，集团资本运作与管理因为有了自己的财务公司变得安全、顺畅、有效，集团的成员企业得到了快捷良好的财务服务，资金成本降低，资金投放及时，催生了经营效益全面提升，企业越做越大。

万向财务公司从开始申办到挂牌，前后用了 8 年时间，看得出鲁冠球的耐心与韧劲。反过来看，一件事值得用 8 年去争取也说明它的重要。鲁冠球心里明白，一家不具备政治资源的民营企业要获求政府给予的优先权和政策准许，在重要的目标上得到成功，只有主动努力做好自己，滴水才能穿石。

建立财务公司是万向在资本经营上的一项基础性工作，也是一次探路。作为一个乡镇企业的基层厂长，鲁冠球并不具备天生的金融资本灵感和运作本领。早年万向开始搞股份制，是想要自主经营管理权，刚听说资本、证券市场时，也没觉得有什么好，借银行的钱，本息还了后，剩下都是自己的，如果上了市，还要分给股东。他看好上市，更多是看它有利于提高企业知名度。他说过实在话："如果每天在交易板上能看到自己'万向钱潮 A'的名字，就很开心了。"

但鲁冠球显然没有在新的市场经营方式和行为的挑战面前因囿于朴实的农民见识而却步，他很快被"新潮"的节奏带着，走到了春风乍起的资本市场前沿，开始了学习、研究、实践的漫长路程。1994 年 1 月 10 日，万向钱潮作为中国第一家乡镇企业上市，当深圳证券交易所敲响开市铜锣时，他的内心有一番震动，锣声在告诉他，这个"第一"也是企业转折的一个指令，一个通过资本创造价值的时代到来了，得走进它。

在翻阅万向成堆的文件档案时，我被 2002 年 8 月的一份访谈记录所吸引。来访者是北京标准股份制咨询公司总经理刘纪鹏。鲁冠球和鲁伟鼎与这位股份制公司问题专家做了非常广泛的咨询与讨论。从企业财务公司运作开始，到可能进入的信托业务、暂时还未获准入的企业基金、投资银行的业务性质、国有股全流通的股权分置改革等课题，他们讨论所涉及的都很专业，也很前卫，其中许多都还在国家机构和专家层面的研讨中。鲁冠球的思路敏锐与求教谦谨，尤让我印象深刻。看得出，鲁冠球与鲁伟鼎对万向整体资本经营的决策性规划已清晰形成了。

尤其是他们对于资本经营与产品经营关系的理论共识像画出了一道红线，成了之后万向在资本经营中的成功之道，也是价值运作的“万向性格”——

> 做企业就像做人一样，有一样东西不能靠人帮，就是资金。企业是一个有机的生命体，是一个生态。资本是血液，血液没体无处流，体无血液干巴巴。我们现在解决了干巴巴的问题，有血液了，但如果血液流动是盲目的，不在一个实体上，那就大出血了。金融服务要紧紧围绕产品，围绕主体产业，围绕实体经济发展。

鲁冠球的求知触角还延伸到国外。我在与倪频做视频连线访谈后，他特意从芝加哥寄来了一个很大的邮包，是多年来鲁冠球与他在纸面上的往来。倪频学的是经济金融，又在美国经济活动中心，鲁冠球很愿意与他探讨和咨询许多经济金融课题。

我静下来一一翻阅，发现这些文字都写在相关信息与文章的影印件旁，议题广泛，其中有：通货膨胀与通货紧缩，企业现金流量的预测，“正在经历疯狂过后死亡”的私募基金，宽松的货币和财政政策带来的流动性盛宴，品牌文化与“梦的战略”……他们讨论中国银行业改革改制上市带来的影响，也议及埃隆 · 马斯克计划送 8 万人到火星，建“穹顶建筑”种庄稼的报道，鲁冠球说："我们争取与埃隆·马斯克交往，弄明白他这计划意义在哪里。"

这里没有董事局主席与属下、翁婿之间的身份差异，相互间谦逊平和，更像是在经济学课堂上进行相互切磋，自由表达，有时还伴有争论。

一个制造企业的掌舵人在学习中成了金融经济的行家里手。金融为实业输血，实业为金融托底，万向的资本经营从一开始就体现出产融结合的特点。

鲁伟鼎有一段很掏心底的话：

> 金融风险是怎么产生的？因为逐利。当钱生钱时，风险就有了。如何控制？就让金融去做有意义的事情。什么是有意义的事情？就是提升实业的效率。反过来，有实业在，就有风险抵押在，像我父亲说的，"箱底老钱在，自己摞摞[①]"，有难时咬牙往自己肚里咽，就解决了哇！所以企业要有实力，有实力就能应对各种不可预计的风险。

鲁伟鼎意味深长地说起他在山西平遥看过的一出戏。李家作为晋商名号，其创始的一代李家老爷过世了。其时家族生意正遭遇危机，债主盈门，几个儿子东拼西凑也筹不够钱还债，眼看商号要垮了，二代也撑不住了，说那就破产吧！

"谁说要破产？"这时，李家老太太一声喝问，拿起手里的拐杖"咚咚"地敲几下招牌，大声说："谁也别想把这个'李'字摘走！"众人惊愕，那还能有啥辙？只见老太太掏出钥匙，让人把安了机关的地下库门打开，这一开，在场众人全傻了，里面有的是银子……

鲁伟鼎感觉他爸就追求这样的底气。

实业与金融，像双轮被置于万向的发展之车上。达致理性的认知固然不

① 摞摞：萧山方言，意为"凑集"。

易，在实际把控中如何处理好速度与安全之间的关系，规避金融风险发生，让这部“发展之车”沿着产融结合之路走得顺当，则更为困难。尽管风险与危机有时并不可免，但在鲁冠球看来，万向一旦把“诚实是做人之本，守信是立事之根”作为企业道德观，它在应对风险与危机时将要遵循的法则便清晰地立在前面。如鲁伟鼎说的，“我要承担对价，我定承受代价”。

// 艰难的一票

2012 年 2 月 29 日，浙江一家商业银行举行临时股东会，就增资扩股事宜进行商议和表决。万向作为该银行的并列大股东、鲁伟鼎作为监事长，在这次会上分量很重，该持什么态度，将怎样投票，会影响到其他股东，也影响事情的最后结果。

商业银行的一次增资扩股行为何以牵动这么多人的关注？

时间要推回到 20 天前。这家商业银行召开董事会，审议定向增发方案。与之前 3 次的增资扩股不同，这次增发只向一家国有大股东增发 15 亿股，其他股东没有增资的权利，而且增发以该银行净资产而非市场价计价。增发完成后，这家国资大股东从原来包括万向在内的 3 家并列大股东升为第一大股东，占比由 14.29% 提高到 25%。

董事会董事长，也是这家国资大股东代表，在解释时强调，这个做法目的是把银行做大做强，保证股东结构稳定，通过向唯一的国有股东增资，全面提升公司价值，换取政府一定的政策与资源，希望股东们要算大账，算长远的账，予以支持。

这位董事长在提交增发方案时申明 ：“方案已报政府审批原则同意。”

参会的鲁伟鼎和其他民营企业股东无法认同这一说法和做法。单独增发，有失公平；以净资产计价，并不合理；未经董事会审议、股东大会审批通过直接上报，违背公司正常运作程序，误导上级政府。

增发议案没有通过。这是此议案又一次被股东否决或弃权而搁置。

鲁冠球是这样考虑的：万向由实业起家，现在往金融方向走，当然需要把银行做强，在这个大势下，会支持增资扩股。但应该采取公开、公平增资扩股的方式，在价格上，用市场化方法，有实力就增，没有实力就不增，国有资本钱多，哪怕增到40%、50%都没有关系，何乐而不为？但现状是“定向以非市场价单独向国有股东扩股增资”，合适吗？

这家由万向参股的商业银行在2004年成立之初，就申明以民营资本为主体，其股东基本由民营企业组成，被外界称为“真正的民营银行”。那是这家银行成立的初衷。鲁冠球期待银行的治理、公司的体制、机制的运行都能够按规律和规矩来，创造一个最能推动民营经济发展的“浙江窗口”。那时，国家正强调要毫不动摇地鼓励、支持、引导非公有制经济发展，以民营经济为特点的浙江刚刚召开了由省委省政府主持的民营经济万人大会，如果在这个时候，该商业银行国资大股东逆流而动，单独增资，变成一股独大，法律法规被破坏了，浙江支持民营企业发展的传统和口碑被破坏了，历史证明会是一个错误。

“看得见的是利益，看不见的是人心。若因此凉了一批民营企业家的心，得不偿失。万向不能给民营企业抹黑，给领导抹黑，凡事要做得大气、上路，你们一定要做，历史别人会来说，我们不说，也不阻止你们去做。”抱着这样的理念，2月29日那天上午，鲁冠球对前来劝说的政府方面负责人说：“如果以现在的方案投票，万向不会投赞成票。”

来人说：“主席影响力太大，万向如果不赞成，决议在下午很难通过，那会还不如不开，否则会很难堪。”

鲁冠球表示：“下午开会，如果赞成，我心里通不过。你们这样做法，我不反对可以，但让我表态赞成，我不能做违心的事。”

来人希望鲁冠球再权衡一下：“虽然违心，但事情已经两难了，产生矛盾，会影响和谐。”

鲁冠球说：“既然为难，那我干脆退出。我遇事向来不斗，我说不过，斗不过，只有干，我这个行业不投，可以投那个，没必要一定要搁在里面，你们会议不要延迟开，等我挂牌把股份卖掉。”

来人说：“万向现在退出，肯定不合适。我们也不希望万向退，万向作为二股东，可以继续发挥民营企业的作用。主席如果不支持，哪怕决议通过了，也是一种缺憾。”

鲁伟鼎进来插话：“我们开会时不讲话行不行？弃权行不行？”

“弃权与投反对票结果是一样的。主席的影响是无形的，万向不说话，不表态，肯定会产生羊群效应。我们就是想设法说服主席同意。”来人为难地表示。

鉴于这种状况，当天下午的临时股东会，增资方案未予表决，“待完善后再研”。

向来听话、顾全大局的鲁冠球何以在这件事上表现得那么“犟”？

这是鲁冠球创业以来遇到的少有的纠结。就像这家股份制银行的开办宗旨说的，以民营资本为主体助力浙江的发展，大家遵循的是一种契约。“所有社会的进步运动都是一个从身份到契约的运动。”这一论断也早为浙江的工商历史所证明。浙江精神就蕴含着契约精神。作为改革开放先行者的浙江这一代民营企业家，自然传承了对契约精神和诚信经营的坚守品格。如果一家以最具地域商业特色为称谓的银行不再信守这一伦理，如何服众，如何显现公平、公正，助推市场经济发展？

一周后，鲁冠球给省委领导写了封信。助理看到后担心信中用词过激了，问他是否改改，鲁冠球毫不迟疑地说：“都是实话，一个字也不改。”信中说：

定向单独向国有股东增资扩股，是错事，如姑息，其示范效应与

“后遗症”必将超越事件本身。

一、关乎方向

1.《政府工作报告》中说，要以更大的决心和气力推进改革开放。可见，深化改革既是共识，也是必需，绝无回头之可能，也无犹豫之条件。无视市场规则，靠误导、曲解可一时立足，但路会越走越窄，出得了浙江，也出不了中国，走不进世界。

2. 单方面违背契约，这种草率的做法，极容易在社会上成为舆论的口实，在政治上引起“并发症”，那将十分可怕，甚至会发展成经济“绝症”。

3. 成一事不能靠一时，但错一时足可坏一事。对民营主体的打击不利于综合协调发展。未来要纳入全球经济体系，只有增强自我改良功能，激发创新能力，减少结构性风险，才能赢得主动和持久。

二、关乎优势

1. 过去三十年浙江在中国经济中的地位，源于民营经济的蓬勃与韧性，功在历届政府的开明与前瞻，浙江省与民营经济，已被历史紧紧融合在一起，民营经济兴，浙江兴，别无他途！

2. 民营优势的旗帜，来之不易。浙江从来就没有以国有经济与兄弟省份竞争的条件与实力，中国的改革开放造就了浙江，历届政府的胆识与睿智成就了浙江，若扬短避长，以己之劣与他人之优相竞争，动机或许良好，最终必成坏事或憾事。

3. 现进入该银行的，均是浙江省民营企业的代表者，若硬做下去，得小钱而犯众怒，看见的是眼前利益，看不见的是凉了一批人的心。若有一天，民营企业不再把浙江作为家，远走高飞，这根导火线，是功是过就不好说了。

三、关乎未来

1. 未来改革发展的态势，顺潮流，合民意，不是个人的喜好，而是历史的选择。

2. 中国社会已形成多元声音的条件，利用浙江的历史基础，坚定不移地突出自己的优势，大力引导和扶持民营企业以最快的速度、最佳的条件、最规范的方式跃上新台阶，为中央提供借鉴的方向、平衡的砝码、实践的土壤，既是浙江人民之福，也是中国社会之幸，功垂千秋！

我们诚恳谏言，不为事件本身，只为对历史有所记录和交代。

这些日子，鲁冠球郁闷缠心，过得很不易。

他写的字幅中有许多宣泄：“现在这环境，你要讲公平竞赛，是不可能的事。”他想超脱：“是非之地，不宜久留。远离是非，逍遥自由。”

他抄了王安石的《咏菊》：“西风昨夜过园林，吹落黄花满地金。”隐喻一种心境吧！

2012 年 8 月 23 日，万向接到通知，浙江省税务机构决定开始对 3 家大型企业集团进行“省级重点税源企业检查”，其中就有万向集团。说是从各地调了一批税务官在几家酒店待命，然后直接进了万向。

鲁伟鼎出去迎：“先到老鲁那里去一下吧！”

带队的负责人说：“不用了，就进场吧，开始查。”

鲁冠球闻讯出来对负责人说：“我建议你先回去，不要来查，我也不同意你们来查账。为什么呢？”他提高了声调说，“因为那个商业银行的事，你们来查账，我绝不允许你们进我的大门！”

他声色俱厉地张开了双臂，脸上气得通红。

“账肯定要查的，你们要查随时来，很正常，要不然以为我有什么事情了，但是要等这个事情过去，到时你们随时来查。”

鲁伟鼎在一旁被鲁冠球突然升高的声音吓怔了，他还从没看到他爸发过火，以往总是文质彬彬、笑眯眯的他爸，这次怎么会发飙了呢？

鲁冠球回到家里，一肚子不高兴，脸绷得紧紧。章金妹问他有啥不开心，他不说，只听得他跟人电话里说到“银行”二字。

她闷声地给他摆好饭菜，斟上一杯酒。平时她都给他控制好，就浅浅一杯，不让多喝。这天碰巧酒瓶子里就剩下不多一点儿了，心想就都倒上了吧。他侧眼瞪了她一下：“怎么给我倒那么多酒？”她赶紧说：“哎呀，我给你吃掉一口吧！你要吃不完，剩下来，给我吃好了。”哪晓得语音未落，鲁冠球拿起章金妹喝过一口的酒杯，连带酒瓶子猛地一下摔在地上，碎玻璃滚落一地。

章金妹一肚子委屈，含在眼角的泪水忍住没下来，她轻声自语：“脾气咋会嘎大呀！”

碎玻璃片落在电视机下的墙角。上边窗沿口的墙上，贴着鲁冠球手书的字条：遇事不怒。

事情的最后这样结局：

8 月 28 日，浙江省财税部门领导给万向来电话，说：“年初就定的税务例行检查暂停了，希望不要引起不必要的误会。”

9 月 26 日，这家商业银行第二次临时股东大会召开，《向特定对象非公开发行股票方案》通过。鲁冠球让鲁伟鼎以这样的态度与会：“正常参加，忍让应对。”

增资扩股风波因此平息。然而这家商业银行以后的经历并不平静，其间发生的许多事情一再证明，越矩的权力很容易被用来挑战法治的严正而导致腐败，其结果也便是走向愚蠢。

2013 年 5 月 4 日，鲁冠球在万向杭州总部回答英国记者关于“万向的核心竞争优势和核心价值是什么”的提问时说：

实事求是，量力而行，再就是谦虚谨慎。当我们跟政府利益冲突的时候，我们自己就退一步，不跟政府争权，我们就凭自己干，不超越自己的能力，这就是核心能力。实事求是，能拿的就拿，不能拿的就退，不跟人争不跟人拼，那你就有生存权了。万向最大的核心能力，就是“退”字。退一步海阔天空，用我们中国的古话叫“留得青山在，不怕没柴烧”。

// 关于“底线”的夜话

2014 年的一个夜晚，鲁冠球忽然找儿子谈话，话题是金融风控：“伟鼎，做金融要有讲究，要有底线。”

“有什么讲究？”鲁伟鼎不解。

鲁伟鼎那晚一直在琢磨“讲究”二字的含义究竟是什么。

此时，万向直接或间接参与的保险、基金、信托等多项金融业务，正做得风生水起。业界认为，万向“是‘产而优则金（融）’的重要代表”。

2003 年，美国《时代》周刊和美国有线电视新闻网联合评出了 20 位“2003 年全球最具影响力企业家”，鲁伟鼎作为中国大陆唯一的企业家名列其间。同时入围的包括日产汽车总裁、雷诺设计总监、英特尔总裁兼首席执行官以及中国香港长江实业集团有限公司副主席李泽钜。

评选发起人认为：“这些企业家都是世界著名公司的高级管理人员，凭借其非凡的才干，经受住考验，掌握住企业的命运，并对未来经济和市场具有无可争议的影响力。”

在鲁伟鼎趁风而为、继续要做大金融“蛋糕”的时候，鲁冠球踩了刹车。这让鲁伟鼎想要静下来，回想父亲一直以来的叮嘱，反思和审视自己的作为。

鲁冠球有一段话很重要，他说，在金融事业发展过程中，要做“龟兔赛跑”中的那只“龟”，在慢的基础上求好，达到慢就是快的结果。他特别提醒：“伟鼎，我有个逻辑，增长太快的产业没好事，要闯祸的，太慢了不行，负增长不行，太快了也不行，会有问题的，一定要有合适的增长。”

鲁冠球还讲过做金融的心态问题。他说，金融家要耐得住寂寞，要很安静。金融也要做得细水长流，像《易经》里说的：“日学而不察，日用而不觉。”不能有轰天之举。为啥那么多金融“大块头”灭了，就是因为不量力而行。控制风险，就是控制暴利的欲望。

鲁冠球还和鲁伟鼎说到过一种现象，有些人到企业来想要一起做股票，钱由企业出，信息和渠道他们提供，包赚不赔。像这种事，人家也许巴结着想做都来不及，但鲁冠球说：“这个事情不能做。一定不能和当官的做生意，这是一条界限。官不能经商，商不能做官，不能官商勾结，官商勾结一定腐败！”

在这个夜里，回味父亲曾经说过的话，鲁伟鼎对于他的“底线”就理解了：“搞金融大一点儿可以，但得有个界限。”

鲁冠球也许已经看到那些放大的杠杆吹起的金融泡沫，正在逼近一场危机，使社会与公众为操盘人的贪婪“买单”，怨声四起。

鲁伟鼎开始“蜕变”。2014 年，万向在金融、保险这一块业务总量已超过了鲁冠球所定的“界限”。他照着父亲的吩咐，挤掉了一些虚套虚的概念性数字，也放弃了一些有风险的业务，坚决把规模压缩了下来。

似乎应验了鲁冠球的预见，“鲁氏父子夜话”不久，2015 年，我国金融领域的反腐进入深水区，银行、证券、保险等系统多名高官先后落马，政商之间的利益交换链被撕开，证券暗箱操作问题曝光，金融秩序整顿深入开展，金融泡沫和乱象开始受到遏制。那些经营规模过大的金融机构，尤其是民营金融，由于其身份、地位不同和管治体系不一，更受到冲击。许多曾经名噪一时的机构和平台倒下，破产危机的阴影笼罩。

鲁伟鼎觉得他爸看得清，想得远，真有点儿“神”。这种感觉，不是始于此，也不是仅于此。这么多年一路走来，在企业发展的重大节点上他爸都踩准了，没有错，他总会在战略性、全局性的大事上把握住方向，站到了可以预见终局的制高点上。有时父子间有争议，儿子会自负地固执己见，但结果还是父亲对。对父亲，鲁伟鼎于是从信服到崇拜，以至依赖至深了。

比如，万向在美国的投资表现，面对金融飓风轮番吹袭，经济与非经济因素干扰频仍，但万向总能够应付裕如，其风控能力和资本充裕度都令人印象深刻，似有“神机妙算”在。“股神”巴菲特也对万向青睐有加。别人要见一次巴菲特，和他吃个饭，出大价钱也排不上号，而鲁冠球被他邀为座上宾，他说：“鲁先生，见到您，我深感荣幸。”

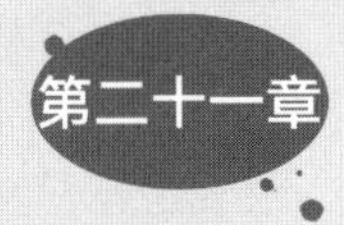

清洁能源：
追逐新世纪曙光

鲁冠球（中）向来宾介绍万向的凯莱电动汽车

// 勇者，只为那份责任

2002 年夏天，一个叫陈军的壮实敦厚的年轻人坐嘟嘟摩托到了万向集团总部，参加博士后工作站的应聘面试。他刚从武汉理工大学车辆工程专业完成硕博连读，准备来做博士后的课题研究。

坐在考评席上的鲁冠球笑眯眯地和他打招呼，问他："你想做什么方向的研究？"

"一个是主动悬挂系统，另一个是汽车零部件制造的信息化。"

"这些先放一放，我看你简历里有过电动汽车研究，来万向就集中做新能源汽车课题。"

鲁冠球的话让陈军吃了一惊。他想，新能源汽车作为国家第十个五年计划的重大专项，虽已列入科技部 863 计划，但参研的是高校和研究机构，还很不深入，更多的是一个开始被关注的概念，万向有那么前沿吗？

"对，万向下决心了，我们要做电动汽车，这是方向。"鲁冠球肯定地说。

陈军尚不知，在 3 年前的 1999 年，万向已经定了决策，要上新能源汽车了。

鲁冠球住的老宅上楼拐角处挂有一幅日本丰田汽车的海报，上面的广告语是："车到山前必有路，有路必有丰田车。"在 20 世纪七八十年代，这句话几乎走遍中国。每当鲁冠球抬头看到它，都有一种触动：什么时候可以有万向自己造的车?

这不只是出于对民族品牌的一份渴望，也是作为汽车人的一种职业理想。

从生产第一只万向节起，鲁冠球就没少在汽车行业里和整车厂打交道。做了那么多年汽车零部件，摸爬滚打，摸也摸到了边，只要有条件，一脚踏进去生产汽车整车是他一直没断过的念想。造汽车，也因此成了鲁冠球这一生从没消退过的梦。

早年，他曾考虑上农用汽车，用鲁冠球自己的话说，到了“日思夜想”的地步，但分析下来，上的条件不足，歇了。最接近做汽车的年份应该是1996年，万向的汽车项目立了项，生产批文有了，车型设计和样车也有了，但鲁冠球在对厂房用地、资金要求，特别是技术人才等条件进行反复评估后，认为力薄势单，虽然有下属嫌他“胆小”，但他最终还是选择了放弃。量力而行的一贯原则使他与造汽车这个“冒险的冲浪”又一次分手。

还有一个出于职业伦理的考虑。鲁伟鼎多年后有过这样的解释：“万向一直搞汽车零部件，很自然想跨越到搞汽车。但所有面对的同行车企都是我们优秀的、至尊的客户，是合作伙伴，原本是我供货给你的，我一搞汽车，你不说成了竞争对手，但心里感觉肯定不一样了。所以，我们董事局决定，不能上传统汽车。”

但鲁冠球造车的愿望不灭。他说：“造汽车是我的一个梦，这个梦我圆不了，我儿子、孙子也一定要圆！”

这种“愚公移山”式的狠话，通常是中国人执着于某一意愿的极致表达。

当他再次燃起造车热情，已经是1999年的春天。

鲁冠球去杭州一家电动自行车生产厂看朋友，看到一排排正要出厂的车子很新鲜，他高兴地骑了一大圈，午饭时围绕“电动”的话题聊得很开怀，他们都觉得随着整个中国经济的高速发展，环境问题越来越突出，满大街汽车废气排放导致的污染十分严重。从另一个角度看，汽车诞生 100 多年虽有千变万化，但使用燃油为动力的基本原理没变，这也使得地球越来越不能承受它对石油的耗用与排放的压力，势必出现革新乃至革命，寻求采用清洁能源，尽管它的复杂与艰难远非造电动自行车所能比拟。

鲁冠球对于清洁能源汽车的关注并非始于此。很长一段时间以来，他接触了许多关于电动汽车研发的国际资讯，他与万向美国公司的文字往来涉及很多新能源汽车的信息。在他内心深处，有一股积蓄已久的冲动冒起来，让他跃跃欲试。

鲁伟鼎那时刚从美国转了一大圈回来，他明显感到，经过十几年的高速发展，美国汽车业已显疲态，竞争力减退。为重振市场，许多公司在美国政府的主导和政策鼓励下开始转向新能源车的研发，市场的认同声音也变得理性。尤其是石油危机和环境压力，促使电动汽车生产走到了台前。这个趋势，恰好应和了鲁冠球的研判。

多年后埃隆 · 马斯克在纳斯达克证券交易所为特斯拉公司的上市所做的祝酒词中，就有一句言简意赅的话："再见吧石油。"

鲁冠球赞同鲁伟鼎的预见："传统汽车产业已经繁荣百年，成熟度那么高，世界的几大巨头早已将市场切分，要自立车系、自创品牌难度太大。现在电动汽车制造在初始期，在全球市场上，我们和先进国家都处在同一起跑线上，如果下决心造车，就在这个时候进入，就有可能处于引领地位。"

一次看似与造车无关的外交活动，推动了鲁冠球的最后决心。

1999 年 12 月，时任俄罗斯总统叶利钦访问中国。他在上海专门宴请中国企业家，鲁冠球应邀赴会。叶利钦酒酣间坦率地谈到了中国的空气与环境，还说："欢迎你们到俄罗斯去投资，我们有蓝蓝的天，有纯净的水，有新鲜的空气。"

席上的鲁冠球被这番话触动，他想，蓝蓝的天，纯净的水，新鲜的空气，成了俄罗斯招商的资本，但它不应该更是我们企业发展的价值所在，是人类的共同追求吗？

鲁冠球这样解释万向的决策："如果以前造汽车是想找一个赚钱的产业，而现在选择新能源车，首先想的不是赚钱，是基于对未来的趋势考虑，因为那是 10 年、20 年以后的世界。"

为了让新能源汽车开发的目标追求表达得更简洁，鲁伟鼎把鲁冠球说的"天更蓝、地更绿、水更清、空气更清新"这段话浓缩成 6 个字："让空气更清新。"

一场关乎汽车的"蓝天保卫战"悄然启动。这使得存于鲁冠球心中多年的造车计划进入实质性阶段。

1999 年 4 月，由万向出资，浙江省科技厅、工业厅与浙江大学共同参与的考察团去了美欧一些国家，之后又到日韩等国做调研，除了电动汽车，还到加拿大看了巴拉德公司氢能源电动车的中试线。环顾全球，新能源汽车还在创新探索期，即使像美国通用这样的公司在推出全球第一款纯电动汽车 EV1 后，其商业化运作也并不成功。当人们为被强制报废的这款车在好莱坞举行"汽车葬礼"时，暗淡愁云告示世界，距离新能源车的星火燎原还有很长一段路要走。

鲁冠球和他的万向电动汽车联合研发小组就是在这样的朦胧早晨向着新世纪曙光开始出发的。

// "万向是在真做实干"

1881 年 4 月，在法国巴黎市中心的瓦卢瓦街上，一辆三轮车从街头驶过。人们惊讶地发现，这辆前小后大的三个轮子载着的车体竟然在无马牵引的情形下转动前行，而且还不冒烟。是电动车吗？

是的，这是世界上第一辆电动汽车，发明者是古斯塔夫 · 特鲁维。它用同年出现的改进型铅酸电池和西门子电动机嫁接到英国研制的三轮车上，成了第一辆以电动机为动力的电动汽车。在它之后40年，汽油车才被发明，并很快使汽油内燃机车成为汽车产业的绝对主流。

1894年，法国举行了“《法国画报》无马马车比赛”，有102辆汽车报名参加世界上首场汽车比赛，其中21辆获得比赛资格。在从巴黎到鲁昂的126千米赛程中，内燃机战胜其他动力方式拔得头筹。

这个赛场上没有电动汽车的身影出现，部分原因是当时的动力电池续航里程短，电动汽车每30千米左右就需要一个电池更换站，这自然很难被用户接受。这个难以突破的技术难题以及安全性能差、制造成本高等原因，使电动力在汽车动力源的比选中无法与燃油竞争，后者毫无对手地领跑了汽车产业接下来的一个多世纪。如果不是石油短缺，尤其是排放污染令世界惊醒，电动汽车或许还在汽车博物馆了无声息地待着，重温它曾经的短暂荣光。

电池，即使在百年后的今天，依然是电动汽车第一个技术瓶颈。万向开发电动汽车的技术路线是：电池—电控—电动汽车。最开始的难题是电池，电池突破了，紧跟着电控即整车控制系统才有解决的基础。

现在在鲁冠球手上的，是万向生产的第一块电池，可惜它只是手机电池。由万向收购的艾泰克公司原来是手机电池制造商，拿出的也只是小电池样品。鲁冠球说，我们不做手机电池，要做的是汽车电池。大家明白，作为消费品的手机电池和作为工业品的汽车电池有很大差异，后者对容量和安全性要求更高，这决定了汽车电池将是一项全新的攻关课题。

做什么电池，尺寸多大，容量多少，这一系列难题从开始就困扰着研发团队。国内没有可借鉴的先例，他们从一点点基础出发，依靠自力对产品设计、技术路径、工艺设备进行逐项突破。

难点一个个横在前面，单是解决电池在充电状态下的起火问题就费尽心思。有一次，研发中心的实验台在试验中起火，火苗蹿到4米高，小汽车被严重烧坏。当鲁冠球穿着防护工作服来到现场查看时，工作人员神色严峻，情绪很低落。他对研发人员说："原因要查清，是技术问题还是管理问题，但信心一定不能丢，要有不怕挫折的心理准备，因为这样的困难所有电动汽车厂家都遇到过。万向就是要翻过这座火焰山！"

2002 年，万向研制出了第一块锰酸锂汽车电池。这款容量为 100 安时（AH）的电池有一块砖大小，今天看来体积是大了些，但能量达到 0.36 千瓦时，配载能跑 200 千米，已是一个不错的开头。

万向在电动汽车关键性技术开发上有了很大突破，样车也试制出来了，已经具备电动汽车产业化的初始条件。浙江省委省政府一直支持、推动万向的电动汽车研发，2003 年 8 月 17 日，省委主要负责同志在相关的调查报告上特别批示："万向集团有志开发电动汽车，应予以鼓励、扶植和指导。"

批示下来时，万向正为样车试车没有上路牌照而发愁。当时还很少有电动汽车样车造出来，交管部门也无发照先例。情急无奈中，万向采取了令人诧异的办法：把省委领导这条批示贴在车的挡风玻璃上，每个车贴一张，壮着胆上路了。交警上前，准不得也拦不得，两难之间，为支持电动汽车研发，网开一面放行了。就凭这张"特殊通行证"，万向的样车跑了浙江省内的许多地方。

2003 年 11 月，一辆人们习以为常的公交车在杭州西湖环湖路上不停地绕圈运行。与燃油汽车比，它轻捷，没废气排放，车开过后不影响空气质量。这是万向的纯电动汽车在正式获准后的第一次试运行。

试行出发前，鲁冠球生了一回气。按研发中心的计划，这次试车装的是铅酸电池。虽然铅酸电池重量大，能量小，但皮实，安全性好，主要还便宜。如果用锂电池，一节成本要三四千元，一部车装 504 节，不就上百万元了？有点儿舍不得。

鲁冠球知道后大声责问："怎么用铅酸电池？"

他对研发人员语重心长地说："做科学试验要的就是数据准确，将来用的是锂电池，那就拿锂电池试，怎么能拿铅酸电池代替呢？科学是老老实实的学问，万向就是要讲真话，干实事，不是你省钱的地方，一分钱都不要省！"

换上锂电池后，客车开上了环湖路。车上装载着一袋袋沙包，模拟乘客的载荷。试验前后进行了两年，这辆公交车也在市民并不察觉的环湖路上跑了整整两年。

鲁冠球时时惦记着试验情况，有一次在办公室听取运行情况汇报时，他问："现在车走到哪里了，跑得怎么样？"还没等研发负责人说完，鲁冠球忽然打断他，说："你把现场工人的电话给我，我直接问。"

鲁冠球拿起电话跟车上的员工通话，那头一边说，他抓过笔来一边记，一条条地记在台历上。

万向3号厂房的一个车间，是电动汽车最初的研发基地。当时条件很简陋，什么都用手工，像一个手工作坊，一天只能做10块电池，一星期的产量才够铺满一张桌子。

科技部领导来万向考察电动汽车研制情况，看到这里实打实地在干着，有了设备，有了样车，不禁赞扬说："万向是在真做实干，不像别人，说是做，东西看不到，有的只是为了拿到一点儿国家的研发费用。"

2003年10月，万向电动汽车纯电动动力总成系统项目成功进入863计划。按规定，该计划的研发费比例国家与企业的投入为1∶1。此后5年间，在万向项目投入的1050万元中，国家只给了50万元，其余由万向自己扛了大头。鲁冠球坦然一笑："我们万向是自费进的863。"

2006年2月，万向电动汽车的两个重大专项——"杭州市工况下电动汽车运行考核试验研究"与"WX纯电动汽车动力总成研究"正式通过国家验收。小批量生产的纯电动轿车与大巴经过15万千米试运行后取得了大量的试验数据。从关键零部件研发、整车商业化运行到商业服务平台搭建，万向在探索和试验中为国家的电动汽车发展提供了重要决策依据。

4 月 1 日，江南莺飞草长时，万向自主研制的锂电池纯电动 Y9 线旅游公交车在西湖边开始商业化示范运行。在开行仪式讲话中，科技部副部长马颂德特别提及："鲁冠球说万向投资发展新能源汽车是在国家 863 计划、浙江省重大科技计划的支持下发展起来的。其实，最早完全是万向集团自己提出来，自己开始的，国家是在后面才给予了一些支持。"

这是一个美好的开端，人们从中看到了"让空气更清新"的实现可能。

// 答案在风中飘荡

这是一个很难下笔的时刻。电动汽车研发中关于隧道窑的报废申请等待鲁冠球批准。他把报告拿起放下，问为什么建成使用一年多、投资近 500 万元的隧道窑要报废。

我们需要回到电动汽车研发技术路线的原点——电池。

人类对纯电动汽车车载蓄电池的选择经过了长期的探索：最早是铅酸电池，1859 年就诞生了，到今天传统汽车启动引擎时用的还是它，但它能量密度低，同样续航里程下自重太大，作为汽车动力源并不适用。之后镍氢电池、钠硫电池、空气电池、锂离子电池等在科技进步中相继出现，目前主流技术是锂离子电池，万向选择的也是它。

锂离子电池一般采用锂合金金属氧化物为正极材料，正极材料又有钴酸锂、锰酸锂、磷酸铁锂和三元锂等多种。衡量动力电池的五个重要指标，包括安全性、能量密度、功率、成本和使用寿命，安全性要求最高，其次就是续航能力，"里程焦虑"仍然超越价格成本和电池循环寿命等因素，成为消费者的首要考虑因素。目前还没有一种材料是五个方面都完美的，它们往往各有所长，又各有所短，科研的追求是在反复的实验中通过理想的材料配比以找到最佳的一种。

而每一种不同的材料自有它不同的技术路线，相应地，也有它不同的工艺设备，一旦选择的材料改变了，便会有一系列颠覆性的改变。

鲁冠球现在正经历这种颠覆性的冲击。万向选的材料最初沿用手机电池的钴酸锂，之后改用锰酸锂，锰酸锂有它特定的烧制工艺，电动汽车研发车间因此在 3 号厂房里建了近 40 米长的隧道窑。但之后的研究发现磷酸铁锂更为理想，这一改，制造工艺变了，不再需要烧制，隧道窑就要被处置掉，以给后续工艺腾场地。

鲁冠球在批准这个报告前后，花费了很多时间来学习和研究，他的心理承受力也随之提升：电池技术发展如此迅猛，站在研发的前沿，要准备接受新能源技术路线多变这个不争的事实，现在变，将来随着研究的深入还会变。它不是以往做传统零部件机械加工会发生的那种渐进式创新，而是迭代的突破式更新。它没有定型的终极，它的多变性像一个充满矛盾与惊喜的剧本，不断产生新的情节，路转峰回，石破天惊，令戏剧没有落幕的时候。未来最大的风险就来自技术路线的改变风险。

有人这样描述我国电动汽车研制企业面对这个技术选项难题时的不同态度：“有赌性强的，还有赌性更强的。”

我好奇地问接受访谈的研发团队负责人：“万向也有赌性吗？”

“没有，半点儿没有！”他回答很干脆，“鲁主席一直说，万向遵循的是科学发展规律，基于自身的技术储备、人才、生产线等资源来做选择，因此万向没有所谓‘斩钉截铁’的抉择。”

一个人要仰望多少次，
才能看见蓝天？
一个人要倾听多少次，

才能听到人们的呼喊？

…………

朋友，答案在风中飘荡。

答案在风中飘荡。

美国民谣歌手、2016年诺贝尔文学奖得主鲍勃·迪伦《答案在风中飘荡》的歌词，用以描状研制新能源车的“蓝天仰望者”的经历之难，似很贴切。在“答案”寻求的进程中，要准备付出，持续不断的大的付出。

万向电动汽车的研制因为技术路线改变先后经历了5次设备“换装”和4次场地“搬家”。有一次还索性把人工湖填了，用作锂离子动力电池生产基地。

那是2008年，万向拿到了2010年上海世博会使用的全部2070辆电动汽车和园区观光车的订单，合同金额2亿元，这也是当年全球最大的电动汽车采购订单。为适应产能布局、设备场地，鲁冠球在一时没有土地的情况下迅即下决心填了用作储备的景观湖，在上面建起2万平方米的厂房和电芯生产基地。这项速战速决的工程，5个月落成，研制团队“拎包入住”，10个月产品下线。

有人问过鲁冠球，中国市场认可电动汽车要多少年？他说10年以上。万向打算投多少钱去做？他说10亿元、20亿元，也许100亿元。

事实是，从1999年到2012年，万向在电动汽车领域的研发资金累计投入超过20亿元，加上并购，投资总额已经超过100亿元，还没有赚钱。即使这样，巨额投入还在持续。

2012年，在全国两会上，来自汽车制造业的代表有一次聚会，科技部领导对鲁冠球说：“老鲁啊，你讲讲。”

鲁冠球讲了万向电动汽车的研发和生产的13年过程，然后语惊四座地说："搞清洁能源汽车，我最深的体会就是：烧钱，烧钱，再烧钱；坚持，坚持，再坚持！"

2013 年 5 月 4 日，英国《经济学人》杂志记者范思杰来万向采访时问鲁冠球："你认为电动汽车要多久才能实现大规模应用和商业化，并产生利润？"

"我看还要 10 年到 15 年，或者更长的时间。"鲁冠球说。

"万向作为一个涉及清洁能源产业的企业，会面临很多挑战，因为很多人都失败了，甚至美国福特公司创始人亨利·福特也想过造电动汽车，但是也失败了。你认为万向会成功的自信来源于哪里？"

鲁冠球很深沉地说："清洁能源是一场能源革命，是一种生产力的变革，一定要有许许多多人做出牺牲，坚持到最后的就是赢家。"

"在您坚持发展清洁能源的过程中，您是否已经做好在财务上可能产生大量损失的准备？"

"是的，我们把清洁能源作为万向尽社会责任的一个产业，同时也是万向以后赚大钱的一个产业。当然，有人反对，也有人支持，我们不管他们怎么反对，关键是靠我们自己另外赚来的钱的实力，我们根据自身实力调节发展进度的快与慢。"

2017 年 1 月 22 日，万向集团年度总结表彰会上宣布了 10 多年来对新能源汽车产业发展有功人员的重奖。鲁冠球因病没能出席大会，他的书面讲话《坚持诚信，坚守责任》由鲁伟鼎宣读：

2002 年杭州第一届工业兴市大会，奖励我 300 万元。在新闻发布会上，我承诺："要为杭州人民造一辆纯电动汽车，大气、大方、没有污染，大家都买得起、都喜欢。"

为了这个承诺，我们天天在烧钱，坚持下来了。新能源客车、乘用车、凯莱车，国内国外接力奋斗，我们的初心、努力和效果达成完美一致，这是对企业诚信最生动的坚持。

过去，企业承担社会责任是美德，现在，企业承担社会责任，是必需。企业承担了责任，社会才需要你，所以，坚守社会责任，就是坚守企业的生命。

造整车，是我们对核心业务的再投资，更是我们对汽车责任的坚守。有零部件的积累，才有整车的突破，整车的突破，又是对零部件最强势的回归。国内国外统筹，零部件与整车联动，形成进可攻退可守的核心能力，是万向最可靠的增长，更是万向最执着的责任担当。

造整车，是一个高度，更是一个平台。

为了诚信，为了责任，我们到了全力以赴的时刻。任何困难、任何挫折都不能动摇我们的决心，不能阻碍我们前进的脚步。

诺言已下，重任在肩，唯有实干。拿出你们的本领，发挥你们的聪明才智，全心全意、开足马力，向着我们的目标，全速前进！

获奖者有这样的感言：鲁主席对新能源汽车的坚持让人震撼。他有一种神圣的信仰，像倪频在谈到鲁冠球“汽车梦”时说的：“梦想这个东西，和宗教信仰一样，是很可畏的，因为你很难打败有梦想的人。”

我在阅读万向关于新能源车研发的文档时，透过复杂的技术性数据和专业表述文字有一个发现，鲁冠球在学习和探索技术路径的过程中，留下了对于这个最有可能发生科技变革、产业变革领域的深长思考。他在呼吸一种扑面而来的时代空气，预感到它将重构行业、重构技术定义和产品定义，乃至重构生活方式。为了走到技术变革的最前沿，规避风险，赢取主动，他为万向确定的新能源车研发战略也从“产业对标”调整为“技术前沿对标”，进而“与科学家对标”。

2014 年，万向在美国设立了 AVT（先进风险科技），试图通过对科技前沿持续投资，对科学家的资助，形成合作体，拿技术前沿对标来分析发展趋势，知道科学家在干什么，中间有多少时间，会实现什么结果，这就超越了自己的围墙，将全球最先进的科技力量纳入创新生态平台，可以使万向看得更远。

2017 年以后，万向以美国芝加哥大学阿贡国家实验室为平台，在全球前 50 个原创性的电池开创项目中，投资了 38 个。

这个投资科学家、投资未来的理念以后演变成万向创新聚能城的建设理念，将全球对这个产业有贡献的人才聚集在万向提供的平台上，共享产业场景，共享科技应用成果。它的详情我们将会在本书第二十八章读到。

作为一个已经具备战略远见的中国企业家，鲁冠球在新能源产业上接轨国际先进技术和优质资源的努力，就在更广的背景上展开了。

// 在美国破产法庭

2012 年 2 月，鲁冠球随同国家领导人访问美国。其间，他给查尔斯打了个电话，说：“我们在纽约见个面吧！”

查尔斯是纽约一家投资公司的总裁，鲁冠球 2009 年就和他认识。查尔斯在美国电池业界积累深厚，他有个绰号，叫“华尔街电动汽车的信仰者”。在他任职安纳万期间，促成了万向与这家电池公司的合作，万向持有它的部分股权。

鲁冠球告诉查尔斯，万向希望在电芯和清洁能源方面找到更富价值的合作企业。

“哇哦，这听起来太棒了！”查尔斯显然被鼓舞了，他问鲁冠球，“我能做些什么？”

“关注 A123。”鲁冠球说。

A123 这个好记的公司名字存在鲁冠球脑子里有些日子了。

2010 年上海世博会期间，鲁冠球听上汽集团总裁陈虹无意间说：“看遍了全球的动力电池厂家，最好的还是美国 A123 系统公司。”

鲁冠球开始关注这家美国规模最大、技术最先进的锂电池制造商。是的，它很优秀，自 2001 年在麻省理工学院成立后，作为美国新能源电池产业的实力翘楚和标杆性企业，一直受到追捧。其于 2009 年在美国纳斯达克交易所上市，上市当天股价就飙升 50%，公司市值一度达到 26 亿美元。它的锂电池产品以高功率、高能量密度、寿命长和安全性能卓越等优势领先于锂电池市场。

美国联邦政府给了 A123 公司大量资助，包括 2.49 亿美元的直接财政补贴。密歇根州州政府也有 1.4 亿美元的间接补助。美国政府和军方都有订单给它。美国通用、菲斯科，德国宝马以及中国上汽等主流汽车厂商也与它有供应合同关系。如果没有特别转机，万向很难和它扯上关系。

转机出现在 2012 年 3 月。在美国消费者报告测试中，菲斯科公司的凯莱电动车突然熄火，该车的电池供应商正是 A123 公司。A123 公司在检测后承认其动力电池存在缺陷，随之宣布召回相关电池组，并承诺为客户更换电池模块和电池。据称，此次召回成本高达 6680 万美元。

这个致命的质量事件拖累了 A123 的财务，公司预计当年第一季度净亏损达到 1.25 亿美元，营收同比减少 40%。A123 股价应声下跌，从曾经的每股近 30 美元急速缩水到 0.6 美元。A123 公司的财务状况进一步恶化，一家神话般的公司濒临破产边缘。

在困局难解的情况下，A123 公司选择用股权换资金的自救方法，向全球 70 多家公司发出邀约，大约有 25 家公司有意出资，其中就有万向。

鲁冠球为此交代查尔斯：第一，用你的全部知识和关系，把 A123 调查得彻彻底底，告诉我所不知道的问题。第二，想办法把事情做成，因为这家公司同万向的蓝图非常契合。

万向的专业团队专程赴美对 A123 公司进行综合考察并获得阶段性结果，他们认为，该项收购于万向有利。

鲁冠球和鲁伟鼎在审慎研究后决定参与投资并购。

2012 年 8 月 8 日，A123 系统公司在美国马萨诸塞州宣布，已与万向集团达成非约束性的战略投资意向。意向书显示："根据这个战略投资框架协议，万向集团将对 A123 的投资最高可达 4.5 亿美元。万向集团是中国最大汽车零部件制造商和中国最大民营企业之一。万向的战略投资希望能为 A123 创造必要的资金结构以使其继续保持核心业务的增长，与万向的结盟可以实质上增强 A123 在车辆电动化和中国电网储能市场上的增长。"

A123 公司首席执行官大卫 · 维欧同时发表谈话表示："万向这一投资不仅为 A123 提供了财务的稳定，以使我们继续成长，而且还将我们与一个在汽车和清洁技术产业可实现巨大成功的全球性品牌联系起来。"

2012 年 8 月 16 日，A123 公司与万向美国公司正式签署《贷款协议》。万向将以优先担保票据融资方式向 A123 提供 7500 万美元的债务融资，其中包括 2500 万美元的初始信用额度及在满足一定条件下的 5000 万美元贷款。万向因此将获得 A123 最高 80% 的股票优先兑换权。

万向进入了收购 A123 的实质性进程。

"也许我们是在最糟糕的时间里做了一件最正确的事情。"万向美国公司总经理倪频这样形容这场收购。

2012 年，正值美国总统大选。谋求竞选连任的奥巴马小心翼翼地铺排内政外交，他的竞选团队对在白宫西翼的这位非裔总统提醒说："在这个时候，一粒火星不小心都会燃成大火。"

A123 公司被并购显然不是一粒小火星。奥巴马并不走运，从 2008 年开始的金融危机导致美国经济一直疲软，政府经济政策饱受批评。奥巴马曾力求在高新科技尤其在清洁能源产业上有突破，为此，联邦政府出台了一系列政策，包括 2009 年 8 月 5 日宣布拨款 24 亿美元，以补贴汽车电池及部件开发商，并协助发展新一代的节能汽车。A123 也正是在这个气候中获助成长的。

但是，新能源产业并没有如奥巴马政府所期待的那样蓬勃发展起来，政府设计的“100 万辆电动车”目标被迫放弃。在三大汽车厂几近破产、新能源汽车又跌落沟底的情势下，受到政府 2.49 亿美元财政补贴的 A123 突然要靠出售股权来维持经营，且接盘者是来自中国的一家民营企业，这就很难不在美国政商两界招致反对，尤其是来自议会反对党团的声浪最为激烈。

9 名美国参议员联名要求美国外国投资委员会严格审查万向对 A123 核心知识产权和技术的任何收购计划。美国共和党议员约翰·图恩与查尔斯·格拉斯利也写信给美国财政部长盖特纳，认为“如果万向在破产程序中成功收购了 A123，那么他们就能够接触到用在美国军事机构中的这些国防协议和技术”。

美国政商界有很多流言，称“鲁冠球是红色资本家，背后有中国政府掌控”。

面对美国国会山和媒体几乎一边倒的反对声浪，白宫显得格外被动，他们不希望一次商业并购活动成为一场地震，在谋求连任的奥巴马与攻势凌厉的共和党竞选人罗姆尼之间投入敏感话题。

这种状况让人想到了一年多前鲁冠球在美国与奥巴马的那次见面。

那是 2011 年 1 月 19 日，鲁冠球赴美参加中美两国企业家圆桌会议。作为一名曾经的中国农民被邀走进白宫，鲁冠球刚见到奥巴马时有些紧张，但很快就在坦诚的谈话气氛中放松了。

正是在这个圆桌会议上，鲁冠球发言，谈了中美在清洁能源的共同合作：“清洁能源是人类最大的挑战和转机。目前，新能源发展还有很多问题需要解决，美国的技术优势与中国的市场优势相结合已经成为全世界的期待。”他希望，“美国政府在这方面不要设限，尤其不要限制技术流动，支持双方资源融合，这符合双方的共同利益，更符合全人类的利益。”

而现在，正在实践这一崇高目标的商业投资正受到来自美国政界的政治解读与非议。即使曾经信誓旦旦地表示欢迎中国企业投资的奥巴马政府也因反对党的质疑与抨击而默不作声。

万向在这股汹涌舆情前没有慌手脚。此时，最需要做的，是冷静地跟着美国关于外国投资和企业破产的法律程序走，厘清收购范围的边界，避免政治化。

万向美国公司聘请公关公司专门制作了万向的介绍视频，使美国公众了解万向的真实意图：无意于涉足 A123 的政府业务，同意剥离其涉及的军工产品，万向感兴趣的只是它的清洁能源技术，那是全世界共同的需求。

这就像倪频说的：“中国企业一定要先搞清美国的政治生态和经济运行体系，它就像火车运行的轨道，是既定的，而政治争斗的影响相当于‘风’，风一吹，火车就会摇摆，最愚蠢的人等于是爬到火车顶上去跳舞，风一吹就会掉下来。其实，‘风’过之后，就什么事情都没有了。”

鲁冠球在纽约打电话约见的那位咨询公司总裁查尔斯，在华盛顿见了共和党总统竞选人罗姆尼竞选团队的拉里 · 巴斯盖特，通过他给罗姆尼做工作，让其不在公开和私下场合反对 A123 的并购。

当美国政商界的反对声浪渐趋平息的时候，万向的收购遇到了新的波折。

2012 年 10 月 16 日下午，在完全没有信息披露的情况下，在美国马萨诸塞州沃尔瑟姆的 A123 公司突然宣布，因无法偿还 1.43 亿美元的借款及利息，正式向法院提出破产保护。这意味着，A123 将中止与万向的收购协议，在破产保护的法律空间下选择新的买家。事实上，一家叫江森自控的美国公司已经宣布与A123达成并购意向。

在与万向的收购协议实质性进行的过程中，在万向给A123注入了第一笔2500万美元不到两个月，并正等待美国外国投资委员会和中国政府审批的时间节点上，A123的违约行为给万向的收购计划造成了巨大的被动与变数。

一时间，国内外舆论纷纷，认为万向遭遇了“并购滑铁卢，投资打了水漂”。

发生在美国的突发情况尽管让鲁冠球感到意外，但并没有让他过于担心。万向在8月16日签订约束性协议时准备的一揽子投资方案对此已经有了预防，前期的贷款和权证安排都在严格的条件制约下，并且以实物抵押的方式锁定了A123的所有资产。万向的第一债权人地位已经获当地法院批准确认，即使在以后的竞拍中江森自控或其他竞拍人胜出，也规避不了与万向的谈判，万向依然有优先偿债权。因此，鲁冠球并不担心已付贷款2500万美元的安全。

鲁冠球处变不惊，他开放大气地对竞争者江森自控公司的代表说：“做企业最重要的是讲信誉，讲诚信，A123的做法破坏了万向的信誉，所以万向不管要花多大代价，通过法律手段也要全部拿下来。我相信，江森和万向能发展到今天，肯定有一个核心，这就是讲诚信，大家都真诚对待，一定能把事情办好。”

芝加哥河滨的威廉斯大厦，高耸于城市轮廓线的顶端。美国的一个破产法庭就在这座大厦内举行竞标。法庭最终支持万向的诉求，对A123资产实行公开竞拍。

2012年12月6日上午，竞拍开始，参与竞拍的4家企业团队陆续进场，它们组成了三方：中国万向、德国西门子、美国江森自控与日本NEC临时联盟。

所有的团队成员均被告知在竞拍结束前不能离开酒店大厦，而且竞拍过程将不会中断休息。从上午9点报价开始，到当天晚上，西门子宣布退出，只剩万向和临时联盟两家。到了凌晨2点，双方人困马乏，却依然不见分晓。竞拍有个有趣的规则，如果剩下的两家都同意暂时“休战”，就可以休息，等到天亮再来，不然就继续。最后，双方选择了休息。

第二天早上9点，提起了精神的双方团队继续竞拍。这时，临时联盟的反应速度明显变慢。破产法庭一个问题提出来，他们总要花上四五个小时才能答复，而万向最多只需15分钟。这多半因为临时联盟来自两家上市公司，受股东会制约，竞标自主灵活性不足，凡事要汇报商量，程序烦琐。

一股夺人的气势留给了万向。临时联盟结构发生了松动，NEC原计划最高出价为2亿美元，结果到1.242亿美元就打住了。万向方面看到日本人提着行李箱要去赶飞机：“喔哎，NEC已经退出了！”

此时，江森自控孤军奋战，在1.376亿美元的报价上停住了。

电子竞拍板上显示：

江森自控与日本NEC联合竞标，共出价2.618亿美元

万向2.566亿美元

破产法庭宣布：万向赢得竞拍

临时联盟的出价不是高过万向520万美元吗？

美国破产法庭在综合比较江森自控与NEC临时联盟和万向两家竞标方的投标金额、完成交割的法律风险以及各自的合同执行能力等因素后，决定万向胜出。

2013年11月20日，鲁冠球在杭州西子湖畔宴请A123公司以首席执行官杰森·福西尔为首的高层团队。来者感谢鲁冠球把他们带入到万向大家庭

中，表示一定会为万向清洁能源事业贡献自己的力量，以实现共同的目标。

鲁冠球开怀举杯说：“很高兴和大家共进晚餐，大家来自五湖四海，聚集在一起是为了实现一个共同的目标，这个目标是万向的需要、在座的需要，也是社会的需要、人类的需要。我们把赚来的钱用于发展清洁能源，从1999年到现在没赚过一分钱，虽然困难很大，但我们相信，最终还要赚大钱，更重要的目标是做全球受人尊敬的公司，希望寄托在A123身上，希望在杰森的带领下实现这个目标，赚来的钱大家共享。”

这之前的2013年9月11日，鲁冠球在会见A123管理团队汤姆·科克伦、艾德·考克考斯基时说：“万向收购A123不是巧合，而是万向的发展战略。万向从1999年开始研究电池，到2011年还是没有大的突破，看到了和A123的差距，就想同A123合作，所以万向不是在A123破产后再决定收购的，合作发展才是真正的目的。接下来不管有多大困难都要坚持下去，绝不会轻易放弃，这是人类发展清洁能源的需要，是形势逼着我们去做。”

且请来到美国哈佛大学商学院新学期的课堂上。学生们正饶有兴致地讨论学院资深教授威廉·科比撰写的一个案例《万向集团——一个中国企业的全球战略B》。案例以万向收购A123为切入点，深入分析了万向在国际资源包括新能源整合上的重要举措，于充分肯定的同时预示了未来可能的挑战：“A123主要是因为高支出而破产。万向将如何做才能降低成本，保持其技术优势并保留其在美国的工厂和员工？A123公司破产的另一个深层次原因是市场对电动车的需求不足。很多因素都超出了任何公司的控制范围。电动车生产商盈利还要多久？万向将如何坚持到那个时候？技术又是另一挑战。万向将如何应对技术变革，以及当电动车市场开始腾飞时如何保证其收购的技术成为主流技术？”

这是关乎电动车的世纪之问，它不尽地盘旋在鲁冠球脑海里，人们尚无法给出它的答案。此刻，只听到鲁冠球在回答A123公司前总裁兼首席执行官大卫·欧维“未来会怎样”提问时说的话：“你和你同事的梦想一定能够实现！”

// 凯莱车跃上地平线

当莱昂纳多驾驶一辆鲜红的、载有插电混合动力系统的增程式跑车，旋风似的穿过洛杉矶日落大道时，引来的是一片惊艳的目光。比起他原先的那辆鸡蛋形的丰田普锐斯，菲斯科公司制造的这辆品牌为凯莱（Karma）的跑车，简直是一款艺术品。外形的流动曲线让它看起来像是用一块完整而柔软的融化金属打造而成，美得无与伦比。通过电池、燃油、太阳能三组能源为动力的驱动，使这款跑车续航里程长，性能好，从 0 到时速 60 千米只需 5.9 秒。

拥有这款电动车的不只有莱昂纳多这样的好莱坞明星，比尔 · 盖茨、贾斯汀，还有时任美国副总统拜登的儿子等，也都垂青于此车。

2014 年 7 月，鲁冠球应拜登邀请访问白宫时，两人谈了许多关于中国企业在美国投资的问题。拜登称赞“万向是成功的企业”，还说：“你们收购的这两个项目——A123 和菲斯科都是政府推动的清洁能源项目，没有搞好，我承受了很大压力。菲斯科车很好，我的儿子买了一辆，非常漂亮，只是现在开不出去了，因为没有维修服务。清洁环保的汽车，美国需要，中国需要，全世界都需要，你们把它搞好。等你们的菲斯科车出厂的时候，我和国务卿鲍威尔每人买一辆，支持你们！”

设计这款车的是驰名全球的丹麦设计大师亨利克 · 菲斯科，他的作品包括宝马 Z8、阿斯顿 · 马丁 DB9 等名车。他与伯恩哈德 · 科勒于 2007 年在美国加利福尼亚州尔湾市创立了菲斯科汽车公司，凯莱就是他在菲斯科推出的首款电动车。

那是 2007 年，美国传统汽车工业一蹶不振，有益于环境清洁的电动车正在研发的初始阶段。菲斯科设计的新型奢侈型电动车为汽车业提供了一种新思路。风险投资积极跟进，美国能源部许诺给它 5.29 亿美元资金，州政府期待它创造 2500 个就业岗位，《福布斯》杂志把菲斯科放在了封面，标题是“下一个底特律”。

2009年，菲斯科汽车公司在特拉华州威明顿黄杨木路原通用汽车公司的一座旧厂房启动生产的时候，人们期待它会与特斯拉一样耀眼。但问题是，菲斯科从未营运过汽车公司，其外包管理、员工配置、财务管理及工程技术等问题很多。他曾经承诺18个月内推出凯莱电动车上市，结果一次次延迟，政府给的钱很快花完了，美国能源部不得不在发放了1.93亿美元后，停止了后续贷款，并在2013年10月强行截留了菲斯科2500万美元资金。

迫切需要保证现金流的菲斯科不得不开始加速售卖汽车，但在凯莱电动车本身的技术问题没能妥善解决的情况下，越推越被动，电池的安全性饱受诟病。凯莱电动车自问世后先后发生3次自燃，3次被召回，其中包括因使用A123电池导致的召回事件。

这次召回事件引发了A123的破产。“城门失火，殃及池鱼”，作为菲斯科唯一的电池供应商，A123的破产使菲斯科灾难临头，凯莱车被迫在2012年7月停产。

菲斯科曾经宣告用一款流线型环保电动跑车来“颠覆”汽车行业，结果自己先被颠覆。

2013年3月，亨利克·菲斯科宣布辞职，公司开始寻找买家来购买股权，包括美国VL汽车公司，以及中国万向、东风、吉利、北汽等，这些公司都曾有意参与竞购。

10月，美国能源部对菲斯科公司拖欠的1.68亿美元债务进行招标拍卖，意欲收回部分投资。据称，一开始有三四家去投标，到最后，只剩李泽楷旗下的混合动力技术控股公司一家，其以2500万美元拍下该项债权。之后竞拍人提出将面值1.68亿美元中的7500万美元进行“债权竞购”，就是通过免除菲斯科这笔巨额债务的方式充当出价而不进行现金支付。

这个方案一出，遭到处于弱势的菲斯科债权人的反对，无担保债权人成立委员会，要求进行公开竞拍，并邀请万向参加。法庭支持了这个要求。

2014 年 2 月 12 日上午开始的竞拍在万向与混合动力技术控股公司之间进行。结果，万向竞拍成功，最终出价为 1.492 亿美元，其中包括 1.262 亿美元的现金及其余的债务承担。

2016 年冬天，在美国加利福尼亚州拉古纳海滩，一辆红色跑车沿着蜿蜒的海滨公路飞驰而过，在骄阳下鲜亮夺目。这是菲斯科易主后重新打造的新车凯莱（Karma Revero），在拉丁语里，Revero 是真理的意思。

这款纯电驱动混合动力豪华轿车线条炫美，设计融合了南加州元素，棕褐色内饰以奥兰治县的海滩水晶湾和盐溪命名，8 种可用外饰中的 2 种以国家公园命名，显示了浓郁的南加州风情。在对 2012 版凯莱车做了近 600 项改进后，这款新的凯莱车的技术性能更加优越，它成了超豪华车的新宠，被评为 2018 年美国豪华电动汽车的年度最佳车。

万向收购菲斯科后，一项最大的决定是将生产制造从芬兰搬回到美国，结束靠其他公司代工的历史，而在美国本土生产，成为真正意义上的 OEM（原始设备制造商）。万向最终选择在洛杉矶以东大约 60 英里（近 100 千米）的莫雷诺谷建设新厂，那里有全新的涂装车间和总装车间，同时也把 1000 多个工作职位提供给了当地社区。

当公司高管们集体亲手把车钥匙交给第一位车主、洛杉矶商人克里希南 · 梅农做试驾时，凯莱员工夹道鼓掌欢送。车主在试驾后说："太不可思议了，感觉它结实稳重，不仅坚固，而且很安静，正是你心目中想要的那辆车。"

它也是鲁冠球心目中的那辆车，它让鲁冠球几十年造整车的梦想变成了现实。

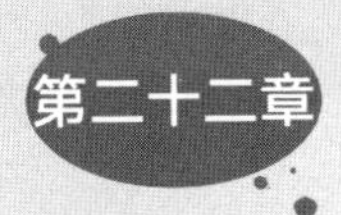

磨砺：

在传承的长路

鲁冠球（右）与鲁伟鼎在一起

意外发现新疆煤田

2006年6月12日，鲁冠球给鲁伟鼎写了封信：

伟鼎

我想了很久想做的事：

一、产业上做一件大事：在行业当中有影响，或有历史意义。要有前景，有政治、社会效果、经济效益，并可持续发展。

二、对社会有影响力的事：对改变人的观念，对社会进步、文明、安全、安定有益处。

三、做对慈善有益的事：能帮助一些人摆脱贫困，走向富裕、幸福，并能带一些人共同参与。

收到信后，鲁伟鼎很当回事，知道这是鲁冠球心心念念想做的，他回复说："知您心愿，为集多人思考，故请若干人从个人及分管角度分别提出建议。"

受到征询的除了企业内部高管，还有一些关注万向发展的老同志和专家，浙江省里老领导铁瑛、罗东、厉德馨等也给出了自己的建议。

所有这些建议中，鲁伟鼎自己提的建议最受注目。他用吸水软笔工整地写给父亲5整页的信，说了几件可供考虑的产业发展大事，包括加快加大汽车零部件发展、从事农业和汽车服务，以及投资光伏与清洁能源汽车等，其中值得做的还有一件大事，是“硝石钾肥”的开发。他的理由是：中国的土地严重缺钾，“钠硝石”是天然的第三代钾肥原料，但资源欠缺，市场供应不足。万向在新疆发现储量丰富的钠硝石矿床，在中国唯一，在世界也是规模少有，可以开采几百年，具有革命性的前景，经济效益与社会效益巨大，年回报率 30% 以上。

在万向西进计划背景下发生的这项投资预案来自鲁伟鼎的意外发现。鲁伟鼎认识了新疆地矿资源方面的一位专家，他背了一块石头来，是钠硝石。听了介绍，鲁伟鼎眼睛一亮：“这个好，钠钾，做绿色化肥，跟‘三农’有关，‘老板’（指鲁冠球）一定会要啊！”2005 年，经过风险勘探，在新疆吐鲁番市的鄯善县发现了目前我国储量最大的钠硝石矿床，钠硝石资源总量为 2.2 亿吨，与目前世界上储量最高的智利资源量持平。按照万向与新疆维吾尔自治区政府“谁勘探，谁开发”的约定，万向控制了 5400 平方千米的钠硝石资源面积，获得了 110 个探矿权证。

鲁冠球看好这个项目，当鲁伟鼎说到项目投资要 30 亿元时，他“眼睛都不眨”，说：“300 亿也要投！”在鲁冠球看来，硝石钾肥作为天然绿色钾肥，对农业、农民有好处，有助于西部开发，同时，它与环保理念不悖。之前也有几个非金属矿项目被介绍过来，鲁冠球说这类矿做不来的，开采要破坏环境，这个钠硝石矿好，开发起来没什么破坏，沙漠上面挖掉一米多就是矿了，而且钠原料又可以用于清洁能源，生产钠离子电池。

一个很有前瞻性的钠硝石矿的开发规划形成了，万向开始在鄯善投资扎营。作为项目的生活区配套，万向还投资建了一间高标准酒店，取名“若水”，在旅游接待资源匮乏的当地，设施和管理是最好的。

勘探、采样、实验室试验、小试、成品，一系列的作业推进非常顺利。万向按照首期年产 30 万吨钠硝石原料的规划开始挖掘作业，在沙表层下 3～5 米的矿层进行采矿。有一次，因为深层一些的矿料质量好，一直挖到了 9 米，突然，施工人员发现，下面竟是煤层，浅层有 10 米，深层达 150

米，在 5400 平方千米的土地下面居然埋藏着个露天大煤矿。

鲁伟鼎那个兴奋哟，鲁冠球说："你是一个福星，那么多好事都让你碰上了！"

开发钠硝石发现了煤田，既生产绿色天然钾肥，又开发燃煤能源，对于万向的未来产业发展，是太大的利好，鲁冠球高兴地在一次媒体见面会上发布了这个信息。

"爸，你别讲了，一讲，儿子好运让你讲没了！人家会说怎么天下好事都轮到你们家了。"鲁伟鼎向来不赞成鲁冠球对媒体讲太多东西。

鲁冠球憨然一笑："没事，讲！"

鲁冠球需要与鲁伟鼎权衡资源怎样配置，怎么量力而行地实施项目。他对鲁伟鼎说："我过去没看过你做的各种项目，这个项目有点儿大，要动用我不少老本，我过去看看，顺便也帮儿子你办点儿事情。"

在项目开发建设期间，平时很少坐飞机出门的鲁冠球为此特意和鲁伟鼎一起去了次新疆。这是鲁冠球第一次也是唯一一次带鲁伟鼎出门去谈业务。

坐上鲁伟鼎的私人飞机时，鲁冠球很郑重地说："伟鼎啊，不管以后我怎么样，你不能跟我坐同一架飞机！"鲁伟鼎明白他话里的意思。

鲁伟鼎这架法国产的达索猎鹰 7X 公务机有个很有趣的来历。

2009 年，按照鲁冠球"奋斗十年添个零"的目标，企业日创利润应该从 1999 年的 100 万元增加到 1000 万元，任务虽艰巨，其间还经历了 2008 年的全球金融危机，但万向逆势而上，经营业绩喜人，企业日创利润和员工最高年收入均超过了 1000 万元。

"任务完成了，给什么奖励呀？"鲁伟鼎半开玩笑地向鲁冠球讨功。

"让你做了总裁，完成任务还有奖励？"鲁冠球开心地故作反问。

"我说别的就算了，2000 年时你就说过，如果任务完成了就奖我一架飞机呀！"

“飞机？”鲁冠球愣了一会儿，想起来了，“好，奖你 1 个亿去买！”

鲁伟鼎哈哈大笑了起来，他以为他爸说着玩呢！想当年要买摩托车他爸都管得鸡犬不宁，坐个好轿车他爸也看不顺眼，现在要买飞机，这还了得，不把万向“炸”了？

鲁冠球却说得很认真：“伟鼎，你还都记着？当时你在杭州，地方小，这样一弄影响不好，现在不一样了，因为你全世界跑，工作需要嘛！”

鲁伟鼎没想到鲁冠球会答应，但自己要的达索猎鹰最新款公务机要 3.9 亿元，1 个亿哪够？鲁冠球这就“耍赖”了，说：“伟鼎呀，不是我说话不算数，你完成任务漂亮，利润这么高了，我奖你 1 个亿是可以的，但你要买的飞机快 4 个亿，公司现在还有负债，这次你爸就不兑现了。”

飞机最后还是买成了，钱全由鲁伟鼎自己个人出，包括飞机的养护、营运费，没用万向集团一分钱。

飞往新疆途中，鲁伟鼎为能与父亲一起出行而不平静。他觉得父亲这次破例出来，是在给自己一种特别的支持，他想帮自己做成一件能传世的事。说起来有点儿迷信，他记得，很早时，爷爷奶奶还在，乡里算命的给父亲的八字命理是，68 年的命，68 年的运。如果按这时间掐指来算，运程已有限了。他感觉父亲总想和“命运”抢时间，多做事，做大事，找几个大的产业，尤其在能源和“三农”的领域里。现在钠硝石矿开发正符合这个条件，父子间意愿高度统一，为推进项目父亲又亲自出面远赴新疆，这让鲁伟鼎心里温暖，对父亲充满感激，但也落下一阵感伤。

被鲁伟鼎称之为“黄金搭档”的父子出行，就这样留在了他的记忆里。

一个露天煤矿的综合开发并不容易。煤开采要用水，但当地恰恰缺水。当时建的若水酒店是按江南园林风格做的设计规划，有喷水池，鲁伟鼎觉得当地缺水，就没让建。若直接通过采煤来发电，水资源无法满足，而且也会影响钠硝石的开发，因此必须找到有效的节水技术对煤炭资源进行有效开发。

万向于是在全球寻找这方面的技术，最后来自美国GPE公司（巨点能源公司）的煤制天然气技术进入了可采纳的方案，这项技术在环保、转换效率、生成的天然气热值等方面都具有优势，而最突出的，是节水。

一个由吐鲁番鄯善生产的煤制气通过与石化企业合作的管道将天然气输送到浙江的产业链规划形成，同时万向也设想直接将煤气用于发电，将高直流电通过高压送入电网再东送。鲁冠球关照鲁伟鼎，要特别把握三点："一要调查，二要实践，三要调整。实践的东西一定比调查要清楚，然后是进是退，你自己判断，一定要灵活，调整要快。"

在鲁伟鼎手上，有一份鲁冠球写给他对煤制气项目评估的四条原则：

一、确认技术、资源可行的前提下；二、经济效益可行的前提下；三、资源所有权确认的前提下；四、列入国家计划允许的前提下。

这四个"前提下"画出了行事的边界，让鲁伟鼎清晰可循，从中看到了父亲的严谨与科学，给了他一个"学习力"的榜样。以前，在一些新兴产业尤其是互联网等信息产业的投资认知上，他和父亲常会有矛盾和争议，他甚至以为父亲的"学习力"因为年纪的原因变差了，变陈旧了，但在"煤"系列这类传统基础课题研究、规划中，父亲表现出的知识面、一弄就通的清晰思路、稳妥求真的态度，显示了同一年龄段企业家中最高的"学习力"，让他不服不行。

钠硝石矿层下面发现的煤层估计储量高达880亿吨，这块资源，无论对于万向，还是地方政府和其他投资者，都是极被看好的"聚宝盆"，各种利益诉求和主张纷至沓来，矛盾纷争一时交缠。鲁伟鼎为此不服气，心想，我是先过去投资的，怎么你们现在倒跟我来抢了？我也是个天不怕地不怕的人，好汉也不能吃眼前亏，该争争，该斗斗，所有事得按规则来做。

情绪激动之时，鲁冠球"不要意气用事"的一番话让鲁伟鼎回归理性的考虑。鲁冠球说，有人讲，"项目投资机会都是斗出来的，抢过来的"，这样想不好，我们不要去"斗"，不要去"抢"，一切都是靠自己实干干出来。

在很长的矛盾胶着期后，根据多方面的协调与平衡，煤田的资产归属由万向及国有股东分享解决。万向在经过早期的管理磨合以及对产量规划的调整后，也把钠硝石原料的生产引上了正轨。“西线无战事”，鲁冠球看到这个局面放心了，为此他给鲁伟鼎写信说：“你成熟了，懂得实事求是，量力而行。”

钠硝石矿和煤田，作为万向在西部开发的资源，蕴含着接通未来的巨大价值。鲁冠球父子在这里留下的故事，作为两代人之间磨合与互动的一段佳话，耐人寻味。

// 代际差异

并不是父子间的合作一开始就像新疆之行这样行云“若水”、顺畅默契的。如果将时间拨回到 1992 年 12 月，从鲁伟鼎担任万向集团唯一的副总经理那时起，父子间的差异和矛盾其实一直伴随着发生，这是碰撞也是磨砺，两代人的理念融合和性格包容，在漫长的搭档过程中形成一股有趣又有层次的合力，推进着万向的事业。

每天早上，即使在鲁伟鼎结了婚后，鲁冠球都要去 3 楼他的房间敲门：“伟鼎，起床了！”惯于“夜猫子”作息的鲁伟鼎被叫醒，匆匆坐上了鲁冠球的车，然后在路上再迷糊 15 分钟。到了公司，鲁冠球拎了公文包下车上楼了，鲁伟鼎看时间还早，索性在车上再睡一会儿。难怪他缺觉，每晚要陪鲁冠球看完新闻联播，自己再去办公室，回家常常已是凌晨，没睡多久，6 点半，他爸就来敲门了。

鲁冠球对夫人说：“以后我不在了，伟鼎有一个事情可以放松，上班时间他一定自由了，你们谁拿他也没办法。”

1994 年，万向按集团机制搭建管理架构，当时鲁伟鼎在脑部手术后恢复得很好，在他管理下，1993 年公司业绩也很突出，大家对他的信任度提高了，鲁伟鼎这时先给他爸和他自己来了个“正名”：“我说爸，你也不要做董事长了，建议你做主席！”鲁冠球不懂：“什么主席？”他解释说：“这是一个翻译叫法，董事局主席，香港许多大公司都这么叫的，名字气魄。”顺势，鲁伟鼎说：“我就做了总裁。”

有一个细节，在鲁伟鼎任总裁后不久，他用的名字免去了姓，只是伟鼎。他没有公开说明过理由，人们普遍认为，他是想淡化鲁姓的父系色彩，以属于自己的身份面对公众。

在鲁冠球眼里，总裁鲁伟鼎确是个很有性格的人，见事敏感，反应很快，视野开阔，决策能力强，有很多属于他个性的东西，连他做报告也是别具一格，没有套话。

2002 年开年度工作会议，鲁伟鼎开篇就讲了一个小事：他住在万向自己的纳德大酒店，夜里 3 点准备睡觉了，找到一双拖鞋，却怎么也穿不进去。他跟助理说，拖鞋怎么这么小？这个管理上的瑕疵被他引申出了“小脚”的概念。他说，今天参加会议的所有人员不要带这种“小脚”的想法来，应该有更开放的思想。

谈到他自己在任上很累，繁文缛节太多，所有人汇报工作，芝麻大小的事都用文字，一个报告写厚厚一沓。一番严厉批评后，他希望以后来汇报工作尽量直接当面来讲，让他“少受折磨”。

鲁伟鼎自己喜欢读书，也要求管理层多读书。有一次说到对宏观经济的关注，有人说经济发展形态是 V 字形，有人说是 U 字形，鲁伟鼎不客气地反问，万一是 L 字形呢？他借题发挥说，搞经济要有点儿学问，每个总经理回去都买本书来读，书名《美元危机》，读了你才能搞清楚美国次贷危机怎么回事，明白应对金融风险的方法。

鲁伟鼎许多讲话很新潮，喜欢用图示投影来说明，图都是他自己画，有时一个图意他会设计几个方案，从中选出一个。一些复杂的内容，如公司管理体系、产品上下游的链接等，在需要递送报告时，他也会制图表达意思。有趣的是，有一次，他在陈述企业组织和发展战略、资本投入及风险控制等议题时，费尽脑筋将这些内容合成在一张图上。鲁冠球看了好久，批示道：“这样就好，但图我还是看不懂。”

在一次万向发展服务产业的会议上，鲁伟鼎忍不住地跟大家吹吹自己的经历，他说：“照道理是无事可吹，但为了把大家的信心树立起来，我想来想去，还是吹一吹吧！”

鲁伟鼎“吹”的是对于一个普遍认知的质疑，所谓“信息是最重要的”，在他看来，不，日常信息搜集是理所当然、必要的，可以提供分析的基础，但反对把单条信息作为决策依据，而他坚持的决策依据，是所能认识的趋势。以1995年他主张成立万向物业公司为例，他不是因为看了某条信息“物业公司将来发展会怎样”得到启发，而是根据住宅发展和不动产发展的未来趋势分析判断的，所以，他要求大家仔细思索的两个字是趋势，分析趋势，踩准趋势，顺势而为。

鲁伟鼎说，他是从一篇关于信息与趋势的文章中找到共鸣的。比尔·盖茨在一次演讲中问大家：“业务的成功，什么最重要？”台下众说纷纭。比尔·盖茨说最重要的绝对不是信息，而是趋势，他在使用IBM计算机时，计算机像房子一样大，但他当时就预测将来计算机一定会很小，并且每人会拥有一台，把握这个趋势，他开发了微软操作系统。同样，专门做手机的公司也会做大，因为手机也会每人一台。

也是因性格直率，鲁伟鼎常常言辞锋芒毕露，生气时，说话夹枪带棒，噼里啪啦一阵儿训，有时也会把话说绝。有一次他批评下属，在文件上批示道：“若还如此搞，请此人离司。若不离。我离开！还是一个公司吗？”类似这样的“甩锅”重话，鲁伟鼎不少用。在一次工作安排时，他把“丑话”说前头：“你们若办不到，请离开。我有这个权力，这也是我进万向的条件。”

在这样一位个性张扬又新锐凌厉的总裁面前，鲁冠球被一种矛盾心理交缠着。他看好儿子的长处和作为，也随时接受着摩擦与挑战，争议常在两代人之间发生。

1999年春天，《技术经济与管理研究》杂志的一位主编来访，与鲁冠球谈笑甚欢。主编说每年能与鲁冠球讲上一小时话，心情就很愉快，人生有三补，第一补是“神补”，第二补是“食补”，第三补是“药补”。与鲁冠球谈话就是“神补”，滋心养神，总有获益。

鲁冠球也很愿意与媒体人士和学者谈话，他们的话题宽泛，不设限，这可以让他不出萧山便知天下，扩大阅历，获取真见。在和那位主编说到万向创立30年的发展时，他给出的数据是这样的：20世纪70年代，万向日创利润1万元，有了年收入1万元的员工；80年代，企业日创利润10万元，有了年收入10万元的员工；90年代，企业日创利润100万元，员工最高年收入超过100万元。

那位主编边听边想，脱口说，哦，刚好是每十年添了个“零”。

“对！正是十年添个‘零’。”鲁冠球接过话题说。

其实，这个“零”一直在鲁冠球心里盘旋，他反复问自己，接下来的十年、以后的每一个十年，还能不能都添上个“零”？

为准备1999年7月8日万向集团创立30周年庆贺大会的报告，鲁冠球召集高管来商议：“奋斗十年再添个‘零’能不能达到？”

“奋斗十年添个‘零’”，目标清楚，又那么上口好记，把大家都鼓舞了。鲁伟鼎很赞成这个目标，但也有个担忧，按他的说法：“我没有想要与主席对着做，我只是找到我自己的责任。奋斗十年添个‘零’，利润从每天100万元到1000万元，意味着在未来的十年万向必须保证年均25.89%的利润增长，而现状是，比起过去，公司规模大了，基数高了，这样的速度确实很难，完不成要下台了，弄不好奋斗十年只剩一个‘零’了。”

这是他出于自身责任的讲法，其实鲁伟鼎内心还有深一层的考虑。他认为，“奋斗十年添个‘零’”是对的目标，他没有异议，经过努力也是可以达到的，他和父亲之间只是个怎么配合的问题。“历来领导就是提出目标来，我们就是打仗的，但怎么来实现目标呢？”

这就涉及对两种不同增长方式的理解了。

鲁伟鼎认为，在他爸心中，汽车零部件就是万向的全部，有这个主业，有万向美国公司的全球推销网络，有成长中巨大的中国市场，万向就能做大做强。但这要做多少数量的零部件？一天天积累，岂非太辛苦？鲁伟鼎用“守财奴”式的增长来形容这种增长方式，没有战略性，太累。还有，公司已经实现了很高的利润，创利的排名在全国很靠前，如果太在乎争第一第二的，就没有发展的内生潜力，他主张利润定在一个适当的量，而将更多的资金超前投入技术，投新兴产业，从投物到投人，从有形到无形，从有限到无限，进入资本市场，整体实现企业国际化。这条路径，就是之前他就任集团总裁后认定的投资“三原则”，他认为应该以“轻、小、少、长”和“极限化、极致化、精致化”的设计与制造，实现产品转型升级，重塑市场价值体系，创造领先的行业地位和竞争优势，进入全球主流市场。

在鲁伟鼎看来，鲁冠球提出的“添个零”目标可能出于一种自信，也是由他的年龄结构所决定的，为此两人有多次争论和探讨，来消弭分歧。被新的投资理念和发展策略“倒逼”之后的鲁冠球最终悟通了，同意鲁伟鼎来开辟新兴产业的投资，但坚持“添个零”的盈利目标不动摇：“小鬼[①]对嘛！莫[②]道理好讲，两个目标都要达到。”

鲁伟鼎做了个“鬼脸”，苦笑说：“这就苦了我，莫道理好讲了，既要保每年利润增长，又要积累，投新能源产业。”

“你必须实现我的目标，别的，你有本事，你自己弄钱来搞！”鲁冠球

① 小鬼：萧山话，鬼音 jū，这是对孩子的称呼。

② 莫：萧山方言，意为“没”。

一言定争论。

对于网络科技项目投资的争议也源于鲁氏父子间由“年龄结构”造成的代际差异。

20 世纪 90 年代还是互联网起步阶段，对于网络建设和 IT 产业认知敏感度很好的鲁伟鼎就已经感到一个趋势（是趋势！），网络经济将改变产业格局。为此他筹建了中国汽车网，计划通过网络平台，将汽车包括汽车零部件的业务拓展开来。

“我们为什么要这个汽车网？”鲁伟鼎用数据告诉鲁冠球，现在韩国网上订购交易量占交易总值的 37%，英国则占 58%。按现在网上交易系统的发展，如果把汽车交易结算系统和零配件流通交易结算系统开发出来，真的踏实去做，可以挖掘的市场潜力是很大的。

鲁冠球则认为，销售汽车是“很好的行业，但要看我们的基础是否具备了这方面的功能。特别是人才，谁来搞？方案是纸上的，可惜无人能试！如果是实体项目，放在那里，资源随时可调整。搞市场是无形的，完全凭策划、智慧”！

鲁伟鼎很遗憾：“我爸他没看上它的内容，说他不懂也好，他另有一个境界也好，总之没同意，他只要把实业做大。”

而事实上，当时汽车网和万向电信的起步还很早，规模形成很快，国际著名投资银行战略股份融资也下来了，只要坚持做，一定会有好的势头，就像以后走红的那些互联网大佬一样。

也许鲁冠球的不同意是由于他当时对网络功能的认识不足，但在鲁伟鼎今天看来，他觉得父亲有一点是对的：把互联网搞得再大，还是一个媒体的概念。汽车网就是一个汽车交易及传播的平台，是营销手段。而这时，万向已经启动电动汽车的研发，与其弄一个营销平台，没有创造什么新品，还不如好好去做新能源车。

这对父子间有一个很有趣的现象，当父亲不同意儿子的某项决策时不会断然硬性否决，而是不断地提出问题，让儿子来回答。儿子如果说服不了父亲，也就不能去做。这个约定来源于鲁伟鼎1992年担任万向副总经理时的一项承诺：“你们不能代替我做决定，但你们可以反对我的决定，你们不同意的，我坚决不做。”

这就有意思了，当儿子哪怕准备了再充足的理由，但还是说服不了父亲时，父亲也不解释，只说他不懂，坚称“不能让我对一个不懂的东西说同意，也许你们是对的”。

关于汽车网的事就因为鲁冠球说“不懂”而僵持着。一次晚餐时，鲁伟鼎在饭桌上还滔滔不绝讲他的理由时，鲁冠球不耐烦地摆手说：“烦煞[①]嘎烦煞，我勿懂啊！”一边拿起手中杯，招呼儿子，“快，喫酒[②]，喫酒！”

这时，儿子他娘也跟着打圆场：“是呀，喫酒，喫酒，再来一瓶吧！”

这气氛，让人想到了作家萧伯纳说的：“家是世界上唯一隐藏人类缺点与失败的地方，它同时也蕴藏着甜蜜的爱。”

就像最终还是被关闭的中国汽车网那样，鲁伟鼎的许多投资决策和动议没被董事局主席采纳，或被拒，或被搁置，由此让他生出许多怨言和情绪。适应这种由鲁冠球作为万向集团董事局主席规定的“我运筹，总裁运作，总经理经营”的管理规矩，对鲁伟鼎并不容易，矛盾和意见冲突时常发生。

鲁慰青说了句很形象的话：“这很正常，牙齿和舌头都会咬。”

但父子间有一个好，任何意见的表达都不受压制，很开放。

2008年，万达牵头民营财团共同出击，联手投资旅游商业地产，跑马圈地，在中国旅游地产中占了半壁江山。鲁冠球转发相关报道时写道：“是

---

① 烦煞：萧山方言，意为“烦死了”。

② 喫酒：萧山话，喝酒念作qiējiū。

趋势，要关注，下决心，选好点。”

鲁伟鼎其实很早就关注过，有一个在吉林长春的大型旅游区项目，万向已与当地政府领导接触商谈，早过后来去的企业。后来万向这边一拖，再想做时，时间已经过去了两年。

鲁伟鼎自然很不开心：“为何至今无音啊？两年时间足够把距离拉大，人也是在两年间变了。”“这个大产业的失误是不可谅解的。谅解别人也不可原谅自己！用人不察，晚了。”

看得出，话里他一股子怨气。

在全球新能源车领域，比亚迪的销量并非世界第一，日产纯电动车聆风和美国电动车特斯拉都超过比亚迪，但在2014年联合国气候峰会上，联合国秘书长潘基文邀请比亚迪公司董事长兼总裁王传福作为全球唯一被邀请的汽车企业代表出席并发表演讲，向全球展示用以解决能源问题、环境污染、实现可持续发展的比亚迪三大绿色梦想。

“为什么是比亚迪？”鲁冠球不解地问。

鲁伟鼎没好气地回复道：“应去问谁？多年来几件事不让干，没干，没办好的结果。”

2006年，有报道说广州规划重点支持二三级零部件配套产业发展，目的是将广州打造成全球重要的汽车零部件供应基地。鲁冠球指示应重视这一动向，利用好已经与广汽集团形成的合作资源。

鲁伟鼎直截了当地批评鲁冠球，话说得很重：“呈：2004、2005、2006年主席最大的决策失误是，不盯日本汽车工业的发展。（请查询3年来我多次所提的请示和意见）。并且若照这样下去，走向灭亡！请三思吧！不创新挑战，对得起事业吗？”

2012年，来自德国纽伦堡的一条消息引起了鲁冠球的注意——

德国科学界以15家汽车和汽车零部件供应商为合作伙伴，将携手研究进一步改进电动汽车锂离子电池安全性，研究项目包括用以往从未使用过的材料制成新型半导体传感器，譬如石墨烯，来记录电池的安全参数。

鲁伟鼎针对报道发牢骚，埋怨此事万向抓晚了："能解决啦！只是不是我们了！要与高手过招，失去的 10 年，去了不返！"

在本章开头说到的鲁冠球想做的几件事中，第三件是对社会慈善有益的大事。鲁伟鼎对此大胆建议说，传统意义上单纯给钱的捐资行善并非上策，而是应"重在长久，重在一生，重在留名，重在留史万年，把势与力结合，成为源源不断的输出"。他计划把万向集团内与工业相关的公司拢在一起成立全资的"万向工业股份公司"，股东为"鲁冠球慈善基金会"，重新 IPO（初始公开发行）到中国香港上市，在上市时就用法律确定将资产与收益全部捐献。在他看来，"留财富，不如留一个长久企业，留一个万年善事，留一个'太平盛世'"！他断言："实业家、投资家、慈善家、社会活动家，社会最尊重、敬仰，财散则人聚，财聚则人散，取之而有道，用之而同乐！何为'家'，这才是'大家'！"

鲁冠球经过权衡，鉴于已经有了万向钱潮这个上市公司，一时还不宜重组格局，回复鲁伟鼎："只能按我们思路去做。""近几年不宜考虑，先把万向钱潮形象维护好。"

精心设计的组织模式没被采纳，鲁伟鼎很是懊丧，他公开对鲁冠球说："这一定是主席一辈子的大错之一！"

我在鲁冠球办公室的文档中可以不时读到这样的记录，它会是儿子的怨愤、责问，也会是父亲的宽宥、劝导，最终是儿子的理解，他已经习惯接受这样的现实："我爸就是做否决，而且否决无理由，道理让你自己去想。"

鲁伟鼎也不讳言，因为跟他爸有许多矛盾与争吵，尤其是 2000 年前的那几年，他觉得太受束缚，一度曾耍脾气说"我不干了"，要辞职。

鲁冠球看儿子倔，一时有心结，缓缓也好，就准他离职一段时间，去美国考察、进修，也放松放松，趁空把对象找了，成全终身大事。

鲁伟鼎人离开了，但鲁冠球心里还是放不下他。很有意思，鲁伟鼎不在的一年多时间里，鲁冠球特意跟办公室说，送转文件，都要写伟鼎的名字，不要缺了。可鲁伟鼎不在，有些文件送不到，他就自己代笔，在鲁伟鼎的名字旁批一批圈一圈，示意他看过了。

// 恰似园丁

鲁家的庭院树木葱茏，鲁冠球得空就喜欢侍弄苗木，修修剪剪。鲁伟鼎想到他爸老要说他这不对那不是，就借题发挥说："爸，我是你的五针松，你想剪就剪，想修就修，但怎么也不可能修得跟你一模一样啊！"

鲁伟鼎还开玩笑说："爸，你要叫儿子变成完人的话，我要忧郁的，要得很多毛病的，如果都按照你的要求成了完人，你儿子也一定是没个性没才华的人了。"

像园丁，精心栽培护理，让儿子成才，这是鲁冠球作为父亲的形象。我在阅读万向的文档时总有这种感觉。

2001 年，鲁伟鼎在集团零部件产业发展工作会议上做了《创造价值公司》的报告。在这份报告 10 多页的记录稿上，鲁冠球几乎对每一小节每一段都有批注与评点："可以""不可以""有难度，需统筹好""讲得对但需具体化""此提法是否科学""我担心，此前没做成"等批语密密麻麻，计有 80 多条。那种阅读的细心和评点的精心，令人惊讶。鲁冠球喜欢鲁伟鼎在讲话中引用一些实例，他会把讲述实例的那大段文字用笔圈出来，写上"此例子讲得好"一类的赞语；在讲稿精彩处，如鲁伟鼎说"在对外合作中要有'收获'，而且不光是数字的收获，更要获得长远发展的'收获'"处，鲁冠球情不自禁地批注道：“讲得太对了，知我心！”

2006年，党中央提出“八荣八耻”的社会主义荣辱观，鲁冠球感到事关大义，专门给鲁伟鼎写了长信，信中列举了社会上存在的“不以荣为荣、以耻为耻”的畸形现象：

热爱祖国被视为“假做作”，
服务群众被视为“爱逞能”，
崇尚科学被视为“书呆子”，
辛勤劳动被视为“没本事”，
诚实守信被视为“老古板”，
团结互助被视为“冒傻气”，
遵纪守法被视为“不开窍”，
艰苦奋斗被视为“老保守”。

他在针砭这些违反常理公德的现象后特别提醒：

伟鼎：真理是规律，违者必究。要坚守“八荣八耻”的荣辱观。

发现新的规律和真理固然重要，尊重和恪守已经发现的规律和真理更重要。

因为我们今天所犯的绝大部分错误，都是我们忽略、远离或背叛那些基本的规律、真理乃至常识所造成的。

有一篇文章谈了民营企业发展到一定规模后是选择多元化经营还是专业化道路的问题，认为多元化的成功是偶然的，多元化的失败是必然的。一个企业具有的核心竞争力是企业家本身，他的精力如果分散在若干个行业上，最后肯定会对每个行业都投入不足，容易导致失败。

鲁冠球将此文批给鲁伟鼎："此材料很重要，必须引起重视。"他还写道："看了此材料，我必须反思，应该好好研究走什么路才能长盛不衰。"

2007 年 2 月 19 日，鲁冠球给鲁伟鼎写了几句话：

警钟长鸣

木鱼常敲

科学决策

大胆进退

鲁伟鼎一个突出的感觉是，他在运作公司时，鲁冠球很放手，很少做具体的干预，但随时会有一种节奏的提示在那里，比如，下一阶段的重点是什么，哪些问题值得关注。它有时很宏观，是趋势与机遇的提示；有时很具体，会给出分析问题的明确答案或者批评意见。久而久之，来自父亲有节奏感把握的提示，成了鲁伟鼎工作决策的重要依赖。

2001 年，鲁伟鼎在万向集团管理工作会议上讲话时提出，要提高员工收入，重点提高主管、骨干人员的收入，实现岗位责任和分配的对称，岗位收入和岗位素质的对称，积累企业实力，并在此基础上，投资控股公司的员工分配要做到两个"不知道"和一个"不刻意"，单位之间、单位员工之间无须相互知道，但也不刻意强求。

鲁冠球对此批示，将分配原则做了具体化界定："伟鼎：分配，有利润指标重点偏重以利润计，'整体'无利润指标，看做了几件实事、新事、大事、有意义事来衡量。到个人，关键看你做了几件事，看价值，定收入，促进大家务实！"针对分配不透明的所谓两个"不知道"，鲁冠球还特别提醒："伟鼎，分配问题要公开，千万不要搞暗箱操作，这是万向文化！"

鲁冠球时常提醒和纠正鲁伟鼎的一些他自己并未察觉的认知偏颇。

有一次，在谈到对汽车服务业趋向的看法时，鲁伟鼎认为万向董事局20位董事中只有10%的人认为这个产业会在一定时间内改变，而90%的人都还认为这是一个“个体产业”，是一个杂乱得一塌糊涂的产业。鲁伟鼎举这个例子意在要大家多学习，多学习市场趋势和宏观经济，免得不辨趋势。

鲁冠球发现这样讲并不准确，所以特别提醒：“伟鼎注意，自己可以怎么讲，怎么看，怎么定，千万注意：不要老以为人家怎么错，自己怎么对！任何事情都有条件、环境、时间，会随着变化而变！”

鲁冠球有时会直接“踩刹车”，纠错。当然，他也允许鲁伟鼎来解释乃至反驳。

比如，鲁伟鼎准备对财务公司等5家公司实行按照自身业务独立配置管理标准，制定适合本公司发展的财务、人事管理制度和分配政策，而不是按照集团的标准。前提是公司董事会通过，以后这几家公司所有材料中不要再出现“按集团要求”等内容。

很显然，鲁伟鼎要分权了。鲁冠球很不客气地发话：“不行，一定要在集团统一下行事，在集团同意前提下开董事会，标准准则只有一个，未经允许不得各行其是，要单独写报告经我批准方可实施。”

鲁伟鼎看了也有气，感到被不合理束缚，便回复道：“当然在主席同意下行事，一事一批准谁敢违反？”但他发问，“主席统筹下的按实开展，就是统一，何为‘大战略，小核算’？”

在2006年第二次高级经理人会议上，鲁伟鼎的一次讲话与鲁冠球发生了意见相争，很有一些“火药味”。鲁伟鼎说，凡是违反纪律、违反规定或与万向诚信原则不一致的事情，各级要向上及时汇报，谁不向董事局或总部经营层汇报就追究谁的责任!

鲁冠球批示："少一些火药味，多一些人情味。"

鲁伟鼎则在鲁冠球另一条批示旁反唇相讥："这些话就没火药味？"

鲁伟鼎指责公司有些人明知违法、只顾小团体利益还振振有词，但用语尖酸，话里有话。鲁冠球对此批评说："不利于团结的话少讲，指桑骂槐不为，此人不行干脆不用，不需要打击一大片，丈二和尚摸不着头脑。"

鲁伟鼎反唇相讥："您要用奸人，我能不用吗？实质问题是您自己。"

在如此真实的互动与磨合中，鲁氏父子走过了万向"二次创业"的长路。鲁伟鼎对父亲的理解与趋同不断增长，也越来越诚服与敬佩父亲。

鲁冠球读了巴菲特预言《中国发展进程必然遇到三大问题》后给鲁伟鼎写了感想："请记住，所有国家都是在不断进化的过程中，需要用很长时间才能解决重大的社会问题。而这需要放眼更加广阔的世界，要有在游戏规则下的让步与耐心。"

鲁伟鼎看了父亲这段话，不由心生钦佩："这样的逻辑，能悟出来的人至少有 40 年以上工作经历的智慧。近 3 年我在学习父亲所长的就在此。"

鲁冠球说过，董事会里面一定要有两种人：踩油门的和踩刹车的。把中国的两个汉字"速度"拆开了看就是快速和节度，企业要获得真正持久的速度发展，必须要处理好"快速"与"节度"的关系。

有财经记者关注到一个很有意思的现象，鲁冠球坐的车是沃尔沃——全球安全系数最高的轿车，而鲁伟鼎的座驾是讲求速度的宝马。在经营操作中，鲁伟鼎讲速度，有闯劲；鲁冠球则经常往后拉一拉，严格掌控着企业的安全系数。

来自父亲的安全感给鲁伟鼎很强的自制力。

2002 年 9 月，万向财务公司开业。这是万向努力 8 年得来的，对企业未来资本化运作关系重大，鲁冠球对鲁伟鼎做了特别关照。鲁伟鼎反复思量后写了封信，恳切又挚诚：

呈主席：今晚刚口示的三点内容，我会切记并极力推进；存在的若干事宜，我也深感责任，但在您的不断指点下，我有信心让您放心，并超额实现，更需要您的支持和理解。我别的不敢说自信或信心，但对有关您的思想的理解、认识还是有很大自信的，故请您多给支持和信任！因为现在的确碰到很多“救火”的事，如今天我就要解决“三场火”。但我认为，保证落实、正确认识您的思想，又要结合现在的实际解决（特别在法规范围内的），把握得好、解决得好是我的义务和责任！同时我更认为您说的是，“警钟长鸣”对我只有更好，有利我成长。当前我的任务是：1. 今年的“时间和数字”；2. 突破难点！

鲁伟鼎开始懂得去理解父亲嘱咐中许多让他终身受益的东西。他说：“从小时候，主席就一直教导我，无论是战略，还是谋略。做事要直截了当，千万不要为达到目的首先给对方设置陷阱。万向的发展，不管要达到什么目标，都一直充分遵守市场经济规律，给别人留机会，也给自己留机会，利用一切可调动的资源，一切可联合的力量。”

他更懂了自己的责任。他说：“为主席负责，主席作为法人代表，委托我们经营，但最后责任承担主体却是主席本人，因此，无论出于对主席的尊敬，还是从哪个角度来说，我们都要为他负责。”

鲁伟鼎越来越有一种成长的幸福感。他说：“以我的脾气个性，更适合做董事长，很难在人手下干，到任何一家公司去做 CEO 都做不好，但由于有父亲在，作为万向总裁，我有最大的优势。在万向，其他人来做 CEO 可能也很难做好，而我最合适。”

还记得本书第十七章开篇说到鲁伟鼎当副总经理时与保障部经理那次拍桌子对吵的事吗？事后，那位经理觉得待在公司没意思了，想走。鲁伟鼎也感到此人不该再留，就把他的任用合同给解除了。

鲁冠球认为鲁伟鼎对这件事处置有理，但收尾不圆。毕竟那位经理也是老员工，在万向做过事出过力，不能把名一“除”了之，退了回家，应该尽量给人一个妥善去处。他为此特意去宁围镇找了领导协商，最后镇里把这位经理安排去管理老年活动中心，他对万向的心结也就渐渐解开了。

鲁伟鼎知道后心里想，“到底是我爸成熟、老到”。

// 父亲的有容世界

2001 年，鲁冠球获评央视年度经济人物。在之后的颁奖仪式上，颁奖人问到关于接班人的问题，鲁冠球回答说：“对于接班人，我现在选好我儿子，如果将来有能力超过我儿子的优秀人员出来，自己还能够把企业搞得更好，能够为农民多增加收入，为农村富裕做出贡献的，我可能会要调一个，这个是可以改变的。”

这话一出来，跟着有一种解读，是不是儿子接班还存有变数？

人们担心鲁伟鼎会因此有不安的猜度，哪知他坦然一笑：“哪会？我爸回答得真是妙！他给出了一个条件、一个标准，就是要把企业搞好，要为农民增收，为农村富裕做贡献，我现在做的不就是他所要求的？”

《胡润百富》曾经在上海发布《胡润全球最古老的家族企业榜》，有 100 家企业上榜。人们普遍认为，在谈到商业威望时，没有比企业长寿更令人信服的了。

这 100 家企业中，最古老的是日本寺庙建筑企业金刚组，成立于 578

年，距今1400多年了，传到第40代。第二名是日本小松市栗津温泉酒店，成立于718年，传到第46代。第三名是法国的Chateau de Goulaine，成立于1000年，经营葡萄园、博物馆、蝴蝶收藏。榜上的第100名也有超过225年历史了，它是美国的酿酒企业Laird&Co。

这100家长寿企业主要集中在欧洲、美国和日本。这些国家稳定的商业环境和私有财产保护制度是令企业长寿的外部条件，而一个重要的内部原因是企业传承做得好，人才培养见功，优秀接任者堪当大任，使企业在世相变幻的风险中坚持了下来。

当然，这种坚持并不容易，且在企业群落中留存稀少。就像中国人说的，富不过三代，世界上都这样。据统计，在美国，家族企业存在到第二代的只有30%，到第三代的仅剩12%，到第四代以及四代以后的只有3%的凤毛麟角了。关于此类现象的说法，各国连谚语都很接近：葡萄牙说，“富裕农民、贵族儿子、穷孙子”；西班牙说，“酒店老板、儿子富人、孙子讨饭”；德国说，“创造、继承、毁灭”……意思差不多，都是说三代一代不如一代。

正因此，民营企业的家族传承、接班人的培养就格外引人关注，尤其是在中国，跨入21世纪之后，在20世纪六七十年代崛起的创业者大都已过中年。

2000年3月27日，中央一位领导同志到万向视察时也跟鲁冠球谈到了“富不过三”的话题：“你这一代人富有创业精神，到第二代、第三代员工可能就发生了某些变化，要避免这一点，就要在选取接班人等方面一定要以能发展企业、能继续发展生产力为标准。”

《2005年胡润百富榜》关注到中国的家族企业开始由第一代企业家和他们的孩子一起经营，“表现出了强大的生命力和活力”，其中提及了鲁冠球、鲁伟鼎父子。榜单认为：“中国的企业家是创造财富的第一代人，而且大部分出身贫寒，把事业传给下一代会带来诸多挑战。”

鲁冠球是主动接受这份挑战的先行者。也许萧山的乡土文化里有很深长的传统，长者会早早去计划家业的传承，但像鲁冠球那样，在儿子 21 岁的 1992 年，企业“二次创业”刚刚开始的时候，就大胆、有意识地开始了传承的程序，对接班人悉心培养，却并不多见，而且，两代人的事业传接时间非常漫长，达 25 年，1/4 世纪，万向的长续发展之路就在稳定的光照下叠加式地延伸，为我国民营企业家的家族传承留下了宝贵一页。

有机会阅读鲁冠球的私人日记，是我在本书整个写作过程中最难忘的经历。我就在鲁冠球生前办公室的外屋，在物理空间与心灵空间的交融中完成着对历史的一次次回访。这里有我们共同经历的熟悉，也有属于他个体的于我而言的陌生，一切都令我感慨。每次读完，我像走出时间老屋，恍惚得睁不开双眼，我会在心里对阳光下身着万向工服的成群年轻人说：“你们可曾晓得你们的创始人写过的那些文字？正是那些文字，书写了今天的万向和你们的青春美好。”

20 世纪 90 年代之前，鲁冠球书写、记事还都用日记本。如果将这些大小、款式、质地不一的本子排列在展柜里，可以形象地看到一个乡镇小厂到有规模企业的发展变化。早期本子记录的都是企业经营的具体事项与数字，也有一些感悟的点滴。

到 2000 年后，他不用本子了，清一色地改用了公司信笺纸，也不再用圆珠笔、钢笔写小模小样的字体，如同鲁冠球的眼界与胸怀被打开一般，他的书写一下子到了不受篇幅限制的天地，可以挥毫纵横，直抒胸臆了。

他开始用的是蘸水笔，为了字体加粗，笔尖被折平少许，字体也飞扬无拘，常常在连笔的回环间表达或扬或抑的心绪。之后，锋芒收敛了，灵动被压缩，代之以规正的楷书，笔笔到位，一丝不苟，透着思考的成熟与心志的凝稳。

鲁冠球曾问身边的助理：“我这字像颜（真卿）体，还是柳（公权）体？”当被告知“颜体在筋，柳体在骨”时，他笑言：“我是既有筋，也有骨。”

遇到一些重要的内容，他会写成一个长的折页，做了青蓝色封皮，折叠成褶，形如旧时折子，留置案头。

鲁冠球写在A4纸大小的公司信笺上的手稿数量惊人。它们一沓沓地被存放在文档夹里，按年份整理，还有更多的没来得及归整。鲁冠球，一个跨国企业集团的董事局主席，掌控着多家上市公司和非上市企业，管理着几千亿元资产，集团在境内外拥有数万名员工，能如此淡定、专注地在这陋室青灯下像智者学人那样，成天写、写、写，且大多写给任总裁的儿子鲁伟鼎，当是什么状态?

“运筹策帷帐之中，决胜于千里之外”是也。

这些文字，有时更像和儿子交流与探讨，谦和平等；有时也像经验的传授，深沉真切；有时简明如金句格言，有时透彻似人生指南——

伟鼎：

历览古今国与家，成由勤俭败由奢。你应该牢记住人生的主人就是自己，必须经常回顾自己走过的路，鞭策自己做一个明智优秀的人物，待人要宽，律己则要严，更要警惕不要为自己辩解和找借口，只有战胜自己的人才能战胜别人，如果自己对自己马虎，别人也就决不会认可你。

领导者既要高瞻远瞩，又要脚踏实地，千里之行始于足下。

1998年2月9日

当一个人知道自己想要什么时，整个世界也将为之让路。

当前社会发生的不是一场技术的革命，也不是一场软件速度的革命，而是一场观念上的革命。

世界上成功的企业家都是在观念上因思维方式的不同而创造了业绩。

多元化企业不是一艘巨轮，而是编组一个舰队。所以必须认识到，舰队中的每一个成员都必须是相对独立的整体。你的任务就是协调舰队成员的各自分工。

伟鼎：

仕途一时荣

事业千古留

2003 年 8 月 5 日

做三件事

看别人看不见的地方

算别人算不清的账

管别人不管的事情

2007 年 5 月 10 日

对人承诺前要慎重，承诺后要兑现。

在做事谋划时要仔细，定了不要多变。

在执行过程中要雷厉风行，必须树立强烈时间观念。

2007 年 7 月 3 日

尽管我们的父母都告诫我们，不要玩火，火会烫手！可是哪个人没有被火烫过？人只有被火烫过，才成熟；人成熟了，就到离开舞台的时候了：舞台永远是新一代人玩火的地方。

每一代人只能从自己的经历中长大，每一代人都会创造自己的泡沫和体验它的破碎。

历史能给我们提供的唯一借鉴就是我们从历史中不能得到任何

借鉴。

2008 年 4 月 5 日

冷静去面对

谋定而后动

没有惹事，把别人的事当自己的事，把自己的事不当事。

2008 年 9 月 24 日

人的一生只能选一把椅子。

2009 年 4 月 27 日

鲁冠球对鲁伟鼎的最大担忧是他的性格，个性倔强，锋芒太露，情绪急躁时，常容不得人，所以一路来谆谆劝导，嘱咐最多的是——宽容。

伟鼎：

宽容不是窝囊，宽容是一种崇高境界，是一种难得的美德。修得宽容抓住了财富，留住了朋友，留住了幸福。

妥协宽容，妥协包容的灵魂，无中生有的道理，敬畏事业发展的无常。

没有宽容，就没有人才！

2011 年 2 月 5 日

鲁冠球写给儿子一篇题为《目中无人可怕》的短文：

当你觉得只有自己能够高瞻远瞩、大公无私，其他人都是鼠目寸光、心怀叵测时，你的心态就不可能真正做到平和，真正做到真诚。

因而也无法获得持久的理解与支持。关键时刻就会感到孤独而无援。

2007年5月5日

他留下了这样的诲人辞章，题为《人格》：

不卑不亢，尊重自己也尊重别人，这才是当下迫切需要的人格。

越发展，越有钱，就越应该谦虚，越有教养。

一个受尊重的企业不是少数人受尊重，而是每一个人都享有尊严，每个人都体面劳动，体面地生活。

2010年8月28日

他以心灵禅修般的诱导告诉儿子通向快乐的幽径：

伟鼎：

一切从安分慎独做起，必无妄想，空净洒脱，高枕安居即乐也！

也许是心领神会，2002年，在鲁伟鼎提议创办的集团内部资料《万向资讯》的首期，发表了鲁冠球的文章《宽容激发力量》。文章说：

员工的热情和有效投入，是企业发展的动力源泉。激发这种动力，负责人要有一种宽容的心态。宽容的心态不仅是个人的品质、素质问题，更是企业文化的积淀和深化，是企业当今和未来发展的核心竞争力。

当鲁冠球用颇具筋骨的楷体写了以下七个字后，即使不是鲁伟鼎本人，而只是我这样的阅读者，心头也无法不被触动，随之涌起超越时空的联想——

有容世界亦桃源

是啊，万向的世界里，“更说桃源更深处，异花长占四时天”，那种芬芳长盛的景象，何以得来？

万向美国公司总经理倪频在和我进行视频连线访谈时说：“我一直在想，万向其实并没有多少空降的精英，几乎所有高管群体都来自萧山本地的农民家庭，他们没有很高的学历，但创造了如此耀眼的事业，为什么呢？”

“还是主席的胸怀，他的包容，他的人格魅力，让一群普通的人不再普通。”

鲁冠球曾多次引述美国钢铁大王卡耐基墓碑上的一句话：“这里躺着这样一个人，他唯一的优点就是让那些比自己优秀的人为自己服务。”他说：“企业领导人如果能够做到这一点，企业就一定会成功。”

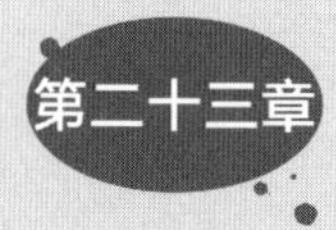

家事：

传统的温暖

2005年7月，鲁冠球（右三）与夫人章金妹（左三）和四个儿女合影于西子湖畔

// 舞者李鹂

如果不是那一场观演，也许不会有一个叫李鹂的姑娘进入鲁伟鼎的生活。

1998 年，正在广州做央视节目策划的朱海被鲁冠球一个电话叫回到杭州。

“我想了半天，要托你一件事。”鲁冠球很郑重地说。

朱海和鲁冠球是老朋友，但也好多年没有来往，他在广州、北京两地做他的影视文艺策划，鲁冠球每当在电视上看到他写的诗与歌词，少不得在心里夸赞，也在自己遇到心事的时候，自然地想到了他。

“得给伟鼎介绍对象了，他都 28 岁了，你帮他介绍介绍，后年是龙年，正好生个‘龙子’。”

朱海一听略有不解：“以伟鼎的条件，自己找个对象还不容易？”

“哎，你不知道，让他自己找，他说没那个空儿。这小子脾气差，又难伺候。”鲁冠球掏了一堆心里话。

朱海理解鲁冠球心里的急，儿子终身大事嘛，听鲁冠球说，他刚签发了一个文件，将鲁伟鼎的万向集团总裁职务停一年，不为别的，就让他安安心心地去找对象，把婚给结了。

“那他要找啥样的？”朱海问。

“你认识的人多，你就去找！”鲁冠球脸上那份着急劲儿，让朱海不敢怠慢了。

南国海滨芭蕉掩映的村落，一个戴斗笠的渔家女正在晾晒渔网。舞者颀美的身段在轻娴的舞动间更现婀娜。舞台的追光下，可以望见她那纯若水晶的双眸传递出谜一般的魅力。

“那是李鹂，我们舞蹈队队长。”循着朱海手指的方向，老方一边介绍说。

这是中国人民解放军原广州军区政治部战士歌舞团正在演出的舞剧《虎门魂》现场。受鲁冠球的托付，朱海找了老友老方——战士歌舞团团长方天行。老方绝对是个热心人，愿意成人之美，何况他也拗不过朱海的纠缠。

一次天赐良机让鲁家上下见到了这位出挑的姑娘。战士歌舞团去上海参加国际艺术节，顺道经杭州演出 3 场，老方帮鲁家争取了几张票。当看到李鹂时，几乎所有人都给了赞许。

鲁冠球本人不在场，待到他见到李鹂，已经是在万向集团贵宾接待室了。红地毯上，站着一队身着短袖夏装的女兵。她们应邀来万向参观。和鲁冠球握手的李鹂秀发及肩，笑意盈盈。

李鹂还是第一次听到鲁冠球的名字，她此刻的感觉是，一位脑门亮亮的长者笑容可掬地站在面前，像慈祥的邻里，没有想象中的著名企业家或者亿万富翁那种架势。她丝毫不清楚这场会见与“相亲”有什么瓜葛，她现在就是一个参观者，来感受一个奇迹般崛起的乡镇企业。

直到 24 年后，李鹂因为本书写作而在接受我的访谈中还说道：“当时看到很现代化的厂房非常振奋，特别是车间墙上贴的一条标语：‘今天工作不努力，明天努力找工作。’我觉得这话很朴实，也太有激励性了。到今天，我还印象很深，感到万向很让我佩服。”

鲁冠球让一队女兵在谈笑中愉快地分享了苹果。有人提醒他，你右手边那位姑娘怎么样？

他凭着直觉连声说：“好，好！”

鲁伟鼎是从北京飞去广州和李鹂见头一面的。从机场出来的他，不修边幅，旅行T恤皱皱巴巴，不像相亲的，给朱海一说，赶紧在住的花园酒店服装店现买了一套西服穿上。

看完演出吃夜宵，面对舞蹈队一众演员，鲁伟鼎都是洒脱开怀，唯独与李鹂相对，他一下子变得拘谨腼腆，往常那股张扬任性、傲气逼人的模样一丁点儿也不见了。

“有没有感觉？”散席出来后，朱海问他。

“反正看你了，我不管了，我爸给你的任务你要去完成！”鲁伟鼎看似散淡，遮不住满心欢喜。

那一头，方团长问李鹂什么感觉。她实诚，说没什么感觉，她心里还在叨咕，好像我找不到对象似的，要人来介绍。但最终，她说：“我向来安分守己，听领导的，这次也不例外。”

老方乐了。

初次接触后的鲁伟鼎留给李鹂的印象似乎并不深。他中等个子，不算出众，五官端正但英武稍逊，尤其是“少帅”的飞扬个性还是让李鹂有些压力。

李鹂的身上深深留着朴素的底色。她出生在呼和浩特一个普通教师家庭，父母都从师范学校毕业，然后做了老师。当时教师待遇差，工人收入相对好些，父亲这才弃教从工去了工厂。平常朴实的人家，使李鹂从小就会吃苦，懂疼人，没有虚荣、攀高枝的心态。

当和鲁伟鼎处上对象后，李鹂得知他的家庭背景，还很有点担心。看过电视剧里太多那种豪门家族了，明争暗斗，恩怨情仇，让她害怕。她说：“我就是一个不看重财富家产的人，如果有人来跟我抢，全都给你好了，我不争不抢，只要我人在、有家人在就好了。”

她的心中最放不下的是她的舞蹈。优秀的体形、灵动的肢体，还有好的艺术悟性，使她成就了舞蹈的梦想，在学舞练艺、艰苦摸索的路上度过了一个女孩子的青春岁月。从当时的内蒙古艺术学校毕业到中国人民解放军艺术学院读本科，毕业后在原兰州军区、原广州军区歌舞团，她都是业务骨干，她的心里只有艺术，那些经济呀，产业呀，离她不知道有多远。

大概过了 3 个月，她觉得鲁伟鼎的脾气不好，太急躁，跟自己的那种静雅含蓄不怎么协调，关系就冷下来了。如果没有一种意外的冲力，他们似乎就会在淡淡的交往中渐归平静了。

那天，正在排练场的她忽然接了个电话。一听，是鲁伟鼎打的，电话里是很有磁性的声音："祝你生日快乐！"

她一阵惊喜，他怎么会知道今天是我生日呢？这世上那么多人，除了父母家人，很少有人会记牢你的生日，会给你送来远方的祝福。

就这么一瞬间，她感动了，其余的顾虑与嫌隙给丢得远远的，她走近了他。

进入 2000 年，那时李鹂随团在央视排节目，鲁伟鼎也正好常驻北京，他们就有了更多的接触。这时的他少了拘谨而显得坦诚率真，他跟她说："我什么都不担心，我没有别的毛病，就担心我的性格和脾气。"

一个铮铮男儿如此坦白，还真感动了女儿心。她思忖，这人也实在，好像也没有哪个男的会这样掏心窝地讲自己短处，担心自己的性格脾气。

喜欢了，这短处也就轻如浅草，不在意了，虽然今天她在接受我的访谈时也没忘了说："我们伟鼎同志的脾气确实是蛮大的。"

// 安家

每周末，从广州飞往杭州的航班上都能看到李鹂的身影。婚后，家安在杭州，她依然在战士歌舞团跳她喜爱的舞。怀孕生儿子后，儿子就由奶奶带，她也是一周一次来回飞。喂了 6 个月奶，来回跑坚持不了，就把奶停了，她觉得儿子也挺可怜的。

李鹂会过日子。她算计：我一个月工资才多少啊，飞三四次就把钱都花得差不多了，入不敷出，这不对嘛！儿子天天要奶奶带，虽有保姆，也让老人操心，晚上不跟奶奶睡就要哭，而且再这样下去，儿子都快不认识妈了，要不就转业回家吧！

鲁冠球两口子的态度很宽松，一切以李鹂自己的意愿来，他们让她做自己想做的事，不给她任何压力与要求。李鹂怕孩子奶奶太辛苦，章金妹坦然一笑："那个辰光是那么苦都过来了，带个孙子高兴哪，有什么苦，一点儿都不算苦。"

2002 年，李鹂以军队文职正营级转业。那时，鲁伟鼎在上海做金融，还在创业期，就是现在万向控股公司的那一线业务，很忙，两口子商量就把家安在了上海。李鹂盼着能在上海安定下来，一家人有更多时间在一起，哪知道，鲁伟鼎又跑去北京了，他掌管的民生人寿保险股份有限公司那一摊金融业务在那里。李鹂忽然觉得有一种飘荡的不安，自己的家不知道在哪儿。说出去人家不信，他们连自己的房子都没有一间，一直是租房子住。

鲁伟鼎很体贴，给李鹂在浦东租了一间公寓，离她上班的机关也近，还一下子付了 3 个月的房租。李鹂进去住下，发现租金很高。她说："这也太贵了，我是在这里居家生活、上班的，这怎么可以？"住下不到两个月，她就开始自己另外找房子。

在别人的想象中，或许以为大户人家助手、管家什么的好几个，但李鹂其实连一个帮手都没有。她自己驾车在浦东找房子，转来转去比着看，最后找到了一间租金便宜许多的房子。她跟鲁伟鼎说："这才是安心过日子的地方呀！"

消息传到萧山，婆婆章金妹不停地夸这个儿媳妇会过日子。她说："他们结婚以后，李鹂也很委屈，伟鼎是什么都不管的，小孩生下来是她管，家里什么东西没了要买要添，也是要她当家，她和我这个婆婆也是一模一样的操心。"

李鹂听了心里也暖，她说："婆婆是榜样，从没怨言，就是埋头做，你想想，要把4个孩子拉扯大，自己还在厂里做，电焊工机床工都做，直到退休。公公和她，一个是为社会做贡献了，一个是为家庭做贡献了，他们两个人就是像这样子分工的。"

要说鲁伟鼎完全漠视家务也不公道。有一次，他看到一个关于美国孩子体检问诊的报道觉得很有用，就复印给了李鹂。报道讲述一位华裔母亲每年6月给孩子体检前医生问诊的环节，包括：孩子每天看几个小时电视？上网玩电子游戏吗？坐车系安全带吗？出去骑自行车时戴头盔吗？在学校有朋友吗？有吃足够的蔬菜和水果吗？看牙医和眼科吗？在课外都参加什么体育活动？

这让这位母亲很惊讶：哎哟，她怎么没问孩子有没有参加奥数班，也没问孩子钢琴几级、中文几级什么的。看得出，爱运动是美国孩子的一大特征。她庆幸给孩子报名参加了一些体育活动，不会让美国医生觉得中国孩子只爱学习，不爱运动。

鲁伟鼎在这篇报道复印件上写道："李鹂阅。平时多指导。您的责任、任务比我重。我又帮不上您，只有您支持我的工作。让我们一起提高、升华，自己鼓励自己！"

带给鲁冠球第一份大快乐的是大孙子的诞生。那是2001年3月，他在北京开两会。那天正在房间里谈事，忽然报喜电话来了：李鹂生了，是个男孩儿！鲁冠球那份高兴劲儿没法形容，一个劲儿地说："是个儿子，是个儿子。"

李鹂生这个儿子是过了预产期的。产前章金妹为此有点儿焦急，鲁冠球安慰她："这小孩要选一个好日子才出来，他在等好日子呢！"

章金妹说不清孙子出生应了鲁冠球心心念念的哪个好日子，她只知道，那天，在北京，他在两会上，高兴地向中央领导汇报了万向的工作成果。

孙儿取名很有意思，备选的有好几个，最后大家说让孙儿自己“抓阄”吧！哎，他正好抓了爷爷取的，姓鲁，名泽普。鲁冠球希望孙儿能“泽天下，普大地，惠众生”，要有普照大地这样一种胸怀，去帮助更多的人。

四年后，李鹂想要第二个孩子，鲁冠球也巴不得再抱个孙子，可李鹂是公职人员，当时还有计划生育指标的政策约束。鲁冠球说，那不能违反规定，干脆先把公职辞了吧，免得挨处分。

在中国香港出生的第二个孙子，取名为泽星，小名亮亮。鲁冠球说，这个名字意在星星之火可以燎原。当时李鹂在深圳坐月子，一听到这个名字就喜欢，说：“好，好！就叫泽星。”

除了字面的寓意，章金妹给了另一层解释，她说：“去算了八字，这个孩子命里缺火，名字叫星，星星是亮的，有火。”

李鹂大悟：“五行缺火，对呀，星星的星，上面是日，日就是太阳！”

不论怎样解读，鲁冠球的祝福是，星星之火可燎原，你是微小的，但你最后可以发展得越来越大，他手书的祝词是：“星之火，亮大地，育万物。”

// 鲁家“四只脚”

鲁冠球常说：“我鲁家四只脚，九条龙。”儿女四个，孙子辈九个，这是一个人丁兴旺的大家庭，让他开心无比。他说，他最大的财富是有这么多儿孙。全家因为亲情聚合，是他最好的念想。

鲁慰芳小时候被留在童家塘老屋，由奶奶带，后来三妹鲁慰娣也来了，家里实际上分成了两拨，只有二妹鲁慰青与弟弟鲁伟鼎跟着父母住在宁围的厂里。她和三妹很不愿意，做梦都想回到父母身边去。

为此，她 8 岁就学会了骑自行车，跌跌撞撞地跨上 28 寸自行车，等待放假时带三妹回家。有趣的是，她回家后她爸给她的“暑期作业”是买菜。

每天天蒙蒙亮，她就要骑车去宁围集市，提一个篮筐，采买全家一天的伙食。她去得早，怕去晚了就买不到豆制品等菜食。晚饭时分，看到父母回来全家围在一起晚餐，说东道西，那是她最开心的时候。虽然那时很苦，但这种团聚的幸福让她拿定主意，要尽快回到父母身边来。

15 岁那年，鲁慰芳初中毕业了，家里希望她接着读高中，可她不肯，高中住校要离开家，她觉得太欠缺和父母相聚的时间了，决意要到爸妈的厂里来上班。鲁冠球说："你才 15 岁呀，应该读好多书才对，怎么这就想上班？"她执意说，书可以边工作边读。鲁冠球看说服不了她，就说："那你写保证书，保证到了我们身边不后悔。"鲁慰芳没丝毫犹豫，写了一张保证书，进了工厂。

一个瘦弱的小身影就这样出现在万向金工车间的磨床边。此后，鲁慰芳再也没有离开父母，离开万向。一年后，她在职考上了电大，以后成了技术科的描图员，并且在这里与她爸身边的文书莫斐相识恋爱，结为夫妻。

有意思的是，鲁家姐妹个性各不相同。大姐鲁慰芳沉稳淑静，二妹鲁慰青率真豪爽，敢说敢做，让鲁冠球觉得身边多了个男儿，因此也格外受到钟爱。

鲁慰青 17 岁那年从萧山乡镇工业学校毕业后，没等鲁冠球安排就自作主张跑去萧山县物资局应聘，她从仓库管理员做起，熟悉了物资管理与营销的每个岗位，留了个"红管家"的好名声。

20 世纪 90 年代初，个体经商热起来，鲁慰青想自己创业做"古今家具"，计划将收购来的旧家具材料与现代设计的时尚家具组合，卖给喜爱中国风的国外消费者。她说干就干，在红山农场租了场地准备开工，没想到很快就被鲁冠球"扼杀"了。

鲁冠球的理由很简单："我鲁冠球办事业要凝聚人才到我这里来，如果自己的子女各做各的事，我都吸引不来，怎么吸引五湖四海的人呢？你不能在外面自己做，还得回到万向，为万向来尽力！"

“那我已投钱下去了，咋办？”鲁慰青很委屈。

“多少？”

“不到 50 万。”

“爸赔你。”

鲁慰青果真收到了她爸汇来的钱，50 万元整。

鲁家的“四只脚”都聚集到万向旗下了。1992 年，根据集团做出的安排，鲁伟鼎就职副总经理，留守集团，在鲁冠球身边工作；大女儿鲁慰芳、莫斐夫妇去北京建联络处，做公共关系协调；二女儿鲁慰青、韩又鸿夫妇到上海，从事大宗商品和资源投资利用开发；三女儿鲁慰娣随丈夫倪频去美国，后建立了万向美国公司。

在本书前面的叙述中我们已经看到了这“四只脚”走出去的每一个脚印。如果将这些脚印串联，可以发现在现代企业管理的机制下，这个家族的成员们以各自的优势和作为将事业做得有声有色，甚至很难有被复制与仿效的可能。正是他们，助力鲁冠球，也助力万向，使萧山宁围一个普通的农民家庭最终走进了全球的视线、福布斯财富榜的前位，荣耀至今不衰。

2012 年 6 月 16 日，鲁冠球紧急唤来助理，只见他眼睛通红，悲痛难忍，递给助理一张纸片：“莫斐去世了，猝死。”他似乎无力亲口将噩耗说出，只留下鞭子抽心一般的这 7 个铅笔字。

莫斐是头一天下午因心脏病突发抢救无效，在北京去世的。

“他才 49 岁啊！”鲁冠球眼前是莫斐 17 岁来到他身边的少年模样。他 32 年勤恳做事，低调为人，做过计划、统计、调度、文秘、办公室主任，每个岗位都做得很出色。大家这样评价他：“在儿子眼里，他是慈爱的父亲；在妻子眼里，他是可亲的丈夫；在朋友眼里，他是和蔼的兄长。在万向的发展历史上，他是有突出贡献的集团高管。他把自己的一生献给了万向。”

鲁冠球心痛哪，万向咋办，慰芳咋办？

鲁慰芳是从中国香港回杭州下飞机时得知丈夫去世的。她回忆说："当时我晕了，3 天前我去香港他去北京，3 天后就发生这样的事，我怎么能接受？那天爸一直陪着我，一整夜他都没合眼。我也一夜白发，神志恍惚，但在爸面前尽量表示坚强。哀伤刺痛我心，半年后我才渐渐平静下来。"

儿女生活中遇到波折了或是生病了，总让鲁冠球切切在心，再忙他也会去帮着解困，去悉心照应。他给儿女们的深沉父爱一直留在他们的记忆中，令他们难以忘怀。

鲁慰青十来岁时读书住校，认识了一位杭州陈姓知青大姐姐，那姐姐要带她去杭州玩。小孩出门去没一件像样衣服，章金妹就把自己的一件老式衣服改成了她可以穿的"新衣"。临走前，鲁冠球抓起女儿的手说："指甲那么长要剪掉！"鲁慰青趁机"敲竹杠"："你要我剪，有个条件。""啥条件？""我要一把小提琴，像陈姐姐拉的那样。"鲁慰青一点儿没觉得她爸会同意，因为那要很多钱。没想到鲁冠球马上答应了，拿出 15 元钱给陈姐姐，请她帮忙在杭州给女儿买了把小提琴。鲁慰青从此有了件心爱的乐器，可以拉她喜爱的曲子。

直到长大成人成家，在鲁慰青的眼里，她爸就是一个最可爱的大朋友，他们之间常常会"打赌"，比如，买哪只股票会涨，她是生儿还是生女，两人都会"赌"个输赢，结果回回都是女儿赢。每当这时，鲁冠球宽大的额头在笑声中发亮，欢快驻满了自家的小屋……

在美国的鲁慰娣总是会想起家乡杭州的大运河。那时她在万向的汽车零配件经营部上班，地点就在武林门的运河轮船码头，来往萧山宁围万向节厂的班车也停在这里。倪频当时正好也在厂里实习，每天来经营部乘班车，一来二去，两人就熟了，有感情了。

一天，经营部主任王定江跟鲁冠球说，倪频和三小姐有"苗头"咧！开始鲁冠球不信，得知实情后就跟女儿说："慰娣啊，门不当户不对呀，人家是浙江大学研究生，你文化差太多了。再说城乡差别也在那里，我们乡下人，农村户口，你好好考虑，但爸会尊重你的选择，只要你喜欢。”后来看到他们两情相悦，鲁冠球高兴地认了这门亲事，给了他们最美好的祝福。

“四只脚”中，鲁伟鼎角色最独特，在三个姐姐眼里，这弟弟聪明又淘气，个性倔强会顶嘴。爸妈不在，姐又看不住，有一回鲁伟鼎从窗户上掉了下来，跌到窗下的喷水池里。鲁冠球人在办公室，别提有多提心吊胆。三个姐姐轮流护着，有好吃的让着，她们把弟弟当成宝。

这多半是来自鲁冠球的态度。鲁慰青说：“我爸生个儿子不容易。开始在乡村里被人看不起，说我爸生了三个女儿，命里没儿子。在农村那是很伤人的话。”

对于鲁伟鼎，鲁冠球用足了心思培养。说一个在姐姐眼里的细节吧：弟弟脾气冲，不服管，有一回与爸顶起来，伤心地说：“你对全世界的人都好，就是对我严厉！你对几个姐姐、姐夫都好，就是对我凶！”

但在姐姐们看来，在爸的心中，鲁家“四只脚”每一只都一样宝贝。弟弟呢，也是越长大就越懂得爸的严是对他特别的爱。

不论是谁，在越洋飞机的起降时刻，在高速公路的出入关口，儿女们每一次出门的行程中，都会接到父亲关切的电话问候，不论他多忙，身在何方。

// 总有一种目光

鲁冠球身上不带手机，不带钱包，他唯一带着的是孙子鲁泽普的照片。他常会在朋友、熟人前得意地掏出塑封的照片，让别人分享他的快乐。

他写字台的玻璃板下，无一缺漏地放着家人的照片，很全，从大家庭到儿女的每一个小家，以及他与夫人两口子和儿女们的合影，那份融融亲情，使这间不大的办公室留有家的温暖。

他座椅后的书橱上是鲁泽普小时的模样：戴着大过他小脑袋许多的军帽，端着一支玩具枪，目光晶亮如箭，煞有小军人的威势。这是孙子戴他妈妈的军帽拍的，说妈妈是解放军，他也要做解放军。

那时，鲁泽普已由李鹂带去上海上幼儿园了，每周末他回来萧山和爷爷奶奶团聚。知道他们要来，鲁冠球会早早等在家门口，手里摇着孙子喜欢的玩具，等孙子走近送来他期盼的拥抱。孙子在一天，他就每天送他一件玩具。李鹂说，可别哟，一天一个玩具，孩子会喜新厌旧的，可爷爷说："高兴高兴，就让我高兴高兴！"

鲁冠球问身边的员工，孩子最喜欢什么玩具？人家说奥特曼，他就买奥特曼，每天一个不同造型的奥特曼。李鹂说："我家有个玩具房，你知道有多少个奥特曼？喏，就像门口那高高的储物桶，整整三大桶呢！"

待孩子大了起来，鲁冠球就用心给孙儿们准备一些适合的读物，带去给他们。有份刊物叫《故事会》，小开本的，里面有许多中外小故事，有趣又有教益，他就一期不落地带给孙子去看，以至《故事会》在书房里排成了长长的一溜。

1997 年，鲁冠球作为全国人大代表去北京参加两会。因为住地管得严，其他代表都没带家属。那时外孙莫凡在北京读书，平时难得和外公一起，很想进住地酒店看他。鲁冠球破例去请求，终于获准周六、周日外孙可以来探望。

鲁冠球很高兴，一直把外孙带在身边，陪他去酒店特设的书店买书，吃饭时给孩子夹菜，开心地跟同去的浙江代表说："什么叫天伦之乐？喝着小酒，旁边有小孩玩乐，多幸福啊！"

在孩子们面前，鲁冠球慈祥可亲，不会有一点儿令人不安与敬畏的地方。外孙女倪雪睿记得头一次去外公的办公室，外公不在，她在墙角发现小冰箱里面满是饮料和巧克力。正好外公回来了，坏了，自己坏了规矩，乱动东西，给抓了"现行"，肯定要挨骂了。哪知外公一脸笑容，跟她达成了一个“密约”：“你不告诉你妈妈和外婆，我就给你巧克力！”

很多年后，倪雪睿一想到外公那么慈祥的笑，就觉得那是她在世上吃过的最甜的巧克力。

倪雪睿在美国长大，中文差些，每次回来，鲁冠球总会腾出时间教她中文字词的表达和用法。有个词让她印象深刻——“决心”，外公是这样解释的：

> 要有从失败中学习的决心，而不是被困难打倒；要有想他人所不敢想的决心；要有为实现目标不分日夜努力的决心。你可能会是世上最聪明、最富有才华的人，但如果没有决心、自律和努力工作的意愿，就会一事无成。

鲁冠球很在意让孩子早早地去接触社会，特别是了解底层社会的真实状态，以懂得人世间的艰难。他说：“对于他们读书学知识，我并不担忧，我更操心的是怎么让他们从小就有爱心，不忘记世上还有穷苦的人，要懂得去帮助他们。”

有一年暑假，孙子鲁泽普和外孙倪睿杰从美国回来，鲁冠球安排他们到贫困山区去看望同龄的孩子。

那是浙江台州仙居县的山村。两个孩子从来没有到过大山里，也不知道贫穷是什么样。他们走访了 4 户贫困家庭，送去了文具、用品和玩具。他们跟山里孩子一起交谈，很融洽投缘。倪睿杰个子高，与山区小伙伴交谈时还礼貌地单膝跪地。当地老乡看到这场面很感动，赞扬他们小小年纪有爱心。

鲁冠球对他们的“暑假作业”很满意，给了“优”的评价。

鲁冠球在日记里这样写道：“赠儿以金银，不如教儿以德行。有良好的德行与习惯，才不易迷惑于金钱。独富与同富之间，有一段漫长的路。”

每每看到对教育孩子有价值的书报信息，鲁冠球总会让秘书将它们剪下来，复印在A4纸上，上面写着他的批语，给李鹂、伟鼎，也给他们的姐姐、姐夫。

2014年10月6日，鲁冠球看到英国《每日邮报》上的一则报道：一位叫埃里安的56岁投资家决定辞去管理2万亿美元的投资基金的工作，只是为了留出足够的时间来陪伴和照应女儿。

这位毕业于牛津大学和剑桥大学的投资家光在2011年一年就赚了1亿美元。他的时间付出也很惊人——每晚9点睡觉，凌晨1点起床处理报纸专栏工作，然后4点半去上班，9点钟再从交易大厅回到办公室履行管理职责。

这样一种连轴转的工作节奏，可以想象，他留给家人的时间没有多少。他的小女儿不能容忍，就写了一张纸，用以记录他因为工作忙而缺席她的一些重要事件和活动，清单上列有22条，包括她第一天上学、本季的第一场足球赛、家长会，以及万圣节游行。

这让埃里安受到了很大触动。他尽可以用以下理由来辩解：出差、重要会议、紧急电话等，但这张记录22条缺席的清单不能不让他醒悟，他的工作和生活的不平衡已经严重影响到他和女儿的关系，而这个关系对他是最要紧的。

尽管他的辞职震惊了金融界，但他的快乐溢于言表：他开始和妻子轮流叫醒女儿，给她做早餐并送她去上学，他还在计划一次自己和女儿单独的度假。

他由此得出的人生感悟是："成为一个好父亲比做一个好的投资家重要。"

鲁冠球把这则报道的复印件给了两个女婿和儿子，上面写道："我今懂为时已晚也！又鸿、倪频、伟鼎，你们抓紧补上。"

隔了4天，鲁伟鼎回复了，他在复印件上写了这样几句话："我要什么？我应有什么？我可有什么？凭什么要牺牲我？"

4个问号下去，不知鲁冠球看了做何感想。鲁伟鼎借此在向他爸诉苦，在他挑起万向这副担子后，重任之下，他已很难能“抓紧补上”，去做个“好爸爸”了。

外孙莫凡记得，家里的书房里挂着鲁冠球写给他爸的一句话：“树从根脚起，根深才叶茂。”这幅字被镶嵌在镜框里，成了他从小就记住的座右铭。莫凡有一个小本子，用来记录外公的话，印象中有一段关于“实力”的话让他牢记不忘：

> 要有实力，达不到目标不要怨天尤人，要靠自己的专注和不懈的努力；实力来源于平日里的积累，水滴可以穿石，积少便成多。

孙儿们对爷爷有一种神一样的仰望，他们觉得爷爷身上有许多“谜”。这里有一个很有意味的故事。

在鲁泽普20岁生日的时候，他跟鲁伟鼎说：“爸，我想要一份礼物。”

“什么礼物？”

“爸，你怎么有那么多笔记本，每天记呀记，我不知道写的是什么，平时你也不让看。今天我20岁了，能不能让我看看？”

“我答应，你看吧！里面写的是你爷爷的话，告诉爸要做什么，怎么做。”

捧起这份特殊的生日礼物，鲁泽普阅读了许久，像经历了一个从未见过的世界。他不解地抬头问：“爷爷真的讲了那么多话？他真那么伟大？不是我不相信，不理解，而是怕我学也学不来啊！”

在孩子们的印象中，有外公外婆在的大家庭总是充满平凡又温馨的气息。莫凡记得，外公不管多忙，下班多晚，都要回家来和大家一起晚餐。

那时，他舅舅鲁伟鼎也就 20 多岁，已在万向上岗了，常不回家吃饭。有一次，正好莫凡在舅舅的办公室玩，见外公来叫他舅回家吃晚饭，他舅推托说不回，外公急了，冲着他舅一顿教训，他头一次见到总是笑呵呵的外公这样严厉。

外公对莫凡说："家里的饭菜多好吃呀，哪里的饭菜都没有家里的好。"

外孙女倪雪睿说她小时候脾气不好，老在父母面前还嘴。她看书写字老趴着，腰背不挺，母亲总是提醒她"背直起来"，她不仅不听，还会故意弯得更厉害。

外公有一次将她叫到办公室，先给了她一块巧克力，然后说："你还小，但小时候正是学道理的时候，要听爸妈的话，他们为了抚养你牺牲了很多，有时候他们会比较严格和严厉，但那都是出于爱，是为了你好。"

尽管才几句话，但它从外公嘴里说出来，倪雪睿就听进去了。那天晚饭时，当母亲提醒她不要喝碳酸饮料时，她点了点头，没喝。母亲有些意外："你终于肯听我话了。"她看了看外公，外公会意地对她眨了个眼，他们似有一个约定。

当孩子们大起来后，来自鲁冠球对孩子的一份尊重，让这个家族有了许多新鲜的话题。

鲁慰芳因为一件买东西的小事说了儿子莫凡几句，孩子脸上有点儿架不住。一旁的鲁冠球说："孩子有孩子的考虑，不要拿什么简朴、勤俭这些观念简单地去说他，你们父母就是一面镜子，你们做好了，就是家教好了，孩子会懂的。特别是莫凡，男孩子长大了，不能这么叨叨，老说他。"

2002 年 7 月 28 日，鲁冠球给 4 个儿女写了一封信——

慰芳、慰青、慰娣、伟鼎：

你们都已为人父母，教育孩子是天职，但是一定要注意方式方法。

不可以一边教育孩子“粒粒皆辛苦”，一边自己铺张浪费；一边告诫孩子好好学习，一边自己不摸书本；一边要求孩子举止文明，一边自己出口伤人。

对孩子的要求，也不可以一味地求高。渴望孩子成才，设定达不到的目标，对孩子的自信是一种打击，对大人也是一种负担。最适合的，才是孩子最好的目标。期望值过高，往往是好心做坏事。

父母的行为，对孩子有潜移默化的影响。对孩子的“言教”与自己的“身教”不能矛盾。要求孩子做的，首先自己要做到，身教为先，以身示范，少说多做，身教必定胜于言教。

鲁冠球

有一次在美国的公寓里，鲁慰芳、鲁慰娣姐妹俩说到了孩子的宗教信仰问题。孩子们说：“我们在美国的教会学校，接触的是基督教，可家里呢，外婆信的是佛教，还很虔诚，你说这一家里又是佛教又是基督教，该怎么办？”

鲁冠球在一旁，想了想便插了话：“你们不要管外婆信什么，你们是你们自己。宗教有很复杂的起源，也包含很深的文化，不然也不会传播到现在，但你们要懂得怎样去辨识和认知，要认识真理，在以后成长中自己做出正确选择。”

每年年尾，不论是在美国芝加哥圣诞树的铃儿响叮当中，还是在中国红张灯结彩的年礼中，鲁家的四姐弟每家都会收到父亲给的“大红包”——那是为了让女儿和儿媳在家相夫教子、不为生计操心，并更多用于孙儿辈的教育与培养。这么多年，这红包从未停过，直到父亲去世。

2014 年 8 月 3 日，鲁冠球写了一幅字：

总有一种目光，为时代推开未来之门。

这一行字，分明有他的目光在，温暖又远大，注视鲁家“九条龙”的未来。

第二十四章

生命力：

与癌症抗争

2015年6月，鲁冠球在美国梅奥医院

// 走过金色池塘

2013 年 5 月末的一个早晨，童家塘被啾啾鸟鸣唤醒，满畈黄熟的麦香弥漫于宁静的村落，村头池塘的粼粼波光在初阳下泛动暖人金色。

鲁冠球出了家门去上班。有几个老妇人正在塘里洗被子，看到鲁冠球过来，好是高兴，一边手里漂洗着，一边同他打招呼："哎，阿球，你来啦？"

她们都是邻里姐妹，管鲁冠球叫阿球，其中一个 78 岁，一个 88 岁，都活得很健康。

"小时候，我们在后面池塘里一起搭鱼，阿球你还记不记得呀？"

"记得，都记得！"鲁冠球笑着回答。

离开她们时，鲁冠球在想，她们年长的都 88 岁啦，我还只有 69 岁，到她这岁数，我至少还能再干个 18 年。他很自信地提起捏紧的双拳，在胸前上下摆动了几下。

鲁冠球的健康状况一直不错，在家人的印象里他就没去过医院。近些年，随着年龄增加，他有了一些老年疾病，像代谢综合征、高血压及轻微糖尿病。几次去医院体检，医生的意见除了常规性服药，主要还是控制饮食，加强运动，把体重减下来，且绝对禁食动物内脏、鸡鸭皮汤、肉皮、菠菜、海鲜、鸡蛋黄等，所以他得下狠心改变饮食习惯。

鲁伟鼎为此曾言辞恳切地给他写信："跪请父亲、主席为家庭、为集团负责，严格控制，保证执行，毅力是人的品质（跟戒烟一样）。"

如果说，鲁冠球对人生有什么渴求，恐怕最大的就是时间。

早在1996年11月13日的日记上，他就严厉批评虚掷时间、蹉跎光阴的现象，他对比自我，这样写道：“我总想不通，我独立工作已经35年了，成绩不大已经可以交代，家庭积蓄不多但可以养老，可是我目前比过去更感到时间不够用，知识面不广，现在还碰死碰活地想多干一些，多学一些，多创造一些。”

很有意思的是，他不知摘取还是自编了一则寓言《猪马》——

猪问马为什么还不睡？马回答，自己这样站着就算已经开始睡觉了。猪觉得很奇怪，说：“站着怎么能睡觉，这样一点儿都不安逸的。”马回答：“安逸是你的习惯，我需要的是奔驰。”

鲁冠球便是在奔驰中延伸着生命的跑道，但是，他累了。

2014年12月16日，鲁冠球在美国芝加哥参加第25届中美商贸联委会。这是一次中美投资圆桌会议，鲁冠球作为中方企业代表在会上发言，他列举万向在美投资的一系列成果时，特别告诉与会者，万向美国公司的总部就在芝加哥，距离这个会场60千米。这引起人们极大的兴趣。

会后，鲁冠球又有一系列的商务活动，行程非常紧张。有一次活动之后，他在椅子上睡着了。倪频赶紧把他叫醒，扶他去床上睡，但心里纳闷，向来精神十足的主席竟然坐着就睡着了，20多年来一次都没见过。

回到杭州，鲁冠球胸部的疼痛加剧了，经过多次催促他才去医院做全面检查。2014年12月25日，检查诊断确认为多发性骨髓瘤。

医院院长和医生看到这个结论性的报告，心里很沉重。

医院血液科主任黄金文和他的助手姜浩作为鲁冠球的主治医生，开始为专项治疗做周致的专业准备。时年55岁的黄金文，先后就读于温州医学院和浙江医科大学，专攻血液病研究和临床治疗。

有一个结果让所有人都心头抽紧，鲁冠球的骨髓瘤里发现有两个高危因素。按照医学标准，骨髓瘤分为两类：一类称标准危险度，占病例的 70%，以目前的医疗水平，病人可存活 7 年，甚至更久；一类为高危险度，占 30%，有两个高危因素的病人，一般存活期只有 3 年。不幸，鲁冠球恰恰在这 30% 里面。

鲁冠球的病情，需要采用诱导方案的化疗，这是按照国际标准流程进行的。在医院方面可以有许多选择，去北京，去上海，都有机会，鲁冠球最后自己拍板，就留在杭州治疗。主治医师说："鲁冠球自始至终都知道自己的病，大的决定都由他自己做出，但他一直保持着平静和淡定，从他的治疗开始，到他病重，到病危，整整 3 年，他甚至没问过他的预后会是怎样。"

鲁冠球在医院先后接受了 4 次化疗。每一次治疗的方案，都由浙江省领导担任组长的医疗团队会同上海瑞金医院血液科主任沈志祥教授一起制订。在坚强地度过了化疗的痛苦后，鲁冠球需要接受自体干细胞移植，即"自体外周造血干细胞支持下的大剂量化疗"。考虑到该项技术具有风险，国内一般只做到 60 岁以下的病人，而美国可以做到 74～76 岁，年龄范围大，技术上也比较规范、稳定，在保存技术和细胞恢复能力方面好过国内，鲁冠球时年已经 71 岁，经批准赴美治疗。

// 就医在梅奥

杭州去的医生与万向美国公司的同事会合，开始在美国本土的三角飞行，在 3 个城市间不停地转换机场，不停地倒时差，以争取时间，尽快给鲁冠球找到适合做干细胞移植的医院。

有 3 个备选目标，分别是得克萨斯州的爱迪生肿瘤中心、洛杉矶的希望之城和明尼苏达州罗切斯特的梅奥医院。这些医院在干细胞移植方面都很有声望。他们每到一地，就与目的地医院交流鲁冠球的病情，播放随身带的演示文稿，咨询治疗路径与方案，同时也考察对方的设施与实力。

最终的选择是梅奥。因为梅奥不仅在全美医院综合性指标上排名第一，与随后第二名的分差多达 60 分，而且环境优良，设施一流，在骨髓瘤专科上是行业标准的制定者，应数全球最佳。决定选梅奥还有一个人际关系的原因，梅奥的大内科主任格兹与前往梅奥医院进修交流的杭州医生有过一段时间的接触，相互间很熟悉。

现在，身材魁梧的格兹就在鲁冠球面前。“格兹、格兹。”鲁冠球的萧山话叫起来像是在叫“鸽子、鸽子”。脸长鼻挺的格兹，在浓密微卷的黑发下展现出一脸宽和笑意与可托付的信任。

格兹在骨髓瘤治疗上是一位很有名的专家。在他的主持下，鲁冠球进入了干细胞移植的手术进程。手术采用一个动员方案，将骨髓里的干细胞驱赶到外周循环血液里，然后在一台特定的机器工作下，这些干细胞被挑选出来，余下的其他细胞被输回体内。这种挑选过程通常需要 5 天，其数量要够两次使用。结果很幸运，鲁冠球只用两天时间就挑出了一般年轻人才有的干细胞数量，足够两次用。其间有过并发症出现，但很快稳定，手术宣告成功。

干细胞的动员是个化疗过程，一般需要两个星期，采集完后回输再到恢复造血又要两个星期，整个移植过程需要整整一个月。杭州去的陪护目睹鲁冠球所受的痛苦，恶心、呕吐、吃不进东西，又有高烧、感染，但没见鲁冠球有一声抱怨，他一直无声地挺着，保持着自己的平静。

6 月的一天，初夏的罗切斯特繁花竞放，病房里升起五彩气球，像一场欢乐的生日派对。这是鲁冠球植入干细胞后两周，他的状况很好。一张有梅奥医院签署的“出生证”摆放在鲁冠球的床头，上面有他的名字和照片，意思是以移植成功那一天作为他的新生之日，还有一行祝词：“你和婴儿一样再生了。”

梅奥此举不仅仅是一个人性化的仪式。格兹和他的医疗团队认为，鲁冠球就像“新生儿”，他的免疫力需要重生，要注射很多疫苗，以重建被损坏的免疫系统。

鲁冠球开心不已。他留在病房里的乐观形象此时更感染了病友与医生，人们知道他是一位中国的成功企业家，“他用微笑与坚强传达了生命的力量”，而他所缔造的万向集团仅在美国本土就有 28 个企业、1 万多名员工，他们都是“美国的万向人”。

鲁冠球躺在病床上，又拿起外孙倪睿奇（小名韬韬）在他确诊患癌时写给他的那封信。这信他已看了多遍——

亲爱的外公：

爸爸告诉我您得了骨髓瘤的坏消息！

骨髓瘤是一个愚蠢的疾病——即使一个人保持良好的习惯与规律的生活，他们仍有随机的可能得上这种病。幸运的是，现代医学最近几年已经大幅度地跃进，所以骨髓瘤尽管是一种丑恶的疾病，但是已经可以治愈了。

听说您已经开始化疗了，这很好！化疗是以毒攻毒，尽管会有一些副作用，但会有很好的效果。重要的是您已经开始进行治疗了，我可以肯定您的医生一定会很用心地治疗，并且给您最好的药物，但是这里您所不能忘记的——您的医生，也可能不一定会告诉您——您必须要勇敢战斗，必须有战胜骨髓瘤的必胜信心，最重要的是保持乐观的心态与旺盛的斗志。

我知道您是一位伟大的人，骨髓瘤这么一点小病是不足以让您低头的！

我们与您在一起！祝您早日康复。

Regards,

Rich（韬韬）

一切都很理想，按流程处于恢复状态的鲁冠球不再需要化疗，在进入维持治疗后，只要服用来那度胺这个药就可以了。

7月5日，结束在美国的干细胞移植手术，鲁冠球带着新生的体质离开梅奥。格兹前来送别，他相信这位曾以他的爽朗笑声感动了梅奥的中国人会是幸运的，他的国家和他的家人都需要一个健康的他。

7月8日，鲁冠球出现在万向集团创建46周年的庆祝大会上。员工们看到他们的鲁主席神情、体格都恢复如前，头上长出茸茸的一层毛发，面色红润，都很高兴，曾经悬着的心一下子落了下来。

在这次大会上，鲁冠球做了报告，题目是《清洁能源引领国际化万向全面提速》。他在报告中乐观地预言："万向拥有了国际化的新能源汽车产业技术平台和扎实的制造基础，无论是外界的热情，还是内部的干劲，都被充分地点燃，我们有理由相信，万向推进新能源汽车到了里程碑意义的时刻。"

他用激情澎湃的语言告诉员工：

企业等不起的是时间，缺不得的是担当。万向46年不仅积累了实力和信誉，更积累了艰苦创业、大胆创新的精神。发扬万向精神，新常态下我们再出发，新高度上我们再起跑，就像当年喝到改革开放的头口水一样，加快、加快、再加快赶超的步伐，在中国制造通往2025年的征途上，当先锋，打头阵，以新能源汽车开启整车梦，占领国际清洁能源产业制高点，将"奋斗十年添个零"进行下去，为中华民族的伟大复兴贡献力量！

这动感飞跃的语境恰似鲁冠球当时的心境。随着干细胞移植的成功，所有对于自己健康的担忧烟消云散，他跟许多人都说："美国医生说了，我没事儿了，什么都好了，跟正常人一样，酒也可以喝，活到 90 岁没问题。"

鲁慰芳、鲁慰青也听她们的爸爸多次说："我可以再陪你们 20 年，有 20 多种药都可以选，没任何问题。"

鲁冠球又恢复了常态的工作节奏。他身边的工作人员和公司高管又会在半夜接到他的电话，而这电话在他去美国治病期间已经静默了很久。

每天早晨，当他上班走出家门，人们在金色的池塘边又看到了那个笑呵呵地与人打招呼的阿球。

// 癌症复发

2015 年 9 月，鲁冠球飞赴美国，参加一系列重要的外事与商务活动，顺便去梅奥做身体复查。

梅奥通常在干细胞移植 100 天后做复查，鲁冠球这次赴美时间正好差不多。出发前医院做的检查显示，浆细胞低于 5%，正常。

在梅奥的复查需要做骨髓穿刺。为避免病人恐惧，通常采用全麻，而国内一般都是局麻。鲁冠球问，全麻与局麻有什么区别？美国医生说，全麻没有心理压力，但可能会影响你的思考能力。鲁冠球想到将要参加的后续活动，状态不能有一点儿受影响，便果断选了局麻。梅奥为保证手术的成功，特别开了绿灯，安排做了 20 多年"骨穿"的资深护士来做。一切都很顺利。

正是北美一年中最美的时节，秋高气爽，枫叶开始泛黄，遍野灿然。这也是手术后鲁冠球身体和精神最好的时候，他神采奕奕，参与了一系列高强度、快节奏的政商会务与访问活动。

在秘书鲍永样提供的鲁冠球日程表[①]上，可以看到他的忙碌与紧张：

2015 年 9 月 21 日

上午 12：00 搭机从罗切斯特至印第安纳波利斯国际机场

下午 3：00 考察印第安纳波利斯市绿色节能交通运输项目

9：00 启程去往西雅图

10：40 到达西雅图金镇国际机场

9 月 22 日

上午 8：00 会见中国工商银行董事长姜建清（早餐会）

9：00 会见艾奥瓦州州长布兰斯塔德

10：00 会见密歇根州州长施耐德

会见加州州长布朗（待定）

下午 3：00 参加欢迎出席中美企业家座谈会的国家主席习近平的晚宴

9 月 23 日

上午 8：00 参加习近平主席出席的中美企业家座谈会并在会上代表中国企业家发言

下午 1：30 搭机前往加州蒙特里

视察万向卡梅尔谷度假村

9 月 24 日

上午 8：30 飞往华盛顿

① 以下文字照录日程表原文，时间为美国当地时间。

下午 6：00 参加万向“十万强”晚宴

9月25日

上午 10：00 会见日本电气智慧能源事业部负责人

11：30 听取菲斯科关于公司名 / 司徽的汇报

下午 1：00 参加拜登副总统和克里国务卿联合举行的欢迎习近平主席的午宴

接受新华社、《人民日报》记者的采访（待定）

3：30 接受财新社记者的采访

在梅奥医院，鲁冠球又和他的格兹医生见了面。看他精神气色那么好，格兹很开心。

“我能喝酒吗？”鲁冠球问了格兹一个有趣的问题。

“没有证据证明你不能喝酒，只怕你不要喝。”格兹的回答充满了美式幽默。

两人相对大笑起来。

酒，于是继续陪伴着已经恢复健康的鲁冠球。即使在工作日的午间，他也会小喝几口，然后午睡一会儿。办公室边上一间无窗的斗室挤挤地摆着一张单人床与一个小桌，组成了属于他劳逸相间工作生活的标配。

2016年5月16日中午，他刚吃完午餐。忽然一阵眩晕，他重重摔倒在地，戴的眼镜跟着摔了出去，脸上磕出几块瘀青。身边秘书闻声赶来将他扶起，发现他瞬时失明，渐渐才恢复视力，但眼睛出现重影。

鲁冠球被送往医院做全面检查。医生也感突然，从美国复查回来7个多月，随访没有发现什么不正常情况，何以症状突发？

检查结果显示，发现活动病灶，有新的肿块，在第三至第四胸椎左侧、第九胸椎的右边，软组织肿块向外生长，可以确定多发性骨髓瘤复发。

梅奥的格兹医生在审阅全部病理资料后提议，将原服用的来那度胺改为泊马度胺片剂。鲁冠球从 7 月 18 日至 8 月 16 日服用一个月，但治疗结果无效。从 8 月 18 日起，他又改用苯达莫司汀针剂两个疗程。这两种药，当时国内都没有，万向美国公司派人从梅奥医院取了药直接飞回来，遗憾的是，效果并不好。

鲁冠球被迫再次踏上去往美国的航程。这次复发导致的旅程让鲁冠球家人和随队医生增加了忧郁与不安。

根据鲁冠球的病情，梅奥的格兹医生决定改用卡非佐米针剂，9 月 28 日，又连用抗 CD38 单克隆抗体针剂，这两种都是美国刚上目录的新药，人们期待会有好效果。

当药物起效，鲁冠球的症状开始缓解，指标也稳定下来。梅奥医生团队认为他可以回国继续治疗，并把药品冷藏带回去，维持这个看起来有效的治疗方案。

格兹满心希望鲁冠球能因此好起来，他与鲁冠球在病房留了张合影，照片上的鲁冠球虽然脸部略显浮肿、眼袋耷拉，但神情变得轻松，笑容亲和，与格兹的微笑共同表达了一个向好的明亮态度。

回国后的鲁冠球依然持续着在梅奥的治疗方案，似乎一切在走向好转，但意外的是，临近 2016 年年尾，快要过春节的时候，鲁冠球的脖子疼痛加剧，检查发现颈椎附近有肿块，会诊结果确定为旧病复发。

这是一次被棘手的难题所困扰的会诊，因为病人的肿块已经压迫到神经，肿块再进展便会产生严重的高位脊髓压迫，后果不堪设想。这是与时间赛跑的问题。在比较各项方案后，专家一致选择了放疗，但没有奏效。

此时，鲁冠球的骨髓功能不行了，自身已造不出血，血小板、白细胞等主要指标都太低。生命危险的阴云又一次笼罩在他身上。

// 错失最后机会

芝加哥附近的罗切斯特市温斯洛路 4604 号是一栋青灰色的单层平屋，它独立地置于路旁，鲁冠球进行最后一次梅奥治疗时就居住在这里。人字形的大屋顶下，被深蓝窗框线勾勒出的窗户明净又温馨。门前的花坛里种植有两株小叶榄仁树，细直的树茎顶着树冠，像两个绿白色的绣球在风中摇曳，迎来返回的住客。据说，这树传达的树语是“浪来知风狂，无畏任挺腰”，恰好应和鲁冠球此时的心境。

鲁冠球前几次的治疗也住在这里，它靠近梅奥，进出非常方便。

2017 年 5 月 17 日，当鲁冠球再次来到美国，也是第四次进入梅奥治疗时，格兹心头那种沉重与遗憾加重了。在已经过去的两年间，他所主持的治疗虽然用尽了可以采用的最先进药物与手段，且一度已经奏效，但最终还是没有达到预期，阻挡住癌细胞的扩散。他手里能用的招数已经非常有限了。他不禁生出一种感慨，逆天改命也许可能，但事与愿违则是人生常态，难以违拗。

当鲁冠球到医院做完第一次检查，坐着轮椅回住地时，鲁冠球在前，格兹在后，看到鲁冠球越来越弱的体质，格兹不禁忧伤地对着他的背影说：“He is fading!（花，正在枯萎！）”

在旁的随队医生一下子没听清，追问他，你刚才是说……

格兹又重复了一遍：“He is fading!”

一种浓重的痛惜之意在两位不同国度的医生间传递。

这次的救治方案，是将上次采集的第二份干细胞回输到鲁冠球体内，待骨髓恢复造血功能后接受 CAR-T（嵌合抗原受体 T 细胞免疫疗法）。这一方案见效了，病体羸弱的鲁冠球状态开始好起来，造血功能恢复得很好，脸上有了红光，虽然他依然虚弱。

病中的鲁冠球给人的感觉像他的既往，和气亲切，平静如水。再有苦痛，他也自己熬。鲁慰青问他有什么难受，他说就像有“一万只蚂蚁在咬你”。就这样，他也不叫，从不发脾气。尽管病情凶险如同排浪，但他的生命之舟像在浪静风平的海上，从容迎送每一个日出与日落。

常常是黄昏落日时，鲁冠球会与随队医生在屋前的庭院里看夕阳，聊人生。那是鲁冠球的轻松时光。他会从家乡钱塘江边的落日讲起，修自行车的经历，险些被潮水卷走的窝棚，为了要到钢材发誓戒掉香烟，做了第一单万向节出口生意，美国舍勒公司送的那只鹰雕……他几乎讲了一部万向的创业史。

他们在一起也聊过佛学，鲁冠球不认为有超越自然的主宰人生死的神奇力量。他说："我不知道明天会怎样，但我相信科学，我只找自己相信的人，医学就是科学，我就托付给医生，我知情就行，不会干涉。"

儿媳李鹂在这个夏天一直和婆婆一起陪伴照顾公公。正好暑假，在美国读书的鲁泽普也过来看爷爷。虽然病重的鲁冠球脸色很差，精神也不济，但见到孙子他就很开心。他被轮椅推着，在院子里晒太阳，正好遇到当地的一个纪念日，还放了烟花。

爷孙间有一段对话——

“爷爷，你的事业做得这么大，这么富裕了，应该好好享受生活啦！”

“爷爷可能永远不会停下来享受。”

“为什么呢？”孙儿不解。

“爷爷最初看到别人有新衣穿、有糖吃就想自己也要有，要吃饱穿暖，后来做到了。以后看得远了，想让社会上的人都能富裕起来，可以过得跟我一样好。我是农民，从田野里走了出来，就想帮助更多人，所以有了‘四个一万’……”

这番话让鲁泽普陷入沉思。

“爷爷希望你们也能这样做，给你取的名字泽普，就是泽天下，普大地呀！”

外孙女倪雪睿来看他了。看到出落得越来越俊美的外孙女，鲁冠球高兴得合不拢嘴。她这样记录她眼中的外公：

我多次去医院看望他。尽管他深受病痛折磨，但每次去他都能给我一个大大的笑容，就像我记忆中第一次看到的那样。即便是在最黑暗的日子里，外公仍能保持最好的心态。我们一家子经常围着他叫他圣诞老人，并不只是因为他的大肚子，更是因为他的天性乐观。他总是第一个开玩笑的，也是第一个被自己玩笑逗乐的。甚至隔着世上最厚的墙都能听到他富有感染性的笑声。他也像圣诞老人那样慷慨。

转眼在梅奥过去了52天。2017年7月8日，是万向集团创建48周年的日子。在今年的庆祝大会上，还能如常听到鲁冠球的讲话吗？

心牵于此的鲁冠球没有让人们失望，即使远在万里之外的异国病房。他要做一次视频讲话。他忍着疼痛用几天时间做了准备，完成了这篇重要的讲稿。

温斯洛路4604号居所的餐厅，临时布置了一个讲台。考虑到鲁冠球腿脚无力，不大能站起来，陪护的同事就让他坐着讲，并跟他说了好几次："坐着讲，不要站起来。"

7月8日，万向的员工从视频上见到了他们惦念的鲁主席，许多人流泪了。他头发稀疏，面容憔悴，体态已经十分虚弱，他的声音显然变得低哑，但他的语言却是响如重锤，激荡人心。

在这篇题为《做创造历史的勇敢者》的讲话中，鲁冠球说：

我们大家要做创造历史的勇敢者。第一，要走出自己的"舒适区"，克服困难去奋斗；第二，要学会从"零"开始，去掉光环，再立新功；第三，要勇立潮头，勇敢地去创造历史。

同志们，世界的发展，真是太快了，希望大家珍惜时间，努力工作，成就更好的自己，也开创万向更加美好的明天！

鲁冠球讲到最后几句话时，不顾身边人的提醒，想站起来，但很吃力。他双手扶着桌子，用了很大的气力撑立了起来。站在一边的秘书鲍永样赶紧过去将他搀住，发现他头上渗满汗珠，身体软得快要倒下。

在杭州会场的人们并没有看到这一画面。十几分钟的时间里，人们被鲁冠球的讲话所鼓舞，但不会想到，这是他们最后一次听到他的讲话。

在鲁冠球癌症控制的艰难时刻，格兹带来了一个好消息，梅奥被分配到了 3 个 CAR-T 临床试验名额。这是一个崭新的手段，将有可能为鲁冠球的治疗带来福音。

根据这个信息，医生组排好了采用这种疗法的时间，在接下来的一个月里，等造血功能一恢复，就用 CAR-T 使肿瘤消失。

急切期盼中等来的却不是好运气。在下一次接受治疗的 3 个公布名额中，按照美国食品和药品管理局（FDA）的要求，病人的靶向指标要求（BCMA）必须在 30% 以下，而鲁冠球在 80% 的位置上。这意味着，由于不具备该项试验的适应证，他将失去这次治疗机会，至少还得再等一个工作季。

但他的病情在急速恶化，已经等不及，并发症出现，鲁冠球被送入重症监护室，又发生感染，情况变得危急。

格兹在这个非常时刻采用了梅奥历史上从没用过的做法，再次在病人身上做干细胞的采集动员，期待将干细胞打回去，恢复功能。这本来是临床试验外被禁止使用的，但此时已别无选择。

这次命悬一线的采集并不成功。鲁冠球体内没有能够采集到干细胞，采到的全部只是淋巴细胞。当格兹走出手术室，面对鲁冠球家属，他一脸沮丧。此时，鲁冠球身体水肿严重，呼吸困难，气管插了管，在医学诊断上已属骨髓瘤晚期。

7 月底，鲁伟鼎去美国看父亲。病重中的鲁冠球对他谈了自己对于科技与生命关系的思考，鲁冠球说："探索是一定要的，科技是好的科技，能创造奇迹，科技与生命一定不会同步，也不能同步，若同步人类就乱了，人必定要死的，任何医疗风险，都要去面对。"

鲁冠球这样对儿子解释生命与时间的关系："很想活着，来完成没做完的事情，若老天给，那更好；若不给，你们要面对。我每天工作 16 小时，按每天工作 8 小时计，我已经活过 120 岁了，才有今天。"

在梅奥的治疗已经没有实际意义了，一直知悉自己病情的鲁冠球和陪护在身边的家人一致决定：回家，要活着回家，回到自己出生的土地上。

鲁伟鼎和倪频租用一架医疗专机将自己重病的父亲送回杭州。时间是 2017 年 8 月 2 日。这也是鲁冠球在中美两国航线上的最后一次飞行，距他第一次访美过去了整整 32 年。

当深灰色的医疗专机跃上晴空，尾迹云划出一条恰似长桥的弧线。

在回国的航程上，面对接着氧气、病体羸弱的鲁冠球，随队主治医生非常心痛。他从 1991 年进入医院，接触过太多病例，遇见过太多生死，但整整 3 年和病人一起经历艰难，感受着不平凡，这还是唯一的一次。他最可惜的是，最终本来有希望采用 CAR-T 疗法来转缓病情的时候，命运不济，错失了最后的机会。

他记得曾和鲁冠球讨论过医学与人类生命的话题。以他从事的血液病治疗与研究来说，太多的病症依然在疑难未解中。总是生命遇到的挑战，成为科学攻关的目标。生命的时间是如此宝贵，像鲁冠球跟他说的，要造电动汽车，要做清洁能源，要去资助更多的贫困者，有那么多有意义的事要做，哪怕多给个一年、两年也好，可惜没能在他手里实现。经过中美两国医生的多方救治，鲁冠球达到了同类高危患者存活的均位数，2 至 3 年，却没有出现奇迹，这令他遗憾不止。

在同一个航程中，鲁伟鼎的心情像舷窗外的云海波澜起伏。他想起在他出生前的那些年，从 1962 年的自行车修理铺到 1969 年组建宁围公社农机修配厂，这 7 年间，父亲终于攒出 4000 元钱的家底，开始了今天万向的创业历程，是何等艰辛？

…………

看着被病痛折磨的亲爱的父亲，鲁伟鼎在心里说："面对最大困难时，您最乐观；面对最多风光时刻，您最谨慎；面对最大需求时，您最能克制；面对将要失去一切时，您最豁达，还在惦记怎么减轻别人的痛苦……现在，您要休息了，奋斗者的休息日，原来是这样的！"一阵无比巨大的绞痛在他疲惫的心里隐隐发作。

飞机飞临杭州上空时，鲁慰芳告诉父亲，我们快到家了，下面就是钱塘江。

鲁冠球宽慰地颔首。这里是他的故乡，是他 50 多年创业创造长路的起点。他一切奋斗的苦乐，一切改变的日夜，一切挚爱的冷暖，都发生在这里。

"当华美的叶片落尽，生命的脉络才历历可见。"（智利诗人聂鲁达的诗句）如果鲁冠球的一生是一个长长的梦，那在这里的每一日便是那梦中的章节，充实又难忘。现在，把这每一章串起来，就复原了他自己，再没有什么比这更值得留恋的事情了。

离开梅奥医院前，按照鲁冠球的意愿，万向美国公司为资助旨在克服癌症的名为"登月计划"（Cancer Moonshot）的项目捐了一笔不菲的资金。因该计划受到捐助的梅奥将中国浙江大学附属的一家医院列为中国首家美国梅奥医院医疗联盟医院，在临床、教学、科研三方面全面合作，梅奥的管理系统向中方全面开放，中国病患可以直接接轨于梅奥医疗系统，并享受免费获得远程会诊的便利。

这也是鲁冠球留给中国同胞的一份礼物。

惜别：

人间不了情

鲁冠球永远留给人们的乐观与笑容

// 人生就是活个从容

这是在医院 14 楼的一间特护病房。鲁冠球靠着抬升起来的床背，在床桌上不停地书写。旁边叠着他要审阅的文件资料和要看的书籍。病房就像他的办公室，他甚至比上班还忙。上班一天全用来工作，在这里，医生看病、检查、治疗、护理几乎占去一半时间，因病痛带来的体力损耗和精神衰退又夺走了另一块时间，剩下的时间如此有限，鲁冠球除了拼命做事，不知道该怎样来支度它。

2017 年 8 月，时值盛夏。鲁慰芳把从湘湖边采来的金鸡菊扎成一束，黄灿灿的，让病房的窗台画出了清新的灵动。

病房墙上挂了几幅极有现代感的跑车广告图片。那是万向的凯莱汽车有限公司生产的凯莱增程式电动车。作为豪华电动车，它在美国市场风头正盛。鲁冠球喜欢把这部车的模型当作礼物送给来访的朋友，护士站的医生护士也收到了这款车的宣传挂历，全年每一个月份上都有凯莱车的造型图片。他愿意与大家分享他的快乐——万向有了自己生产的整车，圆了他的汽车梦。不论在美国还是国内的病房，鲁冠球都带着这本挂历在身边，他说："只要我睁开眼，就要看到这本挂历，看到万向自己的车，这曾经是我的梦想。"他的兄弟鲁冠幼来看他，带回的礼物也是这本挂历，鲁冠球对他说："我一生的心血都在这里。"

挂历上 8 月、9 月的日子被一天天划去，早放的桂花将沁人的甜香送入病房。这种季节转换带来的物候变化，很容易让人记起鲁冠球曾经写过的一些手稿——

人生

以平静心境来笑看人生的花开花落。

1999 年 2 月 16 日

草木一秋，活得不就是“从容”二字？

2012 年 9 月 25 日

心境豁达

把我们的国家放在地图上，只是一块；把我们的城市放在地图上，只是一个点；把我放在地图上都找不着。

又何必争名夺利。从容来自一种俯视的心态。在天地山水间，我们感受自然的博大和安宁，心灵也无数次被震撼、被撞击、被感动。用一种平和的心态面对周遭的一切。

2007 年 7 月 20 日

那是鲁冠球早就悟出的人生况味，且他始终以此驾驭着生命的车轮，碾过几多不平凡的岁月。那时，他正健壮如铁，精力旺盛如满弓，却已将淡定禅意融于性情，如今病入身骨、生命已不可期，更云淡风轻，不因病痛变色，不为夷险易容。

我在鲁冠球办公室翻阅他的一页页手稿，见他用软笔正楷写的每一篇内容都标明一个主题，精简如同格言。将它们连起来读，可以体会鲁冠球虽身居病室但心境依然淡泊致远——

想通

幸运的我很早时候把很多事情看清了，想清楚了，并且用一生的时间去实践，去坚持，走到今天，我感到自豪而无悔。

2013 年 7 月 5 日

去医院

凡事顺其自然，遇事处之泰然，得意之时淡然，失意之时坦然，艰辛曲折必然，历尽沧桑怡然，逍遥自由安然。

2014 年 12 月 27 日

看透

活在自由，笑在自随，悟在自心！

2016 年 1 月 9 日

笑看风云

不争就是慈悲，不辩就是智慧，不闻就是清净，不看就是自在，原谅就是解脱，知足就是放下。

2016 年 7 月 29 日

妥协宽容

妥协包容的灵魂，无中生有的道理，敬畏事物发展的无常。[①]

他会常常“仰观宇宙之大，俯察品类之盛”，游目骋怀——

① 此处原文无写作时间。

星空

低头看地忆历史，仰望天空思未来

2007 年 5 月 24 日

在深秋或寒冬，华叶落去，果实卸下，生命归于简单而平静，再面对风霜雷雨的袭击时，就显得无畏无惧，宁静泰然了。

2007 年 5 月 31 日

无穷的真理，凛然的正义，博大的胸怀，永恒的炽热

2007 年 9 月 18 日

白云嵌蓝天，绿树映大地，鬼斧开神功，功绩世代留

2009 年 5 月 20 日

他珍惜和追逐人生宝贵的时间——

法国思想家伏尔泰曾经为时间出了这样一个谜面："世界上哪种东西最长又最短，最快又最慢，最能分割又最宽广，最不受重视又最珍贵，没有它什么都不成，它使一切渺小的东西归于消灭，使一切伟大的东西生命不绝？"

时间是构成生命的材料，我们可以用时间交换自己想得到的。努力等待，耐心，不能急于求成！

他有许多对人生往事的理性概括与生存智慧的提炼——

人生如屋，信念是柱，柱折屋塌，柱坚屋固

风声雨声读书声，声声入耳；

家事国事天下事，事事关心；

风声雨声悲叹声，枉此一生；

险事难事天下事，争当勇士。

2002 年 5 月 3 日

善终

至少要守住一些“底线”，来抑制本性中的自私与贪婪，发掘内心中的善良与责任。

2003 年 8 月 5 日

一定距离

商人和权势，不可疏远，不可亲近。

一个企业家真正的朋友很少，因为你爬到了高山上，失去了过去随行的朋友，这就是当一个企业家的代价。

2007 年 6 月 28 日

这个世界最伟大的事情不是我们站在哪里，而是我们要朝哪个方向走。

如果我前进，就请跟着我！

如果我停止，就请推着我！

如果我后退，就请杀了我！

顺潮流而动，略有超前，快半步。

2014 年 2 月 1 日

你想为人类做有益的大事，至少具备两种品格：一是有眼力，二是有气度。

2014 年 8 月 15 日

谋之于众，断之于独

2014 年 9 月 26 日

财富是人生成功象征；财富是社会资源聚集；财富是一个梦想；财富是一种精神；财富是一种无形动力；财富更是生产力，促进人类进步，繁荣社会！

人生奋斗史上一瞬间。

2015 年 2 月 24 日

有形承载无形，
无形贯通有形，
以无形驭有形，
无为而无所不为。

2015 年 10 月 20 日

拼搏

苦难，是财富还是屈辱？当你战胜了苦难时，它才是你的财富；当苦难战胜了你时，它就是你的屈辱。

2015 年 12 月 12 日

他有关于生命终结与死亡的感悟——

慈善

我生来一贫如洗，但决不能死时仍旧贫困潦倒。

在巨富中死去是一种耻辱。

堂堂正正做人，

干干净净干事，

清清白白留世。

2014 年 10 月 2 日

身死而不被遗忘的就算长寿。

崇敬一个人，最好的纪念方式，就是继承其遗志，践行其理念，择其善者而从之，其不善者而改之，将其事业更好地实践下去。

2014 年 10 月 11 日

通往天堂的路有多条，但这条是最让人兴奋的。慈善。

2015 年 12 月 12 日

他对未来充满向往与期待——

把五洲四海的云水风雷空气尽数纳入胸怀

2014 年 6 月 14 日

“智慧化了”

云计算，大数据，再加互联网，将深深改变世界，一个新的时代开始了。

2014 年 11 月 21 日

中国经济航船定会风正帆悬，无畏暴风骤雨。

2015 年 11 月 8 日

谁掌握了先机，谁掌握了未来。天下轮回，大抵如此。

2016 年 5 月 15 日

这是我在鲁冠球办公室里看到的他生命中最后一份手稿。

// 托付

鲁冠球的病情在持续恶化中。唯一可以采用的治疗方法还是在美国没机会用上的 CAR-T。有信息传来，国内一家生物科技新创公司正在对此做开发性试验。情急中，鲁伟鼎赶去生产厂家，并经过与生物制药科学家的沟通，让医院同意为鲁冠球采用 CAR-T。其间，格兹和全美顶级临床医生专程飞来杭州指导 CAR-T 治疗。在中美两国专家的协力下，人们期待奇迹发生。

中秋节了，空中飘着细雨，白天 23 ℃ 的平均气温舒适宜人。

鲁家孩子们一直轮流陪在父亲身边。

有一天，看鲁冠球精神尚好，鲁慰芳问："爸，你还有没有什么未了的事要儿女办？"

鲁冠球说："你放心，没有别的未了的事。我肯定会比你妈走得早。我走以后，你妈是喜欢自由自在一个人住的，你们要随她愿，不要今天北京、明天上海，非要让她跟你们住，你们孝顺，有空儿回来看看就行。上海的二妹身体不好，你要多照顾她。"

鲁慰芳察觉不好，追着问："爸，你真的要走？"

“不是啦，爸是说说的。爸好着哩，我这一辈子还是第一次住医院，治疗一下就会回去的。”

鲁冠球这些话让鲁慰芳想起不久前在梅奥，全家在一起的情景。

6 月 7 日那一天，倪频和鲁慰娣来看爸妈。他们从伊利诺伊州的家出发，穿过威斯康星州到明尼苏达州，横跨 3 个州，要花六七个小时。这不是一次，而是每周一次啊!

公寓里很热闹，鲁慰青在，李鹂和鲁泽普在，鲁慰芳和儿子莫凡也都在，这是一次难得的家庭团聚。他们一起在罗切斯特的公寓阳台上边喝茶边聊天。外面绿茵如毯，高大的云杉连接成翠绿的屏障。那份家人相聚的温暖让人只想时间走得慢些再慢些。

鲁冠球说他喜欢吃绍兴的鱼，因为那里水好，特别是岳母家烧的鱼，更是鲜口。章金妹开心地笑了起来：“那再去柯桥吃呀！”

那天，章金妹衬衣的靓蓝底色上有大朵盛开的玉兰，让她显得年轻又明丽。她的笑靥如此纯净，让人想起 53 年前鲁冠球第一次走进她家，那个挑花边姑娘脸上的微笑。

鲁冠球不无自责地说：“这辈子，你妈最辛苦。”

“我辛苦啥呀，苦的是你呀，现在公司搞得这么好了，你还是一双空手，一分钱都没好好花过，你何必这样苦？”章金妹心疼地说。

“我呀，做事已经不是为自己，也不是只为万向 3 万员工，是为了报答社会，是一份社会责任。”

鲁伟鼎从国内飞来看鲁冠球。

这期间，父子间讲了许多，但已不再是具体的工作了。一种无言的默契早已在他们之间形成，鲁伟鼎说：“爸要说的已用他一辈子的言行告诉了我。”

鲁冠球给鲁伟鼎交代：“我要干的事业，我要经营万向，你妈 53 年一切都听我的；家里的事，我一切都听你妈妈的；这一次，我若不能过关，身后的事，一切听你妈妈的；我的医疗、差旅，包括丧事……一切费用均由家里支付，你妈妈懂的。万向到现在的程度，到那时，员工要纪念，公司如何办，一切听你跟公司高管商量决定，你妈妈会理解的。丧事一切从简，不能向组织提要求；组织有什么指示，一切服从。”

这后来被鲁伟鼎概括为“七个一切”的话，是父亲对他的殷殷嘱托。

鲁冠球还叮嘱儿子：“要多关心妈妈。家里的事，要听李鹂的。三个姐姐要照顾好，爱护好，两个孙子一定会好，要他们善良发展。”

7月8日，就在鲁冠球发表《做创造历史的勇敢者》讲话的集团成立庆祝会上，集团还宣布给一位老员工以万向“终身员工”的称号。

“终身员工”是万向给予在集团内连续工作20年以上的先进劳模、立功人员和有特殊贡献的员工的称号，享有特别待遇，惠及终生。通常每三年会评出一位。在万向的以往记录中，一共有13位员工获得过这个称号。

鲁冠球设立的这项荣誉是为了褒扬在万向发展历程中出现的阶段性先进典型，给员工树立一个可学可追的榜样。他也常拿这个来激励员工，要他们努力，做好本职工作，建功立业。

这位老员工就得到过鲁冠球这样的勉励，他之前很希望能得到“终身员工”称号，也曾为此找过鲁冠球。病中的鲁冠球一直惦念这件事，他说“员工无小事”，他曾答应这位员工，条件够了会考虑。既然答应过的就要说到做到。为此，他在美国特别做了批准文件，用颤抖的手签下了鲁冠球三个字，然后嘱咐秘书用快递寄出，好赶在8日庆祝会上宣布。

8月的一天早晨，正在长春出差的管大源接到了鲁冠球的一个电话，听得出他声音低沉，很疲惫。他说的是，万向钱潮周边的农民房正在拆迁，原住户要外出过渡5年。这样导致在附近租房的万向员工会遇上房子难租、租金提高的问题，生活成本会提升，看企业该怎么去关心他们，要在员工年收入分配时有所考虑。他关切地说，这些问题不解决好，员工不安心，会影响工作。

管大源从1980年进入万向工作，几十年间，从普通员工到公司高管，不知接过鲁冠球多少电话，他想不到这会是鲁冠球给他的最后一个电话，而且说的是管理者容易疏忽的基层员工利益问题。

陈军最后一次接到鲁冠球的电话还是他在美国治病时打来的，鲁冠球问：“客车你搞得怎么样了？”陈军知道鲁冠球问的是纯电动客车的批量生产问题。鲁主席身在国外，病得那么重，却依然那么牵挂电动汽车的生产，这让陈军心里久久不能平静。

2017 年春节前，鲁冠球得知万向的乘用车制造资质都已具备，便让陈军把资质批文用相框框好，马上给他送去。他高兴地说：“太好了，可以造车了！”

李平一最后一次接到鲁冠球的电话是在 2017 年 6 月 1 日的上午，当时他在万向钱潮三楼会议室开会。电话是从美国打过来的，鲁冠球用很虚弱的声音说：“平一啊，万向钱潮汽车零部件基地的地块找得怎么样了？最后定在哪里？”

李平一明白，万向从汽车零部件起家，鲁主席关心的是它未来的跨越式发展。今后万向在清洁能源、动行智控、轴承技术、底盘技术等方面都会有很大突破，但像鲁伟鼎说的：“汽车零部件永远是万向压箱底的产业。”

鲁冠球说：“你们尽管放手去找，搞它几千亩地，造一个新的发展园区，把它建成最现代化的、在国际国内都成为示范的汽车零部件生产基地。”

如今，这个基地已经在绍兴滨海新区落户，1200 亩的未来园区将把鲁冠球的念想变成现实。可惜，他没能看到。李平一在回忆那次电话时惋惜地说。

2017 年 4 月，莫晓平接到鲁冠球的电话，他感到主席很急。那时，鲁冠球马上要去美国治疗，电话里他说：“这事你们要快！”

这要快做的事便是鲁冠球的《讲话汇编》印行。这本书稿汇编的是万向成立以来，特别是 1999 年以来鲁冠球的重要讲话，不久前已将大样交给了他审阅。病重中的鲁冠球仔细地阅完后同意付印，说他希望能早点看到这本汇编。

鲁冠球曾经写过这样一条手稿——

高峰

百分之九十九的人登上山顶是为了一览众山小，百分之一的人则是为了看清通向更高峰的通道。

在本书写作过程中，我的案头一直放着这本《讲话汇编》，不时翻阅。如果对应鲁冠球以上关于登峰的文字，我的阅读直觉告诉我，它就是一部踽踽独行的登山者的思想笔记。20 世纪 80 年代，从“田野大本营”出发时，中国的农民企业家是一个很大的“登山群体”，在大工业与大时代的群山间，各自寻找登山的路径。当爬上了一个山头、一座山峰，很多人驻足了，满足、陶醉于“一览众山小”。只有少数人无意览胜，不懈追求，又去寻觅走向更高山峰的通道，留下的是每一程走来的“思想行囊”。

鲁冠球的《讲话汇编》就是“行囊”的集束。里面每一段文字都记录着他与时俱进的思考轨迹和行为目的，很具价值。他一定很想留给后人，留在被记录的历史之中。

9 月 25 日，病中的鲁冠球看到了当天发布的一个重要文件《中共中央 国务院关于营造企业家健康成长环境弘扬优秀企业家精神更好发挥企业家作用的意见》（以下简称《意见》）。这是中央首次以专门文件明确企业家精神的地位和价值，意义非凡。文件提出了诸多具体措施，来保障企业家在良好的法治环境、市场环境和社会氛围中，更好地施展才能，建功立业。这对一生为企业谋发展，为社会尽职责的鲁冠球，实在是一次最好的精神抚慰与激励。

鲁冠球将文件读了好几遍，一夜思考，写了《时代契机，我们没有理由错过》一文。这也是他生前公开发表的最后一篇署名文章。

回想我们这代人的创业梦，从被当作“资本主义尾巴”东躲西藏，到在计划经济夹缝中“野蛮生长”，再到改革开放中“异军突起”，以及在全球化中无知无畏闯天下，可以说是跌宕起伏。

虽然，我们不再年轻，但我们的企业正朝气蓬勃。今年是小平同志“异军突起”谈话发表30周年。《意见》的发布，让我们再一次感受到“异军突起”时代机遇的到来。所不同的，不是乡镇企业在中国的“异军突起”，而是中国企业在世界的“异军突起”。

他特别提到，《意见》对国有企业领导人员、民营企业和外商投资企业等非公有制企业负责人、职业经理人都一视同仁，防止了基础性偏差，遏制了社会各界对民营企业、民营企业家的误读、误解和误伤。

他感慨于《意见》对企业家的“正名”，解除了他创业几十年来始终隐伏于心的担忧与顾忌，感到有一股“难以置信的力量”“深入人心的力量”在身上涌起。他这样告诉自己，告诉同时代的企业家，也告诉万向员工：

苦想没盼头，苦干有奔头，面对中国企业在世界“异军突起”的时代契机，我们谁都没有理由错过！

人类与癌症的抗争总是呈现着如此不可预期的态势。当人们期待CAR-T能带来乐观的疗效时，很不幸，鲁冠球的病症却进一步恶化，骨髓功能衰竭，造不出血来，感染无法控制，情况是如此严重，医生组已束手无策。

这是10月24日的夜里。鲁冠球已经处于昏迷状态，但还能对家人的问话给以情绪的细微回应。家人一夜守在他身边，没有离开。夜很长，但他们觉得陪伴时间很短。

章金妹和儿女们知晓鲁冠球的心愿，他希望回家去，在还有心脏跳动的时候。

第二天，25 日上午，鲁冠球回到童家塘的家，这是他生命出发的地方。他心跳微弱，但平静安详，似在熟睡中。

当监护仪上的生命体征指标归零时，墙上挂钟的时间是：2017 年 10 月 25 日 12：15。

家人陪伴在侧。鲁冠球走完了七十四载的人生路程。

// 天上的那颗星

10 月 30 日，凌晨。深秋的寒意已浓。天未破晓，鲁家门口那个曾经金色的池塘——汤锅池，在黑云下一片墨色。清早起来给鲁冠球送行的人们感觉很冷，他们瑟瑟发抖，皮肤起紧。

鲁冠球追悼会在上午 8 时举行。一早，鲁冠球的遗体被移往设在万向集团公司多功能厅的会场。从童家塘的家到会场近 10 千米的长路上，满是前来送别的人。他们大都不是万向的员工，是沿途企业的职工、居民，他们自发前来，只是为了送别心中的一位邻居、老乡，一位好人。

晨昏的路灯下，由蜡烛、白花拉成的一条光道，一直延伸到万向。条幅、挽联道出了人们痛悼的心声。有一条黑底白字的横幅上写着："感谢您为我们留下美好的一切！"

举行追悼会的多功能厅，也是鲁冠球 48 年前创办公司时居住的地方。当年风华创业时，归来已是报国驱。

鲁冠球的遗照依然留着他生前和蔼亲切的笑容，面对他终生热爱的亲人与员工。

大厅两侧悬挂着巨幅挽联——

复兴先驱民企巨擘传奇人生生如钱潮名天下

时代楷模国家栋梁大德流芳芳播万向定春秋

全国人大常委会委员、全国人大财经委员会副主任委员、浙江省原省长吕祖善致悼词。悼词这样概括鲁冠球的一生："他以一个农民的赤子之心，把发展企业、造福人民、奉献国家作为自己的毕生追求，为此倾注了全部心血。"

悼词称赞鲁冠球是改革创新勇敢的开拓者、走向国际卓越的先行者、清洁能源执着的探索者、以工促农成功的实践者、回馈社会真诚的毅行者、共产主义坚定的追随者。

鲁伟鼎代表家人致了答谢词。

在这篇题为《最可爱的父亲》的答谢词中，他深情地说：

> 家父生前最怕麻烦别人，他一定没有想到，他仙逝的那一刻，还是给大家带来了麻烦。像今天的堵车，像这6天来大家的悲伤，以及喷涌而出自发的纪念、悼念、怀念等，仿佛夏日雨后最耀眼的光芒，都集中在了父亲的身上！他给我们的家庭，给妈妈，给姐姐、我和孙子辈等亲人，带来最深切的痛！家父作为丈夫、作为父亲、作为爷爷，他是平凡的；作为男人，天知道……他是最可爱的！
>
> 父亲的专注，一直让我认为，他创建的万向，是他的"儿子"，是我的哥。在他完成第一次治疗、恢复健康以后的一年，他拼命地工作，他在争分夺秒地安排万向的未来！每当治疗遇到危险时，他想得更多的，不是我这个儿子，而是这个叫万向的"儿子"。我终于明白，这才是他的"大儿子"。面对离去，他最牵挂的，是把更好的万向留给我们，留给大家！
>
> 最可爱的父亲，将他宝贵的碎片化时间汇集起来，确定万向的勇敢者战略是：电池、电动车、创新聚能城、应用型理工类研究机构。

最可爱的父亲，他多想看到，儿子与大家一起，去引领（万向）这个“大哥”前进。我们没有停止过，我们一直在进行时，我们已经领命，我们一定会实现您的梦想。到那时我又怎么去找您呢！

我一直是一个快乐、认真、没有压力的人，现在，当您不找我们的一刻，我感到沉重了。我要找到意义！最可爱的父亲的精神，是万向事业的推进器，是全体万向人接力奋斗一生为之前进的目标。

最可爱的父亲，您与天斗，与地斗，与自己斗，最后与细菌斗。那就让我们万向人，给天更蓝、地更绿、水更清、空气更清新加力，好帮助您实现胜利！

最可爱的父亲，他自己勇敢地飞走了，飞到另一个星球了。儿子我只能去研究宇宙学了，到另一个空间寻找，一定会有一颗“鲁冠球星”的。那时，我就找到，我最可爱的父亲了！

当人们从摆满鲜花的廊道中缓步穿过，来送别他们心目中的英雄、创业家、成功者、哲人、道德楷模时，有许多关于鲁冠球的印象也在回忆的廊道中穿过。

鲁冠幼永远忘不了和兄长鲁冠球相处的每一段光阴。

有个借用弟弟自行车的故事。那是 1965 年，鲁冠幼 19 岁，被招到笕桥机场部队营房股做木工。他攒了 4 个月工资，花 170 元买了辆飞鸽牌自行车。那时，鲁冠球还在打铁铺，刚开始创业不久，没钱买车。看到兄弟有了车，就来了个合用——周一一早骑车把兄弟送过去上班，周六再去把他接回家，其余时间就自己骑着车去跑业务。接送的路程穿越杭州城区，要两个多小时，鲁冠球就风里来雨里去地骑了几年。

后来，业务好起来了，鲁冠球有了一辆三轮皮卡车。司机在前面“嘟嘟”地开，鲁冠球就坐在放在后面车斗的藤椅上出去办事。鲁冠幼骑回了自己的自行车。有一回，他骑在鲁冠球的三轮皮卡车后面，看到前面车子下坡时翻了车，鲁冠球连人带藤椅翻了出去……

“我哥创业难啊，可他是超人，意志坚强！”鲁冠幼说着说着，热泪盈眶。

讲到车子，陈光祖有另外一个故事，但那是关于马车的。

1979 年，在山东胶南开的全国汽配订货会上，鲁冠球的萧山万向节厂因为是乡镇企业，在计划外，没有正式展位，参展人员也进不去。本书第二章“头顶泼来一盆水”一节记载了这件事。鲁冠球急呀，他想挤进去又没办法，最后几经周折找到了陈光祖，他当时是中国汽车零部件工业公司副总经理。陈光祖被鲁冠球的真诚所感动，就破例给了他一个临时摊位。当时，陈光祖的同事有意见，批评他怎么给一个农民厂长临时摊位。其实，陈光祖对乡镇企业很有好感，特别是看到一张照片，更让他感动。

这张照片是当时在场的一位中国香港记者拍的——鲁冠球把陈列有各种万向节的玻璃展柜用马车拉到了会场外，可就是进不去。一辆马车，装载着产品展柜，也装载着一个农民企业家的创业愿望，即使在今天，这也是令人怦然心动的画面，它能感动陈光祖，是在情理之中的。

很久以后，在一次会议晚宴上，鲁冠球特意向陈光祖敬酒，感谢他当时的“放行”。而在陈光祖看来，浙江人那种千方百计寻求创业机会的特质，在鲁冠球身上得到了生动体现。

曾有人赞扬马云：“世界上多数人是看见了才相信，只有少数人是相信了才看见。”那是一种先见的慧觉，能让选择坚定在预知与前瞻中。马云认为这句话用在鲁冠球身上再合适不过，他总是先人一步在引领着潮流。

作为浙商的新一代，时任浙商总会会长马云说：“要说鲁老身上最鲜明的东西是什么，我想就是他骨子里那种与生俱来的企业家精神。当年很多人都在说‘不要把鸡蛋放在一个篮子里’，鲁老不一样，他说‘要把鸡蛋放在一个篮子里，然后死死抓住这个篮子’。浙江遍地老板，富了一批人，在价值取向发生重大分歧的时候，鲁老又站出来说，企业家不能‘满了口袋，空了脑袋’。他那种‘虽千万人吾往矣’的洞见和气度，是真正的企业家精神。”

鲁冠球的一个生活细节让全国政协常委、全国工商联副主席南存辉觉得有趣又可亲。鲁冠球喜欢带着一把小酒壶，里面装了洋酒，他吃着花生米，笑称这是“中西合璧”。在南存辉看来，鲁冠球的创业历程也是一个典型的立足中国浙江、放眼全球的“中西合璧”，他为民营经济创造了无数的“最早”：他是最早具有产权意识的企业家之一；他是最早拥抱资本市场的民营企业家之一；他是最早在海外探索“以股权换市场”的民营企业家之一；他是开创中国民企收购海外上市公司先河的民营企业家之一……可以说，无论是在理念创新、产品创新、技术创新、管理创新，还是在金融创新、走出去创新等方面，鲁冠球都有不凡的建树。而支撑着一个个“最早”的内核动力，除了有他对商业世界的明锐洞察、敢闯敢拼和远见卓识之外，更有着艰苦奋斗、锲而不舍的工匠精神，以及对责任的坚守、梦想的坚持。

在追悼会现场摆满鲜花的廊道上，有许多人从外地赶来，就为给鲁冠球送上一丛鲜花，道一声永别。有一位受到万向资助读完大学的女生从几十千米外的富阳坐车过来吊唁，陪她来的爷爷手里提着一篮鸡蛋。有的受助学生现在已经创业有成了，从大老远开车过来献上一盆自己精心栽培的鲜花。有一位单腿的残疾修鞋匠，拄着拐杖过来告别，感谢鲁冠球早年曾经给予他的经济资助。受到万向“四个一万”捐助的人们，闻讯自发在住地为鲁冠球设灵堂送行，那份深深痛惜的情绪弥漫在辽远的疆土之上。他们并不认识鲁冠球，甚至很多人，如泰顺大山里卓宅村的老人蔡月英，都不知道鲁冠球的名字，但因为他们受到过他的恩泽，也一掬痛悼之泪。

在美国伊利诺伊州，在万向美国企业所在的很多州，成千上万的员工为鲁冠球送上了悼念的花束。

在纽约也有一场追思会。

许多来宾向白菊花簇拥的鲁冠球遗像献上花束，他宽厚纯净的笑容感染着每一个人。

美国联邦参议员托马斯 · 卡珀不禁感慨：“多么可爱的人啊，你的离世让我感慨万千！”他赞扬鲁冠球的艰苦创业精神给他“极大的影响”，鲁冠球“展现出的极大的能量和热情”，使他们之间的情义“已经超出了商业利益的范围”，成为“自始至终的朋友”。

美国商务部前部长普利兹克称赞鲁冠球是一位“非常特别的人”：“他是一位不平凡的企业家，建立了一个世界级企业。”她回忆和鲁冠球在一起的美好时光，称被他“热情、睿智和坦率以及极富感染力的开怀大笑”而感动。

美国特拉华州州长约翰 · 卡尼回忆 2014 年鲁冠球访问特拉华州时他们的相识，称赞鲁冠球作为商业领袖“具有超前的眼光，为万向在美国的主要投资铺平道路，为这个国家创造了成千上万个就业岗位”。他的“慈善事业已经帮助了不计其数的中美民众，留下了值得骄傲的仁慈和慷慨的遗产”，人们“一直深深怀念他这位朋友”。

在鲁冠球就医的梅奥医院，医护人员都对鲁冠球的去世感到悲伤。吉姆 · 德理斯科代表他们说，鲁冠球“那慈祥的笑容、高尚的人格魅力、似火的热情、睿智的眼光以及无尽的活力，深深地激励了我们所有有幸与他在一起的人，激励我们成为更好的人”。

当我们在追悼鲁冠球的鲜花廊道上看不够千万素华、说不尽绵绵情思时，该请鲁冠球的至亲、一个美丽女孩来做结语了。

她是倪雪睿，鲁冠球外孙女，随她父母倪频、鲁慰娣在美国长大。

她沿用舅舅的说法，说去天堂寻找“鲁冠球星”了。

她在追思中这样开场：“外公，天堂里的人一定是遇到了可怕的事情，才会让你早点儿去帮忙，我知道你在天堂也一定会获得成功。”

在她的眼中，外公鲁冠球是这样的富有与博大——

最好的老板不是老板，而是领导者。他睿智深邃，通过信任和尊敬所建立的权威下保持着一颗无私奉献的心。他和蔼可亲，拥有如此强烈的同情心，让人情不自禁地受到感染与激励。这就是我眼中的外公，执着但又开明，乐观但又现实，骄傲但又谦虚，他高瞻远瞩，无畏无惧，坚定执着地把他的梦想变成现实。

他的能力不是简单地提升人们的期望，而是激励别人，让他们相信自己，发掘自己，并真正成为自己命运的主人。他能洞察别人内心的火花和潜能，并将它们转化为光芒四射并熊熊不尽的火焰。他从不相信别人因他而变得伟大，因为他坚信每个人的伟大与生俱来。他能够发现别人自己发现不了的优点，并在别人几乎要放弃的时候选择继续相信他们。通过自己的勤奋和同情心，他总能激发出别人的优点和潜能，他那永不停歇的激情激励大家走得更远、飞得更高、爱得更深，从而挣脱思想的枷锁，把每个人造就成为他们自己的伟人。

当事情进展不顺、遇到挫折时，他愿意承担责任；而当事情步入正轨、走向成功时，他乐意分享成果。他孜孜以求帮助他人丰富他们的人生，有时候，这可能意味着他必须以牺牲自己的一切为代价。对于外公来说，他所追求的不是功名利禄，而是不断提升自我，为下一代创造一个更加美好的世界。

我永远忘不了他那极具感染力的笑声和具有超凡魅力的激情，他将对生活的热爱分享给每一个他遇见的人。他最大的财富和遗产不在于他所拥有的金钱或所创立的公司，而是他留给我们所有人的自信、勇气和榜样，使得我们在未来的每一天都能够与辉煌相伴。

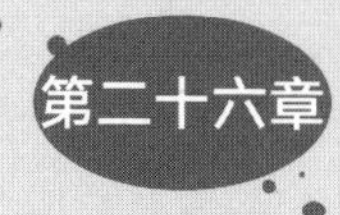

三年祭：

寻思那一束光

鲁冠球在办公室工作中

// 永远的董事局主席

鲁伟鼎悄然走进鲁冠球的办公室，那天是冬至，早晨的阳光淡淡地洒进来，照在半边墙面上。办公桌上筐箩里的佛手果刚替换了新的，皱皮如手的果实鲜黄有光，溢出满室清香。物件、文件，一切摆放都跟原先一样，连墙上的“重点创新工作计划表”都依然做着进度的更新，就像他爸一会儿就要回来一样。只是桌上的台历翻在 2017 年 10 月 25 日，不动了。

他在等待早上 8：00 上工铃的响起。每到这时，早早就到了办公室的鲁冠球一定会站在窗前，看着员工从正对的公司大门哗哗地进来，没有缺过一天。他听他爸说过：“这是我一天最开心的时候，员工是最大的财富，要照顾好。他们来做工赚点儿钱，不容易，平安最要紧，开开心心上班，平平安安回家。平安啊，始终是我头上一把刀。”这时，他会转身回到墙角前，将一炷清香点上，插在冰箱上的铜香炉里，为平安祈福。只是今天，香炉不冒轻烟了。

他想打开窗沿下的电视机，定在央视新闻频道，这是他爸的“规定动作”。只要人在办公室，电视机就会一直开着，到下班。他已经完全习惯在全球信息的交汇氛围中处理他的日常事务，虽然他一直没离开家乡萧山，但早已将世界拥在怀里。可惜今天，电视没打开了。

鲁伟鼎和全家人一直陷于巨大的悲痛与失落中。

鲁冠球去世后的当晚，鲁伟鼎在给一位朋友的语音留言中声泪俱下地说，他被社会上下对于他爸去世的关切而感动，也被他爸留给人们的巨大影响而震撼。在民营企业的家族传承上，别人接的班常常公司麻烦一大堆，万向是既无内债又无外债，还有这么多资源可以去发展。他说："我好幸运，越想心越酸，更想我爸。以前觉得赚钱简单，没有压力感，只要照着爸定的去做，什么都有了，现在感到无助，一下子茫然了。"

有一晚，老友朱海带了一首他写的新歌来看鲁伟鼎，歌名叫《只想对你说声谢谢》，是为纪念改革开放40周年而写。他说在歌词里，他深情面对的就是鲁冠球和家乡的那群改革者——

我想和你聊聊天 在这个春天
停下脚步一起忆当年
多少他乡路 梦回到天边
多少思念 杯中把月圆
我想和你见个面 在这个夜晚
花开花落 往事风吹散
多少坎坷泪 男儿不轻弹
多少英雄 沉默在眼前

相信命运会改变
只想看看你变没变
温暖如初见 历经似水流年
彼此回望幸福多一点
相信奋斗会改变
因为有你在身边
感动一瞬间 再见沧海已桑田
只想对你说声谢谢

温婉暖情的旋律在室内回旋，鲁伟鼎感动得泪流满面，他的心里，是从漫漫长路上把他和万向带到今天的父亲，回望每一天的幸福，只是“因为有你在身边”，现在，你走了，不在身边了。

鲁冠球的外孙莫凡这样写道：“外公去世后，我身边永远缺失了一个我信任的智慧的声音，就像是一艘大船在心里沉没了，我曾经并没有意识到这实际上我深深依赖的庞大力量，就这样消失了。”

这种失落感包裹着鲁伟鼎，也包裹着万向人。

从萧山到更远的地方，人们有担忧，鲁伟鼎能挑好这副担子？万向会依然是从前的万向？家里后院会不会起火，上演曾经看得太多的“豪门恩怨”？

2017 年 11 月 3 日，万向集团董事局召开特别会议，会议在通过由鲁伟鼎接任万向掌舵人的同时有个重要决定，万向集团董事局主席职务的称谓作为对创始人鲁冠球的尊称和纪念，将被永久保留。

这么多年，人们习惯了把鲁冠球叫“主席”，这个出于敬重的决定很得人心，大家觉得鲁冠球还在他们身边。

鲁伟鼎同时告诉自己，要用三年时间来好好思考，好好践行，在至静的心境中，缅怀父亲的过往，梳理他的思想，读懂他的作为，在自省与琢磨中去回答一直萦绕于心的四个问题：“鲁冠球开创的万向事业如何继续向好？他开拓的万向全球化道路如何拓宽？他开创的万向文化如何传播？他创造的万向财富如何苟日新、日日新、又日新？”

这番世代交替之间，让人想到奥地利作家斯蒂芬·茨威格关于一位杰出人物出现于一个决定命运的历史性时刻的那段话：“无比丰富的事件发生在极端的时间里，一如整个太空的电聚集于避雷针的尖端。平素缓慢地先后或平行发生的事件，凝聚到决定一切的唯一的瞬间。”“人世间数百万个闲暇的小时流逝过去，方始出现一个真正的历史性时刻，人类星光璀璨的时辰。”①

如果鲁冠球和他的万向是一颗璀璨的星星，那么此时鲁伟鼎就需要回到他得以出现的那漫长时光，向历史寻求答案。

鲁伟鼎这样叙述：“从我爸一去世，给他换上传统的寿衣那时起，我在家里的三楼就不大下来了。我妈按当地风俗，嘱咐我不出远门。为了让妈妈每天都看见我，我每晚都回家，除了多陪陪妈妈，唯一的心愿就是在这段特殊的时间里，万向能平平稳稳发展。”

在家里的书房，鲁伟鼎就在他爸用的桌子上静静地读写，守着背后父亲的骨灰盒。“我妈也很自然，说你要放就放着吧，我没关系。”鲁伟鼎解释说。

向来好静、喜欢独处的鲁伟鼎此时更深居简出，他说“最好全世界把我忘了”。

鲁伟鼎的内心一度很自责：“我爸把他的医疗都交给了我，我在选择就医地点和治疗方案上是否有什么不妥？如果当初不去美国，而在国内，用中国的医疗技术包括选用中医中药，能不能出现奇迹，延长父亲的生命？”

哪个做子女的不想自己的父母多享天年？对于鲁伟鼎而言，在万向的事业平台上，25 年与父亲朝夕相处，须臾不离，那种情分至深，更想让父亲的生命多留些日子，自己好好来尽孝。如果天不绝人，如上海有同样的病例存活了 5 年，父亲若有这 5 年，可做多少事情？可是“天”在哪里？

事后的推想夹着无尽的懊丧，一直萦绕在鲁伟鼎心间，挥之不去。尽管他明白后悔无补，且是一种比损失更重的损失，但因失去至亲而极度悲痛的他依然陷于悔情之中。

---

① ［奥］斯蒂芬·茨威格：《人类群星闪耀时》，潘子力、高中甫译，长春：时代文艺出版社，2018 年，第 4 页。

越在这个时候，鲁伟鼎越是觉得，父亲的内在精神世界是可以被感知、感悟到的。他炯炯有神的坚定目光里，有他内心执着的力量；他的言谈举止中，有一种很强的气场在感染人；握住他柔软宽厚的手，可以感受到他待人的那份平和与真诚。他的意志，坚韧如山一般；他的包容与自信，又如水一般的宽和。他独有的人格魅力总在平实的善良之心中显现，他的精神境界，表达了长期的修为和恒久的坚持。

“三年闭门思考，三年夜不能寐，三年不辍自省。”鲁伟鼎这样描述在鲁冠球去世后他的三年。为了求得对父亲的认知，找到解题的答案，他“问自己，也问别人，曾问和他一起共事的领导、同事，也问年青一代自觉追寻他的人，不仅问卷于主席留下的遗作，更问行于主席生前的足迹”。

鲁伟鼎在鲁冠球去世后首次露面于公共场合是在 2017 年 11 月 11 日，他以万向集团党委书记、董事长的身份参加了浙江省民营企业家座谈会。他在演讲中说，万向已经决定，要走出“舒适区”，做好艰苦奋斗、接力奋斗、永远奋斗的准备；坚定从“零”开始、争创未来辉煌的信心和决心，做创造历史的勇敢者！

2018 年 2 月 8 日，万向集团举行 2017 年度总结表彰会，鲁伟鼎发表《让历史告诉未来》的长篇讲话。他说：“万向 49 年历史在奋斗中书写，在实干中积累；49 年光荣，靠奋斗来成就；以奋斗为本、以奋斗为先，我们别无选择！时间是伟大的记录者，让我们的奋斗和成功，通过历史告诉未来。”

“奋斗”是人们从中读到最多的两个字，它让万向人在失去中找到了期望的充实。

三个月后，2018 年 5 月 9 日，在浙江省对外开放大会上，鲁伟鼎以《从世界返回田野》为题的演讲，再次表达了万向接任者的抱负：

传承实力是传承责任，传承舞台是传承担当，传承精神就是要传承开放，走过了万水千山，我们仍会跋山涉水，“世界如此之新，一切尚未命名”，不负关怀期待使命，不辜负伟大的新时代！

// 回炉

鲁伟鼎在阅读鲁冠球的记事本时被其中一段话深深吸引。它用大字写于扉页处，时间当在2012年——

一 想不通 为什么辍学去工作

二 想不通 为什么精简回来

三 想不通 为什么东躲西藏

四 想不通 为什么勤劳被封

五 想不通 为什么不允入党

六 想不通 为什么（成了——笔者注）新闻人物

七 想不通 为什么要走出去

八 想不通 为什么是党代表

九 想不通 为什么是人（大——笔者注）代表

十 想不通 为什么要整死我

十一

在列举了一系列的“想不通”后，接下来，鲁冠球又写了以下几行字——

理解万岁

忍、静、思

学习、学习、再学习

学古、学今、学未来

宇球（宇宙——笔者注）：地球、月球、星球

鲁伟鼎的目光长时间停留在这些字里行间，内心有一股震撼的力量涌动起来。它重要，因为它真实告白了父亲人生中的一些关键性节点，令他刻骨铭心；还在于它透露了面对人生挫折、坎坷和变化时父亲所保持的心态与应对，而这些，鲁伟鼎从来没有听父亲这么清晰明白地向他说起过。

那就按着父亲“想不通”的路标，回望他 70 多年来的人生路。

因家境困难，刚念到初二就辍学了，那年鲁冠球才 15 岁，进了县里铁器社当学徒，失去了继续求学的机会，这注定了他将与读书升学、离土离乡改变农民身份的出路分道扬镳。1961 年，他被铁器社精简，在城镇当工人的梦想破碎了。开修理自行车铺、办粮食加工厂，这些在今天看来再合理不过的基本谋生行为，在当年被当作“资本主义”而遭挞伐，经营者被迫东躲西藏。个体勤劳致富的出路被封堵，寻求政治权力资源对乡村自由经济行为的保护成为无奈之选，但从业者依然难以摆脱被歧视的境遇。这里的每一个“想不通”都留着那个时代的投影，勾画出一个农民在特定经济体制和政治空间下探路前行的每一步艰难。

党的十一届三中全会以来的改革开放，给包括鲁冠球在内的中国农民带来了改变命运的历史性机遇。作为乡镇工业化的开拓者和创造者，鲁冠球从田野走向世界的创业成就受到党和国家的重视与肯定，他获得的荣誉与地位在同时代农民企业家乃至整个民营企业家中都是崇高无比的。这种转折凸显的反差同样也让鲁冠球“想不通”，那是一种超乎自我预想的人生逆转，他需要去适应它的来临，并时刻准备在盛名之下经受各种严峻的考验，保持他的事业长青。

意味深长的是，鲁冠球写了十个“想不通”，在第十一项下，做了留白。他是还没有想好写啥，还是预留了空间，示意未有穷期的“想不通”？

对“理解万岁”四个字，鲁伟鼎是这样理解的：一个想要摆脱贫困的农民在他起步时，只是希望找到一口能解渴的井。但走着走着，他发现自己面对的是崇山峻岭、风雪泥泞，他要被动地去接受时代变迁降至个体身上的彷徨、痛苦与磨难。要么走向大江大河，那里江山无限；要么在市场竞争中败下来，湮没于草野。在这样的时刻，还有什么比主动地去“理解”更能掌握自己的命运？

这份“理解”，使鲁冠球对大变革时代的洞察，对改革开放的认知，对中国特色社会主义的实践，总是自觉地率先力行，无论风云怎么变幻，他心中有党，信仰不变，使万向“始终处于一个领导潮流的地位”。

鲁冠球用“忍、静、思”三个字叙述了达至“理解”的途径，这三个字也是他行事处世的座右铭。

忍，容忍，坚韧，是气度，也是气概。

静，是气场，是一种修为的状态。

思，是气韵，是智慧与力量的来源。

这三个字，让我们得以循此走进迷人的东方哲学之门，感悟到一种深长的中国智慧所在。它与本书第十六章的叙述，即体现在鲁冠球身上的中华传统文化的积累，包括他的善恶观、践行观、和合观，存在着天然联系，归于同一条长河。

而支持这三者的，是不间断地“学习、学习、再学习”。

鲁冠球的一生，从来没有停止过学习。他纵览古今，思接未来。他的知识容量在企业走向现代管理和国际化的过程中不断扩大，他的思维趋时更新，最终达到对市场规律、人生规律和社会规律的自在认知与自如运用，进入超越常态的一种境界。

他的视野与胸襟，也因此扩及很远的空间，在超然于尘世的修炼中，让伟大在平凡中产生出来。他写的“宇球”二字在萧山话里与“宇宙”同音，所以那里有“地球、月球、星球”。

鲁伟鼎这样回忆他印象中勤学的父亲：“1985 年、1986 年那个时候寻求发展时，他听得、看得多了，还在浙江大学学习过。他跟那么多各级领导打交道，人家那时有的已经六七十、七八十岁了，他才 40 岁出头，学到很多东西，境界已经不一样了。不能忽略的是，他出国也多了，他到挪威、日本学习，而且很早就跟美国人打交道、做朋友，他的眼界很宽了。等把担子交给我，他那时也就 48 岁，他已经明白，他所做的已不完全是为自己，他更想为社会、为更多人做事。”

鲁冠球列举的这些“想不通”，是在特定历史环境下发生的，也是产生鲁冠球精神的社会土壤。鲁冠球的事业开始于三年困难时期，积累于计划经济年代，迸发于改革开放时代。鲁冠球时常说，自己是“穷”字里逼出来，“田”字里跳出来，“卡”字里冲出来，“干”字里站起来的。由此，鲁伟鼎认为，这一切都归结于一个“创”字——“创”字里强起来。鲁冠球作为万向创始人，创——创造、创业、创新，是他的追求与品质，也是他生命之所在。创始、创始，有“创”才有“始”，才有万向的今天和未来。作为接任者，鲁伟鼎用心记住了鲁冠球的话：“天上不会掉下馅饼，地上没有免费的午餐，从来没有救世主，一切靠我们自己。”

过去，鲁冠球是万向的靠山，靠着他，鲁伟鼎可以安心地待在舒适区，现在不同了，要靠自己。靠什么？靠产品、靠服务、靠技术、靠市场……靠不靠得住？能靠多久？鲁伟鼎进一步懂得了，企业不只要注重物质成果，更要注重精神生产，要有思想支持。那思想在哪里，如何赓续鲁冠球开创的事业？鲁伟鼎不断地问自己。

三年间，鲁伟鼎经历了深长的思想回炉。他说：“三年里，我怀念家父，我在不断归纳，有没有他想做的，我漏掉了？他在意的，我忽略掉了？我不用去费心思猜测我爸到底怎么想，他也没告诉我要怎么做，我理解，现在这些东西都是他要做的，创新聚能城是他要做的，清洁能源是他要做的，我任职 25 年来在他领导下做的，也就是他要做的。我难是难在未来如何持续稳健，而不是要马上去选择什么。”

三年间，浸润于鲁冠球的思与行，鲁伟鼎开始学习用父亲的思想去想问题，父亲的许多话，从熟悉到陌生，又从陌生到熟悉，成为他行事的指南。有一个有趣的细节，在起草报告或讲话稿时，他常常会问起草人：“这话主席是怎么讲的？”然后，他会融会贯通地体现在他的文字中。

// 能自发光吗

一个有意思的物件让鲁伟鼎产生“傻想”——钥匙。

鲁伟鼎说：“我越想越佩服我爸，开车的人怎么会交掉钥匙？鲁冠球把钥匙看得比什么都重要，当时遭到批斗的时候，钥匙他不肯交，他知道有权没权的区别。现在这么重要的‘钥匙’，企业掌控的权力怎么说给就给到我手里了？说简单了，我是他儿子。”

这是实话。

但鲁冠球对鲁伟鼎的希望是：“随着时间的推移，他的事业和影响会逐步扩大，他肯定会自己做出来。”

有父亲在，鲁伟鼎任职 25 年做得顺手，成长不少。父亲去世了，依傍的大树倒了，自己成了树，能长成如父亲所愿那样的大树吗？

鲁伟鼎记得儿时父亲讲《三国演义》里的故事，说到孙策遗言：“倘内事不决，可问张昭；外事不决，可问周瑜。”现在，有了难事可问谁？他时常陷于一种无言的孤独。

鲁伟鼎这样回答我的提问：“你问我孤独不孤独，我很孤独，天塌下来，高个子没了，擦屁股的人没了，踩刹车的人没了。就像开车，我爸在的时候，我可以这样开车（他做着左顾右盼轻松握着方向盘的姿势）；他不在了，我左右看不了了，得紧紧抓着方向盘，眼睛一眨不眨地盯着前面的路，生怕决策出错。我很紧张，但太紧张也开不了车啊，我就只能慢慢来了，开慢一点儿。原来我可能一分钟做五个决策，现在五天、一个月才可能做一个。”

鲁伟鼎和我讨论到了哲学的课题，他说：

《周易·丰》中“日中则昃，月盈而食”这句话讲的是一个规律，连老百姓的日常生活语言也融进了这个道理。“月盈则亏，水满则溢”，万向的发展也是。我爸在时，一路上升，事业辉煌，但如果一直这样做满了，也可能会有转向。现在，遇上世界百年之大变局，我赶上了，挑战空前，但我明白，老天也好，自己也好，绝对不能做满了，满了就要闯祸了，可能会留些遗憾，那留点儿就留点儿。

我爸留给我的是他的训导，叫我稳，做人要稳，做事要稳。我年轻时不服，你叫我稳，我稳了，不就没有性格了吗？做事稳的话，不是没有发展了吗？我现在懂得了，稳就是慎思，就是从容，就是善于判断，我只要学会了稳，还真没有什么挑战和压力了。

李鹂证实了这个说法。在接受我的访谈时，李鹂说：“爸走后的这些年，伟鼎他成长得很快。我很心疼，他辛苦，没人商量，掌舵人不在了，全是他自己。原来是脱缰野马，可以无所顾忌往前冲，后面有人帮他把握，现在越来越谨慎。我不知道谨慎这词儿用得对不对，总之，他越来越稳了。”

鲁伟鼎一直琢磨鲁冠球对他说过的话：“我死了三年之内没问题，人家不会为难你的，五年之内是要变化的，我的红利是要消耗完的。”

“我爸真神！他怎么说自己的红利只是五年呢？”鲁伟鼎感慨地自语。算起来从鲁冠球去世到 2022 年，正好是五年。

这五年间，世界局势发生了很大震荡，国内的经济格局也随之改变，2019年末开始的新型冠状病毒疫情冲击了全球的实体经济，万向集团旗下的实业发展从昔日的持续辉煌转向横盘和收缩通道，市场面临很多新的挑战、新的问题。中美关系的变化也给万向的“走出去，引进来”战略实施带来了许多不确定性。

每当遇到困难与疑问，鲁伟鼎习惯要做的就是对着星空发问，如果父亲还在，他会怎么想，怎么做？

通常一个带着父亲光环的儿子压力会很大，他们含着金钥匙，顶着太阳走，没有自发光的本事，但鲁伟鼎有着可能所有其他民营企业接任者少有的履历。从1969年鲁冠球创立万向，到1992年鲁伟鼎开始任职，其间23年；而从1992年到2017年鲁冠球去世，25年。万向的鲁冠球时代有48年，超过一半时间是在父子相携相融的共同创业中度过的。在家是父子、亲人，在公司是上下级、同僚，一个运筹，一个运作，有碰撞，有矛盾，更有磨合与互补，构成了中国现代企业中少见的接力与交替。成长中的鲁伟鼎已经在实际上成熟地接棒。

鲁伟鼎此时的心境恰如雨果所说：“让自己的内心藏着一条巨龙，既是一种苦刑，也是一种乐趣。”

鲁伟鼎反复思考后，为自己做了一个三、五、十的规划：

“三年时间用来想，想父亲留下的话，他的思考、决策，他做人做事的榜样。三年里不做大的开拓性决策，只要按父亲在世时所制定的战略规划继续去做去深耕就好，机会都有的。万向在社会中形象好，最大的稳定性就在这里。

“五年，我能不能做成事要有五年时间来证明。父亲在时，万向在引领潮流，他关心的是五年、十年后是否还在继续引领潮流，万向不能在我这里落伍了。勇立潮头不易，永立潮头更难。这个‘永’字，值得我不舍地去追求啊！我要发一颗‘小卫星’，火箭基地要建好吧，那我就创造新的发展基础。我对自己说，五年，你必须要自己出招了，要建功立业了，你必须要靠自己了！

“这样到了十年，倒计时，10、9、8、7、6……就可以点火，发射火箭了！”鲁伟鼎顺势做了个火箭冲天的自信满满的手势。

就在鲁冠球写下这些“想不通”的记事本上，2013 年 9 月 10 日，还有他对儿子的嘱咐：

> 伟鼎：1. 讲大气，讲胸怀，讲江海，即使奸邪之人，容之蓄之，不惊不扰。2. 自己一切公开，功到事成，千秋事业为重。3. 不能急功近利，要日积月累。4. 谦虚谨慎不骄不躁，艰苦奋斗。

四句话，四个维度，鲁伟鼎想，我寻求的解开未来发展难题的答案不就在这字里行间？

鲁冠球去世后这几年，我们国家的政治日历上常有重大的节庆，这些红色的年月让鲁冠球有机会和它们联系在一起，鲁伟鼎因此经历了一个个不平常的时刻。

2018 年 12 月 18 日，北京人民大会堂举行庆祝改革开放 40 周年大会。中共中央、国务院给 40 年来在改革开放事业中我国各条战线的杰出贡献者共 100 人授予“改革先锋”称号，颁授“改革先锋”奖章，鲁冠球是其中的一位。鲁冠球的获评词是“乡镇企业改革发展的先行者”。中国 6 亿农民的命运变革之路，在他“先行者”的步履中得以生动呈现。鲁伟鼎作为父亲的代表上台领奖。

2019 年，中华人民共和国成立 70 周年，中共中央宣传部等决定授予各条战线的杰出代表“最美奋斗者”荣誉称号，鲁冠球的名字就在其中。中华人民共和国 70 年的历史几乎恰好覆盖鲁冠球的生平，他的每一步成长也几乎都在奋斗中发生，这“最美”二字让鲁伟鼎觉得太适合他爸了，他因此感到自豪。

2021 年，中国共产党成立 100 周年。要在一个世纪的历史长河中，从几千万去世的和健在的共产党员中选出 400 位获授“全国优秀共产党员”称号，不是一次容易的回顾与遴选。最终，鲁冠球获选，他一生的信仰追求和奋斗创造都证明他无愧于这个称号。

2021 年 7 月 1 日，庆祝中国共产党成立 100 周年大会在天安门广场隆重举行。鲁伟鼎以全国先进模范人物代表而不是鲁冠球家属的身份出席大会。身处这个历史性的宏大场合，鲁伟鼎感到“庄严肃穆之感油然而生，为初心使命奋斗终生之志，倍感强烈。个人奋斗，企业发展，国家复兴，人类进步，从未如此紧密又如此强烈地震撼内心”。当 10 万羽白鸽与 10 万只气球升空的一瞬间，他仰望蓝天，心中看到了天上的“鲁冠球星”。

在这之前的 2018 年，有一件重要的事应被记录下来。

11 月 1 日，鲁伟鼎应邀参加习近平总书记主持召开的民营企业座谈会。这是鲁冠球去世后鲁伟鼎作为万向掌舵人在国家重要会议中的亮相。鲁伟鼎在会上以《加快实现高质量发展》为题做了发言。他这样叙述当今的万向：“作为制造企业，万向今年 49 周岁，制造和技术实现了全球运营、全球市场。当前，我们的业务依然平稳，主要得益于我们在全球产业链中位置的提升。过去，从零件到部件、到系统模块，产品从田野走向世界，做大了规模；现在，从电池到新能源车、到控制系统，万向技术从世界返回田野，追求质的飞跃。”“站在过去看今天，万向是成功的；站在今天看今天，万向是平稳的；站在未来看今天，万向是有风险的。”

他坦陈：“风险主要是人才的挑战。万向秉承鲁冠球的意志，已决定建造创新聚能城，要‘奋斗十年添座城’，以集聚投资者、科学家、创业者、企业家，建设创新科技平台，助力突破技术瓶颈，加速制造业变革，引领高质量发展。”

他说他父亲在世时“始终处于一个领导潮流的地位。对于我来说，始终领导潮流我不敢说，我会始终琢磨万向，心无旁骛，让万向沿着国际化的道路，不断走深、走实、走高”。

就在这次会上，习近平总书记又一次谈到了鲁冠球：

> “鲁冠球同志是咱们最早的一批企业家，是民营企业中的改革先锋，那一批人里头做到现在仍然蓬勃发展的，万向比较典型。”听完鲁伟鼎的发言，习近平总书记表示，“我总结，一个是心无旁骛，主业把握得牢；再一个思想不落伍，总在前沿探索。培养后代上也做得很好，这叫‘创二代’嘛。”
>
> 总书记的一席话，让大家都笑了起来。①

这是鲁伟鼎心中很不平静的时刻。他想，如果此时父亲地下有知，该会多么欣慰，而总书记说的“创二代”三个字，又包含着对自己一份很大的信任与期待！环视会场，鲁伟鼎见大厅中悬挂的《幽燕金秋图》上青松林立、红叶遍染，这万千气象正应和他此刻的心境，明澈又美好！

// 如果蓝天传达使命

鲁伟鼎早些年做过一个关于闪电的梦，很诡异，也很奇特。

---

① 邹伟、韩洁：《“民营企业和民营企业家是我们自己人”——习近平总书记主持召开民营企业座谈会侧记》，《光明日报》，2018 年 11 月 2 日第 3 版。另见新华社 2018 年 11 月 1 日电。

昏暗迷茫的苍穹，天际突然出现一道闪电，极其震撼，山崩地裂，世界顷刻间化为废墟，但此时，鲁伟鼎发现自己成了一架不倒的庞大机器，屹然矗立，焕发出神一样的功能，将闪电能量全部集聚了下来。

他把这个梦跟鲁冠球说了："闪电下来，这么大的能量，如果能够收储起来，是多么了不起的事！"奇异的是，同样的梦他不止做过一回，今天看来都觉得自己傻，他居然还去尝试计算过一道闪电下来，有多少能量好用。

鲁冠球对儿子的梦很好奇，还当真问："闪电下来伤着你人没有？"

也许，冥冥中对于来自地球域外能源的关注早随着这个梦想进入了鲁冠球父子间。他们有一个共同的理念，目前人类所使用的大部分能源不具有可以无限开采、使用的特性，将关注度集中到大自然的清洁能源肯定是个方向。所以很早，万向就在东北给一所大学的专家投资，研究潮汐发电。1999 年以后，当太阳能光伏发电在国内开始出现、第一代光伏企业勃然兴起时，他们看到一个趋势在逼近，觉得不能等待。尤其当传统能源消耗带来的环境问题变得尖锐时，他们的改变意识更加强烈。

在三年思考期里，鲁伟鼎在对父亲的回忆中总是会跳出"使命"二字，他这样概括：最早的使命是有饭吃，不受穷，是共同富裕；后来是走出去，以赚外国人的钱为荣；现在是生态保护和环境友好，有了"天更蓝、地更绿、水更清、空气更清新"的一段话。

如果以阶段划分，头两个使命在父亲手里已经实现了，如今他要接过使命、全力去做的就是清洁能源。

万向一直坚定走在清洁能源的追求前列。

21 世纪初，万向就开始进入太阳能光伏产业，先后投资了开化硅峰电子和海宁尖山两家光伏企业。鲁伟鼎当时认为，虽然光伏产业有前景，但科学转化率偏低，时机还不成熟，加上原材料、市场，尤其是核心技术"三头在外"，依赖国际市场和国外资源，光伏产业的发展并不容易，但鲁冠球看好它的趋势，果断投入巨资。之后，光伏产业发展迭经挫折，市场大势从盛极一时到全线溃散，万向自己的两家企业也因用人失当和内部管理等原因先后重整，亏损巨大，鲁伟鼎都不敢让鲁冠球知道亏损的数额，怕他心疼。鲁冠球得知后，却只说了句："做能源革命的奉献者。"

鲁伟鼎难忘这个画面：新疆之行，鲁冠球站在鄯善钠硝石矿的地面上，看到沙海辽阔，脚下十几米是巨大的煤田，他那种兴奋的神态感染了在场许多人，更感染了自己。硝石钾肥有益于土壤生态，煤制气是清洁能源，他的产业选项总是离不开他追求的使命。

1999 年，万向开始电动车研发。这以后万向历经曲折艰难，投入了数百亿元资金，一直在电芯、电动车、储能的清洁能源产业里不动摇地探索前进，如今已经达到了一个很高的层级、很大的规模。鲁冠球倡导创建的万向创新聚能城以清洁能源为产业目标，将成为集聚来自全球英才的智慧创新的科技高地。

万向旗下在香港联交所上市的"普星能量"主力发展清洁能源。作为最早在中国从事天然气发电的清洁能源企业之一，"普星能量"先后在杭州临平，湖州德清、长兴、安吉，衢州柯城等地投资建设了 5 家天然气电厂，是浙江省燃气发电行业中领先的清洁能源供应商。公司还在宁波等地海岛建有多座风力发电站。为早日实现"碳中和"的目标，"普星能量"正在奋力前行。

还有什么比父亲交托的"蓝天使命"更让此时的鲁伟鼎感到责任重大?他愈加懂得，父亲一生的努力奋斗，实践了一个信念：所谓"使命"，它将超越生命，那是一个比你生命更持久的事业。

万向因此出台了一个新战略，将企业的资源倾斜集聚到能源科技目标上来。

万向的未来之路将会这样铺开：凝聚着父亲的憧憬，延展着儿子的践行，父子隔空联袂，用生命的联结去完成共同的使命。

第二十七章

名人堂：

车轮承载梦想

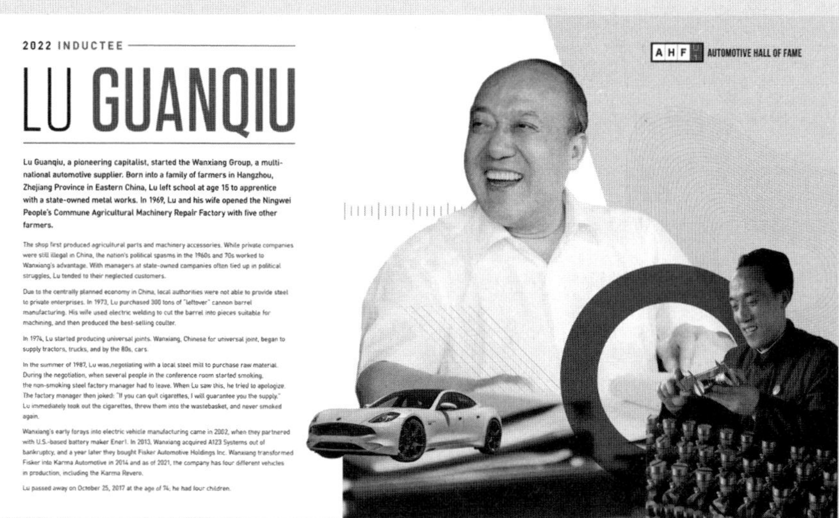

2022 年，美国汽车名人堂颁奖典礼上的鲁冠球展板

// 飞越大洋的航程

2022年7月18日，鲁伟鼎飞往美国，准备出席7月21日在底特律举行的汽车名人堂颁奖典礼。万向创始人鲁冠球已被宣布入选，成为第一位进入美国汽车名人堂的中国人。

“汽车名人堂是为那些定义和改进汽车及移动出行的伟人而准备的。”1939年成立、现位于美国汽车之都底特律的汽车名人堂这样介绍自己，它代表全球汽车行业的最高荣誉，旨在表彰对汽车行业做出巨大贡献的企业家和领路人。历史上入选汽车名人堂的汽车领袖有福特汽车创始人亨利·福特（1967年）、奔驰汽车创始人卡尔·本茨（1984年）、保时捷汽车创始人斐迪南·保时捷（1987年）、本田汽车创始人本田宗一郎（1989年）、法拉利汽车创始人恩佐·法拉利（2000年）、丰田汽车创始人丰田喜一郎（2018年）等。

美国汽车名人堂主席莎拉·库克之前专程到访万向美国公司。她说，万向在汽车行业的高速发展，以及万向对新能源的推动，让世人瞩目。入选汽车名人堂需要经过行业领袖推荐、专家小组鉴定、董事会评审等层层筛选，鲁冠球能够获得一致认可而成为第一位入选的中国人，万向旗下的凯莱成为第一家入选的电动汽车公司，着实不易，体现了万向在汽车业界的声誉。

汽车名人堂的官方新闻稿介绍说：“鲁冠球是一位中国的企业家和开拓者，他用自己的创造力和大智慧将万向从20世纪60年代的乡村自行车维修铺发展成为全球汽车零配件供应商。万向是第一家向美国OEM销售汽车零部件的中国公司，先后在美国22个州开展业务。鲁主席也是在中国实践解决全球气候问题的先驱，并使中国对全球气候问题有了更深入的了解。他带头推动中国的清洁能源产业，包括在20世纪90年代后期启动了多项电池和电动汽车计划。随后，他收购并重振了清洁能源相关的公司，包括A123系统公司和菲斯科汽车公司，后者已转型为凯莱汽车公司。”

这次行程来得有些特殊，因为全球疫情，鲁伟鼎很多年没去美国了。此次费了些周折，能亲自飞过去参加这个典礼，代表父亲接受汽车名人堂的荣誉授予，让鲁伟鼎兴奋莫名，他期待见证父亲载入史册的荣耀时刻。

飞越太平洋的航程是对父亲行迹的一次重复。

鲁冠球第一次去美国是在1985年，那时他还是钱塘江边偏远乡镇的一个小厂厂长，手里也只有汽车零部件万向节十字轴总成一种产品，他与世界汽车中心的距离不只是地理上的千万里，更是视野与认知阻隔的百重山。他像一个从地球偏远角落赶来的朝拜者，走进汽车王国。而37年后，他被作为全球汽车行业的领袖级人物进入名人堂，接受汽车朝圣者的敬仰，这是怎样的天壤翻覆？

“今天，如果父亲还在，他会说些什么呢？”鲁伟鼎自问，“他一定会感谢许多人，像他在世时多次说过的，不能忘记在漫长岁月里有助于万向、有恩于我们的人。”这是一个长长的名单，上至党和国家许多领导人，下至各个业界的朋友，有和他一路打拼、共创事业的同时代企业家，有长年默默奉献的员工，可惜难以将他们的名字一一列出。正是他们，和鲁冠球一道，构成了这个时代最具活力的创造因素，共同凝聚起最能进取的精神力量，使我们在讲述万向发展时总会想到他们。

“我父亲在时会感谢他们，我们鲁家，我们的后人，一代代也都会感谢他们，不会断。”鲁伟鼎在心里这样说。

有一个夜晚令鲁伟鼎难忘。2019年中华人民共和国成立70周年前夕，他在北京代鲁冠球领取了“最美奋斗者”奖章。打开锦盒的一刹那，他被震撼了，他忘情地拿起电话找好友："你在哪里？好开心，一起吃个饭！""有什么好事？"朋友问。"一个大锦盒，里面有一枚大奖章，金光闪闪！"他的激动之情难抑。

那晚他和朋友畅叙了四个多小时，父亲创业半个多世纪的往事被一一忆起。他们有一个共同的感受：一个人被认可不容易，需要时间积累，而只要他为之奋斗的事业是"最美"的，历史终将记住他。

现在，远在美国的汽车业同行给予鲁冠球的荣耀，是又一次验证：一个人的创业创造精神，他对人类美好未来的追求，能跨越地域和文化差异，被广泛尊崇。

地球需要一片共同的蓝天。

航程上，鲁伟鼎为典礼上的讲话打着腹稿。从哪里讲起呢？一个个车轮子在他眼前转动起来。最初是自行车，就像鲁冠球精神展陈馆里陈列的那辆老式车，它在转动中给了鲁冠球最早的生活动力。他年少时喜欢骑车，成家后靠自行车出行，他独立后的第一份职业是修理自行车。当时在中国农村，自行车代表了一种连接外部世界、具有现代意味的出行方式，鲁冠球也跟千万中国农民一样，随脚踏轮子成长着富裕渴望。

当鲁冠球有了选择自己产品的机会，很巧，他选中了汽车万向节，由此进入了汽车零配件行业，跟转动的汽车轮子结了缘。随着越滚越多的车轮，从零部件到模块到系统，万向最终成为能够进入一流主机配套市场的全球汽车零部件供应商。

从 20 世纪 70 年代生产第一只万向节起，鲁冠球就梦想能造汽车，这以后经历了许多尝试、许多坎坷，虽然没做成，但造车愿望一直不灭，还说了"我这一代造不成我儿子造，儿子造不成我孙子造"这样志不可夺的话。直到在电动汽车的电芯、电控领域历经艰辛，付出巨大，才最终以收购菲斯科的方式完成整车制造的梦想，这轮子转动的汽车几乎耗尽了他一生的心血……

如果把鲁冠球的造车梦想作为故事告诉与会的各国来宾，是不是更能被听懂和理解呢？

// 大理石碑上的铭刻

2022 年 7 月 21 日，从踏进底特律 ICON 会议中心那一刻起，鲁伟鼎就一直在分享世界汽车业同行给予鲁冠球的尊崇。这种尊崇在以前更多来自文图信息，而现在，他感受到一种现实的存在，汽车名人堂把特定的篇幅和空间郑重地给了鲁冠球。

有 700 多位来宾参加了这个令人瞩目的盛典，他们大多来自美国和全球各地的汽车工业界，也有美国政要专程前来，包括曾任美国驻华大使的布兰斯塔德、密歇根州前州长斯奈德。他们留存着与鲁冠球曾经交往的深刻印象。

此前一天，汽车名人堂在其位于密歇根州迪尔伯恩市的总部举行了揭碑仪式，一座刻有 2022 年汽车名人堂入选者签名的大理石纪念碑柱被永久陈列，其中有鲁冠球的中英文名字。

同时入选的还有《黑人驾驶绿皮书》一书作者维克多 · 格林及其妻子阿尔玛 · 格林、丰田生产方式创始人大野耐一、兰博基尼创始人费鲁吉欧 · 兰博基尼、美国传奇赛车手琳恩 · 圣詹姆斯。

在美丽的底特律河边，汽车名人堂博物馆作为这个汽车城的特色建筑之一，每年吸引着全球众多汽车爱好者的到访。它的金字塔屋顶隆起于弧线型白色建筑，给人仰之弥高的心灵冲击。这里陈列有美国 1860 年以来的汽车发展历史，包括大量与汽车相关的实物、道具、文档等，丰富而珍贵。每一位入选名人堂的汽车领袖和英杰，都以各自的传奇让来访者分享创造与创新的惊异与快乐。

颁奖仪式大厅陈列着一辆宝蓝色的凯莱 GS-6 特别版样车。打开车载屏幕，鲁冠球的头像出现了，他自信的微笑传递着一种温暖的呼唤。

鲁伟鼎在参观名人堂博物馆时，心头始终萦绕着这个问题：为什么在美国，人们那样看得起我爸，在他去世几年后依然记得他，尊敬他，褒扬他？

这可能在于鲁冠球对中国汽车工业的贡献，对中国和世界汽车零部件市场的贡献，对清洁能源车的贡献，他在 1999 年——那么早的时候就开始造电动汽车，以后又在美国并购和重振相关企业，而这一切，奇迹般地发生在这个中国农民的身上。美国文化中有鲜明的英雄情结，人们崇尚从零起步的事业创始人，当美国先民早年拓荒创业的传奇，被一个中国农民企业家在 50 多年前开始演绎，且独具中国气息，那份敬仰与推崇也就自然产生了。所以，归根结底，是因为鲁冠球来自中国，中国发展了，影响了世界。

汽车名人堂主席莎拉 · 库克在典礼上说："非常高兴能够迎来第一位来自中国的入选者，鲁冠球先生真的是企业家精神的典范。他是一位白手起家的人，把公司年营业额做到了 270 亿美元。他在业界留下了巨大的影响力，也留下了一笔真正强大的精神遗产，一个延续到下一代的企业。"

鲁伟鼎在颁奖典礼上的致辞幽默而具内涵，赢得了多次掌声。全文如下：

> 美国的名人堂，他（指鲁冠球）今年加入，说明美国的用户，他曾经的合作伙伴，我们这个汽车行业的同业们，都还在想念他，在思念他，这是让我非常高兴的。这也说明了，他可能在中国、在美国，都有一定的成就，同样也做出了有意义的贡献。
>
> 我一直在想，有没有搞错，怎么会去选一个中国人？我在中国得知这个消息的时候，我就说："哇哇哇！他难道飞到美国去了？"后来我一想，他已经飞出了这个地球，还在宇宙范围内吧，但一定在另一个星

球上，在感谢他的合作伙伴和很多朋友，包括今天到来的朋友。

因为已经很晚了，再加上翻译的话，一个人用两个人的时间，会很对不起大家的。所以我用中文先讲，但是以英文为准。大家一定要相信，倪频（兼现场翻译）讲的跟我是一样的。从工作的关系来说，他是我的同事，他在我们万向美国公司已经做了 30 年的 CEO（首席执行官）了；第二个呢，他同时作为家庭成员，已经做了我 31 年的姐夫了；还有第三个，从我个人的情况来说，或者说站在我父亲的角度来说，他又是我 30 多年的兄弟，他是我哥哥。所以他讲得比我更准。

非常非常感动，所以允许我，还是要用中文，在这样的时候，一定要到美国来，亲临这个现场，表达对名人堂的真诚的感谢。

家父是一个中国农村的孩子。20 世纪的 1962 年，他开始创业，1969 年成立了万向。他最大的成就之一，就是创立了万向。他跟我说，他有两个儿子，我有时候会很吃醋，他比对我这个儿子更好的，就是万向。

1962 年开始，就像主持人介绍的，他开始修理自行车。哦，我忽然之间明白了，他为什么会进入美国的名人堂，因为自行车是自带动力的，一定是他自由地行动，回到了这里。

我小时候，他在中国就很有名，我非常不愿意做名人的后代，因为总是有很多人要认识我，所以我在中国是藏得很深很深的。但现在开始不藏了，因为他成为美国名人堂的名人了，反正美国人看中国人，脸都差不多，我就来了。

谢谢名人堂，我想这也是一次新的开始吧。很多人不了解，今天是我近 5 年来第一次接受媒体的采访。我只是想让大家知道，也更多地想让中国的同事们知道，美国是汽车大国，美国有汽车名人堂，美国的汽车工业让我们万向有很好的发展，谢谢大家。

现在看来，家父的梦想，必须要在我这里，继续下去。家父在很早的时候就说过，他一定要造汽车，他造不了汽车，他的儿子也要造汽车；他儿子造不了汽车，他的孙子也要造汽车。很高兴，我们在2017年，在加州，凯莱已经造出来了第一台车子，现在每年有几百台汽车在少量地生产，在为美国的用户服务。

刚刚名人堂的董事长讲了，希望通过名人堂，让下一代人也能够热爱汽车，了解汽车。所以我作为名人堂名人的后代，首先带头，把这两个人带来了，他们代表下一代，希望他们更多地了解汽车。

汽车是有方向盘的，有方向的，虽然现在是自动驾驶，它也是有方向的。但是光有方向不行，还要有制动，今天我虽然没有稿子，但我还要能刹得住车。我就讲到这里，再次谢谢大家，要感谢的人员请倪频说，谢谢。

鲁伟鼎讲话中说的“把这两个人带来了”，其中之一，即鲁冠球长孙鲁泽普。他特意从芝加哥美术学院赶来，了解爷爷的作为，见证这一荣耀。鲁伟鼎全程都在给儿子讲解，父子在情绪交会中走在关于汽车的历史中。

汽车像一条线无形中串起了鲁家几代人。

李鹏给我讲了一个鲁泽星的小故事。作为小孙子，他对爷爷鲁冠球造的车特别关注。小小年纪的他看到街上跑的电动公交车上有“上汽万向”的制造厂家铭牌，很不解，就问：“为什么不是‘万向上汽’呢？”孩子在琢磨呢！后来有了凯莱电动车，他一见到车就高兴地跳了上去，摆姿势，要拍视频，说：“我要给爷爷的凯莱车做广告哩！”

// 历史在这里分野

鲁伟鼎在美国参加汽车名人堂活动期间，特意去洛杉矶尔湾凯莱汽车有限公司（以下简称“凯莱公司”），察看鲁冠球曾经心心念念要办的整车制造工厂。鲁冠球是带着凯莱汽车成功制造的美好心情离开人世的。他做了一辈子的造车梦，在他晚年，以对美国一家整车厂并购的方式得以实现，已无遗憾。

站在鲁冠球曾经到过的凯莱公司大厅，想到父亲曾经为造车的付出，鲁伟鼎和倪频非常感慨。一个关键性的话题在他们之间展开：父亲把一台整车交到我们手里了，在此基础上未来该怎么造车？在科技急速发展的年代怎么应对，以保持领先？

选择特定车型的量产是一条路，就像汽车制造业同行都在做的。能否不再重复这种传统的寻求规模的生产方式，而适应未来汽车越来越朝向信息化、智能化、无人驾驶的方向，把握整车的前沿技术，做成一家占据行业制高点的创新科技服务公司呢？

鲁伟鼎的思路已经明确，他在给凯莱公司员工的讲话中这样展望未来：“我们要成为不一样的公司，造不一样的车。我们不是要做一家传统的汽车公司，而是要坚持既有优势，成为在行业发挥引领作用的一家科技公司、软件公司、数字公司。我们不是要造一般的车，而是要将目标定位在超级专业豪华车，要为未来消费者、年轻消费者造他们所狂热追捧的车！”

鲁伟鼎鼓励员工说：“万向能够成为今天的万向，不可能是因为‘跟随’，我们必须去引领市场，像过去我们曾经改变了汽车零部件行业一样，未来我们要改变汽车行业！这就是大家的价值和机会所在！”

我是带着对鲁伟鼎这番讲话不甚理解的心情在他之后走进凯莱公司的。2023 年，我因个人事由到了美国，但还是专程去了凯莱公司，我想看看鲁氏父子梦想接续的地方，也想找到鲁伟鼎所说的“不一样”之所在。

无论是站在殷红、浅咖色的凯莱样车前细看，还是在试驾时体验增程式跑车弹射启动的“腾地”瞬间，我都感到一种动感的力量冲击。凯莱公司总经理助理齐琳云这样介绍：“董事长给出的蓝图是要把凯莱打造成超级专业豪华车，它的重点是要在电动车控制系统、整车软件系统、车的全寿命服务上体现价值，通过搭建数字化服务和交互平台，做技术输出，实现产品个性化、定制化。近一个多世纪里我们经历了两次工业化革命：上一次工业化革命的特征是批量化，提高效率，降低成本；这一次工业化革命将越来越以满足个性需求为特征，伴随数字经济朝着智能化、轻量化趋势发展。”

“仅仅是商业意义上的一款豪华车吗？”我问。

“不，它更是汽车创新科技的孵化器，一个吸纳全球前沿汽车发明创造的平台。创新者更愿意将自己的成果交给追求顶级标准的凯莱公司，他们看到了它的背后是一个庞大的能将创新技术转化为生产力的零部件制造商——中国万向。”在这个过程中，万向自身则完成从汽车零部件到整车再到零部件的演变，达到新质的高度，在耐用力的考验等方面表现出强大优势。

沐着尔湾清凉的山风，齐琳云和我喝着咖啡叙说着往事。他说那年鲁冠球主席来美国，他全程开车陪同。鲁主席问他：“汽车最难的核心是什么？”他说：“是发动机吗？”主席说：“不，是新能源。”那是很早以前的事，说明鲁主席的先觉。如今，万向在新能源上不断突破，整车制造通过凯莱有了追逐的标杆，要做成一台公认的豪华名车，欧洲都用了上百年，凯莱已经快十年，相信锲而不舍，耐心打磨，一定能成为享誉全美乃至全球的豪车。那是鲁主席造车梦想的接续，是一代又一代人的攀登。

我心里似有了一块路标，它让历史在这里分野——

鲁冠球起步于汽车工业的一个小零部件，作为农民创业的组织者和实践者的代表，他为一部汽车整车奋斗了一生。

鲁伟鼎接过它来，从开始就站在清洁能源车数字化、智能化的高地上，表现出未来科技创意者和探索者的新视野与抱负。一切尚未终极，未来发展“天知道”，他以不能穷尽的向往去迎接新的挑战。

他们都想以技术来定义汽车，都走在潮流前面，改写着各自的过去，让我们看到了历史在更迭中向前。

在鲁冠球入选美国汽车名人堂将近一年后我到了这里。白色建筑迎面梁架上张挂的鲁冠球和其他入选者的巨幅头像依然醒目。在彩绘有美国汽车发展百年图景的壁画拱围下，大厅中心一座六边形碑柱正面，刻有 2022 年 6 位入选者的名字。我抚摸名人堂 1939 年设立以来第一次出现的“鲁冠球”这 3 个中文字，如同触摸到那颗熟悉的、依然跳动的心脏。

和名人堂毗邻的是全美最大的室内和室外历史博物馆——亨利 · 福特创新博物馆，里面的陈列品几乎涉及了人类从工业革命以来汽车和汽车以外所有门类的发明创造，馆名冠以“创新”二字，恰好与名人堂推崇的创新宗旨相吻合。这使这片进取动感强烈的土地带给人绵延不尽的历史回想，并思接未来。

临近名人堂的一片绿林中流水淙淙，河流在绿树掩映下隐现不可尽觑的曲线。木桥上，一位男士，中东人相貌，舒展腿脚在健身，桥栏杆上搁着咖啡杯。他说那是他每周日惬意的休闲，边喝咖啡边听林木间传来的流水鸣响。交谈中，我得知他来自黎巴嫩，在底特律做汽车配件经销。

“您知道汽车名人堂吗？”我问。

“知道，就在那边！”他指了指河东。

“您知道去年有一位中国人进了名人堂吗？”

“听说过，但我说不出他的名字，知道他是中国一个有名的汽车零部件生产商，我想过要经销他的产品，只是还没有机会。”

聚能：

造座城吧

鲁冠球在办公室

// 从“添零”到“添城”

2020年春节，鲁伟鼎独自在萧山湘湖逍遥庄园度过。因为疫情，没有客人，酒店只为他一人服务。难得的清静，使他有机会把庄园看个仔细。

这座由万向参与投资的庄园酒店，建在被称为西湖“姊妹湖”的萧山湘湖一隅。背山临水，宁谧幽静。庄园占地170多亩，建有酒店客房和村落庭院式别墅，在明净自然的湖山怀抱里透溢着轻奢的桃源气息。要休闲，来此地太好了。

鲁冠球给万向投资的两个项目题过案名，一个是这座逍遥庄园，另一个是建设中的创新聚能城。当鲁伟鼎站在庄园的名标前，凝神思量，忽然感觉到了父亲隐于其间的用意：一个是逍遥，出处是庄子的《逍遥游》，万向桥上的鹰雕就有“鲲鹏展翅九万里”之意，要的是雄心壮志；一个是创新聚能，是未来宏图，寄托着他的远大追求。

2009年7月8日，鲁冠球在万向创建40周年庆祝大会上的讲话《将“奋斗十年添个零”进行下去》鲁伟鼎一直难忘，他还很少看到父亲的讲话是这般动情：

> 40年的悠悠岁月，我们共同经历了经济的潮起潮落，共同感受了万向成长的苦辣酸甜。走过40年的风雨历程，我们变老了，头发白了，有的人已经离开了，但是我们的企业更年轻了，新人辈出，朝气蓬勃。
>
> 此时此刻，创业40年的万向正站在历史与未来的交汇点上。前面

三个十年，没有提出“奋斗十年添个零”，我们做到了，这是巧合。第四个“奋斗十年添个零”，虽然遭遇了国际金融危机，我们仍然能够完成任务，这是大家共同努力的结果。

现在，第五个十年向我们迎面走来，怎样规划这十年，什么样的目标更科学，我们测算了很久，也争论了很久。争论的焦点是，“奋斗十年添个零”还能不能够持续下去。

在本书的第二十二章，读者已经读到过围绕这个“争论的焦点”鲁氏父子间的思想交锋。到此时，他们之间有个共识形成了：要将“奋斗十年添个零”持续下去，必然有大的战略调整。仅靠传统主业汽车零部件的规模扩张不足以实现从量到质的跨越式增长，新能源产业链已打开了万向新的发展方向，电芯、电动车、储能这些新兴产业正相继实施，在这个时候建立一个有足够体量的平台空间，对于万向的未来是太过需要的事了。

其实，鲁冠球早就有个构想，建一个现代的汽车零部件产业制造基地，有 10～20 平方千米的体量。今天，鲁伟鼎的着眼点已经不再是传统的生产基地，当万向产业的结构性转变把新能源作为主体目标时，它需要适应中国制造向现代工业 4.0 提升的大趋势，负起企业向生态型产业转变的时代责任，贴近国际前沿的科技与产业，将清洁能源、科技创新和城市生态这些要素聚集到一体，形成全新发展动能。

这样一个片区，带着未来新城的发展之光，萦回在鲁伟鼎眼前。

鲁伟鼎后来对美国麻省理工学院教务长马蒂·施密特这样说：“万向一直就在杭州，是中国最早的一批民营企业之一，家父鲁冠球先生是万向的创始人，他对为何要创业，如何使用财富，都有他自己的思考。杭州和万向，在他心目中没有明显的区别，他希望做一件有意义的事，给杭州，给中国留下点儿东西。”

同样的意思，鲁冠球也给鲁伟鼎说过："要有能够长期留下的东西，让人看得到，永远造福后人。像横店有个影视城，还造个大佛像留着；华西村吴仁宝做的那个宾馆是个金塔，也算是留了有象征性的东西。"

"爸，那我就给你留个城吧！"鲁伟鼎说，"我想到了一个名字——创新聚能城！"

鲁伟鼎这样解释"建城"的目的：希望对工业、经济和当地社区做一件有意义的事情，把产业结合，把未来科技创新集合成一个经济集聚地或者集中带。集聚才有能量引爆，达到效能与价值的"无限"。

鲁冠球被这个"造城"计划所吸引，发现它妥帖地表达了自己的意愿，照这样做，不但第五个"奋斗十年添个零"的目标有可能实现，而且有更为广阔的未来。

鲁伟鼎说："那就叫'奋斗十年添座城'吧！"

从"添零"到"添城"，一字之变成为鲁家两代人交替的使命，也让鲁伟鼎在一条完全有别于父亲的航道上开启了"后鲁冠球时代"的宏大事业。

// 返回的那一片"田野"

不是所有人都能够明白创新聚能城这个"城"将会发生些什么，怎么"创新"，又怎么"聚能"。人们也许会将它同开发区、房地产一类的概念混淆在一起，或者说，这不是政府招商引资要做的事吗？值得一个民营企业来这么费力地长期投资经营？

一种直觉把鲁冠球带回到 20 世纪 90 年代。当他第一次到美国西部，踏进硅谷，正是夜晚。在连绵的城市片区，最耀眼的是由点点灯光连成的一片灯海。当晚，他在日记本上写了五个字：不眠的硅谷。

这种感觉就像他之后看到的同样以《不眠的硅谷》为题的一篇文章所描

写的那样：睡觉在这里是一种奢侈，睡觉被视为无产出的时间消耗，是科技向未来快速发展过程中一个令人厌烦的驿站。在这里，科技人员、创业者凭着远大理想，凭着痴迷和热爱，忘我工作，凌晨两点还在发出电子邮件，在家庭和睡眠上做出牺牲的选择，但他们愿意给智力提供超极限的机会，为实现人类丰功伟绩付出代价。他们朝气洋溢，充满活力，公司大院像大学校园，你可以看到穿 T 恤的青壮年吃着烤馅饼，光着脚丫在踢足球……

这是美国前沿科技集聚地硅谷给予一个刚走向世界的中国乡镇企业家的视觉冲击。鲁冠球在日记中接着写道："今后企业依赖的生存条件和优势不是廉价劳动力，不是资金，不是大规模的生产设备，而是创新。创新表现在研究开发上，这是与整个世界经营的新潮流相适应的。"

面对硅谷的彻夜灯火，鲁冠球说，有股巨大的压力，但"不断给自己施加压力，压力之后就会有动力，有了动力会激发活力"。

鲁冠球这番话写在 1997 年 12 月。多年后，当他有可能规划营造类似硅谷那样的创新基地时，他满怀着激情。

在这座城里，将出现全新的生产方式、全新的工作模式、全新的生活状态。这里会有三大创新基地——国际电芯创新中心、清洁能源车创新中心、分布式能源创新中心，以及以区块链技术为底层架构的工业互联经济。概括说，是"三生"融合：生产、生活、生态；"三创"联动：创造、创业、创新。

创新需要聚能，这里将把全世界在应用科学研究上优秀的科学家、研究者、创业者和投资者聚集起来，形成一个创新的产业平台，搞出更多有能量的东西。

鲁伟鼎这样说："我认同科技至上，推进社会和未来进步，就是靠科技。科学家集群的形成是很不容易的。万向建创新聚能城这样一个城，筑巢引凤，让创新科学家们按照自己的使命或者价值观去创业，发挥极端乃至偏激的聪明才智。一旦他们有了创新成果，它的市场化将获得包括投资在内的全方位服务。有这样一个平台，我就不信引不来全世界最好的人才，做不出一两个在世界上有重大突破的东西。你不用羡慕硅谷，这里就会像硅谷一样成为世界最优秀的科创基地之一，能产生世界上有影响的创业项目团队。”

鲁冠球为儿子的描绘激动不已。

鲁伟鼎调侃说：“爸，我要求不高，我这里不是基础类科学的基地，是应用型科学的原创地，要都跟马斯克那样，我做不到，但至少有一两项能跟他一样有突破的，我想试试。我 1971 年生人，他也 1971 年生人，我很想和马斯克交交手呢！我是一个狂傲的人，可惜我当年不听爹娘的，不读书，不是个科学家。”

鲁冠球听完斜睨着儿子，哈哈大笑了起来。

2015 年春天，当创新聚能城规划正式确定后，鲁伟鼎领着鲁冠球到了已经选定的现场——九堡大桥萧山一侧的开阔地。

钱塘江在这一段转了个大弯，顺着鲁伟鼎手指的弧线，一个方圆 10 平方千米的地块展现在眼前。

“爸，你看，西边是奥体中心、亚运村、钱江世纪城，向东连接空港新城和钱塘新区，10 千米交通半径范围内可到达萧山国际机场、杭州东站和南站这些交通枢纽，地理位置非常好。这个城一建，万向 2000 多亿元投下去，杭州湾钱塘江南岸的投资带形成了，它与杭州正在实施的重点西向投资，形成了两翼。放大看，它又是‘长三角’经济带的南翼中心，将会是中国科技的一个制高点！”

2018 年 6 月 14 日，鲁伟鼎在万向与美国芝加哥大学就创新聚能城的战略合作举行的研讨会上进一步阐述了这一点，他说：“未来，中国必然会在经济或创新经济方面为世界做出特有的贡献，而这贡献的策源地一定会在中国的华东地区，这是 1700 多年以来，中国人文历史发展结合的必然结果。现在大杭州湾经济建设的概念，就是一个非常重要的战略转折点。为未来的创业者，包括科学家、投资者提供集聚创新平台，具有更深远的社会意义。我们瞄准的是纽约湾区、东京湾区的高度，去比品质；与粤港澳大湾区，去比速度。一切成功的湾区经济都是属于世界的，就像一切科技创新，最终都是属于人类一样，未来的万向创新聚能城是属于大家的，属于子孙后代的！”

走在钱塘江畔隆起的江堤上，鲁冠球在追寻一种记忆。那不是曾经的9号坝的滩涂地吗？他手搭凉棚往东向看，正是啊，50多年前他就在这里搭过工棚，修理自行车钢丝车，还差点儿被潮水夺了性命。面对江风落日，他写过一首诗，到现在还记得清晰：

江边挂晒真似锦，
短歌长叹无人问。
有朝一日听我令，
定叫沙滩惠世人。

我这样解读：“挂晒”，萧山话里指圆形的晒箕，竹编，用来晾晒萝卜干、番薯干一类的食物。黄昏时分，对未来生计茫然的青年鲁冠球看到太阳西沉，恰如家里的“挂晒”悬在天际，虽晚霞锦绣，然四野寂默，江风萧瑟，心事浩茫，唯有怨曲咏叹，横在心间。几时能摆脱贫困，走出盐碱滩涂，抑或我可自主，改造沙地，重画蓝图，惠及民生？心音如鼙鼓，激荡江水，钱塘因之又涌潮，天下观。

鲁冠球读初中时，老师布置写一篇作文《秋天的田野》。鲁冠球回家时走在崎岖不平的田埂上，便注意那田野的景色。秋日黄昏的田野被一片金色所笼罩，确实美，但与这田园诗般的秋景同在的，是在田野上挥汗如雨、苦苦劳作的父兄们。

他觉得心头十分悲凉。莫非这就是农民的命运？就是自己日后的生活？他不愿意成为这样的农民，也不愿意他的父老兄弟们长年累月过这样的生活。

鲁冠球曾这样概括自己几十年的发展："从田野走向世界，从世界返回田野。"

此时，他脚下的这片土地正是他出发的原点，又成了他返回的新地。这是同一片田野，却因为创新聚能城的建设有了全新含义。对比是如此强烈——昨日的田野，是原始的贫瘠；今日的田野，是未来的富饶。昨日，他带领贫困的农民从这里往外走向世界，去完成财富积累；今日，儿子要把世界的人才和创新能量聚集到这里，打造未来新科技的高地，形成财富高峰。这一"走"一"返"，46 年间，他做了件让田野与世界相连接的大事，田野不再是原来的田野，世界也不再是原来的世界。

我和万向集团公司一位负责项目开发的高管谈论到创新聚能城在鲁冠球事业链中的位置，他借用王国维《人间词话》中写到的人生"三种境界"来阐释。

"昨夜西风凋碧树。独上高楼，望尽天涯路。"此第一境，是他的创业阶段，立志。

"衣带渐宽终不悔，为伊消得人憔悴。"此第二境，是他的追求与不倦的奋斗，守正。

"众里寻他千百度。蓦然回首，那人却在，灯火阑珊处。"此第三境，有了终极目标，定在创新聚能城，得果。

曾有记者想为鲁冠球写传记，他一直不让，他说："现在不算成功，万向发展到今天还是阶段性的，还没有成果的东西，等到创新聚能城建起来了，才可以说成果。"

鲁冠球在创新聚能城定址立项后，写了颇有决胜豪气的七个字——

他对鲁伟鼎说，这会是一条很长的路，很艰苦，也有风险，万向创业以来赚的钱都投进去，还不够。

一位参与过硅谷设计的美国规划师在阐述创新聚能城未来20年的建设规划理念时也说："这将是一场梦想的马拉松。"

鲁伟鼎心里这样回答："为创新聚能城，为爸想要的那份事业，我什么都能忍受，5年、10年、20年，我都会忍。成功了，它是未来中国工业科技领域的制高点；失败了，它也是个大学城，为国家的教育事业发展做件好事。"

在杭州湾、钱塘江畔土地资源极其宝贵的区域，要划出10平方千米的土地给企业用以开发，先不说企业的压力，对于政府，何尝不是一大挑战？鲁伟鼎有幸，遇到的是开放、大气、有远见的省市区各级领导，以及长江经济带浙江大湾区战略已经形成的时势。

2018年5月22日，浙江省政府领导在万向现场办公，同时见证了萧山区政府与万向集团创新聚能城项目建设框架协议的签署。他称万向创新聚能城是"大湾区行动计划的标志性项目和先行区"，要求"省市区统筹协调，扎实推进，快速启动"。

8天后，萧山区为创新聚能城召开全区推进动员大会。这种给予单个项目稀有的动员规格显示了领导层超常的重视与决心。鲁伟鼎在会上讲了许多实在的话："创新聚能城不是一般的产业项目，它将产业、科创和城市融为一体。说老实话，万向作为一个企业，投资建设这个融合体，好消息是大家都无条件支持，众人拾柴；坏消息是，万向49年积累的1000亿元投进去，还有1000亿元的缺口和风险呢。我们倾其所有，成功皆大欢喜，失败就是万向的灭顶之灾。"

鲁伟鼎说："我知道，这是一个没有退路的决策。董事局主席要求我们走出舒适区，从‘零’开始，做创造历史的勇敢者，我们只有前进，没有退路。我必须为此承担风险，因为这是一件有意义的事。家父一生做的有意义的事，是创建了万向，留下了精神；我要做的有意义的事就是，建好创新聚能城，留下奋斗的足迹。没有退路，那就快乐地前进。在萧山大地上，不仅留下鲁冠球故居，更留下万向创新聚能城。”

2018 年 6 月，在和芝加哥大学就万向创新聚能城的战略合作讨论时，鲁伟鼎再次郑重地说到了建设创新聚能城对于赓续鲁冠球事业的意义所在：“因为这是一家企业、一个已远离我们的财富创造者，对未来的企业地位、社会价值的考量，对社会责任、社会贡献的考量。”

// 一切尚未命名

这是为创新聚能城的概念方案举行的一次国际性设计竞标。前来参加投标的有来自世界各国的著名设计师团队，他们中有的做过硅谷设计，有的做过纽约湾区、旧金山湾区和东京湾区的规划方案。当他们来到万向创新聚能城的临江地块，主持者给了他们一句令人惊讶的提醒：“请留意，这是‘上帝’的视角，从航线上看，钱塘江江流弯曲处的这个地块就像黄浦江江畔的陆家嘴，它有长达 1 千米的沿江岸线，创新聚能城的物理空间就从这条线向南推进，将产、城融合，科创与栖居并存，是未来的希望之城，中国工业科技制高点的新名片。”

“一切尚未命名”，万向把关于这座未来新城的想象和无穷创意留给了设计师们。

“灯塔工厂”，这是鲁伟鼎为这里的电池和新能源车产业制造园区取的一个名字，意思是作为电芯业的标杆，这里将以行业最高标准运营，像灯塔，高高亮起科技之光。

循着可以预见的这片光芒，人们将会看到：3 个千亿级产业在这里布局，一个是电芯，一个是动行智控，一个是分布式能源，达产后年产值超过 1000 亿元，吸纳 2.5 万人就业。

如今我来到这里，一区 2.7 平方千米土地上的建筑已经先后矗立起来，是厂房又不像传统的厂房，而是一座座有机组合的公共建筑，其外形设计引入仿生学概念，有寓意长寿的龟壳形、慢进而有耐力的蜗牛形、追求蝶变的蝶形等。建筑实体的外壳将不透明的墙体系统与被光伏板覆盖的开放式屋顶的网格融为一体，光伏、建筑一体化，体现着对碳中和的目标追求。

作为国际著名的工业建筑设计公司，中标的美国史密斯集团将业主的去工业化诉求把握得很到位。这里每一座建筑都非常环保，同时又成为一个个景观，被纳入工业旅游的功能要素中。

它像一个巨大的盆景，把工业制造的定制化、柔性化、平台化等新概念组合在一起美妙呈现；而在园区中心，下沉式庭园景观又带给人另一种观光、社交与休闲的体验。

把国际科创中心放在园区沿江一线，是独具创意的设计安排。这里将为来自全球的理工类应用型科技的研发者、创业者、投资者提供孵化与培育空间，你可以用这里的后台产业场景去做实验，用物理空间去做研究；有了研究成果，可以平等地参与创新成果转化，万向可以给你投资，给你市场。相应地，高水平的现代服务业也会跟进，包括人才引进、总部经济、律师、金融团队、科技中介服务和专业服务，都会像肥沃的温湿土壤，促进更多的未来种子在这里成功繁育。

它最可能对标的是美国剑桥肯德尔广场。这个位于马萨诸塞州坎布里奇市、紧邻麻省理工学院的园区，是全球创新企业最多、创新活动最活跃的地区之一，不到 3 平方千米面积的地块上坐落着 200 余家成功的企业和研究机构，其单位面积 GDP（国内生产总值）、创新产值、IPO（首次公开募股）

成功率都是全球最高的。现在，麻省理工学院卓越的“科研＋产业化＋创业”三位一体的能力通过与万向的战略合作，将在这里被移植，被强化，产生新的成果。

不难预想，从2025年开始，当来自全球的科学家、创业者、投资人陆续来到创新聚能城，将可以看到它的现代基础设施网已基本建成，城市功能相对完备，生态环境好，创新创业氛围浓，他们会感觉这里宜居宜业。

有三个词组让创新聚能城充满了动感——

智能的社区、生长的城市、漂浮的花园。

何为“漂浮”？

这里有钱塘江沿岸1千米江景的景观优势，为使建筑物和钱塘江江面保持最佳的视角，使观者能将江景一览无余，达到人与江景的无缝对接，方案将地面的黄海标高提高了7米。这显然增加了基础设施的投资，却让江景“漂浮”到每一扇窗口。

走进新能源整车项目的园区，563亩的地面上像个旅游景区，除了乘用车与客车两个大型厂房，还有壮观的迎宾广场、中央景观区和一个球形万向未来中心，它象征着全球顶尖新能源车的资源汇集。

最令人开眼之处在一个绿茵铺盖的建筑第五立面，那里有一条彩练状的跑道起伏蜿蜒，它像一条五线谱，细听会有风驰电掣的音乐奏响。

这是新能源车试车跑道。

创新聚能城设计的新能源乘用车的生产规模为年产5万辆、客车5000辆，量不大，不具备商业用途，它的存在意义是为未来新能源车提供研发试验和样车制造基地。不论你从事什么工作，哪怕就是个汽车“发烧友”，你有新能源车的创意或设计，你想做试验落地，你就不用自己投资去做前期平台，可以到这里像租厂房一样，得到将创意变成样品的全部条件。

这条跑道就是给新车试车用的。不难想象，当一辆辆新能源车以各自的款型与气质在这里试车，你会像到了摩纳哥或者巴塞罗那的某一个赛车场，去观看一场刺激的时速比拼。

试车跑道提供了各款汽车需要的不同的功能性场景，有不同的路况和抗震、抗噪声的效果设计，其中好几条弯道设计还收集了全球著名的赛道的弧度、弯曲等资料并加以组合，以期达到完美。

这条跑道有多长呢？

我被告知，如果以直线段计算，总长度为700米，正好符合凯莱增程式电动车从零加速到时速100千米然后减速下坡的距离要求。

好，该让凯莱车出场了。假设这辆通体绛红色的跑车开上这条跑道，熟悉鲁冠球的朋友首先会说，他梦想成真了。他在世时，因为万向对美国菲斯科汽车的收购使他有了实质意义上的整车；在创新聚能城，人们将看到关于汽车的更多梦想一一实现。

2022年8月，从美国视察回来的鲁伟鼎介绍说，将在创新聚能城建设一个比凯莱公司更先进的工厂，把美国豪华车研制形成的技术通过部件的授权与公共交通的各种技术进行整合，形成汽车工业设计中心，而它本身，又是一个汽车技术的博览馆。

我问，如果此刻再回到上帝的视角，从空中俯视，创新聚能城是什么图形？

“规划师眼下的是一座‘树城’。产业所在区像硕大的树根，产业为根，电芯、新能源车这些实体产业扎根在这里；中间长条形的国际科创片区像‘树干’，开枝散叶；上面的聚能中心区，树冠枝繁叶茂，生机勃发。在我们心里，它就是一座‘树城’！”我从规划师的描绘中感到了一种和梦想一道成长的真实，它也必将是鲁冠球留于故乡土地上的生命之树。

// 钱江溯源之旅

鲁伟鼎一直有个心愿，想做一次钱塘江的溯源旅行。他计划从钱塘江北源安徽休宁怀玉山主峰开始，顺江 588.73 千米，直到海盐澉浦至对岸余姚西三闸一线的杭州湾入海口。他要寻找父亲生命的源头。

鲁冠球一生，与钱塘江相伴相生，尤其是流经家乡的萧山段。从他出生的童家塘老屋、读书的学校、修自行车的工棚、铁匠铺，到农机修配厂、万向节厂……他的所有经历与作为，都在江边的这片土地上发生。世界上还很难找出一个同样的企业领袖，会终生不离乡土而功名影响全球。是这条江的神奇，是这片土地的神奇，还是一个人依托特定的时代条件在这里创造的神奇?

鲁伟鼎很想追赶汹涌拍来的钱江大潮，去感受父亲一生领潮人的勇气、智慧与胆略，以及那种永立潮头的坚韧与执着，然后停留在九堡大桥的桥堍，将万向创新聚能城如今的种种气象告诉父亲。

他无法掂量创新聚能城在父亲心中的分量。记得父亲在病重时，对前来看望的浙江省领导说，他心里放不下，一定要将这座“城”建起来。弥留之际，鲁冠球断断续续的话音中也常常是这座“城”。

如果这座“城”的建设真是“梦想马拉松”，那现在鲁伟鼎已经跑过初程最艰辛的那一段了。

在人们的印象中，15 年、20 年前的鲁伟鼎还是个坐不住、老想往外跑的人，而现在大家发现他静了，坐得住了，越来越多地留在萧山宁围，或是湘湖。他喜欢贴近钱塘江，看潮，听潮，也随潮奔放自己的思潮。

记得当年有一位朋友给鲁冠球抄来宋朝潘阆的一首词，是写钱江观潮的，其中两句活灵活现：“弄潮儿向涛头立，手把红旗旗不湿。”

鲁冠球看了，又朗读了几遍，跟来访的朋友讲：“你看，这多不简单!钱塘江那么大潮，弄潮儿可以立在潮头上翻滚表演，手上的旗帜还不浸湿，这是何等本事！”

鲁伟鼎心目中的父亲，不只是弄潮，更是领潮，他是他那个时代农民创业的引领者。如今，“乡镇企业”的名号在现实中已被“中小企业”“民营企业”所替代，中国农业、农村、农民的状态有了历史性的改变，父亲那个激情澎湃的“领潮季”也留在了记忆中。下一个“领潮季”会在哪个时段到来，而自己又能在哪些领域继续领潮？面对多变的世界、运动中的经济版图、不断更新的产业格局、难以预料的科技引领，扑面而来的是无尽的挑战，是汹涌的变革浪潮。“我生存的位置、生命的意义、生活的蓝图在哪里？是否能承接住父亲的领潮使命，有所作为？”鲁伟鼎常问自己。

生存，生命，生活，这也是人们都需要面对的命题。不尽大江滚滚来，接下来的领潮人中，有他，也许没有他，这不重要，当这份思考合着时代改变的复杂节律而涌动，便有可期许的明天了。

遗产：

留在时间长河

鲁伟鼎签署《鲁冠球三农扶志基金宪章》

// 财富密码

还是在美国罗切斯特温斯洛路公寓，鲁慰芳、鲁慰青姐妹和鲁冠球谈到了财富的话题。

那时，鲁冠球还很自信，没觉得自己的病有多重，在平静的情绪氛围里，他和女儿很随意地说到了财产，但并没有交代后事的意思。

鲁冠球说："爸病好了回去，至少还能陪你们20年，你们一点儿不要担心。爸爸给你们留下的财富，一辈子、两辈子、三辈子都用不完。"

鲁慰芳回忆说："那时心里一跳，我高兴啊，也开玩笑地问：'爸，那到底给我们留下多少啊？'那时谁也没想到爸会这么快走。在我心里，爸还一直在的，生活也会这样永远不变地过下去。"

鲁冠球留下的是一个财富王国，在几十年的创业和积累过程中，他一直在思考和解决财富的分配与处置问题。"财散则人聚，财聚则人散，取之而有道，用之而同乐"，这几句被称为万向经营哲学的话，也是他的财富观。

1994年，企业实行产权改革，万向钱潮上市时，鲁冠球就有过将产权量化到个人的周详考虑，因为集团上市与非上市公司的内部员工的分属会导致利益分配不均，不能正常体现员工的自身价值而没有实行。在当时，万向正需要集中财力、调动全员积极性来完成发展目标，将员工的全体所有作为企业产权结构的基本形式是适当的。之后，企业壮大了，股份制改造也在企业界普遍实行，但鲁冠球有困惑，根据乡镇企业的经营特点和文化特征，

“一分了之”不容易聚拢人心，全员持股更能体现集体的集聚力，可以有条件谋大事、做跨越式发展，而不至于生乱，所以，公司的股份化没有实施。再到后来，随着市场经济的进一步成熟发达，《中华人民共和国公司法》等法规清晰可操作，鲁冠球觉得是时候做股权改制了。但那时企业的资产“蛋糕”更大了，几百亿元以上的积累，想分、想切下去一时也难切，这成了鲁冠球未竟的一件大事。

鲁冠球去世前五天，神志虽有时已模糊，但还是和鲁伟鼎谈到了一些事，其中就有企业实行股份制的安排。鲁伟鼎单膝跪地，贴在父亲耳际说：“你要同意就点点头，不同意就摇摇头。”

鲁冠球吃力地点了点头。

万向企业股份制的担子落到了鲁伟鼎肩上，它可以被读作鲁冠球的一份隔代安排，他让儿子在对企业财富的分配构建中立身立行，完成自己的管理版图。

在鲁家内部，财产话题也被摆上了桌面。

鲁冠球走了以后的一天，鲁伟鼎跟三个姐姐商量，把万向三农集团属于鲁冠球的股权全部捐献给鲁冠球三农扶志基金。这是当时鲁冠球财产中股权关系最清晰的一块，因为家族成员共同享有的财产继承权，需要大家商定。

鲁家还从来没有开会讨论过鲁冠球的财产问题。三个姐姐之前也不清楚何以要捐这笔钱，为什么捐，捐了以后会怎么样，直到要捐了，才感到签下这个同意的字并不容易，里面有许多需要厘清的问题。

鲁慰芳说：“那就先问问妈，看妈同不同意。”

一个很慎重的家庭会议召开了，这在鲁家是头一次。章金妹问鲁伟鼎：“为啥要捐？”

鲁伟鼎说：“我爸走了后，我在想，他几十年的创业发展得到国家这么多关心支持，从生病这三年多到去世，社会给了他这么多的爱护和关怀，给了他这么高的荣誉，我们要有所报答。”

“为什么要全部都给三农扶志基金？”

“爸一生最关心农民。他说过：‘我生在农村，长在农村，万向就是从农村走出来的。我不会忘本，我是中国农村的孩子。’把爸的钱捐给以他命名的基金，通过捐资扶志，使更多农民得益，农村有发展，是爸所期待的。”

鲁伟鼎回述了鲁冠球在病中跟他说的话：“爸说，他从来没有把万向看作他的私有财产，也不是家族财产。他说：‘伟鼎，你要记牢，这些财产你是拿不到的，你这一代也是吃苦的，除非到泽普或者后代，才会真正是幸福的。’”

鲁伟鼎说：“几十年跟随父亲到处投资布局，这里一块，那里一块，都是为了把万向的事业保留下来，传承下去。我不能说万向将来一定会怎样好，但是我是奔着这个目标去的，我会把住万向的方向，把万向永远传承下去。”

听完鲁伟鼎这番话，章金妹说：“只要对万向有帮助，对国家有好处，我都全身心支持。”

看到家族成员的意愿都统一了，鲁伟鼎很宽慰。他补充了一个关于这项捐赠的特别背景：“其实，父亲在世时就有这个意愿，他把这件事留给我，是想把好事让我来做，博个社会好名声。”

几位姐姐都表示了理解，虽然她们也都有自己的家庭计划，有给孩子们创业资助的打算，也需要钱。事实上，作为鲁冠球的女儿，她们也没有从父亲那里分到过什么财产，但既然是父亲的遗愿，弟弟来做，妈妈支持了，就都同意了。

鲁慰芳这样对我说：“问我们姐妹对财富的看法，我很坦诚，也很简单，没有更高的想法，心里平平静静。这也是父亲长期教导的结果。对于金钱财富，父亲在的时候就没有给过我们什么期望，所以现在拿不到也就没有太多的失落。钱够用就行了，太多的话反而会害了孩子，他会不努力，不求进取。你说我爸苦了一辈子，他的财富他自己用了多少？他一分钱没用就走了，像我妈说我爸的，‘两手空空见阎王’，我们做子女的，有什么资格躺在他的财富上去享受呢？”

鲁慰青说得很坦诚：“我的性格很直率，实话实说，虽然这钱一捐掉，牺牲了姐姐们的利益，但在最后一刻，我理解弟弟，他最终是为了万向。”

// 签署捐赠宪章

一份海外家族慈善的案例集放在鲁伟鼎桌子上，其中介绍了全球现有资产超过 50 亿美元的大型家族慈善基金的组成及运作。按照捐赠人家属所属国家来看，美国占据榜单大多数，其中有一大批具有世界影响力的家族基金会，像洛克菲勒基金会、福特基金会、卡内基基金会、比尔及梅琳达·盖茨基金会等。

鲁伟鼎对洛克菲勒基金会的运作更为关注。从 1892 年老洛克菲勒设立四人委员会来管理家族财产及慈善捐赠事务以来，作为世界上最伟大的慈善家族之一，其通过建立家族基金会等方式，开创了美国现代慈善管理运营模式。最初，基金董事会由洛克菲勒家族成员组成，以后随着时间推移，基金会逐渐重视外部成员的介入，基金会各部门实际负责人与董事会也日益分离，成员也渐趋国际化，而且多元化。到现在，洛克菲勒家族已经传承到第六代。

一个家族的慈善基金能够绵延百年，很大程度上取决于洛克菲勒后人对家族慈善文化的传承和家族团结的认同。它“以建设一个更公正、持续与和平的世界”为使命，并将之涵盖到形成决策管理的家族基金会章程上。鲁伟鼎详尽研读它的章程，获得了很大的启示。

如何体现财产委托人的情怀意境，这是一个萦回在鲁伟鼎心上的很复杂的问题。当他将万向三农集团的全部股权委托给鲁冠球三农扶志基金慈善信托时，要做到什么样的预期结果，怎么在自己百年后一代代传承下去，并管理运作好，并没有现成版本，中国也没有这样的案例。

一个在常人看来很难理解的现实是，捐出资产，并非一捐了之那么简单，它需要很费心思地去完备整体设计，要符合法律规范，让它达到如鲁伟鼎作为委托人所希望成为的“随本质心境、直觉和传统人文常识而设立和命名的慈善信托”。

鲁伟鼎的意愿是要开创一个以企业的经营为持续慈善来源、以社会公益为终极目标的新型慈善模式。这就不是一次简单的捐赠，而是通过资产的慈善信托，形成慈善基金的治理体系，使基金会长期运营、进而达到几代人的持续管理成为可能。这在中国的慈善史上，还是首次尝试，是引领潮流的。

从 2018 年 4 月起，万向信托团队开始启动这项慈善信托的委托程序。它包括财产隔离和受托管理两大事务，要研究一系列涉及的法律法规问题，要做相应的文本、文稿。到 5 月中旬以后，几乎是每天出一个版本，团队下班时送到鲁伟鼎那里，他当晚改，第二天一早又送回来，上面密密麻麻地留着他的修改意见和需要进一步讨论明确的问题。这种迭代修改，使文本的形成过程成了我国慈善经营模式的一次深度创新实践。

由于委托方万向三农集团捐出的资产涉及它持股的三家上市公司，构成了间接收购，为厘清利益边界，消除可能侵害其他股东利益的忧虑，鲁伟鼎还专程到中国证监会说明缘由，做了相应的承诺和保证，使管理层对于我国第一宗此类涉及上市公司的股权捐赠有了理解与信心。

整个捐赠、委托最核心的文本是基金的“宪章”。鲁伟鼎亲自执笔撰写，只是在个别法律用语上向专业团队进行了咨询。

现在，这份《鲁冠球三农扶志基金宪章》（以下简称《宪章》）就摆在将要签署的桌上。它的全文是：

本宪章是鲁冠球三农扶志基金信托文件的一部分，是信托资产存续、运营、处分的最高准则，鲁冠球三农扶志基金决策、管理和监督所涉及的机构或个人，均无例外地服从本宪章的规定。全文共包括八条，内容如下：

第一条 设立

鲁冠球三农扶志基金是为了纪念万向集团创始人、万向董事局主席鲁冠球先生，并且遵循他的情怀境意，由鲁伟鼎先生依随本质心境、直觉和传统人文常识而设立和命名的慈善信托。

第二条 信托财产

鲁冠球三农扶志基金的初始财产为鲁伟鼎先生所无偿授予的万向三农集团有限公司股权。信托财产及其收益全部用于慈善目的。鲁伟鼎先生及其家族成员不享有信托利益。

第三条 宗旨

鲁冠球三农扶志基金的宗旨是：让农村发展、让农业现代化、让农民富裕，以影响力投资、以奋斗者为本、量力而行做实事。

第四条 价值观

鲁冠球先生是一位创业55年的杰出企业家。鲁冠球三农扶志基金应秉承鲁冠球先生“财散则人聚，财聚则人散，取之而有道，用之而快乐，利他共生，共创共享”的理念，发扬“讲真话、干实事”的奋斗精神。

第五条 期限

鲁冠球三农扶志基金永久存续。

第六条 制度

鲁冠球三农扶志基金实行董事会决策、受托人管理、信托监察人监督的制度。董事会、受托人和信托监察人应根据鲁冠球三农扶志基金的信托文件和国家法律规定履行职责。

第七条 撤销权

如信托监察人有理由相信信托财产处分违背鲁冠球三农扶志基金的宪章、章程、信托合同的规定，有权要求相关机构或个人进行纠正。

第八条 修改权

本宪章由鲁冠球三农扶志基金设立人鲁伟鼎先生签署并于该基金成立日生效。除非经设立人同意，任何机构或个人无权在基金设立后修改本宪章的条款。

2018年6月27日，鲁伟鼎和夫人李鹂走进杭州环城西路的万向信托大楼。在这里举行的鲁冠球三农扶志基金设立仪式上，鲁伟鼎将签署上述《宪章》以及《章程》《慈善信托合同》等信托文件。

从4月启动工作程序到捐赠文本完成，用了不到3个月时间。本身也担任万向信托慈善信托部总经理的李元龙说，我们日常也在做其他信托投资服务，接触数百位家族资产委托理财，一项这么大金额的资产授予只用这么短时间做完准备，说明家族的意愿非常强烈也高度一致。

签署仪式原定17时举行。出于慎重与专心，鲁伟鼎又对文本反复斟酌，做了多处精细化修订，直到21：30才敲定最后文本。在文本打印制作的空当，他与李鹂和大家一起吃了个盒饭。到正式签署时，鲁伟鼎抬起手腕看了看表，已经23时了。

有一个小插曲，原来文本一式6份，看《宪章》的用纸很考究，印得也漂亮，鲁伟鼎又让加印了30份，一一签上名，他说这可以做个纪念品。

在仪式上，鲁伟鼎即席发表了一段简短却含义深长的讲话，他说：

鲁冠球三农扶志基金当然有纪念鲁冠球的考虑，我们要纪念的，同时也包括更多的以鲁冠球为代表的万向创业人，以鲁冠球为代表的、在改革开放中创造财富并使用到对社会有意义事情上的创业人。

他讲这番话时，在场许多鲁冠球的同人不胜感动，眼噙泪珠。

人们这样评价这个时刻：就在鲁伟鼎签下自己名字的那一刻，他的角色瞬间变了，从亿万身家的私人财产持有人变成了公共基金的职业经理人，开始为社会打工了。鲁冠球数十年创造的财富，没获得过多的“喘息”时间，便由他的继承人决定了归宿。

鲁伟鼎捐赠授予鲁冠球三农扶志基金的属于万向三农集团公司的全部股权价值几何？

到 2020 年 6 月末基准日，鲁冠球三农扶志基金慈善信托全部资产净值为 141.8 亿元人民币。

这项基金，预计每年至少产生 7 亿～8 亿元的收益，它像种子一样，将在慈善公益的土地上生生不息，年年丰收，造福社会。

在鲁冠球三农扶志基金董事会的名单中，有鲁伟鼎夫人李鹂和莫凡的名字，后者是鲁伟鼎的外甥、鲁慰芳唯一的儿子。鲁伟鼎的儿子鲁泽普担任监察人。

家族慈善基金的世代传承初露端倪。

由鲁冠球三农扶志基金受捐万向三农集团公司全部股权的做法是鲁伟鼎对正在进行的万向集团股权变革的一个示范。

鲁伟鼎这样介绍他正在编制中的万向股份制实施方案：在完成对万向集团公司资产全面评估后，将设立“鲁冠球万向事业基金”，将万向集团公司由鲁冠球个人持有的 80% 股权捐给这个基金，基金归于社会，归于公众，鲁伟鼎自己只是这个基金的管家。这项将有数百亿元净值的资产作为鲁冠球最大一笔捐资，会在未来的万向事业发展中产生巨大的影响力和生命力。

本着“激活智慧，分配未来”的方针，鲁冠球万向事业基金在运作过程中将通过持股、扩股、增量等方式，吸收员工尤其是长期以来对万向发展有贡献的员工参与，共同分享万向的发展成果。

这个创新性的制度设计将会体现鲁冠球意愿中的万向股权处置目标，又具有现实的实施价值，以及未来意义。它是充满期待的“财富密码”。

// 向历史要“概括”

2019 年 1 月 21 日，我应邀去万向参加鲁冠球追思会，同时接受鲁冠球精神委员会顾问的聘书。

最初听到这个名称有些意外，在我的阅历中，无论中外，很少有为一位已故企业领导人的精神传承与弘扬，成立一个专门机构的。鲁伟鼎决定设立这个委员会并亲自为其命名，看得出他对父亲留下的这份精神遗产很珍惜，看得很重。就像他之前说的，鲁冠球“生命的价值，不仅在于他对历史进程的贡献，更在于他留给未来的精神力量”。

他同时还决定设立鲁冠球精神展陈馆，选了好几个地方，最后下决心将一座厂房搬迁，腾出 4500 平方米场地做馆舍。展陈的线路沿着鲁冠球一生创业创造的历程而来，它的开篇是火花四溅、铁锤叮当的打铁铺模拟场景……

鲁冠球精神委员会聘请曾经与鲁冠球有过交往的朋友担任顾问，他们中有理论工作者、媒体人士、学者和领导干部等。

在鲁冠球精神委员会首次会议上，顾问们围绕什么是鲁冠球精神、怎样对此做出概括展开讨论，发表了很好的意见。这些意见为概括鲁冠球精神提供了有价值的参考。

作为曾经的报告文学写作人，我谈了鲁冠球精神的成因及形成这种精神的性格基因，如原生的觉醒、钝感的执着、务实的远见、憨厚的精明和质朴的包容，我认为，不屈的改变命运的奋发精神、不息的领先时代的创造精神，是他“常青”的密码。

鲁伟鼎对于鲁冠球精神的思考，在2017年鲁冠球去世后的三年“静思”期里已经开始。他认为，鲁冠球精神的形成，归根到底，源于对大变革时代的认知，对改革开放深刻的理解，对中国特色社会主义自觉的实践，对中华民族实现伟大复兴的美好憧憬和率先力行。

“勇立潮头，长青不倒，这是鲁冠球生前许多人对他的共识和评价。为什么他离世后，爱戴他的人越来越多？为什么他总是被人念念不忘？为什么当我们遇到困难和难题的时候，总会想起他？”在这一系列的设问后，鲁伟鼎得出的结论是，“说明鲁冠球精神是企业的灵魂所在，是员工的精神支柱，是一笔巨大的社会财富。”

鲁伟鼎充满激情地对万向员工说：“如果每个人心中都珍藏一个‘鲁冠球’，那么三年后的今天，我们要大声地把‘他’呼唤出来。他是一位离我们最近的人、最爱我们的人。我们的优势是在他工作过的环境里，可以像他一样去努力工作；在他奋斗过的舞台上，可以像他一样去不懈奋斗。如果他一生辛勤的劳动是为了我们，那我们是否该成为像他一样的人，一个因理想而高尚的人，一个因精神而纯粹的人，一个因奉献和劳动而有益于社会的人，一个对民族复兴献出自己全部力量和贡献的人。”

鲁伟鼎这段话见于他写在2020年的《三年忆》中。当他的思考像双脚虔诚地走过鲁冠球从艰辛道路穿越而来的精神原野，一路采撷提炼，终至豁然明达，鲁冠球精神被归纳概括的文字找到了。

这是个不平静的夜晚。在杭州纳德大酒店的顶层大厅，鲁伟鼎向与会的集团同人讲述他对鲁冠球精神的理解，同时把他三年来与大家反复探讨、比较、提炼、修改，最后集所思、所想、所念之大成的“鲁冠球精神”发送给大家，征求最后的定稿。

人们传阅着，热情评议，调整了个别文字。快到午夜了，几乎所有人都赞同了，会场上一片掌声。

这是向历史要来的“概括”，也将作为万向传家之宝，被一年年、一代代继承、发扬下去。

于2020年10月25日鲁冠球逝世三周年纪念日正式发布的“鲁冠球精神”是——

心无旁骛的攻坚精神

履中蹈和的正道精神

久久为功的创造精神

荣辱不惊的乐观精神

厚德弘毅的大同精神

概括为10个字：

攻坚 正道 创造 乐观 大同

那天是重阳节。夜空明澈，星月朗朗。纳德大酒店对街的万向公园沁香怡人。这座由万向出资、建于20世纪末的街心花园位于杭州市中心的古武林门，紧贴大运河，至今一直由万向负责养护。公园里花木扶疏，留着鲁冠球与市民心意同在的温润气息。

鲁伟鼎对着星空说道：“一念通，心即明。最亮的星星，我们找到了！”

// 时间是改变的积累

2018年2月9日，鲁伟鼎在北京参加民营企业家迎春座谈会。那时距鲁冠球去世才3个多月，外界对万向的这位接任者了解不多，但他的发言给人的印象是，他对企业事务的认知很务实，对经济全局的研判有见地，尤其发言的题目《时间是变化的积累》很有点儿哲理。

我曾问鲁伟鼎这句话的出处，他说他写过许多关于时间的理解文字，这是其中之一。

2020年早春，正是踏青好时节。萧山义桥镇云峰山被满坡山花装点，一片锦绣。进入寺坞岭，竹林茂密，绿海深深，在这里接触大自然，回归大自然，当是最佳的体验。

鲁伟鼎从山脚向海拔529米的山顶雄鹅鼻爬上去，却没被一路春色所吸引，他脑子里想的是森林生态系统恢复的课题。萧山区农林部门告诉他，在丘陵地区，由于大面积单一的竹子种植造成了对生物多样性的侵害，山上其他阔叶林树木被挤走，目前已出现“绿色沙漠”的生态危机。

这种情况不但萧山有，在整个浙江和江南丘陵地区都有，修复山林，保护生物多样性的课题就这样被提了出来。政府已经察觉并在着手研究这一山区共性的问题，但目前还很难有资金投入这类探索性的、短期没有效益的生态项目的研究与改造。

鲁伟鼎从中看到了机会，如果由民营的公益性组织来做这件事，通过调研与实验，解决生物多样性的复原问题，同时将山林生态修复和乡村振兴结合起来，给比较贫苦的山区农民带来更多的增收渠道，是一件很有意义的事，万向也具有这样的实力。

他在寺坞岭登山的路上，一边钻进竹林看看生态植被，一边琢磨从哪里入口，做出模型和样板，然后推广开来，并促进政府形成相应政策，以最低的社会成本获取惠及子孙后代的生态红利。

一个名叫“近自然修复”的大计划在鲁伟鼎心中形成。不用舍近求远，就选在脚下的寺坞岭。从这里开始，进行生物多样性恢复与植入山村文化的实验。一些与万向有关联的生态公益组织都被召唤到寺坞岭下。

根据鲁伟鼎的构思，策划和设计团队对这片山岭上上下下做了本底调查，确定了253亩林地作为项目区域，通过林地租用和青苗补偿，开始将生态修复计划在政府批准的规划里潜声展开。

该为项目取个什么名字呢？有一天凌晨，鲁伟鼎在冥思中忽然灵感一闪，得一名字，即刻发给团队成员。万向信托慈善信托部总经理李元龙拿起手机一看，6个字——江河荟·浙江翠。

一个让“诗画浙江”显现出来的好名字，团队成员都很欢欣。

在2020年这个不平常的春天，冲破全球疫情造成的沉闷，寺坞岭开始了向本土自然生态和山林原乡文化回归的敞亮旅程。

在这里，树木长成至少需要5年，一个生态修复过程大约需要10～20年。也就是说，在这条漫长的生态公益的道路上，万向将一代代走下去，只有不断付出，永远没有自己的商业回报。

同样的修复足迹也到了淳安千岛湖。山地上正在实施对松材线虫病的生态防治。通过生物多样性的自然生态回归，既有助于解决松树的线虫病患，又能改善集水区生态，保持千岛湖优良的自然水质，提升临湖森林湿地的蓄碳能力，是一件造福未来的好事。

由万向的民生通惠公益基金会与社会其他公益基金会共同发起的“千岛湖水基金”是目前国内最大的水基金，在大自然保护协会的协同下，其正在探索城市上游水源地可持续保护的长效模式。

鲁伟鼎多次重游父亲走过的千岛湖羡山全域，决定以生态多样性为目标，做公益、非营利的持续投入，在千岛湖建设一个标志性的生态植物园。鲁冠球希望的“天更蓝、地更绿、水更清、空气更清新”将成为现实。

这是悄然发生于山地与湖泊的生态改变。

2022年7月，鲁伟鼎再次来到淳安。作为杭州市唯一的山区县，它的发展更受到关注。鲁伟鼎决定把“鲁冠球教育奖”设在这里，来推动当地的基础教育发展。

“鲁冠球教育奖”由鲁伟鼎倡导，于2020年在萧山宁围设立，目的是支持好的师资、好的学生、好的教育方法，让善教好学成为受人尊敬并广泛认可的导向。在鲁伟鼎心目中，以父亲名字命名的这个奖最能体现他的内心意愿。从故乡宁围出发，一个乡、一个市、一个省逐步铺开，直至走向全国，他希望这个奖带着父亲的美好希望，去鼓励和营造好学、善教的教育氛围。到2022年，“鲁冠球教育奖”已经支持了数十个教研项目，受益师生1978人次。

打开鲁冠球三农扶志基金的网站，首先看到的是鲁冠球的头像，网页上有他的一句话：“我对农民有感情，为农民做事是一种快乐。”

在“四个一万”工程的栏目下，滚动并即时更新着万向慈善公益的工作进度……

这是通过扶智、扶志与扶业，万向对于贫困地区与需要帮扶人群的生存状态的改变。

万向旗下大洋世家的远洋捕捞船“新世纪”号正在中西太平洋基里巴斯的专属经济区洋面作业，满网的金枪鱼被捕捞上船，进入超低温冷仓。这是大洋世家与基里巴斯政府渔业合作后出现的一番景象。

大洋世家曾经遇到这样一个难题：世界海洋渔业组织对金枪鱼捕捞实行配额，在我国获得的138条船的配额中，万向有19条，占比不低，但明显不足。中西太平洋的一些岛国，如基里巴斯，金枪鱼资源量丰富，配额用不完，以前他们会卖掉一些配额换钱，现在改变了，要求用配额吸引投资，来发展经济和社会。如果万向通过投资换得渔权，对双方都是好事。

鲁冠球在世时果断支持这个计划：“人家有资源，万向有资本，可以根据国家的发展战略，进入基里巴斯，用投资去换渔权。”

2018年9月20日，大洋世家与基里巴斯政府渔业合作协定签署。根据这份协议确定的框架和路线图，大洋世家与基里巴斯政府合资设立了圣诞岛渔业有限公司和基里巴斯金枪鱼捕捞有限公司，并由万向持有合资公司的控股权和经营管理权。这在基里巴斯以往的对外合作中从未有过。

大洋世家的投资规模在基里巴斯也从未见过。一个总投资超过 10 亿元人民币的投资计划让岛国人民欢欣鼓舞。它将用于建造 5 组大型金枪鱼围网船和 10 艘玻璃钢金枪鱼延绳钓船，以及岛国的水产加工等基础设施建设，当地人民的就业机会和政府税收也因此增加。

鲁伟鼎说，这样做是万向投资文化的要求，鲁冠球早就说过："我们到任何地方去投资，不是去掠夺，而是去播下一颗种子。我们要尊重当地政府，尊重合作企业，尊重项目规律，坚持诚信为本，以平等的心态对待合作者。"

现在，这些挂基里巴斯国旗、在阿根廷注册的渔船陆续进入基里巴斯专属经济区捕捞，它将为大洋世家每年增加 5 万～6 万吨的金枪鱼原料。大洋世家的富裕配额，还可以给国内的兄弟公司入渔，向远洋获取更多优质稀缺的金枪鱼。

这是万向投资版图的改变，也带来一个太平洋岛国经济状貌的改变。

鲁冠球在世时特别关注的万向电动车电芯制造有了突破性的发展。在启停电池专项上，万向以超级纳米磷酸铁锂的专有技术，令产品在国际市场有了不可替代的地位，占据全球超过 60% 的份额。

这是万向在清洁能源产业上竞争力和话语权的改变。

…………

鲁伟鼎的身份有了新的改变。

2022 年，鲁伟鼎当选为中华全国工商业联合会副主席。

2023 年，52 岁的鲁伟鼎当选为第十四届全国人大代表。这距鲁冠球

2008 年第三次当选全国人大代表过去了 15 年。鲁冠球第一次当选全国人大代表为 54 岁。

鲁家也发生了许多改变。

大外孙莫凡从美国华盛顿大学读完公共政策与经济学后开始工作，现在已经是 32 岁的棒小伙了。如今他在芝加哥一家基金管理公司做经理，主管着一项总额达 10 亿美元的农产品玉米科技的大项目。他妈妈问他："为啥选了农业？你也不熟悉。"他说："外公一直关注农业，要为农民创造幸福，我在伊利诺伊州这片黑土地上，做和中国合作的玉米种子项目，就和外公有关啊！"他记着病中鲁冠球对他说的话："我家要一代代传下去，但不要为了外公而回来做万向，全世界最苦的是制造业，没有特别理由，不要碰它，你可以做你喜欢的事，可以做与万向有关的事。三五年里不要为赚钱去工作，要先学本领，学管理，学技术，学做人。人这一辈子都要做一件有意义的事。"

外孙韩凌宇在国内一家金融机构工作一段时间后，现在在新加坡自行创业了，他的弟弟、妹妹韩瑞和韩琳分别在美国纽约大学和美国西北大学就读。

一直居住在美国的外孙倪睿奇还在匹兹堡大学读建筑学，而倪睿杰已在华尔街投行任职了。外孙女倪雪睿的职业是好莱坞的一名编剧。怪不得，读了本书第二十五章结尾那段怀念鲁冠球的文字，会好生佩服她文笔的深挚和文字的国际视野。

小孙子鲁泽星是中学生了。他的哥哥鲁泽普在美国芝加哥美术学院就读，画画有天赋，老师说他不受传统绘画理念束缚，思维很活跃。因为有这样的思维模式，李鹂认为儿子更应该去学哲学。21 岁的他最开心的是听他妈妈说："爷爷讲过多次，我的两个孙子一定会好的。"

改变，改变，这里记录的和未被记录的每一项改变，自然地发生着，积累成鲁冠球走后这些年的时间。

“云把水珠洒落在江河，自己却隐在远山之中。”借用这句诗，看万向不息涌动的改变之水，总是有“鲁冠球云”存在于无形的深处，有鲁冠球和他的精神在影响着、推动着。

如果留在时间长河，世界会听到一个中国农民关于改变的故事——

他最初只想走出贫困改变自己，结果改变了自己以外的世界，并且让改变在下一代身上继续。

第三十章

远望：

期待百年

晚年鲁冠球依然充满朝气

// 是夜无眠

2022 年 1 月 21 日，是夜，鲁伟鼎走进鲁冠球的办公室。父亲走后 4 年多，他还是第一次这么静下来翻看、整理依然原封不动地放置在屋里的文件、笔记以及器物。此刻，父亲仿佛还在身边。

明天，父亲的骨灰将归葬入土，他在寻觅几件有意义的物件给父亲带走。

长夜孤灯，翻阅旧章，皆是入怀春风。一行字不断地在他眼前出现：做受人尊敬的国际化公司。

2013 年 5 月 4 日，鲁冠球在万向总部接受英国《经济学人》杂志上海区总编辑范思杰的采访。采访地点是万向早年建的一座老楼，楼板用的还是多孔预制板，比较简陋。所以，鲁冠球一见面就说："你不要看我现在这个地方很小、很古老，在农村，这里是我起家的地方，你要看到我走向世界，在世界各个地方有很多企业，虽然都很小，但是加起来就很大了。"

范思杰来采访前，发来过一份采访提纲，鲁冠球预先知道了这家杂志的背景与历史。已经习惯于和国际媒体从容对话的鲁冠球很巧妙地拿记者的"东家"做话题："《经济学人》是世界性杂志，而我的企业的目标也是成为一个真正符合世界经济规律的跨国公司；《经济学人》拥有 175 年的历史，我们万向也要成为一个超百年的、能够受人尊敬的公司。这不是接受你采访时才跟你讲的，而是向全公司员工公布的目标。"

做受人尊敬的国际化百年企业，是鲁冠球心心念念的事。

他很早就说：“如果今天你不活在未来，你将会活在过去。”

他多次讲过：“做受人尊敬的公司，做对人类有益的事情，这个工作需要一代代传下去。”

他以《奉献》为题，写过一篇手稿：

> 这个世界需要的是一家来自社会、服务于社会、对未来社会敢于承担责任的公司。这个世界需要的是一种文化、一种精神、一种信念。因为只有这些才能让我们在艰苦的创业中走得更远，走得更好，走得更舒坦。

他曾对来访者说：“我有一个大的考虑，就是万向怎么能成为一个受世界尊敬的公司。我刚刚写了一句话：‘要把万向建设成一个受国际尊敬的公司，必须仍应虚其心，淡其名，顺时应势，自强不息。’”

他曾经如此豪迈地将雄心手书：

> 万向首先要在全国的每个省份旗帜飘扬，到一定时间内在世界五十个国家直至全球的每一个角落，都有万向旗帜飘扬！

在一次万向创立的周年庆祝大会上，他曾这样自豪地放眼：

> 就在此时此刻，我们的员工有的在欧洲走访汽车厂，有的在亚洲采矿，也有的在太平洋上捕鱼……今天的万向，已经形成了内外资源互通、优势互补、利益互惠、风险互助的开放格局。全球的广度，中国的速度，都在加快着我们与世界的深度互动。

如果能够向天借 100 年，鲁冠球该向世界奉上一个怎样的万向？是否能如其所愿，赢得世界的尊重？

读着这一页页文字，鲁伟鼎潸然泪下，湿了纸面。这便是父亲的遗愿，他把未竟的事业留给了我。他那么寄情怀于世界，就让世界陪伴着他。

他带走了办公室书柜上一个人造水晶的地球仪。

2022 年 1 月 22 日，在杭州远郊一片群山环抱中的坡地，鲁冠球的骨灰被放入墓穴。被一起放入的除了那个水晶地球仪，还有鲁冠球 1989 年获颁的“全国劳动模范”、2018 年的“改革先锋”和 2021 年的“全国优秀共产党员”3 枚奖章的照片，以及印有“鲁冠球精神 攻坚 正道 创造 乐观 大同”的字板。

还在 2009 年 10 月，鲁冠球说过：“革命者的休息地是墓地，只要我身体好，我会继续干下去。现在我脑子里想的都是企业，不干就会闷死的。我把工作当作一份事业，一种乐趣。”

他曾告诉鲁伟鼎：“将来我的墓碑上就写：企业家鲁冠球。”他自豪地说过，“企业家必须被当作最伟大的职业”。

家人最后将花环安放于灵前，满目青山，静得可以听到心跳的声音。

曾经在鲁冠球身边工作的一位员工写了一首诗《愿您安好》：

如果迷茫时
不是一次又一次向您借得慧眼
如果挫折时
不是一遍又一遍学您坚定信念
仅仅 仅仅清明时节
不能入眠
我将无言

谁说死亡结束创造

您用创造消灭了死亡

昨天的昨天 我们在您身边

明天的明天 我们还会相见

如若 如若一切重来

愿您安好

无须多言

清明前夕，鲁家人来到鲁冠球墓地祭扫，面对鲁冠球汉白玉雕像，鲁伟鼎深情地讲了话。全文如下：①

年前你在这里落土为安，为了纪念你，专门做了一尊塑像。第一，用你喜欢的白色，清清白白、干干净净；第二，坐的姿态就是让你休息，纵览天下，也是辛劳之后的闲坐，劳心之后的安逸，操劳之后的放下。所以叫作一方土地安放你，保护你，保佑你；你也帮助一方土地，保佑大家。按照妈妈说的，先要国泰民安。

一切都好，赶在清明节，塑像揭幕了一下。塑像是在北京初步形成的，所以从北京引过来。人啊，自己的像看不到，别人看，塑像很不错，特别眼睛很像，很有神，标志性的符号也都在。你走了几年了，我心里想得很多，大家都非常想念你。去年是中国共产党成立 100 年，记得你非常在意要入党，38 年前就加入了。我和大家都很兴奋，以前你是中组部表彰的优秀党员，建党 100 年的时候是中共中央表彰你的。像你们这样飞向另一个世界的人总共表彰了 16 个，专门有个代码，你的代码是 00114，非常好的号码，你也喜欢这个号码吧。最重要的是，从

① 以下文字尽力保留了讲话人的口语色彩。

1921 年建党开始，总共表彰 400 个人，你也在这 400 个人里面。2019 年新中国成立 70 周年，国家也表彰了你，你们劳动者被称为“最美奋斗者”。2018 年你获得了“改革先锋”的称号。所以不仅仅家人纪念你，纪念你的人很多。

儿子呢，就像你知道的一样，总会认真做的。但是万事都有不孝之处，做得想得不够周全，很多很多，但如同你一样，不好的，忘掉；好的把它留存住。你想做的[1]，2018 年就开始了，土地虽然没有全部拿到，但是规规矩矩地做过去，分期做，一期 5000 多亩已经动工了。家里的事要放心，三个姐姐和我，包括李鹂、又鸿、倪频，都找到了怎么和妈妈相处的方式，尤其是我，照顾她。但是怎么说，老太太还是觉得冷清。萧山那边都在造房子，家里什么时候拆也不知道，所以增加了一个地方，就在湘湖。湘湖你原来心心念念也想去造[2]，现在花了四五年时间，造的住的新增加了一个，这个你也放心。

各方面亲戚、长者都很安好。你保佑大家吧！最主要的事，我也不用多说，就是万向集团。万向集团好，我好，我们都好；万向集团不好，那就一无所有。我一定争取持续长久，你保佑大家。我们也都感谢你。

话也说不全，以后念之！

// 尾声

初夏，阳光透过沿街茂密的梧桐树枝叶，投下斑斑光点。

① 指万向创新聚能城。

② 指湘湖逍遥庄园。

放学了，一群中学生从校门欢快地走出，边走边聊。

鲁泽星很自豪地说：“我爷爷叫鲁冠球。”

“鲁冠球是谁？”同学间交换着不解的眼神。

“你网上去查呀！”

同学少年纷纷打开手机，少顷，只听到一阵“哇喔”声：“是他呀……”

2022 年 5 月初稿
9 月二稿
12 月三稿
2023 年 5 月改定
于杭州

因潮而生

2021年5月，当我接受万向集团委托为鲁冠球撰写传记时，第一感觉是命运的巧合。1983年8月，我和同事对万向的采访，有了关于鲁冠球的第一篇报道在媒体出现；38年后，可能是关于鲁冠球最后一部传记的写作又落在我身上。能够为一位故人提供其职业人生首尾的文字服务，同时也为他经历的那个时代留下记痕，是我的幸运，也是一种缘分。

感谢鲁伟鼎董事长向我开放了鲁冠球的全部私人笔记和文档，让我成为这些珍贵史料的唯一读者。接受我访谈的有关人士达120多人次，访谈录音长度超过350小时。这些资讯为本书的写作提供了最本底、最翔实的材料，使严肃的人物记述工程有了忠实还原的基础条件。

这是一次走回历史也走进传记主人的难忘历程。当我在鲁冠球生前的办公楼一隅翻阅海量文档，或者与受访者长时间地倾心对谈，每一份获得都使我更接近传记主人的原本，像拼图的板块，少了任何一块，哪怕其再细小，都会使这幅巨大的人物画像留有缺憾。

鲁冠球有过一幅手书："水死了，万物只能剩下坚硬的骨骼。"

鲁冠球的生命之水不死，故而他依然具备灵与肉的活力，向我展示他的强大。

我被一种变化所震撼。一个当年我初见时普通的农民企业家，在之后数十年的人生旅程中会有如此的空间跨越——事业的变化巨大，从一家乡村铁匠铺到多产业领域发展的跨国企业集团；人生的变化深刻，由一个讨生活的农民到受世界尊重的企业家、思想家、慈善家。而所有这些改变，正好印证了中国从 20 世纪 80 年代开始的改革开放时代进程，使传记主人代表性地成了这个时代的骄子、无可替代的奋斗样本。

这就决定了本传记的走向与容量，它不是一般意义的企业家创业史、企业发展史，而是一个非凡人物的时代历程。作为一个农民企业家，鲁冠球"从田野走向世界，从世界返回田野"，他将田野与世界的贯通路径开辟得如此深广，其间留下的积累这般丰厚，可以说很少有一个当代中国农民的个体史有他这样的变迁跨度和深刻程度。如何从这个跨度中书写人物与时代的共生与互存，在叙述的还原中体现人物的历史深度，是我面临的一个挑战。

本书的叙述是按年代的曲线走的，为叙事方便与集中，又切分成各个专项板块，藤是藤，瓜是瓜，连成的是一个有机的生命体。全书分上下两部，上部集中写鲁冠球本人，下部则加入了鲁冠球父子共事的时空背景，在对两代人的交替与传承的叙述中突出了另一个表现维度。这种写作结构和手法，意在适应属于传记主人的特有经历——在万向创立后的 48 年间，有 25 年是在父子共事间度过的。它因此给企业家的传记提供了一个新的阅读角度，也为中国民营企业家的家族传承留下了一份有价值的记录。

作为一部文学传记，我力求以文学的切口和语境来完成宏大的叙事。追求文学的力度，又要兼顾财经的深度，使之可读，不很容易，我在尽力摸索。现在呈现给读者的叙述方式重在故事的讲述，书的大部分章节都可当作独立的报告文学作品来读。令我欣慰的是，全书的所有记述，包括每一个细节，都遵循了非虚构文学的真实性原则，保留了传记主人和企业历史的本真。

本书写作得到了人们多方面的协助与支持，我已在致谢页里一一列出，表达了我真挚的谢意。

在进入到全书写作的尾声时，本书策划之一莫晓平陪我去了萧山原围垦区的滩涂地块。江堤南边是万向早年搞创汇农业的养鳗场，顺江堤西去5千米是正在建设中的万向创新聚能城，中间便是当年鲁冠球自行车修理铺的9号坝工地旧址。鲁冠球50多年创业轨迹在这里被一一固化，时空重现，令人感慨。沿大堤临江一侧，伸出一片被称作盘头的人工江渚，用以拦截奔腾而来的江潮，抵挡它对于堤岸的冲击。放眼望去，钱塘江水天浩渺，排浪如线，蔚为壮观。

站在这里，会很自然地将江堤内外的物征与传记主人联想在一起。回望鲁冠球的曾经，感觉他一生与江潮相伴相生，一起经历了所有的平缓与激荡；潮流面前，他并非普通的追随者，亦非寻常的弄潮儿，他始终昂扬又坚韧地走在潮流前头，并将引领潮流的使命传递给后人。

书名因此而来——《领潮》。

请读者和我一起向领潮人走去，并请原谅我在作品中因主客观原因造成的不足与差错。

2022年5月于杭州

2023年6月补正于洛杉矶

致谢

本书能够写作完成，要感谢许多人。

感谢万向集团董事长鲁伟鼎，他以弘扬鲁冠球精神的意愿，启动本书写作计划，向我开放鲁冠球的全部私人文档，接受我多次长时间的访谈，使本书获得了前所未有的第一手材料，并在最后完成全书的审核。

感谢鲁冠球家族的成员章金妹、鲁冠幼、鲁慰芳、鲁慰青、韩又鸿、鲁慰娣、倪频、李鹂，他们的访谈提供了大量珍贵翔实的素材与感想，让书中的鲁冠球有了特别的精彩。

感谢朱海，作为本书策划，他对全书的框架设计、人物深度开掘与文学呈现所阐述的意见，令我获益匪浅。他的关注从起始一直延至全书修订完成。

感谢本书另一位策划莫晓平，没有他提供的史实指引与许多结构性素材，没有他自始至终有效地组织协助与跟进，很难想象本书能够在一年多的时间内完成。

感谢接受我采访的各方面人士，与他们的每一次访谈，都成为本书第一手材料的来源，真实、多维、鲜活、生动。他们中有：

鲁冠球曾经的领导与朋友：费根楠、倪绥炯。

与鲁冠球同事过的万向员工：管大源、陈军、王建、潘文标、顾福祥、阮胜利、沈阿根、李平一、傅志芳、沈志军、沈仁泉、刘志刚、许小建、沈国灿、吕向荣、金观木、宋长鹰、李杰、赵卫华、鲍永祥、邵林林、丁兴贤、宋李兵。

近年加入万向的员工：徐安良、李元龙。

万向基层企业员工：章永祥、胡永海、王伟、李清、王晓萌。

万向美国公司员工：齐琳云、俞童、Kelly、Evan、陈雷、芦笛。

受万向资助的相关人士：雷招珠、翁昌盛、罗来远、李步松、苏敬清、华业军、卓尚朝、蔡月英。

鲁冠球的主治医生：黄金文、姜浩。

传媒人士：李丹、马吉英、车爱琳。

感谢江坪、胡宏伟、魏江、周荣新、许胤丰、来载璋，他们的著述给我的写作提供了甚具价值的指引与启示。

感谢高海浩对本书写作和出版给予的指导与关心。

感谢罗达成两度审阅全部书稿，并以专业眼光给予精到评价和宝贵意见。

感谢赵翼如对本书写作的启动和作为“一读”给到的有益建议。

感谢杜文辉、应瑶、王升、陈明在采访协调和资讯综合等方面给予的有效合作与尽心付出。

感谢朱卫琴、王琴、苗小红、宋立祥在文档资料提供和环境服务上的配合与照应。

感谢无法一一列名的众多媒体记者、作家和制作人，长期以来他们在采写中留下的大量文字与图像，都丰富了我的阅历，弥补了我的不足。

感谢中国出版集团、中国大百科全书出版社的全力协同与支持，感谢李默耘、程园和编辑团队在全书的编辑出版中付出的努力与辛劳。

感谢我“朋友圈”里的众多朋友，他们总是以真挚的热情关注本书，分享我的每一份心得与快乐。

感谢我的家人，不论他们身在何方，总会牵挂我的写作，他们的叮嘱与勉励陪伴全程。

成书之时，还要特别感谢一位与鲁冠球同时期获得全国优秀企业家称号的朋友，没有她最初的鼓励与推动，我可能没有心力接受撰写本书的挑战。

鲁冠球生平年表

1944 年 12 月
出生于浙江省杭州市萧山县

1957 年 9 月～1958 年 12 月
萧山县城北区第五中心小学（初中部）学习（肄业）

1958 年 12 月～1961 年 12 月
萧山县城厢铁器社工人

1961 年 12 月～1964 年 12 月
自办个体粮食加工厂、自行车修理铺（流动）

1964 年 12 月～1969 年 7 月
创办萧山县宁围人民公社金一大队五金修理厂，任负责人

1969 年 7 月 8 日
创办万向集团前身——宁围人民公社农机修配厂，任厂长

1984 年 4 月 19 日
加入中国共产党

1985 年 1 月
被浙江省企业管理协会、浙江省厂长研究会、浙江人民广播电台评选为浙江省 1984 年“万人赞”厂长

1985 年 12 月
被《半月谈》杂志评为 1985 年“全国新闻人物”

1985 年 12 月
被浙江省人民政府授予“浙江省特等劳模”称号

1986 年 4 月

《人民日报》刊登新华社播发的通讯《乡土奇葩——记农民企业家鲁冠球》

1986 年 4 月

参加全国农业先进人物演讲

1986 年 6 月

被中共浙江省委授予“浙江省优秀共产党员”称号

1987 年 7 月

被中央人民广播电台、中央电视台、《中国乡镇企业报》评为“最佳农民企业家”

1987 年 10 月

参加中国共产党第十三次全国代表大会

1988 年 4 月

被中华全国总工会授予“全国优秀经营管理者”称号和“全国五一劳动奖章”

1989 年 3 月

被中国企业管理协会、中国企业家协会授予“全国优秀企业家”称号

1989 年 9 月

被中共中央、国务院授予“全国劳动模范”称号，受邀参加全国劳动模范和先进工作者表彰大会，在人民大会堂发言

1990 年 5 月

被农业部、人事部授予“全国农业劳动模范”称号

1992 年 10 月

参加中国共产党第十四次全国代表大会

1994 年 4 月

入选中华全国总工会评定的“全国十大杰出职工”

1996 年 12 月

被浙江省乡镇企业局授予“浙江省功勋乡镇企业家”称号

1998 年

当选为第九届全国人大代表

1998 年 7 月

被浙江省人民政府授予“浙江省突出贡献企业经营者”称号

1998 年 10 月

进入由国务院发展研究中心、外经贸部、交通部等评选的“中华人民共和国十佳工业企业经营者”之列

1999 年 4 月～2017 年 10 月

任中国企业联合会、中国企业家协会第六、第七、第八、第九届理事会副会长

1999 年 6 月

被中共浙江省委授予“浙江省优秀共产党员”称号

1999 年 7 月

被浙江省人民政府授予“浙江省突出贡献企业经营者”称号

1999 年 9 月

作为劳模代表在北京参加国庆 50 周年庆典

2000 年 6 月～2012 年 3 月

任中国乡镇企业协会第三、第四届理事会会长

2001 年 11 月

获香港理工大学荣誉工商管理博士学位

2003 年

当选为第十届全国人大代表

2004 年 12 月

被浙江大学管理学院聘为浙江大学工商管理专业硕士研究生（MBA）导师

2005 年 3 月

被中国企业管理科学基金会授予首届“袁宝华企业管理金奖”

2006 年 4 月

被中共浙江省委宣传部、浙江省总工会授予“浙江省最具影响力劳模”称号

2006 年 12 月

被《中国企业家》杂志授予最具影响力的企业领袖终身成就奖

2007 年 9 月

被中国公益事业促进会、中国企业社会责任宣传工作委员会授予“中国最具责任感杰出企业家”称号

2008 年

当选为第十一届全国人大代表

2008 年 11 月

被中国经济体制改革研究会、中国经济体制改革杂志社、中国改革开放 30 年论坛暨评选活动组委会评为“中国改革开放 30 年 30 名经济人物”之一

2008 年 11 月

被中国汽车工业协会、中国汽车工程学会、中国汽车研究中心、中国贸促会汽车行业分会、中国汽车报社评为“中国汽车工业杰出人物”

2008 年 12 月

被农业部乡镇企业局、中国乡镇企业协会、农业部乡镇企业发展中心、人民日报社网络中心授予全国优秀乡镇企业家终身成就奖

2008 年 12 月

被浙江省经济贸易委员会、浙江省总工会、浙江日报报业集团等授予浙江省改革开放 30 年“创业创新突出贡献”功勋企业家称号

2009 年 9 月

被农业部授予“新中国成立 60 周年‘三农’模范人物”称号

2009 年 9 月

被中华全国总工会授予“时代领跑者——中华人民共和国成立 60 年最具影响的劳动模范”称号

2011 年 12 月

被中国乡镇企业协会、《乡镇企业导报》杂志社授予中国最受尊敬的民营企业家终身成就奖

2015 年 1 月

被中国乡镇企业协会、《乡镇企业导报》杂志社授予 2014 年度最具影响力的 10 位民营企业领袖奖

2017 年 10 月

逝世于杭州

2018 年 10 月

被中央统战部、全国工商联列入“改革开放 40 年百名杰出民营企业家”名单

2018 年 12 月

被中共中央、国务院授予“改革先锋”称号，颁授“改革先锋”奖章

2019 年 9 月

被中共中央宣传部等授予“最美奋斗者”称号

2021 年 6 月

被中共中央追授“全国优秀共产党员”称号

2022 年 7 月

成为进入代表全球汽车领域最高荣誉“美国汽车名人堂”的首位中国人

参阅书目

（以出版年月为序）

❶《鲁冠球少年时》，许胤丰、来载璋编写，杭州：浙江少年儿童出版社，1988 年。

❷《全国百家大中型企业调查 · 万向集团》，程炳卿主编，北京：当代中国出版社，1998 年。

❸ 鲁冠球：《鲁冠球集》，北京：人民出版社，1999 年。

❹ [美] 托马斯 · 弗里德曼：《世界是平的》，赵绍棣、黄其祥译，北京：东方出版社，2006 年。

❺ 吴晓波：《激荡三十年》，北京：中信出版社，杭州：浙江人民出版社，2007 年。

❻ 厉德馨：《厉德馨文集》，北京：红旗出版社，2012 年。

❼ [日] 稻盛和夫：《活法》，曹岫云译，北京：东方出版社，2013 年。

❽ [美] 沃尔特 · 艾萨克森：《史蒂夫 · 乔布斯传》，管延圻、魏群、余倩、赵萌萌译，北京：中信出版社，2014 年。

❾ [美] 罗恩 · 彻诺：《摩根财团》，金立群校译，南京：江苏文艺出版社，2014 年。

❿ [美] 威廉 · 曼彻斯特：《光荣与梦想》，四川外国语大学翻译学院翻译组译，李龙泉、祝朝伟校译，北京：中信出版社，2015 年。

⑪［英］弗兰西斯 · 培根：《培根随笔集》，王义国译，北京：中国文联出版社，2015 年。

⑫ 梁鸿：《出梁庄记》，北京：台海出版社，2016 年。

⑬［德］马克斯 · 韦伯：《新教伦理与资本主义精神》，刘作宾译，北京：作家出版社，2017 年。

⑭ 江坪：《鲁冠球观点》，北京：红旗出版社，2017 年。

⑮《万向企业文化》，张琮主编，北京：机械工业出版社，2017 年。

⑯ 周荣新：《万向重心：鲁冠球和他的中国梦》，北京：红旗出版社，2017 年。

⑰［奥］斯蒂芬 · 茨威格：《人类群星闪耀时》，潘子力、高中甫译，长春：时代文艺出版社，2018 年。

⑱［法］罗曼 · 罗兰：《名人传》，陈筱卿译，沈阳：辽海出版社，2018 年。

⑲［白俄罗斯］S. A. 阿列克谢耶维奇：《切尔诺贝利的祭祷》，孙越译，北京：中信出版社，2018 年。

⑳［美］米歇尔 · 奥巴马：《成为》，胡晓凯、闫洁译，成都：天地出版社，2019 年。

㉑［英］弗朗西斯 · 亚瑟 · 琼斯：《托马斯 · 爱迪生传》，胡彧译，沈阳：辽宁人民出版社，2019 年。

㉒ 魏江：《鲁冠球：聚能向宇宙》，北京：机械工业出版社，2019 年。

㉓［日］稻盛和夫：《稻盛和夫自传》，曹寓刚译，曹岫云审译，北京：东方出版社，2020 年。

㉔［美］霍华德 · 舒尔茨：《从头开始》，吴果锦译，北京：北京联合出版公司，2020 年。

㉕ 胡宏伟：《鲁冠球：一位中国农民、改革者、企业家的成长史》，杭州：浙江文艺出版社，2021 年。

— 致图片作者 —

感谢本书中图片的所有拍摄者和提供者。

由于部分图片拍摄年代久远或作者不详，暂时无法与图片作者取得联系，相关稿酬事宜请图片版权的拥有者直接与中国大百科全书出版社联系。

中国大百科全书出版社

联系地址：北京市西城区阜成门北大街 17 号

邮政编码：100037